Donation from the library of
Jose Pedro Segundo
1922 - 2022
Please pass freely to others readers so
that everyone can enjoy this book!

MAFIA BLANCA

TRILOGÍA NEGRA
DE ESTOCOLMO II

MAFIA BLANCA

JENS LAPIDUS

SUMA
de letras

Título original: *Aldrig Fucka Upp*
© Jens Lapidus, 2008
Publicado por acuerdo con Salomonsson Agency
© De la traducción: María Sierra y Martin Simonson

© De esta edición:
Santillana Ediciones Generales, S.A. de C.V.
Av. Universidad 767, Col. del Valle
C. P. 03100, México, D.F.
Tel. 54-20-75-30
www.sumadeletras.com.mx

Diseño de cubierta: OpalWorks

Primera edición: julio de 2010

ISBN: 978-607-11-0589-9

Impreso en México

Queda prohibida, salvo excepción prevista en la ley,
cualquier forma de reproducción, distribución,
comunicación pública y transformación de esta obra
sin contar con autorización de los titulares de la propiedad
intelectual. La infracción de los derechos mencionados
puede ser constitutiva de delito contra la propiedad
intelectual.

Para Jack

Soy un poli —dijo—. Sólo un poli normal y corriente. Razonablemente honesto. Todo lo honesto que se puede esperar que sea un hombre en un mundo en el que eso no está de moda.

Raymond Chandler

MAFIA BLANCA

PARTE 1

Capítulo
1

E l sabor metálico en la boca no cedía. Como cuando uno se ha lavado los dientes y luego se toma un jugo. Confusión total. Aunque ahora, en realidad, sí cedía. Mezclado con miedo. Pánico. Terror a morir.

Un bosquecillo. Mahmud de rodillas en la hierba con las manos en la cabeza, como un novato del Vietcong en una película bélica. El suelo, mojado; la humedad le atravesaba el pantalón de mezclilla. Quizá fueran las nueve. El cielo aún estaba claro.

Alineados a su alrededor había cinco tipos de pie. Todos en actitud de «peligro mortal». Tipos que no se rajaban. Que habían jurado apoyar siempre a su banda. Que se apresuraban para desayunar gángsteres de medio pelo como Mahmud. Todos los días.

Chara.[1]

Ambiente frío en mitad del verano. Sin embargo, notaba el olor a sudor en la piel. ¿Cómo diablos había sucedido? Iba a darse la gran vida. Por fin fuera de la cárcel; libre como un pájaro. Listo para agarrar a Suecia por los huevos y retorcérselos. Y luego pasó esto. ¿Podría ser *game over*? En la realidad. Todo a la mierda.

El revólver rechinó contra los dientes. Resonó en la cabeza. Flashes ante sus ojos. Imágenes de su vida. Recuerdos de asisten-

---

[1] «Mierda» en árabe.

13

tes sociales gruñonas, orientadores que fingían ser comprensivos, tutores disimuladamente racistas. Per-Olov, su profesor de los últimos años de primaria:

—Mahmud, en Suecia no lo hacemos así, ¿lo comprendes?

Y la respuesta de Mahmud (en otra situación habría sonreído con el recuerdo):

—Vete al demonio. En Alby sí lo hacemos así.

Más fotogramas. Policías del asfalto que no entendían lo que les hacía a los chicos como él la porquería de educación estatal de Vikingolandia. Los ojos llorosos de su padre en el entierro de su madre. Todas las charlas con los muchachos del gimnasio. La primera vez que consiguió mojar. Dianas perfectas con globos de agua desde el balcón sobre la gente que paseaba a los perros abajo. Los hurtos en el centro. El comedor de la cárcel. Él: un verdadero millonario, de los bloques de departamentos de los planes de vivienda de la periferia, en alza, como un gángster de lujo. Ahora: hacia abajo de cabeza. Borrado.

Intentó susurrar una oración pese a la pipa en la boca.

—*Ash-Hadu anla-ilaha illa-Allah.*

El tipo que tenía la pipa metida en la boca lo miró.

—¿Decías algo?

Mahmud no se atrevió a mover la cabeza. Miró de reojo hacia arriba. Claro que no podía decir nada. ¿El tipo era idiota? Se cruzaron sus miradas. El hombre parecía seguir sin descubrirlo. Mahmud lo conocía. Daniel: en camino de convertirse en alguien, pero todavía no era uno de los gallos grandes. Brillosa cruz de oro de 18 quilates al cuello; estilo sirio del bueno. Quizá fuera él el que mandaba en ese momento. Pero si su cerebro hubiera estado hecho de coca, el importe de la venta apenas habría llegado para comprar una galleta cubierta de chocolate.

Al final, Daniel comprendió la situación. Sacó el revólver. Repitió:

—¿Querías algo?

—No. Déjame marchar. Voy a conseguir lo que debo. Lo prometo. Vamos.

—Cierra el pico. ¿Crees que me puedes joder? Vas a esperar hasta que Gürhan quiera hablar.

La pipa de nuevo en la boca. Mahmud se mantuvo callado. No se atrevía ni a pensar en la oración. Pese a que no era religioso, sabía que debería hacerlo.

Pensamiento repetitivo: ¿Era el final?

Sentía como si el bosque a su alrededor girara.

Intentó no hiperventilar.

Fuck.[2]

Fuck, fuck, fuck.

Quince minutos más tarde, Daniel se había empezado a cansar. Se retorcía, parecía desconcentrado. La pipa rechinaba más que el viejo modelo de vagón de metro. Parecía que tenía en la boca un bate de béisbol.

—¿Cree que puedes hacer lo que sea?

Mahmud no podía contestar.

—¿Pensaste que podrías clavárnosla?

Mahmud intentó decir no. El sonido salió desde muy abajo en la garganta. No quedó claro si Daniel lo descubrió.

El tipo dijo:

—Nadie nos la clava. Que quede claro.

Los hombres que estaban más alejados parecieron darse cuenta de que estaban hablando. Se acercaron. Cuatro. Gürhan, el legendario rey de los dealers, peligrosísimo. Tatuajes hasta el cuello: ACAB y una hoja de marihuana. A lo largo de uno de los antebrazos: el águila asiria con las alas extendidas. A lo largo del otro brazo, con letras góticas negras: *Born to Be Hated.*[3] Vicepre-

---

[2] «Joder».
[3] «Nacido para ser odiado».

sidente de la banda del mismo nombre. La banda en más rápido ascenso del sur de Estocolmo. Una de las personas más peligrosas que conocía Mahmud. Mítico, explosivo, loco. En el mundo de Mahmud: cuanto más loco, más poder.

A los otros tres tontos Mahmud no los había visto nunca, pero todos tenían el mismo tatuaje que Gürhan. *Born to Be Hated.*

Gürhan le hizo un gesto a Daniel: Quítale la pipa. El propio vicepresidente la cogió, la apuntó hacia Mahmud. A medio metro de distancia.

—Escucha. Esto es muy sencillo. Consigues el dinero para nosotros y dejas de enredarte. Si no hubieras venido con idioteces, no habría hecho falta hacer esto. ¿*Capisci?*

Mahmud tenía la boca seca. Intentó contestar. Miró fijamente a Gürhan.

—Voy a pagar. *Sorry* por haber molestado. Todo ha sido culpa mía. —Oía que le temblaba la voz.

La respuesta de Gürhan: un golpe con el revés de la mano. Le retumbó en la cabeza como un disparo. Pero no era un disparo; mil veces mejor que un disparo. Sin embargo: si a Gürhan se le pasaba la mano, la cosa se acabaría de verdad.

Los músculos del cuello tensaron el perfil puntiagudo de la hoja de marihuana sobre la piel. Sus miradas se cruzaron. Se fijaron. Se clavaron. Gürhan: enorme; más grande que Mahmud. Y Mahmud no era, ni mucho menos, un enclenque. Gürhan: criminal agresivo conocidísimo, profeta amante de la violencia, gángster deportista. Gürhan: más cicatrices en las cejas que Mike Tyson. Mahmud pensó: si es cierto que se puede ver el alma en los ojos de alguien, Gürhan no tiene.

Fue un error siquiera decir algo. Debería haber bajado la mirada. Haberse inclinado ante él.

Gürhan aulló:

—Cabrón. Primero jodes todo el asunto y te meten en la cárcel. Luego la policía confisca la partida. Hemos visto la sentencia, ¿no te das cuenta? Sabemos que en lo confiscado faltaban más de diez mil ampolletas. Eso quiere decir que nos jodiste. Y ahora, medio año después, nos vienes con idioteces cuando nos tienes que devolver el dinero que nos debes. ¿Te estás haciendo el duro porque has estado en la cárcel? Puta, eran tres mil paquetes de Winstrol lo que nos levantaste. A nosotros no nos roban. ¿No te das cuenta?

Mahmud, con pánico. No sabía qué contestar.

Con voz débil:

—Perdóname. Por favor. Perdona. Voy a pagar.

Gürhan lo imitó con voz forzada.

—Perdóname. Perdóname. No seas tan maricón. ¿Crees que eso va a valer de algo? ¿Por qué lo complicaste?

Gürhan cogió el revólver con las dos manos. Abrió el arma. Los proyectiles cayeron uno tras otro en su mano izquierda. Mahmud sintió que se relajaba. Podrían apalearlo. Pegarle hasta sangrar. Pero sin pistola… no pensaban quitarlo de en medio.

Uno de los otros hombres giró hacia Gürhan. Dijo algo breve en turco. Mahmud no lo entendió: ¿era la manera que tenía el tipo de dar órdenes o de mostrar aprecio?

Gürhan asintió. Dirigió de nuevo la pipa hacia Mahmud.

—Bien, así están las cosas. Queda una bala en el barrilete. Me estoy portando bien contigo. Normalmente te habría eliminado directamente. ¿Verdad? No podemos tolerar una pandilla de burlados como tú. Que vayan por ahí en cuanto se jode la cosa. Nos debes un dineral. Pero esta noche estoy de buen humor. Voy a hacerlo girar y si tienes suerte, es el destino. Y te puedes marchar.

Gürhan levantó el barrilete contra el cielo medio iluminado. Se veía con claridad: cinco agujeros vacíos y uno con una bala dentro. Giró el barrilete. El sonido recordaba el de una ruleta girando. Sonrió ampliamente. Apuntó a la sien de Mahmud. Un sonido chasqueante cuando cargó el percutor. Mahmud cerró los ojos. Empezó a susurrar de nuevo la oración. Luego el pánico se apoderó de él. Volvieron las imágenes. El corazón golpeaba tan fuerte que casi se le taponaban los oídos.

—Vamos a ver si eres un hombre con suerte.

Hizo clic.

No pasó nada.

NO PASÓ NADA.

Volvió a abrir los ojos. Gürhan sonreía burlonamente. Daniel se reía. Los otros tipos estallaron en una carcajada. Mahmud siguió sus miradas. Miró hacia abajo.

Tenía las rodillas mojadas por la humedad del suelo. Y algo más a lo largo de la pernera izquierda del pantalón: una mancha alargada.

Carcajadas. Risas de burla. Sonrisas maliciosas.

Gürhan le devolvió el arma a Daniel.

—La próxima vez quizá te coja por el culo, nena.

Sentimientos caóticos. Esperanza contra cansancio. Alegría contra odio. Alivio, vergüenza al mismo tiempo. Lo peor ya había pasado. Iba a vivir.

Con eso.

Telón.

***

Maltrato contra las mujeres

Las denuncias por maltrato contra las mujeres han aumentado en torno a treinta por ciento en los últimos diez años hasta aproximadamente veinticuatro mil cien denuncias, según la estadística del Consejo para la Prevención del Crimen (BRÅ). El aumento probablemente es debido tanto a que en la actualidad se denuncia el maltrato en mayor medida que antes como a que la violencia ha aumentado realmente. Al mismo tiempo hay un gran número de casos sin denunciar. BRÅ ha apreciado en estudios anteriores que sólo se denuncia a la policía uno de cada cinco casos.

En alrededor de setenta y dos por ciento de las denuncias, la mujer conoce al agresor. En la mayoría de los casos, el hombre y la mujer mantienen o han mantenido una relación cercana. Veintinuno por cento de todos los casos de maltrato contra las mujeres se resolvieron con lo que se denomina "cierre por vinculación con sospechoso". Esto significa que el fiscal, tras la investigación, tiene un sospechoso probable y que el fiscal decide presentar cargos, desestimar (por ejemplo, si la persona tiene menos de dieciocho años o si el delito es menor) o hay pena menor (multa o libertad condicional).

El maltrato contra las mujeres y los niños es un problema social al que se le ha prestado mayor atención en los últimos años. Esto ha sucedido tanto debido a la nueva legislación (relativa entre otras cosas a las órdenes de alejamiento y violencia grave contra la mujer) como por medio de otras medidas, por ejemplo, la implantación del Centro de Riesgos para la Mujer; así como otras acciones. También ha sido significativa la atención de organizaciones individuales, por ejemplo, por medio de la creación de servicios de asistencia para mujeres y chicas en cerca de la mitad de los municipios del país. Pese a las significativas inversiones persiste el problema; cada año se maltrata y se humilla a miles de mujeres.

Consejo para la Prevención del Crimen

Capítulo

2

Niklas había vuelto.

Estaba viviendo en casa de su madre. Catharina. Intentaba dormir un poco de vez en cuando, entre las pesadillas; en ese mundo: perseguido, acosado, castigado. Sin embargo, habitualmente era él quien empuñaba el arma, o el que daba patadas a personas indefensas. Como había ocurrido *allá abajo*. En la realidad.

El sofá era demasiado corto para dormir en él, así que ponía los cojines de piel en el suelo. Los pies le sobresalían al frío, pero no importaba; mejor que dormir plegado como una navaja multiusos Leatherman en una salita, aunque estaba acostumbrado a esas cosas.

Niklas vio la luz por la ranura de la puerta. De seguro su madre estaba leyendo revistas del corazón ahí dentro, como siempre. Biografías, memorias y chismes. Un interés constante por los fracasos de los demás. Vivía a través de las noticias de las historias de amor, el alcoholismo y los divorcios sin valor de famosos de segunda categoría. Sus lamentables vidas quizá hacían que ella se sintiera mejor. Pero era sólo una mentira. Como la vida de ella.

Por las mañanas se quedaba acostado. Oía cómo ella se preparaba para ir al trabajo. Meditaba sobre cómo iba a ser su vida en Suecia, la vida como civil. ¿En realidad a qué se iba a dedicar allí? Sabía qué trabajos podían cuadrar: vigilante, guardaespaldas, soldado. Éste último no podía ser. El ejército no contrataría a un hombre con su pasado. Por otra parte, era lo que sabía hacer.

Se quedaba en casa. Veía la tele y cocinaba omelette con papas y salchicha de Falu. Comida de verdad, no alimentos secos, conservas y ravioles de lata. La comida *allá abajo*, en *la arena*, casi le había fastidiado el gusto por la auténtica salchicha Falu, pero estaba volviendo. Algunas veces salía del departamento. Para correr, hacer las compras, hacer gestiones. A mitad del día, había poca gente fuera; corría con una intensidad excesiva. Hacía que los pensamientos desaparecieran.

Vivía allí de momento. A su madre no le asentaba bien que viviera con ella. A él no le agradaba vivir con ella. No estaba bien que los dos supieran que no estaban bien. Tenía que aligerar la presión. Encontrar algún sitio dónde vivir. *Make a move.*[4] Tenía que arreglarse.

Había vuelto, a la fácil, segura Suecia. Donde todo se puede arreglar con un poco de voluntad, sabiéndose mover, con dinero o contactos con los socialistas. Niklas no tenía esto último. Sin embargo, tenía voluntad; más sólida que el blindaje de un tanque M1A2 Abrams. Su madre le llamaba bravucón. Quizá había algo de eso, en cualquier caso *allá abajo* había sido lo suficientemente gallito como para arreglárselas con tipos que te acosaban por menos de un lapsus gracioso en inglés. ¿Y el dinero? No tenía una fortuna con la que vivir el resto de su vida; pero suficiente por el momento.

Estaba de pie en la cocina pensando. El secreto de un buen omelette es taparlo. Conseguir que el huevo cuajara más rápidamente en la superficie para evitar la clara babosa, con consistencia de gelatina,

---

[4] «Realizar un movimiento. Mover ficha».

en la parte de arriba y el fondo quemado. Echó una gran cantidad de papas en trozos, cebolla y trozos de salchicha. Remató con queso. Esperó a que se fundiera. El aroma era fantástico. Mucho mejor que toda la bazofia que le habían dado *allá abajo,* incluso en acción de gracias.

La cabeza llena de pensamientos aburridos. Había vuelto; era agradable. ¿Pero en realidad a qué había vuelto? Su madre estaba cercanamente ausente. Él ya no sabía a quiénes conocía en Suecia. ¿Y cómo se sentía? Si en realidad lo pensaba. Confusión/reconocimiento/miedo. Nada había cambiado. Salvo él. Y eso le aterrorizaba.

Los primeros años que había estado fuera, venía a casa alguna vez al año, con frecuencia le daban permiso por navidad o semana santa. Pero ya hacía más de tres años. Irak era demasiado intensivo. No se podía volver a casa de cualquier manera. Durante ese tiempo apenas habló con su madre. Tampoco estuvo en contacto con nadie más. Era quien era. Sin que nadie lo supiera. Pero por otra parte, ¿alguien lo había sabido alguna vez?

El día pasó lentamente. Estaba sentado ante la televisión cuando ella llegó a casa. Aún lleno por el omelette. Estaba viendo un documental sobre dos muchachos que iban a cruzar la Antártida esquiando; el mayor sinsentido que había visto en su vida. Dos ilusos intentando fingir la supervivencia; también había un equipo de filmación, era evidente. ¿Cómo se las arreglaban si hacía tanto frío y era tan jodido? Gente patética que en realidad no sabía nada de nada de supervivencia. Y aún menos de la vida.

Su madre parecía mucho mayor que la última vez que había estado en casa. Ajada. Cansada. Como agrisada. Se preguntaba cuánto bebía. Cuánto se había preocupado por él por las noches después de ver las noticias. Con qué frecuencia se había visto con Él, con E mayúscula; el hombre que les había destrozado la vida. La última vez que había estado en casa, ella le aseguró que ya no se veían. Niklas lo creía aproximadamente igual que Muqtada al Sadr creía que Estados Unidos quería el bien de su gente. Pero ya se había acabado todo.

De alguna manera, ella era fuerte. Educó sola a un hijo díscolo. Se negó a recibir ayuda de la sociedad. Se negó a rendirse y tomar la jubilación anticipada, como todas sus amigas. Iba por la vida matándose al trabajar. Por otra parte, había permitido que Él entrara en su vida. Que la controlara. Que la humillara. Que la machacara. ¿Cómo podían ser tan distintos?

Ella puso una bolsa de las compras en el suelo.

—Hola. ¿Qué has hecho hoy?

Vio que ella tenía dolores. Lo había notado ya en el primer día en Suecia; su espalda estaba fuera de juego. Sin embargo, seguía trabajando, si bien es cierto que media jornada, pero así y todo, ¿qué sacaba en claro con ello? Su cara nunca había irradiado precisamente alegría. Las arrugas del ceño eran ahora profundas, pero siempre habían estado ahí. Creaban una expresión constante de preocupación. Bajaba las cejas, las juntaba y sus arrugas más marcadas se acentuaban casi un centímetro.

Siguió observándola. Chaqueta rosa, su color favorito. En las piernas, unos pantalones de mezclilla ajustados. Al cuello, una gargantilla con un corazón de oro. El pelo, con mechas rubias. Niklas se preguntó si aún se las hacía en la peluquería de señoras de Sonja Östergren. *Some things just never change,*[5] como solía decir Collin.

En realidad era la persona más buena del mundo. Demasiado buena. No era justo.

Catharina. Su madre.

A quien quería.

Al mismo tiempo que despreciaba.

Debido a eso: la bondad.

Era demasiado débil.

Eso no estaba bien.

---

[5] «Algunas cosas nunca cambian».

Pero nunca podrían hablar de todo.

Niklas llevó la bolsa de las compras a la cocina. Volvió al salón.

—Me voy a mudar pronto, mamá. Voy a comprar un contrato.

Las arrugas de nuevo ahí. Como grietas en un camino en el desierto.

—Pero, Niklas, ¿eso no es ilegal?

—No, en realidad no. Es ilegal vender contratos de alquiler, pero no comprarlos. Saldrá bien. Tengo dinero y nadie me va a engañar. Te lo prometo.

Catharina dijo algo rápido e incomprensible como respuesta. Entró en la cocina. Empezó a hacer la cena.

El insomnio estaba empezando a destrozarlo. Ni siquiera había dormido tan mal durante las peores noches *allá abajo,* cuando las granadas hacían más escándalo que unos fuegos artificiales de nochevieja en medio del salón. Los tapones para los oídos solían ser una bendición. El reproductor de CD, una salvación. Ahora no funcionaba nada.

Miró la ranura bajo la puerta de su madre. Apagó la luz a las doce y media. Por algún motivo ya sabía que no iba a poder dormir. Dio vueltas y más vueltas. Cada vez la sábana se deslizaba más y más a uno de los lados de los cojines del sofá. Se arrugaba. Empeoraba la posibilidad de dormir.

Meditó sobre sus compras del otro día. Sin armas se sentía inseguro. Ahora se sentía más tranquilo. Había conseguido lo que necesitaba por el momento. Los pensamientos siguieron fluyendo. Sopesó alternativas de trabajo. ¿Cuánto de su CV debía mostrar? Casi se rio solo en la oscuridad: en Suecia quizá no valoraban mucho el conocimiento profundo de más de cuarenta tipos de armas.

Pensó en Él. Tenía que marcharse del departamento, del edificio de viviendas de alquiler. Le daba malas vibraciones. Recuerdos duros. Proximidad peligrosa.

Niklas pensaba vivir según su propia filosofía. Un templo de pensamientos que había construido meticulosamente en los últimos años. Las reglas éticas eran importantes sólo para ti mismo. Si podías deshacerte de ellas, te liberabas. *Allá abajo, en la arena,* murió todo eso. La moral se secó como una costra que desaparecía sola pasadas unas semanas. Era libre; libre para poder llevar su vida de la forma en que mejor le pareciera.

Pensó en los hombres. Collin, Alex, los demás. Ellos sabían de lo que hablaba. En la guerra, la persona se hacía consciente de sí misma. Sólo existías tú. Las reglas eran para los demás.

Al día siguiente se puso en contacto con un agente inmobiliario ilegal. La voz de ese hombre sonaba sospechosa por teléfono. Un tipo asqueroso, seguro. A Niklas le había dado el número un antiguo conocido de la escuela, Benjamin.

Primero tuvo que dejar un mensaje en la máquina contestadora. Cuatro horas más tarde llamaron con número oculto.

—Hola, soy el agente. He oído tu mensaje de que estás interesado en encontrar un objeto. ¿Correcto?

Niklas pensó: algunos viven bien a costa de las situaciones críticas de otros. El tipo era un zorro. Evitaba palabras relacionadas como *departamento, contrato* o *ilegal;* sabía que no había que nombrar aquello que pudiera utilizarse en su contra.

El agente ilegal le dio instrucciones: yo te llamo, tú nunca me llamas.

Se verían al día siguiente.

Entró en el McDonald's. Tremendamente cansado, pero listo para reunirse con el agente. El sitio era como lo recordaba. Sillas metálicas incómodas, paneles de madera de cerezo pintados, suelo de plástico. Típico olor a McDonald's: una mezcla entre porquería y carne de hamburguesa. Alcancías de Ronald McDonald junto a las cajas; anuncios de *Happy Meal* en los protectores de las bandejas; tras las cajas, muchachos con envidia y chicas morenas.

La diferencia desde la última vez que había comido allí: el fascismo de lo saludable. Zanahorias mini en lugar de patatas fritas, pan integral en las hamburguesas en lugar del blanco tradicional, ensalada césar en lugar de hamburguesas con extraqueso. ¿Qué problema tenía la gente? Si no se movían lo suficiente para quemar comida normal, deberían pensárselo dos veces antes siquiera de entrar en ese sitio. Niklas pidió un agua mineral.

Un hombre se dirigió hacia su mesa. Vestido con un abrigo largo que casi arrastraba por el suelo; debajo, traje gris y camisa blanca. Sin corbata. Pelo hacia atrás y ojos vacíos. La sonrisa tan amplia que la cabeza se le iba a partir en dos.

Tenía que ser el agente.

El hombre alargó la mano.

—Hola, soy el conseguidor.

Niklas le hizo un gesto con la cabeza. Indicación: Tú serás el conseguidor que necesito; pero no voy a lamerle el culo a nadie por eso.

El tipo pareció sorprendido. Dudó un segundo. Luego se sentó.

Niklas fue al grano:

—¿Qué tienes para mí y cómo funciona esto?

El agente ilegal se inclinó hacia delante:

—Pareces ser muy directo. ¿No quieres comer nada?

—No, ahora no. Pero cuéntame qué tienes y cómo funciona.

—Como quieras. Tengo el artículo donde lo necesites. Puedo conseguírtelo en los municipios del sur, del norte, en Östermalm, Kungsholmen. Puedo en el Real Sitio de Drottningsholm, si te interesa. Pero no pareces de ésos. —El agente se rio de su propia broma.

Niklas no dijo nada.

—Pero recuerda, si alguna vez vienes con que nos hemos visto aquí y hemos hablado de lo que vamos a hablar, esto jamás ha sucedido. Ahora mismo estoy en una reunión con unos compañeros, para que te conste.

Niklas ni oyó ni comprendió de qué hablaba el agente.

—Verás, tengo cobertura por si alguien da problemas. Para que lo sepas. Si surgen complicaciones, tengo testigos de que yo estoy ocupado con otros asuntos, en otro sitio, en este momento.

—Bien. Me alegro por ti. Pero no has contestado a mi pregunta.

El agente volvió a sonreír. Se puso en marcha. Hablaba deprisa y con poca claridad. Niklas tuvo que pedirle varias veces que repitiera lo que había dicho. El estilo seguro de ese hombre no encajaba con su manera de hablar.

Le habló en detalle sobre los artículos: en todos los barrios de la ciudad. Colaboración con propietarios de departamentos de lujo, casas unifamiliares, agencias públicas de vivienda. Departamentos espectaculares en el centro, apartamentos de un dormitorio en Södermalm o estudios en la periferia. Según él: arreglos seguros y a buen precio.

Niklas ya sabía lo que quería. Un apartamento de una recámara en alguna población cercana de la periferia. Preferiblemente cerca de su madre.

El agente explicó el procedimiento. Los preparativos. Los plazos. El proceso. El tipo parecía como si le pareciera que todo era un juego.

—Primero te inscribimos unos meses en un departamento que esté lejos y que tenga una lista de espera corta. En el registro todo parecerá bien y correcto. Será tu dirección de empadronamiento y, puesto que había una lista de espera corta para ese departamento, nadie se extrañará de que lo hayas conseguido. Yo me encargo de los contactos con el propietario. Después de unos meses cambiamos ese piso por el que vas a comprar. De esa forma será un cambio completamente limpio. Luego el que venda tendrá que inscribirse al menos dos meses en el mismo departamento por el que se hace el cambio, o sea, tu departamento ficticio. La verosimilitud lo es todo en mi sector, como te podrás imaginar.

Problema. No valía; Niklas tenía que conseguirse una choza en esa misma semana. Tenía que salir del piso de su madre. Rápido.

El agente sonrió socarronamente.

—Perfecto, creo que entiendo tu problema. ¿Es que te ha echado tu vieja? ¿La ropa destrozada? ¿El estéreo destrozado? Cuando se enfadan, suele armarse la de dios es padre.

Niklas no retiró la mirada. Miró fijamente dos segundos más de lo que el código social podría justificar como una broma.

El agente por fin lo entendió; no era situación para intentar hacerse el gracioso. Dijo.

—*Whatever*.[6] De cualquier forma, puedo ayudarte. Arreglamos un contrato de subarrendamiento para los tres meses que necesitas esperar. ¿Estás de acuerdo? Te puedo poner en un departamento excelente de cincuenta metros cuadrados con una recámara en Aspudden la próxima semana si quieres. Pero va a costar un poco más, claro. ¿Qué te parece?

Necesitaba conseguir algo aún más rápidamente.

—Si pago aún algo más, ¿se puede conseguir más rápido?

—¿Aún más rápido? Sí que estás hasta la coronilla, si me permites la expresión. Pero claro, lo puedes tener pasado mañana.

Niklas sonrió para sus adentros. Eso sonaba bien. Tenía que irse.

En realidad, mejor de lo que había esperado.

Desaparecer tan rápidamente.

---

[6] «Lo que sea».

Capítulo
3

S öderort[7] quizá no tuviera el mayor número de denuncias
per cápita, pero siempre tenía el mayor número de inciden-
tes graves. City[8] tenía el máximo en cifras absolutas, eso lo sabían
todos, pero era porque la chusma de los municipios al sur de Söder iba al centro y realizaba allí un montón de pequeñas movidas.
Cometían hurtos en tiendas, robaban celulares, amenazaban, ar-
maban broncas en los antros de tercera.

Thomas pensó: Söderort, los grandes guetos ignorados por
los políticos. Fittja, Alby, Tumba, Norsborg, Skärholmen. En la
zona norte, todos conocían los nombres: Rinkeby y Tensta. Apoyo a la diversidad y asociaciones culturales. Las inversiones de
apoyo se centralizaban. El dinero para los proyectos llovía. Las
instituciones de integración invadían. Pero en Söderort las bandas
mandaban de verdad. Los iraquíes, los kurdos, los chilenos, los
albanos. Bandidos, *Fucked For Life*, *Born to Be Hated*. Era empezar y no acabar de contar problemas. En primer lugar de Suecia: el
número de armas de fuego, la proporción de chicos que se negaban
a hablar con la policía, la cantidad de intentos de extorsión denunciados. Los delincuentes se organizaban, copiaban las jerarquías de

---

[7] Distrito que comprende los núcleos y poblaciones del sur de Estocolmo.
[8] Distrito del centro de Estocolmo.

los clubes de motociclistas, dirigían sus propias bandas durísimas. Los rufianes seguían el camino abierto por los atracadores de bancos/traficantes/golpeadores de más edad. Un camino predestinado. Hacia una vida de mierda. Se podían recopilar todos los datos del mundo. A los ojos de Thomas, daba igual la etiqueta que se les pusiera a todos esos moros y perdedores, todos eran escoria.

Había oído todas las teorías que parloteaban las asistentes sociales y los psicólogos juveniles. ¿Pero en realidad de qué les valían todas esas hipótesis cognitivas, dinámicas, conductistas, blablaístas? Si de todas formas no funcionaba ningún método. Nadie podía hacer carrera. Se extendían. Aumentaban. Se repartían. Se hacían con el poder. En algún momento quizá también él pensó que se podía parar. Pero de eso ya hacía mucho.

Todo era mejor antes. Un cliché. Pero como canta Lloyd Cole: el motivo de que sea un cliché es porque es verdad.

Una noche más en la patrulla. Thomas conducía con tranquilidad. Dejaba las manos apoyadas en el volante. Sabía que en casa iba a tener una seria conversación por haber aceptado turno de noche toda la semana. En realidad ni siquiera necesitaba el plus de nocturnidad, aunque eso le había dicho a Åsa. El salario normal de un inspector de policía no era ni una décima parte del valor de la droga que confiscaba en una noche normal. Era un insulto. Una burla. Un escupitajo a la jeta de todos los hombres honrados que sabían qué era lo que había que hacer de verdad. Era sencillamente justo que uno tomara un poco.

Eran cinco, seis los tipos que se turnaban para hacer esos turnos en la patrulla juntos. Recorrían las zonas alrededor de Skärholmen, Sätra, Bredäng. El puto desarrollo al carajo. Se saltaban las tonterías de la corrección política y la charla comunista fingidamente comprensiva. Todos sabían lo que había: machácalos o ya te puedes morir.

El compañero de Thomas de esa noche, Jörgen Ljunggren, iba sentado en el asiento del copiloto. Solían cambiar a eso de las dos.

Thomas intentó calcular. Cuántas veces habían conducido él y Ljunggren así bajo un cielo de verano que oscurecía lentamente. Sin hablar más de lo necesario. Ljunggren con su vaso de plástico con café, demasiado tiempo, hasta que el café se enfriaba y él presionaba para ir hacia el establecimiento de veinticuatro horas más cercano para conseguir más. Thomas la mayoría de las veces con los pensamientos en otro sitio. Por lo general en el coche de casa: el chapado en zinc del último detalle original, los repuestos para el diferencial del eje trasero, el nuevo contador de revoluciones. Un proyecto propio al que anhelar volver. Y también anhelaba volver a la pista de tiro. Se acababa de conseguir una pistola nueva; una Strayer Voigt Infinity, hecha a la medida de sus deseos. Thomas era feliz así, tenía más de un hogar. Primero el coche patrulla y los tipos. Luego su coche en casa. Luego el club de tiro. Y luego, quizá, el hogar-hogar, el chalet de Tallkrogen.

Jörgen Ljunggren encajaba bien con Thomas; era agradable estar con gente que no parloteaba demasiado. Al final salían sobre todo tonterías. Así que se quedaban sentados en silencio. Se enviaban a veces miradas que indicaban comprensión, asentían o intercambiaban frases cortas. Era suficiente para ellos. Así se sentían a gusto. Compartían una forma de entender las cosas. Una manera de ver el mundo. Nada de complicaciones: estaban ahí para limpiar la mierda que rebosaba en las calles de Estocolmo.

Ljunggren era uno de los buenos. Alguien a quien tener a tu lado cuando la cosa se calentaba.

Thomas se sentía tranquilo.

La radio de la policía bombardeaba órdenes. La policía de Estocolmo usaba dos frecuencias en lugar de una: la 80 para el City/Söderort/Västerort y la 70 para el resto. Eso concordaba con toda la organización. Su apellido era *inefectividad*; tener dos sistemas en lugar de uno. No se despertaba uno para darse cuenta de que habían llegado nuevos tiempos a la puerta. Ya no se podía seguir yendo por el mismo camino trillado. Tenía las mismas ideas una y otra vez: afuera la chusma se organizaba en estructuras totalmente diferentes. Ya no eran sólo unos cuantos yugoslavos e ilusos finlandeses cansados los que arrasaban. La escoria se había actualizado. Profesionales, internacionales, multicriminales. Hacían falta nuevos medios. Más rápidos. Más inteligentes. Más contundentes. Y en cuanto alguien quería hacer algo, los medios de comunicación protestaban sobre las nuevas leyes como si su objetivo fuera perjudicar a la gente.

La radio crepitaba. Alguien necesitaba ayuda con un ratero en una tienda de veinticuatro horas de Sätra.

Se miraron. Se rieron. Para nada cogían esos trabajos de mierda; lo podía hacer un policía recién licenciado. No contestaron. Siguieron conduciendo.

Se acercaron a Skärholmen.

Thomas metió segunda, frenó.

—Estamos pensando en volver a viajar al extranjero para navidad.

Ljunggren asintió.

—Qué bien. ¿Adónde han pensado?

—No sé. Mi mujer quiere ir a algún sitio más cálido. El año pasado fuimos a Sicilia. Taormina. De veras que está bonito.

—Ya lo sé. No hablaste de otra cosa durante los tres meses siguientes.

Pausa para reírse.

Thomas giró hacia la escuela de Storholm, en las afueras de Skärholmens Centrum. Siempre merecía la pena dar un vistazo al patio del colegio. A los chicos solía verlos por ir ahí en las noches; sentarse en los respaldos de los bancos, armarse unos porros, como decían ellos, fumar y disfrutar de sus cortas vidas.

Vaya ironía: los mismos chicos que normalmente hacían travesuras durante el día se reunían luego en el patio de la escuela para destrozarse los cerebros fumando. Ellos se lo habían buscado si cinco años más tarde seguían sentados en los mismos bancos sin trabajo. Se quejaban de que era culpa de la sociedad. Empezaban con cosas más fuertes: alcohol ilegal, hachís, pastillas. Si tenían mala suerte, heroína. Los efectos no fallaban. Enfermaban, se deprimían, se destrozaban. Cuesta abajo total. Subvenciones y ayuda social. Tráfico de droga y robos en las urbanizaciones de adosados. Sus padres se lo habían buscado; deberían haber asumido su responsabilidad hacía mucho. La policía se lo había buscado; se debería actuar directamente. La sociedad se lo había buscado; si se juntaba tanta chusma en un único lugar, surgían problemas.

Los faroles del patio del colegio se veían de lejos. En la oscuridad, tras el patio, el edificio de hormigón gris del colegio parecía una pieza de lego.

Pararon el coche. Salieron.

Ljunggren tomó el tolete blanco. Totalmente innecesario, pero correcto. El endeble tolete telescópico no siempre bastaba.

El patio del colegio estaba vacío.

—Maria siempre tiene que ser tan cultural. Ir a Florencia, Copenhague, París y no sé qué más. Ni siquiera hay nada bonito que ver ahí.

—Puedes ir a ver la *Mona Lisa*.

Risas otra vez.

—Sí, claro, está tan buena como una puta bolsa de nachos.

Thomas pensó: Ljunggren debería decir menos groserías y demostrarle a su mujer quién manda. Dijo:

—Yo creo que está muy buena.

—¿Quién? ¿Mona Lisa o mi esposa?

Más risas.

Por una vez, el patio del colegio estaba vacío. Salvo bajo una de las canastas de basquetbol. Había un Opel rojo estacionado.

Thomas encendió su linterna Maglite. La sujetó a la altura de la cabeza. Iluminó la matrícula: OYU 623. Dijo:

—Es el coche de Kenta Magnusson, no tengo ni que comprobarlo. ¿Lo hemos atrapado juntos alguna vez?

Ljunggren volvió a poner el tolete en el soporte del cinturón.

—No me vengas con bromas. Creo que lo hemos detenido por lo menos diez veces. ¿Empiezas a estar senil o qué?

Thomas no contestó. Se dirigieron al coche. Se veía una luz débil. Alguien se movía en el asiento delantero. Thomas se inclinó hacia delante. Golpeó en la ventanilla. El interior se oscureció.

Se oyó una voz.

—¡Lárgate!

Thomas carraspeó.

—No nos vamos a marchar. ¿Eres tú el que está ahí dentro, Magnusson? Es la policía.

Se oyó la voz del interior del coche.

—Puta. No tengo nada esta noche. Estoy puro como el vodka.

—Bien, Kent. Está bien. Pero sal para que podamos hablar.

Groserías poco nítidas como respuesta.

Thomas volvió a golpear, esta vez en el techo. Un poco más fuerte.

Se abrió la puerta; la peste que salía del coche: humo, cerveza, meados.

Thomas y Ljunggren de pie con las piernas separadas. Esperando.

Kenta Magnusson salió. Sin afeitar, pelo enmarañado, dientes mugrientos, heridas de herpes alrededor de la boca. Jeans desgastados que colgaban a media asta; el tipo tenía que subírselos por lo menos medio metro para no tropezar. Una camiseta de publicidad del Festival del Agua de Estocolmo que debía tener cien años. Una camisa de cuadros sin abrochar por encima de la camiseta.

Todo un yonqui. Aún más consumido que la última vez que Thomas lo había visto.

Le iluminó los ojos.

—Qué pasa, Kent. ¿Estás muy drogado?

Kent balbució:

—No, no, para nada. Estoy dejándolo.

La verdad es que tenía los ojos claros. Las pupilas de tamaño normal; se contrajeron a la luz de la linterna.

—Seguro que lo estás dejando. ¿Qué te metiste?

—Vamos, en serio. No consumí nada, intento dejarlo. De verdad.

Ljunggren se impacientó.

—Basta de tonterías, Kenta. Saca lo que tengas y terminamos con esto sin problemas. Te evitas ajetreos, alborotos y mentiras estúpidas. Esta noche estoy muy cansado. Sobre todo de mentiras de mierda. Quizá nos enredemos. ¿Me entiendes?

Thomas pensó: era curioso lo de Ljunggren, hablaba más con los delincuentes que con él durante toda una noche en la patrulla.

Kenta hizo gestos. Parecía meditarlo.

—Ah, de verdad. No tengo nada.

El yonqui estaba complicando las cosas. Thomas dijo:

—Kenta, vamos a registrarte el coche. Para que lo sepas.

Kenta hizo aún más aspavientos.

—Maldita sea, no pueden registrarme el coche sin una orden. No han visto droga ni nada. No tienen derecho a revolver en mi coche, ya lo saben.

—Lo sabemos, pero no nos importa. Ya lo sabes.

Thomas miró a Ljunggren. Asintieron mutuamente. No había problema en escribir en el informe después que habían visto a Kenta escondiendo algo en el coche al abrir la puerta. O que habían visto que estaba drogado. O lo que fuera; siempre tenían motivos creíbles. La cosa estaba controlada. Limpiar Estocolmo era más importante que las objeciones de un yonqui llorón.

Ljunggren se metió en el coche y empezó a buscar. Thomas alejó un poco al yonqui. Controlando.

Kenta refunfuñó:

—¿Qué están haciendo? No pueden hacer eso. Ya lo saben.

Thomas se mantuvo en calma. No era nada por lo cual alterarse.

—Tranquilo —dijo solamente.

El adicto murmuró algo. Quizá:

—Cerdos policías.

Thomas no aguantaba a los que eran como él.

—¿Qué dijiste?

Kenta continuó murmurando. Una cosa era que el hombre protestara o importunara. Pero no dijo «cerdo policía».

—Te pregunté qué dijiste.

Kenta se volvió hacia él.

—Cerdos policías.

Thomas le dio una patada, fuerte, en la corva. Se derrumbó como una torre de cerillos.

Ljunggren miró desde el coche.

—¿Todo en orden?

Thomas le dio la vuelta a Kenta. El vientre en el suelo, los brazos a la espalda. Cerró las esposas. Puso un pie en su espalda. Gritó a Ljunggren:

—Claro, todo bien.

Luego se giró hacia el adicto.

—Imbécil de mierda.

Kenta se quedó tumbado inmóvil.

—Por favor, ¿no podrías aflojarme las esposas? Me están lastimando.

Evidentemente era hora de lloriquear.

Tras cinco minutos, Ljunggren lo llamó. Por supuesto, había encontrado en el coche dos bolsas de cierre hermético con hachís. No era una sorpresa. Ljunggren le pasó las bolsas a Thomas. Miró: una de diez gramos y una con aproximadamente cuarenta.

Thomas le levantó la cabeza a Kenta.

—¿Y ahora qué dices?

El adicto tenía un tono de voz más agudo. Recordaba a Vanheden, de las películas de Jönssonligan.

—Vamos comandante, alguien tuvo que ponerlo ahí. No sabía que estaba en el coche. Eh, ¿dónde lo encontró? ¿No podrían dejarlo pasar?

Sin problema. Cincuenta gramos de hachís era poca cosa. Por esa vez podía pasar. Thomas dijo:

—Está bien.

Tomó las bolsas. Se las metió en el bolsillo interior.

—Pero no me vuelvas a mentir nunca. ¿Entendido?

—No. Nunca. Muchísimas gracias. Puta, qué amables. Qué bien. De verdad que han sido buenos conmigo…

—No hace falta que te pongas así. Sólo deja de mentir. Compórtate como un hombre.

Dos minutos más tarde, Kenta se incorporaba trabajosamente.

Thomas y Ljunggren se dirigieron hacia la patrulla.

Ljunggren se giró hacia Thomas.

—¿Tiraste la mierda?

Thomas asintió.

Kenta se volvió a sentar en el Opel. Puso el coche en marcha. Subió el volumen del estéreo. Ulf Lundell: «Oh la lá, te deseo». El yonqui se acababa de evitar algún mes preso; pese a la pérdida del hachís, estaba más contento que un niño en nochebuena.

De vuelta en la patrulla, Thomas se quitó los guantes. Ljunggren quería ir a algún establecimiento abierto toda la noche para tomar más café.

La radio llamó:

—Zona dos, ¿tenemos a alguien que pueda encargarse de un hombre inconsciente en Axelsberg? Herido grave. Probablemente en estado de embriaguez. Está en un sótano de la calle Gösta Ekman, 10. Cambio.

Una verdadera porquería de trabajo. Silencio. Avanzaron por la carretera.

Nadie contestaba la llamada. Dichosa mala suerte.

De nuevo la radio:

—No tenemos respuesta para la calle Gösta Ekman. Alguien tiene que tomarlo. Cambio.

Y un fastidio que dos patrulleros hijos de puta como Thomas y Ljunggren tuvieran que encargarse de más asuntos tontos esa noche. Ya bastaba con que Ljunggren hubiera tenido que meterse en el coche mugriento del asqueroso del vago. Cerraron la boca. Siguieron rodando.

La radio ordenó:

—De acuerdo. No hay nadie que se encargue de Gösta Ekman. Lo hará el coche 2930, Andrén y Ljunggren. ¿Entendido? Cambio.

Ljunggren miró a Thomas.

—Típico.

Había que asumirlo. Thomas pulsó el botón del micro.

—Entendido. Nosotros lo atendemos. ¿Tienes más información? Era un borracho, ¿no? ¿Quedará algo de alcohol para nosotros? Cambio.

La voz de la radio era de una de las chicas aburridas. Según Thomas, una malcogida. No se podía bromear con ella como con la mayoría de las demás chicas de la radio.

—Deja de decir tonterías, Andrén. Vayan para allá sin más. Volveré a ponerme en contacto cuando sepamos más. Cambio y fuera.

Unos minutos después, estaban sentados en el coche en el exterior del número 10 de Gösta Ekman. Ljunggren refunfuñaba porque aún no tenía su café.

La gente estaba alineada delante del portal como si hubiera una especie de espectáculo. Mucha gente; el edificio tenía ocho pisos. El cielo empezaba a clarear.

Salieron.

Thomas iba adelante. Entró en el portal. Ljunggren dispersó a la gente. Thomas alcanzó a oír que decía: «Señores, creo que aquí no hay nada en especial que ver».

En el interior: la casa parecía muy de los sesenta. El suelo, de una especie de placas de hormigón. La puerta del elevador parecía de una nave de *Star Trek*. El pequeño vestíbulo tenía una salida al patio y una escalera para subir. Barandal de metal a lo largo de la escalera hasta el primer piso. Vio que allí arriba había algunas personas. Una mujer con bata y tenis, un hombre con gafas y pants, un niño que debía ser su hijo.

La mujer señaló hacia abajo.

—Menos mal que vinieron. Está allá abajo.

Thomas contestó.

—Sería mejor que volvieran a sus viviendas. Nos encargaremos nosotros. Subiré luego a hablar con ustedes.

Ella parecía tranquila por haber cumplido con su deber cívico. Quizá fue ella la que había llamado al 112.

Thomas empezó a bajar. La escalera era estrecha. La puerta del conducto de la basura con un letrero: «Por favor, ayude a nuestros basureros. ¡Cierre la bolsa!».

Volvió a pensar en su coche. El fin de semana quizá se comprará un motor nuevo para los elevadores eléctricos.

Comprobó la cerradura de la puerta del sótano. Marca Assa Abloy de principios de los años noventa. Debería tener una ganzúa que funcionara; si no, tendría que preguntar a la familia de arriba.

Unos segundos: un zumbido de la ganzúa eléctrica. La cerradura hizo clic. Estaba oscuro en el interior. Encendió la linterna Maglite. Palpó con la mano derecha buscando el interruptor de la luz.

Sangre en el suelo, en las rejas que rodeaban las estancias del sótano, en los objetos de los almacenes.

Se puso los guantes.

Observó el cuerpo. Un hombre. Ropa sucia, y ahora además muy ensangrentada. Camisa de manga corta y pantalones de pana. Llenos de vómito. Botines desatados en los pies. Ángulo extraño en el brazo. Thomas pensó: Otro Kenta más.

La parte superior del cuerpo yacía arqueada. La cara contra el suelo.

Thomas dijo:

—Hola, ¿me oyes?

Ninguna reacción.

Levantó un brazo. Era pesado. Aún sin reacción.

Se quitó el guante. Tomó el pulso: totalmente muerto.

Le levantó la cabeza. La cara estaba totalmente destrozada; machacada hasta hacerla irreconocible. La nariz parecía no existir ya. Los ojos estaban tan hinchados que no se veían. Los labios parecían más espaguetis con salsa boloñesa que una boca.

Pero había algo raro. La mandíbula parecía estar hundida. Metió dos dedos en la boca, los movió en el interior. Blanda como las encías de un bebé; el muerto no tenía dientes. Evidentemente no era un adicto que había caído inconsciente por sí solo; eso era un asesinato.

Thomas no se alteró.

Sopesó ponerlo en decúbito lateral, pero lo dejó tumbado como estaba. Ni siquiera intentó reanimarlo. No tenía sentido.

Siguió las normas. Dio la alarma a la Central de Comunicación Regional. Se llevó el micrófono de la radio a la boca, habló con voz baja para no sobresaltar a todo el edificio.

—Tengo un asesinato aquí. Realmente sucio. Calle Gösta Ekman, 10. Cambio.

—Entendido. ¿Necesitas más coches? Cambio.

—Sí, envía al menos cinco. Cambio.

Oyó cómo se daba aviso general a todos los que estaban en Söderort.

La radio volvió a hablar:

—¿Necesitas a algún jefe de servicio? Cambio.

—Sí, creo que sí. ¿Quién está esta noche? ¿Hansson? Cambio.

—Afirmativo. Lo enviamos. ¿Ambulancia? Cambio.

—Sí, gracias. Y manda también un montón de papel absorbente. Aquí hace falta secar mucho. Cambio y fuera.

El siguiente paso según el protocolo. Habló con Ljunggren por la radio. Le pidió que acordonara, que pidiera a los presentes que se identificaran, que dejaran direcciones y teléfonos para posibles testimonios. Luego, que esperaran hasta que llegaran las otras patrullas con gente para realizar las correspondientes preguntas de control. Thomas miró por el edificio. ¿Cómo habían matado a este tipo? No veía ningún arma, seguro que el agresor se la había llevado consigo.

¿Qué iba a hacer ahora? Volvió a mirar el cadáver. Le levantó el brazo. Sentía que no tenía fuerzas para seguir el protocolo; en realidad debería esperar a los técnicos y la ambulancia.

Miró las manos. Había algo extraño en ellas; no faltaban dedos, no estaban extrañamente limpias o sucias; no, era otra cosa. Giró la mano. Entonces lo vio: las puntas de los dedos del muerto estaban destrozadas. En cada yema: una masa sanguinolenta. Parecía como si hubieran sido cortadas, aplastadas, igualadas, borradas.

Soltó el brazo. La sangre del suelo se había cuajado. ¿Cuánto tiempo podía llevar ahí el cadáver?

Registró rápidamente los bolsillos del pantalón. No había cartera ni celular. Ni dinero, ni identificaciones. En uno de los bolsillos traseros: un papel con un número de celular borroso. Lo volvió a poner en su sitio. Memorizó el descubrimiento.

La camiseta estaba pegada. Miró más de cerca. Giró un poco el cuerpo aunque no debía. Eso iba en contra de las normas, así que era un descuido. En realidad deberían tomar fotos e investigar el sitio antes de que alguien moviera el cadáver, pero sentía curiosidad.

Entonces vio la siguiente cosa extraña, en el brazo. Marcas de pinchazos de una jeringa. Pequeños moretones alrededor de cada agujero. Totalmente claro: lo que tenía ante sí en el suelo era un adicto asesinado.

Oyó ruido al otro lado de la puerta del sótano.

Los refuerzos estaban en camino.

Ljunggren entró. Dos patrulleros más jóvenes iban detrás. Thomas los conocía bien, buenos chicos.

Miraron el cadáver.

Ljunggren dijo:

—Vaya, qué buen resbalón debió darse con toda esa sangre que alguien tiró por todos los lados.

Se rieron. Humor de policías; más negro que el sótano antes de que Thomas prendiera la luz.

El altavoz de su radio empezó a soltar órdenes; Hansson, el jefe de servicio, había llegado, dispuso las fuerzas para que acordonaran la zona. Hizo lo que solía: dio órdenes, organizó, gritó. Sin embargo era un pequeño ensayo. Si el de la escalera hubiera sido alguien distinto a un adicto, habrían mandado todas las patrullas que hubieran podido. Habrían bloqueado media ciudad; detenido trenes, coches, metros. En este caso no había ninguna excitación.

Los paramédicos aparecieron tras siete minutos.

Dejaron yacer el cadáver un rato. Bajó un miembro del cuerpo de investigadores, tomó algunas fotos con una cámara digital. Análisis de las salpicaduras de sangre. Recolección de pruebas. Inspección de la escena del crimen.

Los paramédicos desplegaron la camilla. Subieron el cadáver. Lo cubrieron con mantas.

Desaparecieron.

Cuando hay acción, uno se divierte. Cuando uno se divierte, las noches pasan rápido. Pero se habían quedado con las ganas. Ljunggren suspiró:

—¿Para qué nos molestamos siquiera con este tema? Era sólo un alcohólico menos que de todas formas habría armado una bronca porque el Systembolaget[9] abre con tres minutos de retraso un sábado por la mañana, cuando uno verdaderamente no está para aguantar grescas.

Thomas pensó: A veces Ljunggren se pone muy quejumbroso.

Interrogaron a los vecinos aleatoriamente. Fotografiaron cerca del sótano. Acordonaron la casa. Mandaron a dos tipos a la estación de metro. Anotaron nombres y números de teléfono de otras personas de la finca, dijeron que se pondrían en contacto al día siguiente. Los técnicos buscaron huellas dactilares y sacaron muestras de ADN en el sótano. Algunas patrullas bloquearon la calle e hicieron revisiones aleatorias de tráfico en Hägerstenvägen. Sin embargo, a esas horas apenas había alguien.

De vuelta a la comisaría de Skäris[10] iban en silencio. Cansados. Pese a que no había pasado nada, había sido una experiencia intensa. Iba a ser agradable tomar un baño.

Thomas no podía olvidarse del cadáver del sótano. La cara y las yemas de los dedos destrozadas. No es que tuviera náuseas o que le pareciera duro; demasiada asquerosidad se había cruzado en su camino como para que le afectara. Era otra cosa. Lo raro de todo el asunto era que el yonqui parecía haber sido asesinado de una forma un tanto sofisticada.

¿Pero en realidad qué había de raro? Alguien se había molestado con él por algún motivo. Quizá una pelea por unos miligra-

---

[9] Tiendas estatales donde se vende alcohol.
[10] Denominación coloquial del barrio Skärholmen.

mos, una deuda sin pagar o quizá sólo una mala borrachera. No podía haber sido difícil partirle la crisma al hombre. Debió estar más que drogado. ¿Pero la ausencia de los dientes? Quizá tampoco era tan extraño. Los cuerpos de los borrachos se arruinaban a edades tempranas; demasiado de lo bueno de la vida corroía los dientes. Los cuarentañeros con dentaduras postizas eran legión.

Y sin embargo: la cara golpeada hasta lo irreconocible, las yemas de los dedos cortadas, que alguien quizá hubiera retirado una prótesis dental. Iba a estar muy complicado identificar al tipo ése. Alguien lo había pensado bien.

Lo que decía: trabajo realizado por un semiprofesional. Quizá incluso un profesional del todo.

Ahí no había ningún borracho ni lejos.

Raro.

4

A Mahmud le irritaba Erika Ewaldsson. Pesada, molesta. Como que no se rendía. Pero en realidad la ignoraba, no tenía ningún valor. Y si quebrantaba un poco las reglas de Frivården,[11] tampoco iba a pasar gran cosa. El problema era lo que se les podía ocurrir. Tonterías: se pensaban que se le podía dirigir, decidir cuándo podía ir al centro y cuándo podía relajarse en su barrio. Existía el riesgo de que pareciera que él aceptaba que esos ilusos intentaran controlarlo. Imponer sus condiciones. Controlar a un moro con un gran honor; que se fueran a la mierda.

Sin embargo: línea roja del metro, entrando. De Alby a Frivården en Hornstull. De los amigos (Babak, Robert, Javier, los demás) a Erika, la inspectora de libertad condicional, una manatí saboteadora, una puta acosadora, no le daba nada. Se negaba a aceptar que él tenía la intención de ser honorable, o al menos lo decía de verdad cuando se lo contaba a ella. Estaba más encima de él que su alumno de apoyo[12] de la escuela cuando tenía trece años; el vikingo que consideraba que Mahmud era el peleonero número uno.

---

[11] Organismo encargado del seguimiento (programas de apoyo, de reinserción, etcétera) de presos en libertad condicional o en libertad tras haber cumplido su condena.
[12] Compañero de clase que forma parte del programa contra el acoso escolar y es asignado a un niño con riesgo de ser acosado.

Bitch.[13]

El metro retumbaba. Mahmud, prácticamente solo en el vagón. Intentaba estudiar los dibujos de los asientos de enfrente. ¿Qué eran esas cosas? Bueno, reconocía la bolita amarilla. El estadio Globen. Y la torre con tres cosas encima; el edificio de la ciudad, el ayuntamiento o como se llamara. Pero las otras cosas. ¿Quién era quien dibujaba tan mal? ¿Y a quién intentaba engañar Connex?[14] El metro no era acogedor y no lo sería nunca.

Sin embargo, era de lo mejor relajarse en el vagón. Ser libre. Poder bajar y subirse donde quisiera. Coquetear libremente con las dos chicas que estaban más adelante. La vida en la cárcel era como la vida en el exterior pero en *fast forward*. El tiempo pasaba más rápido, cada sección era más compacta; así que parecía como si su última estancia en prisión nunca hubiera existido. Lo único que perturbaba: las pesadillas de las dos últimas noches. La ruleta rusa dando vueltas. Las manchas de orina que le subían por la pierna. Los dientes de oro de Gürhan que brillaban. Tenía que intentar olvidar. *Born to Be Hated.*

El tren rodó hasta el andén. Se bajó. Quería tomar algo. Se fue a la máquina de Selecta. A diez metros vio que estaba rota. Vaya aficionados. Si querían robar algo que robaran a lo grande. ¿De qué valían un par de monedas de cinco coronas de una máquina de dulces? Tenían que ser adictos. Perdedores lamentables. ¿Por qué Erika no se dedicaba a tratarlos a ellos? Mahmud no fastidiaba a nadie siempre y cuando nadie lo fastidiara a él. Las prioridades al revés.

Empezó a caminar hacia las escaleras automáticas. Las paredes de ladrillo blanco de la estación le recordaban a Asptuna. Un mes y medio desde que había salido; medio año entre rejas.

---

[13] «Prostituta, perra».
[14] Compañía responsable de la explotación del metro de Estocolmo.

Y ahora estaba obligado a ir al infierno de Hornstull una vez a la semana a humillarse. Sentarse y mentir como un villano; sentirse de nuevo como si estuviera en los últimos cursos de primaria. No funcionaba. Algunos se encerraban en pequeños estudios que conseguían los servicios sociales cuando los soltaban. No aguantaban departamentos demasiado grandes, querían que fuera tan parecido a la prisión como fuera posible. Otros se iban a vivir con sus madres. No conseguían salir adelante en la vida sin alguien que les hiciera la comida y les limpiara. Pero Mahmud jamás; él iba a arreglar eso. Apartamento propio, viajar, moverse. Cogerse a un montón de chicas, ganar un dineral. VIVIR A LO GRANDE. En el centro de los pensamientos, la cara de Gürhan boicoteaba la ensoñación como una bofetada en la jeta.

Cruzó Långholmsgatan. De fondo: el tráfico retumbaba. El cielo era gris. La calle era gris. Las casas, lo más gris de todo.

Frivården compartía entrada con el Servicio Estatal de Odontología[15] y con Seguridad Social.[16] Pensó: ¿Es que sólo las instituciones que empiezan con F pueden estar en este tugurio de mierda?[17] Un limpiador estaba encerando el suelo de plástico. Podría haber sido su padre, Beshar. Pero su *abu* ya no iba a tener que vivir así. Él se iba a encargar. *Promise*.[18]

En la recepción ni siquiera le abrieron la ventanilla de cristal. Por el contrario, él tuvo que inclinarse hasta el micrófono.

—Hola. Vengo a ver a Erika Ewaldsson. Hace diez minutos.

—Bien, si te quieres sentar, vendrá en un momento.

Se sentó en la sala de espera. ¿Por qué lo hacían esperar siempre? Se comportaban como lo peor de la prisión. Expertos en humillación hambrientos de poder: maricones.

---

[15] Folktanvården.
[16] Försäkringskassan.
[17] Los nombres de las tres instituciones empiezan con «F» en sueco.
[18] «Prometido».

Miró la porquería de prensa. *Dagens Nyheter, Café* y *Sköna Hem*.[19] Se rio para sus adentros: ¿Qué imbéciles venían a Frivården y se ponían a leer *Sköna Hem*?

Luego oyó la voz de Erika.

—Hola, Mahmud. Qué bien que ya estés aquí. De hecho, casi puntual.

Mahmud levantó la mirada. Erika tenía el aspecto de siempre. Pantalones amarillos y en la parte superior una cosa tirando a marrón parecida a un poncho. No era precisamente delgada; su culo era como del tamaño de Arabia Saudita. Tenía los ojos verdes y al cuello una delgada cruz de oro. Mierda, volvió a sentir el sabor metálico en la boca.

Mahmud acompañó a Erika a su despacho. En el interior: las persianas creaban una luz a rayas. Pósters en las paredes. El escritorio atestado de papeles, carpetas y fundas de plástico. ¿En realidad a cuántos tipos llevaba?

—Bueno, Mahmud, ¿cómo estás?

Mahmud sólo quería que todo fuera rápido. Cuidó el lenguaje.

—Estoy bien. Todo va bien.

—Estupendo. ¿Cómo está tu padre? Beshar, ¿no se llama así?

Mahmud aún vivía en casa. Era un asco, pero los caseros racistas eran claramente escépticos con un moro convicto.

—También está bien. Aunque no es del todo perfecto vivir ahí. Pero se resolverá. —Mahmud quería quitar hierro al problema—. Estoy buscando trabajo y he tenido dos entrevistas esta semana.

—¡Qué bien! ¿Te han hecho alguna oferta?

—No, ya llamarán. Eso dicen siempre.

Mahmud pensó en la última entrevista. Había ido deliberadamente sólo con camiseta. Los tatuajes, alineados. El texto: «Confía sólo en ti mismo», en un brazo, y «Alby Forever», en el otro. Los tatuajes hablaban con su agresivo lenguaje propio: Si intentas algo, vas a tener un gran problema. *For real.*[20]

---

[19] Periódico matutino, revista *lifestyle* y revista de decoración respectivamente.
[20] «De verdad».

¿Cuándo iba a darse cuenta ella? Ningún trabajo iba a venir a robarle su libertad. Él no estaba hecho para la vida de nueve a cinco, eso lo sabía desde que había llegado a Suecia de niño.

Ella lo miró. Demasiado tiempo.

—¿Qué te pasó en la mejilla?

Pregunta totalmente incorrecta. En circunstancias normales, la bofetada de Gürhan no le habría lastimado la mejilla, pero llevaba un anillo enorme. Le había arañado media cara. La herida, cubierta con una tirita. ¿Qué iba a decir?

—Nada. Estuve un rato de *sparring* con un colega, ya sabes.

No era la mejor explicación del mundo, pero quizá se la tragaba.

Erika pareció meditarlo. Mahmud intentó mirar a través de las persianas. Parecer impasible.

—Espero que no sea nada importante, Mahmud. Si no es así, no tienes más que contármelo. Puedo ayudarte, ¿entiendes?

Mahmud, irónico en el interior de su cabeza: Sí, me puedes ayudar un montón.

Erika cambió de asunto. Siguió hablando sin parar. Habló de un proyecto de búsqueda de empleo que llevaba a cabo el «servicio de desempleo de preparación para el mercado laboral del mercado de trabajo» o una cosa así. Para muchachos como él. Mahmud desconectó la atención. Años de práctica. Todas las conversaciones con los trabajadores sociales, las reuniones con las viejas de servicios sociales y los interrogatorios con los policías habían dado sus resultados. El experto de los expertos en cerrar los oídos cuando hacía falta; y aun así, parecer interesado.

Erika siguió hablando. Blablablá. Qué cuentos.

—Mahmud, ¿no estarías interesado en dedicarte a algo relacionado con el cuidado del cuerpo? Entrenas muchísimo. Ya hemos hablado antes de esto. Por cierto, ¿cómo te va?

—Me va bien. Estoy a gusto en el gimnasio.

—¿Y no sientes nunca la tentación de dedicarte a *eso*? Ya sabes.

Mahmud ya sabía. Erika sacaba el tema siempre. Era lo que había.

—No, Erika, he dejado *eso.* Ya lo hemos hablado mil veces. Resulta igual de bien con pollo sin grasa, atún y licuados de proteínas. Ya no necesito cosas ilegales.

No quedó claro si en realidad ella escuchó lo que le había dicho. Escribió algo en un papel.

—¿Puedo hacerte otra pregunta? ¿Con quién te relacionas durante el día?

La reunión empezaba a alargarse. La idea de esa mierda: una conversación breve para que pudiera desahogarse de los problemas que generaba la vida en libertad. Pero del verdadero problema no podía ni siquiera insinuar nada.

—Tengo mucha relación con los del gimnasio. Son buena gente.

—¿Cuánto tiempo pasas allí?

—Entreno en serio. Dos sesiones diarias. Una por la mañana, cuando no hay mucha gente. Luego una sesión por la noche, más o menos a las diez.

Ericka asintió. Charlaron. ¿No se iba a acabar nunca?

—¿Y qué tal vas con tus hermanas?

Sus hermanas eran sagradas, parte de su dignidad. Daban igual los castigos que se le ocurrieran a la sociedad sueca; nada podía impedirle protegerlas. ¿Estaba cuestionando Erika algo sobre sus hermanas?

—¿Qué quieres decir?

—Que si te ves con ella, es decir, tu hermana mayor. Su marido cumple condena, ¿no?

—Erika, entre nosotros tiene que quedar clara una cosa. Mis hermanas no tienen nada que ver con las cosas horribles que he hecho. Ellas son puras como la nieve, inocentes como corderos. ¿Entiendes? Mi hermana mayor va a empezar pronto una nueva vida. Casarse y eso.

Silencio.

¿Erika se iba a poner gruñona?

—Mahmud, no quería decir nada malo. Tienes que entenderlo. Para mí es importante que te veas con ella y con tu familia.

Cuando sales de prisión suele ser de ayuda estar en contacto con personas seguras próximas a uno. He interpretado que la relación con tus hermanas es muy buena, nada más.

Hizo una breve pausa, lo observó. ¿Estaba mirando otra vez la señal del golpe de Gürhan? Buscó la mirada de ella. Tras un rato, ella puso las manos en las rodillas.

—Bueno, pues creo que hemos acabado por hoy. Puedes llevarte este folleto del proyecto del Instituto de Empleo del que te he hablado. Sus locales están en Hägersten y de verdad creo que te podría ayudar. Cursos sobre cómo realizar entrevistas de trabajo y cosas así. Puede reforzarte.

En la calle. Aún con hambre. Irritado. Al Seven Eleven de la entrada del metro. Compró una Fanta y dos barritas energéticas. Se deshacían en la boca. Pensó en las molestas preguntas de Erika.

Sonó su teléfono. Número privado.

—Sí, diga.

La voz al otro lado:

—¿Eres Mahmud al Askori?

Mahmud se preguntó quién sería. Alguien que no se presentaba. Sospechoso.

—*Yes.* ¿Qué quieres?

—Me llamo Stefanovic. Creo que pudimos habernos visto alguna vez. A veces entreno en el Fitness Center. Tú has colaborado con nosotros en el pasado.

Mahmud sumó uno más uno: Stefanovic, el nombre decía casi todo. Al teléfono no estaba cualquiera: alguien que entrenaba en el gimnasio, alguien que sonaba más frío que el hielo de las venas de Gürhan, alguien que era serbio. Mahmud no reconocía la voz. No veía ninguna cara. Sin embargo, eso sólo significaba una cosa: uno de los hombres importantes quería hablar con él. O bien estaba más metido en la mierda de lo que pensaba o es que había algo interesante en marcha.

Tardó en contestar. ¿Stefanovic no iba a decir nada más?
Al final dijo:

—Reconozco tu nombre. ¿Trabajas para ya sabes quién?

—Quizá se podría decir que sí. Nos gustaría hacer una cita contigo. Creemos que nos puedes ayudar con un asunto importante. Tienes una buena red de contactos. Eres bueno en lo que has hecho anteriormente.

Mahmud le interrumpió.

—No tengo intención de volver a estar encerrado. Sólo para que lo sepas.

—Tranquilo. No queremos que hagas nada por lo que tengas que volver a estar encerrado. Para nada. Es algo totalmente diferente.

Una cosa segura: un trabajo totalmente normal no era. Por otro lado: sonaba a dinero fácil.

—Bien. Cuéntame más.

—Ahora no. No por teléfono. Vamos a hacer esto: hemos puesto en tu casillero una entrada para el domingo. Ve allí a las dos y te lo explicamos. Hasta luego.

El yugoslavo colgó.

Mahmud bajó las escaleras de la estación de metro. Se fue por las escaleras mecánicas que bajaban al andén.

Pensó: Que nadie crea que me van a volver a encerrar. Que los yugoslavos lo fueran a engañar para que hiciera alguna tontería: pocas probabilidades. Pero de todas formas no le haría daño a un profesional como él reunirse con ellos. Escuchar lo que querían. Cuánta plata iban a soltar.

Y más importante: ser el hombre de los yugoslavos podría ser una salida de la mierda en la que se había metido con Gürhan. Se sintió de mejor humor. Eso podría ser el principio de algo.

No fue como Niklas lo había pensado. Un día después de mudarse al departamento nuevo, su madre fue allí. Le pidió quedarse a dormir.

Era justo eso de lo que se trataba; de no ponerse nerviosos mutuamente, no introducirse demasiado en el territorio del otro, no borrar los perímetros del otro. Pero no podía decir que no. Estaba asustada, muy asustada. Con toda la razón. Le llamó al celular directamente desde el trabajo.

—Hola, Niklas, ¿eres tú?

—Claro que soy yo, mamá… estás llamando a mi número.

—Sí, pero aún no me lo he aprendido bien. Qué bien que estés en Suecia otra vez. Ha pasado una cosa espantosa.

Niklas notó en la voz que era algo fuera de lo normal.

—¿Qué?

—La policía ha encontrado a una persona asesinada en nuestro edificio. Es terrible. Toda la noche ha habido una persona muerta en el sótano.

Niklas se quedó petrificado. Los pensamientos se aguzaron. Al mismo tiempo: los pensamientos dispersos. Eso era duro.

—Parece una locura, mamá. ¿Qué dijeron?

—¿Quiénes? ¿Los vecinos?

—No, la policía.

—No han dicho nada. Estuve la mitad de la noche de pie afuera y pasando frío. Todos lo hicimos. Berit Vásquez estaba totalmente destrozada.

—¡Qué fastidio! ¿Pero le has dicho algo más a la policía?

—Me van a interrogar hoy después del trabajo. Pero no me atrevo a dormir en casa sola. ¿Podría dormir en tu casa?

No era para nada como él había pensado. Eso no era bueno.

—Por supuesto. Dormiré en un colchón o en una colchoneta. ¿Por qué fuiste a trabajar hoy? Deberías pedir permiso unos días.

—No, no puede ser. Además, también quería salir de la casa. Es agradable estar en el trabajo.

Una pregunta en la cabeza de Niklas. Tenía que preguntárselo.

—¿Saben quién es el muerto?

—La policía no ha dicho nada sobre eso. En cualquier caso, yo no lo sé. No han dicho nada. ¿Puedo pasar después del trabajo?

Le dijo que no había problema. Le explicó cómo ir. Suspiró en su interior.

Niklas se puso los pantalones cortos y la camiseta. El logo de Dyncorp, en texto negro sobre el pecho. Le encantaba su equipo. Calcetas de carrera sin costuras para prevenir las rozaduras y con resorte en los laterales para que se mantuvieran en su sitio. El calzado: Mizuno Wave Nirvana; un nombre *freaky*, pero el mejor calzado que vendían las tiendas de Löplabbet.

Lo primero que hizo tras volver a casa, y una de las pocas veces que se desplazó un poco más lejos, fue comprar los tenis y las demás cosas para correr. Probar en la cinta de Löplabbet, discutir el ancho de la horma, el efecto del exceso de pronación en el paso y la constitución del puente del pie. Muchos creían que correr era un deporte agradable porque era sencillo, barato, sin complementos superfluos. No para Niklas: los complementos lo hacían más divertido. Las calcetas, los shorts con aberturas extra para que no hicieran rozaduras en las piernas, el pulsómetro y, por supuesto, los tenis. Más de mil quinientos billetes. Valían cada corona de su precio. Ya había ido a correr más de diez veces desde que había vuelto. *Allá abajo* también corría a veces, pero con limitaciones. Si casualmente te metías unos metros en la calle equivocada, todo podía acabar en tragedia. Dos tipos británicos de su grupo: los encontraron con el cuello cortado. El calzado, robado. Las calcetas, aún calientes en los pies.

Se puso delante del espejo para fijar el pulsómetro alrededor del pecho. Se miró. Bien entrenado. Pelo recién cortado, corto, rapado al uno; apenas se veía lo rubio que era en realidad. Pero lo delataban los ojos azules. Atisbos de otro rostro en el espejo: rayas negras pintadas bajo los ojos, pelo mugriento, mirada de acero. Equipado para luchar.

Se puso el pulsómetro de mano hasta el final. Lo colocó a cero. Le daba la sensación de intensidad, ritmo correcto. Y lo mejor: le daba información inmediata sobre el entrenamiento.

Salió. Bajó las escaleras trotando. Abrió la puerta. Un día genial.

Correr: su control sobre la soledad. Su medicina. Su escape de la confusión por volver a estar en casa.

Empezó despacio. Sentía un leve dolor en los muslos desde la última ronda, en Örnsberg. Corrió hacia la escuela de Aspudden. Grande, de ladrillos amarillos con un asta para la bandera en el patio. Había cerca un edificio de madera más bajo, quizá una ludoteca o una clase de primera etapa de primaria. Pasó de largo corriendo. A los árboles les estaban empezando a brotar hojas. El verdor era lo más hermoso de todo. Estaba contento de estar en casa.

La pendiente se inclinaba aún más. Bajaba hacia algo que parecía un valle. Al otro lado: una colina boscosa. En el fondo del valle se abría una zona de parcelas de cultivo públicas; el gran sueño de todas las amas de casa de los departamentos de alquiler: ponerle las manos encima a una de esas parcelas. Cobertizos, mangueras y cultivos que estaban empezando a crecer bien. El verdor de Suecia era tan intenso.

No pudo evitar analizar el terreno. Parecía como un FEBA, *Front Edge Battle Area.*[21] Un escenario de batalla. Perfecto para una emboscada, un ataque inesperado hacia abajo desde ambos lados contra un enemigo en avance o un convoy enemigo en el fondo del valle. Lo primero: los helicópteros Apache AH64; ametralladoras M230 de 30 milímetros, velocidad de disparo de más de dos mil proyectiles por minuto. Hacía saltar por los aires los camiones y los jeeps. Los destrozaba. Los obligaba a parar. El posterior bombardeo con los misiles Hellfire de los helicópteros destrozaba la mayoría de los tanques. A continuación, la gente de las granadas de las laderas haría su parte con municiones antitanque de 20 milímetros y los complementos lanzagranadas de las armas automáticas. Arrasaban los tanques de una vez por todas. Por último, pero no menos importante: la infantería; se encargaban de que los jeeps ardieran bien, creaban una cortina de fuego para los enemigos que aún presentaban resistencia se encargaban de que ningún efectivo cayera innecesariamente. Se hacían cargo de los restos. Los despojos. Los presos.

Así era como se hacía. La situación era perfecta. En medio de las parcelas de cultivo. Casi tenía ganas de volver.

Siguió corriendo hacia la colina del otro lado. Siguió viendo escenas de guerra. Imágenes diferentes. Gente ensangrentada. Caras quemadas. Partes del cuerpo que habían saltado por los aires. Hombres con uniformes paramilitares rotos que gritaban en árabe. Sus líderes con pistolas en las manos y emblemas en las charreteras gritando: *Imshi.* «Adelante».

Soldados arrastrándose. Personas heridas. Cuerpos humeantes.

Por todos los lados.

Presas del pánico.

---

[21] «Flanco Frontal de un Área de Combate».

Gestos descompuestos. Heridas abiertas. Ojos vacíos. *Shit.*[22]

Corrió. Bajó hacia el lago.

Las ramas cubrían el sendero como un techo. Siguió hacia una zona de viviendas.

Sintió que le invadía el cansancio. Miró el reloj. Llevaba corriendo veintiún minutos. Memorizó el tiempo de la mitad del recorrido. Era hora de volver. La respiración, regular. ¿Podía soportar otra vez la zona de parcelas de cultivo?

Pensó: ¿Cómo me siento en realidad? El tiempo en Dyncorp había influido, eso lo sabía. Había muchas historias sobre hombres que no habían soportado el entorno seguro de sus países de origen.

Como máximo doscientos metros hasta el portal. Se calmó. Caminó la última parte para que le bajara el azúcar de la sangre. Que el ritmo de la respiración descendiera. Le encantaban sus complementos. Material que respiraba, la camiseta apenas estaba mojada de sudor.

El cielo, azul claro. Las hojas de las plantas de la calle, verde claro.

Entonces la vio. Sobre una caja de fusibles de alta seguridad.

Qué sorpresa.

Creía que en Suecia no había.

Allí había a montones. Pero era diferente; entonces iba vestido con pantalones de camuflaje reforzados con kevlar metidos en botas militares altas y duras. Provisto de armas; si se acercaban demasiado, él no tenía piedad. Que la masa de sus pequeños cerebros manchara la gravilla. Entonces estaban casi bien.

Pero ahora.

La rata miró fijamente.

---

[22] «Mierda».

Niklas se quedó inmóvil.

Sin botas; zapatillas de carrera Mizuno bajas.

Sin pantalones reforzados metidos; sólo pantalones cortos.

Sin pistola.

Estaba inmóvil. A él le pareció grande como un gato.

El pánico iba surgiendo.

Alguien se movió dentro del portal.

La rata reaccionó. Saltó del armario.

Desapareció por la esquina de la casa.

Niklas abrió el portal y entró. En el interior había una chica tirando la basura. Quizá de veinticinco años, pelo largo, oscuro, cejas negras, ojos marrones. Guapa. Quizá fuera *haij*, como llamaban los americanos a los civiles *allá abajo*.

Empezó a subir las escaleras. Sudoroso. Pero no tenía la sensación de que dependiera de la carrera. Más bien del shock por la rata.

La chica fue detrás. Él rebuscó las llaves de su puerta.

Ella estaba junto a la suya, en el mismo piso. La observó.

Abrió la puerta.

Vestida con pantalones de punto, sudadera grande y chanclas.

Entonces se dio cuenta; era su vecina. Debería saludar, aunque no supiera cuánto tiempo se iba a quedar ahí.

—Hola, quizá debería presentarme —dijo.

Sin que realmente le diera tiempo a darse cuenta, oyó decir a su propia voz: «Salaam Aleikum. Kef alek?».

En la cara de ella se formó una expresión totalmente diferente; una sonrisa amplia, sorprendida. Al mismo tiempo miraba al suelo. Él reconoció el comportamiento. Allí una mujer nunca miraba a un hombre a los ojos, salvo las putas.

—¿Hablas árabe?

—Sí, un poco. Al menos puedo darle conversación a una vecina.

Se rieron.

—Encantada de conocerte. Me llamo Jamila, ya nos veremos por la lavandería de la casa o eso.

Niklas dijo su nombre.

Jamila empezó a cerrar la puerta. Dijo:

—Hasta la vista.

Luego entró en su casa.

Niklas seguía ante su puerta.

Contento de alguna manera. Pese a la rata que acababa de ver abajo.

Cuatro horas más tarde, en la cocina, él y su madre. Niklas tomaba Coca-Cola. Ella se había traído una botella de vino. En la mesa: una bolsa de pastelillos de almendra que también había comprado ella. Lo sabía: a Niklas le encantaban, el sabor seco y dulce cuando la masa se pegaba a las encías. Pastelillos de viejo, opinaba su madre. Él se rio.

La decoración del departamento era austera. En la cocina había una mesa de madera desgastada. Llena de marcas redondas de tazas demasiado calientes. Cuatro sillas con respaldo de barrotes; extremadamente incómodas. Niklas había puesto una camiseta sobre el respaldo de la silla de su madre para que fuera un poco más cómoda.

—Cuéntame. ¿Qué es lo que ha pasado en realidad?

Fue como apretar un botón. Su madre se inclinó hacia delante sobre la mesa como para que él la oyera mejor. Le salió a borbotones. De forma incoherente y sentimental. De forma borrosa y temerosa.

Contó que un vecino la había despertado. El vecino dijo que había pasado algo en el sótano. Luego apareció la policía. Informaron a todos. «No tienen que preocuparse.» Hicieron preguntas raras. Los vecinos estaban afuera, en la calle. Charlaban con voz baja, temerosa. La policía acordonó la zona. Sirenas en la calle. Policías armados en movimiento. Fotografiaron la escalera, el sótano, el exterior. Le pidieron que mostrara su documentación. Que escribiera su número de teléfono. Luego vieron sacar del sótano un cuerpo humano cubierto en una camilla.

Entre las palabras, ella sorbía el vino. La cabeza le colgaba sobre el vaso. Se le notaba la mala postura incluso cuando estaba sentada.

Y ese día la habían llevado a declarar. Hicieron preguntas. Si tenía idea de quién podía ser el muerto. ¿Por qué había un hombre asesinado en su edificio? Si había oído algo, visto algo. Si algún vecino se había comportado de forma extraña últimamente.

—¿Fue desagradable?

—Mucho. Imagínate. Que te interrogue la policía como si uno estuviera implicado en un asesinato o algo así. Preguntaron una y otra vez si sabía quién podía ser. ¿Por qué iba a saberlo?

—¿Así que no saben quién es?

—No tengo ni idea, pero no creo. No habrían preguntado tanto. Es horroroso. ¿Cómo no pueden saber eso? La policía no vale para nada hoy en día.

—¿Viste al muerto?

—Sí. O sea, no. Vi algo que podría ser una cara pero lo habían tapado mucho. No sé. Creo que era un hombre.

—Mamá, quiero pedirte una cosa. Quizá suene un poco raro, pero quiero que pienses en esto de verdad. Verás, con mi pasado sería mejor que… —se interrumpió. Se echó más Coca-Cola. El líquido sonó en la lata—. Quiero que no le hables a la policía de mí. No menciones que he vuelto a casa. No menciones que he estado viviendo contigo. ¿Me lo prometes? —Niklas levantó la mirada hacia Catharina.

Ella se quedó sentada en silencio, mirándolo fijamente.

Capítulo
6

Se tomaron una pausa para el café; Thomas y Ljunggren, como de costumbre. Pese a que sólo eran las dos, Ljunggren iba por su octavo café del día. Thomas se preguntó: ¿tenía Ljunggren el estómago hecho de acero?

El lugar: un sitio para taxistas en Liljeholmen. Una televisión en un rincón en la que había un partido de la liga italiana a todo volumen. Sillas de metal incómodas y mesas con manteles a cuadros. Diseminados por las mesas había ejemplares de los periódicos *Expressen*, *Aftonbladet* y catálogos de Clas Ohlson. El sitio perfecto para la espera tranquila de los policías; aguardaban una misión que hiciera honor al nombre.

La terminal de radio de Ljunggren estaba sobre la mesa. Las llamadas de la central de comunicaciones apenas se oían con los comentarios excitados de los periodistas de futbol. La Fiorentina demostraba que quería estar arriba en la liga italiana, le estaba dando una paliza al Cagliari. El danés Martin Jørgensen acababa de hacer el 2-1. Bien colocado y bonito.

Cada uno leía su periódico. Como siempre, nada de mucha charla. Conservaban su actitud tranquila.

Pero Thomas se sentía desconcentrado. Los artículos del periódico pasaban de largo. Hojeaba sin interés. Tampoco aguantaba escuchar la charla de la Fiorentina. No podía dejar el asunto del sótano. En circunstancias normales se olvidaba tan pronto como volvía a la comisaría. Se daba un baño, se secaba, se vestía de civil. Malos tratos, asesinatos, violaciones, lo que fuera le resbalaba con el gel de baño. Pero esto le corroía. La imagen de la cara destrozada volvía. Con cada página que pasaba veía los jirones, la nariz rota y metida hacia dentro, la inflamación alrededor de los ojos. Los pinchazos del brazo. Las yemas de los dedos arrancadas y ensangrentadas. Las encías vacías.

Thomas pensó que era una rutina curiosa para los policías de verdad; tan pronto como empezaba a ponerse emocionante, le pasaban la mierda a los ratones de la policía judicial. Los policías de despacho, es decir, los inspectores de la judicial, los que se habían escabullido de las calles para dedicarse al papeleo. Eran con frecuencia inspectores de más edad con dolor de espalda o problemas en las rodillas; como si a uno le mejorara la espalda por estar sentado inmóvil ante un escritorio los días enteros. O bien llevaban a sus espaldas lo que se llamaba estar quemado. Todos sabían que era una tontería. Pero a veces: cándidos jóvenes que salían directamente de la escuela de policía pero estaban demasiado blandos para trabajar de verdad. Pensaban que iban a ser Kurt Wallander[23] o Martin Beck.[24] Thomas lo sabía; noventa por ciento de las investigaciones de las que se encargaban eran robos y robos de bicicletas. Emocionantísimo, claro.

Mensaje de radio:

—Tenemos un conductor ebrio que se cree que es Ayrton Senna en la autopista E4, dirección sur. ¿Alguien que esté cerca de Liljeholmen? Cambio.

Era el descanso del partido. Thomas oyó la radio claramente.

Miró el gesto de Ljunggren, que también lo había oído.

Dibujaron su habitual sonrisa burlona.

Contestó:

—No podemos tomarlo. Estamos en Älvsjö. Cambio.

---

[23] Personaje de ficción creado por el novelista sueco Henning Mankell.
[24] Personaje de ficción creado por los novelistas Sjöwall y Wahlöö.

Una pequeña mentira necesaria para evitárselo. La central no tenía ni idea de lo cerca que estaban del sitio en realidad.

Thomas pensó: Llámalo una moral laboral lamentable. Llámalo pereza. Llámalo fraude. Pero se lo merecían; si no se apostaba nunca por la policía, no se recibía nada a cambio. Y a un borracho que se creía que había un circuito de carreras en la autopista de todas formas no le caería nunca más de un mes; así que... ¿para qué tanta molestia?

Ljunggren se sirvió su novena taza. Dio un sorbo.

Ljunggren condujo solo las últimas horas del turno de ese día. Thomas tenía que ir a una reunión de investigación. O como se llamaba informalmente, dar el parte. Contar sus impresiones de la noche del 3 de junio. Darle al de la judicial un relato más amplio, mejor, más completo. Necesitaban más que las fotos de los de la policía científica, los informes escritos y los atestados con las declaraciones.

Tenía que ir a la sede central, es decir, a Kronoberg. Es decir; el paraíso de los ratones de la judicial/los de los papeles/las chicas. Lo llevó una compañera que no había visto antes. No tuvo fuerzas para hablar. Saludó educadamente; el resto del trayecto estuvieron callados.

Thomas había escrito medio oficio, su informe de los hechos. Era una tontería, frases hechas, redacción con abreviaturas. *El ins. Andrén y el ins. Ljunggren fueron llamados a las 00:10 hrs. de la noche de patrullaje. Llegaron a la calle Gösta Ekman 10 a las 00:16 hrs. Algo de público en el exterior del portal así como aprox. ocho personas en la escalera.* Un montón de horas, nombres de los patrulleros que habían acudido al lugar, jefe de servicio, acordonado, recopilación de información, etcétera. Después, descripciones breves. *El abajo firmante, primero en llegar a escena del crimen. Realizados intentos de primeros auxilios. Esc. del crimen fotografiada. Observado: huellas de sangre y vómitos en pared/suelo. Cara hacia*

abajo, gran inflamación y heridas. En bolsillo trasero: recibos, no-
tas de papel sin identificar. Llegada ambulancia aprox. a las 00:26.
Llegada técnicos aprox. a las 00:37.

Thomas detestaba escribir informes por dos motivos. El primero: no se entendía con el teclado. Causado por problemas sen-
cillos. Le daba a la tecla de *bloquear mayúsculas* sin darse cuenta.
Tardaba tres minutos en percatarse de lo que había pasado. Le daba a la tecla de *insert* cuando quería darle a retroceso; cada letra
que escribía borraba el texto que ya había escrito más adelante.
No conseguía arreglar esa mierda. Le daba un arrebato. Volvía a
escribir medio informe desde cero, ya que se iba borrando al ritmo de lo que iba cambiando. La irritación casi lo desbordaba.
¿Pero quién había inventado esas teclas?

El segundo: lo que contabas no era lo que verdaderamente
había pasado, sino lo que demostrara que habías seguido el manual. En realidad había evitado los primeros auxilios. Pero todos
habrían evitado eso. Tienes que protegerte, la vida policial es así;
lo que iba luego en el informe era otra cosa.

La entrada principal de la calle Polhemsgatan estaba recién
renovada. Suelos de mármol relucientes, metal pulido y enormes
lámparas blancas de diseño. Thomas no podía comprender cómo
elegían gastar el dinero. Algunos tipos de Söderort llevaban veinte años usando la misma arma reglamentaria, pero aquí, donde los
policías finos dedicaban millones a remodelar una entrada. ¿De
qué manera conseguían los ciudadanos suecos una mejor ciudad
por medio de una entrada renovada de lujo? Las prioridades equi-
vocadas no conocían límites.

Mostró la placa en la recepción. Les pidió que llamaran al
responsable del expediente al que iba a ver, Martin Hägerström.
Despacho 547. Quinto piso. Se veía bien, seguro.

El ascensor de subida estaba lleno de gente de oficina, sobre
todo mujeres. No reconoció ni una sola cara. ¿Llenaban el cuerpo
de policía con mujeres hoy en día? Fijó la mirada en los botones,
más exactamente en el botón 5. Observó el estricto protocolo sue-

co en los ascensores; entra, pasa la mirada por los que están en el ascensor, fija luego la mirada en un punto de la pared, los botones o el certificado de la inspección. Luego la mantienes ahí. No te muevas. No gires la cabeza. No vuelvas a mirar a tu alrededor. Sobre todo: no mires a los otros ocupantes a los ojos bajo ninguna circunstancia.

Todos los botones estaban iluminados. Alguien iba a bajarse en cada piso. Fue un trayecto muy largo.

Quinto piso: buscó el despacho. La puerta estaba cerrada. Llamó. Alguien dijo:

—Adelante.

En el interior: caos; tan revuelto que se habría podido esconder con facilidad una motocicleta en la habitación. En una de las paredes, una estantería con libros, revistas y sobre todo carpetas. Expedientes de casos llenos de papeles amontonados en el suelo. Informes, actas de objetos confiscados, material de información, datos de informadores atestados con y sin fundas de plástico por todo el suelo. El escritorio estaba abarrotado de cosas semejantes: declaraciones de testigos impresas, informes de sumarios y más historias. Tazas de café, botellas de agua mineral Ramlösa a medio terminar y cáscaras de naranja por todos lados. Caramelos Dumle, colillas y lápices amontonados delante de una pantalla de computadora. En algún lugar bajo todos los papeles debía de haber un teclado. En algún lugar de ese desorden debía haber un inspector de la judicial.

Se acercó un tipo delgado. El hombre debía de haber estado detrás de la puerta.

Alargó la mano.

—Bienvenido. Thomas Andrén, ¿no? Soy Martin Hägerström. Inspector de la judicial.

—¿Recién nombrado? —A Thomas no le gustaba el estilo de iluso: pantalones de pana, camisa verde con los dos botones superiores desabrochados, el desorden del despacho, el peinado alborotado del tipo. La informalidad sin uniforme.

—En realidad no. Fui seleccionado hace seis meses desde Asuntos Internos. Aquí hay mucha acumulación de trabajo. Necesitaban refuerzos, ¿sabes? ¿Qué tal ustedes? Skärholmen, ¿no?

Hägerström quitó unas actas que había en una silla Myran.[25] Hizo gestos a Thomas para que se sentara. En su cabeza resonaban dos palabras: Asuntos Internos; Martin Hägerström era uno de Ellos. Los afiliados a la quinta columna, los colaboracionistas, los traidores; los investigadores de Asuntos Internos. Los que se dedicaban a meter entre rejas a otros policías, compañeros, hermanos. El departamento para el que se seleccionaba gente de otros distritos a fin de que no tuvieran amigos en la zona donde trabajaban. La preocupación número uno de todos los polis. El archienemigo de todos los hombres normales. El escalafón más bajo de todas las jerarquías.

Thomas le miró a los ojos con una mirada dura.

—Ya. Eres uno de ésos.

Hägerström le devolvió la mirada fija, le miró aún con más dureza.

—Eso es. Soy uno de ésos.

Hägerström sacó un block nuevo y un lápiz de algún lugar.

—Esto no va a durar mucho. Sólo quiero que me cuentes brevemente lo que viste, con quién hablaste, cómo percibiste la situación en la escalera y en el sótano anteayer. Ya tengo tu informe y eso, pero no hemos acabado con la investigación de la escena del crimen y sólo hemos interrogado aproximadamente a una tercera parte de las personas que había en el lugar. En realidad no sabemos con seguridad si el sótano fue la escena del crimen. A veces se necesita un poco de información adicional para crearse una imagen.

Thomas también se sentó. Miró por la ventana.

—¿Qué información adicional es la que necesitas? No sé más que lo que está en el informe.

---

[25] Silla de tres patas diseñada por Arne Jacobsen en la década de 1950, también conocida como silla Hormiga.

La manera más rápida de evitarse dar partes prolongados solía ser remitirse sólo al informe. Thomas quería marcharse, era una pérdida de tiempo.

—Podemos empezar con lo que pasó cuando llegaron. ¿Cómo descubriste el cadáver?

—¿No está en el informe?

—Está que encontraste, y cito literalmente, «el cadáver en el sótano, en el exterior del almacén nº 14». Es lo único.

—Es que fue así. En el descanso del primer piso había una pequeña familia en bata y se preguntaban qué había pasado. Me dijeron que estaba abajo. Bajé. La puerta estaba cerrada con llave y la abrí con la ganzúa. Primero vi sangre y vómito en el suelo del sótano. Luego vi el cuerpo. Estaba tumbado con la cara hacia abajo. Pero eso lo tendrás en foto.

El de la judicial no se rendía. Siguió haciendo preguntas sobre detalles. Qué aspecto tenía la familia de la escalera. Cómo estaba construido el sótano. Cómo yacía el cuerpo. Thomas se dio cuenta de que había aplicado la táctica errónea; debería haber dado más detalles desde el principio. Eso iba a durar toda la puta tarde. Después de una hora de preguntas, Hägerström se levantó.

—¿Quieres café?

Thomas dijo que no. Se quedó sentado. Hägerström desapareció de la habitación.

Los pensamientos de Thomas volaron. Pensó en el club de tiro. Su pistola Infinity, sus otras pistolas. Anhelaba irse; el impresionante aislamiento/concentración cuando, con las protecciones para los oídos puestas, disparaba diez proyectiles de 9 milímetros seguidos justo en la cabeza de la figura de papel. Podía decirlo sin avergonzarse: era uno de los mejores tiradores de la policía de Estocolmo.

Hägerström volvió a entrar. Parecía querer charlar un rato.

—¿Sabes? Ustedes los patrulleros están infravalorados. Muchas veces pienso que sus primeras impresiones son importantes. Metemos tras las rejas a la mayoría de los delincuentes importantes por la vía de la investigación. Toda nuestra información recopilada permite que yo pueda desde aquí, el despacho, atar los cabos y conseguir que se les acuse. Desde el escritorio. Pero hace falta información de la calle, de la realidad. De ustedes.

Thomas sólo asintió.

—Tengo ideas sobre nuevas formas de colaboración. La gente de los despachos junto con ustedes, los que están fuera de verdad. Los inspectores de la judicial con los inspectores de seguridad ciudadana. Habría que formar un equipo con ambas partes. Hoy en día hay mucha información que se pierde.

—¿Hemos terminado ya? ¿Me puedo marchar?

—No, aún no. Quiero discutir contigo una última cosa.

Thomas suspiró.

Hägerström continuó:

—Se suele hablar de diferentes tipos de delincuentes violentos. Seguro que te acuerdas de la formación policial. Los criminales profesionales y los que tienen problemas psíquicos. Por ejemplo, los criminales profesionales planifican bien, son manipuladores, a veces con rasgos psicopáticos. En muchos casos, relativamente inteligentes, al menos inteligencia callejera, por decirlo así. Por otra parte, los que tienen problemas psíquicos son con frecuencia solitarios, han tenido problemas o han sido víctimas de algo durante el crecimiento. Pueden vivir muchos años sin cometer delitos, pero entonces algo salta y entonces cometen alguna agresión grave sexual o violenta. La cuestión es que sus delitos son diferentes. Se mueven en diferentes campos, cometen distintos tipos de mierda. Tipos totalmente diferentes de asesinato. Los criminales profesionales, delincuentes por motivos económicos, matan con frecuencia de forma rápida y limpia, dejan a sus víctimas donde no pueden relacionarlos con el crimen y no hacen nada innecesariamente sangriento. Los enfermos psíquicos tienen otros motivos. Puede ser una implicación sexual, puede ser un auténtico enredo; con frecuencia atacan a personas de su entorno o atacan a varios a la vez. Pueden abandonar a las víctimas para que sean encontradas, como un mensaje para el entorno. O un grito de ayuda. Pensando en este asesinato, seguro que puedes adivinar cuál es mi pregunta. De manera totalmente espontánea, ¿cuál es tu idea de este asesinato? ¿Criminal profesional o caso psíquico?

La pregunta vino de sorpresa. Thomas se sintió honrado por algún curioso motivo; este ratón de la judicial valoraba su testimonio, su opinión e intuición. Luego desechó la idea. El tipo lo estaba adulando por algo. Contestó como se debía: arrogante.

—Bah, no parecía muy contento precisamente, así que debió de ser bastante doloroso.

Hägerström no descubrió la broma.

—¿Qué quieres decir?

—Pues quiero decir que no parecía contento, tenía una expresión muy extraña en la cara. *Sangrienta* sería quizá la palabra correcta.

Las miradas volvieron a desafiarse. Nadie la bajó.

—Andrén, no me gusta tu tipo de humor. Por favor, contesta sólo a la pregunta.

—¿No lo acabo de hacer? Con toda la puta sangre que había en ese sótano, el que atacó debió ser un verdadero psicópata.

Silencio de treinta segundos; un tiempo largo entre dos hombres que no se conocían.

—Te podrás ir pronto, no te preocupes. Sólo tengo una pregunta más. ¿Cuál es tu opinión espontánea, preliminar del motivo de la muerte?

No tenía sentido enredarlo más. Quizá el de la judicial lo retendría entonces aún más tiempo sólo por maldita sea. Dio su opinión sincera:

—La verdad es que no lo sé. El muerto tenía grandes marcas de pinchazos en el brazo, así que puede haber sido una sobredosis lo que lo destrozó, además de la paliza.

Hägerström se quedó con la boca abierta, pareció verdaderamente sorprendido durante un breve segundo. Se recompuso. Volvió a las graciosadas:

—¿No dije que no me gusta tu tipo de humor?

Fue el turno de Thomas para sorprenderse. ¿Qué quería decir el tipo? No era ninguna broma.

—Hägerström, ahora voy a ser sincero. No me gusta la gente de Asuntos Internos. En mi opinión, todos deberíamos trabajar juntos y no dedicarnos a destrozar la vida de buenos profesionales. Pero voy a ser complaciente y contestaré a tus preguntas sólo para poder irme de aquí. El problema es que ahora mismo no entiendo lo que quieres decir.

—¿No? Quiero decir que quiero una respuesta a mi pregunta. ¿Cuál es tu opinión espontánea, preliminar del motivo de la muerte? Por favor, nada de putas marcas de piquetes.

—Te digo que no lo sé. Probablemente fue la paliza, pero también puede haber sido una sobredosis. Teniendo en cuenta *las marcas de pinchazos*.

Hägerström se inclinó hacia delante. Pronunció:

—No había ninguna marca de piquetes o de herida punzante. El cadáver estaba totalmente libre de ese tipo de lesiones.

De nuevo silencio. Ambos evaluaron la situación. Sus rostros: a menos de un metro el uno del otro.

Al final Thomas dijo:

—Por lo que oigo, no has leído mi informe. El cadáver parecía un colador en el brazo derecho. Si él mismo u otro le metió droga por cada uno de los piquetes, también pudo morir por una sobredosis. ¿Me entiendes?

Hägerström rebuscó entre sus papeles del escritorio. Tomó uno, era el informe de Thomas. El de la judicial se lo pasó. Media página. Frases cortas que reconoció. Pero al final había algo que no cuadraba. Faltaban palabras. ¿Se había olvidado de guardar esas últimas líneas? ¿El problema con los pinches comandos del teclado había hecho desaparecer el texto o lo había borrado alguien?

Thomas sacudió la cabeza. Ni una palabra en el informe sobre las marcas de pinchazos.

Thomas levantó la cabeza del informe.

—Esto es un fraude.

***

Informe de autopsia
Dirección Nacional de Medicina Forense, 4 de junio
Departamento de Medicina Forense
Calle Retzius, 5
171 65 SOLNA
E 07 - 073, K 58599-07

A. Introducción

A instancias de la Autoridad Policial de la región de Estocolmo se ha realizado una autopsia completa a un cuerpo sin identificar, encontrado el 3 de junio en la calle Gösta Ekman, 10, de Estocolmo, llamado en adelante «X».

El examen se realizó por parte del abajo firmante en el Departamento de Medicina Legal de Estocolmo en presencia del técnico forense Christian Nilsson.

Según la Autoridad Policial de la región de Estocolmo, aún no ha podido establecerse la identidad, sin embargo, para empezar, se puede constatar lo siguiente:

1. X es un hombre;
2. X es de raza caucásica;
3. X tiene una edad de entre 45 y 55 años y
4. X falleció entre las 21:00 y las 24:00 del 3 de junio.

B. Circunstancias generales

Las circunstancias generales del asunto se basan en el informe preliminar de la Autoridad Policial de la región de Estocolmo, número de registro K 58599-07, firmado por Martin Hägerström, insp. de la policía judicial.

C. Examen externo

1. El cadáver mide 185 cm y pesa 79 kilos.

2. Persiste el rigor mortis generalizado.

3. En la cara, las sienes y el cuello se ven heridas en la piel, extensas y profundas.

4. El cabello es de unos 10 cm de largo y rubio, algo encanecido en las sienes. En el pelo se vuelve a encontrar sangre reseca.

5. En la sien derecha, la piel tiene erosiones en un área de un tamaño de 10 x 10 cm.

6. La oreja izquierda está muy inflamada. Falta un trozo del lóbulo de aproximadamente 1 x 1 cm. El área está delimitada por herida de bordes dentados. En la parte superior de la oreja hay erosiones en la piel en un área de 0.5 x 0.3 cm. La piel presenta erosiones además en un área de 1 x 0.3 cm debajo de la oreja derecha.

7. En la frente, limitando por la parte inferior con las cejas, se ven grandes inflamaciones, decoloraciones azules y rojas y erosiones profundas de la piel en un área transversal de 16 x 6 cm. Sobre las cejas, la piel falta totalmente en un área claramente delimitada de 3 x 1.5 cm.

8. A 1 cm por encima de la ceja se ve, en un área de 4 x 4 cm, una herida profunda, así como una decoloración difusa azulada a su alrededor.

9. Los párpados están muy inflamados y con decoloraciones azules y rojas. En ambos párpados se ven heridas con bordes irregulares.

10. Las mejillas presentan importantes lesiones, heridas, profundas erosiones en la piel e inflamación, así como decoloraciones que continúan por el borde de la mandíbula inferior y por el cuello.

11. Las conjuntivas de los ojos presentan hemorragias masivas entremezcladas de color rojo negruzco. Las conjuntivas se han desprendido.

12. El tabique nasal está roto por tres sitios y el puente está aplastado. En la parte superior de la nariz, un área de 4 x 2 cm, la piel tiene erosiones. Además falta totalmente la aleta izquierda de la

nariz, en cuyo lugar se encuentra una herida de 1 cm de profundidad.

13. Los labios superior e inferior están muy inflamados. En las mucosas se ven hemorragias de color rojo negruzco parcialmente entremezcladas. Además se aprecian en el labio superior dos heridas de 1 x 0.5 cm de unos milímetros de profundidad con bordes irregulares. En el labio y la mucosa inferior se aprecia una serie de heridas grandes con bordes irregulares y hemorragia circundante.

14. En la boca faltan todos los dientes salvo tres muelas en la mandíbula superior izquierda, así como dos muelas en la mandíbula inferior izquierda. Se destaca que con toda probabilidad ha usado prótesis dental. En la boca se observa espuma mezclada con sangre, así como vómito.

15. En ambas manos están lesionadas todas las yemas de los dedos. La parte inferior de cada yema tiene una herida de aproximadamente 0.7 cm de profundidad que se reduce hasta llegar aproximadamente a los 0.2 cm en el punto más inferior de la herida.

Estocolmo, en la fecha arriba indicada.
Bengt Gantz, médico en jefe del departamento de Medicina Forense.

A bbou;[26] Mahmud estaba impresionado. Según su propia visión del asunto: Mahmud no era el tipo de hombre que se dejaba impresionar con coches tremendos, *bling-bling* robado o fajos de billetes nuevos. Él: el que iba en un Audi antes de que todo se cayera. El tipo que había vendido sustancias por cien mil billetes al mes. La montaña de músculos. La piraña de pastillas. El millonario legendario.

Pero allí se sentía como un principiante. Estaban sentados en las localidades más caras junto al ring. Para siquiera poder comprar esos asientos tenías que ser alguien en el mundo de la lucha en Suecia. Y el rey que había organizado eso era decididamente alguien; el rey de los reyes. Radovan.

Tenía que ser bueno cuando el capo yugoslavo *himself*[27] estaba allí. Esa noche iban a tener lugar algunos combates importantes. Las apuestas eran altas, en otras palabras: había un dineral de por medio. Estaba claro que el capo quería ver de cerca cuándo les fracturaban el hueso frontal a los chicos subidos allí arriba y cómo entraba el dinero.

Masters Cup, clase común de K1. El nombre K1, por las cuatro kas: karate, kung-fu, kickboxing y karate knockdown uni-

---

[26] «Mierda» en árabe.
[27] «En persona».

dos por las mismas reglas. Pero en realidad se permitían la mayoría de los estilos. Las bestias despiadadas que solían ser los dueños de sus respectivos gimnasios salían cojeando de la lona hechos trizas. Luchadores con el torso desnudo se pegaban entre sí con tal dureza que se sentía hasta en la grada superior. Los hombres gigantescos de Europa del Este noqueaban a inmigrantes suecos uno detrás de otro: daban rodillazos a las mandíbulas, dislocaban las articulaciones de los brazos, daban codazos a las narices. El público aullaba. Los luchadores bramaban. Los jueces intentaban interrumpir series de golpes que habrían tumbado a un rinoceronte.

Los luchadores eran de Suecia, Rumania, la antigua Yugoslavia, Francia, Rusia y Holanda. Competían por los títulos; y por pasar a las grandes competiciones de K1 en Tokio.

Mahmud vislumbró a Radovan a ocho asientos de distancia en la misma fila. Excitado, como todos los demás. Al mismo tiempo, *il padre* conservaba su tranquilidad, su dignidad; no se enardecía hasta el punto de que se notara. La seña de identidad de los yugoslavos era igual a dignidad que era igual a respeto. Y punto.

Mahmud había llegado al estadio con mucho tiempo, al veinte para las siete. La gente hacía cola en el exterior para conseguir boletos devueltos. Los controles de seguridad eran peores que para volar. La única ventaja: ahí no les preocupaba que fuera musulmán. Tuvo que pasar por arcos de seguridad, poner el cinturón, las llaves y el celular en una cinta, le pasaron el detector de metales. Lo agarraron de la entrepierna como maricones.

A las seis se deslizó en el asiento con el número correcto. De momento no había nadie más sentado a su alrededor. Demasiado temprano. Los serbios lo hacían esperar. Los pensamientos de Mahmud se fueron por donde no quería. Pronto haría una semana del infierno en el bosque. La costra de la herida en la mejilla se curaría bien. Pero la herida del honor, no lo sabía. Aunque en realidad sí lo sabía, sólo había una forma. Un hombre que permite que otro lo humille no es un hombre. ¿Pero cómo diablos iba a organizar una *vendetta*? Gürhan era vicepresidente de Born to Be Hated. Si Mahmud siquiera respirara envalentonado, estaría tan jodido como Luca Brasi, de *El Padrino*.

Además: Daniel, el sirio que le había metido el revólver en la boca, había llamado hacía dos días. Había preguntado por qué Mahmud no había empezado a pagar aún. La respuesta en realidad era evidente: no había ninguna posibilidad de que Mahmud pudiera reunir el dinero suficiente en sólo tres días. El tal Daniel lo mandó al diablo; no era problema de Gürhan. Mahmud podría pedirlo prestado. Mahmud podría vender a su madre, a sus hermanas. Tenía una semana. Luego cobrarían el primer plazo: cien mil en metálico. No había manera de librarse. Estaba hundido en grado máximo. Los yugoslavos quizá fueran su última oportunidad.

Al mismo tiempo: reacio. Pensó en la conversación de hacía unos días con su padre. Beshar estaba prejubilado. Antes de eso se había reventado como técnico del metro y limpiador durante diez años. Se había jodido las rodillas y la espalda. Había luchado por los vikingos, por nada. Orgulloso. Muy orgulloso:

—He pagado cada corona de impuestos y me siento bien —solía decir.

La respuesta clásica de Mahmud:

—Papá, eres un *loser*.[28] ¿No lo entiendes? Los vikingos no te han dado nada de nada.

—No me llames así. Entiéndelo. No se trata de si los suecos esto o los suecos aquello. Deberías conseguir un trabajo. Hacer las cosas bien. Me avergüenzas. ¿No te pueden conseguir algo por medio de eso de Frivården?

—Los trabajos de nueve a cinco no son cosa buena. Mírame, yo voy a ser algo sin un montón de trabajo y mierdas de ésas.

Beshar sacudió la cabeza. No lo comprendía.

---

[28] «Perdedor».

Mahmud lo sabía ya desde que él y Babak robaron sus primeros chocolates. Lo sentía en todo el cuerpo cuando le robaban los celulares a los de séptimo grado en el pasillo de la escuela y cuando se metió su primer porro detrás de la ludoteca. No estaba hecho para otra vida. Jamás de rodillas. Ni por Frivården. Ni por Gürhan. Ni por nadie de Vikingolandia.

Veinticinco minutos más tarde, ya empezado el primer combate, una demostración de juniors: Stefanovic se deslizó junto a él. No se dieron la mano, el tipo ni siquiera volteó. En lugar de eso dijo:

—Me alegro de que hayas venido.

Mahmud siguió mirando el combate. No sabía si debía girar hacia Stefanovic o si la conversación debía llevarse a cabo disimuladamente.

—Claro. Cuando lo piden, uno viene. ¿No?

Stefanovic siguió también mirando el combate.

—Así suele ser, sí.

Se quedaron sentados en silencio en medio el barullo.

Stefanovic se giraba de vez en cuando hacia un hombre que estaba sentado en el otro lado. Mahmud sabía quién era. Ratko. Era colega de otro yugoslavo gigantesco con el que Mahmud solía relacionarse antes de que lo metieran a prisión, Mrado. Era raro, esos tipos siempre saludaban a Mahmud cuando se encontraban en el gimnasio, pero ahí no hacían ni un gesto. En circunstancias normales Mahmud no tragaba con esa mierda. Pero ese día necesitaba a los yugoslavos.

Mahmud observó el lugar. Solnahallen: en las gradas se amontonaban cuatro mil personas seguro. Fisiculturistas (saludó a algunos), moros jóvenes con demasiada adrenalina en el cuerpo y gel en el pelo; locos de los deportes de combate que adoraban el olor a sangre. Versiones baratas de sí mismo; le encantaba no estar sentado arriba entre ellos. Abajo, junto al ring, estaba sentado otro grupo. Más trajes, más *glamour*, más relojes Cartier caros.

Mayores, más puestos, más tranquilos. Mezclados con chicas de veinticinco años con tops escotados estrechos y cabello con mechas claras. Subordinados y guardaespaldas secos. Mahmud esperaba no encontrarse con nadie de la banda de Gürhan.

Los focos iluminaban a cada nuevo luchador que entraba. En uno de los laterales cortos: en la pared, banderas de gran tamaño de los países que competían. En el otro: el logotipo de K1 y el nombre completo del torneo en un estandarte: *Masters Cup - Rumble of the Beasts*. Los altavoces gritaban los nombres de los peleadores, sus clubes y nacionalidad. 50 Cent a todo volumen entre los combates. Unas mujeres con silicón, *minishorts* y camisetas promocionales estrechas levantaban en las pausas los carteles con el número del siguiente asalto. Contoneaban el culo cuando avanzaban por el ring de manera que el público aullaba más que ante un KO.

Arriba del ring el presentador de la velada estaba de excelente humor. Jon Fagert; la leyenda del *full-contact,* actualmente miembro trajeado del *lobby* de los deportes de combate.

—Señoras y señores, esta noche es la noche que todos estábamos esperando. La noche en la que el verdadero espíritu deportivo, el entrenamiento duro y sobre todo un implacable espíritu de lucha deciden los combates. Nuestro verdadero primer combate por un título de esta noche es dentro de K1 Max. Como todos sin duda ya saben, los combatientes no pueden pesar más de setenta kilos dentro de esta subcategoría de K1. Doy la bienvenida al ring a dos luchadores con sólidos triunfos en sus hombros. El primero, ganador del torneo nacional de boxeo tailandés de Holanda por tres años consecutivos, espeluznantemente rápido con temibles patadas hacia atrás y famosos ganchos de izquierda. El otro, un legendario luchador de Vale Tudo con más de veinte KO en su haber. Ernesto Fuentes, del Club Muay One de Ámsterdam, contra Mark Mikhaleusco, del Gimnasio NHB Fighters de Bucarest. ¡Démosles la bienvenida!

A mitad de los aplausos, Stefanovic dijo directamente al aire, como si hablara consigo mismo:

—El imbécil ese de allá arriba, Jon Fagert. Es un payaso. ¿Lo sabías?

Mahmud tomó la misma actitud; estaba claro. Stefanovic no quería que se notara en todo el estadio que hablaban entre sí. Observó cómo Ernesto Fuentes y Mark Mikhaleusco hacían los últimos estiramientos antes del combate. Luego dijo directamente:

—¿Por qué?

—No ha comprendido quién costea todo este espectáculo. Se cree que es una especie de beneficencia. Pero hasta un tipo como él entiende que si uno metió dinero, quiere algo a cambio. ¿Verdad?

Mahmud en realidad no escuchaba, sólo asentía.

Stefanovic continuó.

—Hemos creado esta actividad. ¿Me entiendes? El gimnasio en el que entrenas, Pancrease, HBS Haninge Fighting School y los demás sitios. Reclutamos a gente buena de ahí. Nos encargamos que el de ahí arriba y los demás seguidores puedan divertirse un poco. Por cierto, ¿apostaste?

La conversación era rara. Podían haber hablado de cualquier cosa. Stefanovic no hacía ni un gesto. Todo el tiempo: frío como el hielo.

Mahmud contestó:

—No. ¿Quién es el más potente?

—El holandés, aposté cuarenta mil al holandés. Tiene dinamita en las manos.

El público estaba pendiente. El combate empezó.

A Mahmud no le era ajeno del todo. A veces veía combates en Eurosport. Los deportes normales no le interesaban, no había en ellos nada que él pudiera ganar. Pero ver los combates por televisión le subía la adrenalina.

El rumano usaba una mezcla de técnicas, velocidad, sincronización y trabajo de piernas. Grandes patadas en círculo y patadas con salto a lo Bruce Lee. Series rápidas de golpes como Keanu Reeves en *Matrix*. Paradas de primera. Nada de estupideces; Stefanovic iba a perder su dinero.

La superioridad se mantuvo hasta que acabó el primer asalto.

Empezó la música: *gangsta rap* a todo volumen. Los entrenadores mojaban las caras de los luchadores. Los untaban con vaselina para que los golpes resbalaran mejor. Una mujer se deslizó por el suelo del ring diagonalmente. Sujetaba un cartel con un dos.

Sonó el gong. Los luchadores entraron en el ring. Esperaron algunos segundos. Después, el estallido. El rumano seguía impresionando. Colocó en la cabeza de Fuentes una patada circular perfecta. El tipo cayó de rodillas. El juez contó.

Uno, dos...

El público aullaba.

La saliva del holandés, como un hilo de araña desde la boca hasta el suelo.

Tres, cuatro...

Mahmud había visto muchas peleas en su vida. Pero eso: la perfección.

Cinco, seis...

Fuentes se levantó. Lentamente.

El público bramaba.

Quedaban unos segundos del segundo asalto. Los golpes hacían eco. El rumano intentó acomodar tres golpes. El holandés bajó la barbilla, levantó ambos guantes delante de la cara. Salió airoso.

Mahmud miró a Stefanovic por el rabillo del ojo. El yugoslavo tenía el rostro impasible. Ni un signo de pánico por sus cuarenta mil que se estaban yendo por el drenaje.

Empezó el tercer asalto.

Algo había pasado. El rumano daba patadas como en cámara lenta. Parecía cansado. Pero Mahmud veía desde más cerca que la mayoría; el cabrón ni siquiera estaba jadeante. Eso tenía que ser un fraude. ¿Podía ser cierto? Una ventaja enorme hacía dos minutos y ahora parecía como si hubiera sido él a quien casi le contaron los diez segundos. Alguien debería reaccionar.

Fuentes se fue apoderando del combate, lento pero seguro. Golpes pesados, patadas bajas tremendas y patadas rápidas a la cabeza. El rumano luchaba como una vieja. Se retiraba hacia las cuerdas ante cada ofensiva. Movía las manos delante de la cara sin siquiera rozarle la nariz al holandés.

Era ridículo. Parecía un combate de lucha americana. De mentira.

Los asaltos iban pasando. Los tipos del ring se cansaron más.

Mahmud casi se reía. Aunque fuera un combate amañado. Stefanovic se iba a hacer rico; y probablemente su jefe, R, se haría aún más rico.

Sonó el gong. El combate terminó. El rumano apenas se mantenía en pie. El juez los agarró de los guantes.

Levantó el brazo de Ernesto Fuentes.

Stefanovic se giró por primera vez hacia Mahmud. Su sonrisa apenas se notaba en los labios; pero los ojos le relucían.

—Bueno, pronto vamos a hablar de negocios. El siguiente combate es una verdadera súper pelea. Te lo juro, son gigantes, súper hombres. Es por la que ha venido todo el mundo. El público estará en éxtasis. Un apoyo ensordecedor para el sueco. Entonces hablamos. Cuando la atención de todos se dirija allí y no nos oiga nadie. ¿Comprendes?

Mahmud comprendía. Pronto sería la hora de su oportunidad. El maricón de Gürhan se iba a enterar de quién era él. Mahmud estaba cerrando un trato con los yugoslavos.

Media hora más tarde: de nuevo tocaba. Mahmud sentado en su sitio esperando. En la pausa había volteado. Había saludado a conocidos, hablado con algunos del gimnasio. La gente estaba contenta de verlo fuera. «Bienvenido de nuevo, flacucho. Ya es hora de ponerse en marcha y volver a ser un grandulón.» Tenían razón;

la cárcel no era un buen sitio para entrenar. Debería ser perfecto: mucho tiempo, nada de beber, nada de comida basura. Pero ahí metido no se podía seguir tratamientos, en la tienda de la cárcel ni siquiera se podían comprar complementos dietéticos. Además: el gimnasio de Asptuna era un asco. Pero la mayor diferencia era que ahí dentro no era lo mismo. El tanque le quitaba a uno las ganas. Mahmud había perdido veinte kilos.

Los yugoslavos eran el *move*[29] adecuado para él. Quería subir; iba a subir. Medio año en la cárcel no podía pararlo. No había ninguna posibilidad de que se sentara en la banca. Y todos los que querían subir sabían una cosa: antes o después uno tenía que relacionarse con R; así que era mejor hacerlo en buenas condiciones. Jugar en el mismo equipo que el capo yugoslavo. Mahmud: el árabe al que no podían engañar, el hombre que seguía su propio camino. Eso estaba muy bien. Tan sólo se preguntaba qué querrían que hiciera.

Radovan bajó por una escalera. Un séquito tras de sí. Mahmud reconoció a algunos. Stefanovic, por supuesto. Goran: conocido como el rey del tráfico de alcohol y tabaco de la ciudad. El tal Ratko. Algunos hombres musculosos que reconoció del gimnasio. Una estela de mujeres.

Stefanovic volvió a sentarse junto a Mahmud.

Jon Fagert subió al ring. Miró hacia el mar de gente. Se hizo el silencio.

—Estimado público. Hoy es un gran día. Uno de los dos hombres que en breve se van a enfrentar en el ring seguirá adelante. No a cualquier cosa. No a otra final de torneo más de su respectiva especialidad. No, a algo mucho más grande. A la final máxima de todos los deportes. En la que sólo uno puede triunfar. En la que sólo uno puede quedar vencedor. Me refiero, por supuesto, a la final de K1 en diciembre en el Tokyo Dome, donde habrá más de cien mil espectadores. El importe de la bolsa es de

---

[29] «Movimiento».

más de quinientos mil dólares. Esta noche un hombre sigue adelante desde aquí. Un hombre que es lo suficientemente fuerte. Un hombre que tiene el mejor espíritu de lucha. Pronto sabremos quién es.

Flotaba humo en dos entradas al ring.

Se veían dos siluetas en cada lado.

Sonaba la música de la banda sonora de *2001: Odisea en el espacio*.

Fagert subió el volumen:

—Señoras y señores, tengo el honor de presentar a dos gigantes. De Rusia tenemos, directamente desde Rude Academy de Moscú, al antiguo soldado de la Spetsnaz con más de veinte victorias en K1 sobre los hombros. El hombre con las manos de hierro, la bestia, la máquina de matar, en resumen: Vitali Akhramenko.

El público aulló.

Una de las siluetas se movió hacia delante. Salió de la nube de humo. Los focos siguieron sus pesados pasos. La sensación de un dios que hacía su entrada en el reino de la oscuridad.

Era la persona más grande que Mahmud había visto en su vida y eso que Mahmud entrenaba en el Fitness Center. Al menos dos metros diez de altura. Los músculos en relieve como en un dibujo animado. El contorno del pecho como el de un luchador de sumo. Los bíceps más anchos que los muslos de Mahmud.

Jon Fagert continuó, más fuerte que la música:

—Y en la otra esquina tenemos a nuestro *superfighter*[30] sueco, directamente de HBS Haninge Fighting School con más de diez KO en su haber. La masa de fuerza, el tanque, el dios luchador, nuestro Jörgen Ståhl.

El ambiente, como en el mayor concierto de rock pesado. La música retumbaba. Los focos giraban. Los ojos de Jon Fagert centelleaban. Los chicos de las gradas estaban en éxtasis.

Jörgen Ståhl se movió lentamente hacia delante. Dejó que

---

[30] «Superluchador».

los vítores fueran aumentando. Vestido con una capa con el emblema de HBS en la espalda. Los tatuajes tribales negros le cubrían casi todo el torso. En uno de los antebrazos, tatuado en letras negras: «Ståhl is King.»[31] Mahmud pensó en el tatuaje de Gürhan.

Stefanovic abrió la boca, aún con la mirada en el ring.

—La gente está como loca. Unos pocos golpes y una gota de sangre y esos chiquillos de las gradas de arriba creen que es la guerra mundial. No saben nada. Por cierto, ¿apostaste?

—No aposté la vez anterior, no aposté en ésta. Pero parece que tú sí has cobrado.

—Pues sí. Acabo de jugarme cien mil. Por el ruso. Es un animal, te lo juro. Puede llegar a ser legendario. ¿Qué te parece?

Mahmud pensó: ¿Stefanovic está intentando hacerme sentir inseguro? Termina cada frase con una pregunta tonta.

—No me parece nada. Pareces saber lo que haces. Sin duda.

—Verás, el ruso es un hombre de ciento cuarenta kilos, pero con la técnica de un chico de noventa kilos. Y no es sólo la rapidez lo que decide esto; la sincronización es aún más importante. Ya lo verás. Va a ser un infierno para el sueco. Además, también tenemos cierta información.

Mahmud se preguntó cuándo Stefanovic iba a ir al grano.

En el ring empezó el combate. Akhramenko intentó alcanzar a Ståhl con un gancho hacia arriba con la izquierda. El sueco lo bloqueó bien. Era como un boxeo de pesos pesados, pero con patadas bajas contra las piernas.

—Mahmud, confiamos en ti. ¿Entiendes lo que conlleva eso?

Una pregunta más. Podía ser la introducción a la verdadera charla que iban a tener.

—Pueden confiar en mí. Aunque me relacionaba bastante con Mrado; sé que él ha sido un problema para ustedes. Y aunque yo no sea serbio. Ustedes utilizan árabes. Aquí nuestras respectivas gentes no tienen nada en contra entre sí.

---

[31] «Ståhl es el Rey».

—Así es. Quizá ya conozcas a uno de ellos, Abdulkarim. Ahora mismo está fuera de juego, pero no puedes encontrar un tipo mejor. ¿Eres como él?

—Como dije, pueden confiar en mí.

—No es suficiente. Necesitamos hombres que sean leales al ciento cincuenta por ciento. A veces sucede que apostamos por los *fighters*[32] equivocados, por así decirlo.

Mahmud sabía de qué hablaba; todos lo sabían. En los últimos tiempos había habido mucho alboroto en los bajos fondos de Estocolmo. Esas cosas pasaban: a alguien le daba por intentar ser el nuevo amo del corral, alguien quería desafiar a los que estaban arriba, a alguien le manchaban el honor. Había muchos ejemplos. La guerra entre los albanos y Original Gangsters, el tiroteo en las naves de almacenaje refrigeradas de Västberga entre diferentes partes de la mafia yugoslava, las ejecuciones en Vällingby del mes anterior.

En el ring, Ståhl ejecutaba una serie de patadas en la espinilla del ruso y series de golpes rápidos en la cabeza. Después de todo, quizá el vikingo podría lograrlo.

Stefanovic continuó.

—Puedes convertirte en nuestro hombre. Para ver si encajas, querría pedirte un pequeño favor. Escucha atentamente.

Mahmud no se giró. Siguió mirando el combate. Acabó el primer asalto. El sueco sangraba por la ceja.

—¿Has oído hablar del golpe en Arlanda? Fue genial y al mismo tiempo una mierda. Teníamos todo tan bien planeado como siempre. Creo que sabes lo que quiero decir. Controlados los vigilantes. Controladas las rutinas, las cámaras de vigilancia, cuándo iba a entrar la carga con los billetes, las puertas blindadas, las rutas de escape, los coches para hacer el cambio, ángulos de cámara, todo. Había cuatro tipos en el equipo, dos eran nuestros y dos venían de tu zona de la ciudad, Norra Botkyrka. Entraron tres en

---

[32] «Luchadores».

la zona de Arlanda, en el almacén donde estaban las cosas. Uno se quedó afuera. Todo iba completamente según el plan. Cuando habían sacado las bolsas al muelle, al coche que esperaba, se encontraron con el que esperaba en el exterior, el número cuatro. Con la pistola en la mano. Apuntada hacia ellos. ¿Lo entiendes?

—Se las metieron.

—Nos ensartaron; a lo bestia. Eran más de cuarenta y cinco millones. Y ese cabrón se llevó todo. Obligó a los otros tres a meter la mierda en el coche. Luego se largó de allí.

—¿Estás jugando? ¿Quién fue?

Pasó un rato hasta que Stefanovic contestó. Ståhl y el ruso bailaban despacio el uno alrededor del otro. El ruso parecía cansado. Ståhl esquivaba dando saltos como si supiera cómo iba a golpear Akhramenko. Bloqueaba. Fintaba. Se agarraron. Ståhl casi metió una rodilla. El juez los separó. Volvió a mandarlos a posición.

—El tipo se llama Wisam Jibril. Libanés. Potente en el campo de los camiones blindados. ¿Te acuerdas de él? Un poco como un gurú en tus círculos, creo. Desde el golpe de Arlanda está desaparecido. Declarado fallecido en la catástrofe del tsunami, como muchos otros se han encargado de serlo. Con cuarenta y cinco de los millones de Radovan.

De repente fue muy evidente por qué lo habían elegido a él. Wisam Jibril: uno de los dioses de Mahmud durante su adolescencia. Tres años mayor. Del mismo colegio. Del mismo barrio. El mismo grupo. Además su padre había conocido a la madre de Wisam. Era como si le pidieran que delatara a un miembro de la familia.

Maldita sea.

Sin embargo, se oyó a sí mismo decir:

—¿Qué te hace creer que puedo encontrarlo?

—Creemos que está de nuevo en Suecia. La gente lo ha visto en el centro. Pero sabe que no estamos contentos. Nadie parece saber dónde vive. Es cauteloso. Nunca sale solo. No ha estado en contacto con su familia, al menos que nosotros sepamos.

Stefanovic dejó que las palabras quedaran en suspenso un rato. Luego casi susurró:

—Encuéntralo.

En el ring luchaban los gigantes. Ståhl metía ganchos paralelos combinados con ganchos desde abajo. La defensa del ruso se hundía gradualmente. Le colgaba la cabeza, parecía desconcentrado. Después de dos minutos, pum. El sueco metió tamaño directo. El ruso rebotó contra las cuerdas. Ståhl se aproximó. Agarró a Akhramenko del cuello. Jaló al hombre gigantesco hacia abajo. Le dio rodillazos con toda potencia. La mandíbula del ruso crujió. La protección bucal salió volando. Un breve segundo: silencio en la sala. Luego el ruso se desplomó sobre la lona.

Los pensamientos de Mahmud, doblemente alborotados. Primero y sobre todo: la oferta de los yugoslavos era en muchos aspectos un tema fácil. Encontrar a alguien como Wisam no podía ser imposible siempre y cuando estuviera en Estocolmo. Al mismo tiempo: el tipo era un amigo de la familia. Era del barrio, un árabe. ¿Qué decía eso del honor de Mahmud? Al mismo tiempo: necesitaba eso más que nunca. Con la deuda con Gürhan. Y su propio honor que recuperar.

Stefanovic se levantó. Acababa de perder cien mil. Quizá quedaban deportes limpios; parecía que pese a todo, los yugoslavos no dirigían todo en esta ciudad. Mahmud le miró la cara. Totalmente inexpresivo.

Stefanovic se giró hacia él.

—Llámame cuando hayas acabado de pensarlo. Antes del lunes.

Luego se fue.

Capítulo
8

iklas se había bañado durante cuarenta minutos. Su madre estaba en el trabajo, así que no importaba: ocupó el baño todo el tiempo que quiso. ¿Cuánto tiempo se iba a quedar en casa de él? Bueno, claro que era desagradable para ella lo del muerto en el sótano. Pero también era bueno. Quizá la hiciera reflexionar, cambiar.

Lamentablemente, el propio Niklas se había visto envuelto. Más tarde en ese mismo día iba a ir a la policía para ser interrogado. Las preguntas daban vueltas en el vapor bajo la regadera. Se preguntaba qué pensaban que iban a sacarle. ¿Cómo debería manejar las preguntas demasiado indiscretas? Era extraño; ¿cómo sabían siquiera que había estado alojado en casa de su madre? Quizá a algún vecino se le había ido la lengua o era su madre a quien se le había escapado.

Vaya; eso significaba un enredo en serio. Había creído de verdad que se iba a librar. Tenía que haber sido algún vecino de su madre. Asustados, en shock, nerviosos. Contaban incluso lo que no debería haber tenido nada que ver con el asunto. Seguro que le contaron a los policías que un hombre joven había estado viviendo en casa de ella, quizá su hijo. No conseguía dar con quién lo pudo haber visto en la casa.

El baño era un horror. Suciedad de óxido marrón entre los azulejos. Sedimentos blancos en el cable de la regadera que parecían pasta de dientes seca. El desagüe apenas funcionaba. El novato del agente no hacía que limpiaran las cañerías con mucha frecuencia. Un pensamiento pasó por la cabeza de Niklas; sin agujeros, las personas civilizadas no podían arreglárselas mucho tiempo. Los agujeros eran la base para que todo estuviera tan limpio. Un desagüe de regadera arruinado volvía difícil la existencia. Demasiado papel higiénico en el inodoro o pelo en el lavabo; un baño podía anularse con toda la facilidad del mundo. Y la cocina; las cosas se iban por los pequeños agujeros de la tarja, desaparecían para siempre del mundo de la gente de las comodidades. Sin que tuvieran que pensar adónde iban, a nadie le importaba lo que pasaba en realidad con todo lo que no tenía lugar en el hogar ordenado: pelo, saliva con pasta de dientes, restos de comida, leche pasada, excrementos. Los agujeros eran el ingrediente más importante de la comodidad. Sustentaban el penoso desconocimiento del ciudadano occidental sobre la verdadera suciedad. En realidad era curioso que nunca saliera nada por los agujeros. Que se colara en la limpieza de mentira. Que invadiera las áreas privadas del hogar. Pero Niklas lo sabía; él no confiaba en los agujeros. No los necesitaba. Se las había arreglado sin ellos en condiciones considerablemente más duras que con las que ningún sueco medio siquiera pudiera fantasear.

Se estremeció al pensar en lo que podía salir de los agujeros. Las historias de miedo de la infancia. Experiencias reales de Basora, Faluya, el desierto, las montañas. Todas las personas que habían vivido demasiado tiempo en un barracón sabían lo que estaba pensando. *Allá abajo*, la mierda flotaba en las canalizaciones inundadas de los desagües en cuanto ponías el pie fuera de la zona.

Recién bañado y limpio, delante de la tele. Reproductor de DVD de plástico reluciente recién comprado. Cansancio y somnolencia mezclados. Por las noches, el sueño era todavía una porquería. Ocho años en tiendas, cuarteles, acantonamientos, habitaciones estrechas compartidas con otros hombres dejaban huella. La soledad le golpeaba cada noche como el retroceso de un arma potente mal sujeta. No es que estuviera totalmente ido; sólo era como una palpitación en el alma que rompía el equilibrio.

No tomó pastillas de las que se había traído su madre el día anterior: Nitrazepam. Buenas para conseguir calmar los nervios, pensamientos más agradables, dormir mejor. Pero ese día necesitaba estar lúcido. A quienes iba a ver notaban directamente en las pupilas si uno se había metido algo.

Vio *Taxi Driver*. En realidad no era bueno para él en ese momento. Robert de Niro en ensayos de tiro psicóticos delante del espejo. De Niro en la cafetería con la puta; una Jodie Foster jovencísima. Psicótico en el tiroteo de la escalera. Sangre por todos lados. No parecía como en la realidad. Un color rojo extraño, de alguna manera demasiado fluido.

La soledad le pesaba. Pensó: en realidad una persona siempre está sola. Uno no consigue llegar más cerca de su prójimo, por muy buen amigo que sea, que de lo que llega a estar de su compañero de tienda. Físicamente puede estar tan cerca que su asqueroso aliento arruine el sueño de toda la noche. Pero en su mente nunca se estará más cerca de que uno pueda levantarse, ponerse los pantalones y la camisa y desaparecer para siempre. Y el compañero de la tienda evitaría eso como a la mierda.

Niklas estaba solo. Solamente él.

Contra los demás.

Cerró los ojos un momento. Escuchó los diálogos de la película.

El tiempo pasaba lentamente como durante un turno de guardia *allá abajo*. Era SSDD: Same Shit, Different Day.[33] Los mismos pensamientos angustiosos pero en una sala.

Pronto iría a declarar.

---

[33] «La misma mierda, diferente día».

En el metro hacia el centro. Suecia era un país diferente al que había dejado; más anónimo, al mismo tiempo más ajetreado. Con frecuencia se sentía como si estuviera de visita. Ahora sí que estaba verdaderamente de visita. Todo el tiempo.

Pensó en sus ejercicios. Los cuchillos. La limpieza de las armas. Situaciones bien conocidas. Ocupaciones relajantes. El interrogatorio no le preocupaba en realidad. Los polis eran por lo general unos idiotas.

Diez minutos más tarde entraba en la comisaría. La vigilante de la recepción tenía el pelo cano y raya en medio. Se comportaba como un militar estirado. Ni una sonrisa, preguntas cortas, concisas. ¿A quién viene a ver? ¿A qué hora? ¿Tiene el número de teléfono?

Tras cinco minutos vino el policía a recogerlo.

La sala de interrogatorios: fría salvo por un póster. Representaba a varias personas alrededor de una mesa que brindaban alegremente. Quizá se estaban tomando unos tragos. Quizá fuera la fiesta de la noche de san Juan. Hacía un siglo que Niklas no celebraba la noche de san Juan. La policía había intentado alegrar el entorno evidentemente. Dos sillas de madera con cojines planos de felpa, una mesa anclada al suelo, una computadora con un pequeño lector de tarjetas, un cable que colgaba del techo con un micrófono en el extremo. El intento de conseguir un ambiente acogedor, logrado a medias.

El policía se presentó:

—Hola, soy Martin Hägerström. ¿Así que tú eres Niklas Brogren?

—Eso es.

—Ya. Bienvenido entonces. Por favor, siéntate. ¿Quieres un café?

—No, estoy bien, gracias.

Martin Hägerström se sentó frente a él. Abrió su sesión en la computadora. Niklas observó al tipo. Pantalones de pana, suéter de punto. El cuello de la camisa le sobresalía. El pelo demasiado largo para ser un verdadero policía. La mirada huidiza. Conclusión: ese hombre no habría sobrevivido más de tres horas en el desierto.

—Primero las formalidades. Vas a declarar de manera informativa. Significa que no eres sospechoso de nada. Sin embargo, grabamos todo lo que se diga aquí. Luego lo imprimo y tú das tu aprobación. De esta manera no tiene que haber malentendidos. Si necesitas hacer un descanso, no hay más que decirlo. Hay máquinas de café y baños en el pasillo. En cualquier caso, supongo que sabes por qué estás aquí. El 3 de junio se halló a un hombre muerto en la calle Gösta Ekman. Ahora estamos recopilando toda la información que podemos sobre este hecho. El hombre no ha sido identificado y estaba bastante mal. Tú has estado viviendo unas semanas en el departamento de tu madre en ese edificio, así que querría saber si hay algo en especial que tengas en mente.

El policía escribió algo en la computadora al mismo tiempo que hablaba.

La situación le recordó a Niklas su búsqueda de empleo del otro día. Había enviado su CV a diferentes sitios. Fue a una entrevista en Securicor. Pero en realidad debería poder conseguir trabajo en sitios significativamente más interesantes. Las oficinas centrales estaban en Västberga. Vallas de tres metros de altura. Tres entradas vigiladas por las que tuvo que pasar antes de ver al nerd responsable del personal. Pero con seis balas en una Heckle & Koch Mark del 23 semiautomática habría pasado por sus controles con toda facilidad.

A veces le asustaban sus propios pensamientos; nunca podía dejar de centrarse en la seguridad. Pero también era justo por eso por lo que se merecía algo más que un trabajo de vigilante común.

La entrevista lo adormeció. El tipo gordo de la entrevista tenía el pelo a rape, pero no debía de saber lo que era tener tantos piojos en los catres del cuartel que daba igual a cuántos tratamientos de Tenutex se sometiera uno. Lo único que servía era rasurárselo todo. Habló sin parar de vigilancia técnica y personal por encargo del sector privado y público en toda Suecia. Bla, bla, bla. Vigilar industrias, oficinas, tiendas, hospitales y otros establecimientos para crear un ambiente de trabajo seguro y reducir las posibilidades de acceso por parte de personas ajenas. *Whatever*.

Eso no era para Niklas. No hizo ni una sola pregunta. Se mantuvo discreto. Fingió ser excesivamente tímido. No consiguió el trabajo.

De vuelta de sus pensamientos. Levantó la mirada. El repaso de Martin Hägerström había terminado. Era hora de que Niklas hablara. Respiró, intentó relajarse.

—En realidad no tengo nada especial que decir de la finca. He trabajado unos años en el extranjero y necesitaba un sitio dónde vivir hasta que consiguiera uno propio. Me quedaba la mayoría del tiempo en casa de mi madre, a veces salía a correr y fui a alguna que otra entrevista de trabajo, así que en un principio no me he visto con nadie de la casa. Por lo que sé, todos eran normales.

—¿Y qué tal era vivir con tu madre a tu edad?

—Bastante difícil, la verdad, pero no hace falta que se lo digas a ella. No tengo nada contra mi madre y eso, pero ya sabes cómo son las cosas.

—Sí, yo no aguantaría más de cuatro horas, luego fingiría que tengo un interrogatorio importante o algo así.

Se rieron.

El agente continuó.

—¿En qué trabajabas en el extranjero?

—Estuve estudiando unos años. Luego estuve en el sector de la vigilancia, sobre todo en Estados Unidos.

Niklas observó la reacción del oficial. Algunos policías casi podían oler las mentiras.

—Interesante. ¿Sabes si había mal ambiente en la finca? Si alguien albergaba algún viejo rencor o cosas así.

—No, viví ahí muy poco tiempo y mi madre nunca me ha contado nada al respecto.

—¿Puedes describir a los vecinos de la finca?

—No los conozco. Ha pasado mucho tiempo desde que viví allí. Entonces era bastante joven. Mi madre nunca ha contado nada raro sobre ellos. Nada de delincuentes o cosas así. Ya no.

—¿Ya no?

—Bueno, cuando era pequeño también vivíamos ahí. Entonces no era precisamente la finca más tranquila de la ciudad.

—¿Había mucho desorden? ¿En qué sentido?

—Axelsberg a principios de los ochenta, antes de que se mudaran allí un montón de gente joven y *fashion*. Entonces aún había allí auténtica clase trabajadora, tú sabes. Un buen montón de alcohólicos y eso.

—Bien, ¿así que no hay ninguna persona en concreto que tengas en mente?

—En fin, algunas de ellas aún viven en la finca. Engström, por ejemplo. Y había unos cuantos individuos peculiares. Como Lisbet, Lisbet Johansson. Era demasiado rara.

—¿Por qué?

—Se ponía a gritar por las escaleras y eso. Me acuerdo de que una vez empezó a discutir con mi madre en la lavandería. Intentó pegarle con una canasta para blanquear la ropa. De hecho hubo que llamar a la policía.

Niklas se calló. Sintió que había contado demasiado. Pero también podía ser lo correcto. Algo tenía que darle a ese Hägerström.

—Ya, no parece agradable. ¿Qué pasó después?

—No pasó nada. Mi madre sólo intentó evitarla. Y yo no consigo acordarme de lo que hice. Entonces era pequeño.

—Parece una historia peculiar. ¿Pero sigue viviendo en la casa?

—Creo que no. No sé dónde vive.

—Lo comprobaremos.

Hägerström tecleaba frenéticamente en la computadora.

—Pues en realidad sólo me queda una pregunta que hacerte.

—Perfecto.

—¿Dónde estabas entre las ocho y las once del 3 de junio?

Niklas, preparado. Había pensado que la pregunta tenía que venir en algún momento del interrogatorio. Intentó sonreír.

—Lo he comprobado. Estuve en casa de un viejo amigo tomándonos unas cervezas.

—¿Toda la noche?

—Sí, creo que vimos una película.

—Bien. ¿Y cómo se llama?

—Benjamin. Benjamin Berg.

En el andén para volver al departamento contratado ilegalmente, Connex anunció: «El metro va a la hora». Niklas pensó: Suecia es rara. Cuando había dejado el país hacía ocho años, uno daba por hecho que el metro iba a la hora. Ahora, tras las ventas, privatizaciones, supuesta profesionalidad (esa mierda nunca funcionaba) merecía evidentemente la pena destacar que los trenes iban a la hora para variar.

Lo sabía mejor que nadie: las alternativas privadas parecían brillantes sobre el papel, efectivas, racionales. PMC, Private Military Companies,[34] también conocidas como *security contractors*.[35] Soluciones privadas. Efectivas en los costos. Perfectas para focos de baja intensidad. Operaciones internacionales calificadas de alto riesgo. En la arena y la suciedad iraquí podían ser catastróficas. Violentas más allá de todo lo imaginable. Intentó apartar esos pensamientos. Cómo él, Collin y los demás bajaron del helicóptero haciendo rapel. Dieron sus advertencias a gritos y luego corrieron por los callejones estrechos. Llovía; el barro rojo le salpicaba hasta el chaleco antibalas. Cómo habían reventado la puerta de madera de la casa.

La declaración con la policía había ido bien. Probablemente no le causarían problemas ni a él ni a su madre. Esperaba que ella superara pronto el asunto. Que se regresara a su casa. Que lo dejara en paz.

---

[34] Compañías Militares Privadas.
[35] «Contratistas de seguridad».

Benjamin había prometido hacerle un favor enorme: si alguien le preguntaba cuánto tiempo había estado Niklas allí el 3 de junio, contestaría que toda la noche.

Estación de Aspudden, se bajó.

Pasos largos, rectos por el andén. No había demasiada gente por ahí. Eran las cuatro de la tarde.

Entonces, un movimiento. Hacia abajo, a la izquierda.

En la vía.

Miró hacia abajo. Se detuvo.

Elección incorrecta.

Lo que no quería ver: un gran animal tras el cableado eléctrico. Ojos como botones pequeños, negros, sin piedad.

No se veía bien. Quizá ya no se veía en absoluto. Pero él sabía que estaba ahí. Abajo. En el túnel. Lo estaba esperando.

Cinco minutos más tarde: estaba en casa. Su madre aún estaba en el trabajo.

El dormitorio del departamento, apenas amueblado. Una cama de 1.20 en un rincón. Una almohada y un edredón. En la pared un póster del Museo de Arte Moderno, alguna exposición de hacía quince años, figuras femeninas pintadas de forma rara. En la parte inferior del cartel decía «no figurativo». Catharina lo había traído cuando se fue allí tras los hechos extraños en la casa. Roperos blancos de Ikea innecesariamente grandes. En uno de ellos la puerta estaba colgada y torcida.

Se tumbó sobre la cama. El bote de las pastillas, en el suelo.

Pensó: Las malditas ratas, en el barrio. Las putas ratas, en la ruta de la carrera. Y ahora: Las estúpidas ratas, en el metro.

Tomó dos pastillas de cinco miligramos. Partió una con la mano. Se puso una entera y una mitad en la lengua. Fue a la cocina. Dio un sorbo de agua. Tragó.

Se tumbó en el sofá de la sala.

Encendió la televisión. Intentó relajarse.

Se despertó después de apenas unos minutos.

Oyó voces. ¿El sonido de la televisión? No.

De nuevo voces a gran volumen, muy cerca.

Venían del otro lado de la pared. Alguien estaba gritando.

Reconoció algo. Diptongos árabes.

Escuchó. Bajó el volumen de la televisión.

Tras un momento, comprendió. Pelea en el departamento de al lado. Tenía que ser la chica que había conocido en el descanso. Sí, oyó una voz de mujer. Y alguien más. Quizá su novio, padre, amante. Gritaban. Chillaban. Perturbaban.

Intentó oír por qué estaban armando escándalo. El árabe de Niklas: nivel básico pero suficiente como para captar los insultos.

—*Sharmuta* —gritó la voz del hombre de allí dentro. Era fuerte: Puta.

—*Kh'at um'n* —más fuerte: Vete a joder a tu madre.

Ella gritó más. Más alto. Más agresiva. Al mismo tiempo, pánico en la voz.

Niklas se incorporó en el sofá. Pegó la cabeza a la pared.

Sentía crecer el estrés; la incomodidad de participar en la vida privada de otros sin haber sido invitado. Y aún peor: la incomodidad de la voz de la chica de allí dentro.

Ella aullaba. Luego vino un sonido más fuerte. La chica se calló. El hombre gritó:

—Te voy a matar.

Más ruidos sordos. La chica suplicaba. Rogaba. Gimoteaba que parara.

Luego otro tono, sin agresividad.

Sólo miedo. Un tono de voz que Niklas había oído muchas veces antes.

Los ruidos parecían más cercanos que algo que hubiera oído en árabe.

Más conocidos.

Más como su propia historia repitiéndose.
A la mujer del piso de al lado la estaban golpeando.

Capítulo
9

Cena: lomo de cerdo con papas asadas. Salsa de nata al ajo y ensalada. Thomas no tocó la ensalada. Sinceramente: la ensalada era para a las mujeres y los conejos. *Real men don't eat salad,*[36] como decía Ljunggren.

Åsa, su mujer, estaba sentada enfrente; hablando, como siempre. Ese día hablaba del jardín. Él captaba fragmentos de palabras. Siemprevivas, siembra directa en mayo, flores de aroma suave de distintos colores de la variedad Iberis durante el verano.

El único aroma que él conocía: el olor a suciedad, violencia y muerte. El que siempre acompañaba a un policía de patrulla. Independientemente de lo mucho que intentara uno pensar en otra cosa; la peste de la ciudad se quedaba pegada. Los únicos colores que él veía: gris asfalto, azul policía y rojo sangre de jeringuillas mal aplicadas y ataques de malos tratos. Independientemente de cuántas flores plantara Åsa, los tonos de la violencia siempre eran las gradaciones de los colores primarios de su cabeza.

Para algunos, Estocolmo era una ciudad agradable, acogedora, genuina. Pintoresca, con personas educadas y amables, calles limpias e interesantes zonas de compras. Para los polis era una ciudad llena de alcohol, vómito y orina. Para muchos se trataba de instalaciones públicas igualitarias, interesantes proyectos cul-

---

[36] «Los hombres de verdad no comen ensalada».

turales, cafés de moda y hermosas fachadas. Para otros, nada más que fachadas. Tras ellas: cervecerías cutres, cuchitriles, burdeles. Mujeres maltratadas cuyos círculos de amistades hacían caso omiso de sus caras amoratadas, heroinómanos que robaban en el supermercado Konsum local para comprar un viaje de media hora, rufianes de la periferia que arrasaban libremente: pateaban a pensionistas de camino al banco para pagar el alquiler. Estocolmo: la meca de los ladrones, los traficantes, las bandas. El punto de encuentro de los puteros. El mercado de los hipócritas. El modelo sueco había dado sus últimos alientos roncos en algún momento de los ochenta, y a ningún imbécil le importó. El único lugar en el que se encontraban ambos mundos parecía ser las tiendas del Systembolaget. Una de las partes quería un envase *bag-in-box* de algo más de calidad para algún invitado a cenar; la otra buscaba una botella pequeña de alcohol de graduación alta para la fiesta de borrachera de esa noche. Pero pronto habría también dos empresas diferentes: una en la que sólo los ciudadanos educados serían bienvenidos y una para los demás. Dos tercios de la sociedad en las colas del consumo de alcohol.

Thomas pensó en su padre, Gunnar. El viejo había muerto de cáncer de próstata hacía tres años, con sólo sesenta y siete años. En cierto modo, Thomas se alegraba de que su padre no hubiera tenido que vivir esa mierda. Había sido un verdadero héroe obrero, un hombre que había creído en Suecia.

Pero alguien tenía que limpiar. La cuestión era si ésa era su misión. Dudaba demasiado del sistema. Se pasaba demasiadas veces de la raya. Mierda, se sentía como un policía judicial amargado de alguna lánguida serie sueca de novelas policiacas. Refunfuñar sobre la sociedad y resolver delitos. Ése no era su estilo, ¿no?

—¿Y no deberíamos hacer un pequeño invernadero? ¿O no, Thomas?

Él asintió. Se despertó de sus pensamientos. Oyó el dolor en la voz de ella. Cómo anhelaba que él se ablandara. Cómo sus problemas se resolverían gracias a él. La quería. Pero el problema los incluía a ambos. No podían tener hijos. Angustia al cuadrado. No, puta madre, al cubo.

Lo habían probado todo. Thomas había dejado de beber varios meses, intentaron mantener relaciones sexuales con tanta frecuencia como aguantaban, Åsa tomó hormonas. Hacía dos años habían estado cerca. El hospital de Huddinge hacía milagros. A Åsa le inyectaron directamente su esperma por un catéter; inseminación artificial. Pasaron las semanas. El embarazo avanzaba según lo planeado. Pasaron la frontera de las doce semanas, cuando la mayoría empieza a contarlo. Cuando debería ser seguro. Pero algo estuvo mal; Åsa abortó en el quinto mes. Tuvieron que abrirla para sacar al niño. En su imaginación veía cómo sacaban el feto muerto, su hijo, delante de ella. Veía los brazos, piernas, un cuerpecito. Veía una cabeza, una boca. Todo.

Él tenía muchas ganas. Un requisito, algo indiscutible. Una condición para tener una buena vida. Siempre había la posibilidad de adoptar. Conseguirían la aprobación. Sin hijos, clase media, estables, ordenados; al menos sobre el papel. Listos para querer a un pequeño por encima de todo. Pero el planteamiento no funcionaba; a Thomas no le gustaba la idea. Todo el cuerpo le picaba del rechazo. A veces se avergonzaba del motivo. A veces lo defendía sin echarse para atrás. No era justo. Para nada. Pero la razón por la que no quería adoptar era que quería un niño que se pareciera a él y a Åsa. Nada de chinos, africanos o rumanos. Quería un niño que encajara en la vida familiar que pensaba formar. Que le llamaran racista. Caja llena de prejuicios. Medieval. Pasaba, aunque por supuesto en el trabajo no pregonara sus sentimientos sobre este asunto; nunca adoptaría otra cosa que un niño nórdico.

Åsa no lo perdonaba.

En todo caso, el chalet era demasiado pequeño para una familia. Tallkrogen. Ciento diez metros cuadrados. La choza era de madera pintada de blanco. Planta y media. La entrada, la cocina, un cuarto de aseo para invitados y la sala en la planta baja. En el piso de arriba: dos dormitorios pequeños, un cuarto pequeño para la televisión y el baño. El cuarto de la televisión lo usaban como oficina/gimnasio. Una bicicleta estática y una colchoneta en el suelo. Algunas mancuernas y una barra de pesas en un armario junto con carpetas, una máquina de coser, telas y ropa de deporte. Un escritorio con una computadora y unos patrones de vestidos amontonados. Una silla de oficina que le dieron a Thomas cuando reorganizaron el distrito. Por lo demás, vacía. A Thomas no le gustaba acumular porquerías.

Lo llamaba sensación de casa de muñecas. La casa no tenía ni siquiera bodega o un sótano de verdad. No valdría de nada, sobre todo si conseguían adoptar más niños. ¿Dónde iban a caber la cuna, el cambiador y la mesa de ping-pong?

Tras la cena se fue a la computadora. Cerró la puerta tras de sí. Encendió la computadora. El logo de Windows flotaba por la pantalla como un alma en pena.

Hizo clic en el icono del Explorer. Le recordó su gran miedo: que algún día Åsa supiera tanto de computadoras como para entender que el porno que él veía en internet se reflejaba en el historial del Explorer. Debería preguntarle a alguien del trabajo si se podía borrar.

Pero no era eso lo que iba a hacer. Buscó en el bolsillo del pantalón. Sacó una memoria USB. Thomas: lo más opuesto a un *freaky* de las computadoras que se pudiera ser, pero le parecía mejor llevar consigo lo que necesitaba en forma física que enviarlo por correo. Había comprobado nervioso, a intervalos regulares, que la memoria seguía ahí. Si se le hubiera llegado a caer, alguien la hubiera encontrado, hubiera visto lo que había y se hubieran dado cuenta de que era suya: habrían hecho más preguntas que en un interrogatorio cruzado de un juicio.

Lo metió en la computadora. Sonó un «plop». Apareció una ventana en la pantalla. Un archivo en la memoria llamado «Informe autopsia».

La computadora sonó. Se abrió el Adobe. El informe de la autopsia era de apenas tres hojas. Primero bajó hasta el final; correctamente firmado por un tal Bengt Gantz, forense. Empezó a leer desde el principio. Lentamente. Lo leyó otra vez.

Y otra.

Había algo sospechoso. Asquerosamente sospechoso; en el informe de la autopsia no se mencionaba nada sobre los pinchazos de los brazos o de si se le habían hecho pruebas al cadáver para medir niveles elevados de drogas u otras porquerías.

No podía ser casual. Cuando Thomas vio su informe con Hägerström y comprendió que habían desaparecido las últimas líneas con la posible causa de la muerte, se había extrañado. Le había parecido raro, pero no había pensado más en ello. ¿Pero ahora? Un forense no se saltaba eso. Los piquetes eran evidentes. O bien el médico no había querido escribir acerca de ellos por algún motivo, o bien alguien lo había borrado; la idea se le ocurrió y se le grabó directamente. Y ese alguien debía de haber borrado lo mismo de su informe.

Tenía que calmarse. Meditar qué debería hacer. Cómo debería actuar. Nunca en sus años como policía se había visto en una situación semejante.

Åsa estaba limpiando la cocina. Ni siquiera levantó la mirada cuando abrió la puerta de la calle y salió al garage. Era una costumbre. Thomas trabajaba en su Cadillac siempre que tenía tiempo. Además era una inversión. Parte del dinero extra que conseguía en la calle lo podía meter en el coche sin que nadie preguntara. Pero aún más importante: el coche era su método de meditación. El lugar, aparte de la pista de tiro, donde se desconectaba. Donde se sentía como en casa. Era su pequeño nirvana.

También había otra cosa en el garage: el armario metálico gris, grande, cerrado con llave. Él y Åsa lo llamaban el armario de las herramientas, pero sólo ella creía que contenía herramientas. Es cierto que guardaba allí algunas herramientas y cosas para el coche, pero ochenta por ciento del armario estaba lleno de cosas más importantes: marihuana decomisada a una banda de árabes de Fittja, resina de cannabis que le fue quitada a unos yonquis turcos de Örnsberg, anfetaminas confiscadas a adictos suecos en el metro, algunos paquetes rusos de hormona del crecimiento encontrados en un garage de Älvsjö, dinero en efectivo producto de innumerables perjuicios en la línea roja del metro. Y más. Su pequeña mina de oro. Una especie de fondo de pensiones.

El coche relucía. Cadillac Eldorado Biarritz de 1959. Una belleza que había encontrado en la red hacía seis años. Estaba en Los Ángeles, pero no lo dudó. Todos y cada uno de los decomisos que le había hecho a la chusma tenían como destino este coche. Sin los ahorros que había hecho aparte de su sueldo de mierda de policía, nunca habría sido suyo. Pero lo consiguió. Lo recogió con su padre, que entonces aún estaba en buena forma. Condujeron de Los Ángeles a Virginia de un tirón. Cuatro mil ochocientos kilómetros. Cincuenta y cinco horas de carretera. Åsa se preguntaba cómo podía habérselo permitido y ni siquiera sabía que había costado el doble de lo que le había dicho.

Era maravilloso. El motor V8 del propio Cadillac, más conocido entre los amantes de los coches como Q, 345 caballos; sólo arreglar el juego de pistones para que quedara como nuevo le había llevado medio año. Tragaba gasolina como un camión.

El coche que había ante Thomas era de otro planeta en comparación con las porquerías de hoy en día. Pronto habría acabado. Había arreglado los cromados, comprado una nueva decoración, instalado elevadores eléctricos y asientos electrónicos de color morado metalizado, montado las salpicaderas traseras, importado una parrilla nueva de Estados Unidos, reparado la caja de velocidades sincronizada. Había conseguido las llantas adecuadas con tapones blancos, faros antiniebla, aire acondicionado, cristales entintados en las ventanillas. Había arreglado el eje trasero, el carburador, los frenos. Había dado un tratamiento de ácido y chapado en zinc a cada pieza metálica.

Eldorado Biarritz: el coche que había introducido las aletas traseras y los faros traseros gemelos. Un icono de estilo sin comparación, una maravilla, una leyenda entre los coches. No se podía comprar nada que tuviera más estilo rock and roll. La mayoría de estos coches ni siquiera se podían conducir. Pero el de Thomas se deslizaba de maravilla. Era único. Y era suyo.

Lo único grande que quedaba por arreglar era la suspensión hidráulica. Thomas sabía lo que quería: volvería a poner la suspensión original, y no había más. Lo había dejado para el final. Por lo demás, el coche estaba perfecto.

Thomas usó el overol azul, se puso la linterna en la frente. Se deslizó bajo el coche. Su postura favorita. Oscureció a su alrededor. A la luz del frente, el chasis del coche parecía un mundo en sí mismo, con sus propios continentes y formaciones geológicas. Un mapa que él conocía mejor que ningún otro lugar. Esperó antes de tomar la llave. Estudió las piezas del coche. Se quedó tirado un rato sin hacer nada.

Su descripción y la del forense de los pinchazos y de la posible causa de la muerte las había borrado alguien. ¿El propio forense? ¿Alguien dentro de la policía? Tenía que hacer algo. Al mismo tiempo: no era asunto suyo. ¿Por qué tendría que preocuparse? Si el médico no quería que dijera nada sobre los piquetes, quizá tendría sus motivos. Tal vez era molesto escribir un montón de mierda de más sobre eso en el informe de la autopsia. O quizá algún compañero de Thomas no quería que se supiera que a un desconocido lo habían matado con una inyección. Así que quizá podía quedarse así. Él no era de los que delataban, fastidiaban, fisgoneaban, cuando se trataba de otros policías. Él no era como ese tal Martin Hägerström.

Por otra parte: él mismo podría tener problemas. Si el error del informe de la autopsia se investigaba, se podría cuestionar por qué él había excluido datos relevantes. Era un riesgo que no quería correr. Y no se sabía quién había borrado su texto. No era como si perjudicara a un compañero que conociera. Si alguien quería ocultar algo, al menos había que actuar abiertamente con los colaboradores.

Eso no estaba bien. Debería hablar con alguien. ¿Pero con quién? Jörgen Ljunggren estaba descartado. El hombre era casi más corto que una chica bien buena de un *reality show*. Hannu Lindberg, uno de los hombres con los que Thomas solía hacer turnos, quizá lo comprendería, la cuestión era si estaría de acuerdo. Para Hannu, todo lo que no fuera dinero o el honor policial no era nada para molestarse. A los otros del turno no los conocía suficientemente o no eran de confianza. Eran buenos hombres, no era por eso, pero no eran el tipo de gente que aguantaban cavilar demasiado. Pensó en el comentario de Hägerström: «La gente de los despachos junto con ustedes los que están afuera de verdad. Hoy en día hay mucha información que se pierde».

Thomas no tenía fuerzas para pensar más en eso. Apagó la linterna. Se quedó tirado tres minutos antes de deslizarse afuera.

Se puso de pie. Se lavó las manos con una manguera del garage.

Sacó el celular. Había guardado el número de Hägerström.

—Hägerström —contestó Martin Hägerström.

—Hola. Soy Andrén. ¿Estás ocupado?

Thomas notó el interés en la voz de Hägerström.

—Para nada, ¿no estás patrullando?

—No, estoy libre. Llamo desde casa. Hay una cosa que quiero tratar contigo.

—Adelante.

Thomas siguió hablando con tono monótono. No quería que Hägerström pensara que se había vuelto amable.

—Me traje a casa el informe de la autopsia. Ya sé que es material de una investigación abierta que no se puede sacar, pero me salté eso. No quería imprimirlo y leerlo en la comisaría. Y tenías razón, no menciona los pinchazos. No te sorprenderás porque dices que tampoco decía nada sobre las marcas en mi informe, pero yo sé que lo escribí. No es probable que ese forense, Gantz, que se dedica a cortar cadáveres, lo haya pasado por alto. Con toda sinceridad, nadie, ni siquiera tú, podría haberlas pasado por alto. ¿Llegaste a ver el cadáver?

Silencio al otro lado del auricular.

—¿Hägerström?

—Estoy aquí. Y estoy pensando. Lo que cuentas suena muy raro. Tal como yo lo veo, hay sólo dos explicaciones posibles. Que me estés tomando el pelo. No has escrito nada sobre piquetes o la causa de la muerte en absoluto y sólo quieres detener mi investigación. Es la solución más probable a tu pequeño misterio. O bien que hay algo que está peor de lo que había pensado. Algo con lo que voy a llegar hasta el fondo. Y no he visto el cadáver. Pero ahora pienso hacerlo. Que conste.

Thomas no sabía qué contestar. Hägerström pertenecía al otro bando. Pero el tipo en realidad se comportaba impecablemente. En realidad debería colgar sin más. No aceptar jamás que un afiliado de la quinta columna como Hägerström le hablara así. Además los policías de seguridad ciudadana como Thomas no deberían inmiscuirse en las investigaciones de los de la judicial. Sin embargo, aflojó sin saber por qué:

—Creo que lo mejor es que te acompañe. Para que alguien te pueda enseñar dónde estaban esos pinchazos.

Capítulo
10

S eñales de la primavera: pequeñas flores blancas en los mantos marrones de césped secos, terrazas, mierdas de perro derretidas. Chicas de trece años con minis demasiado cortas pese a que sólo estaban a catorce grados. Pronto llegaría: el verano sueco. Cálido. Luminoso. Lleno de chicas. Mahmud tenía ganas. Se trataba de que le diera tiempo de poner el cuerpo en forma para entonces y resolver la mierda en la que estaba metido.

Esperaba en el exterior de la fuente de sodas. El pelo mojado tras el ejercicio. Los músculos, adoloridos. Agotamiento agradable.

Estaba esperando a su colega, Babak. Eran las seis y deberían estar cerrando ya. Era una bronca que no saliera. Mahmud intentó llamar. Sin respuesta. Mandó un SMS, hizo un chiste de los habituales: «¿Te acuerdas de cuando fuimos en tren y yo saqué la cabeza y tú el culo? Todos pensaron que éramos gemelos. ¡Llámame!».

Molesto. En realidad no con Babak, el tipo siempre llegaba tarde, sino con toda la situación. Todo estaba yéndose a la mierda. Quedaban menos de cinco días. Mahmud no había conseguido reunir aún nada más que quince mil en efectivo. No bastaba ni para una quinta parte de lo que quería Gürhan. ¿Qué diablos iba a hacer? El mismo pensamiento se repetía como un bucle sampleado: "Los yugoslavos son mi única oportunidad".

Miró la caja de fusibles de seguridad contra la que estaba apoyado. Lleno de pintadas: calcomanías de Ernesto Guerra,[37] una cara gigantesca pintada con *spray*, adhesivos de anuncios de cuarenta mil tiendas de discos diferentes. Pensó: Los vikingos inventan tantas mierdas. Era su lujo; se dedicaban a diversiones innecesarias, incomprensibles, nada masculinas: manifestarse para poder robar las tiendas de los pequeños comerciantes en las revueltas de Reclaim the Streets, organizar fiestas góticas raras en Gamla Stan[38] en las que todos parecían muertos, sentarse en un café y estudiar un día entero. Pero los vikingos no sabían nada de la vida marginal. Lo que se sentía al tener que traducir en los servicios sociales para que tus padres pudieran explicar que no podían comprar cazadoras para el invierno. Lo que era crecer en los barrios del millón de viviendas[39] sin futuro. Ver resquebrajarse la dignidad de tu padre cada vez que los funcionarios desconfiaban de él, un hombre muy respetado en el lugar del que venía que se vio arrastrado en la suciedad sueca como una puta en la plaza de su patria. Cuestionaban por qué no conseguía un trabajo mejor pese a ser un ingeniero titulado, por qué no hablaba mejor sueco, le daban formatos para que los rellenara aunque sabían que ni siquiera sabía leer el alfabeto latino. Sus putas madres.

Mahmud quería a su padre y hermanas. Le agradaban sus colegas, Babak, Robert, Javier y los demás. El resto podía irse al demonio.

Iba a ganarles a todos. Los de Born to Be Hated. Los putos vikingos. Los creídos de Estocolmo. Las payasadas de Ernesto Guerra. Volvería. Demostraría quién mandaba. Ganaría plata. El

---

[37] Artista y autor colombiano nacionalizado sueco que pega de manera masiva carteles con su nombre o sus textos por las calles y, por lo tanto, es muy conocido. Sufre de esquizofrenia y autismo y se supone que haciendo eso se siente mejor.

[38] Casco histórico de Estocolmo. Literalmente «la ciudad antigua».

[39] El programa del millón de viviendas fue un programa urbanístico que creó múltiples núcleos urbanos en la periferia para personas de clase trabajadora. Muchos de ellos se han convertido en zonas más o menos deprimidas y conflictivas.

moro del millón de viviendas sería el puto amo. Los aplastaría. Se los cargaría. Siempre y cuando los yugoslavos lo ayudaran.

Cuatro horas antes había llamado y había dicho que sí a Stefanovic; iba a encontrarles a Wisam Jibril. Mahmud Bernadotte;[40] cuando hubiera acabado, a Gürhan le iba a caer una golpiza de aquéllas.

Mahmud pensó en la misión. Contar para los yugoslavos era contar para todos. Si tenía éxito en eso, en encontrar al libanés, cumplir el deseo de Radovan, desde entonces se llamaría Mahmud the Man. No como ahora: Mahmud el tipo que quería subir pero que aún no había llegado a nada.

Directamente después de la conversación con Stefanovic, Mahmud llamó a Tom Lehtimäki, un colega de antes. Tom se dedicaba a la economía y esas cosas. Trabajaba para una especie de empresa de cobro de cuentas no saldadas. Un contacto de oro que actuó directamente. Dos horas después de la conversación, Tom pidió a un juzgado que enviaran por fax todos los documentos del caso del robo de Arlanda. Se negaron a enviar por fax tantos papeles. Mandarían la mierda por correo. Por lo visto el caso estaba cerrado; el fiscal había desistido de atrapar a los ladrones. Pero aún había conflicto entre el banco y el transportista. Mahmud apenas podía creerlo, el juzgado le hacía un servicio de lujo. A veces adoraba Vikingolandia.

Salió de su ensimismamiento. Miró el reloj del celular. ¿Por qué no salía Babak?

Iban a salir esa noche. Adueñarse la ciudad. Ir por todo; las chicas eran para que ellos se las llevaran. Pim pam. Cantó para sí mismo en árabe: *Ana bedi kess.* Me encantan los culos.

No aguantaba esperar más, subió los escalones y entró en la tienda.

En el interior: hasta el tope de gente.

La tienda era pequeña como un puesto de hot dogs. Olor a sudor y un montón de conversaciones. Tras el mostrador de cris-

---

[40] Bernadotte es el apellido de la familia real sueca.

tal estaba Babak. Sombra de barba de dos días en las mejillas, pelo con raya a un lado y gel cuidadosamente aplicado, camisa con los botones desabrochados. Mahmud nunca lo diría en voz alta, pero Babak tenía una imagen fenomenal. Junto a Babak: su padre y algunos parientes más. El padre con una camiseta Armani falsa. El tío y los primos con camisas. Estaban apretujados, vendían y charlaban. Babak estaba con un cliente. A Mahmud le encantaba el sitio. El ambiente era fantásticamente antisueco: otro mundo, otro país. La gente regateaba como loca, gritaban para que se les oyera. Tres chicos negros suplicaban el mejor precio para una caja de celulares robados. El padre de Babak abrió los brazos, parecía que le habían preguntado si podían salir con su hija.

—¿Piensan que estoy cagando dinero? Les doy máximo cien por cada uno.

Mahmud se rio para sus adentros, el tipo era tan de la patria como era posible ser. Una isla en la Suecia de los vikingos.

En las estanterías había celulares usados, reproductores de mp3, cargadores, teléfonos inalámbricos, tarjetas de celular, despertadores. Bajo el mostrador había fundas de celular de distintos colores, relojes de pulsera e iPhones liberados. Sobre el mostrador: platos con la cena de Babak y de su padre. Tomate, cebolla cruda, queso feta y pan de pita. Auténtico.

Al menos quince personas en la cola. Gente que vendía sus viejos celulares robados, que necesitaba ayuda para liberarlos, que dejaba relojes para reparación. Sobre todo: compraban tarjetas de prepago para llamadas baratas a todo el mundo. De las paredes colgaban anuncios de diferentes fabricantes de celulares, de todo, desde viejos anuncios de Ericsson, teléfonos como ladrillos negros, ahora con doble banda, hasta iPhones. Pero sobre todo: listas de precios para las tarjetas de prepago. Jedda, Jericó, Jordania. Lo que quieras.

Babak había acabado con el cliente. Se giró hacia Mahmud.

—*Habibi*, dame cinco minutos. Vamos a cerrar la tienda.

Media hora después: estaban en la calle juntos. Iban hacia la estación de metro de Skärholmen.

Mahmud se carcajeaba:

—Me encanta la tienda de tu papá. Auténtica.

Babak abrió los brazos, imitó a su padre.

—¿Has visto cómo negociaba con los hermanos? No tenían la más mínima oportunidad.

Saltaron por encima de los torniquetes. Oyeron al taquillero gritar algo tras ellos. Idiota; podía quedarse en su cabina y gritar hasta quedarse sin voz.

Caminaron a lo largo del andén. Los chicles viejos formaban un dibujo en el suelo. Mahmud se sentía de mejor humor.

Llegó el tren. A casa de Babak. Iban a prepararse para la noche.

Más tarde en casa de Babak: Mahmud, Babak y Robert, en el departamento de Alby. Un apartamento de un dormitorio de cuarenta y ocho metros cuadrados. En las paredes, fotos de la familia y diferentes fotos egipcias. Babak no tenía nada qué ver con Egipto, pero por algún motivo le fascinaban las esfinges, los jeroglíficos y las pirámides. Babak solía decir:

—Verás, los egipcios, el mayor imperio de la historia. Inventaron todo lo que piensan que es de Europa. El lenguaje escrito, una especie de papel, el arte de la guerra. Todo. ¿Entiendes?

En la sala: dos sofás de piel clara con la correspondiente mesa de centro de cristal llena de latas vacías de Coca-Cola, controles del equipo de sonido, la televisión, el DVD, el decodificador y el proyector. Fundas de juegos de la X-Box 360: *Halo 3, Infernal, Medal of Honour*. Papel arroz, revistas de armas, revistas porno y una bolsa de cierre hermético con unos gramos de hierba.

Babak trajo una botella de refresco de cola del refrigerador. Se sentó en uno de los sofás. Mahmud hojeaba una revista de armas, *Soldier of Fortune*. Miraba magníficos cuchillos de combate que usaban los guerreros gurka. No había hombres más duros. Robert armó un porro. Lamió lentamente el papel arroz. Lo cargó hasta arriba de tabaco y mota. No cerró el extremo, la hierba sobresalía como en un toque de verdad. Encendió el porro.

Dio caladas profundas. De fondo, The Latin Kings. La voz estridente de Dogge explicaba la situación: «Knätcha knätchen för det finns inga cash lenn».

Robban le pasó el porro a Mahmud. Entre el pulgar y el índice. Aspiró a fondo. Saboreó. Soltó el humo. Flotó. Qué estupendo.

Expulsó lentamente el humo por la nariz.

—¿Se acuerdan de cuando íbamos al colegio? Había un cabrón que se llamaba Wisam. Wisam Jibril, creo. Era unos años mayor que nosotros. He oído cosas muy fuertes de él.

Robert parecía totalmente ido. Asentía como si estuviera dormido.

Mahmud le dio un empujón.

—Despierta. Puta madre, lo que fumaste no es hachís.

Se volvió hacia Babak.

—¿Te acuerdas de él? ¿Wisam Jibril?

Babak levantó la mirada.

—No me acuerdo de ningún Wisam. ¿Qué más da?

—Vamos. Era bastante bajo. Unos años mayor que nosotros. Iba con Kulan y Ali Kamal y esos otros. ¿Te acuerdas?

—Claro. Ese idiota. Creo que se forró. ¿Sabes?, sus papás se regresaron al Líbano.

—¿Y eso?

—Ni idea.

—¿Pero te lo has encontrado últimamente?

Mahmud pensó en lo que había dicho Babak: la familia de Wisam había dejado el país; un fastidio. Eso quizá le complicaría encontrarlo.

—Hace mucho. Salía por el centro. Justo después de que yo diera aquel golpe contra Coop,[41] ¿te acuerdas? Me lo encontré de fiesta unas cuantas veces.

Una oportunidad.

—¿Dónde te lo encontraste?

—Ya te dije que de fiesta.

—¿Pero de fiesta dónde?

Babak pareció pensarlo de verdad.

—La cosa es que creo que todas las veces fue en el Blue Moon Bar.

—*Okey* —Mahmud imitó la pronunciación de Tony Montana en *Scarface.*

—Si te enteras de algo sobre él, corre la voz de que quiero verlo.

Dio un empujón a Robban.

—Entérate tú también. Quiero ver a Wisam Jibril.

Estaba contento. Mahmud había logrado una pista. Había lanzado el mensaje. Se había aproximado. Pero ya era hora de detener las preguntas por un rato.

Después de una hora encendieron otro porro. Discutieron, fabularon, planificaron. Podían hablar durante horas. Sobre antiguos colegas del barrio, métodos de entrenamiento, la tienda del viejo de Babak, las armas de puta madre de la revista, los intentos patéticos de Vikingolandia por integrarlos. Mahmud habló de la velada en Solnahallen: los ganchos alucinantes de Vitali Akhramenko, la protección dental que había salido volando. Pero cerró la boca sobre la misión de los yugoslavos; Babak y Robban eran buenos tipos, pero de esas cosas no decían ni pío.

Sobre todo: hablaron de maneras de tener éxito. Robert habló de cuatro colegas suyos de la zona norte de Estocolmo. Tipos

---

[41] Cadena de supermercados.

muy listos que habían organizado un plan sin falla. Se entusiasmaba con su propia historia:

—Verás, los tipos hicieron un pago de treinta y cinco mil en efectivo a la compañía esa de transbordadores, Silja Line, creo. El mismo día llamaron a Silja y dijeron que habían hecho el pago por equivocación, que era un error, que Silja no tenía que cobrar nada. Los de Silja, por supuesto, devolvieron el dinero con una carta de pago. El hermano de uno de los tipos había trabajado en el banco postal o algo así y sabía que los sitios como Silja tardaban unos días en registrar sus pagos. Si se sacaba algo en jueves o viernes no había ninguna posibilidad de que descubrieran algo antes del lunes. Por eso pudieron trabajar dos días sin problemas. Falsificaron la carta de pago, que es fácil, no hay más que pasarla por una fotocopiadora en color, y se fueron de gira. Se repartieron las oficinas de correos entre ellos y marcaron en un mapa todos los sitios a los que iban a ir. Se trataba de que fuera más rápido si se dividían en dos equipos. Pero jodieron todo.

Mahmud interrumpió.

—¿Cómo diablos pudieron joderlo? Parece que los tipos eran muy avispados.

—Ahora verás. Escucha. Una de las oficinas estaba cerrada por una reforma, pero decía que se podía ir a otra. La cosa es que la otra oficina estaba en la zona que iba a recorrer el otro equipo. O sea, que fueron a la misma oficina dos veces. Podría haber funcionado de todas formas, pero dio la casualidad de que también fueron con la misma cajera. ¿Se dan cuenta? A ella le pareció raro. Las cartas de pago de grandes cantidades no son habituales en las oficinas de correos pequeñas. Y además las dos de Silja.

Mahmud se reía.

—*Habibi*, ¿sabes lo que demuestra esto?

Robban sacudió la cabeza. Le dio un trago al refresco.

—Demuestra que por muy listo que seas siempre se puede ir todo a la mierda. Lo único que asegura el asunto es la violencia.

¿O no? Si hubieran llevado armas encima podrían haber obligado a esa zorra a cerrar la boca.

Robban dio la última calada al toque.

—Tienes razón. Armas y explosivos. ¿Y cuándo vamos a hacer algo grande?

Mahmud guiñó un ojo.

—Pronto. —Realmente quería hacer algo pronto.

Pidieron un taxi. Mahmud vestido con su ropa de costumbre para salir: camisa blanca con los botones superiores abiertos, pantalón de mezclilla excesivamente ajustado, se veía bien que se marcaran los músculos de los muslos, y zapatos de piel negros.

Mahmud palpó el fajo de billetes en el bolsillo interior de la chaqueta: treinta y cinco billetes de cien que no podía pulirse esa noche. El dinero de Gürhan. Pero Babak había dicho que invitaba él. Esa noche iban a hacerla en grande.

Autopista E4 hacia el norte. Sobre todo taxis y autobuses. Eran las once y media. Pidieron al conductor del taxi que pusiera The Voice. Mahmud y Robert seguían el ritmo en el asiento trasero. Babak cantó: «She break it down, she take it low, she fine as hell, she about the dough». Justin, 50 Cent y un montón de chicas.

A Mahmud le encantaba la sensación. La excitación. El espíritu de amistad. La sociedad sueca había intentado pisarlos cada día de sus vidas. Sin embargo, quedaba mucha alegría para el fin de semana.

Después de veinte minutos habían llegado a Stureplan. Al conductor le dieron doscientas coronas de propina. Como reyes.

La fila del Hell's Kitchen parecía más como de fans delante de las rejas de un buen concierto. La gente se apretujaba hacia delante, agitaba los brazos, agarraba fuerte los bolsos, saltaba para que se le viera mejor, gritaba a los vigilantes, presionaba. Presionaba para avanzar. Presionaba para entrar en el *glamour.* Empujaba hacia delante. Sobre una caja de fusibles de seguridad estaba el jefe de los porteros; señalaba a la gente que podía pasar. Los otros porteros patrullaban de un lado a otro, auriculares pequeños en las orejas, como los agentes de servicios secretos. Los juniors de verdad se deslizaban de largo ante la masa humana. Chicas con bronceado artificial y pelo teñido de rubio platino detrás. El resto tenía que ofrecer billetes doblados de quinientos, prometer gastar mil monedas en copas, asegurar que eran famosos, ricos, importantes. Los inmigrantes amenazaban con pegar; sabían que de todas formas no tenían oportunidad. Las chicas acercaban el pecho y paraban los labios, ofrecían mamadas, coger, sexo en grupo. Lo que fuera con tal de entrar.

Mahmud veía lo mismo en los ojos de noventa por ciento de los que hacían fila: desesperación. En otras palabras: en el centro, todo estaba como siempre.

Mahmud, Babak y Robert: desde luego no eran aún tipos importantes. En circunstancias normales eran mal vistos en sitios de lujo para vikingos como Sturecompagniet y Hell's Kitchen. Pero esa noche Babak se había empecinado. Mahmud en realidad prefería ir al Blue Moon Bar en la calle Kungsgatan, a buscar a Wisam. Hacer preguntas allí a la gente del bar. Además: no entendía cómo Babak pensaba que iban a entrar.

Pero Babak no pensaba reparar en gastos. Contacto visual con el jefe de los porteros en su tarima elevada: alzó las manos extendidas. El portero levantó las cejas, no captaba el mensaje. Babak dio un paso adelante, se apretó contra el cordón. Inclinó la parte superior del cuerpo hacia el portero.

—Te consigo diez gramos.

El portero guiñó un ojo. Levantó el cordón de seda.

Pasaron hasta la taquilla. Doscientas cincuenta coronas cada uno. Mierda, era caro estar en lo más alto. Pero ya daba lo mismo; los habían dejado pasar.

¡Puto milagro! Mahmud y Robert miraron a Babak. Él se rio.

—¿No lo sabías? He empezado a mercar cosas buenas.

En el interior: dominaban los niños bien. Botellas de champán normales y Magnum en cubiteras por todos lados. Los hombres con pañuelos de seda en los bolsillos del pecho, cabello con mucho gel hacia atrás y los más *fashion:* pelo peinado hacia atrás con más volumen. Camisas de rayas con los botones superiores abiertos y gemelos relucientes, chaquetas de aspecto caro, pantalones de mezclilla de marca, estrechos y desgastados, cinturones de piel con hebillas con la forma de los monogramas: Hermès, Gucci, Louis Vuitton. Algunos con corbata, pero la mayoría sin ella, les daba más posibilidades de mostrar el pecho. Además, unos cuantos roqueros ajados con patillas y gorras de camionero. Mahmud no entendía cómo los habían dejado pasar.

Las chicas guapas estaban sentadas en reservados y sorbían vodka con agua tónica o dejaban que las invitaran un champán. Los hijos de los ricos, la alta sociedad joven, palurdos fingiendo.

Pero también una combinación de otra gente: famosos de segunda. Famosos de *reality*, presentadores, artistas. Rodeados de mujeres con bolsos de marca en los hombros y joyas de Playboy al cuello que bailaban en dirección a todos.

Por último, pero no menos importante: Jet-set Carl, el primero en la lista de tipos a los que nunca había que negarle una mamada que tenían todas las chicas de Stureplan. Hasta Mahmud y sus colegas lo conocían. El hombre era el dueño de tres sitios en la ciudad, en realidad se llamaba Carl algo. Mahmud no sabía qué más. Lo único que sabía: el riquillo era *jet-set* a lo grande. De ahí el nombre.

Allí no había muchos moros auténticos. Quizá algunos adoptados y bien integrados. De los que trabajaban en la música, los medios y esas mierdas. Sinceramente: Mahmud se sentía tan fuera de lugar como era posible; aunque las niñas estaba muy ricas. Se desabrochó un botón más de la camisa. Babak pidió en el bar una botella de Dom Perignon.

Mahmud se vio reflejado en la cubitera que vino con el champán de Babak.

Le gustaba su aspecto. Cejas anchas, cabello negro peinado hacia atrás con tanta brillantina que podría haber llevado el mismo peinado tres semanas sin que se le moviera un solo cabello. Labios gruesos, mandíbulas poderosas; en las mejillas, barba de tres días perfectamente igualada.

Vio en el espejo que Babak y Robert se acercaban hacia él a sus espaldas. Volteó antes de que llegaran.

Babak, sorprendido:

—¿Cómo nos viste?

Mahmud dijo:

—Eh, colega, si uno es hombre, con tantas chicas lindas en este sitio hay que tener ojos en el cuello para no perderse ninguna.

Una sonrisa en los labios.

Se rieron. Bebieron champán. Hicieron todo lo posible para establecer contacto visual con las chicas de alrededor. Sin éxito; como si fueran los chiquillos invisibles del anuncio contra el acoso escolar. Al final Robban se acercó a unas. Dijo algo. Invitó el champán.

Se negaron totalmente.

Kh'tas: Zorras. Era injusto.

—Nos largamos.

Mahmud quería ir al Blue Moon Bar. Preguntar por el libanés.

Babak se reía.

—No, mejor nos metemos una raya.

Ja ja ja.

Una hora más tarde. El efecto de la coca había pasado. Pero Mahmud todavía se sentía como el moro millonario con más lujo de la ciudad, el detective del asfalto más listo del mundo, el número uno; un puto Sherlock Holmes. Iba a encontrar a ese Wisam. Iba a hacerlo confesar dónde había escondido el dinero de Radovan de lo de Arlanda. Iba a obligarlo a devolverlo. Él le daría a Mahmud la oportunidad de causar buena impresión. De conseguir la protección de los yugoslavos.

Robert se deslizó por la pista de baile con una chica con aspecto de menor. Mahmud y Babak se quedaron en el bar, como de costumbre.

Luego vio algo que no quería ver. El ruido a su alrededor se apagó. Le ardía la cabeza. A su alrededor, una pequeña isla privada de pánico; cinco metros más allá en el bar: Daniel y dos tipos más de aquella noche.

Mahmud se quedó paralizado. Clavó la vista en las botellas del otro lado de la barra. Intentó fijar la mirada. Maldita sea. ¿Qué iba a hacer? El pánico golpeando en oleadas contra el interior de su frente. Los recuerdos volvieron: el chirrido en la boca. El sonido de ruleta del barril girando. La sonrisa burlona de Daniel.

Intentó no mirar de reojo. Tenía que conservar la calma. ¿Lo habían visto? Si se le acercaban, no sabía cómo iba a reaccionar. Babak parecía no darse cuenta. Las personas del fondo le parecían borrosas.

Con posterioridad, cuando Mahmud pensaba en la situación, no podía recordar cuánto tiempo había pasado así. Con náuseas. Rígido. Cuántos pensamientos aterradores tuvieron tiempo de pasarle por la cabeza.

Pero tras un buen rato, levantó la mirada. Se habían ido.

Rechazó a Babak y a Robert. Vio que Babak estaba intentando ligarse a una chica. Restos de coca en la nariz de la chica buenona. Marcas de lápiz labial en las mejillas de Babak. Qué bien por él.

Mahmud quería marcharse. Y tenía que ir al Blue Moon Bar. En ese momento. Salió de Sturecompagniet. La fila en el exterior era tres veces más larga que cuando habían llegado. La angustia en los ojos de la gente, treinta veces más intensa. El jefe de los porteros seguía en su sitio, decidía el acceso o no, ganadores o perdedores, vida o muerte.

Calle Kungsgatan arriba. Hacía más frío. ¿Adónde se había ido el verano?

Pensó en tragarse una hamburguesa, pero pasó de largo. Necesitaba arreglar lo suyo en Blue Moon. Vio el sitio más adelante.

Blue Moon Bar: también presumía de una cola considerable.

Cantidad de porteros bajos y muy anchos. Mahmud pensó: ¿Hay que ser enano para trabajar aquí?

Mahmud fue directamente hasta la entrada VIP. Pasó de largo. Directamente a un portero anchísimo. Cruzó la mirada con Mahmud. Un cierto entendimiento entre hombres grandulones.

Recurrió a un clásico, ese sitio no era tan difícil como Sturecompagniet; alargó un billete de quinientos sin decir nada.

El grandulón del portero dijo:

—¿Vienes solo?

Mahmud asintió.

El portero rechazó el billete de quinientos.

—Está bien.

Entró. Pagó cien por la entrada, un precio significativamente más normal que el del sitio anterior. Sorprendido por la clase del portero. De hecho a Mahmud lo habían tratado en plan legal.

Observó el lugar. Planta inferior: exceso de hombres; sirios con el pelo corto por los lados y más largo por detrás y camisa abierta que mostraba el pecho afeitado, vikingos con barbas bien cuidadas al estilo de Pontus Gårdinger, hermanos con gorras torcidas y *bling-bling* falso en las orejas.

Resplandor azul que parpadeaba a ritmo de techno: «This is the rythm of the night».

Siguió avanzando. Siguiente piso: reparto de sexos más igualado; es decir, mercado de ganado. Gente que se contoneaba en la pista de baile, tipos que agarraban pechos en los rincones de los sofás, chicas que les lamían los lóbulos de las orejas a esos mismos tipos y les masajeaban el miembro por encima de los pantalones. A Mahmud le habría encantado ligarse a alguna nena.

Pero ahora no.

Avanzó hasta el bar. Pidió un mojito. Normalmente: no era su estilo beber, salvo quizá champán por las chicas. Se valía fumar y estar contento: pero nada de agarrarse una borrachera y perder el control. Sólo los vikingos perdían su dignidad emborrachándose así. Y si acaso acababas en una pelea no tenías ni una posibilidad. Además: eran demasiadas calorías.

Apoyado en la barra. El mojito con un agitador en la mano. Lo removió. Rozó con los dientes los cubitos de hielo. Contó las parejas metiéndose mano.

Se inclinó hacia el camarero que le había servido. El chico de unos veinticinco años, con aspecto oriental.

—¿Sabes quién es Wisam? Wisam Jibril, un tipo legal de Botkyrka. Mucha plata. Solía venir aquí. ¿Te acuerdas de él?

El camarero se encogió de hombros.

—No tengo ni idea. ¿Viene mucho por aquí?

—No sé. Pero hace unos años estaba aquí siempre. ¿Trabajabas tú aquí entonces?

El camarero estaba secando un vaso. Pareció pensarlo.

—No, pero prueba con Anton. Ha estado aquí todos los putos fines de semana desde hace cinco años. Es increíble. —Señaló a otro hombre del bar.

Mahmud intentó llamar la atención del tal Anton como cinco minutos. Sin éxito. Le dio tiempo de observarlo bien. Camiseta ajustada que dejaba ver los tatuajes tribales de los brazos, peinado fingidamente despeinado, pulseras de cuero anchas en ambas muñecas, anillos metálicos en los dedos. El hombre no estaba musculoso, pero sí bien entrenado.

Al final: Mahmud recurrió a otro truco. Volvió a agitar el billete de quinientos. Anton reaccionó. Un clásico.

Intentó hablar por encima de la música. Señaló al primer camarero.

—Dice que llevas mucho trabajando aquí. ¿Te acuerdas de Wisam Jibril? Solía estar aquí siempre.

Anton sonrió.

—Claro que me acuerdo de Wisam. Una leyenda en sus tiempos.

Mahmud puso el billete de quinientos sobre la barra.

—Aquí no se puede hablar. ¿Vienes cinco minutos a un sitio más tranquilo? Esto es para ti.

Anton parecía no entender. Siguió sirviendo una copa a una chica que parecía drogada. ¿No entendía el más común estimulador de la memoria de todos?

Pero tras unos segundos, Anton salió de la barra. Guió a Mahmud por delante de él. Hacia los baños de hombres.

El tipo se puso ante un mingitorio. Se abrió la bragueta.

Mahmud al lado: hizo lo mismo. Mal asunto; le entró miedo escénico de mingitorio, no salía ni una gota. No le había pasado nunca. Solía ser el rey de las meadas. Pero sabía por qué; volvió el recuerdo de la mancha de orines en el bosque.

Miró hacia abajo: el desagüe lleno de restos de colillas y chicles.

—Cuéntame. ¿Lo has visto últimamente por aquí?

Anton se subió la bragueta.

—Vaya que sí. Wisam siempre estaba aquí. Se llevaba a las chicas a casa como si fuera un jugador de baloncesto profesional, tipo Dennis Rodman. ¿Sabes? Se ha acostado con más de dos mil quinientas chicas. ¿Te imaginas? Dos mil quinientas.

—¿Quién? ¿Dennis Rodman o Wisam?

—Rodman, claro. Pero Wisam era más o menos igual. Tiene ese algo especial, ya sabes. Mete la directa y ninguna dama se le puede resistir.

Mahmud pensó: «Vaya que sí» y «dama»; el tipo era un vikingo aún más payaso de lo que parecía.

—Bueno. ¿Pero lo has visto últimamente?

—Pues sí. Por primera vez en tres años, creo. Había tantos rumores. Que había ganado millones en la bolsa. Que había vendido cosas. Que era él quien tenía el manual de cómo se revientan camiones blindados. Ya sabes, todo lo imaginable. Pero la gente habla mucho.

Bingo; Anton había oído cosas sobre Jibril.

—Lo único que sé es que gastaba dinero con clase. He visto algunas cosas.

Bingo de los gordos.

Mahmud tenía que ir con cuidado ahora, quería evitar que el camarero pensara que su interés por Wisam Jibril era un poco excesivo.

Mahmud miró a su alrededor.

—¡Puta madre! —fue lo único que consiguió decir.

Anton lo miró inquisitivo. ¿Había algo más? Mahmud lo agarró del brazo.

El camarero levantó la mirada. Mahmud le devolvió una mirada fija. Lo sujetaba fuertemente del antebrazo. Sintió los músculos del hombre tensándose bajo su presión. Envió señales claras: si sales ahora, habrá problemas.

Mahmud no esperó. Arrastró a Anton a un cubículo.

—Tú, cuenta más. ¿Qué sabes?

El camarero se retorció. Los ojos, como platos. Sin embargo, no ofreció resistencia. Mahmud sacó el fajo de billetes del bolsillo. Sacó uno de mil.

Anton, inmóvil. Parecía pensar. Luego soltó.

—Estuvo aquí quizá un par de horas, se ligó a dos chicas. Fue hace algunos fines de semana. Casi seguro de que fue la víspera del primero de mayo. No sé mucho más. En serio, no tengo ni idea.

Mahmud se fijó en la penúltima frase: «mucho más». ¿Qué quería decir el tipo? Evidentemente sabía más.

—Anton, cuéntalo todo. Tú sabes algo. —Flexionó los músculos del antebrazo. Letras negras sobre piel olivácea. Alby Forever. Dio resultado.

—Bien, bien. Las chicas estuvieron aquí el fin de semana pasado. Hablaron conmigo unos minutos y estaban impresionadas a lo bruto. Por lo visto, Wisam se había gastado dinero con ellas como si fuera un jeque del petróleo. Se llevó a las chicas a su departamento, que no sé dónde está. Y seguro que las chicas tampoco, porque me dijeron que estaban totalmente borrachas. Les dio una vuelta con su nuevo coche. Un Bentley.

Mahmud lo miró inquisitivo.

Anton deletreó:

—Un be, e, ene, te, ele, e, y griega. Una barbaridad, vamos. Y no sé nada más. Lo juro.

Alguien golpeó la puerta:

—Chicos, esto no es Patricia. Salgan ya.

Mahmud había conseguido suficiente información por esa noche. Tenía algunas pistas que seguir.

Abrió la puerta. Salió del retrete. Empujó al tipo que había dado lata en el exterior.

Dejó a Anton con una risotada.

***

Bufete de abogados Settergren
Al Tribunal de Primera Instancia de Sollentuna

PRESENTACIÓN DE DEMANDA

DEMANDANTES Barclays Bank PLC, George St. 34, Londres, Inglaterra.

REPRESENTANTES abogados Roger Holmgren y Nathalie Rosenskiöld, Bufete Settergrens, S.A, Strandvägen, 12.

DEMANDADO Airline Cargo Logistics, S.A.

ASUNTO Demanda de indemnización.

COMPETENCIA DEL TRIBUNAL Sección 9, párrafo 28, sección 1, punto 3 de la Ley de Transporte Aéreo (297 de 1957).

Barclays Bank PLC (en adelante, Barclays) solicita por la presente demandar a Airline Cargo Logistics, S.A. (en adelante Cargo Logistics), de acuerdo con lo que sigue.

QUERELLA

Barclays solicita que el tribunal obligue a Cargo Logistics a abonar a Barclays 5,596,588 dólares estadounidenses así como intereses de acuerdo con el párrafo 6 de la Ley de Intereses con inicio a los treinta días de la notificación de la presentación de la demanda hasta que tenga lugar el pago.

Barclays solicita compensación por los costos del juicio por una cantidad que se indica más abajo.

FUNDAMENTOS

Barclays y Cargo Logistics han formalizado un acuerdo para el transporte aéreo de un número de bolsas de correo con diferentes divisas por un valor total de 5,569,588 dólares estadounidenses. Estas bolsas, mientras estaban bajo la custodia de Cargo Logistics, fueron objeto de un robo a mano armada. Por lo tanto, las bolsas que contenían divisas por el valor reclamado han sido perdidas.

Según la sección 9, capítulo 18 de la Ley de Transporte Aéreo, el transportista será responsable de los daños si la mercancía encomendada, en este caso las bolsas de correo, desaparece, sufre merma o resulta dañada mientras esté bajo la custodia del transportista en un aeropuerto.

Barclays sostiene que Cargo Logistics es totalmente responsable del daño acontecido por dejación grave del cuidado y consideración exigibles.

CIRCUNSTANCIAS DE LOS HECHOS

El acuerdo de Barclays con los bancos suecos y Cargo Logistics
Barclays compra con regularidad envíos de diferentes divisas de los tres bancos suecos SEB, Svenska Handelsbanken y FöreningsSparbanken (Swedbank).

Según un acuerdo de 2001, Cargo Logistics se había comprometido a encargarse, de manera regular y a solicitud de Barclays Bank, de la recolección y transporte de bolsas de correo con divisas de los bancos de Estocolmo y a gestionar el transporte por vía aérea a Londres.

El transporte al que se refiere esta causa siguió el procedimiento que se aplica regularmente con Cargo Logistics. Barclays envió un mensaje de fax a Cargo Logistics solicitando que Cargo Logistics recogiera un número de bolsas de los tres bancos suecos y se encargara de su envío por vía aérea de Estocolmo a Londres, así como que enviara por fax copia del conocimiento de embarque lo antes posible, véase Anexo 1-5. Según las instrucciones, los envíos se prepararían para su envío por vía aérea y el valor medio de cada bolsa no podía superar los 500,000 dólares estadounidenses. La cotización del dólar en ese momento era de 7.32 coronas.

Recogida de la mercancía con destino al aeropuerto de Arlanda
por parte de Cargo Logistics
En la mañana del 5 de abril de 2005 Cargo Logistics recogió un total de diecinueve bolsas de correo en los tres bancos suecos del centro de Estocolmo según la distribución que se refleja en el Anexo 6. La tarea la realizaron dos hombres de Cargo Logistics,

Göran Olofsson y Roger Boring, con un vehículo adecuado para el transporte de valores. Olofsson lleva veinte años trabajando en Cargo Logistics y Boring, cinco. De conformidad con las rutinas vigentes, ni Olofsson ni Boring sabían nada del valor de las bolsas que iban a recogerse.

Aproximadamente a las 14:15 de esa misma tarde, Olofsson y Boring llegaron a Wilson & Co., es decir, la oficina del agente de transporte en el aeropuerto de Arlanda, y allí recogieron el conocimiento de embarque junto con la documentación de identificación de la mercancía. Olofsson y Boring se desplazaron en vehículo unos cincuenta metros hasta el almacén de Cargo Logistics, en el interior de la zona aeroportuaria, donde entregaron las diecinueve bolsas.

Entrega de Cargo Logistics
Aproximadamente a las 15:00 horas de la tarde del mismo día, en el almacén de Cargo Logistics se dio entrada a las diecinueve bolsas con la emisión del documento «*Handling Report - Cargo Logistics - Valuable Cargo*», véase Anexo 7. Personal de Cargo Logistics puso las bolsas en cajas de seguridad cerradas con llave y se las llevó a una sala del almacén que se denomina *strong room* (en adelante, llamada «la cámara»), donde las mercancías de valor se guardan bajo llave.

Robo a mano armada
El vuelo con el que se iban a enviar las cajas de seguridad iba a salir la tarde del 5 de abril a las 18:25 horas. Aproximadamente a las 18:00 horas, Fredrik Öberg, empleado del grupo Cargo Logistics, estaba trabajando en el interior del almacén, trasladando las cajas de seguridad de la cámara al camión de Cargo Logistics. El vehículo, un Nissan King Cab, iba a transportar las bolsas al avión. Durante el trabajo de traslado de la mercancía, la puerta de la cámara estaba abierta, así como el acceso del ga-

rage del edificio del almacén a la zona aeroportuaria. También estaba abierta la puerta blindada del edificio del almacén que da a la calle, fuera de la zona aeroportuaria, debido a que acababa de llegar un mensajero de la compañía de mensajería Box Delivery. La puerta blindada está ubicada muy próxima a la cámara. A esa hora, aproximadamente las 18:10 horas, entraron en el edificio del almacén, a través de la puerta blindada abierta, tres hombres, dos de ellos con armas de fuego. Los ladrones amenazaron tanto al mensajero de Box Delivery como a Öberg, quienes fueron obligados a permanecer tirados en el suelo mientras los ladrones sustraían nueve cajas de seguridad del interior de la cámara. Mientras Öberg estaba tirado en el suelo, usó su teléfono celular y llamó a Falck Security, la compañía de seguridad de Arlanda, y comunicó que estaba teniendo lugar un robo. Sorprendentemente, el empleado de Falck que recibió la llamada contestó que Öberg debía ponerse en contacto con la policía.

Tras el robo, los ladrones desaparecieron del lugar, por un lado, en un BMW 528 que no se ha encontrado, por otro, en un Jeep Cherokee robado, que se encontró después abandonado a unos 2-3 kilómetros del lugar del delito con una caja de seguridad abandonada. El robo fue puesto inmediatamente en conocimiento de la policía de Arlanda.

Ausencia de videocámaras de vigilancia
El almacén de Cargo Logistics está vigilado por un total de 75 videocámaras de vigilancia CCTV que están en funcionamiento 24 horas al día. Tras el robo se comprobó que la cinta de la videocámara que estaba colocada en la zona del almacén donde tuvo lugar el robo no se había cambiado, de acuerdo con las instrucciones vigentes (la duración de la cinta de video es de 27 horas). Por lo tanto, la cinta de la videocámara en cuestión se había detenido a las 13:00 horas del 5 de abril y por lo tanto el robo no fue grabado.

Puerta blindada abierta
La cámara del almacén de Cargo Logistics está ubicada muy próxima a la puerta blindada que da a la calle fuera de la zona aeroportuaria. La puerta blindada no se puede abrir desde el exterior y, de acuerdo con las instrucciones vigentes de Cargo Logistics, tiene que mantenerse cerrada. Pese a esto, en el momento del robo, la puerta blindada estaba abierta, lo que permitió a los ladrones introducirse en el almacén desde la calle, fuera del aeropuerto. No ha podido establecerse el motivo por el cual la puerta blindada no se cerró tras la entrada del mensajero de Box Delivery.

Cámara abierta
Según las instrucciones vigentes de Cargo Logistics, la puerta de la cámara la pueden abrir sólo dos personas conjuntamente, de las cuales una (con cargo de jefe) lo hace con ayuda de una llave electrónica. En la situación en cuestión, la puerta de la cámara estaba abierta, por lo que se facilitó a los ladrones acceso directo a la cámara abierta, cuando entraron en el local por la puerta blindada abierta. No ha podido establecerse el motivo por el cual la puerta de la cámara estaba abierta.

Instrucción archivada
Aún no se ha detenido a ningún autor del delito. El fiscal ha decidido archivar la instrucción.

Responsabilidad de Cargo Logistics
Barclays sostiene que, en las presentes circunstancias, Cargo Logistics o bien ha causado perjuicio intencionadamente o bien es culpable de negligencia relevante como se recoge en el capítulo 9, párrafo 24 de la Ley de Transporte Aéreo y que en esencia se corresponde con el concepto de negligencia grave en el marco de los acuerdos comerciales. Entre otras, son relevantes las siguientes circunstancias:

A los ladrones se les facilitó el acceso al almacén desde la calle fuera de la zona aeroportuaria al estar abierta la puerta blindada, en contra de las normas vigentes de Cargo Logistics.

La puerta de la cámara estaba abierta en contra de las reglas vigentes de Cargo Logistics, lo que proporcionó a los ladrones, cuando entraron en el almacén a través de la puerta blindada abierta, acceso inmediato a la cámara abierta.

Cargo Logistics ha incumplido el seguimiento de las normas de seguridad vigentes y omitido el cambio de cinta de la videocámara de seguridad justo en la zona del almacén donde tuvo lugar el robo, por lo que éste no fue grabado.

Se trata de una relación comercial y por lo tanto se puede establecer un nivel alto de exigencia a la organización, seguridad y profesionalidad de Cargo Logistics.

Ha tenido lugar un perjuicio considerable.

Capítulo

11

Niklas entrenó en el departamento después de correr lo acostumbrado. La rutina era su motor. Su filosofía: todo entrenamiento se basa en la costumbre, la reiteración, la repetición. Cuatro veces cincuenta sentadillas en el suelo intercaladas con algunos ejercicios de piernas. Cuatro series con las mancuernas para los bíceps, alternadas con cuatro veces sesenta sentadillas. Sudaba como un cerdo en una tienda militar. Estiró bien. Quería conservar la flexibilidad en los músculos. Descansó quince minutos en el sofá.

Se levantó. Era la hora del momento álgido: tantojutsu, lucha con cuchillo. Correr era para ponerse a prueba, conseguir condición y quemar grasa. Las flexiones en el suelo y el entrenamiento muscular eran necesarios para mantener la fuerza y tener un aspecto más o menos bueno. Lo reconocía directamente: lo suyo era la vanidad. Pero el tantojutsu era otra cosa: relajación y poder. Podía estar así durante horas. Como la meditación. Olvidaba todo lo demás. Entraba en su interior. Entraba en los movimientos. Entraba en el cuchillo. El movimiento, los pasos. La cuchillada.

Había aprendido la técnica hacía seis años de unos oficiales en una unidad de élite con la que trabajó en Afganistán. Desde entonces practicaba siempre que podía. Se necesitaba espacio para los movimientos, era como bailar. No siempre funcionaba en campaña. Pero aquí, el departamento vacío era perfecto para técnicas de combate cuerpo a cuerpo.

Primero inmóvil. Los talones juntos. Los pies girados hacia fuera, noventa grados de separación. Los brazos hacia abajo, ante el tronco. El cuchillo en la mano derecha con el pulgar descansando contra la parte plana de la hoja. La mano izquierda sujetando con ligereza la mano derecha. La cabeza hacia abajo, la barbilla contra el cuello. Respiraciones profundas por la nariz. Luego, el ataque. Todos los músculos en explosión. Un paso hacia delante con la pierna derecha. El centro de gravedad muy abajo. Exhalación por la boca. El aire y los músculos llenaban el vientre. Importante: movimientos no demasiado grandes; entonces tu adversario vería directamente lo que pensabas hacer. El cuchillo se clavaba con un golpe seco. Lo giró en el movimiento de retirada.

Actuaba con gran concentración.

Eso le llevó cuatro minutos y medio. Cada movimiento había sido ensayado por separado al menos quinientas veces. Acuchillado en el abdomen. Técnica para destripar. Metodología para hacer picadillo.

Originalmente era de Japón. Pero los soldados que le enseñaron en Afganistán mezclaban. Las diferentes técnicas cubrían todo. Espacios estrechos como ascensores, celdas de cárceles y baños. Técnicas de lucha en coches, barcos, aviones. Entornos inestables, combate en vegetación densa, en superficies resbaladizas, en silencio. Técnicas de agua en las que la lentitud de los movimientos daba nuevas posibilidades de prever el siguiente movimiento del adversario, lucha en distancias cortas en escaleras; bloqueos especiales de golpes o cuchilladas oblicuas desde arriba. Mientras Niklas llevara un cuchillo, nunca tendría que preocuparse en las distancias cortas.

Al mismo tiempo: la preocupación era una señal de salud en *la arena*. A los hombres que dejaban de sentir al menos una pequeña punzada de miedo en la batalla con frecuencia se les iba la hebra. El sector de los mercenarios no toleraba locos de verdad. Los mandaban a casa. O se morían.

Estaba contento de haber tenido esa oportunidad. No muchos suecos en el mundo tenían la oportunidad de luchar en enfrentamientos de verdad. Los cagados de Naciones Unidas sobre todo vigilaban campos de refugiados. Lo sabía, había intentado ser uno de ellos.

Después de ducharse se tomó dos Nitrazepam. La soledad lo consumía. Necesitaba amigos. Benjamin, el tipo que le había conseguido el contacto del agente ilegal, era el único amigo que podía recordar que tenía durante el bachillerato, antes de la época como cazador en las montañas en Arvidsjaur. Quizá era el único colega que había tenido en su vida. La semana anterior Niklas había quedado de verse con él después de una eternidad. Ese día se volverían a ver.

Se metió un calmante más. Salió. Bajó hacia el metro. Miró si había ratas.

El vagón del metro había sido objeto de un ataque de grafitti. Niklas cerró los ojos. Intentó dormir. Pensó de nuevo en los gritos de la vecina que había oído. La chica con el acento iraquí de allí dentro debía haber acabado mal. Aún no había visto al tipo que la maltrataba. Pero cuando lo viera, Niklas dudaba que pudiera contenerse.

Meditó. El ser humano vivía en el mundo de Hobbes. Niklas lo sabía mejor que nadie. No se podía señalar buenos y malos. No se podía intentar colorear la vida con una especie de pintura moral. Fingir que había lo correcto y lo equivocado, lo bueno y lo malo. Era una estupidez. Era la guerra de todos contra todos. Alguien tenía que dirigir. Alguien tenía que encargarse de que la gente no se pegara, se disparara, se hicieran saltar por los aires los unos a los otros. Alguien tenía que hacerse del poder. Nadie tenía derecho a quejarse del sistema sin intentar hacer antes algo por sí mismo, con todas sus fuerzas. Por eso debería respetarse a los muyahidines. Era una guerra. No eran peores personas que los soldados de su unidad. La única diferencia era que sus hombres tenían mejores armas. Así que lograron el control.

En cierto modo era lo mismo que la mujer del departamento de al lado. Su novio hacía lo suyo. Ella debería hacer lo suyo: matarlo de un palazo. Directamente.

Salió del metro. Habían quedado en Mariatorget. El bar Tivoli. A tomarse una cerveza. Niklas se sentó en una mesa.

Llegó después de un rato. Benjamin: cabeza afeitada pero barbudo como uno de los ZZ Top. Cuello de toro. Nariz chata que probablemente había recibido un montón de golpes a lo largo de los años. Las gafas de sol aún puestas. Niklas pensó en lo que los yanquis solían llamar a sus gafas gratis y feas: BCD, Birth Control Device,[42] con ellas puestas no lograbas ni acercarte a una chica. La forma pesada de andar de Benjamin era la misma de siempre. Presuntuoso al máximo: las manos en los bolsillos de la cazadora abierta, balanceándose con cada paso que daba.

El primer pensamiento de Niklas después de ver a Benjamin la vez anterior fue que él verdaderamente había cambiado desde que eran niños. Entonces, él era el chaval que nunca sabía estarse. Que hablaba demasiado tiempo de cosas sin interés; como que a su madre se le había desteñido de color azul la ropa blanca. Que no se cambiaba de camiseta después de la gimnasia. Por el que nunca se interesaban las chicas y que sin embargo enviaba cartitas a la chica más estupenda en las que le contaba cuánto le gustaba ella y quería saber si ella querría salir alguna vez. Nunca sufrió acoso, había motivos para ello. Pero tampoco es-

---

[42] «Dispositivo de control de natalidad».

tuvo en ninguna banda. De vez en cuando se ponía muy loco. Si alguien lo provocaba, se metía con él porque le sudaban las manos, lo fastidiaba por su nombre o sencillamente se inventaba alguna idiotez sobre su mamá. Era tremendo. Se ponía como un animal en una situación de presión. Podía partirles la cara a chicos que le sacaban dos años. Golpearles la cabeza en la gravilla del campo de futbol, derribarlos a pedradas. Y eso había atraído a Niklas. En los últimos años de primaria fue mejor. Benjamin dejó de ir detrás de chicas que no querían nada con él. En vez de eso, empezó con el taekwondo. Cuatro años más tarde logró la medalla de bronce en el campeonato nacional junior. Alguien que contaba.

Se dieron la mano. El apretón de manos de Benjamin: como si la estrechara un culturista sobreexcitado. ¿Intentaba demostrar algo?

—Hola, Benjamin. ¿Todo bien?

—Claro.

—¿Alguna pregunta sobre mí últimamente?

—La verdad es que sí. Llamaron de la policía esta mañana y preguntaron cuánto tiempo estuviste en mi casa una noche de la semana pasada.

—¿Y?

—Dije que estuvimos toda la noche, viendo las películas de *El Padrino* y otras.

—En serio, tengo que darte las gracias de verdad. *I owe you one.*[43]

Fueron a la barra y pidieron. Benjamin intentó burlarse de Niklas porque decía tantas palabras en inglés. Niklas no se rio.

Pidió una Guinness. Benjamin pidió un agua mineral Loka. Niklas pagó los dos.

—¿No quieres nada más? —preguntó Niklas.

Benjamin sacudió la cabeza.

—No. Estoy definiendo músculo.

---

[43] «Te debo una».

Niklas no lo entendía. Ocho años en la jungla, con frecuencia sin cerveza, alcohol o comida decente, daban ganas de tomar cosas de verdad.

Se sentaron.

Charlaron. Niklas no entendía bien a qué se dedicaba de verdad Benjamin en ese entonces. Por lo visto, había trabajado como vigilante. Luego pintor. Luego desempleado. En ese momento, algo turbio.

Niklas pensó en su propia biografía. El CV de su vida: unos pocos momentos de luz; la mayor parte de la infancia y la adolescencia llenas de tristeza, desarraigo y miedo. El aburrimiento de estar solo en el departamento los sábados enteros esperando a que su madre volviera a casa del trabajo. El desarraigo en la escuela. Cómo todos debieron de comprender que algo no iba bien en casa de Niklas Brogren, pero jamás dijeron ni una palabra. El pánico a que ese cabrón matara a su madre a golpes. El miedo a dormirse por las noches, por todas las pesadillas, por las súplicas, gritos y llantos de su madre. Por las ratas. Y luego los momentos de luz. El alistamiento. El año con los cazadores de las montañas. Las subidas antes de la batalla. Las primeras veces que estuvo bajo fuego de combate real en Afganistán. Las fiestas con los hombres en Irak después de las misiones bien realizadas.

Benjamin levantó la mirada y paró de hablar.

—Hola. Houston llamando. ¿Estás aquí?

—No pasa nada, sólo me fui un poco —se rio Niklas.

—Ah, ¿adónde?

—Ya sabes, mi madre y eso.

—Ya. Entonces voy a contarte algo que te va a poner de mejor humor. Me inscribí en un club de tiro. ¿Te lo había contado? Es divertido hasta decir basta. Pronto tendré licencia y me podré comprar una 22. Con el revólver habrá que esperar. Pero quizá no resulte muy especial para ti. Tú has disparado muchísimo, ¿no?

—Se puede decir que sí. Pero *allá abajo* entrenábamos con pistola sobre todo por diversión.

—¡Qué bien! Uno puede ser engañado, ¿verdad? Uno ve montones de películas americanas en las que las agarran de las formas más raras. La pistola torcida en la mano, como si no pesara nada.

—Sí, lo sé, no sale bien.

—Un asco.

—*Yes*. Es un poco un engaño. Agarrando así consigues una puntería que no vale para nada. Toda la mano tiembla con cada tiro como la de un jubilado. Más o menos como correr. También se ve en todas esas películas, corren y disparan. Pero todos los que lo han hecho saben que no es así.

—Uno tiene que practicar. ¿Qué arma usaban?

En realidad, Niklas no quería hablar de eso. Intentó cambiar de tema:

—No me acuerdo bien. Oye, ¿estás ahora con alguna chica?

—¿Cómo puedes no acordarte de qué pistola tenías? Vamos, hombre.

Era una especie de cosa de honor. Sencillamente no se hablaba de ciertas cosas con los que no formaban parte: el arsenal, dónde se habían realizado misiones, quiénes eran los otros hombres de la unidad; y cuántos había matado uno. Había que atenerse a las reglas incluso después de haber terminado en un ejército privado. El compromiso de confidencialidad seguía vigente mientras vivieras. Niklas nunca soltaba nada. No era de ésos. ¿Por qué no podía conformarse Benjamin?

Benjamin lo miró.

Niklas dijo brevemente:

—Sencillamente, de eso no se habla.

Benjamin entornó los ojos. Arrugó la frente. ¿Se había enfadado?

—Bien. Entiendo. No hay problema.

La cosa, tranquila. Siguieron charlando un rato. Hacía buen tiempo. Benjamin le contó que se había comprado un perro de caza. Estaba orgulloso del nombre: *Arnold*. Lo entrenaba con defensas de barco que colgaba en el patio, en el soporte para sacudir las alfombras. Las mandíbulas se bloqueaban, a veces se quedaba colgado más de veinte minutos. No podía soltarse. Impotentemente humillado por su propia necedad.

A mitad de la charla sonó el celular de Niklas. Estaba absorbido por los gustos musicales de los yanquis; el tono era la canción de Taylor Hicks.

—Hola, mamá.

—Hola. ¿Qué haces?

—Estoy tomando café con un viejo amigo, Benjamin. ¿Te acuerdas de él? ¿Podemos hablar luego?

No hizo nada por ocultar la irritación en la voz.

—No, tengo que contarte una cosa.

—¿No podemos hablarlo dentro de veinte minutos?

—Por favor. Escucha. Creo saber quién puede ser el que encontraron en el sótano de casa.

A Niklas se le puso la piel de gallina. Sintió frío. Esperaba que Benjamin ni oyera ni entendiera de lo que hablaba. Presionó más fuerte el auricular contra la oreja.

—Creo que Claes intentó ponerse en contacto conmigo ese día. Llevábamos más de un año sin vernos. Entonces no le di importancia, él es así. Sé que nunca te ha caído bien Claes, pero él ha significado mucho para mí, lo sabes. Sea como sea, no se ha vuelto a poner en contacto conmigo desde entonces. ¿No es extraño? Me acordé de esto ayer y entonces intenté llamarle. No contestó. Pero tiene tantos números diferentes que no sé bien cuál usa. Intenté llamar a varios antiguos amigos suyos. Pero no estaban preocupados en lo más mínimo, dijeron que Claes siempre es difícil de localizar. Hasta le mandé un SMS. Pero no se ha puesto en contacto. Es espantoso, Niklas. Terrible.

—Mamá, quizá no quiera decir nada. Quizá esté en el extranjero.

—No, alguien lo habría sabido. Y Claes suele devolver las llamadas. Tiene que haber sido él. Estoy segura. Ha desaparecido. Asesinado. ¿Quién puede haber hecho algo así?

—Mamá, te llamo en tres minutos.

Niklas colgó. Sentía náuseas. Se levantó. Benjamin volvió a ponerle mala cara.

—Tengo que irme. *Sorry.* Pero ha sido agradable. Ya estamos hablando después.

Benjamin parecía sorprendido.

Bajando al metro. Los pensamientos daban aún más vueltas: enfermizos, raros. Niklas devolvió la llamada a su madre. Le dijo que se calmara. Que seguro Claes estaba bien. Que en realidad Claes era un ingenuo que sólo se preocupaba por sí mismo.

De todas formas, ella lloró.

Él pensó: Claes se merece lo que pasó. Al final se había hecho justicia. Dios había oído las plegarias.

Dijo:

—Mamá, tienes que prometerme una cosa. No le cuentes esto a nadie. No es buena idea. ¿Me lo prometes?

C omo un tatuaje en la retina de Thomas: la cara totalmente machacada del tipo del sótano, destrozada con precisión. Era terrible y asqueroso. Al mismo tiempo, realizado con genialidad. Si no hubiera sido tan curioso, ni quebrantado las reglas al mirar el brazo del tipo, todo habría sido muy sencillo. Ahora: había algo raro. Está bien, borrar por error algunas líneas de su informe; eso podía pasar. ¿Pero el forense? No era probable. Se preguntó si Hägerström le creía a él o a los informes. Probablemente a estos últimos.

En circunstancias normales, lo contrario. Quizá alguien molía a golpes a un adicto, pero cuando todos veían los pinchazos en los brazos y se hacían las pruebas para medir los niveles de droga en sangre, se interpretaba que era una sobredosis y se cerraba la investigación en pocas semanas. En este caso: la paliza, evidente. Lo oculto, los pinchazos.

Se reunió con Hägerström en la entrada del hospital de Danderyd. Ljunggren se quedó sentado en la patrulla. Rebotado; había refunfuñado todo el camino desde Skäris porque iban para allá.

—Vamos ya, no te pueden obligar a ver otra vez al borracho ése.

Thomas contestó que se lo había pedido uno de la judicial, que tenía que ir. Ljunggren no lo dejó ahí:

—¿Qué es lo que está buscando ese tal Hägerström? Sabes dónde trabajaba antes, ¿verdad?

Thomas sólo balbuceó:

—Ya lo sé, un quintacolumnista.

Hägerström se acercó hacia él en la entrada del hospital. Era más bajo de lo que Thomas recordaba. Era como si avanzara deslizándose sobre los pies, se ponía de puntillas al acabar cada paso. Thomas pensó que era un estilo de caminar que Hägerström debió de haber desarrollado de adolescente para ganar unos centímetros de altura y luego se le quedó. Iba vestido de civil, cazadora de tela, pantalón de mezclilla y un bolso. Thomas pensó: típico de los inspectores de la judicial, no entendían la importancia de aproximarse a las personas con la fuerza que insufla el uniforme. Si es que tenían algún uniforme.

La morgue de Danderyd estaba a una buena distancia de la zona hospitalaria normal. Primero atravesaron los pasillos subterráneos del hospital. Salieron por la parte posterior. Entre edificios más pequeños, clínicas de especialidades, antiguas viviendas de enfermeras, gimnasio de fisioterapia. Una especie de parque. Un túnel por debajo de un camino. Más adelante por un sendero de gravilla cerca del agua.

Caminaron en silencio hasta que al final Thomas dijo:

—Podrías haber dicho que había media jornada de camino a pie. Esto es un desperdicio del tiempo de los contribuyentes.

Hägerström se giró hacia él. Se detuvo.

—Había pensado que podríamos aprovechar el tiempo para hablar.

—Ah.

—Verás, es que yo vengo de Asuntos Internos. Conozco a los que son como tú. Están por todos lados en la Suecia policial. Los que hacen de todo.

Era un ataque. Todos los policías sabían lo que quería decir que un poli «hacía de todo». Algunos policías que estaban en la calle se pasaban un poco a veces. Muchos se centraban en las manifestaciones; golpeaban hasta hacer sangrar a activistas de los derechos de los animales y antifascistas. Otros se encargaban de que los heroinómanos, alcohólicos y sin techo recibieran lo que se merecían. Algunos polis miraban para otro lado en los delitos menores si podían participar de ciertas ofertas: contratos sin declarar de departamentos, artículos robados, entradas gratis para el derby en el estadio de Råsunda. Otros no denunciaban delitos de proxenetismo a cambio de coger de vez en cuando. Luego había algunos, no demasiados, que «hacían de todo»; no sólo se pasaban a veces o miraban para otro lado en los delitos de otros a cambio de ciertos favores, ellos mismos se dedicaban a esas mierdas. Hombres de negocios sucios. Manzanas podridas. Policías caídos.

La cuestión era que eso no era verdad.

—Eso no ha sido nada amable —contestó Thomas con frialdad.

Hägerström ignoró el comentario. Tan sólo continuó:

—Pero al mismo tiempo eres un jugador hábil. Se podría decir de ti que tienes inteligencia callejera. Conozco a los de tu especie, no se exponen a riesgos innecesarios. Y es por eso que no puedo evitar pensar que quizá en esta ocasión has sido honesto. Tu reacción cuando estuviste en Kronoberg pareció espontánea. Tu llamada de la otra noche no tendría sentido si no fuera porque realmente querías algo. Y es por eso que estamos juntos de camino aquí, a la morgue. Creo que es posible que hayas visto algo que no esté reflejado en el informe.

Thomas estaba más impresionado de lo que quería reconocer. Hägerström estaba equivocado, él no se dedicaba a cualquier cosa. Sin embargo había acertado totalmente: no le gustaban los riesgos.

Hägerström dijo:

—La investigación criminal consiste en un noventa y cinco por ciento de trabajo de escritorio y un cinco por ciento de investigación de campo. Pero si ese cinco por ciento se hace mal, como por ejemplo el certificado del forense, toda la investigación puede irse al caño. Merece la pena comprobar dos veces cada dato.

Thomas asintió.

—Este asesinato no es como otro cualquiera. Las investigaciones de los asesinatos son complejas en sí mismas cuando no sabemos quién es el sospechoso del delito. Pero aquí ni siquiera sabemos quién diablos es el muerto. Eso es una de las cosas extrañas. La cara ha sido lesionada hasta hacerla irreconocible, así que no se pueden realizar los tipos habituales de identificación. Las yemas de los dedos habían sido cortadas, así que la búsqueda en los registros de huellas es imposible. Lo cual también indica que quien lo haya hecho sabe que nuestro viejo programa de huellas no lee las de las palmas de la mano, a diferencia de muchos otros países europeos. Maldita sea, qué retrasados estamos en Suecia.

—Qué novedad.

—Ahórrate la ironía. La verdad es que es un problema.

—Sí, lo entiendo. Y supongo que con los dientes, nada.

—Lamentablemente. Al hombre apenas le quedaban dientes en la boca, así que ni hablar de registros de fichas dentales. Probablemente tenía prótesis dental y se la llevó el asesino. Hemos comprobado el grupo sanguíneo, pero el tipo era A+, el más común en Suecia. Eso no lleva a ningún lado.

Thomas pensó en la boca sin dientes del tipo: el asunto estaba de verdad arruinado. Algo podría encontrarse para avanzar. Dijo:

—¿Y no se puede comprobar el ADN? En la actualidad tomamos una muestra de saliva a todos los vagos que agarramos.

—Claro. Se puede comprobar el ADN, pero es necesario que él esté en el registro desde antes. Luego se puede comprobar el hígado, cicatrices, manchas, lo que sea. Pero buscar cirrosis y cicatrices es difícil, excesivamente genérico. Hace falta algo más. Si este muerto aparece en el registro de ADN, todo bien, pero el registro es muy nuevo, de 2003. Y como dices tú, ahora hacemos pruebas a todos. Pero no empezamos con ello hasta hace unos años.

—Claro. Tiene que ver con alguna ley antiterrorista o algo así.

—Así es. Pero para que esté en el registro de 2003 tiene que haber cometido cosas bastante pesadas. Voy a ser totalmente sincero, mi instinto aquí es bastante fuerte, no creo que vayamos a encontrarlo en el registro de ADN.

—Pero ya que alguien se ha esforzado en eliminar las huellas dactilares del cuerpo, debe de estar en el registro de huellas. ¿No?

—Exactamente lo que yo también creo. Si no, parece innecesario. ¿Y qué indica eso?

—Un montón de cosas poco claras. El o los que mataron al hombre sabían que está en el registro de huellas dactilares. Pero el asesino también sabía que al difunto no lo habían agarrado por delitos graves en los últimos años, porque entonces estaría en el registro de ADN.

—Más o menos, eso es, pero no es seguro que el autor o autores del delito lo conocieran personalmente. Pueden ser asesinos a sueldo. Eso no facilita las cosas.

—¿Entonces qué hacen?

—Bueno, lo habitual. Para empezar, los de la científica han tomado muestras de todo el sótano y media escalera, claro. Pero eso no siempre da tantos resultados como uno puede creer.

—¿Por qué no?

—Siempre hay un montón de ineptos. Cuando alguien abre una ventana y la corriente se lleva posibles restos de fibras, se pisa dentro de la zona precintada y se mezcla el ADN. Pero también hacemos otras cosas. Llamamos a las puertas de la zona, comprobamos los registros de personas desaparecidas para intentar descubrir si alguien coincide. Esperamos los resultados posteriores del laboratorio de la policía científica. Hemos hablado con las personas que fueron las primeras en acudir al lugar: con el vecino que avisó del asesinato, contigo, con los otros inspectores. Lo normal, ya sabes. Se trata de hacer las preguntas correctas. Preguntas abiertas, sin presuponer las respuestas, hacer que la gente recuerde de verdad, no que invente. Es lo fundamental.

Thomas ya había oído antes la charla de los de la judicial. Martin Hägerström sonaba igual que ellos; intentaba que pareciera que tenía la situación controlada.

—Ahora mismo la pista principal es un número de teléfono incompleto. En el bolsillo trasero de la víctima había un papel viejo doblado con un número de celular. Lamentablemente está un poco manchado, el papel debió de estar ahí mucho tiempo y mancharse de sudor. No se puede leer una cifra. Estadísticamente nos da diez diferentes números posibles que estamos comprobando. Esperemos que la persona de la que sea el número sepa quién es el hombre.

Hägerström dejó de hablar. Ante ellos: un edificio bajo, alargado, de ladrillo. Techo blanco metálico. Ventanas pequeñas, cuadradas y una entrada ancha. Sobre la entrada, letras negras grandes sobre fondo gris: «Morgue de Danderyd - Cámaras refrigeradas».

Entraron.

Una pequeña sala de espera. Una recepción vacía. Hägerström tomó el celular. Llamó a alguien.

Tardó. Thomas y Hägerström se quedaron de pie con los brazos cruzados. Callados. Tras diez minutos, entró en la sala de espera un hombre con la ropa azul de la diputación. Alargó la mano.

—Hola, soy Christian Nilsson, técnico forense. Siento que hayan tenido que esperar. Hoy estamos un poco cortos de personal. Querían ver al que trajeron de la policía de Söderort, ¿no?

Estaba fresco en la sala de autopsias, como en un frigorífico. Nilsson explicó: en las auténticas cámaras frigoríficas hacía frío de verdad, bajo cero. Thomas pensó: ¿Por eso parece que este tipo ha atravesado una tormenta de nieve? En los hombros del hombre había gruesas capas de caspa.

La primera vez de Thomas en una morgue. La sensación de malestar se notaba claramente en la boca del estómago; algo se movía ahí dentro. Miró a su alrededor. Paredes alicatadas en blanco. En el centro había dos mesas de autopsia de acero inoxidable. Sobre cada una de ellas: una lámpara potente, como de dentista, pero más grande. Conductos de agua gigantescos. Thomas pensó en lo que realmente echarían por esos conductos tras una autopsia realizada con éxito. En los estantes: morteros, instrumentos, herramientas, pesos. Todo de acero inoxidable.

Justo antes de que fueran a entrar, sonó el teléfono de Nilsson. Contestó. Se alejó un poco. Habló en voz baja por el auricular durante un minuto. Thomas y Hägerström se quedaron de pie callados.

Nilsson los llevó hasta la cámara refrigerada. En la puerta de metal había un adhesivo: «En este lugar de trabajo el ambiente es bueno, cordial y relajado; pero un poco rígido». Thomas pensó: Ocurrente, como el humor policial.

La cámara refrigerada estaba helada. En las paredes brillaban los mismos azulejos blancos de antes. Entraron por el lateral de la sala; las dos paredes largas estaban formadas por cajones de camillas extraíbles. Había extractores. No funcionaban. El olor a cadáver no era fuerte, pero se notaba claramente en la sala, como una sensación penetrante en la nariz; respiró por la boca.

Nilsson abrió un cajón. Acero inoxidable. El cadáver estaba envuelto en un lienzo blanco con el logotipo de la diputación. Sobresalían dos pies. Había una etiqueta de identidad colgada del dedo gordo a la manera clásica. Nilsson la tomó, se la mostró a Thomas y Hägerström. *Nº E 07 -073. Identidad desconocida. Fecha de ingreso, la arriba indicada. Nº de expediente de la policía de Söderort K 58599-07. Anotaciones de la morgue de Drd: autopsia realizada. Técnico responsable; CNI.* Hägerström asintió y puso su bolsa en el suelo.

Hägerström retiró el lienzo de la cara.

Thomas tenía frío. La respiración hacía salir vaho de todos, salvo del cadáver, como si estuvieran en el exterior en un día de invierno.

No había mucho qué ver. Toda la jeta: un único jirón grande. Thomas había visto a muchos muertos. Había registrado a muertos. Agarrado a muertos. Intentado dar respiración de boca a boca a muertos. Había visto aún más fotos de muertos. Destrozados a golpes, maltratados, violados, maltrechos. Heridas, disparos, cuchilladas. Se creía acostumbrado. Sin embargo: la sensación de la morgue le asqueaba. Las náuseas lo sorprendieron. Giró la cara. Le dieron arcadas.

Su radio se encendió. Al principio no se dio cuenta, estaba programado para recibir emisiones sólo desde la patrulla. Hägerström dijo:

—Es la tuya.

Thomas contestó:

—Aquí Andrén, cambio.

—Hola, aquí Ljunggren. Tienes que salir ahora. Es urgente. Un ratero en acción en Mörby Centrum. Aparentemente somos los que más cerca estamos.

—Salgo en cinco minutos. Tengo que acabar esto.

—No, sal ya. Alerta máxima.

—Esto es rápido. Si es sólo un ratero.

—Vamos ya. ¿Dónde estás?

—Aún estoy con Martin Hägerström. Estamos viendo lo del cadáver.

Silencio durante un corto instante.

—Deja a ese Hägerström. Lo puede mirar por su cuenta. Yo no espero. Sal ya.

Hägerström miró a Thomas.

—Ljunggren, luego hablamos. Cambio y fuera. —Thomas apagó la radio.

Hägerström no dijo nada. El técnico forense siguió retirando el lienzo lentamente. Estaba sujeto con unos pequeños seguros. Tardó. Thomas se preguntó si realmente seguirían estando cortos de personal en ese sitio si ese tipo aprendiera a trabajar un poco más rápido.

Thomas sentía la tensión aumentando en el estómago, reprimía las náuseas.

Entonces vieron el cuerpo blanco completo en la camilla extraíble. Las heridas del cuerpo se veían sólo si se ponía atención. Los forenses habían hecho un buen trabajo.

Hägerström preguntó:

—¿En qué brazo viste los piquetes?

Thomas se aproximó al brazo derecho. Señaló.

Hägerström levantó el brazo. No se veían marcas. Pasó la mano por el brazo del muerto. Thomas se preguntó qué se notaba. Entonces vio: los pinchazos en el sitio por donde Hägerström había pasado la mano.

Hägerström dijo:

—A veces hay que separar la piel un poco para ver.

Thomas se sentía como un agente de CSI.

Hägerström tomó su bolsa del suelo. Buscó en ella. Sacó una cámara digital.

—Es el momento de documentar lo que el médico forense evidentemente no vio.

Se oyó un ruido en la sala de autopsias. La puerta se abrió con un golpe. Entró un hombre vestido de traje. Era Stig Adamsson, jefe de distrito, jefe de la unidad de orden público de Söderort. Jefe de Thomas.

Stig Adamsson dijo con voz autoritaria:

—Hägerström, no tienes autorización para estar aquí. También va para ti, Andrén. Vuelvan a guardar a ese muerto congelado.

Hägerström se lo tomó con calma. Volvió a meter la cámara en la funda lentamente.

—¿Qué pasa, Adamsson? Yo dirijo esta investigación. Examino lo que quiero y donde quiero.

—No, para estas cosas necesitas autorización del fiscal. Maldita sea, Hägerström, esto puede dar lugar a un expediente. Al cuerpo ya se le hizo la autopsia y el forense ha hecho su parte. Así que uno no puede meter y sacar cadáveres así como así.

—Lo siento, pero no estoy de acuerdo.

—¿Y en qué sentido? Si puedo preguntarlo.

Hägerström elevó un poco la voz por primera vez.

—No sé qué crees que estás haciendo. Pero el investigador soy yo, lo que significa que esta investigación es mía. Aunque yo no tuviera autorización para estar aquí, no es asunto tuyo para que te inmiscuyas. ¿Entendido?

Adamsson levantó la mirada. No estaba acostumbrado a que le hablaran así.

Más silencioso que la muerte en la morgue.

Nilsson empujó de nuevo al cadáver al interior de la pared. Resonó el eco en la cámara refrigerada.

Adamsson estaba bramando.

—Soy tu superior, Hägerström. No lo olvides.

Luego salió. Pasos largos, marcados, indignados.

Se quedaron callados hasta que estuvieron de nuevo en el camino. Thomas dio por sentado que Ljunggren se había ido con la patrulla, así que tendría que ir con Hägerström.

—¿Acabamos de estar en una película o qué? —preguntó Hägerström. Sonrió socarronamente.

Thomas no pudo evitar devolverle la sonrisa.

—Yo qué sé.

—Si hicieran una película de tu vida, ¿quién la haría de ti?

—¿Por qué iban a hacer una película sobre mí?

—Bueno, como lo que acaba de pasar. Pura tensión de *thriller.*

Thomas estaba a punto de carcajearse. Se contuvo. Por mantener la distancia.

—Adamsson es un viejo tipo duro de los de verdad. Pero no entiendo qué hacía ahí.

—Exacto. No cuadra para nada.

—No. ¿Pero qué es lo que no cuadra?
—No tengo ni idea —dijo Hägerström—. Todavía.

Capítulo
13

E l gimnasio: hasta el tope de tipos musculosos, invadido de
gorilas, obsesión por los músculos. Fitness Center, el sitio
donde los tipos más grandulones de Estocolmo se pasaban el día
entero. El sitio por donde no aparecías si el diámetro del brazo no
superaba los cuarenta centímetros en estado de reposo. Pero también: el lugar donde la camaradería no se basaba sólo en el interés
por el culturismo y los anabólicos. El gimnasio abría veinticuatro
horas al día, siete días a la semana, todo el año. Quizá por eso era
un punto de reunión para muchos de los chicos de Radovan. Ca-
chorros con la actitud correcta: las bebidas proteínicas eran importantes; los bíceps enormes, aún más; el capo yugoslavo,
todavía más.

En los altavoces siempre techno de gimnasio. Repetitivo,
enervante, monótono, opinaban algunos. Según Mahmud: el único ritmo que daba ganas de levantar pesas. Plantas de plástico en
macetas blancas en el suelo. Viejos pósteres de Arnold Schwarze-
negger y Christel Hansson en las paredes. Aparatos desgastados
con la pintura cuarteada en las estructuras. Asideros sudados, arre-
glados con cinta aislante. Daba igual; todos los tipos serios usan
guantes. Además: los aparatos eran para flacuchos. Los tipos grandes trabajaban con pesas.

Mahmud había empezado a entrenar allí algunos años antes
de entrar en la cárcel. Ahora había vuelto. Le encantaba el sitio.

Le encantaba que le hubieran dado la oportunidad de trabajar para los yugoslavos. Era un punto de encuentro para buenos contactos. La gente contaba historias de la legendaria vida de R. El capo que había empezado de cero, que había llegado con las manos vacías a Scania, en Södertälje antes de que Mahmud siquiera hubiera nacido. Dos años más tarde había logrado su primer millón. El tipo era un mito, como un dios. Pero Mahmud sabía más: había habido gente del gimnasio que no había encajado con Rado. Algunos eran antiguos colegas suyos. En ese momento no llevaban unas vidas de primera. Si es que estaban vivos.

Ese día: Mahmud trabajaba los pectorales. Cien kilos en la barra. Levantamientos lentos, controlados. El entrenamiento muscular era un puro deporte técnico. Era fácil distinguir a los principiantes de los experimentados; los flacuchos levantaban demasiado rápido, dejaban que el ángulo del brazo se modificara de forma incorrecta.

Intentaba pensar en el tratamiento que se iba a hacer pronto, los pequeños atajos nunca hacían daño.

Imposible concentrarse. Quedaban dos días para la fecha límite de Gürhan y Mahmud no había conseguido ni un centavo[44] más. Su padre no podía prestarle. Además, Mahmud no quería mezclar en eso a su *abu*. Su hermana le había prestado ya cinco mil. Quizá el novio de ella pudiera conseguir más, pero no estaba en casa. Intentó hablar con Babak y Robert la noche que habían salido, hacía unos días. Sus colegas eran tipos en los que podía confiar; pero no tenían mucha plata. Babak prometió conseguir treinta mil para el jueves. Robert podía conseguir que le prestaran diez, pero no podía dárselos a Mahmud hasta más tarde ese mismo día. También había otros colegas. Javier, Tom Lehtimäki, tipos de antes que le caían verdaderamente bien. Pero, ¿pedir dinero prestado? No, un hombre de honor no aceptaba dinero prestado de cualquiera.

---

[44] En el original: peseta.

En resumen: todavía le faltaban veinticinco mil. ¿Qué diablos iba a hacer? ¿Atracar una tienda? ¿Vender droga en la plaza de T-Centralen en el centro? ¿Pedir una prórroga en el pago? Seguro. Necesitaba encontrar al tipo que necesitaba encontrar. Conseguir la protección de los yugoslavos.

Mahmud dejó la barra en su sitio. El pensamiento permanecía: ¿QUÉ DIABLOS IBA A HACER? Le atacó el mismo sentimiento de pánico que cuando vio a Daniel y a los otros tipos de Born to Be Hated en Hell's Kitchen. Sentía que daba vueltas. La cabeza le palpitaba.

Levantó la mirada hacia el techo. Cerró los ojos. Hizo todo lo posible para no pensar en lo que sucedería si Gürhan no recibía su dinero en el plazo fijado.

Luego se calmó. Trabajó los tríceps. Un brazo sobre la cabeza cada vez. La mancuerna de treinta kilos en la mano. Lentamente hacia abajo por la espalda. El codo aún en posición vertical. Aún más lentamente a posición horizontal. Movimientos fluidos. Dolor en los músculos. Totalmente correcto.

Pensó con más detalle en la misión. No había comprendido todo de la denuncia que Tom le había ayudado a conseguir. Pero una cosa clara: alguien de la compañía de vigilancia responsable de la cámara oculta de Arlanda estaba tan metido que tenía que cagar dinero del soborno. Tom le había ayudado a conseguir los datos de contacto de algunos vigilantes conocidos por hacer a veces cosas algo especiales.

Mahmud ya había llamado a uno de los vigilantes, intentó ser todo lo amable que pudo. No funcionó. El vigilante vikingo se hizo el loco. Altanero, reticente, bravucón. Aseguró que él jamás había oído hablar de ningún Wisam Jibril; ni siquiera del robo de Arlanda. No fue mejor con los otros tipos cuyos números le había dado Tom; ninguno quiso admitir que conocía a Jibril. Quizá decían la verdad. Pero que no supieran del robo de Arlanda... Muy gracioso. Pues no.

Wisam Jibril: súper estrella del gueto, héroe del asfalto. Se mantenía oculto. Intentaba no ser visto. Ser descubierto. Ser desenmascarado. Pero no como un profesional; para empezar, había vuelto a Suecia. Además: el tipo vivía la *dolce vita,* derrochaba. Se daba la gran vida. Aparentemente hacía correr el dinero más que la banda de Trustor[45] en la Riviera. Mahmud tenía la intención de seguir el rastro de la plata de Wisam.

Durante la última semana. Mahmud había preguntado por Wisam en todos los sitios que se le habían ocurrido. Los clubes de la zona de Stureplan, las pizzerías de Tumba, Alby y Fittja, los gimnasios del centro. Había hablado con viejos colegas de la familia del hombre, muchachos de la periferia que nunca habían llegado a ser verdaderamente peligrosos y chicas que solían relacionarse con Wisam cuando eran pequeñas. Incluso había preguntado en algunas mezquitas y locales de servicios religiosos. Éxito nulo. Pero sabía lo del Bentley.

Babak estacionó el coche en la calle Jungfrugatan. Un BMW M5: quinientos putos caballos de fuerza bajo la pintura azul. Asientos deportivos, salpicadera de madera de cerezo, GPS. Todos los extras. Era verdad que a Babak se lo había prestado su hermano, pero así y todo, la locura. Lo bueno del asunto: el hermano de Babak vivía en un estudio de alquiler de treinta y dos metros cuadrados. Incluso el propio Babak estaba contento. Pero todos lo sabían: nosotros no somos como los vikingos que sueñan con un chalet gris en los suburbios de mierda con diseño de cuadrícula. No nos preocupa cómo vivimos en ese sentido. Nos preocupa la clase. Y un hombre sin un coche masculino no es un hombre digno.

—*Jalla,*[46] ya es la hora —Mahmud sonrió socarronamente. Salieron.

---

[45]Nombre de una empresa que fue víctima de un robo multimillonario por parte de unos empleados.
[46] «Date prisa, vamos». Palabra árabe que se usa en diferentes contextos.

Östermalm bajo el sol de verano. Más abajo quedaba la calle Strandvägen. En el otro lado paseaba la gente hacia Djurgården. Un montón de barcos y un montón de gaviotas en el agua más abajo. ¿Qué hacía ahí toda esa gente? ¿No trabajaban los vikingos en pleno día?

Volteó hacia Babak.

—¿Lo entiendes? Se quejan de que nosotros no trabajamos y míralos a ellos ahora.

—Mahmud, no se puede entender la manera de pensar de los vikingos. Dicen que nosotros no trabajamos. Que vivimos sólo de los subsidios sociales. Pero esos mismos suecos afirman que les quitamos sus trabajos. ¿Cómo puede ser?

Vio la tienda de Bentley treinta metros más adelante. El texto: «Bentley Showroom», con letras negras en la fachada del edificio, encima de los escaparates que llegaban hasta la acera. La puerta de entrada estaba abierta.

No había gente adentro. Palpó el bolsillo con la mano: el boxer estaba bien colocado. Miró a Babak. Asintió. Babak se dio una palmada en el bolsillo del pecho. Mahmud sabía lo que había bajo la parte superior de la chaqueta: un bate de beisbol recortado.

Mahmud entró. Babak se quedó en la calle, bien visible desde el interior de Bentley.

Paredes y suelos pintados de blanco. Focos en el techo. Cuatro coches grandes en el suelo: dos Continental GT, un Arnage y un Continental Flying Spur. En circunstancias normales: Mahmud podría observar esas maravillas todo el tiempo del mundo. En ese día: no quiso ni mirar.

Aún vacío de gente en el interior. ¿No trabajaba nadie en ese sitio? Llamó:

—¿Hola?

Apareció un tipo por una puerta tras un mostrador blanco con aspecto de barra de bar. Pantalones rojos con raya, saco claro con pañuelo en el bolsillo del pecho. Bajo el saco, una camisa de rayas anchas, los botones superiores abiertos. Gemelos con la forma de la B del logo de Bentley. En los pies, mocasines de suela de piel fina y hebillas doradas. Un maricón elevado al cubo. No parecía serio. Mahmud pensó: ¿Quién puede plantearse comprarle un coche a este tipo?

—Hola. ¿Puedo ayudarte?

Cejas arqueadas. ¿Era desprecio o era un atisbo de miedo? Mahmud no encajaba en la exposición.

—Quería echar un vistazo a sus Bentleys. ¿Tienen más disponibles aparte de éstos?

—Éstos son los que tenemos disponibles.

El hombre estirado quería ser parco. Mandaba señales: no tienes aspecto de comprador. Mahmud lo sabía, no había ido allí a comprar.

—Pero tendrán un almacén en algún sitio.

—Claro que sí, tenemos un almacén en Dinamarca y fabricamos bajo pedido. Un coche tarda en traerse de allí de dos a ocho semanas.

—¿Se puede conseguir un Continental GT con llantas de aleación de 19 pulgadas?

—Por supuesto.

—¿Han vendido algún modelo así en los últimos meses?

Mahmud miró de reojo. Vio a Babak en el exterior. Contacto visual. El pobre siguió la mirada de Mahmud. También vio a Babak. Volvió a mirar a Mahmud. ¿Era preocupación lo que había en sus ojos?

—Creo que sí —dijo el muchacho.

Mahmud dejó de interpretar el papel de cliente interesado.

—Pregunto porque quiero saber si le has vendido un coche así a un tipo que se llama Wisam Jibril.

Silencio en la exposición.

—Te hice una pregunta.

—Sí, te he oído. Pero no sé si le hemos vendido a alguien con ese nombre. No preguntamos a nuestros clientes cómo se llaman.

—Me importa un carajo. ¿Le has vendido un modelo así a un árabe últimamente?

—¿Puedo contestar con una pregunta? ¿Por qué lo quieres saber?

—Basta ya.

—Pero es que yo no puedo saber si alguien es árabe o no lo es. Además, no tengo ningún motivo para dar explicaciones de nuestros clientes. Muchos no quieren hacer público este tipo de compras, como comprenderás.

Mahmud volvió a mirar. Babak en su sitio. Mahmud se acercó a la puerta de entrada. La cerró.

—Mira, imbécil, así están las cosas. —Volvió hacia el dependiente de la tienda o lo que fuera—. Necesito saber si Wisam Jibril se ha comprado un coche aquí, o bien directamente o bien por medio de otro, de acuerdo. ¿Entiendes?

Mahmud era un tipo musculoso. Sus mandíbulas anchas de testosterona formaban un rostro cuadrado. Ese día llevaba en la parte superior una camiseta estrecha de manga corta con cuello v. En la parte inferior, pantalones de chándal. Los músculos recién inflados de los brazos, hombros y pecho se marcaban claramente a través de la fina tela. Los tatuajes hacían su trabajo habitual. Evidente para cualquiera: es inútil andarse con idioteces con este pedazo de hierro.

Sin embargo, el tipo dijo:

—Oye, no voy a contestar a eso. No sé qué quieres, pero te ruego que abandones la tienda ahora.

El chico fue a abrir la puerta de entrada. Mahmud lo alcanzó. Tres pasos grandes. Agarró al tipo del brazo. Fuerte. El boxer, en los nudillos, la mano en el bolsillo.

—Ven aquí, amigo.

Al principio, el pobre apenas parecía comprender lo que estaba pasando. Babak entró por la puerta. El hombrecito preguntó:

—¿Qué hacen?

Ignoraron sus gimoteos. Mahmud mantenía la mano con el boxer junto a la pierna. No hacía falta que se viera desde fuera.

—Eh, ven adentro. Nada de tonterías.

El marica, ningún luchador. Lo arrastraron a la sala al otro lado de los coches. Cerraron la puerta. Una oficina: un lujoso escritorio de roble, computadora y bolígrafos con pinta de ser buenos. Frascos con algo como tinta. Debía de ser ahí donde firmaban los contratos de venta por más de un millón por coche. Mahmud le dijo al tipo de la tienda que se sentara. El chico: aspecto más atemorizado que un niño de siete años al que atrapan robando con las manos en la masa.

—Es fácil. No vamos a molestarte más. Te lo repito, sólo quiero saber si has vendido un Continental GT a un árabe que se llama Jibril. También puede ser que acompañara a otro que lo comprara, vamos, sobre el papel. Ya sabes. Son los únicos que venden estos coches en la ciudad y cada puto mes no pueden ser tantos. ¿Verdad?

—¿Qué quieren en realidad? No pueden hacer esto.

—Cierra la boca. Sólo contesta.

Mahmud se acercó un paso más. Abrió los ojos como platos. Clarísimo cómo lo veía ese maricón lleno de prejuicios: un moro, una bestia musculosa y peligrosísima de algún lugar donde estaban en guerra y se asesinaban entre sí para desayunar. Un cabrón sediento de sangre.

Al final soltó gimoteando:

—Vendimos un coche así hace dos meses. Pero no fue a ningún árabe.

—Habla ya.

—Pero es que no fue a un árabe. Fue a una empresa.

Mahmud reaccionó directamente. El tipo ocultaba algo.

—Deja de jugar, maricón, tú sabes más. ¿Es que los árabes no pueden tener empresas?

Mahmud abrió la puerta. Miró hacia fuera. Nadie en la sala de exposición. Abofeteó al chico de la tienda. Sacó su mirada más demente.

—Racista.

El tipo siguió sentado en el sillón del escritorio. La mejilla roja como un semáforo. Miraba a Mahmud directamente. Babak con el bate de béisbol en la mano.

Mahmud tiró de él hacia sí. Vaya historia; puros métodos de interrogatorios americanos.

Los ojos del maricón se llenaron de lágrimas. Sangre goteando de la nariz. Pero al menos contenía el llanto.

—No lo sé. De verdad.

Mahmud explotó. Le dio una patada al tipo en el pecho. Inspirado por los patadones de Vitali Akhramenko en Solnahallen. La silla del escritorio acabó contra la pared. El chico rodó por el suelo. Gritó. Le temblaban los ojos. Quizá una lágrima.

—Puta madre, estás completamente loco.

Mahmud no contestó. Golpeó al tipo en plena jeta. Impacto total. Notó como si algo se rompiera.

El chico se protegió la cara. Agazapado. Mahmud se inclinó.

—Habla ya. Porque para ti sólo será peor.

El maricón sollozó.

—Bien, está bien.

Mahmud esperó.

El chico admitió:

—La cosa fue así. Vendimos un Continental hace dos meses. Había dos tipos en la tienda, que yo recuerde. El comprador sobre el papel era una empresa, pero uno de ellos era el que iba a quedarse el coche. Estaba claro.

Mahmud dijo con voz tranquila:

—¿Podemos ver ese papel?

***

La puerta de entrada se cerró con fuerza. Sonó como si alguien se cayera al suelo en el recibidor; quizá fuera el paraguas de mamá, quizá fuera la bomba de la bicicleta, que siempre estaba apoyada en el buró del recibidor.

Tenía que ser él quien había llegado.

Nadie más venía a casa a mitad de la semana sin llamar antes a la puerta, y nadie más cerraba las puertas con un ruido tan decidido.

Tenía que ser Claes.

Niklas subió el volumen del televisor. Era la tercera vez en esa semana que veía la misma película: Arma mortal. *En realidad a su madre no le gustaba que viera películas de video «desagradables y violentas», como ella decía, pero no conseguía resistirse a su insistencia. Eso lo había aprendido él hacía mucho; su madre siempre se rendía si uno se lo preguntaba las veces suficientes.*

Pero Claes no se rendía. Niklas sabía que no tenía sentido siquiera preguntarle a su madre cuando Claes estaba allí. No porque su madre fuera menos susceptible de ser convencida, sino porque Claes se entrometía y lo estropeaba todo. Le prohibía a Niklas hacer lo que quería; ver películas de video, salir por la tarde, comprar golosinas en el supermercado Konsum. Claes lo arruinaba todo. Y el tipo ni siquiera era su verdadero padre.

Aunque a veces era bueno. Niklas sabía en qué momento: cuando Claes cobraba en su trabajo. No sabía exactamente cuándo sucedía, pero pasaba con muy poca frecuencia. En días así, Claes llegaba a casa con papas fritas y Coca-Cola, algunas películas de video y tiras de golosinas de frambuesa. Por algún motivo, siempre tiras de frambuesa, aunque había golosinas mucho más ricas. Para él y para su madre traía consigo bolsas que pesaban mucho. Niklas reconocía esas bolsas blancas con el texto «Reembolso en las tiendas Systemet».[47] Sabía lo que significaba el ruido de las botellas que chocaban entre sí. A veces las abrían la misma noche. A veces esperaban hasta el fin de semana. El resultado variaba según el humor de Claes.

Claes entró en la sala y se puso delante del televisor justo cuando Mel Gibson se estaba dislocando el hombro. Miró a Niklas,

---

[47] Denominación coloquial de Systembolaget, tiendas estatales de venta de alcohol.

que estaba tirado en el sofá. Uno de los cojines del sofá estaba a punto de caerse al suelo.

—Niklas, quita la película —dijo.

Niklas se incorporó en el sofá y se estiró para agarrar el control remoto. Las cifras encima de los duros botones estaban borradas. El televisor era viejo y parecía estar sobre una caja de madera. Pero al menos tenía control remoto.

Apagó el televisor. El video siguió funcionando en silencio.

—Apaga también la video. Es innecesario que esté encendida. ¿No te importa que a tu madre no le guste que veas esa mierda?

Niklas abrió la boca para decir algo, pero no salió ningún sonido.

Su madre entró y se quedó en el umbral.

—Hola, Classe. ¿Qué tal te ha ido hoy? ¿No puede ver un ratito la película? Así tú y yo podemos hacer la comida.

Claes se giró hacia ella.

—Estoy cansado de estas idioteces, y lo sabes.

Luego se sentó en el sofá junto a Niklas y volvió a encender el televisor. Estaban las noticias.

Niklas se levantó y fue a la cocina. Con su madre.

Ella estaba pelando papas, pero paró cuando entró él. Sacó una cerveza del refrigerador.

—Niklas, ¿puedes llevarle esto a Classe? Así se pondrá de mejor humor.

Niklas miró la cerveza fría. Se veían pequeñas gotas sobre la lata, más o menos como si sudara. Pensó que tenía un aspecto gracioso y se dijo para sus adentros: Hacía frío en el refrigerador, así que ¿por qué suda? Luego dijo:

—No quiero. Claes no necesita una cerveza, mamá.

—¿Por qué no puedes llamarle Classe? Yo le llamo así.

—Pero se llama Claes.

—Sí, es verdad, pero Classe es más bonito.

Niklas opinaba que Classe era una palabra más fea que unos pantalones de pana.

Su madre tomó la cerveza y se fue con Claes.

Niklas se tumbó en la cama de su habitación. Era demasiado corta, le sobresalían los dedos de los pies. A veces le daba un poco de vergüenza que él, que pronto cumpliría nueve años, aún durmiera en una cama-cuna. La misma que había tenido toda su vida, decía su madre. No podían permitirse comprar una más grande. Pero, por otra parte, casi nunca venían amigos.

Recogió del suelo un ejemplar antiguo de Spiderman y empezó a leer. El estómago le rugía. Eso lo había aprendido en la ludoteca; significaba que uno tenía hambre.

Sí, tenía mucha hambre.

Aunque pasaron las horas, no hubo ninguna comida decente. En vez de eso, tomó pan tostado con mermelada y un licuado de chocolate. Las papas que había pelado su madre seguían en la cacerola sin hervir. En la sala había dos cajas de pizza vacías, muchas latas de cerveza vacías y su madre y Claes en el sofá. Estaban viendo otra película. Su cinta de Arma mortal, que le había copiado el padre de un compañero de clase, seguía en el suelo delante de la video.

Pero lo que dolía no era la injusticia de no poder acabar de ver la película. Era el volumen de voz de Claes. Niklas sabía qué significaba.

A veces, cuando estaba así de borracho era bueno. Pero la mayoría de las veces, terrorífico.

Sólo eran las ocho.

Volvió a su habitación. Intentó concentrarse en Spiderman. Trataba de una súper lucha contra Juggernaut. Spiderman tensaba su red sobre toda la calle y esperaba que pudiera detener al hombre armado.

Durante la lectura oía las carcajadas de Claes y las risitas de su madre.

Juggernaut pasó la red de Spiderman. Caminó con pasos pesados que dejaban huellas en el asfalto de Nueva York. La red se tensaba más y más.

De repente se abrió la puerta de su habitación.

Niklas no levantó la mirada. Intentó parecer indiferente.

Leyó algunas viñetas más: la red de Spiderman no cedía. Las casas temblaban.

Era Claes.

—Niklas, ¿podrías bajar un rato al sótano? Puedes jugar con el juego de hockey o algo así. Yo y tu madre necesitamos un poco de tiempo para nosotros solos.

No era una pregunta, aunque lo pareciera. Eso lo sabía Niklas.

Sin embargo, siguió leyendo. Juggernaut seguía avanzando. La red aguantaba. Pero el hormigón de las casas donde la había fijado Spiderman, no.

—¿No oíste lo que dije? ¿Puedes bajar un rato?

Detestaba que eso pasara. Se preguntaba qué harían cuando él se bajaba así al sótano. Claes lo pedía de vez en cuando. Lo peor era que su madre siempre se ponía de parte de él. Como parecía contenta esa noche, Niklas accedió a la sugerencia.

Se levantó. Enrolló el cómic con una mano, tomó las llaves de casa con la otra y salió. La escalera estaba oscura, así que tuvo que encender la luz.

Llamó al ascensor.

No solía ser más de una media hora. Luego su madre bajaba a buscarlo.

Capítulo
14

L a noche anterior. Niklas en un túnel. Puntos luminosos en el techo. Eco de los jadeos. Se volvió. No lo perseguían. Él era el perseguidor. El Tanto en una mano. El túnel se aclaró. ¿Quién estaba delante de él? Un hombre. Quizá fuera algún guerrillero barbudo de *allá abajo*. Quizá fuera el agente inmobiliario ilegal. Luego lo vio: Claes giró la cabeza. Los ojos abiertos de par en par. Saliva alrededor de la boca. Niklas dio grandes zancadas. Los tenis Mizuno estaban a la altura. El tipo lo miraba fijamente. Un resplandor blanco llenó el túnel. No se podía ver nada.

Taxi Driver por segunda vez en el mismo día. Cuchillo durante dos horas. Niklas con el torso desnudo. Como Travis. El sudor se secó. La concentración le costaba. Entró en la cocina y dio unos tragos de agua. Un lujo: poder beber directamente del grifo. En Irak, de los grifos salía agua de alcantarilla, si es que salía algo.

Se sentía asquerosamente cansado. Las pesadillas perturbaban mucho.

Se sentó. Miró a su alrededor. Rendido.

Su madre se había regresado a su casa. Eso reforzaba la soledad.

Ocho años con los compañeros. Ahora: seis semanas de soledad. Eso lo estaba hundiendo. Necesitaba trabajo. Necesitaba algo qué hacer. Un objetivo en la vida. Muy pronto. Luego estaba también ese otro asunto: las sospechas de su madre. Le había contado que estaba totalmente segura de que el muerto era Claes. Niklas volvió a pensar en su pesadilla.

Llovía afuera. ¿Qué verano era ése? *Thank God for the rain to wash the trash off the sidewalk.*[48]

Comió directamente de una bolsa de papas fritas. Vio ante él la cara de Claes. Trituró los trozos de papa frita ondulada con los dientes delanteros. Crujieron. Claes ya no estaba. La historia había tenido un final feliz. Niklas sentía alivio.

Volvió a poner el DVD. Avanzó hasta una de sus escenas favoritas. Travis intentaba conseguir trabajo como taxista. El hombre de personal preguntaba «How's your driving record? Clean?».[49] La clarísima respuesta de Travis: «It's clean, real clean. Like my conscience».[50]

Niklas estuvo de acuerdo. Hubiera hecho lo que hubiera hecho. Su conciencia estaba limpia. Ahí afuera había una guerra. En circunstancias extremas, las definiciones morales inventadas se venían abajo con la misma facilidad que las casas de hormigón iraquíes bajo un ataque de granadas. Sólo quedaban los hierros del armazón, sobresalían como brazos desolados.

Apagó la película. Tomó sus cuchillos de verdad, no el arma de entrenamiento. Los puso sobre la mesa de centro. Un MercWork Equatorian, un cuchillo pesado de empuñadura robusta. Maravilloso para acuchillar, la potencia venía sola. Junto a él, un CBK o, como se llamaba en realidad, Concealed Backup Knife. Un maldito. El mango con forma de medio círculo vertical en relación con el filo para que descansara en la palma de la mano y hacer el cuchillo más corto, más fácil de ocultar. La funda estaba especialmente diseñada con un mecanismo de cierre para poder fijarla en cualquier sitio: a la espalda, bajo el brazo, alrededor de la pantorrilla. Por último, pero

---

[48] «Gracias a Dios por la lluvia que limpia la basura de la acera».
[49] «¿Cómo está tu historial de conducción? ¿Limpio?».
[50] «Está limpio, limpio de verdad. Como mi conciencia».

no por eso menos importante, su bebé; un Cold Steel Recon Tanto. Fabricado según la tradición japonesa con una hoja de un solo filo de acero de Damasco capa sobre capa; el Rolls Royce de los cuchillos metálicos. Terroríficamente bien equilibrado, el canal perfectamente suave a lo largo del filo, el mango de ébano con un perfil que parecía moldeado con la forma de su mano. Se vio reflejado en la hoja. La definición de la belleza. Tan hermoso. Tan limpio.

Usar cuchillos en la guerra no era habitual. Pero en realidad era el combate máximo. Cuerpo a cuerpo. Nada de armas de alta tecnología detectoras de calor con visión nocturna. Sólo tú contra el adversario. Sólo tú y el frío acero.

Niklas se recostó sobre el sofá. Claes estaba muerto. El mundo era un poco mejor. Su madre, un millón de veces más libre.

Volvió a poner la película.

—*It's clean, real clean. Like my conscience.*

Niklas pensó en llamarla, ver cómo se encontraba. Pero en ese momento no tenía fuerzas.

Algo molestaba. Ruidosamente. Otra vez en casa de la vecina. Bajó el volumen. Se levantó. Escuchó. El mismo idioma árabe que la vez anterior que había oído gritos. Apagó el televisor totalmente. Puso la oreja contra la pared. Casi dejó de respirar. Oía todo.

La voz de un chico:

—Tienes que comprender que me haces daño.

La chica, la vecina de Niklas, Jamila:

—Pero si yo no te he hecho nada.

—Sabes lo que has hecho. Me duele. ¿Lo comprendes? No funciona, no puedo vivir así.

Continuaron. Gritaron. Siguieron taladrando. No se rendían. Al menos esta vez no parecía que fueran a llegar a la violencia.

Niklas se volvió a sentar en el sofá, pero no prendió el televisor. Oyó frases sueltas de la pelea.

Jugueteó de nuevo con su súper cuchillo. Tomó la funda. Lo metió en ella lentamente.

El ruido al otro lado de la pared continuaba.

Pasó un cuarto de hora.

Puso la película. Apenas los oía. Travis conociendo a Iris, Jodie Foster: iban a tomar café.

Pasó media hora.

La pelea en el piso de al lado se volvió más estridente. Niklas subió el volumen de la película.

Iris a su padrote: «I don't like what I'm doing, Sport».[51]

El padrote la ignoraba: «Ah, baby, I don't want you to like what you're doing. If you like what you're doing, then you won't be my woman».[52]

Niklas miró fijamente la pantalla. Intentó aislarse del ruido de los vecinos. Pero se les oía por encima de la película.

Lo puso más alto. Iris gritaba. Travis gritaba. El padrote gritaba más. El volumen era insoportable. Pero no eliminaba el ruido de la discusión del departamento de al lado. Niklas intentó concentrarse. Los pensamientos se desbordaron: Claes asesinado, su madre infeliz. Los vecinos de la infancia de Niklas también debieron subir el volumen de sus televisores. Debieron de intentar borrar el ruido de su madre. De él. De Claes.

Pero de alguna manera se les seguía oyendo. Sabía que en el otro lado la cosa no estaba bien.

La película se aproximaba a su resolución. El *crescendo*. El momento de la verdad. La victoria de la justicia. Travis se encargaba del asunto por su cuenta. Pasa en la calle junto a un padrote. «Don't I know you? You know Iris?»[53] Y él le miente en su cara. «I don't know Iris»[54]

---

[51] «No me gusta lo que estoy haciendo, Sport.»
[52] «Ah, nena, no quiero que te guste lo que estás haciendo. Si te gusta lo que estás haciendo, entonces no serás mi mujer».
[53] «¿No te conozco? ¿Conoces a Iris?».
[54] «No conozco a Iris».

No funcionaba. El volumen. Los vecinos. Claes. Travis.

Se volvían a oír golpes sordos contra la pared. Tuvo que apagar el televisor. No podía dejar que pasara lo que estaba pasando ahí dentro.

La mujer del otro lado de la pared lloraba. Gritaba. Niklas sabía lo que estaba ocurriendo. Todos lo sabían. Pero nadie hacía nada.

Se colocó el cuchillo Cold Steel detrás, bajo el pantalón de mezclilla. Salió a la escalera.

Escuchó. Allí dentro seguían. El hombre berreando. La mujer gimoteando.

Llamó.

Silencio.

Volvió a llamar.

Se dijeron algo entre sí demasiado bajo como para que él pudiera oírlo.

La mirilla se oscureció, alguien lo miraba desde el otro lado.

Se abrió la puerta.

Un hombre. Quizá treinta años. Barba de dos días. Camisa negra. Pantalones anchos de mezclilla.

—Hola. ¿Qué quieres? —dijo el tipo totalmente tranquilo.

Niklas lo empujó fuerte en el pecho. Hacia el recibidor. Cerró la puerta tras de sí. El tipo parecía sorprendido. Pero se recuperó más rápidamente de lo esperado.

—¿Qué diablos haces, imbécil?

Niklas no hizo caso de la provocación. Era un profesional. Una máquina de luchar.

Dijo con voz tranquila:

—Jamás vuelvas a hacerle daño a una mujer.

Al mismo tiempo agarró al tipo por la nuca. Jaló de la cabeza hacia abajo. Hacia su rodilla. Impulso desde dos direcciones. La fuerza de la rodilla hacia arriba, sus dos brazos jalaban de la cabeza del tipo hacia abajo. Hasta que se encontraron.

El tipo se desplomó contra la pared. Escupía sangre. Dientes. Aullaba. Lloraba.

Niklas asestó tres golpes rápidos con toda su fuerza en las costillas del tipo. Uno de derecha, otro de derecha y finalmente uno de izquierda.

El vecino cayó.

Niklas lo pateó en la espalda. Él se protegía la cabeza con los brazos. Gritaba. Rogaba, suplicaba.

Niklas se inclinó. Sacó el cuchillo. La punta contra la garganta palpitante del tipo. Brillaba más que nunca.

—No vuelvas a hacer eso.

El tipo sollozó. No dijo nada.

—¿Dónde está tu chica?

El tipo seguía sollozando.

—¿Dónde está Jamila?

En realidad no le hacía falta preguntar.

La vecina estaba en el umbral del salón. El labio hinchado y un ojo morado.

Niklas dijo en árabe:

—No dejes que te vuelva a hacer daño nunca. Volveré.

Capítulo
15

Se establecían cotas de credibilidad de la gente que sostenía
haber sido testigo de hechos. La Dirección General de Policía tenía sus propias directrices internas: calificación de las declaraciones, criterios de evaluación de la veracidad. En realidad
eran cosas evidentes que no se reconocían formalmente: lo que
manifestaba un empresario sueco de vida ordenada funcionaba
mejor en el tribunal que lo que intentara explicar un sudaca de
dieciocho años que fuma marihuana. Lo que atestiguaba un simple asalariado medio siempre tenía más valor como prueba que la
declaración de algún pensionista por invalidez, consumido por la
heroína. El trabajo de investigación tenía que centrarse, es decir,
reducirse; sólo los asesinatos de primeros ministros o ministras de
Exteriores recibían recursos ilimitados. El método metralleta no
funcionaba, disparar a todas y cada una de las pistas y esperar
acertar en algo. La sociedad no podía malgastar una cantidad ili-
mitada de dinero. Así que se sabía a quién había que escuchar. La
información de quién era válida. La que constituía una buena prueba. Para cargos y sentencias condenatorias.

La declaración de un policía, siempre lo máximo en el índice de credibilidad. En ellas se invertían recursos para dar seguimiento, ésas se mantenían en el tribunal.

La situación actual: dos policías habían visto pinchazos en
el brazo del desconocido. Dos policías podían certificar que la

171

causa de la muerte no había sido investigada suficientemente por parte del forense. Que era precisa otra autopsia. Que Adamsson les había impedido fotografiar el cadáver, el brazo, los piquetes. Que algo estaba mal. Dos policías no mentían según la percepción de la realidad de los tribunales.

Sin embargo: no pasó nada.

Thomas no conseguía entenderlo. Era evidente: Stig Adamsson había querido pararlos por algún motivo. Pero Adamsson no era un cualquiera. En realidad, a Thomas le caía bien el tipo. Todos lo conocían: era de la vieja guardia. Un hombre con el que Thomas normalmente se aliaba, alguien que se atrevía a decir las cosas como eran, que no se andaba con tonterías cuando algo tenía que hacerse. En cierto sentido a Thomas le recordaba a su padre, rectitud al estilo duro, aunque Adamsson estaba en la derecha, era reservista y un fanático del tiro. Gran defensor de los calibres mayores, mano dura, menos flacuchos blandengues en el cuerpo. Conocido opositor al creciente flujo de mujeres y moros. También corrían otros rumores sobre Adamsson de los años setenta y ochenta en la temida unidad antidisturbios de la policía de Norrmalm. Alcohólicos que eran arrastrados al coche celular y abandonados medio muertos en descampados de la periferia, drogadictos a quienes recogían por nada y les daban un repaso con guías telefónicas mojadas, para evitar heridas y fracturas visibles; policías afiliados al sindicato que sufrían *mobbing* hasta que se iban, mujeres a las que se acosaba sexualmente hasta que cambiaban de comisaría. Eso impresionaba a Thomas con frecuencia. A lo largo de los años seguro habían depurado a muchos como Adamsson, pero no a él; el viejo era demasiado listo.

Hägerström casi parecía tomárselo con calma. Se rio cuando Thomas lo llamó con sentimientos encontrados al día siguiente de la visita a la morgue:

—Al viejo ése, Adamsson, va a caerle una buena por esto. Te lo prometo.

Thomas quería saber más. Por honestidad: a pesar del pasado de Martin Hägerström, quería que le hiciera partícipe de la investigación oficialmente.

Hablaron un rato sobre diferentes situaciones posibles. Hägerström tenía teorías:

—Creo que es probable que el muerto fuera un adicto. Quizá tenía intención de robar o sólo de dormir en el sótano. Alguien lo siguió hasta allá abajo, o quizá sólo se lo encontró por casualidad y le dio una paliza hasta matarlo. Después el autor se asustó y le cortó los dedos para hacérnoslo difícil.

Thomas no creyó ni un segundo en la versión de Hägerström.

—No puede ser. No puede ser una casualidad. ¿Por qué, si no, iba a haber tanto secreto con lo de los pinchazos? ¿Y por qué iban a esforzarse tanto con un simple yonqui?

—Puede que tengas razón.

—¿Y por qué han cortado los dedos y quitado la dentadura postiza?

—Bien, bien. Tienes razón. Lo más probable es que quizá alguien lo haya inyectado hasta el tope de algo, drogas, veneno o algo similar, y además le haya dado una paliza hasta matarlo. Parece estar en la misma línea que el resto de lo realizado. Nada se ha dejado al azar.

—No, y de todas formas persiste la misma cuestión. ¿Por qué no se ha escrito nada sobre los pinchazos? ¿Por qué se ha modificado mi informe?

Por primera vez desde que Thomas conocía a Martin Hägerström, éste no tenía respuesta.

No había nada qué decir. Sin embargo, Thomas quería seguir hablando. Preguntó:

—Y los números de teléfono. El papel ese que había en el bolsillo trasero. ¿Avanzaron con ellos?

Hägerström intentó explicar:

—Todavía no hemos podido descifrar el último número del teléfono. Hemos comprobado todas las combinaciones que corresponden a números de contrato, son todos menos dos. Hemos comprobado a las personas que tienen esos contratos. Y de los ocho, hemos hablado hasta ahora con cinco a título informativo y no hemos sacado nada. Ya sabes, sencillamente no tienen nada que ver con esto. No tienen ni idea de quién puede ser el muerto, dos tenían menos de doce años, etcétera.

Thomas escuchaba tenso. Maldita sea, no podía detener los pensamientos sobre ese asesinato ni siquiera cuando estaba arreglando su Cadillac. Hizo la pregunta obvia:

—¿Y los dos números de tarjeta? ¿Pidieron los listados a los operadores?

Hägerström rio:

—Andrén, quizá te vas a convertir en judicial.

Thomas ignoró el comentario. Hägerström no quería problemas.

Hägerström continuó:

—Hemos pedido y recibido los listados. Aún no podemos ver quién contrató los números de tarjeta, no se puede ver con esas líneas. Pero podemos ver a qué números han llamado esas dos tarjetas. A partir de ahí espero poder averiguar en unos días quiénes son los titulares correspondientes. Luego podemos seguir adelante e interrogarlos. Pero eso requiere unas cuantas llamadas.

Thomas pensó: Esa mierda es el típico trabajo de los policías judiciales. Que se aguante Hägerström, ratón de oficina. Al mismo tiempo: Thomas podía plantearse ayudar.

Más tarde esa misma noche: hora de un poco de realidad; actividad de intervención; en cristiano: patrullar. Thomas estaba de pie junto a su casillero en el vestidor. Se preparaba para un turno de noche en la patrulla con Ljunggren. Pese a la rutina, la falta de acontecimientos, la dureza: las cosas pasaban al patrullar. A Thomas siempre le entusiasmaban esos turnos. El rumor de la radio, las sonrisas socarronas cuando evadían un trabajo y en vez de eso seguían tranquilos en el coche. Y luego, a veces, cuando se armaba, se armaba de verdad.

Ljunggren no había aparecido aún. No habían hablado del incidente de la morgue del otro día. Thomas tenía ganas de comentar el caso. Oír las reflexiones de Ljunggren. Se preguntó por dónde andaba, Ljunggren no solía llegar tarde.

Thomas se vistió lentamente. Como un ritual. La chaqueta M04 y los pantalones para uso en exteriores: tela gruesa de color azul marino de fibra de aramida. Repelente a la humedad, ignífuga, resistente a viejas drogadictas con uñas sucias. Aunque a Thomas no le gustaba: los reflejantes del pecho eran estúpidos, que no hubiera cordón en la parte inferior de la chaqueta hacía que quedara suelta, el crujido cuando uno andaba era como el de la ropa de esquí. El uniforme antiguo era mejor.

El cinturón tintineaba como una caja de herramientas: el tolete extensible en un enganche, esposas, radio, spray de pimienta, soporte para el casco, soporte para el tolete antiguo, llavero, una navaja multiusos Leatherman, la funda del arma. Al menos diez kilos de cosas.

Vio el cuerpo ante sí. Los pinchazos. Las heridas lavadas de la cara que ya no era una cara. La etiqueta del nombre alrededor del dedo gordo. La piel pálida azulada que casi parecía de cera. Verdaderamente no entendía por qué no podía olvidar el asunto.

Estaba claro: debería hacer algo. Con Hägerström o sin él. Por otra parte, ¿por qué debería preocuparse? Su misión no era salvar el mundo. No era su estilo salirse de lo que le tocaba y ser demasiado meticuloso. Lo suyo no era meter entre rejas a otros compañeros. Debería abandonarlo. Dejar de darle vueltas. Seguir adelante con sus propios pequeños negocios. Intentar ingresar unas coronas por aquí y unas coronas por allá.

Tomó la pistola del armario de las armas. Sig-Sauer P229, semiautomática, 9 milímetros. Ocho cartuchos. Toda de metal negro mate con estrías en la culata. Pequeña, pero de todas formas mejor que la pistola antigua, la Walter. Todos en Söderort sabían la postura de Thomas sobre estas cuestiones. Hacía unos años se pasó una solicitud entre los inspectores: a todos los inspectores de policía con la pertinente licencia debería permitírseles llevar sus propias armas personales. Cosas de verdad, como Colt 45. El nombre de Thomas fue el primero de la lista. Por supuesto. Con la Walter estabas obligado a disparar en el blanco, y eso paraba a un loco drogado que se abalanzaba con un hacha igual que si se usara un tubo para escupir papel. ¿Cómo terminaba eso? Con uno, dos, tres disparos en el pecho. Luego el policía cargaba con la culpa si resultaba que el imbécil fallecía. Denle a la policía armas de verdad para que uno pueda derribar a un delincuente amenazante directamente con disparos a las piernas. Así muchos menos se morirían. Pero la Sig-Sauer actual era un avance. La bala se expandía en el tejido, se abría al hacer impacto. Perfecto.

¿Dónde diablos estaba Ljunggren? Thomas ya estaba vestido, cargado. Listo para darse una vuelta por la realidad. Descolgó el teléfono interno que estaba fijado a la pared junto a los casilleros.

Contestó Catharina, la responsable de coordinación nocturna.

—Hola, soy Andrén. ¿Sabes dónde está Jörgen Ljunggren?

—Ljunggren ha tenido que sustituir a Fransson. Así que Cecilia Lindqvist va a ir contigo. Está de camino. Debería estar ahí en unos minutos.

—Perdona que hable así, ¿pero quién diablos es Cecilia Lindqvist?

—Una patrullera bastante nueva, ¿no la conoces? Empezó hace cuatro meses.

—¿Estás bromeando? ¿Voy a patrullar con una recién graduada? Pues prefiero ir solo.

—Párale, Andrén. Eso va contra el reglamento. Estará ahí en cualquier momento. Empieza a cargar en lugar de refunfuñar.

Thomas suspiró. Catharina era una chica dura. Le caía bien.

—Oye, tienes que repasar tus procedimientos de guardias. Esto no funciona.

—Mira tú. ¿Crees que soy yo la que manda aquí?

—No, ya lo sé. Tendremos que tratarlo con la dirección. Me tengo que ir ya. Hasta luego.

Empezó a empaquetar. Sacó la bolsa, grande como una petaca de hockey. Metió primero los objetos más grandes: las protecciones de las piernas, el casco y la máscara de gas, al fondo. Luego, la cinta para acordonar, la señales luminosas, una radio extra, el botiquín de primeros auxilios, el antiguo tolete de goma y un chaleco reflejante. En el bolsillo lateral: impresos, guantes de goma y alcoholímetro.

Sacó al garage las bolsas y el pesado chaleco antibalas. Sitios asignados en la cajuela.

¿Y cuándo pensaba venir la tal Cecilia? ¿Habrá pensado que iba a ir a hacer un pequeño simulacro? A la chusma le daba igual si ella era nueva. La chusma no esperaba si llegaban tarde. Él no podía esperar más.

Se sentó en el coche. Volvió a llamar a Catharina.

—Ya me voy. Cecilia Lindqvist no ha venido aún. Cuando le plazca aparecer, puedo pasar a recogerla.

—Bien, haz lo que quieras, pero ya sabes lo que opino. Le aviso.

Puso el coche en marcha. Resultaba bastante práctico patrullar solo un rato esa noche. Necesitaba pensar.

Justo cuando empezaba a salir hacia atrás del lugar de estacionamiento, se abrió la puerta del garage. Una chica se acercó corriendo hacia él. La petaca sobre el hombro. Él se paró. Bajó la ventanilla. La miró.

Ella dijo:

—Hola, creo que esta noche vamos a patrullar juntos.

Thomas la observó: Cecilia estaba bien. Pelo rubio, corto. Pómulos marcados. Ojos azul verdoso. Delgada. Parecía estresada. La frente: sudorosa.

Thomas señaló la petaca.

—Ponlo ahí atrás. ¿Has traído también el chaleco?

—No, iba a entrar a buscarlo. ¿Me esperas?

Thomas la miró. No entendía cómo podían contratar a personas que no eran capaces de llevar la petaca y el pesado chaleco al mismo tiempo.

Una hora de aburrimiento más tarde. Cecilia intentaba charlar. Thomas pensó que ella parecía tener un miedo casi histérico al silencio en la patrulla. Discutieron las diferencias entre la formación actual en la escuela superior de policía y cómo debió ser en tiempos de él. Thomas se preguntaba por qué ella creía no tener ni idea. Ella hizo preguntas sobre los jefes de Söderort. Comentó las últimas declaraciones del ministro de justicia sobre que se deberían ver más policías en las calles. A Thomas no le interesaba. ¿No se daba cuenta? A veces se podía escuchar sólo la emisora de la policía sin hablar.

Tras veinte minutos, ella lo comprendió. Empezó a calmarse, pero de todas formas preguntó un montón de cosas:

—¿Has oído hablar de los nuevos robos de coches que están investigando? —Y así…

La emisora de la policía preguntó si había alguien en las cercanías de Skärholmen. Por lo visto, algún tipo de pelea en un departamento.

Thomas no necesitó ni mentir. Pasaban por delante de la gasolinera de Shell de la carretera de Hägerstenvägen, a más de cinco kilómetros de allí.

—Menos mal que no estamos en Skäris.

Cecilia, sentada en silencio.

Recorrieron el trayecto habitual de Thomas con ritmo tranquilo a lo largo de Hägerstenvägen. Pasando por Aspudden Centrum. Pasando por la estación de metro de Örnsberg.

Eran las ocho. Aún había plena luz. Una agradable tarde de verano.

La radio no paraba. Un conductor en estado de ebriedad haciendo eslalon por Södertäljevägen en sentido norte. Intento de robo en un departamento de la calle Skansbergsvägen, en Smista. Pelea de jóvenes junto al lago a las puertas del colegio Vårbackaskolan, en Vårby Gård. Quizá deberían intentar agarrar al borracho de Södertäljevägen. Al fin y al cabo, les quedaba de camino.

Thomas aumentó la velocidad.

La radio volvió a sonar.

—Tienda de veinticuatro horas en Aspudden. Tenemos ahí a un hombre bebido que se está comportando muy agresivamente. ¿Puede ir alguien para allá inmediatamente? Cambio.

Cecilia miró a Thomas.

—Tenemos que tomarlo. Estamos a sólo minutos.

Thomas suspiró. Hizo un giro en U. Encendió la torreta. Aumentó la velocidad.

Cincuenta segundos más tarde pasaban junto a la tienda. Vio directamente por los escaparates que algo estaba mal: había varias personas que, en lugar de estar junto a la caja para pagar cigarrillos, revistas porno o golosinas, estaban agrupadas, aunque no exactamente. Observaban lo mismo, pero no actuaban en común. La típica escena del crimen sueca en una calle abierta. La gente estaba allí, pero no había nadie donde hacía falta.

Delante de todo, junto a la caja: un hombre corpulento con ropa sucia había agarrado por el brazo al dependiente, un chico que parecía totalmente desolado. A punto de llorar, mirando a todos lados, intentaba conseguir ayuda de alguien de los que estaban ahí. El otro dependiente intentaba que el hombre lo soltara. Jalaba de sus grandes manos.

El tipo aulló.

—Cabrones de mierda. Todo se va a ir a la mierda. ¿Lo oyen? Todo.

Thomas entró primero. Con la voz fuerte y autoritaria.

—Es el momento de parar. La policía ya está aquí. Suéltalo, por favor.

El borracho levantó la mirada. Chilló.

—Policías de mierda.

Thomas lo reconoció. El tipo era grande. Aspecto totalmente peligroso: ojos azul claro, nariz de boxeador, dos cicatrices sobre una ceja, dientes asquerosos. Pero el tipo no sólo parecía peligroso. Era un antiguo boxeador, solía andar en Axelsberg con los borrachos de los bancos del parque; un barril de pólvora andante. Del estilo de las pensiones asistenciales pero con suficiente fuerza en los nudillos como para hacer daño de verdad a ese dependiente. Eso podía ponerse mal de verdad.

Thomas se acercó al mostrador. Puso una mano sobre las del borracho. El otro dependiente se soltó. Thomas dijo con voz tranquila.

—Suelta ya.

Cecilia, detrás. Manipulaba la radio. Quizá iba a pedir refuerzos.

Entonces, algo inesperado: el tipo soltó al dependiente. Se abalanzó contra Cecilia. A Thomas no le dio tiempo de reaccionar. Se giró.

El tipo le dio a Cecilia un golpe en el torso. Ella no estaba preparada. Cayó contra una estantería de golosinas con todo su peso. Gritó:

—¿Qué haces?

Bien, por fin algo de agallas en ella.

Thomas intentó agarrar al tipo. Maldita sea, era más fuerte de lo que se podía pensar. Se giró hacia Thomas. Cabezazo. Casi le da a Thomas en el tabique nasal. Un milímetro más hacia el centro y la nariz se habría fracturado. Le dolía demasiado. Vio las estrellas. Un segundo más tarde, todo se volvió negro. Gritó.

El borracho se lanzó contra Cecilia, que estaba otra vez de pie. El tipo era demasiado peligroso. Eso era el caos. Eso no iba bien. No se podía esperar a los refuerzos.

Ella intentó alejarlo de un empujón. El tipo colocó tres golpes. Le alcanzó el hombro. Cecilia retrocedió. Podría desplomarse directamente si el hombre conseguía colocar un buen golpe.

Thomas analizó rápidamente. No era situación para usar el arma reglamentaria. Demasiada gente en la tienda y el tipo no era aún lo suficientemente peligroso. Pero Cecilia era frágil. Ellos solos nunca lograrían dominar a ese gigante. Quizá con los toletes.

Él hizo un nuevo intento. La nariz le palpitaba. Intentó tomar el brazo del tipo, agarrarlo por la espalda. No hubo forma. El ex boxeador, salvaje como una bestia. De subidón por la bebida y su pequeña demostración de poder. Esquivó a Thomas con golpes. Lo empujó. Éste perdió el equilibrio. Tropezó con botellas de refrescos apiladas. Salieron volando por el suelo.

Thomas, de rodillas, gritó.

—Usa el tolete, maldita sea.

Cecilia intentó defenderse. Sacó el tolete extensible. Lo desplegó.

El tipo la golpeó en el estómago. Ella le pegaba en el muslo.

Pero parecía que no había manera. El tipo, demasiado loco para preocuparse por los golpes. La presionó contra el escaparate. Thomas tomó su tolete. Golpeó al tipo en la espalda. Fuerte de verdad. Éste reaccionó. Volvió a girarse. Cecilia estaba desplomándose. El hombre golpeó a Thomas. Éste lo paró. Golpeó con el tolete otra vez. Y otra.

Cecilia, de pie desde atrás. Le pegó al tipo. Éste aulló. Daba golpes a Thomas otra vez.

Thomas se aplicó a fondo. Tenía que conseguir pararlo ya. Atizó al borracho una vez en el cuello. Una vez más en el muslo. El tipo seguía gritando. Thomas volvió a pegarle en la pierna. El tipo se desplomó. Gritaba. Daba patadas desde el suelo hacia Cecilia. Ella le daba más golpes. El borracho se protegió la cabeza con los brazos. Cecilia volvió a pegar. Golpeó al tipo en la cabeza, el pecho, la espalda.

Ella era presa del pánico. Thomas la comprendía.

Se les había ido de las manos.

Capítulo
16

U na de las primeras cosas que aprendes en la cárcel: no vayas de un lado a otro de la celda. No conduce a nada. En vez de eso: quédate dentro de tu mente y puedes irte muy lejos, más allá de los muros. Como solía hacer Mahmud: fantasear con un BMW Z4 Coupé durante un paseo por la calle Kungsgatan abajo en un bonito día de primavera, el bolsillo lleno de plata, planes geniales para la noche, amigos en la onda, chicas predispuestas. La vida en libertad en todo su esplendor.

Pero ahora, en su habitación en casa de su padre, iba de un lado a otro como un mono en una jaula. Con náuseas. Mareado. La cabeza palpitante. Pronto sólo faltaría un día.

Había conseguido reunir ochenta mil en total. Faltaban veinte. El día anterior había intentado localizar a Daniel, negociar con ellos. Pero el tipo se negaba a comprender: Mahmud pagaría intereses con gusto si se conformaban con ochenta grandes en el primer plazo.

—Olvídate. Dijimos cien. Gürhan va a cobrar cien. Pasado mañana.

Clic.

Mahmud durmió especialmente mal esa noche. El tiempo de sueño: más corto que los huevos de un mosquito. El dolor de cabeza, explosivo. Los pensamientos angustiosos corrían libremente.

No podía ni entrenar. Lo único en lo que podía pensar: dónde estaba Wisam. Cuando lo hubiera resuelto nadie podría hacerle daño. No pensaba cobrarle a Stefanovic. Sólo pedirle un favor a cambio: que le enseñaran a Gürhan quién mandaba.

Habló con su colega, Tom Lehtimäki: todo un CSI, el finlandés le ayudó a procesar la información que de todas formas ya tenía. Organizar los hechos. Depurar las posibilidades. Analizar las pistas.

La compañía que había comprado el coche al marica de Bentley en la calle Strandvägen se llamaba Dolphin Leasing AB. El papel que le había quitado al marica no decía mucho: Dolphin Leasing AB tenía un apartado de correos en Estocolmo. Un número de identificación. El documento, firmado por un tal John Ballénius, vaya nombrecito. Tom le explicó: el número de identificación era el número de organización de la empresa; todas las empresas de Suecia tenían que tenerlo. Mahmud llamó al Registro de Sociedades. Le dieron información sobre quiénes estaban en el consejo de administración. Dos tipos con nombre sueco. El primero era John Ballénius. El otro, Claes Rantzell. Ambos con direcciones en apartados postales: típicamente sospechoso. Mahmud visitó la oficina de los apartados postales. Un gordinflón en una pequeña oficina de Hallunda. Mahmud recurrió al mismo estilo que con el chico de la tienda Bentley. ¿Por qué cambiar un concepto ganador? Tras diez minutos tenía las direcciones de los domicilios de los dos hombres. Las calles Tegnérgatan en el centro y Elsa Brändström en Fruängen.

Mahmud los investigó con ayuda de Tom. Llamaron a la autoridad emisora de pasaportes, se fueron a Kungsholmen; consiguieron copias de los pasaportes de los tipos. Según el registro de tráfico, no tenían coches lujosos. Sin embargo, sí grandes deudas de impuestos, según Hacienda. Mahmud fue al domicilio de

John Ballénius, Tegnérgatan. Esperó afuera. Tras cuatro horas vino el tipo tambaleándose con dos bolsas de Systembolaget. Tenía aspecto de medio alcoholizado. Pero valía: ya había visto al tipo. Mahmud se fue a la dirección del otro. Esperó toda la tarde. No pasó nada. Rantzell o bien estaba metido en casa veinticuatro horas al día, o estaba en el extranjero o ya no vivía en esa dirección. Puta mierda.

Lo más probable: los tipos eran prestanombres de la compañía de *leasing*. Los que estaban metidos en asuntos turbios no podían comprar carrazos, al menos si querían registrarlos y asegurarlos. La solución del sector eran los coches de alquiler.

La pista de los vigilantes del robo lamentablemente no había dado ningún resultado. Algunos tipos con los que había hablado habían oído decir que el libanés estaba en la ciudad, quizá hasta lo habían visto, pero nadie sabía dónde estaba Wisam Jibril. La conclusión de Mahmud y Tom: la única pista que podía seguir Mahmud era el coche, el Bentley.

Tenía que hacer que alguno de los tipos hablara.

¿Pero cómo? El tiempo pasaba.

Llamó a Babak y a Robert. Incluso llamó a Javier y a Tom. Necesitaba más ayuda que nunca. No tenía fuerzas para intentar negociar con Daniel o con Gürhan. Más humillación. Debía tener el dinero en doce horas. Veinte mil más. No podía ser imposible.

Quedaron de verse en casa de Robert.

Mahmud invitó un *blunt*: hierba en hojas de puro en lugar de papel arroz. Intentó parecer mil veces más relajado de lo que se sentía. Hablaron de ideas para conseguir plata. Necesitaba motivar a sus colegas. Esperaba que no vieran el pánico en sus ojos.

Robert ponía rap y éxitos árabes, todo mezclado. Su departamento estaba tan ahumado de hierba que uno se ponía un poco sólo con entrar.

Babak seguía hablando, como siempre.

—Deberíamos hacer como los hombres grandes, FFL y ésos. Irnos a Tailandia y sólo planificar.

—¿Sólo planificar? —Robert miró a Babak—. ¿Y las nenas? Babak rio.

—Bueno, y encontrarnos unas tailandesas también. Pero sobre todo planificar.

A Mahmud le incomodaba la charla.

Babak dijo:

—¿En realidad quiénes somos? ¿Qué deberíamos hacer? La sociedad ya nos ha arruinado. Lo supimos enseguida, ¿verdad? El colegio y el instituto no eran lo nuestro. La universidad no era una opción. Tampoco matarnos en McDonald's o como limpiadores durante cien años. Nada de esa mierda. Y ahora no hay buenos trabajos que podamos conseguir. Y sinceramente, de todas formas no queremos trabajos normales. Mira a tu padre, Mahmud. Suecia no es para moros como nosotros, ni siquiera para los que son serios.

Mahmud escuchó.

—Imagínense una balanza, ya saben lo que quiero decir. En un lado pones la vida de los suecos medios, de nueve a cinco, quizá un buen coche y con mucho trabajo un chalet en algún sitio. En el otro lado pones la emoción, la libertad, las chicas y el dinero. Y la sensación. La sensación de ser lo máximo. ¿Qué pesa más? Puta, no hay ni que elegir. ¿Quién no quiere darse la gran vida, pasar de ser un don nadie a un rey? Que se vaya al infierno la sociedad. De todas maneras, siempre nos ha puteado, así que ¿por qué no devolvérselo? Imagínense la sensación de ser el capo yugoslavo, Gürhan Ilnaz o alguno de esos tipos.

Robert le daba profundas caladas al *blunt*.

—Tienes razón, hombre. Nadie sensato elegiría lo de nueve a cinco. ¿Pero sabes cuál es la cuestión?

Babak sacudió la cabeza.

—La cuestión es cómo se llega hasta eso. ¿Verdad? Uno puede traficar un montón de años; sin embargo, siempre hay algún otro por encima que recorta las ganancias. O uno se puede dedicar a esas historias de fraude, como esos tipos de los que les conté, que intentaron estafar a Silja Line. Pero parece muy difícil.

—Es verdad. Por eso deberíamos irnos a Tailandia. Deberíamos dejar de traficar con mierda y dedicarnos a dar pequeños golpes. Como siempre digo, todo es cuestión de explosivos.

Mahmud y Robert al mismo tiempo:

—¿Te refieres a atracar furgones blindados?

—Eso es. Con que aprendamos a manejar explosivos, podremos hacer lo que queramos. ¿Saben qué nombre tiene? Los hombres importantes los llaman delitos técnicos. Eso es lo que necesita verdadera planificación, lo que necesita técnica. Explosivo plástico, detonadores, mechas; yo no tengo ni idea, pero los que conocen los explosivos saben hacer todo. Imagínense, conseguir más de diez millones en un golpe en lugar de ganar unos cuantos miles por aquí y por allá.

Mahmud pensó en el golpe de Arlanda y en Jibril.

Robert dijo:

—En Södertälje se pueden comprar fórmulas de explosivos para furgones blindados. Conozco a gente.

—Sí, pero otra vez se recortan los beneficios. Puta, tenemos que arreglárnoslas por nuestra cuenta. Mahmud, ¿no conoces a algún yugoslavo que nos pueda enseñar?

Mahmud casi se desmaya.

—¿Estás bromeando o qué? No son mis colegas.

—Pero quizá sepan de eso. Son guerreros. La mayoría de ellos parece ser que estuvieron en Yugoslavia hace diez años.

Robert siguió fumando.

—Les voy a decir una cosa: jamás confíes en los yugoslavos. No tienen una verdadera unión, como los Ángeles del Infierno, OG o la Hermandad. No tienen reglas. No trabajan para la siguiente generación. Cada yugoslavo piensa sólo en sí mismo y no crea nada para los demás. ¿Saben por qué les ha ido tan bien en Suecia? Porque fueron los primeros en venir y porque tuvieron un montón de ayuda de su país. Puta, llevan ya veinte años siendo los dueños de esta ciudad, han podido comprar armas serbias de su guerra, nuevos soldados dispuestos a venir a trabajar aquí. Pero ¿saben lo que creo? Que desaparecerán. Son un clan, no una organización. Y actualmente ganan las organizaciones. No tienen posibilidades contra los Ángeles del Infierno y los demás. El tiempo de los yugoslavos ha pasado. Luego hay una cosa más. Se están empezando a volver vikingos. ¿Entienden lo que quiero decir?

Mahmud se sintió agobiado. ¿El tiempo de los yugoslavos había pasado? ¿Había apostado por el caballo equivocado? No podía pensar en lo que acababa de decir Robban. Tenía que conseguir dinero.

Siguieron charlando.

Tras un rato surgieron las mejores ideas: deberían atracar en una fiesta cercana de la que Babak sabía. Solía venderle éxtasis al tipo de la fiesta, Simon. Así que esa noche era su turno de recaudar los retrasos que tenía Simon: un buen chico vikingo con hábitos de consumo de *smileys* peligrosos. Era su cumpleaños. Y Babak no estaba invitado. Sólo eso era un motivo para pararse.

El ambiente mejoró. Tras unos minutos mejoró aún más; Robert los sorprendió con el regalo de la noche: Rohypnol.

Tres pastillas y dos cervezas. Combinación imbatible: subida sin retorno. Energía agresiva.

Mahmud lo sentía claramente: su sangre circulaba mejor que la de los demás, podía hacer lo que quisiera.

Se fueron a la fiesta de cumpleaños de Simon.

Hacía frío. El coche de Robert, estacionado. Mahmud, Babak y Robert esperaron en el exterior del portal del hombre. Babak había llamado. Había pedido poder subir a felicitarlo. Simon, reticente. Mundos en colisión; no quería mezclar su vida fea con su vida bonita. Todo era sencillo: Babak no era uno de los invitados. Babak, encabronado. Simon sabía que no estaba invitado. Es decir: Simon sabía que Babak estaba encabronado.

Simon había conseguido convencerlo de que se reunieran en el exterior. Suplicó:

—Es que es mi cumpleaños, podrían no estar a gusto hoy.

El tipo salió del portal. Se puso junto al acceso y esperó. Un delgaducho pálido con el pelo teñido de negro. Otro chico, quizá colega de Simon, se quedó en la entrada del portal. Era difícil ver, el farol se reflejaba en el cristal de la puerta.

Babak: trepado hasta arriba. Miró a Simon.

—Feliz cumpleaños. ¿Has conseguido la plata?

Mahmud se mantenía en segundo plano. Observó la frente de Babak, empezaban a salirle espinillas. La frente le brillaba a la luz del farol. El típico efecto secundario de las pastillas para hacer músculo.

—Babak, no tengo que pagarte hasta el domingo de la semana que viene. Y de todas formas no hay la más mínima posibilidad de que pueda conseguirlo hoy. Olvídalo. Ya tienes más de la mitad de lo que me llevé el mes pasado.

Simon conocía las reglas. Tenía que ser castigado en ese momento. Aunque esa noche tenía que ser castigado de todas todas.

Empujón. Simon dio un par de pasos tropezando hacia atrás. Babak, encabronado. Robert, encabronado. Mahmud se sentía feliz; de nuevo en la calle, una posibilidad de algo. Quería participar. Quería sentir la emoción. Avanzó.

—Cabrón, ¿eres idiota o qué? Venga la plata.

El colega asomó la cabeza por el portal. De lejos parecía cansado, ojeras oscuras bajo los ojos. Gritó:

—¿Qué diablos están haciendo?

Babak agarró fuerte el brazo de Simon.

—Dile a tu colega asqueroso de ahí que cierre la boca. Dices que no tienes dinero, pero alguien tendrá que pagar, ¿no? Me has comprado cuatro botes, pero sólo has pagado dos. ¿Quién crees que va a hacerse cargo de los otros dos? Me has prometido arreglarlo. ¿O es que tengo que pagar yo?

—Pero te prometí arreglarlo.

—Olvídalo. Ahora vamos a subir a tu fiesta de maricones y vas a conseguir la plata ya.

Catorce personas en el piso, un estudio grande con una cocina espaciosa. Los tipos jugando a FIFA en una PS3. Gráficos de alta definición como nunca.

Babak fue directamente a la cocina. Arrastró a Simon. Mahmud se sentó delante de una computadora, miró los mp3. Vaya mierda. ¿No tenían nada de música negra?

Robert se apoyó contra la pared. Los brazos cruzados. Gesto de hip hop. Tanto él como Mahmud sabían que algo iba a pasar. Sabían que los veían como gorilas. Esperaron la señal de Babak.

Se notaba: Robert, atento. Mahmud palpó el boxer en el bolsillo. Babak, en la cocina con Simon, sentía las vibraciones, seguro que totalmente atento.

La fiesta parecía más una noche medio aburrida en casa que una fiesta de cumpleaños.

En la cocina, además de Simon y Babak, había algunas chicas. Cuando Babak entró, ellas se fueron a la sala.

Una de las chicas se puso brava.

—Dejen de jugar ya. Es molesto que estén ahí sentados sin hacer nada más.

Ninguna respuesta destacable. El juego continuó.

Tensión evidente en la habitación.

Babak entró en la sala. El moro *number one*. A Simon no se le veía. A Mahmud le incomodaba la situación. Babak asintió. Por fin era hora de un poco de juerga. Babak avanzó. Mahmud se puso junto al sofá con las piernas abiertas. Los jugadores levantaron la mirada.

Babak, con acento extranjero más marcado que de costumbre:

—Apaguen el puto Playstation. Esto es un atraco.

Auténtica agresividad del Rohypnol, sin límites. Mahmud se puso el boxer.

—Y no empiecen a lloriquear, porque entonces habrá problemas. —Hizo con la mano el gesto de cortar el cuello.

Robert, al lado: apoyando con una navaja de mariposa.

—Saquen todas sus cosas. Dinero, celulares, abonos de autobús, armas, lo que tengan. Saben lo que queremos. Pongan toda la mierda sobre la mesa.

Los chicos parecían asustadísimos. A Mahmud le pareció que las caras de las chicas se pusieron tan blancas como la cocaína pese a las capas de crema de bronceador artificial. Soltaron sus celulares reticentemente. Algunos sacaron abonos de autobús y billeteras.

Mahmud recogió. Vació el dinero de las billeteras. Dejó las tarjetas en su sitio. Tomó los abonos de autobús y los teléfonos celulares. Les tiró las cosas a Babak y a Robert. Se metieron todo en los bolsillos de las chamarras.

Muy fácil. Los vikingos entregaron las cosas sin más.

Una de las chicas parecía totalmente ida. Como si le hubieran echado Valium en la cerveza. Mahmud le dio un empujón.

—Eh, tú, ¿nos das tus cosas?

Ella apenas reaccionó. Sacó su abono del autobús. Nada más.

Hora de irse.

Robert, mamón. Quería bronca. Empezó a aullar. Jugueteaba con el cuchillo. Le metió una patada a uno de los chicos de la televisión. Mahmud lo sacó arrastrando. Babak cerró con un portazo.

Corrieron escaleras abajo.

El subidón, aún intenso. Estaba muy enojado.

Podría partirle la cara a cualquiera con facilidad.

Gritó en la escalera.

Casi se olvidó del estrés y la angustia por todos los problemas: el cabrón de Gürhan, Erika de Frivården, las quejas de su padre.

Salieron a la calle.

Al coche de Robert.

Intentaron calmarse.

Un último grito. Bajó la ventanilla, aulló:

—¡Alby, los amos!

El efecto del Rohypnol, desapareciendo. Pronto volvería la realidad.

Contaron el dinero en el coche. Cuatro mil ochocientas coronas. Doce abonos de autobús. Podrían repartirse de a doscientas coronas cada uno. Los celulares, bien. Veinte películas en DVD de la estantería de Simon. Y además: el PS3 completo. Buen golpe. Mahmud intentó calcular mentalmente. Esperaba que los colegas pudieran prestarle más. Quizá fuera suficiente.

Babak y Robert: los colegas eran unos ángeles, dejaron que Mahmud se quedara con todo a cuenta.

Tenía un día para colocar los abonos de autobús, los celulares, las películas y la consola.

Esperaba que fuera suficiente.

Capítulo

17

Niklas y Benjamin pidieron una segunda cerveza. Norrlands en botella. Maldita sea, qué jodida era la prohibición de fumar de Suecia. Aunque Benjamin se quejaba:

—En serio, antes se podía invitar a las chicas un cigarrillo, teníamos un motivo gratis para empezar a charlar un poco.

Su camiseta de ese día era negra con el texto «Outlaws» en letras grandes más la imagen de una moto. Niklas pensó: su antiguo colega o bien fingía ser un chico malo o bien era uno de verdad.

El antro estaba junto a Fridhemsplan. Según Benjamin: Fridhemsplan era el paraíso de los sitios cochambrosos de poca madre. Y ese antro, Friden, era evidentemente *the mother of all*[55] los antros cutres. Se rieron.

A Niklas le gustaba el sitio. No era la primera vez que iba. Pero sí la primera en ocho años. Un nivel de precios ejemplar: la cerveza costaba apenas más que cuando se fue de Suecia. Camareras guapas. Sofás cómodos, ruido alto de conversaciones, comida barata. Paneles de madera en las paredes. Bufandas de distintos equipos de futbol colgadas por encima de los paneles. Anuncios de cerveza y adornos que parecían decoraciones de árbol de navidad. Las cervezas venían en vasos calientes sacados directamen-

---

[55] «La madre de todos».

te de los lavavajillas. Los cacahuates estaban en recipientes que parecían ceniceros. Los clientes, de aspecto variado: sobre todo fans de Gnaget[56] y alcohólicos, pero también muchos jóvenes. Le incomodaba el ambiente.

Benjamin se fue al baño. Niklas estudió su mano izquierda. Se notaba un enrojecimiento en el nudillo del dedo medio. Se acordó: tres golpes rápidos de derecha. Técnica de golpeo correcta: el ochenta por ciento del golpe lo habían recibido los nudillos de los dedos índice y medio. Le había roto al menos una costilla a ese imbécil. Muy bien.

Benjamin volvió. Intentó pellizcarle una nalga a una de las camareras antes de sentarse en el cubículo con Niklas. Ella ni reaccionó. Bien. Niklas no quería verse metido en líos.

Benjamin sonrió.

—Puta, es curioso. El olor del baño de este sitio coincide exactamente con el olor del baño de las urgencias de la Policlínica Maria.

—¿Cuándo fue la última vez que estuviste en urgencias? Tiene que ser hace diez años.

—Claro, pero te lo juro, el olor se te queda en la nariz como un puto *piercing*.

—Pues menos mal que estamos cerca de la salida, así puedes dar unas bocanadas de aire fresco.

Se rieron. Después de todo, Benjamin estaba bastante bien. Niklas quizá consiguiera sentirse a gusto en Suecia.

Otras dos cervezas más tarde, Niklas empezó a notarlas. Benjamin afirmó que él necesitaba al menos ocho cervezas para siquiera dar positivo en el alcoholímetro en un control de policía. Niklas le respondió que soltaba más bobadas que un vendedor en la casba. Volvieron a reírse. Era agradable reírse juntos.

Y todo el tiempo en la mente de Niklas: dos días antes había hecho del mundo un lugar mejor. Un sitio más seguro para las mujeres inocentes.

---

[56] Nombre coloquial del equipo AIK.

Siguieron charlando. Benjamin, del club de tiro, de una chica con la que iba a salir después esa misma noche, de unos negocios que tenía en marcha. A veces interrogaba a Niklas. Con qué frecuencia había participado en tiroteos en Irak, cómo se cargaba en la oscuridad, si se podían engrasar las armas con aceite de oliva, cuándo se utilizaba munición explosiva. El teatro de la guerra, un escenario. Pero en resumen, Benjamin era un sabelotodo; pensaba que lo sabía todo sobre armas que ni siquiera sabía deletrear. Niklas le contó historias de Irak. Omitió detalles de nombres y similares, pero se notaba que le encantaba describir la vida en *la arena*. Pero en realidad: quien no tuviera experiencia operativa en conflictos de guerra no podría comprender en qué consistía. Eso no se podía aprender leyendo ni entenderlo viendo películas y con videojuegos.

Algo pasaba en la entrada. Miraron para allá. Un tipo de cincuenta y tantos discutiendo sonoramente con el vigilante del guardarropa.

El tipo llevaba una bolsa de Systemet en cada mano. Aparentemente quería dejarlas en el guardarropa y además que se le permitiera entrar con una botella propia. Niklas y Benjamin se volvieron a mirar. Se partieron de risa. Pero era una farsa. El tipo le recordaba a Niklas tiempos más oscuros.

Junto a ellos se sentaron dos hombres corpulentos. Pidieron una cerveza cada uno. Benjamin miró a uno. Se inclinó hacia delante. Le dijo con voz baja a Niklas:

—Mírale la pechera de la chamarra. Parece que es del mismo club de tiro que yo. Bien.

Niklas no estaba tan impresionado.

Benjamin empezó a interrogarlo de nuevo. A Niklas le pareció que subía la voz. ¿Era para que pudieran oírlo los hombres de la mesa de al lado? Pasaba. Empezó a contarle.

—Verás, llevábamos tanto equipo que cuando salíamos del campamento base sonábamos como cubos de basura andantes, *battle rattle*,[57] solíamos decir. Radio, chalecos antibalas, equipo para la

[57] Literalmente, «tintineo de batalla».

oscuridad, al menos veinte cargadores cada uno, granadas, botiquines, cascos, bolsas de dormir y tiendas por si no volvíamos la misma noche, portaviandas, equipo de radar, mapas, todo. Creíamos que tardaríamos tres horas para llegar y tres para volver por el mismo camino. Lo único bueno de andar cargando con todo eso era que la cerveza estaría seis horas más fría cuando volviéramos.

Benjamin se rio sonoramente.

Niklas continuó.

—*In and out*,[58] nadie tenía que resultar herido por nuestros chicos. En esas misiones hay ritmo. La Media Luna Roja o Amnistía Internacional pueden contar las bajas cuando acabamos. En serio, no somos nosotros los que convertimos esas aldeas en blancos de tiro. Ellas mismas se convierten en blancos. Dan comida y techo a los terroristas suicidas y a los cerebros de los terroristas suicidas. Ellos se lo buscan. En cualquier caso, no pudimos matar a más de los que mataron ellos con sus coches bomba en todo Bagdad.

Pese al volumen alto, Benjamin no escuchaba bien. Miraba a otro lado. Todo el tiempo hacia el hombre de la mesa de al lado con el emblema del club de tiro. Al final Niklas interrumpió.

—Si hay algo que quieras decirle a ese tipo, puedo seguir luego.

Benjamin asintió. Se giró hacia el hombre de la mesa de al lado.

—Oye, tengo que preguntarte una cosa. ¿Estás en el Club de Pistola de Järfälla?

El hombre giró la cabeza lentamente. Más o menos como: ¿eres tonto o qué? ¿Cómo puedes molestarme en mitad de una conversación? Observó a Benjamin.

Pero no era nada agresivo lo que respondió.

—*Yes*, llevo más de doce años. ¿Es que quieres hacerte socio?

---

[58] «Entrar y salir».

—Ya soy socio. Pero sólo desde hace unos meses. Tengo que decir que es lo más divertido. ¿Con qué frecuencia vas a disparar?

Niklas observó al hombre. Realmente parecía que le entretenía la charla. El tipo tenía pelo claro y corto. Más cerca de los cuarenta que de los treinta. Una camisa de rayas con el cuello desabrochado y pantalón de mezclilla. Quizá fuera la atención de su mirada, quizá fuera que parecía tan formal, pero sin embargo iba al Friden. El hombre tenía que ser policía.

Siguieron charlando. El tipo habló del club de tiro. Del número de miembros. De qué pistolas poseía. Benjamin se lo tragaba como un paño extra absorbente. El compañero del hombre del club de tiro terció. Habló un poco sobre su arma. Resultó que ambos eran policías. Muy bien; el ojo de Niklas con la gente no le fallaba.

Una hora más tarde. Una charla sobre armas incluso más larga que con los chicos en el cuartel *allá abajo*. Los dos policías de la mesa de al lado eran agradables. El antro era agradable. El tema de conversación era maravilloso.

Benjamin se levantó. Se marchaba a su cita. Por lo visto ya iba tarde. Les dio la mano a los policías. Él y Niklas acordaron que hablarían más adelante en esa semana. ¿Niklas estaba empezando a conseguir un amigo?

Uno de los policías, el que no estaba en el club de tiro, también se levantó. Por lo visto se iba a casa con su familia. Niklas y el poli que seguía sentado se miraron. En realidad era raro quedarse con alguien que uno no conocía; pero qué diablos, ¿por qué no?

Pidieron una cerveza más cada uno. Siguieron charlando de armas. Niklas empezaba a estar borracho.

El policía pidió carne picada con salsa de pimienta.

—Un clásico —dijo—. Este sitio la verdad es que tiene comida casera realmente buena. Aunque uno no lo crea.

Niklas pidió más cacahuates.

Cuando la charla sobre armas no dio más de sí tras quince minutos, el policía preguntó:

—¿Y a qué te dedicas?

—Estoy buscando trabajo.

Niklas había aprendido que se decía así. No: «Estoy desempleado»; ése no era un estado dinámico. En lugar de eso, uno tenía que estar en marcha, en movimiento, a la caza: de un trabajo. Tonterías. Claro que estaba desempelado. Y de momento estaba a gusto. Pero en algún momento se acabaría el dinero.

—Bueno. ¿Y qué trabajo quieres?

—Me puedo plantear algún tipo de trabajo de vigilante. Como en el metro. Pero no estar sentado inmóvil y vigilar algún edificio. Es demasiado aburrido.

—Eso está bien. Necesitamos mejores vigilantes. Y gente que se atreva a actuar. ¿Captas lo que quiero decir?

Niklas no estaba totalmente seguro de entenderlo. El policía parecía amargado de alguna forma.

—Claro. Yo me atrevo a actuar. He trabajado duramente en su momento.

Se miraron.

El policía dijo:

—¿Qué es lo que has hecho?

—He sido militar profesional. En realidad no puedo hablar de ello.

—Es comprensible. Hacen falta más como tú. ¿Entiendes lo que quiero decir? Alguien tiene que limpiar la gentuza. Hoy en día no se apoya a la policía. Nadie se atreve a meterle mano a la basura. Los vigilantes son con frecuencia demasiado blandengues. Por no hablar de nosotros, los policías. Han empezado a incorporar a tanto quejumbroso que uno se pregunta si los hombres normales van a ser una minoría.

—Tienes razón. La policía tiene que obtener más competencias.

—Son drogadictos, pederastas, hombres que golpean a sus mujeres. A la gente no le importa mientras no les afecte a ellos. Pero nosotros no podemos actuar con mano dura, porque entonces se arma un problema gordo. Te voy a contar una cosa. ¿Aguantas escuchar a un policía viejo y amargado?

—Por supuesto. —Era interesante. Nadie podía estar más de acuerdo que él con que la policía debería actuar más contra los maltratadores.

El policía empezó.

—Yo me tomo mi trabajo en serio. Intento de verdad parar a la escoria que está conquistando esta ciudad. Y el otro día me pusieron a patrullar con una chica. Recién salidita de la escuela superior de policía, sin ninguna experiencia. Una chica delgada, frágil. No entiendo cómo reclutan en la actualidad. En fin, nos mandaron a una tienda abierta por la noche en la que un borracho estaba dando problemas y había empezado a insultar al personal. La cuestión era que yo reconocí al tipo. Es un antiguo boxeador, fuerte como un toro. Agresivo como un adolescente. Pero mi compañera no entendió bien la situación. Se enredó. El borracho se lanzó sobre ella. Ella no consiguió resistir. Se enredó aún más. También se abalanzó sobre mí. Y cuando lo íbamos a derribar, añadiré que no fue fácil, se enredó aún más. El tipo, verdaderamente excitado, fuerte como el acero, repartía directos como el loco de Mohammed Ali. Mírame la nariz.

El policía hizo una pausa. Niklas estaba inmerso en el relato.

—¿Qué pasó?

—Me golpeó. Si hubiera estado con un compañero hombre, por ejemplo, alguno de los de mi grupo habitual, eso no habría sucedido jamás. Pero resulta que estaba con esa chiquilla y no conseguimos reducir a ese cabrón de la manera habitual. Sencillamente, era demasiado fuerte. Así que utilizamos los toletes. A fondo. Hasta que lo derribamos y lo pudimos esposar.

Una pausa más. El policía tragó. La seriedad de su mirada volvió a relumbrar.

—Y ahora se habla de violencia policial. ¿Me entiendes?

Niklas se sorprendió por el giro. Eso era algo privado.

—Claro. Es una verdadera cabronada. Sólo hicieron su trabajo.

—Se trata de la decadencia de la sociedad. Si la policía permite que un montón de tipos violentos vayan por ahí haciendo lo que quieran sin impedírselo, ¿quién va a pararlos? Si la policía permite que un montón de drogadictos trafiquen, ¿quién va evitar que los jóvenes mueran antes de tiempo? Si a la policía no se le permite hacer nada contra maltratadores de mujeres, ¿quién se va a encargar entonces de que las mujeres inocentes no sean denigradas?

Niklas asentía según le hablaba. Lo último que dijo el policía le impactó. Era más grave de lo que había supuesto; Suecia estaba en peor estado de lo que se había esperado. Si la policía no hacía el trabajo, ¿quién iba a hacerlo entonces?

Se sentía borracho. El policía siguió hablando de la caída de la sociedad. Los pensamientos de Niklas, desbocados. Una y otra vez; si la policía no se encargaba, entonces alguien tendría que encargarse.

***

Aftonbladet[59]

Pensionado golpeado, denunciado

Dos policías golpearon a un pensionado con toletes hasta dejarlo casi inconsciente. Luego lo denunciaron. Pero una cámara de seguridad revela cómo los policías maltratan al hombre de sesenta y tres años. *Aftonbladet* ha obtenido la cinta de video de la cámara de vigilancia de la tienda que muestra cómo los policías golpean con sus

---

[59] Periódico vespertino sueco. Los periódicos de la tarde tienen un enfoque más amarillista, a diferencia de la prensa «seria», que es la de la mañana.

toletes al menos diez veces al pensionado Torsten Göransson. La cinta también se ha entregado a la fiscalía.

Las imágenes fueron tomadas por una cámara de vigilancia en una tienda de veinticuatro horas en Aspudden, en el sur de Estocolmo.

—Espero que esto resulte en juicio. La policía no puede actuar así —dice Torsten Göransson.

Se defendió

Había ido en coche a la tienda desde su departamento en Axelsberg para comprar cigarrillos. Pero el dependiente se negó a venderle los cigarrillos, ya que no tenía suficientes billetes pequeños.

—El cajero de Aspudden sólo tenía billetes de quinientos —cuenta Torsten Göransson—. Luego apareció la policía. Empezaron a pegarme con los toletes. Por todo el cuerpo. Yo devolví los golpes como pude para defenderme.

Göransson, de sesenta y tres años, fue detenido y trasladado a la comisaría de Skärholmen y no se le puso en libertad sino hasta mitad de la noche.

Películas intervenidas

Al día siguiente acudió al hospital de Huddinge para acreditar sus lesiones. Luego denunció a los policías.

Al mismo tiempo, los policías denunciaron a Göransson.

Las películas, que la policía solicitó a *Aftonbladet*, muestran que, por lo que se ve, la versión de Göransson es verdadera.

En las imágenes en movimiento se ve con claridad cómo los dos policías golpean a Göransson con sus macanas varias veces por todo el cuerpo.

Bert Cantwell
bert.cantwell@aftonbladet.se

18

Los periodistas son las ratas de la humanidad, los políticos pseudocomunistas hipócritas son las cucarachas de la tierra y los investigadores de Asuntos Internos son los chupasangres del mundo. Viven del hundimiento de otros. Disfrutan traicionando: escupen a la lealtad, la dignidad y el respeto. Traicionan a Suecia. Traicionan a todos los que trabajan para crear un país mejor.

Thomas sabía que la mayoría de los policías a los que les gustaba la faceta de más confrontación del trabajo policial, los que no se limitaban a garabatear tras un escritorio ni se acobardaban en cuanto las cosas se ponían calientes, en algún momento de su carrera eran investigados por Asuntos Internos. Era lo suyo, de vez en cuando la autoridad policial estaba obligada a poner en escena un poco de autocrítica para que los políticos y la opinión pública estuvieran contentos. Pero a veces iba en serio: cuando los medios se inmiscuían. Cuando los periodistas, que no entendían nada de la vida en la calle, empezaban a analizar, criticar, perseguir. Para ellos la cacería no tenía consecuencias; no les importaba el destino de los policías cuya cabeza querían en una bandeja. Deberían prohibirse los medios de comunicación.

Por eso realmente no se sorprendió cuando tres días después de los artículos en *Aftonbladet, Expressen, Metro, City* y seguro que en un montón de periódicos más vio el sobre en su casillero. Unidad de Investigaciones Internas, región de Estocolmo. El mensaje era corto. *Ai 1187-07. El fiscal jefe Carl Holm ha decidido abrir una investigación sobre ti y Cecilia Lindqvist en relación con una falta grave, etc., el 11 de junio en Hägerstensvägen. Por lo tanto, el fiscal jefe ha autorizado al comisario de la unidad de policía de investigaciones internas (Unidad de Investigación Central, UIC) abajo firmante a comunicarte la sospecha de falta grave y lesiones graves. Según PARIS tienes servicio de día el 25 de junio, por lo que se te convoca en la UIC ese día a las 13:00 horas. Al mismo tiempo se te informa del derecho a tener un defensor presente durante el interrogatorio.*

La nariz le palpitaba por el cabezazo del cabrón borracho ése. Sentía náuseas.

Iban a abrir una investigación sobre él; y podía resultar en suspensión y traslado, o peor: despido. Podía resultar en juicio por violación de los estatutos. Se quedó con la carta en la mano delante de los casilleros. No sabía qué hacer.

Volvió a leer la resolución. Vio la referencia Ai 1187-07. Pensó en todos los que habían pasado por eso.

Su teléfono sonó.

—Buenos días, Andrén. Soy Stig Adamsson. ¿Ya estás aquí?

Tras el acontecimiento de la morgue, Thomas no se confiaba ni tantito de Adamsson. ¿Qué quería ahora? ¿Podía estar relacionado con el asesinato? Probablemente se trataba de la investigación interna de la que se acababa de enterar. Contestó:

—Acabo de llegar.

—Estupendo. ¿Crees que podrías pasar por mi despacho? Lo antes posible.

En el pasillo estaban seis compañeros junto a la máquina del café. Saludaron. Todos lo sabían. Se notaba. Vio directamente quiénes estaban de su lado. Un discreto movimiento de cabeza, un guiño, una seña con la mano. Pero dos de ellos miraron recto como si no lo vieran; también entre los policías había colaboracionistas. Thomas devolvió el saludo con claridad a los cuatro que eran sus amigos.

La puerta del despacho de Adamsson estaba cerrada. De acuerdo con el protocolo policial, significaba que se esperaba que uno la cerrara tras de sí después de entrar.

Thomas llamó. Oyó un «Pasa» en voz baja desde el interior.

Adamsson estaba sentado ante la computadora, dando la espalda a la puerta. Un viejo y cansado tipo duro. El jefe de policía se giró.

—Hola, Andrén. ¿Te sientas?

Thomas corrió la silla de confidente y se sentó. Aún tenía en la mano la carta de la UIC. Stig Adamsson la miró.

—Esto es una mierda.

Thomas asintió. ¿Podía confiar en Adamsson?

—Así que todos lo saben ya, ¿verdad?

—Bueno, ya sabes cómo es. Las noticias corren rápido. Pero yo me he enterado por canales oficiales, han enviado el asunto directamente al fiscal. También incluyen a la chica, Lindqvist.

—¿Qué opinas? ¿Se calmarán los medios?

—Siempre se calman. Pero si tenemos mala suerte, algún puto político empezará también a hacer declaraciones. Lamentablemente eso suele azuzar aún más a los de Asuntos Internos. Y luego el jefe de distrito tendrá que decidir también sobre tu traslado.

—¿Cuándo sucederá eso?

Adamsson puso ambas manos sobre la mesa. Eran manos recias. Manos que habían sido muy castigadas en su día: seguro que se habían picoteado con jeringas, hundido en vómitos, pero también habían repartido más golpes que la mayoría. Suspiró.

—Acabo de hablar con él. Va a esperar la conclusión de la UIC. Si hay acusación y sentencia condenatoria, existe la posibilidad de que tengas que dejarlo totalmente. Si desisten de la instrucción, la situación es más esperanzadora, pero incluso en ese caso existe la posibilidad de que tengamos que trasladarte.

Thomas no sabía qué decir.

—Andrén, sólo quiero decir que te entiendo perfectamente. He leído su informe y la denuncia por lesiones. Conozco a Torsten Göransson desde hace mucho. Hace unos veinticinco años era un buen boxeador. Entrenaba en Linnéa. ¿Conoces ese club?

—Claro.

—Una auténtica bestia. Luego se torcieron las cosas. O ya se habían torcido antes del boxeo. No lo sé. En cualquier caso, ya ha sido condenado por lesiones al menos cinco veces. *Summa summarum,* hicieron lo correcto al usar los toletes. Y luego no es su culpa que los nuevos toletes extensibles sean demasiado endebles. Y no es culpa tuya que Cecilia Lindqvist sea demasiado endeble.

Thomas asentía según le hablaba Adamsson. Pensó: ¿El tipo no debería al menos mencionar algo sobre el incidente de la morgue? Pero no dijo nada. Por el contrario, contestó:

—Exacto. Si hubiéramos sido dos hombres normales, habríamos podido con él sin usar tanto los toletes. Agradezco tu apoyo, Adamsson. Me anima. Pero, ¿me puedes contestar una cosa?

—Haré todo lo posible.

—¿Quién decidió que hiciera el turno con esa Cecilia Lindqvist? Todos los que me conocen saben bien que no trabajo especialmente bien con chicas.

—Sinceramente, no sé quién lo decidió. Pero Ljunggren tuvo que sustituir a Fransson, que estaba enfermo. Así que nos vimos obligados a tomar a alguien. Así son los procedimientos, ya lo sabes. Pero lo voy a averiguar.

Thomas asintió. Adamsson no dijo nada. Sin embargo, la expresión de su cara decía: Nuestra conversación ha terminado.

Thomas quería algo sobre la morgue. Obtener una explicación razonable.

Pero no salió nada. Se levantó.

—Una cosa más, Andrén. Tómate unas semanas libres. Tómate una baja por enfermedad para el resto del mes o algo así. De verdad que opino que debes hacerlo. Estar por aquí sólo resultará desagradable.

Era una orden.

Thomas dio un rodeo por Norrmalm de camino a casa. No quiso tomar la autovía Essingeleden. Necesitaba tiempo para pensar. La parte inferior de la calle Fleminggatan: *pubs* irlandeses y restaurantes pequeños. Pensó en la velada con Ljunggren en el Friden. Los sitios ante los que pasaba no parecían precisamente glamurosos. Pero sin embargo el Friden se llevaba el premio a la cutre.

Entonces cayó en la cuenta: no podía decir exactamente qué era, pero Ljunggren había estado raro. Primero había insistido en que fueran a tomar una cerveza después del trabajo. Luego, cuando estaban sentados en el Friden, era como si no tuviera nada que decir. Ljunggren no era la persona más locuaz del mundo; sin embargo, solían conversar a su ritmo, intercambiar alguna que otra palabra. Analizar el día. Quejarse de los jefes, de compañeros inútiles. Puntuar a las mujeres que había en el sitio. Pero aquel día, Ljunggren parecía estar disperso. Saltaba de un tema a otro y abordó una cosa varias veces: el trato al boxeador borracho. Y todo eso podría haber sido normal, si no hubiera sido por su comentario al cabo de un rato, unos minutos antes de que se dirigieran a ellos aquellos tipos de la mesa de al lado. Como si Ljunggren se hubiera visto obligado a preguntar.

—Oye, Thomas, ¿no estarás enojado conmigo? Quiero decir que me llamaron para otra cosa y por eso mandaron a esa niña.

Ni siquiera era destacable, claro que se sentía agobiado porque aquello había acabado como había acabado. Pero lo que soltó más tarde, después de que Thomas hubo negado con la cabeza y dicho que no era responsabilidad suya, estaba de veras mal.

—Andrén, ahora que han abierto toda esa investigación interna, dejarás de fisgonear en la mierda esa de Hägerström, ¿no?

Al principio Thomas no entendió lo que quería decir. Luego se dio cuenta de a qué se refería. Su única respuesta fue:

—Todavía soy policía. Así que seguiré trabajando en lo que hacen los polis.

Thomas atravesó el puente Central hacia Slussen. A la izquierda estaba el islote de Riddarholmen, con todos los juzgados. Donde decían que se impartía justicia en Suecia. La señora Iustitia era ciega, decían. Era verdad, estaba ciega.

Sumó los hechos. Alguien había borrado su informe. Alguien había borrado el informe de la autopsia del forense. Adamsson quiso evitar que él y Hägerström fotografiaran el cadáver. Luego cayó en una cosa más: Ljunggren lo había llamado cuando estaba en la morgue; había intentado hacerlo salir con urgencia, había dicho algo sobre un ratero en Mörby Centrum. No bastaba con haberle pedido que dejara la investigación del asesinato, quizá también había intentado engañarlo.

El análisis completo: las cosas extrañas que enumeraba su mente desembocaban en una única explicación. Alguien quería impedirle seguir investigando. Alguien que quizá fuera Ljunggren. ¿Pero cuánto poder tenía Ljunggren para conseguir eso? No, no era Ljunggren. ¿Y Adamsson? Quizá. Thomas tenía que averiguar más.

Pero en ese momento no quería pensar en el asunto. Tenía que hacer algo personalmente. En Slussen hizo un giro en U. Se fue en la dirección opuesta.

Veinte minutos más tarde bajó del coche en el exterior de la morgue de Danderyd. El cielo era azul claro. La nariz aún le dolía un montón. Pensó en el olor de la cámara refrigerada. Pensó en Hägerström. De repente se arrepintió. Se volvió a sentar en el coche. Llamó a Hägerström.

No contestó. Thomas dejó un mensaje:

—Hola, soy Andrén. Hoy ha habido un montón de mierda. Quizá ya lo sepas, pero ya te contaré. En fin, voy a entrar ahora a ver al forense. Para que lo sepas.

Cuando hubo colgado, cayó en que Hägerström en realidad era el enemigo. La deslealtad con los compañeros policías era la vida anterior de Hägerström. Los malditos de Asuntos Internos.

Entró. La sala de espera y la recepción estaban vacías, igual que la vez anterior.

Llamó al timbre de la recepción. Salió Christian Nilsson, el técnico forense. Pareció sorprenderse.

—Hola, ¿puedo ayudarte?

—Sí, estuve aquí hace unos días. Andrén, policía de Söderort.

—Cierto, ahora te reconozco.

No era una reacción totalmente inusual en la gente que anteriormente sólo lo había visto con uniforme. Como si vestido de civil fuera una persona completamente diferente. Pero teniendo en cuenta el incidente de Adamsson, este pequeño forense debería tener mejor memoria.

—¿Te llamas Christian Nilsson?

—Sí, soy yo.

Thomas bajó la voz. Era mejor no hablar demasiado alto. Nilsson podría agobiarse con la idea de que alguien pudiera entrar en la sala de espera y escucharlos.

—¿Estuviste presente en la autopsia del cadáver que vimos mi compañero y yo la otra vez que estuvimos aquí?

—La verdad es que no me acuerdo bien, últimamente ha habido mucho trabajo.

—Perfecto. Entonces te contaré que tú estabas presente y eso también consta en el informe de la autopsia. La cara del muerto estaba básicamente borrada a golpes y el tipo no tenía dientes, así que necesitamos más datos para la identificación. ¿Me puedes decir una cosa? ¿Había algo especial en el brazo derecho de la víctima?

—Por lo que recuerdo, la cosa se dificultó un poco la otra vez que estuviste aquí. Y puedo decirte abiertamente que no me acuerdo de todos los detalles de aquella autopsia, lo siento. Pero si quieres puedo traer mi diario y podrás ver lo que dice.

Thomas sopesó la alternativa. El técnico parecía arrogante, pero no era seguro que ocultara algo. La verdad es que resultó muy raro que Adamsson entrara en shock. Thomas le pidió que trajera el informe. Existía la posibilidad de que se nombraran los pinchazos en esa versión. Después de tres minutos, volvió. Sin informe.

—Lamentablemente no puedo entregar el informe. Por lo que tengo entendido, ya no formas parte de la investigación.

Thomas pensó: Si el tipo dice «por lo que» una vez más, le pego en la frente. Luego dijo con brevedad:

—Trae a tu jefe, Bengt Gantz. Ahora. Gracias.

El técnico forense lo miró a los ojos. Dio media vuelta y desapareció por la puerta.

Diez minutos más tarde entró en la sala de espera un hombre alto, delgado. La misma bata oficial que Nilsson. Thomas se preguntó por qué había tardado tanto. O el médico estaba hurgando en alguien o estaba agobiándose por su enorme error en el acta de la autopsia.

Tres pasos lentos. Casi como si intentara hacerse el digno.

—Hola, soy Bengt Gantz.

Voz calmada.

—No quiero ser desagradable de ninguna manera, pero se nos ha informado que no eres parte del equipo de investigación de este caso. Por lo tanto, en la situación actual, nuestra normativa de confidencialidad no permite que te demos acceso al material del diario, informes ni nada similar.

Thomas pensó: El lenguaje del médico es más estúpido que el de un abogado defensor pomposo. Intentó calmarse.

—Entiendo. Pero tengo tan sólo una pregunta muy sencilla. Parece ser que olvidaron cierta información en el reporte de la autopsia. Se trata de apreciaciones en el brazo derecho de la víctima. ¿Recuerdas algo especial sobre ello?

El médico verdaderamente pareció pensar. Cerró los ojos. Pero lo que dijo no fue bueno.

—Como he dicho, lamentablemente no podemos comentar este asunto en absoluto. Lo siento.

Thomas pensó que el intento de Gantz de dibujar una sonrisa conciliadora fue lo más falso que había visto.

—Bien. Entonces voy a probar otra táctica. Sé que la víctima tenía pinchazos en el antebrazo derecho. Al menos tres, en la parte del antebrazo sin vello, aproximadamente a un centímetro y medio de la muñeca. Mi compañero, Hägerström, también puede certificar que los agujeros estaban allí. Ahora te estoy dando una oportunidad muy fácil para cambiar tu informe de la autopsia y que así te evites acabar en los expedientes. Además por falta grave. ¿Qué me dices? Mi sugerencia es totalmente gratuita.

Hasta cierto punto, funcionó. Pero no de la manera que se imaginaba.

El médico aspiró profundamente. Abandonó su lenguaje formal.

—No. ¿Es que te cuesta entender? Mi informe es totalmente correcto. No había ningún piquete. Ningún signo de estar bajo los efectos de estupefacientes. Nada de eso. Y rechazo las insinuaciones de que pueda haber cometido una falta.

Thomas no dijo nada.

—Te ruego que te marches ahora. Esto está empezando a ser muy desagradable.

Sonaron todas las alarmas. Todas las vibraciones indicaban lo mismo. Más de diez años en la calle creaban el hábito de detectar las señales cuando algo no iba bien. Sentir la atmósfera cuando alguien intentaba hacer un drama. Las pequeñas señales cuando alguien mentía. Los movimientos de los ojos, el sudor en la frente, los arrebatos exagerados.

Gantz no había mostrado ninguna señal corporal de auténtica indignación.

Estaba totalmente claro: el médico mentía.

En cuanto Thomas llegó a casa, se dirigió a su Cadillac. Se deslizó al interior de su propio mundo. Intentó bloquear los pensamientos. Era demasiada mierda.

Aunque quizá siempre había sido así; es decir, hasta arriba de mierda. Sólo que a veces la mierda se juntaba en un solo mes.

Los pensamientos se dirigieron a la investigación. Hägerström había pedido al Laboratorio de la Policía Científica que descifrara la última cifra del número de teléfono. Mientras tanto, había comprobado los números de las listas de los dos teléfonos de prepago que había recibido de Telenor y Telia. Thomas no había podido contenerse; aunque Hägerström era el enemigo, lo había llamado. Hägerström había averiguado a quién pertenecía el teléfono de Telenor: una tal Hanna Barani, diecinueve años, de Huddinge. La chica había dicho que el 3 de junio había estado en una fiesta de graduación y eso coincidía con las coordenadas. Se había movido entre una torre en Huddinge y otra en Södermalm. A pesar de todo, Hägerström habló con la chica, aunque no había nada que indicara que tenía que ver con ese asunto.

Pero quedaba el teléfono de Telia. Sólo tres llamadas realizadas, lo cual era notablemente poco. Hägerström había comprobado los tres números. Pertenecían a una tal Frida Olsson, al taller de automóviles Ricardo y un tal Claes Rantzell.

Los llamó. Localizó a Frida Olsson y al mecánico. Ninguno de ellos tenía ni idea de a quién podía pertenecer el número de prepago. Hägerström no localizó a Claes Rantzell. No tenían absolutamente nada.

Thomas intentó centrarse en el coche. Arreglar la suspensión. Tenía que proporcionar un confort máximo, una conducción más suave que todos los Citroën del mundo. Pero al mismo tiempo tenía que tener elasticidad, no podía parecer un puto coche de carreras renqueante.

Funcionó. Los pensamientos sobre esa mierda desaparecieron. El coche absorbía toda su energía.

Dos horas más tarde, Åsa llegó a casa. Fue directamente a la cocina. Se puso en marcha con la comida. Thomas lo sabía: pronto tendría que contárselo. Comieron mientras ella hablaba de su jardín en primavera y de compañeros de trabajo que no se trataban entre sí con respeto. Luego pasó también a su gran proyecto: la adopción. Se habían puesto en contacto con un agente. Pronto iban a venir a casa a visitarlos. Quizá, quizá su felicidad pudiera hacerse realidad en unos meses. Thomas no podía concentrarse. Debería; la adopción era importante. En realidad, Åsa también era importante, aunque él lo olvidó. Pero lo único en lo que pensaba: por qué no devolvía la llamada Hägerström.

Tras la cena vieron juntos *Livvakterna*.[60] Åsa veía varias películas a la semana, así que hacía concesiones para atraer a Thomas al sofá de la televisión. Las escenas policiacas no valían nada, aunque la verosimilitud de las escenas con armas estaba bien. Por una vez parecían comprender que un policía con experiencia nunca dispara con el brazo extendido. Si el retroceso no va bien, uno acaba con codo de tenista.

Se acostaron temprano. Sólo eran las once. Ella se deslizó hacia él. Åsa: quien en su día había despertado semejantes deseos en él. Actualmente apenas podían mantener una conversación, no se reían juntos de la misma forma, no tenían una vida sexual normal; él ya no se excitaba.

—Esta noche estoy cansado. Perdona.

---

[60] Película de acción sueca.

Ella suspiró profundamente. Sabía que él sabía lo decepcionada que estaba. Entonces fue aún peor.

Apagaron las luces.

Él no podía dormir. Volvió a pensar en todo. Era demasiado tarde para ir al coche, nunca realizaba buenas reparaciones cuando estaba demasiado cansado.

La habitación no estaba totalmente a oscuras. La luz se colaba bajo la cortina. Abrió los ojos. Podía distinguir la silla donde siempre ponía un montón de ropa. La cara de Åsa. Miró al techo. Intentó calmarse.

Sonó el teléfono. Una mirada rápida al radiodespertador: las dos y media.

¿Quién diablos llamaba a esas horas? Thomas palpó en busca del auricular.

Una voz de hombre tranquila dijo:

—¿Eres Thomas Andrén?

Thomas no reconocía la voz. Åsa se movió a su lado.

—Sí —contestó en voz baja.

—Ve a la ventana.

Thomas se levantó. En calzoncillos. Separó un poco la cortina. En el exterior empezaba a clarear.

—Estoy junto al farol enfrente de tu casa. Sólo quiero que sepas que estamos aquí todo el tiempo. Incluso cuando sólo está Åsa en casa.

—¿Qué diablos quieres?

Thomas vio a un hombre con ropa oscura al otro lado de la calle, más o menos a veinte metros de distancia. Tenía que ser él.

—Deja de husmear en lo que no tiene que ver contigo.

—¿Qué? ¿Quién eres?

—Deja de husmear en lo que encontraste en Axelsberg.

—¿Quién eres?

El silencio en el teléfono le cortaba en el oído.

Thomas volvió a mirar la pila de ropa del sillón. ¿Estaba ahí su arma reglamentaria?

Luego volvió a mirar hacia fuera. El hombre de la farola se había ido.

Sabía que no tenía sentido salir a buscar.

Sabía que no quería dejar a Åsa sola en ese momento.

Capítulo

19

Después Mahmud se sintió más ingenuo que un niño de
dos años.

Habían quedado de verse en el McDonald's del pasaje Ser-
gelgången. En circunstancias normales, a Mahmud le incomodaban
los barrios del centro. Recordó los últimos años de primaria, cuando él y los amigos andaban por ahí más que en casa. Las incursio-
nes entre Åhléns, Intersport y Pub. Escala en McDonald's para
reponer energías antes de continuar por la calle Kungsgatan. Bajar
hacia Stureplan. Asustaban a los niños bien: les levantaban los
plumas, les quitaban los celulares, conseguir dinero fácil. Miradas
despreocupadas. Entonces eran los reyes. Cuando los niños bien
tenían miedo. En aquellos tiempos en los que la cárcel parecía estar más lejos que, por ejemplo, Sundsvall.

Sin embargo, en ese momento, camino de verse con los chicos de Born to Be Hated de Gürhan, sentía náuseas. Como un
combate de boxeo asqueroso dentro del estómago. Quizá un pre-
sagio.

Los celulares, la consola, los abonos de autobús y las películas de DVD vendidos a precios de risa. *Inshalá*; dio gracias al
dios en el que no creía por las tiendas de compraventa de videojuegos y el local del padre de Babak. Aun así; las cosas no dieron
para mucho. Consiguió nueve mil. Puta madre. Realmente no podía pedirle a su *abu* para esto. Si hubiera tenido algo que vender,

lo habría hecho: anabólicos, costo, lo que fuera; incluso heroína. Pero ya no lo quedaba nada: había vendido su abono del gimnasio, quedaban nueve meses, por mil. Llevó su televisión y su reproductor de DVD a la tienda del papá de Babak. Consiguió cuatro mil más. Finalmente, actuó contra su propio honor: empeñó su cadena; había pertenecido a su madre. Le dieron dos mil coronas. Si no podía recuperarla, su vida no valía una mierda.

Sin embargo, faltaban cuatro mil. Pasaba. Ya no podía conseguir más plata y el tiempo se escapaba como el agua. Tendrían que aceptar sin más.

Entró. Olor a hamburguesa. Familias con niños. Moros tras el mostrador; la mitad seguramente ingenieros y el resto, médicos. Vikingolandia prefería que hicieran hamburguesas que utilizar sus conocimientos.

Daniel estaba sentado al fondo del local. Engullía la comida como un cerdo. A su lado: los otros dos tipos que Mahmud había visto en Hell's Kitchen.

Daniel le vio:

—Eh, *habibi*, no tienes que poner esa cara como si hubiera desvirgado a tu hermana.

Mahmud se sentó.

—Muy gracioso.

Daniel daba mordiscos demasiado grandes a una McFeast.

La pierna izquierda de Mahmud empezó a temblarle sin control bajo la mesa. Esperaba que no lo vieran. Se concentró; mantuvo la dignidad. Nunca más rebajarse ante ellos.

Daniel lo miró fijamente.

—¿Muy gracioso? ¿Por qué no te ríes si es tan divertido?

Lo dejaron. Daniel hablaba con los otros dos tipos. A mitad de la charla le pasó a Mahmud una bolsa de McDonald's vacía. Movió la cabeza. Hizo un gesto con la mano: Ponla bajo la mesa.

Mahmud metió la mano en el bolsillo interior. Puso rápidamente los billetes bajo la mesa, los metió en la bolsa.

Daniel tomó la bolsa con una sonrisa más ancha que la de Joker en las películas de Batman. Siguió hablando con los gorilas. Metió la mano bajo la mesa. Una mirada rápida para ver el valor de los billetes. Luego, lo clásico: no vuelvas a bajar la mirada, cuenta bajo la mesa al mismo tiempo que hablas. Limpiamente.

Tardó un rato. Daniel miró inquisitivamente.

Mahmud se inclinó hacia delante.

—Son sólo noventa y seis mil. No he podido reunir más.

Daniel profirió:

—Cabrón. Gürhan dijo cien. Toma tu asqueroso dinero. La semana que viene queremos doscientas. No bromeo.

La bolsa volvió a estar sobre la mesa.

Daniel y los otros dos se levantaron. Se fueron.

El padre de la familia de al lado lo miró fijamente.

Mahmud, solo. Devolvió la mirada.

—¿Qué me ves, imbécil?

Por la noche: hundido en el sofá de piel en casa de Babak. Intentaba minimizar el asunto. Babak preguntó:

—¿Son idiotas o qué? Les das noventa y seis mil en dos semanas y no están satisfechos. ¿Qué se traen contigo?

Mahmud se hizo el impasible. Casi sonrió.

—Ah, ya sabes. No quiero tener problemas. ¿Tienes hierba?

En su interior: sabía muy bien qué se traían con él. Estaban dispuestos a aniquilarloel día menos pensado. Y lo habían visto mearse encima. En ese momento sólo quería olvidar el asunto.

Vieron una película: *Scarface*, seguro que por vigésima vez. Mahmud, soñando despierto: quería estar tan loco como Tony Montana. «You wanna play rough? Oookey»[61] Pum, pum, pum.

---

[61] «¿Quieres jugar duro? Bieeen».

Babak hablaba de lo bien que habían estado la otra noche.

—Les quitamos sus cosas a esos maricas por las buenas. Se quedaron sentados sin más. ¿Viste a la chica que estaba casi en trance? Y Simon, ése no va a volver a hacer tonterías conmigo nunca más.

Mahmud quería irse a casa.

De camino. Tomó el metro a una estación de Fittja. Su padre lo llamó al celular. Mahmud rechazó la llamada. No tenía fuerzas para hablar en ese momento. Su padre volvió a llamar. Mahmud le quitó el sonido. Dejó que terminaran los zumbidos sin contestar. De todas formas, se iban a ver en quince minutos.

Enfrente de él: una chica teñida de rubio con uñas larguísimas. A Mahmud le gustaba eso: era casi porno. Pensó en su hermana. Le había dejado cinco mil. Su relación se limitaba sobre todo a la cena de los viernes en casa de su padre y con la hermana pequeña, Jivan, alguna vez cada tres meses. Después de que Beshar fuera a la mezquita.

El novio de Jamila también había estado en el tanque. En Österåker, por drogas. Pero a Mahmud nunca le había gustado. No era legal con Jamila. A algunas chicas parecían atraerles los cerdos y Jamila era una de ellas. Hacía unos días había pasado una cosa rara: al parecer, un vecino de Jamila había irrumpido en medio de una pelea. Había golpeado a su novio como si fuera un colegial. Y el novio de Jamila no solía aguantar idioteces. Mahmud intentó comprender qué había pasado, le preguntó a Jamila por los detalles. Ella sólo negó con la cabeza, no quiso hablar más del asunto.

—Sabe árabe —dijo.

A pesar de todo, ¿era posible que hubiera suecos con honor?

Mahmud estaba ante la puerta de casa. Su padre abrió antes de que llegara a tocar. ¿Es que estaba observando por la mirilla?

Mahmud lo vio directamente: algo iba muy mal. Su padre, lloroso. Nervioso. Asustado. Cuando vio a Mahmud, lo abrazó. Lloró. Gritó.

—Nunca podrán alejarte de mí.

Mahmud lo llevó al salón. Lo sentó en el sofá. Le llevó una taza de infusión de hierbabuena. Le acarició la mejilla. Lo estrechó fuertemente. Como él le había hecho a Mahmud muchas veces antes. Lo tranquilizó. Lo abrazó.

Su padre se lo contó. Con pausas. Incoherente. Mal.

Al final, Mahmud comprendió lo que había pasado.

Habían estado allí.

Tres tipos. Su padre había abierto la puerta. Le dieron una bolsa de plástico. Al mismo tiempo le dijeron más o menos:

—Tu hijo se ha cubierto de mierda. Si se hace el tonto, vamos por ustedes.

En la bolsa: una cabeza de cerdo.

Para su padre. Un hombre devoto.

Imposible pegar ojo. Mahmud se retorció seis millones de veces. Un solo pensamiento en su cabeza: tenía que encontrar a Wisam Jibril.

Abrió los ojos. Se puso junto a la ventana. Miró hacia la calle a través de las cortinas. Recordó sus primeras riñas con canutillos a los siete años. Él, Babak y los otros tipos comprendieron pronto que los canutillos eran para niños cagados. Se pasaron a los tirachinas, las cerbatanas y las estrellas ninja. Una vez Babak le disparó por accidente una grapa a una chica en la cara. Ella perdió la vista en el ojo izquierdo. Los profesores racistas pusieron a Babak en una clase especial.

Eran las dos. Pronto amanecería.

No había manera. Tenía que hacer algo.

Una hora más tarde estaba en la calle Tegnérgatan. Sin haber podido tomar prestado el coche. Sentado en el autobús nocturno hacia el centro, atacado como un adicto de *speed*. Pensaba despertar al tal John Ballénius; pegarle al cabrón hasta que le contara dónde podía encontrar a Jibril.

El portal estaba cerrado con llave. Por supuesto. Aunque en el centro no pasaba nada peligroso, todos los vikingos tenían que tener código en la puerta. ¿Por qué tenían tanto miedo a todo?

Caminó un rato por la calle. Dos personas iban dando tumbos hacia su casa. Los dejó pasar. Tomó un adoquín suelto de la acera. Como entrenar en Fitness Center. Se lo llevó hasta el portal. Lo arrojó contra el cristal. Mierda, vaya ruido. Esperó haber despertado sólo a media finca. Metió la mano, abrió la puerta.

Subió hasta la puerta de Ballénius. Llamó. No pasó nada. El tipo estaba durmiendo, claro.

Volvió a llamar. Silencio. Ningún chirrido de la cadena de la puerta. Nadie que anduviera arrastrando los pies allí dentro.

Llamó una tercera vez. Mucho tiempo.

Muerto.

Puta mierda; Ballénius parecía no estar en casa.

Mahmud sopesó: ventajas contra inconvenientes. Podía intentar forzar la puerta. Ver si encontraba algo que lo pudiera llevar hasta Jibril. Por otra parte: si Ballénius estaba de alcohólico y pensaba volver a casa en breve, vería su puerta forzada. Llamaría a la policía, que llegaría al lugar en dos minutos.

No valía. El riesgo de arruinarlo era demasiado grande.

Pero la siguiente idea, mejor: el otro prestanombres parecía no estar nunca en casa. Mahmud había vigilado la casa un día y medio. Incluso le había dado dinero a unos chicos para que llamaran a la puerta una vez cada hora. Nada.[62]

Genial. Podía arreglarlo. Entrar en casa de Rantzell. Encontrar el montón de pistas.

---

[62] En español en el original.

Se sentía bien por primera vez desde que saquearon la fiesta. El hombre Bernadotte,[63] de nuevo en marcha. El niño bonito de los yugoslavos iba a salir a escena. Llamó a un taxi; valía la pena gastarse una parte de su plata tan trabajosamente reunida. Fue otra vez hasta Fittja. Bajó al sótano. Tomó su ganzúa. De vuelta a la calle Elsa Brändström en el mismo taxi.

La hora: cuatro y media. Había luz en el exterior. Desierto. Probó la puerta del portal. Estaba abierta. Vaya suerte. ¿No deberían tener más miedo a los ladrones allí, en la periferia que en el centro, en Tegnérgatan?

Decía «Rantzell» en una puerta, escrito en un papel. Mahmud miró el interior del departamento por la ranura del correo de la puerta. Vio un pasillo. ¿Debería llamar al timbre? No, podría oírse en el resto del edificio. Despertar las sospechas de los vecinos. Tomó la ganzúa. Palpó con la mano en busca del sitio adecuado por donde introducirla. La puerta se movió. Estaba abierta. Bingo.

¿Claes Rantzell estaba en casa? ¿No cerraba con llave? Mahmud se deslizó al interior del departamento.

Cerró la puerta tras de sí rápidamente. Allí dentro: le golpeó la pestilencia. Carne podrida. Mierda. Vapores de cuchitril de drogadicto. Estaba a punto de vomitar. Se subió la sudadera por encima de la nariz. Intentó respirar por la boca. ¿Quién vivía así?

Luz suficiente en el departamento como para no tener que encender las luces. Dijo hola. No oyó ningún sonido de respuesta.

En el pasillo: algunos zapatos negros desgastados y dos chamarras. En el suelo, propaganda y correo. Mahmud tuvo cuidado de no tocar nada con los dedos. A la izquierda había una cocina; al frente, una sala; a la izquierda, un dormitorio.

Primero la cocina: platos y cubiertos sin lavar; el fregadero, marrón de la suciedad. Un paquete de sal Jozo junto a un cartón de leche vacío. La mesa de la cocina, llena de bolsas, latas de ravioli, botellas de cerveza y vasos. En el suelo: paquetes viejos de

---

[63] Apellido de la dinastía real sueca.

cigarrillos, papeles, una jarapa tan guarra que no veía de qué color era de verdad. ¿Qué pocilga era ésa? Vaya ironía: la empresa del tipo era propietaria de un Bentley. Mahmud abrió los armarios. Casi vacíos salvo por algunos vasos y dos cacerolas.

Luego, la sala. Un sofá y un sillón de piel. Le recordaron a los de Babak. En la pared, dos cuadros. Uno representaba a un chico de pelo corto con una lágrima en un ojo. El otro parecía más una foto: como un general. Algunas estanterías con una enciclopedia vieja, una decena de libros de bolsillo y planchas de terciopelo con un montón de medallas en ellas. Feo. Televisor, video, un cactus seco en la ventana. La mesa del salón delataba a Claes Rantzell: cuatro, cinco botellas de cerveza, dos de vino, una botella de whiskey a medias, una de vodka. El cabrón era un borracho total.

Mahmud no tocó esa mierda. En ese momento no había tiempo. Quería salir pronto de ahí. Se cubrió las manos con las mangas de la sudadera. Sacó los libros de la estantería sólo para echar un vistazo rápido. Allí no había nada escondido.

Por último, el dormitorio. Cama de uno veinte. El adicto parecía vivir solo; sólo una almohada. Sucia. El edredón, con manchas. Las sábanas, amarillentas. Una alfombra oriental que tenía que ser falsa en el suelo. Un espejo en el techo. Revistas porno abiertas en la mesita de noche: una chica chupándosela a un tipo, masturbando a otro y un tercero le mea encima. Mahmud fue hasta los armarios. En algún sitio tenía que ocultarse algo interesante. Allí dentro: pantalones de mezclilla, camisas, cajones con calzoncillos y calcetines. Una caja de madera. La abrió.

Un circo. ¿A casa de quién había ido? ¿El presidente de la Asociación de Amigos Sodomitas? Hasta arriba de juguetes eróticos. Réplicas de penes, súper vergas con las venas marcadas, Anal Intruder, un arnés con dildo, correas de cuero, látigo, algunas cadenas finas, máscara de cuero con cremallera para la boca, collar de tachuelas. Un corset de látex, esposas, venda, bolas anales, lubricante, botellas de *popper,* todas las clases posibles de aceites.

Mahmud: el aficionado a las películas porno, el musulmán devoto, el pornógrafo. Un niño bueno.

Pensó: Esto está enfermo.

Luego sonrió. Los vikingos eran idiotas.

Siguió revolviendo en el ropero. Sacó zapatos viejos, camisetas, bolsas, elepés. Al final: por fin, quizá algo de valor. Al fondo, fijada a la pared: una pequeña caja de seguridad cerrada con llave. Metió la ganzúa. Tiró. La caja se abrió. En el interior, llaves pequeñas que parecían de bicicleta. Además: dos llaves más grandes. Parecían de candados.

Se sentía estresado. Aunque no había visto a Rantzell durante dos días y el tipo no contestaba las llamadas, podría llegar a casa en cualquier momento. Tomó las llaves grandes.

Se quedó un segundo en el pasillo. ¿Qué iba a hacer ahora? Quizá las llaves eran de algún sitio. ¿Pero de dónde? Volvió a mirarlas. Marcas: Assa Abloy. Tri Circle. Las reconocía. Como la de su candado del casillero en el gimnasio. Como la del trastero del sótano de casa de su padre. Una pequeña idea que podía valer la pena probar. Salió del departamento.

Subió por las escaleras. No había desván. Escaleras abajo. Los almacenes del sótano estaban en un estado lamentable. Tras las planchas de madera y las rejillas: un montón de cacharros de vikingo. Cazadoras de invierno, esquís, maletas, libros y cajas. ¿Por qué no tiraban esa mierda? ¿Esperaban sacar dinero en el mercadillo de Skärholmen o qué?

Probó las llaves en todas las cerraduras. Los pensamientos sobre Wisam Jibril se mezclaban con los de su padre. Las imágenes de la sonrisa de monstruo de Gürhan se mezclaban con la cabeza de cerdo. Estaba como poseído. Las llaves tenían que servir en algún lugar.

Probó cerradura tras cerradura. Después de por lo menos diez fallos: una valía en un almacén. El interior, medio vacío. Una alfombra enrollada, unas cajas. Platos en una y revistas porno en la otra.

Siguió probando con la otra llave. La otra valía para el almacén de al lado. Pensó: Rantzell usaba un truco viejo: rentarle a alguien su almacén vacío. Mahmud entró. Montones de bolsas en el suelo. Puta madre. Miró en el interior de una de ellas: papeles. Cosa de números, nombres de empresas, cartas de Hacienda. No tenía ganas de revolver más. ¿Podrían tener valor? No tenía fuerzas para pensar. Tomó las dos bolsas. Se levantó. Fuera.

El sol de la mañana brillaba hermosamente en la calle.

Mahmud pensó: Quizá estoy de nuevo en la pista.

Domingo por la mañana. El reloj del celular marcaba la una. Perfecto, había dormido seis horas. Luego se acordó de cómo habían tratado a su padre. Y que su padre no lo había despertado en toda la mañana. Un ángel, como siempre.

Pensó en la noche, el recuerdo le resultaba vago. ¿Qué había conseguido? Unas bolsas con un montón de papeles. Felicidades. Vaya mierda.

Beshar estaba sentado en la cocina. Su habitual café de Oriente Medio con cinco terrones de azúcar. Turbio como un charco de lodo. Ojos grandes y oscuros. En árabe:

—¿Qué tal has dormido?

Mahmud lo abrazó.

—*Abu*, ¿qué tal has dormido tú? Todo se va a arreglar. Nadie nos va a hacer daño. Te lo prometo. ¿Dónde está Jivan?

Beshar dio un golpe en la mesa.

—Está en clase. *Inshalá.*

Mahmud tomó un jugo del refrigerador. Pechuga de pollo ya cocinada.

Su padre sonrió:

—Sé que entrenas, pero ¿de verdad que eso es un buen desayuno?

Mahmud le devolvió la sonrisa. Su padre nunca entendería lo que implicaba hacer músculo de verdad. La comida rica en proteína sin una gota de grasa no formaba parte de su mundo.

Se quedaron sentados en silencio.

Los rayos de sol iluminaban la mesa de cocina.

Mahmud se preguntó qué tipo de persona habría sido su padre si se hubieran quedado en Irak. Un gran hombre.

Entonces: llamaron a la puerta.

Mahmud vio el pánico en los ojos de su padre.

Todo el cuerpo lleno de angustia. Mahmud entró en el dormitorio. Tomó un viejo bate de beisbol. El boxer en el bolsillo.

Miró por la mirilla. Un tipo moreno que no reconoció.

Volvió a llamar.

Su padre se puso tras Mahmud. Antes de abrir, le dijo a Beshar:

—*Abu*, ¿puedes irte a la cocina, por favor?

Preparado a tope. A la más mínima cosa que hiciera el tipo de allá afuera le aplastaría la frente como un huevo.

Abrió la puerta.

El tipo del exterior alargó la mano.

—*Salam Aleikum.*

Mahmud no comprendía.

—¿No me reconoces? Fuimos al mismo colegio. Wisam Jibril. Me han dicho que me estabas buscando.

Beshar se rio a lo lejos.

—Wisam, cuánto tiempo. ¡Bienvenido!

Capítulo
20

E se día Niklas se sentía más seguro mientras corría. Había comprado un par de espinilleras, en realidad para futbolistas. Las había fijado a las espinillas. Reducían el riesgo de mordedura de rata.

Pensó en sus pesadillas. Pensó en Claes, que estaba muerto. En su madre.

Pensó en su visita al centro de atención psiquiátrica para adultos de Skärholmen. Su madre lo había obligado.

—Te quejas todo el tiempo de lo mal que duermes y de que tienes un montón de pesadillas —dijo con voz recriminadora—. ¿No deberías buscar ayuda?

Siguió dando lata, pese a que Niklas ni siquiera le había contado de qué trataban los sueños en realidad. Él no necesitaba ese tipo de ayuda, no era lo suyo; pero, por otra parte, necesitaba somníferos. Las noches eran una mierda. Así que quizá debería seguir el consejo de su madre.

Fue a la consulta de guardia a mediodía. Pensó que habría menos gente entonces, menos cola. Estaba equivocado; la sala de espera estaba llena. Otra señal más de que algo no iba bien en el país. A Niklas le dieron ganas de darse la vuelta directamente en la puerta. No era una persona débil que necesitara a otros. Él: una máquina de guerra, los de su tipo sencillamente no iban al psicólogo. Sin embargo, se quedó. Sobre todo porque quería la receta para las pastillas lo antes posible. Pero también: para evitarse las quejas de su madre.

El sillón en el que Niklas se sentó era bastante agradable. Se había imaginado una triste silla con respaldo de barrotes, pero eso resultaba muy agradable. La psicóloga, el psiquiatra, la doctora, o cualquiera que fuera su titulación, acercó su sillón y se quitó las gafas.

—Bueno, bienvenido. Me llamo Helena Hallström y soy psiquiatra aquí en la consulta de guardia. Y tú eres Niklas Brogren, tengo entendido. ¿Has estado antes con nosotros?

—No, nunca.

La observó. Quizá diez años mayor que él. Pelo oscuro en una cola. Mirada inquisitiva. Las manos en las rodillas. Se preguntó cómo serían las cosas en su casa. En la consulta mandaba ella, estaba claro. ¿Pero en casa?

—Entonces te voy a explicar brevemente. No sé en absoluto por qué has venido, pero nuestro objetivo aquí es trabajar para ayudarte a partir de una evaluación conjunta de tus necesidades. Todo para que consigas una mayor calidad de vida. Tenemos una amplia y variada oferta de tratamientos, y ya veremos qué es lo más adecuado. Quizá intervención farmacológica o socialpsiquiátrica. O ambas. Y en muchos casos no hace falta nada.

Niklas no tenía fuerzas ni para intentar escuchar lo que decía.

—Bueno, Niklas, ¿por qué has venido?

—Duermo mal. Así que pensé que quizá podrías ayudarme con somníferos.

Helena volvió a ponerse las gafas. Puso mirada examinadora.

—¿En qué sentido duermes mal?

—Me cuesta quedarme dormido y me despierto muchas veces durante la noche.

—Ya, ¿y por qué crees que sucede?

—No lo sé. Estoy acostado y pienso en un montón de cosas y luego también sueño cosas raras.

—¿Y en qué piensas?

Niklas no había ido allí a hablar de sus pensamientos o sus pesadillas. Entonces se dio cuenta de que quizá había sido un ingenuo. Al mismo tiempo, verdaderamente quería una receta para las pastillas.

—Pienso de todo.

—¿Por ejemplo, qué? —Helena sonrió. A Niklas le caía bien. Parecía preocuparse. No era un soldado como él, pero quizá sí un ser humano que también comprendía los fallos de la sociedad.

—Pienso mucho en la guerra. Y la guerra contra la que no se hace nada aquí.

—No te comprendo bien. ¿Podrías quizá explicarlo más detalladamente?

—Estuve en la vida militar muchos años. En unidades de combate, digámoslo así. Y tengo muchos recuerdos de entonces. A veces me perturban. Sé que uno tiene que soltar esa mierda y seguir adelante y es lo que hago, así que no hay problema. Pero desde que volví a casa he comprendido que también en Suecia está teniendo lugar una guerra.

Ella anotó algo.

—¿Has participado en hechos violentos en tu vida militar?

—Se puede decir que sí.

—¿De los que dejan huella?

—Sí, pero es la guerra lo que más me perturba, la guerra contra ustedes, las mujeres.

—¿Contra nosotras? ¿Qué quieres decir?

—Contra ustedes, las mujeres. Son atacadas diariamente. Son objeto de atentados, agresiones. Lo he visto. Sucede todo el tiempo, en las calles, en los lugares de trabajo, en los departamentos. Y ustedes no hacen nada al respecto, pero claro que son la parte más débil, así que quizá no es tan extraño. Pero la sociedad tampoco mueve un dedo. Con frecuencia me imagino lo que podría hacer.

—¿Qué es lo que imaginas?

—Lo pienso y lo sueño. Hay muchos métodos y hace unas noches usé algunos. Oí ruido en casa del vecino. No olvides que soy un experto en estos temas.

Ella asintió brevemente.

—Niklas, hay diferentes conceptos dentro de la psiquiatría.

—¿A qué te refieres?

—Verás, hay diferentes nombres para distintos tipos de pensamiento. A veces hablamos de ilusiones. Las ilusiones pueden ser síntomas positivos en el caso de, por ejemplo, psicosis. Hay diferentes tipos de pensamiento así, pero todos son más o menos incomprensibles para el entorno más cercano. La percepción de la realidad resulta alterada. Esto puede dar lugar a problemas de sueño e incluso ansiedad. A veces pueden experimentar estos síntomas las personas que han tenido vivencias traumáticas o porque haya otros factores.

—¿Qué?

—Creo que podría ser bueno para ti venir aquí con una cita normal, no por urgencias. Para hablar un poco más de tus pensamientos.

Eso estaba empezando a ir demasiado lejos. Sólo quería las pastillas. Helena podía hablar sobre los pensamientos que quisiera. Niklas veía las ratas. Veía a las mujeres. Había escuchado a aquel policía contar que a la sociedad no le importaba. No era mentira; el propio policía lo había dicho. No era una percepción distorsionada de la realidad, un síntoma de otra cosa salvo de la podredumbre de Suecia.

—Sí, quizá, ¿pero me puedes recetar somníferos?

—Lamentablemente, en la situación actual no puedo. Pero sí te recomiendo que pidas cita con nosotros. Seguro que podremos ayudarte así.

—Me da la sensación de que no me has entendido. Pero no hay problema. Yo me las arreglo por mi cuenta, así que me voy, puedo arreglar lo del sueño por mis medios.

Se levantó. Ofreció la mano.

Helena también se levantó.

—Me parece bien.

Se dieron la mano. Ella dijo:

—Pero quiero que sepas que siempre estamos aquí si necesitas volver a discutir tus pensamientos. ¿Cerramos una cita para una nueva visita?

—No, está bien. Gracias por tu tiempo.

Salió. No pensaba volver.

Luego pensó en el tipo que le había dado las gracias dos días antes: Mahmud. Un grandulón. Ancho como una Hummer. La cabeza era como si continuara en el cuello, que era igual de ancho; las arterias como gusanos a lo largo de la garganta. La cara era cuadrada, el pelo tan negro que parecía azul oscuro. Probablemente demasiados anabólicos y bebidas de proteínas. Pero el tipo estaba sinceramente agradecido. Por lo visto era su hermana la que vivía en el departamento de al lado de Niklas. El tipo llamó al timbre a las once y media de la noche. A Niklas no le importaba la hora, pero de todas formas despertó sus sospechas. Miró por la mirilla. Se esperó lo peor: que el novio de la vecina hubiera llamado a unos tipos para vengarse. Cada músculo en tensión total al abrir la puerta. El cuchillo en una mano.

Pero al abrir se encontró con que le ofrecía una caja de bombones. Las palabras de Mahmud en árabe:

—Quiero darte las gracias. Le has devuelto la esperanza a mi hermana. Más gente debería hacer lo mismo que tú.

Niklas tomó el regalo.

—Llámame si alguna vez necesitas algo. Me llamo Mahmud. Mi hermana tiene mi número. Yo consigo casi de todo.

Fue todo. A Niklas no le dio tiempo ni de reaccionar. Mahmud volvió a bajar las escaleras. Abajo se cerró la puerta de entrada.

Niklas pensó en lo que haría durante el resto del día. Iría al *kvinnojour*, La Casa de las Mujeres. Había leído un artículo en el metro el día anterior. Hacía algún tiempo, una iniciativa del Partido de Izquierda había sacado a la luz la gran presión que soportaban los servicios de asistencia para mujeres de la ciudad de Estocolmo al informar que se les obligaba a derivar a mujeres a sus colegas de los municipios circundantes para que recibieran ayuda. Sin embargo, el fenómeno no era ni nuevo ni inusual. Habitualmente las viviendas protegidas estaban tan sobrecargadas que los servicios de asistencia tenían que enviar a las mujeres que solicitaban ayuda a otras poblaciones.

Era escandaloso. Todos traicionaban a las mujeres. Las mandaban de acá para allá como ganado. No se podía tolerar.

Quizá fuera algo para él: pensaba ponerse en contacto con ellos para ofrecerles sus servicios. Deberían estar interesados teniendo en cuenta la situación. Protección. Intervención. Seguridad. Igual que en la empresa de vigilancia en la que había buscado trabajo.

En el metro, entrando. Recién bañado. Se sentía fresco.

Su madre lo había llamado antes ese mismo día. Pero era una locura; estaba destrozada por lo de Claes. Se puso pesada con que debía decírselo a la policía. Pero Niklas lo sabía. Si cantaban ante la policía, podría ser el fin.

Le preguntó directamente:

—Niklas, ¿por qué es tan importante que no lo contemos?

Él intentó explicárselo. Al mismo tiempo no quería que se alterara. Contestó con voz tranquila:

—Mamá, tienes que entenderlo. No quiero que la policía sospeche y empiece a revolver en mi pasado. Tengo una serie de ingresos de allí que a Hacienda también le interesarían. Eso es innecesario. ¿Verdad?

Esperaba que ella lo comprendiera.

Niklas cerró los ojos. Intentó olvidar las imágenes de las pesadillas. La sangre en sus manos. Claes con el aspecto que tenía cuando Niklas era pequeño. El mundo estaba loco. No servía de nada intentarlo. Alguien tenía que romper el silencio. Como había dicho el policía que conoció en Friden: «Se trata de la decadencia de la sociedad». Pese a ello: la lógica se veía alterada porque su madre estaba destrozada. Que Claes hubiera desaparecido era bueno. Un acto heroico que debería ensalzarse. Y ella no lo entendía. Ella, que era por quien se había realizado la acción. Ella, que era la que más ganaba de todos. Ella debería dar las gracias como el tal Mahmud.

El tren retumbaba con una especie de ritmo dentro de su cabeza. Intentó olvidarse de su madre. Obligarse a pensar en otra cosa. Sus propios problemas. La búsqueda de trabajo que no funcionaba. Sus ahorros no durarían eternamente. Qué mierda que hubiera pensado que podría doblar su pequeña fortuna con el juego; justo antes de volver a Suecia había pasado por Macao. Ingenuo, temerario, amante del riesgo. Pero teniendo en cuenta todas las historias con final feliz que había oído contar a Colin a los demás, quizá no fuera tan extraño. Todos parecían poder hacer dinero jugando. Menos él, por lo que se vio. La mitad de sus fondos habían desaparecido antes de que pudiera detenerse a sí mismo.

Niklas abrió los ojos. Pronto sería el momento de bajarse. El andén de la estación de Mariatorget se alejaba por fuera de la ventana. Miró el anuncio de discos de los almacenes Åhléns del vagón. Pensó: algunas cosas eran eternas en la vida. La claridad del cielo estrellado en el desierto, las dificultades de los americanos para aprender idiomas y los anuncios de discos de Åhléns en el metro de Estocolmo. Sonrió socarronamente. Era agradable lo que no cambiaba nunca. Pero había una cosa más: la actitud de algunos hombres hacia las mujeres. No podía pasar por alto esa mierda. Esos hombres eran ratas.

Se bajó en Slussen. Comprobó una vez más la dirección en el papel que llevaba en el bolsillo trasero; Svartensgatan, 5. Calle

Götgatan hacia delante. La habían convertido en calle peatonal. La población: una mezcla de jóvenes con pantalones de mezclilla estrechos, zapatillas Converse, sudaderas y pañuelos palestinos y de familias a la última con niños en cochecitos de tres ruedas, de padres con gafas de patillas gruesas y barba de dos días. A Niklas le había chocado ese fenómeno con anterioridad: en Suecia los jóvenes modernos llevaban los pañuelos palestinos como si fuera algo bueno, una prenda más. Para Niklas era tan raro como si la gente fuera correteando por ahí con un poncho y barba cerrada.

El verano se había metido de lleno. Niklas se sentía en casa. Se puso las gafas de sol. Pensó en todas las horas de vigilancia semejantes a un coma. En el calor intenso. Siempre un ligero viento arenoso que golpeaba como una ráfaga en las mejillas y la frente.

Dobló a la derecha. Cuesta arriba. La calle Svartensgatan. Adoquines. Estilo antiguo. Número cinco: desde el exterior parecía una iglesia antigua. Sin ventanas sobre la entrada, pero más arriba: grandes ventanas ojivales que debían de iluminar una habitación enorme en el interior. Una placa pequeña junto al portal: La Casa de las Mujeres. Un corazón, un signo de la mujer, una casa. Bonito. Una pequeña lente de cámara tras una burbuja de plexiglás sobre el interphone automático.

Llamó.

Una voz de mujer.

—Hola. ¿Te puedo ayudar en algo?

Niklas se aclaró la garganta.

—Sí, me llamo Niklas Brogren y me gustaría hablar sobre cómo podría ser de ayuda para La Casa de las Mujeres.

La voz de mujer se quedó callada un instante. Niklas esperaba oír el clic de la cerradura de la puerta.

—Lamentablemente aquí no dejamos pasar hombres. Pero agradecemos recibir toda la ayuda que podamos de otras formas. Puedes ingresar dinero a nuestra cuenta. O llamarnos al 08 644 09 25. Abrimos de lunes a viernes de nueve a cinco.

Se hizo el silencio. ¿Le había colgado? De todas formas, probó. Todo lo humildemente que pudo.

—Lo entiendo. Pero creo que necesitan conocerme para comprenderlo. Puedo contribuir en mucho —Niklas aspiró profundamente. ¿Podía descubrirse? Sí, lo quería. Dijo—: Yo crecí con una madre que era maltratada.

La mujer del otro lado de la cámara seguía ahí. La oía respirar. Al final dijo:

—Ah, comprendo. Tu madre también puede llamarnos. Al mismo número. También tenemos una página web. Pero lamentablemente no puedo abrirte. Nuestras reglas son bastante estrictas por consideración a las mujeres a quienes ayudamos.

Niklas miró a la cámara. Eso no era como lo había pensado. Todas las noches que se había quedado dormido oyendo los sollozos de su madre. Lo que había hecho recientemente por las mujeres maltratadas. Y ahora, se negaban a dejarlo entrar. ¿Qué mierda era ésa?

—Ya, pero espera. Déjame entrar. Por favor. —Agarró el picaporte de la puerta. Jaló. Era una puerta sólida.

—Lo siento. Voy a colgar. Las mujeres a las que ayudamos en muchos casos han vivido sucesos tan traumáticos que no quieren siquiera ver a hombres a su alrededor. Tenemos que respetar esto y también es aplicable a ti. Ahora voy a colgar. Adiós.

El teléfono crepitó un poco. Niklas pulsó el botón del portero automático de nuevo aunque sabía que no valía la pena. Mierda.

¿Qué iba a hacer ahora?

Dio unos pasos por Svartensgatan. Levantó la mirada hacia las grandes ventanas. Quizá la mujer del portero automático podía verlo. Comprender que sólo tenía buenas intenciones. Pensó en la conversación de la otra noche con el policía. La policía no movía un dedo. La Casa de las Mujeres evidentemente tampoco movía un dedo. A nadie le importaba. Nadie movía un dedo. Todos capitulaban sin más ante la fuerza de la violencia.

Capítulo
21

Thomas se pasó toda la tarde dando vueltas por la casa, sin hacer nada de nada. Luego intentó entrenar un rato. Aburrido. Una sensación gris en la casa. Se bañó con agua fría. Ni siquiera eso lo reanimó, como solía pasar. Se palpó la nariz. Se había curado bien.

Bajó al supermercado Ica. Compró dos revistas de autos. También aburridas. Se armó de valor. Llamó a Åsa. Le contó lo de la investigación que se había abierto contra él y las consecuencias que podía tener en su trabajo.

Ella se preocupó. Se preocupó mucho, mucho.

—Pero, Thomas, si te absuelven no podrá pasarte nada, ¿no?

—Lamentablemente me puede suceder de todas formas, pueden pensar que debo cambiar de departamento.

—Sí, pero eso no parece tan malo.

—También puedo perder el trabajo.

—Pero has pagado la cuota de desempleo del último año, ¿no?

Por supuesto que no lo había hecho. El desempleo era para parásitos. Intentó calmarla lo mejor que pudo.

Todo el asunto era asquerosamente penoso.

A la una llegó un técnico que iba a instalar la alarma en la casa. Åsa también se había extrañado por eso, pero Thomas le explicó que habían aumentado los robos en la zona.

Una hora más tarde: por fin, se deslizó hacia la oscuridad bajo el Cadillac. El haz de luz de la lámpara en la frente se desplazaba por el chasis. Estaba más limpio que la nieve. Esperó a tomar las herramientas. Se quedó tumbado inmóvil un rato. Recopiló los pensamientos angustiosos.

El hombre de pie en el exterior de la ventana. El comportamiento sospechoso de Ljunggren, el riesgo de ser despedido. El forense que certificaba que un informe de mierda era correcto. Todo era una estupidez.

Pensó en la investigación del asesinato. Los pocos números de celular a los que había llamado desde el teléfono de tarjeta no habían llevado a ningún lado. La conversación de Thomas con el forense no había dado resultado. Pero de todas formas había provocado una reacción: el hombre en el exterior de la casa. Hägerström aún parecía creer que tenían algo en qué apoyarse, pero Thomas no entendía qué. Quizá el análisis del laboratorio científico diera algo: fibras de tejido, pelos, epiteliales; aunque las posibilidades eran escasas. Pero los números de prepago deberían llevar a algún lado. Los borrachos y los adictos siempre usaban tarjetas de prepago. Las tarjetas de prepago eran la equivalencia callejera de los códigos pin. Si querías andar seguro, nunca tendrías un teléfono de contrato.

Entonces se le ocurrió una cosa. Raro que Hägerström y él no hubieran caído antes. Las reglas de la calle: cambia de tarjeta prepago tan seguido como puedas y cambia de teléfono tan a menudo como puedas. Esto último: ¿por qué iba a cambiar uno de teléfono si de todas formas se usaba tarjeta prepago? La respuesta le vino directamente a la cabeza; porque todos sabían que el número de serie del teléfono podía rastrearse incluso en el caso de las tarjetas prepago. Es decir, el llamado código IMEI de cada teléfono dejaba rastro en la línea de contrato. El código IMEI se enviaba siempre al operador por el que se llamaba con cada llamada realizada. No sabía a qué correspondían las siglas IMEI, pero una cosa estaba clara: la caza aún no había terminado.

Se deslizó hacia fuera desde debajo del coche. Se puso de pie en el garage. Se quitó la lámpara de la frente. Se estiró. Se sentía como si se hubiera levantado después de pasarse una mañana entera dando vueltas en el catre. Una nueva oportunidad. Un nuevo día.

El pensamiento era muy claro. La vida se reduce a un número de momentos y éste era uno de ellos. Una encrucijada. Podía elegir. O bien se sentaba en el banquillo de los suplentes, dejaba que unos payasos delincuentes pudieran con él. Que ganara la chusma. O bien él y Hägerström iban por todo, aunque además se arriesgara a perder el trabajo, aunque Hägerström fuera un colaboracionista. No iban a poder con él.

Volvió a llamar a Åsa, le preguntó cuándo iba a llegar a casa. No se atrevió a llamar a Hägerström desde el teléfono fijo de casa o desde su celular. Ella llegaría a casa en una hora. Se planteó ir a Kronoberg para localizarlo en persona. Pero no era una buena idea; quien o quienes lo estuvieran vigilando no necesitaban saber sus pensamientos en ese momento.

Thomas se sentía demasiado agitado para volver a meterse debajo del coche. Se sentó en un sillón de la sala y esperó. Se oían los cantos de los pájaros en el exterior. Eran las dos y media. El verano estaba en su punto máximo. La zona estaba en calma, salvo por algún coche que otro que traía a casa bolsas de comestibles y niños del campo de futbol.

Encendió el estéreo. El Boss en plena forma.

El paso estaba dado en la mente de Thomas. Quizá perdiera el trabajo. Quizá pasaran cosas peores. Pero ése era uno de esos momentos. Cuando la vida toma una dirección.

Capítulo

22

Mahmud y Wisam Jibril, sentados en la cocina con Beshar. Inverosímil. Increíble. Totalmente irreal. Su padre les sirvió café, quería saber a qué se dedicaba Wisam últimamente. El tipo contestó raro:

—Me dedico a actividades de capital de riesgo, invierto en diferentes compañías. Compro todas o parte de las acciones e intento reorganizar un poco.

Mahmud sonrió. Su padre seguro que entendía los supuestos negocios de Wisam igual de bien que a los cómicos de monólogos suecos de la televisión; pero adoraba a los chicos del barrio que tenían éxito de manera honesta. Una pena que fuera mentira.

Su padre siguió parloteando. Habló de viejos recuerdos. De excursiones a la zona de baño de Alby y al lago Malmsjö de Södertälje, el festival de música de la asociación Karavanen, las noches de Ramadán en los locales de la asociación cultural musulmana. Todo era mejor antes. Antes de que su mujer, la madre de Mahmud, muriera. Los padres de Wisam se habían regresado a su país.

—Quizá todos deberíamos hacer lo mismo —dijo Beshar.

Wisam asintió. Probablemente para ser amable con el padre. Mahmud no se acordaba de nada. Pero no importaba; así se evitaba tener que pensar lo que le iba a decir a Wisam.

Tras veinte minutos Mahmud dijo:

—*Abu*, ¿te importa dejarnos solos un rato? Tengo que comentar unos negocios con Wisam.

Su padre le pidió que se calmara. Se quedó cinco minutos más. Siguió parloteando.

Cuando su padre se sentó frente al televisor en la sala, Mahmud cerró la puerta.

—Tu padre es fantástico de verdad.

—Totalmente. Somos una familia pequeña, ya lo sabes.

—¿Cómo están tus hermanas?

—Jamila y Jivan están bien. El novio de Jamila acaba de salir de la cárcel. Es un cerdo.

—¿Por qué?

—La pega.

—¡Qué mal!, pero ya sabes cómo son algunos. Es como si tuvieran que actuar así. Pero ya sabes lo que pasa con ésos en la cárcel.

—Lo sé, yo también he estado dentro.

—Lo sé. ¿Cuánto tiempo estuviste? ¿Y qué era lo que no habías hecho?

Mahmud rio.

—Medio año. Y no vendí ampolletas de testosterona. Pero es suficiente que un moro sea ancho de hombros para que lo condenen por ello.

Wisam sonrió socarronamente. Unos segundos de silencio. Mahmud observó el reloj de Wisam: un Breitling.

—Deben haber pasado diez años desde que estudiamos juntos, ¿no? ¿A qué te dedicas ahora?

—La vida es tan de puta madre que noto su sabor en la boca, ¿me entiendes? Hago negocios, como le he dicho a tu padre. Capitalista de riesgo, más o menos. Mi dinero corre un riesgo, pero se puede ganar un buen capital. —Se rio de su propia broma.

Mahmud también rio. Se hizo el amable. Quería que el tipo sintiera confianza.

Wisam se interrumpió en mitad de la carcajada.

—Pero mi dinero es para una buena causa. Hago donación a la lucha.

—¿La lucha?

—*Yes*, el veinticinco por ciento va para la lucha. Los hermanos tenemos que empezar a comprender lo que nos hace este puto sitio, Europa y Estados Unidos. No nos quieren aquí, no quieren que podamos vivir como queremos. No quieren seguir las enseñanzas morales. En realidad, si lo piensas, se comportan como los monos infieles que son. ¿Cómo puedes haberte perdido la lucha? ¿En qué planeta has vivido en los últimos años?

—En el planeta de Alby.

—Los sionistas, Estados Unidos, Gran Bretaña, todos son enemigos declarados de nosotros, los hermanos. Y, ¿sabes?, también me están persiguiendo a mí personalmente. Los serbios. ¿Sabes lo que hacían con los nuestros en Bosnia? Son peores que los judíos.

¿Se le había ido la hebra al tipo o qué? ¿Estaba bromeando? Wisam parecía todo un Osama Bin Laden. Mahmud no tenía fuerzas para entrar en la discusión.

Wisam siguió sin parar: Estados Unidos, el gran Satán. La humillación de los hermanos musulmanes. El desprecio del mundo occidental a todos los creyentes de la fe verdadera.

Mahmud no sabía bien qué iba a hacer. ¿Debería llamar a Stefanovic directamente? Pero bajo ninguna circunstancia quería problemas en el departamento con su padre en casa. Quizá fuera mejor intentar sacarle a Wisam toda la información posible sobre dónde se le podía localizar más tarde. Y además acordar una cita en un buen sitio para más seguridad.

Le hizo la plática:

—La lucha es importante. Los cruzados y los sionistas humillan a todo nuestro mundo.

Wisam asintió.

Mahmud cambió de asunto:

—Otra cosa, he oído hablar de tus negocios. Eso es por lo que quería verte. Tengo una idea que me gustaría que comentáramos. Quizá te guste. Quizá incluso quieras apoyarla.

—Hermano. De verdad que debes estar ansioso por conseguir financiamiento. Me han dicho que me buscabas. ¿De qué se trata?

—Se trata de hacer algo con las peluquerías y las camas de bronceado. —Mahmud creía de verdad que la idea era estupenda—. Verás, en la ciudad hay peluquerías y locales con camas de bronceado por todas partes. Mi hermana trabaja en una terraza. No se puede entender cómo la gente se corta tanto el pelo y se da tantas sesiones de rayos, pero por alguna razón funciona. Casi exclusivamente dinero negro, limpio totalmente. Pero hay un problema, no hay cadenas. ¿Me sigues?

Wisam parecía interesado.

—Hay que crear una cadena como Seven Eleven o Wayne's Coffee, pero para peluquerías y camas de bronceado.

—Mira, eso de las cadenas es difícil. Hay una competencia brutal. Apenas hay hueco para entrar, es como meter un sofá de tres plazas por el culo a Paris Hilton, ¿me entiendes? No es algo que se pueda hacer sin más. Exige inversiones, un montón de marketing y eso. Pero es una idea interesante. Qué bien que pienses en negocios. ¿Tienes alguna idea más concreta? Por ejemplo, ¿qué sitios comprar?

Mahmud respiró hondo. Ahora venía lo importante.

—No quiero hablar de esto aquí. No con mi padre sentado en la habitación de al lado. La idea no es del todo inocente, por así decirlo, y mi padre es la persona más respetuosa de la ley que conozco. Además, ahora me tengo que ir al gimnasio. Pero tengo una propuesta, ¿puedo invitarte a comer mañana? ¿Qué te parece?

Capítulo
23

Niklas necesitaba alcohol. Entró en el Beefeaters Inn de la calle Götgatan. Se sentó en una mesa pequeña. Se tomó dos pastillas de Nitrazepam. Pidió una botella de Staropramen. La camarera trajo la botella y un vaso alto en una bandeja. Sirvió la cerveza lentamente, como si fuera una Guinness.

Niklas miró a su alrededor. Estaba lleno de gente. Las grandes ventanas abiertas hacia la calle. Eran las cuatro. Götgatan cambiaba de estilo; los tipos a la última moda de los pañuelos palestinos y las familias con niños eran reemplazados por otra mezcla de gente. Más del tipo de Benjamin: tipos musculosos con tatuajes, chicas ajadas con pelo reseco, chicos jóvenes con camisetas de futbol.

La cerveza sabía bien con ese calor. Pidió otra más antes de haberse bebido la mitad. La Staropramen resucitaba a un muerto.

Los pensamientos de Niklas bullían. La Casa de las Mujeres lo había rechazado. Pero las mujeres maltratadas acababan de recibir el refuerzo de la unidad de élite *number one*. El mercenario que se cargaba a más hombres sucios de lo que ningún policía vago de Suecia pudiera siquiera calcular. Era la hora de la ofensiva, misión en territorio enemigo. Llevaba ocho años entrenándose para eso.

Palpó su Concealed Backup Knife. Sujeto en la pierna, como siempre. Dio un sorbo a la cerveza. Se secó la espuma del labio superior.

Calculado: en Suecia la gente siempre salía del trabajo alrededor de las cinco. En una hora alguien debería salir de La Casa de las Mujeres.

Pidió otra cerveza más.

Aún hacía calor. La gente subía y bajaba lentamente por Götgatan en busca de sitios dónde sentarse en los bares y restaurantes. De momento el ambiente era tranquilo, pero en unas horas los gritos estridentes de los chicos bombardearían la noche.

Se apoyó contra la valla frente a la entrada de La Casa de las Mujeres. Esperó. La hora: cuarto para las cinco.

Pensó en cómo se iba a presentar. Si debía explicar directamente lo que quería o hablar primero de otras cosas. Decidió no mencionar la conversación por el interfón.

Por fin se abrió el portal. Salió una mujer delgada vestida con pantalones y chamarra de mezclilla. El bolso colgando del hombro y un casco de bicicleta en la mano. Se preguntó si era ella con quien había hablado antes. Debía reaccionar inmediatamente, de lo contrario se iría en bicicleta.

Niklas se acercó.

—Hola, me llamo Niklas y creo que puedo ayudarles.

La mujer se sobresaltó. Miró a su alrededor por la calle. Parecía buscar una respuesta.

—No, debes de haberte equivocado. Creo que no nos conocemos. Que tengas un buen día.

—Espera. Nosotros no nos conocemos. Pero yo sí los conozco a ustedes. Hacen un buen trabajo.

La mujer intentó sonreír.

—¿Eras tú con quien hablé por el interfón hace dos horas? Lo siento, pero creo que no puedo ayudarte. Pero toma una tarjeta de visita y dásela a tu madre.

La sensación era mala. De perplejidad. De confusión. De enojo. Lo había rechazado otra vez. ¿Qué diablos querían en La

Casa de las Mujeres? Ahí tenían una gran oportunidad y la ignoraban.

Levantó la voz:

—Tienes que creerme, sólo quiero ayudarles. ¿No podemos tomarnos una cerveza en algún sitio para que te lo pueda explicar?

—Lamentablemente ahora tengo que irme a casa. Pero nos puedes llamar cuando estemos abiertos.

—No, quédate. Te lo quiero explicar aquí y ahora. He sido soldado.

La mujer empezó a caminar hacia una bicicleta encadenada a la valla contra la que se había apoyado Niklas.

Niklas la agarró del brazo.

—Quédate.

Ella se giró. Los ojos, como platos.

—Suéltame, por favor.

El tono era severo. Era una traidora. Si ella no tenía intención de esforzarse más por el asunto, ya podía irse al infierno. Si La Casa de las Mujeres pensaba rechazar sus servicios es que no querían luchar.

Él la sujetó.

—Sólo lo voy a decir una última vez. Ahora nos vamos y hablamos.

La mujer empezó a gritar. Dos chicas de unos veinticinco años a unos metros de distancia se detuvieron. Niklas no entendía dónde habían estado tres segundos antes. Pero ahora estaban allí mirando como dos idiotas. Buscaban sus celulares.

Niklas agarró el bolso de la mujer. Ella gritó algo sobre un ataque. Él jaló el bolso. Se iba a llevar algo de allí, maldita sea.

Lo tomó. Jaló. Salió corriendo.

La mujer chillaba.

Salió corriendo cuesta abajo. Oyó gritos tras de sí. ¿Eran las chicas de los celulares? Siguió hacia el metro. Casi tropezó en las escaleras mecánicas. Tenía la sensación de que la gente gritaba. Alguien intentó detenerlo. Corrió a lo largo del andén.

Llegó un tren. Entró de un salto.

Las puertas se cerraron.

En el interior: casi vacío. Tranquilo. Sofocante. Silencioso.

Tenía en la mano el bolso de la mujer.

Lo abrió.

Papeles. Agenda. Cartera. Cepillo. Cosas.

Volvió a mirar: papeles. Información sobre La Casa de las Mujeres. Propuesta de estrategias para mujeres desprotegidas. Borradores de textos para una página web. Y una lista: nombres de mujeres y números de teléfono. Sólo podía ser una cosa: mujeres víctimas. La mujer a la que le acababa de quitar el bolso debía de llamarlas.

Eso era grande. Un avance. Diez nombres de mujeres a las que Niklas podía ayudar. Diez hombres tras los nombres que se iban a arrepentir de todo lo que han hecho.

Dos pensamientos combinados en su cabeza: los iba a encontrar; iba a hacer con ellos lo que sabía hacer.

Niklas había encontrado su cometido. Su misión. Todo tenía sentido. La ofensiva había empezado.

Capítulo
24

La gran pregunta: ¿cómo sería de peligroso eso para Åsa? Thomas pensaba actuar por cuenta propia. Pensaba evitar al tipo de la ventana. Saltarse las recomendaciones de Adamsson; el hombre no estaba de su lado en ese asunto, eso estaba claro. Mandar a la mierda a todos los que quisieran pararlo. Seguir adelante con la búsqueda del código IMEI y la identidad del titular de la tarjeta de prepago. Encontrar al que había matado a esa persona aún sin identificar.

Ese día: lunes. El día de su entrada en el mundo criminalístico. Kurt Wallander, ya te puedes ir despidiendo. Aquí llega Thomas Andrén.

Åsa se fue de casa temprano, como de costumbre. La noche anterior de nuevo había querido hacer el amor. Thomas se sentía más tenso de lo que lo había estado en mucho tiempo. Åsa le masajeó la espalda, aplicó aceite de masaje. Movimientos lentos a lo largo de los omóplatos. Pellizcos fuertes y relajantes por los hombros. Deslizó las palmas por la columna vertebral. Justo lo que necesitaba. El problema vino cuando ella empezó a lamerle el lóbulo de la oreja. Thomas retiró la cabeza; le hacía cosquillas. No tuvo descanso. Åsa le acarició la parte interior de los muslos. Él cruzó las piernas. Ella le acarició el pecho. Él se quedó tumbado, inmóvil. Al final, ella se rindió. Se dio la vuelta hacia su lado de la cama.

Thomas llamó a Hägerström a las diez de la mañana.

Estaba sin aliento cuando contestó.

—Hola, soy yo.

—Andrén, me parece que traes mala suerte.

—¿De qué hablas?

—Me trasladaron. Apartado de la investigación.

Thomas miró por la ventana. No vio a nadie en la calle. Sintió frío por lo que acababa de oír.

—¿De qué hablas? No puede ser verdad. Estás bromeando.

—Yo bromeo tan poco como los tipos de Asuntos Internos contigo ahora mismo. Mi jefe me ha llamado hoy. No se considera adecuado que yo siga con la investigación sobre la base de que tú estabas relacionado con ella y ahora estás suspendido por sospecha de falta grave y lesiones. Mi jefe ha dicho que más valía cambiar a todos los relacionados.

—Pero eso es una barbaridad, maldita sea. Esto es una conspiración.

—Sí, es una barbaridad. No sé qué pensar. Diablos, y que tuvieras que golpear a ese borracho...

—Oye, no me digas eso. El tipo era peligroso y me habían enjaretado a una chiquita de sesenta kilos. Nos vimos obligados a usar los toletes. Así que ya puedes calmarte.

La falta de aliento de Hägerström parecía aumentar al otro lado del auricular.

—Vengo de Asuntos Internos, no lo olvides. Mis oídos están hartos de justificaciones repugnantes como ésas. Siempre tiene que haber excusas. Pero son tonterías. Te has puesto en evidencia, has empleado excesiva violencia contra una persona, como sé que has hecho muchas veces anteriormente.

—Hägerström, cálmate. No te pongas así ahora.

—Evidentemente crees que puedes hablarme de cualquier manera. Me alegro de haberte conocido. Hasta la vista.

Hägerström colgó el auricular.

Thomas siguió mirando por la ventana. El teléfono aún en la mano. Estaba temblando. Incluso Hägerström se negaba a comprender por qué la situación en Aspudden había acabado como había acabado. Evidentemente los hábitos de la manera de pensar de los de Asuntos Internos no se iban tan fácilmente. Vaya estúpido de mierda. Imposible comprender cómo a ese hombre se le había podido considerar siquiera mínimamente simpático.

Ahora estaba solo. Solo contra la amenaza desconocida. Solo contra una investigación interna. Solo a la caza de un asesino.

Se tumbó sobre la cama. No tenía fuerzas para arreglar el coche. No quería poner un pie en la comisaría, que lo miraran, que susurraran, que hicieran bromas sobre él.

Intentó echarse una siesta. No hubo manera; sólo eran las diez y media. No estaba cansado; sin embargo, estaba agotado.

Notaba el cerebro vacío.

Se quedó acostado. No tenía fuerzas para levantarse.

Pese a todo, debió caer dormido. Lo despertó el sonido del teléfono celular. Se sentía amodorrado. Palpó en busca del teléfono. No reconoció el número. Intentó ocultar lo confuso y adormilado que estaba.

—¿Sí? Soy Andrén.

—Hola, me llamo Stefan Rudjman. No sé si me conoce. — Ligero acento extranjero. Thomas no reconoció la voz. Al mismo tiempo: el nombre le sonaba conocido—. También me llaman Stefanovic.

Thomas, escéptico. Actitud hostil. ¿Podría estar relacionado eso con la amenaza a él y Åsa de la otra noche?

—Ah, ¿y qué quieres?

—Tenemos entendido que ha tenido problemas en el trabajo. Tenemos una propuesta para usted que pensamos que puede ser muy atractiva.

—Oye, a mí no me impresionan sus amenazas.

Stefanovic se quedó callado un momento demasiado largo; ¿era sorpresa genuina o una pausa amenazadora?

—Debe haberme entendido mal. Esto no tiene que ver con una amenaza. Creemos que nuestra oferta puede darle posibilidades insospechadas. Se trata de un trabajo. ¿Quiere verse con nosotros?

Thomas no entendía de qué hablaba el tipo. Ceremoniosidad mezclada con acento eslavo. Había algo que no cuadraba.

—No sé quién eres y no entiendo de qué trata el asunto. ¿Quieres ser tan amable de explicarme de qué trabajo hablas?

—Lo haré encantado. Pero creo que es mejor que nos veamos. Entonces podremos explicarlo de manera más detallada. Las condiciones para usted pueden ser ventajosas. ¿Por qué no dar una oportunidad a esto? Reúnase con nosotros para discutir el asunto. ¿Cuándo tendría tiempo?

Thomas no sabía qué contestar. ¿Se trataba de algún tipo de venta de telemarketing de mierda? ¿Era una broma pesada? Por otra parte: no tenía nada mejor qué hacer. De cualquier forma, todo ya se había ido a la mierda. Daba lo mismo reunirse con ese tipo, fuera quien fuera.

—Puedo hoy mismo.

—Es mejor de lo que esperábamos. Lo iremos a recoger. Digamos a las cuatro. ¿Le viene bien?

Tomaron el túnel por debajo de Söder. El tráfico de hora pico aún no había empezado. Por la calle Sveavägen. A la derecha hacia Roslagstull. Y bajar por Vallhallavägen. Luego Lidingövägen. Salieron por Fiskartorpsvägen.

Thomas se preguntaba adónde iban. El hombre que conducía sólo se había presentado como Slobodan y le había pedido a Thomas que se sentara en el asiento trasero de un Range Rover.

Se quedaron sentados en silencio. Thomas deseó haber llevado consigo el arma reglamentaria, pero había tenido que entregarla al empezar la investigación interna.

A lo largo de la carretera veía la rica vegetación de Lill-Jansskogen.

Dieron vuelta por un camino de grava estrecho y cuesta arriba.

Al final se paró el coche. Slobodan le pidió que saliera.

Se encontraban en una elevación. Ante él había un edificio: una torre de veinte metros de altura. Tenía que ser la torre de saltos de esquí de Lill-Jansskogen. Thomas la recordaba de la infancia. Había ido allí con sus padres. Los inviernos eran entonces mucho más invernales. Alguien parecía haber renovado la torre recientemente. El hormigón casi brillaba a la luz del sol.

Un hombre de complexión fuerte se aproximó hacia él. Parecía estar en los treinta. Vestido con pantalones de algodón azul oscuro planchados con raya y camisa bien planchada.

El hombre le ofreció la mano.

—Hola, Thomas, qué bien que hayas podido venir tan pronto. Soy Stefanovic.

Stefanovic guió a Thomas al interior de la torre.

El piso inferior estaba reluciente. Un mostrador de recepción vacío con una pantalla de computadora. Había un cartel en la pared. «Bienvenidos al centro de conferencias de Fiskartorpet. Espacio para hasta cincuenta personas. Perfecto para *kick-off*, fiestas de empresa y conferencias.» El suelo parecía recién acuchillado y barnizado.

Thomas siguió al yugoslavo escaleras arriba. No podía ser aún un centro de conferencias; todo estaba vacío.

En la parte superior de la torre había una gran estancia. Ventanas en tres direcciones. Thomas veía Lill-Jansskogen. A lo lejos, Östermalm. Más allá, veía el ayuntamiento, las torres de las iglesias y los rascacielos de Hötorget. Al fondo: se vislumbraba el estadio Globen. Estocolmo se extendía.

Un conjunto de sofás, una mesa de comedor con seis sillas, un pequeño bar en la pared sin ventanas, lleno de botellas y vasos.

En los sofás: un hombre que se levantó. Avanzó lentamente hasta Thomas. Le dio la mano con firmeza.

—Hola, Thomas. Gracias por venir con un aviso tan repentino. Es fantástico. Me llamo Radovan Kranjic. No sé si me conoces. —El hombre tenía el mismo acento eslavo que Stefanovic.

Thomas comprendió directamente. Quien tenía ante sí no era cualquiera. Radovan Kranjic: alias el *Capo Yugoslavo*, alias *R*, alias el *Padrino de Estocolmo*. Un hombre cuyo nombre los pequeños delincuentes apenas se atrevían a pronunciar. Cuya reputación era más dura que el granito. Una leyenda en los bajos fondos de Estocolmo. Resultaba raro. Al mismo tiempo, emocionante.

—Sí, te conozco. Tienes, ¿cómo decirlo?, una cierta reputación en el mundo en el que yo trabajo.

Radovan sonrió. El tipo tenía presencia, como Marlon Brando en *El Padrino*.

—La gente dice muchas cosas. Pero por lo que sé, también tú tienes cierta reputación.

En circunstancias normales: Thomas se habría puesto a la defensiva directamente con alguien que insinuara eso. Pero no con ese tipo; de alguna forma, era del mismo material, lo notó instintivamente. En lugar de eso, se rio.

Se sentaron en los sofás. Radovan preguntó:

—¿Te puedo ofrecer un trago?

Thomas aceptó. Stefanovic sirvió whisky. Cosa fina: Isle of Jura, dieciséis años.

Radovan se rascó la mejilla con el dorso de la mano. Recordaba a Don Corleone de verdad.

El capo yugoslavo empezó a explicar. Expuso sus negocios. Se dedicaba a caballos, coches, barcos, importación-exportación. Había mucho de la antigua Unión Soviética. Había Mercedes que se traían desde Alemania. Había repuestos de fábricas suecas cerradas para las centrales térmicas de carbón polacas. Había desarrollo empresarial, expansión, oportunidades de negocios. Thomas escuchaba. Se preguntaba si Radovan se creía realmente lo que decía.

Al final: Radovan pareció llegar al grano. Dio un sorbo de su vaso.

—Bueno. Ahora ya sabes a qué me dedico principalmente. Luego también tengo aparte algunas otras cositas en marcha. Tengo actividades dentro de lo que llamamos el sector erótico, si entiendes lo que quiero decir. Se ha vuelto muy delicado en Suecia actualmente. Intentamos proporcionar personal y entornos lo más agradables posible para nuestros clientes. Lo erótico no tiene que ser cines sucios en los que entran a escondidas hombres solitarios por la noche. Lo erótico puede ser profesional, serio y bien llevado. Lo erótico es de hecho el mayor negocio de entretenimiento del mundo. Nuestras chicas son de nivel internacional. ¿Entiendes lo que quiero decir?

Thomas estaba sentado en silencio. Totalmente atento. Al mismo tiempo, ausente. ¿De qué se trataba eso? ¿Por qué el capo mafioso más poderoso de Estocolmo estaba sentado contándole las posibilidades de negocio de la prostitución? ¿Era un ardid? ¿Habían elegido a la persona equivocada? ¿Estaba relacionado con la investigación del asesinato a la que se habían dedicado él y Hägerström?

Luego se dio cuenta de que Radovan le había hecho una pregunta. Miró al capo yugoslavo a los ojos.

—Creo que entiendo lo que quieres decir.

Radovan continuó:

—Cuando uno es joven, puede conseguir dinero. Con dinero se consiguen barcos, coches, chicas. Lo que quieras. Pero cuando se es más mayor, como yo, uno quiere algo más: control sobre la situación. Poder sentirse tranquilo. Y ahí es donde entras tú, Thomas. Como tú mismo has mencionado, yo tengo cierta reputación. Pero tú también la tienes. Necesitamos gente como tú en nuestra organización. Hombres que no se echen para atrás cuando haga falta actuar de forma excepcional. Hombres que no sigan normas estrictas por la fuerza de la costumbre, sino que, por el contrario, piensen en lo que es correcto y racional. Sencillamente, hombres que sean hombres.

Radovan hizo una pausa retórica. Dejó que el halago hiciera efecto.

Thomas apartó la mirada. Volvió a mirar Estocolmo.

—Eres policía, soy consciente de ello. Es justo por eso por lo que eres tan interesante. Tienes contactos, credibilidad, conocimientos. Al mismo tiempo sabemos que tú, al igual que yo, creas tus propias reglas cuando hace falta. Has de saber que es importante tener reglas propias. Sin ellas no se llega muy lejos en la vida. Tenemos información de que actúas en paralelo en algunas ocasiones. Eres un policía que se dedica a todo, como se suele decir. Necesitamos gente como tú.

Thomas no contestó.

Radovan continuó:

—Voy a ser conciso. Probablemente vas a perder tu trabajo por haberte defendido a ti y a tu compañera de una bestia alcoholizada. Puedo convertir esa catástrofe en un nuevo comienzo para ti. Quiero contratarte en mi organización.

25

Mahmud habló mucho tiempo con su contacto yugoslavo; el lugar perfecto, decidido: el grill Saman en Tumba. Tenían terraza, mucha gente en movimiento, el tipo de sitio adecuado para que se citara un tipo como Mahmud. No era sospechoso. Control total. Fácil llevarse de allí a Wisam. El único inconveniente que se le ocurrió fue que era difícil estacionarse cerca.

Habían quedado a las cinco el martes por la tarde. El propio Wisam había sugerido la hora. A Jibril le gustó el sitio que sugirió Mahmud.

—Nuestro tipo de comida —opinó.

Tumba en verano, casi vacío de gente salvo por algunos adolescentes que tenían demasiado poco que hacer. Mahmud llegó allí al cuarto para las cinco, se sentó en una mesa cerca de la salida.

Más allá de la terraza, más o menos estacionado en la acera: un hermoso Range Rover con vidrios tintados. Mahmud vislumbró a Ratko. Ambas manos descansaban en el volante, vigilancia extrema. Si la policía o los vigilantes del estacionamiento aparecían, se veía obligado a moverse inmediatamente. Al otro lado de la calle: un BMW con vidrios aún más oscuros. Mahmud no veía quién estaba sentado en él pero su contacto, Stefanovic, lo había instruido: «Si algo se va a la mierda, me llamas. Estaré sentado cerca».

Mahmud esperó. Observó a los chicos más abajo en la calle. Se ubicó. Pensó en el cultivo de marihuana que había montado Robert en aquel departamento que le cuidaba a su tía.

Se preguntó por qué no aparecía Wisam. El día anterior había estado positivo por teléfono. Mahmud, orgulloso de su charla de las peluquerías y las camas de bronceado, de las ideas de negocios inventadas que había sacado en la cocina de su padre; en realidad era idea de Jamila. Y aquello de la lucha. Mahmud conocía ese rollo; se había encontrado con antiguos amigos que no hablaban de otra cosa. El odio de Estados Unidos hacia los creyentes de la verdadera fe en todo el mundo. La conspiración de los judíos para empezar una guerra contra los musulmanes organizando el 11-S. El capitalismo imperialista y colonialista de Gran Bretaña. Pero Mahmud lo sabía: el dinero era lo que más importaba. Los judíos americanos en la sombra que aspiraban a reprimir a los tipos como él no tenían suficiente poder. Los payasos de los lores ingleses que conscientemente querían dominar a sus hermanos no eran tantísimos. El problema era la falta de billetes. Y la respuesta era sencilla. Su gente tenía que conseguir plata. En cuanto uno tenía dinero, todo se arreglaba. Especialmente para él.

Dieron las cinco y cuarto. Wisam seguía sin aparecer. Stefanovic lo había instruido: no podemos esperar con el Range Rover más de veinte minutos. El riesgo de que aparecieran vigilantes de estacionamiento gruñones o policías, demasiado grande.

Pasaron unos minutos. Mahmud no comprendía qué había pasado.

Miró el reloj del celular. Cinco y dieciocho. Qué diablos.

Más tarde, en el paso de peatones; allí llegaba: Wisam. Pantalones de chándal. Sudadera. Tenis de deporte. Auténtico estilo del millón de viviendas. A Mahmud le sorprendió su propio pensamiento: ¿Estoy haciendo lo correcto? El tipo es como yo. Un chico de la periferia con estilo. Mi hermano.

No podía ser. Había que apartar ese pensamiento.

Wisam pasó el Range Rover. Vio a Mahmud. Hizo un gesto con la cabeza. Al mismo tiempo: dos tipos salieron del coche de un salto. Pantalones oscuros. Chamarras de cuero. Típico yugoslavo. Alcanzaron a Wisam. Uno le dijo algo. El otro sujetaba algo en la mano. Lo puso contra el estómago de Wisam. Los ojos del tipo, como platos. Miró la cosa que tenía contra el estómago. Luego fue como si se quedara laxo. Los tipos lo llevaron al Range Rover. Arrancaron.

Mahmud se levantó. Puso un billete de cien. Dejó el cambio.

Vio el Range Rover meterse por una bocacalle y desaparecer.

***

En el sótano siempre había silencio. Pero el silencio no perturbaba a Niklas. En realidad le gustaba, le daba tiempo para pensar. Pero detestaba la oscuridad. O más bien la posibilidad de que se hiciera oscuro. Porque si no se daba al interruptor de la luz con suficiente frecuencia, la iluminación se apagaba automáticamente. Tenía su propio sistema, que era sencillo. Pulsaba el botón cada dos minutos para no correr riesgos. Era una suerte que supiera leer la hora.

Cuando bajaba, sacaba el juego de hockey. Era viejo. Los jugadores exteriores no podían pasar por detrás de la portería, como en los juegos más nuevos. Sin embargo, el portero sí podía pasar tras la portería, lo que representaba un gran peligro: dejarla desprotegida. Aunque ya no importaba, no podía engañarse a sí mismo. En lugar de eso, ensayaba pases. Delantero derecho al central, que lanzaba hacia la meta. El defensa derecho hacia el central, que marcaba gol. El central hacia atrás al extremo derecho, que daba un trallazo al puck *con la parte trasera del* stick, *directo a la portería.*

La verdad es que era bastante bueno. Una pena que no tuvieran juego de hockey en la ludoteca.

Sin embargo, el tiempo pasaba muy lentamente.

Pulsaba el interruptor de la luz a intervalos regulares. Cada vez le daba tiempo a realizar aproximadamente quince series de pases.

En realidad ya hacía mucho que su madre debería haber bajado a decirle que subiera. Ya eran las nueve y media.

Quizá debería subir por su cuenta. Pero prefería esperar. Una vez no había esperado; cuando se cansó del juego de hockey, subió en el ascensor por iniciativa propia. La sala y la cocina estaban vacíos y la puerta de la habitación de su madre, cerrada. La llamó sin obtener respuesta. Volvió a llamar y al final la oyó contestar con un grito desde el interior de su habitación:

—Quédate donde estás, Niklas. Ahora salgo.

Y su madre salió, vestida con la bata, lo cual era extraño, y estaba muy enfadada. Lo agarró fuerte del brazo, más fuerte de lo que podía recordar que le hubiera agarrado nunca antes, y lo lanzó sobre la cama. Luego le estuvo reclamando un buen rato. Sin que realmente él entendiera por qué.

No, no subiría por su cuenta. Ella tendría que bajar a recogerlo.

Siguió practicando series de tiros.

Pasó media hora. Llevaba un buen control del tiempo, ya que daba al interruptor cada dos minutos.

Pensó que el juego de hockey era aburrido. Pesado: pasar con el delantero al defensa, movimiento de tiro con todo el brazo, el puck se deslizaba en la portería, defensa izquierdo al delantero, taconazo con el patín, directamente a la escuadra. La monotonía le cansaba. ¿Pero qué iba a hacer?

Oyó un ruido extraño. Detrás del juego de hockey.

Algo que crepitaba.

Miró con cuidado. Siguió la pared.

Un animal lo miraba amenazante desde su sitio, enfrente, sobre una caja de cartón. Una rata.

Una rata enorme, negra. Los ojos, como malvadas canicas de porcelana brillantes. La cola, como un gusano largo sobre la caja.

El pánico se apoderó de él al momento. Un miedo que se desbordaba desde el estómago. No se atrevía a moverse.

La rata estaba inmóvil. Parecía observarle.

Niklas estaba aún más inmóvil. Lo único que podía pensar era: que no salte hacia mí, que no me toque.

Entonces se apagó la luz.

Y gritó. Gritó como nunca antes había gritado. Todo salió de golpe: el llanto, el miedo, el pánico. Expresó a gritos su terror, su miedo a la oscuridad y al animal que lo miraba fijamente.

Buscó a tientas el interruptor. Al mismo tiempo notaba todo el cerebro como si fuera a arder de pensar que pudiera llegar a rozar al animal.

¿Dónde estaba el interruptor?

Buscó con las manos por la pared con movimientos rápidos. Esperaba que eso ahuyentara a la rata.

Al final lo encontró.

Encendió la luz. Fue dando traspiés hasta la puerta. La abrió. Salió corriendo del sótano hasta la planta baja. No usó el ascensor. Subió los siete pisos de un tirón.

Abrió la puerta con fuerza. Sin aliento, aún con el llanto en la garganta.

En cuanto entró lo apresó otro pánico. La rata estaba olvidada. Los sonidos que oyó mataron todos los demás miedos. Los gritos venían de la sala. Y sabía bien qué era. Ya los había oído muchas veces.

La mesa de centro estaba desplazada hacia el televisor. Los tres cojines del sofá estaban tirados por el suelo. Al lado, una cerveza derramada. Junto al sofá estaba su madre de rodillas.

Sobre su madre estaba Claes de pie. Le estaba pegando.

Niklas empezó a gritar.

Su madre lloraba. Le sangraba la nariz y la blusa estaba rasgada por encima del hombro.

Claes se giró hacia él. Aún tenía el puño en alto.

—Vuelve al sótano, Niklas.

Entonces dejó caer el puño. Le dio en la espalda.

Ella miró a Niklas. Sus ojos se encontraron. Él vio pánico. Vio pena y dolor. Vio amor. Pero también algo más: vio odio. Y él *mismo lo sintió claramente, con más claridad que nada de lo que había sentido nunca en su interior: odiaba a Claes. Sobre todas las cosas del mundo.*

Ella le dijo:

—Por favor, Niklas, no pasa nada. Vete a tu habitación. Por favor.

El puño de Claes volvió a caer. Bramó:

—Puta bruja, te preocupas más de ese enano de mierda que de mí.

Su madre gritó. Se desplomó.

Claes la pateó en el estómago.

Niklas entró corriendo en su habitación. Antes de cerrar la puerta, le dio tiempo a ver a Claes pateándola de nuevo. Esa vez en la cabeza.

Cerró los ojos y se tapó las orejas.

El sonido se filtraba.

Intentó pensar en la rata del sótano.

MAFIA BLANCA

PARTE 2
(DOS MESES DESPUÉS)

Capítulo
26

E l tiempo pasa rápido cuando uno tiene un propósito. Una misión en la vida. Un lema: *Si vis pacem, para bellum.* Si quieres la paz, prepárate para la guerra.

Niklas iba a correr tres veces por semana. Después hacía sentadillas, abdominales y ejercicios de espalda. Entrenaba con el cuchillo a diario. Practicaba la respiración, el control, la sensación. Se preparaba. Se esforzaba. Un principio indiscutible: una guerra pequeña exige preparativos tan sólidos como una grande. Se diferencian sólo en el número de efectivos.

Ese día corrió por su itinerario habitual. Por el patio asfaltado del colegio Aspudskolan. Cuatro pisos de ladrillo amarillento, ventanas altas que dejaban pasar suficiente luz. No como los bunkers de adobe de los niños afganos, donde siete chiquillos compartían un libro de texto. El patio bullía de niños. Las clases debían de haber empezado de nuevo tras el verano. Niklas los observó. Salvajes, gritones, indisciplinados. No estaba claro qué opinaba de verdad sobre los chiquillos. Vio la distribución. Los chicos por su lado, las chicas en la otra punta. Y los subgrupos: los nerds, los deportistas, los peligrosos. Vio la violencia. Un niño, diez años máximo, pantalones de mezclilla agujereados en las rodillas: empujó a una niña de la misma edad. Ella se cayó. Lloraba. Se quedó allí tirada. Sola en el mundo. El niño volvió corriendo con su pandilla de chicos. De vuelta a su comunidad, al grupo. Niklas lo sopesó: acercarse, enseñarle al chico un par de cosas sobre dar empujones. Hacerlo sentir treinta veces más abandonado que la niña. Pero no era el momento.

Finales de agosto. El sol calentaba con poca convicción: sería que refrescara lo más mínimo el ambiente y correría con frío.

Las últimas semanas habían sido caóticas, valiosas, clarificadoras. La estrategia empezaba a encajar. Los puntos conflictivos, a despejarse. Se acercaba el momento de atacar. *Si vis pacem, para bellum.*

Sentía cómo aumentaba el calor en el cuerpo. Primero el tronco. Luego las piernas y la cabeza.

Reflexionó sobre los últimos meses.

Dos días después de haber tomado la lista de la chica de La Casa de las Mujeres con los nombres de mujeres, fue a un Seven Eleven a conectarse a internet. Papel y lápiz ante sí. Hizo búsquedas de los nombres y los números de teléfono. De tres de ellos no pudo lograr ni nombre completo ni dirección, quizá no fueran públicos. Tomó nota: en total ocho nombres completos con sus correspondientes direcciones. Se preguntó para qué tenía los nombres la mujer de La Casa de las Mujeres. Probablemente iba a trabajar desde casa o algo así, hacer llamadas de apoyo, hablar con esas pobres. Pese a que todos sabían lo que hacía falta: alguien que pacificase a sus maridos.

Se preguntó: ¿Cómo seguir buscando? Enumeró las posibles fuentes de información. Sólo se le ocurrió una: Hacienda. Llamó, comprobó si estaban casadas y en ese caso con quién, o si alguien más estaba empadronado en esa dirección. Al final del día: apuntados los nombres de seis tipos con sus direcciones. Seis maltratadores; seis combatientes ilegales.

El día siguiente. Niklas hizo su primera inversión; un DCU, como él lo llamaba: Data Control Unit. Es decir, compró una computadora portátil en Elgiganten y contrató una conexión de banda ancha.

Toda la semana: trabajó sus ideas en la computadora. Tomó notas. Creó carpetas para distintas ideas, información sobre cada persona de la lista. Tras cuatro días, internet estuvo conectado. Ya podía empezar a investigar en serio. Intentó estructurar. Meditar. Analizar.

Lo primero y más importante: necesitaba un coche. Pero también otras cosas: equipo para espionaje privado. Mirillas reversibles, cámaras de vigilancia a prueba de agua, lentes de cámara adicionales, micrófonos de pared, auriculares, visores nocturnos, unidades de grabación, matrículas falsas. De todo.

Buscó coche en las páginas de segunda mano de la red. Niklas no había vivido en contacto muy directo con internet, pero había tenido éxito a la hora de husmear sobre los hombres. Sin embargo, no controlaba; le llevó medio día sólo comprender qué valía. Qué motores de búsqueda daban resultados relevantes, qué webs de coches tenían mayor oferta, dónde podías tratar con particulares y saltarte a las empresas, dónde podía encontrar 4x4 a precio normal, futuros APC: Armored Personnel Carriers.[64]

Casi nada estaba listo aún. No sabía cuándo/dónde/cómo iba a necesitar el coche. Si algo tenía que ser enviado, si podía pensarse que fuera a recibir disparos de la policía, sobre qué superficie iba a ser conducido. Sólo dos cosas decididas: tenía que empezar ya a vigilar a los hombres. Y el coche tenía que tener cristales polarizados.

Primero se encaprichó con un Jeep Grand Cherokee de 2006. El vendedor afirmaba en el anuncio: extremadamente bien cuidado, sólo noventa mil kilómetros, motor diesel. Parecía perfecto, el coche podía acceder a cualquier sitio. Los vidrios traseros: grandes, oscuros, opacos. El inconveniente: el precio; querían trescientos mil. Niklas se fue a Stocksund para más seguridad. El coche estaba bien, estaría perfecto. Tenía dinero ahorrado, pero la guerra exigiría más gastos además del coche. Tenía que apretarse el cinturón.

---

[64] «Transporte Personal Blindado».

La siguiente alternativa: un Audi Avant, tracción en las cuatro ruedas de 2002. Parecía bien: mantenimiento actualizado, GPS, airbags laterales, ruedas de invierno con clavos, faros de xenón. Vidrios entintadó. Todo. Niklas ignoró las llantas, el volante, la tapicería y esas cosas. Pero el GPS, se dio cuenta: un navegador era precisamente lo que necesitaba, aún no manejaba muy bien en Estocolmo. Además en el anuncio decía que el coche lo había conducido una chica. El precio, doscientos mil coronas, más que bien. ¡En muy buen estado, bien cuidado! Llamar para verlo. Marcó el número en el celular.

El coche lo vendía una tal Nina Glavmo Svensén de Edsviken, Sollentuna.

Calle Vikingavägen: paraíso frondoso para suecos medios. Se tocó la riñonera. Allí estaba el cheque hecho. Ciento ochenta mil. Además: veinte mil al contado en caso de que no fuera posible regatear. Dio las gracias a Dyncorp por la solución financiera. Sin sus conocimientos, sus honorarios se los habrían pagado *allá abajo* en efectivo. Pero ahora sus contactos con bancos en todo el mundo resolvían el problema. Metió el dinero directamente en la oficina del Manhattan Chase, que la transfirió directamente, por medio de su filial en Nassau, donde estaban vigentes mejores normas de secreto bancario, al seguro Handelsbanken de Estocolmo. Los ahorros de Niklas que quedaban tras el fiasco de Macao: medio millón de coronas. Y ahora se iba a gastar casi la mitad del dinero.

Número 21. Un chalet de dos plantas de madera amarilla y un garage. En el jardín, dos árboles frutales en plena floración. En el césped, un aspersor y una piscina inflable de bebé. Era demasiado bueno para ser verdad. Algo sucio tenía que esconderse tras la fachada perfecta.

Niklas tocó.

Abrió una mujer. La vendedora, Nina Glavmo Svensén. Durante unos tres segundos Niklas no logró decir nada. No esperaba que la vendedora fuera de su misma edad. ¿Gente que no llegaba siquiera a los treinta vivía en casas así? No sabía qué decir. Nina Glavmo Svensén: preciosa. Vestida con pantalones cortos y camiseta. Media sonrisa. Un bebé en brazos. Niklas no podía determinar qué edad tenía o si era una niña o un niño.

Alargó la mano:

—Hola, soy Johannes. Quería ver el coche. —Un buen nombre falso, Johannes.

Nina parecía sorprendida. Sonrió nerviosa.

Niklas se rio.

Nina lo miró a los ojos. Él le devolvió la mirada. ¿Qué veía en el interior? ¿Cómo era su vida? ¿Quién había decidido que se vendiera el coche? ¿Era decisión propia de ella o era otro el que mandaba? Le pareció ver una sombra en sus ojos, un atisbo de tristeza. No era imposible.

—Qué bien que no hayas venido en coche hasta aquí, puede ser difícil encontrar el camino.

Se rieron. El ambiente se relajó.

El garage estaba fresco. Tres coches estacionados. El Audi, un Volvo V70 y un Porsche 911 negro. Niklas señaló el Porsche.

—Son doscientos mil por ése, ¿no?

De nuevo: risas.

Observó el Audi. Buenas perspectivas: no llamaría la atención. Todas los vidrios estaban polarizados salvo el parabrisas. Mucho espacio si se doblaban los asientos traseros. Los faros de xenón proyectaban mejor la luz al conducir en la oscuridad. Quizá no era tan todoterreno como el Jeep que había visto, pero la tracción en las cuatro ruedas debería permitir el acceso a la mayoría de los sitios. Nina no sabía exactamente cómo funcionaba el GPS, pero eso lo podría averiguar Niklas por su cuenta. Ella no lo había conducido demasiados kilómetros y el historial del mantenimiento del vehículo parecía estar al día. No podía ser mejor. Iba a ser suyo; sólo tenía que regatear el precio antes.

Le enseñó dónde estaban las ruedas de invierno. Niklas hizo rodar una. Examinó.

—Uno no quiere tener que pensar en el invierno en un día tan soleado como éste, pero estas ruedas no están bien. Demasiado gastadas. —Presionó con el dedo todo lo posible—. La profundidad del dibujo aquí es de sólo unos milímetros.

Discutieron sobre el coche. Las ruedas de invierno eran, por lo visto, de otro vehículo. El niño en brazos se mantenía tranquilo. Nina sonrió a Niklas, rio sus intentos de bromear. Tras diez minutos, él dijo:

—Estoy muy interesado en el coche. Me lo llevo directamente ahora por ciento ochenta. Voy a tener que comprar ruedas de invierno nuevas.

Nina lo miró a los ojos de nuevo.

—En realidad ciento ochenta estaría bien, pero no te lo puedes llevar ahora mismo. Tengo que comentarlo con mi marido cuando venga a casa esta noche.

De nuevo. Los pensamientos de Niklas aparecieron: ¿en qué condiciones vivía esa mujer? ¿Qué había tenido que ver su pequeño bebé en ese chalet inundado por el sol? Los pensamientos daban vueltas, más y más. Se esforzó. Intentó sonreír.

—¿Por ciento noventa entonces?

Nina alargó la mano.

—Trato hecho.

Mientras tanto, había conseguido un trabajo, al final fue de vigilante. Se sentaba en una pequeña estación y controlaba los vehículos que entraban y salían en las instalaciones de Solna de la compañía farmacéutica Biovitrum. Ni siquiera podía llevar arma. Hojeaba revistas. Un aburrimiento peor que patrullar una cerca de alambre de espino durante una tormenta de arena.

Pero todas las cosas que había encargado habían llegado. Estaban alineadas y esperaban sobre el suelo de su departamento.

El paquete básico para escuchar a través de las paredes: una unidad MW-22. Según las instrucciones, se podía escuchar sin problemas a través de paredes de cemento de treinta centímetros de espesor, ventanas, puertas, etcétera. Equipada con salida para grabación: posibilidad de conectarle funciones digitales.

Un sistema de localización GPS para vehículos; para los coches que tuviera que rastrear en tiempo real, pero a los que no pudiera acceder. El sistema incorporado en una bolsa protectora hermética con potentes imanes que se fijaban a la parte baja del coche. Funcionaba con doce pilas; el coche podía seguirse con una actualización de hasta cada cinco segundos durante una semana sin que se agotaran las baterías. Una maravilla de *high-tech*.

Cámaras de dos tipos. Por una parte, tres cámaras CCD para uso en exteriores, 480 TVL, lente de veinticinco milímetros, blanco y negro, 0.05/lux. Eran resistentes al agua y soportaban hasta veinticinco grados bajo cero. Deberían valer para los hombres que vivían en chalets. Por otra parte, cuatro cámaras de vigilancia pequeñas para aplicaciones ocultas. Se podían montar ocultas en cajas de conexión, regletas, bajo lámparas, bajo las cajas de los fusibles. Perfectas para los que vivían en departamentos.

Un juego de micrófonos normales: micrófonos en miniatura con radioseñal.

Una unidad de almacenamiento. Cabían las grabaciones de varios días y admitía vigilancia a distancia por internet y otras redes. Soportaba cuatro cámaras de vigilancia simultáneamente. El corazón de su actividad.

Finalmente, cosas pequeñas: mirilla invertida, lentes adicionales para las cámaras, dos matrículas diferentes para el coche, binoculares, escalera, ropa adecuada, libros, herramientas.

Ya había invertido más de setenta y cinco mil. La guerra era cara; una vieja verdad. Con suerte, saldría por debajo de trescientas mil en total. Verdaderamente necesitaba seguir con el trabajo de vigilante. El dinero de Dyncorp no duraría para siempre. Más gastos previsibles. Más misiones que realizar. Lamentó su ingenuidad; ¿por qué había probado suerte en Macao?

Sin embargo, internet era mágica. En cuatro semanas montó una central de FBI. Ahora sólo había que instalar toda la historia.

Se dio de baja por enfermedad. Se quedaba en casa desde las ocho de la mañana hasta las ocho de la noche: practicando con el equipo. Conectó las cámaras una tras otra. Leyó el manual con tanto detenimiento como si lo que iba a montar fuera un reactor Forsmark. Hizo pruebas, pruebas, pruebas. Vertió agua sobre las cámaras de exteriores, comprobó la resistencia a los golpes, las metió en el congelador. Aprendió a colocar las minicámaras, a ocultarlas, a poner los cables a lo largo de las molduras hasta los sitios donde se podía colocar la estación emisora. Probó con el disco duro MPEG, lo conectó al televisor de la casa. Repitió el procedimiento con las cámaras, esta vez sin manual. Se cronometró. Las probó con malas condiciones de luz. Las montó en la oscuridad. Con sólo una mano. De memoria. Realizó pruebas escuchando a través de la pared a la vecina. Su novio o se había largado o se mantenía alejado. La oyó hablar por teléfono o ver series de televisión. El aparato era genial: cuando ella marcaba en su celular, los tonos se oían como si estuviera a cincuenta centímetros. Montó el sistema GPS. Lo fijó bajo el Audi. Dio vueltas con el coche por Örnsberg. La caja seguía bajo el coche, superó los vibradores de Hägerstenvägen. Comprobó el receptor. Funcionaba mejor que el *defence receiver* viejo que llevaba *allá abajo.* Fue en el coche a ver las direcciones de los diferentes hombres. Se aprendió los mapas, las calles sin salida, los semáforos en rojo, las calles de dirección única. Siguió probando los aparatos en casa, se los aprendió mejor de lo que había dominado sus armas de fuego *allá abajo.* Analizó métodos, memorizó lugares, planificó. Apenas hablaba con su madre, no pensaba en el asesinato en el sótano de su casa, dejó de tener pesadillas. Apenas contestaba los SMS de Benjamin. No sacó el certificado médico que necesitaba para la baja. El tiempo pasaba. La guerra pronto estaría sobre ellos.

Las siguientes semanas fue al trabajo cuando podía. Le preguntaron qué diablos estaba haciendo, andaba cambiando el horario como si fueran horas para salir a tomarse una cerveza con un colega que a uno en realidad no le interesa. Pero qué iba a hacer: *Si vis pacem, para bellum.* La misión llevaba tiempo.

Durante las tardes luminosas y las noches: sentado en el Audi en el exterior de los complejos de departamentos o los chalets donde vivían. Intentaba hacerse una idea. Con cuáles empezar.

Los seis eran tipos normales. Vistos desde fuera. No tenían la costumbre de estar levantados hasta demasiado tarde las noches de entre semana. Niklas montó las cámaras en tres noches a principios de agosto. Trabajó en silencio. Fue sencillo: ya había visto los sitios donde iba a ponerlas. Qué gusto evitarse la contaminación acústica del día: tonos de celular, el ruido del tráfico, vecinos gritándose. En el exterior de un chalet; una cámara CCD en un árbol. En el exterior del otro chalet: la cámara en un arbusto, detrás de una caja de la luz. Los departamentos eran más difíciles. ¿Cómo iba a poder verse el interior? Uno de los departamentos estaba en el bajo. Ocultó la cámara en una escalera al otro lado de la calle. La distancia era un poco excesiva, pero valía para las imágenes que quería. Con los otros tres departamentos no hubo forma. Iba a tener que vigilarlos personalmente.

Lo único que quería saber: quiénes eran los tres mayores cabrones. ¿En cuáles debería centrarse? Él: un profesional con hielo en las venas. Podía esperar.

De vuelta a la realidad. Camino de vuelta por la zona de parcelas de cultivo de Vinterviken. Ese día no vio escenas de guerra. Ni sangre. Ni emboscadas. Pensó: quizá era porque pronto iba a empezar sus propias emboscadas. Las semanas que habían pasado habían sido buenas. Él: un depredador. Un cazador. Una persona que dejaba huella en la historia. Que cambiaba situaciones.

El sudor le caía por las cejas. Le quemaban los ojos. Se limpió la frente con la camiseta.

Ahora lo único que necesitaba era un arma de fuego.

Había que terminar. Con las ratas.

Los hombres.

Los combatientes.

Gloria Palace, Playa de Amadores, Gran Canaria. Podrían haber ido a algún sitio más lujoso: Aruba, Isla Mauricio o las Seychelles. ¿Pero qué iban a hacer allá? Para Thomas, el único motivo de viajar era alejarse. Y tranquilizar a Åsa.

De todas maneras: el hotel Gloria Palace, con calificación cuatro estrellas superior.

No había nada mejor en Gran Canaria. Habitaciones grandes con ventanas panorámicas que daban al mar. Un pequeño juego de sofás y una mesa de centro con una canasta que el servicio de habitaciones llenaba de fruta fresca todos los días. Más de treinta canales de televisión: canal interno de cine, periódicos suecos, desayuno fantástico. Una de las piscinas, la del agua a veinticinco grados, estaba a sólo unos metros del Atlántico; uno miraba el oleaje mientras en los altavoces del hotel sonaba música relajante. Por no hablar del gimnasio: los aparatos parecían comprados el día anterior. Tras machacarse, las manos le olían a plástico nuevo en lugar de a sudor de policía. Entrenaba a diario. Todo lo que él había imaginado, pero aún mejor. A Åsa le encantaba. Thomas intentaba relajarse.

Su dinero B había caído bien. Åsa se preguntó cómo podían permitirse alojarse en lo más parecido a un hotel de lujo de entre los sitios a los que habían ido. Pero tampoco era tan caro y Thomas le explicó que estaban gastándose el dinero de un premio que había ganado en el club de tiro. Aunque no tenía intención de escatimar. Åsa podía hacerse todos los tratamientos que quisiera en el centro de talasoterapia del hotel. Alquiló motos acuáticas y probaron el buceo con botellas, compararon su *swing* en el campo de golf de nueve hoyos, fueron de excursión de pesca todo un día con unos alemanes de mediana edad. Todas las noches, tres platos en alguno de los restaurantes a la carta o tomaban el ascensor panorámico hasta el paseo marítimo en la ladera de la montaña por encima del hotel y paseaban hasta el Dunas Amadores, el hotel más cercano.

Se dejó barba: la primera vez en su vida, le sorprendía todas las mañanas en el espejo. Picaba, intentó cortársela; pero dios, qué gusto evitar tenerse que afeitar. Åsa aseguraba que picaba. Pero en realidad: llevaban casi dos semanas fuera y no habían hecho el amor ni una sola vez. Bueno, quizá se habían besado de vez en cuando, pero el número de besos se podía contar con los dedos de una mano. Los dos sabían que no era culpa de la barba.

A veces pensaba que debería empezar a ir a terapia. Amaba a Åsa; ¿por qué no le excitaba? ¿Por qué funcionaba mejor delante de la pantalla de una computadora que con una mujer real? Al mismo tiempo: la terapia no era para él. Sólo de pensar que alguien lo descubriera.

Estaban sentados cada uno en su sillón en el asoleadero. Embadurnados con bloqueador solar adecuado. El agua azul cloro de la piscina chapoteaba silenciosamente. El hotel se alzaba tras ellos como una pared de montaña. Veintiséis grados. Gran Canaria era agradable en ese sentido: el clima atlántico hacía que no fuera un horno como, por ejemplo, Sicilia, donde habían estado el año anterior.

Él intentaba leer un libro de bolsillo de Dennis Lehane: *Darkness, Take My Hand*. Lo dejó sobre el estómago. Inquieto, no aguantaba leer capítulos demasiado largos, aunque era muy emocionante. Los diálogos eran los mejores que había visto.

JENS LAPIDUS

Åsa estaba tumbada con los ojos cerrados, brillante por la crema solar y el sudor. Friéndose, como decía ella. Estaba escuchando un audiolibro. Él miró a la gente de la terraza. Ése no era un hotel demasiado familiar. Ni él ni Åsa soportarían ver padres felices persiguiendo a sus pequeños gorditos de cuatro años alrededor de la piscina a diario. En el hotel se alojaban sobre todo parejas algo más jóvenes que ellos, sin niños, y gente mayor, de sesenta y tantos. Además de varios grupos lindos. En el bar de la piscina, cuatro chicos que no tendrían más de veinticinco años. Bebiendo cocteles como si fueran cerveza sin alcohol. A Thomas le gustaba su estilo. Se vio a sí mismo unos años antes. Y aún mejor, entrando y saliendo de la piscina: un grupo de chicas de la misma edad que los chicos. Pensó: quizá no haya tantas cosas buenas en este mundo, pero el hombre al que no le gusten los bikinis de hilo dental está loco.

Una mano en su muslo. Åsa le miraba. Los auriculares, separados de las orejas.

—Y pensar que sólo quedan dos días. Terrible.

Thomas la miró. Le puso la mano en el hombro. Lo notó claramente: estaba más tensa que de costumbre.

—Sí, pronto habrá que irse al otoño. Aunque puede que tengamos algunos días de calor. Por lo visto está haciendo ahora un agradable calor veraniego.

—Tenemos que hablar, Thomas. No se trata sólo del otoño. Me tienes que contar lo que está pasando de verdad.

Thomas sabía lo que ella estaba pensando. Åsa no podía comprender cómo era posible que él no se agobiara más con la investigación interna. Pero era más que eso: ella se sentía al margen. Pensaba que él no compartía sus pensamientos con ella, lo que pasaría más adelante. Él no podía explicárselo, aunque quizá debería.

—Ya hemos hablado de esto. En unos días llegará la decisión. Entonces lo sabremos. O bien entran en razón y no pasa nada o bien dictan auto de proceso y entonces me trasladarán. Pero en tal caso sería que están mal de la cabeza.

275

—No has mencionado la última alternativa, Thomas.

—Bien. Si me condenan por ese asunto nos marchamos de Suecia. Sería un escándalo. En ese caso ni un solo patrullero debería seguir trabajando en el cuerpo. Todos habrían hecho lo que hice yo. Todos los sensatos.

—Pero si intentas evaluarlo en serio, ¿qué probabilidades hay de que te condenen y te despidan? Thomas, tengo que saberlo. Tenemos que saberlo. No se puede vivir con esta incertidumbre. Ya llevo dos meses con dolor de estómago todos los días. Imagínate qué sucede. ¿Cómo vamos a poder permitirnos el chalet? ¿Cómo vamos a poder cuidar de un niño?

Esto último agobiaba a Thomas. Luego pensó: Tú tendrás que empezar a trabajar a jornada completa. Pero cerró la boca. No quería volver a discutir eso. Lo habían hablado tres o cuatro veces durante el viaje. Siempre terminaba con irritación. Åsa quería que él empezara a buscar otros trabajos. Cómo iba a saberlo; lo que ya le habían ofrecido no era una cosa común.

—Te alteras innecesariamente. No me van a despedir. Te lo juro.

—Basta ya. No entiendo cómo puedes estar tan tranquilo. ¿Es que no entiendes que esto no se trata sólo de ti? Se trata de nosotros dos, estamos juntos. Te quedas sentado y fingiendo estar relajado cuando esto va a influirme también a mí, a los dos, a nuestra familia. Hemos dicho que si adoptamos un niño tiene que poder crecer en un chalet como dios manda, con jardín. Resulta seguro vivir en una casa. ¿Cómo vamos a poder permitírnoslo si te despiden? ¿Sabes lo que cuesta una buena carreola, sillita para el coche, juguetes, ropa, cuna y todo eso? Y no pienso comprarlo en Ikea.

Sus ojos resplandecían claros contra el cielo azul.

—Vivir en una casa no es siempre tan seguro, ¿sabes? —En su mente vio al hombre de pie en el exterior de su casa—. Pero te lo prometo, por mi honor de policía, todo se va a arreglar. No tienes de qué preocuparte.

Se levantó. Movimientos bruscos. Típico arrebato al estilo de Åsa. Quizá iba al bar, o a la habitación. No quiso saber adónde iba. No tenía fuerzas para pelearse.

Cerró los ojos. El sol calentaba. Vio imágenes en su cabeza.

Los últimos meses: algunos de los peores de su vida. Igual que las semanas posteriores al aborto de Åsa. A veces confuso, con frecuencia insomne. Sobre todo: hasta el tope de preocupación. Pero de todas formas no sentía que hubiera motivo para hablarlo todo con Åsa. Ella no había oído toda la historia. No podía ayudarlo. ¿Por qué iba a contagiarle su preocupación a ella? Era un asco.

La investigación del supuesto maltrato en la tienda de veinticuatro horas avanzaba lentamente. Tras la decisión de iniciarla tuvo que acudir a un interrogatorio. A dar su versión de la situación. Un imbécil del estilo de Hägerström al otro lado de la mesa: el agente de la policía judicial Rovena. Posiblemente alguien que llevaba los siete años que habían pasado desde que se licenció tras un escritorio. O más probablemente: debajo de un escritorio, porque estaba temeroso de que algo le fuera a caer desde el techo. Quizá pintura. ¿O polvo? Que alguien así pudiera llamarse policía era una locura. Posiblemente había entrado gracias a alguna puta cuota para moros. No tenía nada que hacer en el cuerpo.

Thomas le contó cómo había sido. Rovena se interesó por los detalles. ¿Cuántas veces le pegó el hombre a Lindqvist? ¿Cómo es que Andrén no consiguió esposar al hombre? ¿Cuándo decidió utilizar el tolete?

—Mira, hay una película muy buena sobre esto, ahí puedes verlo —opinó Thomas.

Rovena no se rio de la broma. No quería ver las imágenes de la cámara de seguridad. Prefería oír la versión de Thomas, afirmó. Tonterías.

En general todo el rollo de la investigación se llevaba a cabo por escrito.

Después de eso, Thomas se puso en contacto con un abogado. El tipo escribió dos cartas. En la primera, solicitó que se le facilitaran ciertas partes del material que Thomas no había podido ver. En la segunda, realizaba un ataque a la investigación porque habían permitido que un agente de la judicial interrogara a un inspector de policía, un subordinado no podía interrogar a un superior; y porque no se había tenido en cuenta que Cecilia Lindqvist realmente había intentado comunicarse con el mando central, pero había interrumpido el intento porque Göransson estaba siendo muy agresivo. A Thomas no le impresionó. Lo único que consiguieron la cartas fue que tuviera que ir a un interrogatorio más; con un comisario de la policía judicial con funciones especiales. Sólo había que esperar el resultado.

Se quedó en casa casi todo el tiempo. Comprendió en cierto modo el pánico que le entraba a la chusma después de estar detenidos un par de días. De todas formas, podía ver porno en internet y películas en DVD en cantidades ingentes. Quería trabajar en su Cadillac, pero no le daba ninguna paz. Los chicos le enviaron a casa una caja de bombones, lo cual le dio ánimos. Habían escrito una pequeña carta: «Estamos deseando que vuelva el rey del tiro». «El rey del tiro», le encantó. Thomas era con frecuencia el mejor en las prácticas de tiro, así que el apodo cuadraba; hay cosas mucho peores con las que le pueden llamar a uno en el cuerpo. A veces levantaba pesas en el cuarto de la tele. Pero sin entusiasmo. Los días pasaban. El verano se escapaba en el exterior de la ventana como un reflejo molesto en el televisor.

Tras cuatro semanas, se había puesto en contacto con Adamsson. Todo el asunto resultaba sospechoso. Adamsson debería entender que para Thomas no había ningún problema en quedarse en casa mientras se realizaba la investigación. Pero Thomas lo había comprobado anteriormente: Adamsson no era de confianza en esto. Debería comprobar más.

Thomas intentó parecer lo más agradable posible cuando le llamó.

—Hola, Adamsson. Soy yo, Andrén.

—Sí, ya te reconozco. ¿Cómo la estás pasando? —El tipo intentaba parecer atento. Pero es que no era Thomas quien había pedido tomarse unos días por enfermedad.

—Verás, no sé si voy a aguantar esto mucho más tiempo. Doy vueltas por casa como un alma en pena esperando la decisión.

—Lo comprendo. Pero de todas formas creo que es mejor que te mantengas alejado. Ya sabes, el ambiente empeora radicalmente si todos saben que estás a la espera. O bien lo desestiman o hay juicio, sin más.

—Stig, ¿puedo preguntarte una cosa?

Usar su nombre de pila, Stig, en realidad era tomarse demasiada confianza, pero en ese momento a Thomas no le importaba.

—Te tengo un gran respeto y siempre he sentido que trabajamos bien juntos. Si alguien me preguntara quién ha sido mi mentor y mi modelo, yo daría tu nombre sin dudarlo. Tienes un estilo directo y no haces concesiones sobre lo que todos queremos defender. Luego, tengo entendido que consideras que yo formo parte de los hombres buenos. Así que ahora me pregunto: ¿hay algo que puedas hacer en esta situación? ¿Hablar con alguien en Asuntos Internos, o con el jefe de policía?

Stig Adamsson respiraba pesadamente en el auricular.

—La verdad, no lo sé. Esto es delicado.

Thomas lo notó claramente: la irritación lo invadía. ¿Qué idioteces eran ésas? Él habría hecho lo que fuera por Adamsson y ahora el cabrón no podía ni siquiera intentarlo por él. Adamsson sabía algo, eso estaba claro.

—Vamos ya, Adamsson. Creía que estábamos en el mismo equipo. ¿No hay nada que puedas hacer?

—¿Tengo que deletreártelo? No-lo-sé. ¿No está suficientemente claro?

Adamsson lo dejaba colgado. Era una traición. De nuevo. Justo como cuando entró a la morgue. Thomas murmuró algo como respuesta. Adamsson dijo adiós.

Colgaron.
Esa noche tomó somníferos para poder dormir.

Otra cosa que también le corroía: el asesinato sin resolver. Tantas preguntas. Lo más probable sería que el muerto tuviera algún tipo de conexión con alguien de la casa. O bien era un simple ladrón al que algún vecino había atrapado con las manos en la masa. Pero algo le decía a Thomas que no se trataba de una casualidad. Había una conexión con alguien, ¿pero cómo se podía averiguar con quién cuando ni siquiera se sabía quién era el muerto? El asesino debía conocer el pasado de la víctima. Por otra parte: el asesino no había tomado el papel con el número de teléfono. Otras preguntas se agolpaban. ¿Por qué no había signos de que la víctima hubiera opuesto resistencia? Ni rastros de sangre ni piel arañada del asesino o asesinos. La víctima no era precisamente una persona pequeña, debió haber tenido lugar una pequeña lucha. Y los piquetes, ¿qué pasaba con ellos? Por último: ¿de quién era el número de teléfono del papel?

Hägerström había comprobado los números de contrato; ninguno de los titulares parecía tener que ver con el asesinato. ¿Pero se podía confiar en Hägerström? No tenía fuerzas para pensar en ello en ese momento. Y además, quedaban números de prepago que aún no estaban totalmente controlados. El primero lo había usado una chica joven sin conexión con el asesinato. ¿Pero el último? Aún no estaba claro a quién pertenecía. Sólo tres números llamados. Dos personas que afirmaban no tener ni idea y una tercera con la que Hägerström no había podido ponerse en contacto.

Llamadas a sólo tres números; algo no cuadraba. Los únicos que utilizaban los teléfonos de prepago de esa manera eran la chusma.

Durante las primeras semanas de la supuesta baja por enfermedad, le había costado salir de la cama por las mañanas. Pero unos días después de la conversación con Adamsson: por sus huevos iba a averiguar eso por su cuenta. Como inspector de policía en activo o de baja por enfermedad. La idea del código IMEI ya la había tenido, pero se había quedado detenida cuando surgieron los problemas.

Había anotado el código IMEI del teléfono pese a que estaba prohibido llevarse material bajo secreto de sumario. Quince cifras. Un código. Una señal que se envía cada vez que alguien llama desde un teléfono celular. Independientemente del número de la línea. En otras palabras: si el teléfono pertenecía a otra persona, o había pertenecido a la misma, que por algún motivo cambiaba con frecuencia de número de prepago, se podían averiguar los otros números a los que se había llamado.

La cuestión era cómo lograrlo. Thomas no era inspector de la judicial, pero sabía que eso no era precisamente ingeniería aeronáutica. Los de la judicial lo hacían todo el tiempo. Pero no pensaba llamar a Hägerström. Tampoco quería llamar a nadie de Skäris para preguntar. Puta, que no supiera hacer eso. Thomas: solo contra la conspiración.

En teoría debería poder conseguir la información de los grandes operadores de telefonía. Solicitar una búsqueda de todas las llamadas que se hubieran realizado en sus líneas desde el teléfono con el IMEI 351349109200565. Pero, ¿qué pasaría si le pedían devolverle la llamada por seguridad? ¿Si le pedían que mandara su solicitud por fax con el número oficial de la central de policía? Aunque, qué diablos: sólo estaba de baja. Todavía era un policía. Tenía que poderse.

Tres días más tarde llamó a TeliaSonera, Tele2Comviq, Telenor y algunos operadores pequeños. Thomas puso su voz de máxima autoridad. TeliaSonera y Tele2Comviq aseguraron que empezarían a comprobarlo; llevaría algunos días. Se tragaron su historia. Aseguraron que enviarían los resultados a un número de fax diferente al habitual de la policía; el privado de Thomas. Ni control sobre quién era ni comprobación de desde dónde llamaba. Nada.

Pero Telenor...

Se había presentado, pero había cambiado algunos datos. En lugar de policía de Söderort había dicho Västerort. Si devolvían la llamada a Skäris u otra comisaría de su distrito, sabrían directamente que no estaba trabajando. Västerort era más seguro. Pidió que lo comunicaran con algún responsable técnico. Explicó la situación. Se trataba de una investigación por asesinato de alta prioridad. La policía necesitaba saber todas las llamadas que se habían realizado desde el teléfono con el código IMEI en cuestión. La chica del otro lado escuchó, dijo sí y mmm; parecía entender hacia dónde se dirigía la cosa. Hasta que él le pidió que se diera prisa con el trabajo.

—Verás, tengo que preguntarte una cosa antes de que pongas en marcha un montón de trabajo adicional para nosotros.

—Bien. —Thomas esperaba que no fuera a surgir nada complicado.

—¿Puedo llamarte yo a ti? Ya sabes que tenemos nuestros procedimientos y eso.

Thomas sintió que las manos se le quedaban frías y sudorosas a la vez. ¿Qué iba a decir ahora?

Apostó de nuevo por la autoridad:

—Mira, vamos a hacerlo así. Mañana te mando una solicitud oficial por fax. Así tendrás nuestro número de fax oficial en tu escrito. Lo hacemos así.

Silencio, tensión. Thomas pensó que casi podía oír los segundos marcándose en el interior de la maquinaria del reloj digital del celular.

—Bueno —dijo la técnica—. Sin problemas. Vamos a hacer todo lo que podamos. Envía ese fax y nos ponemos en marcha.

Thomas respiró. Ahora: sólo quedaba un problema, el fax tenía que recibirse desde la comisaría. Tenía que arreglarlo sin que nadie se extrañara.

Al día siguiente estuvo en ascuas. Se despertó solo a las siete. Desayunó con Åsa. Hojeó los catálogos de vacaciones con ella. Se sentía a gusto, tremendamente a gusto. Al mismo tiempo: pensaba en la mejor hora para meterse en la comisaría. ¿Cuándo había menos gente dentro? ¿Qué iba a inventar si Ljunggren o Hägerström aparecían justo cuando él estuviera allí junto al fax para enviar esa historia? O aún peor: Adamsson.

Cuando Åsa se fue, se sentó en la sala. Recordó cómo se había sentado allí a escuchar a Springsteen. Había decidido seguir adelante. Una promesa que iba a mantener.

Se sentía bien. Su vida necesitaba una inyección, una renovación desde cero. Como el Cadillac.

Las cinco y cuarto: mucho tiempo para llegar a las seis. El momento perfecto del día si uno quería pasar inadvertido por la comisaría de Skärholmen. Justo después de que el segundo turno hubiera hecho el relevo. El primer turno se había ido. Los tipos nuevos en el vestidor.

Al lado, sobre el asiento del copiloto, estaba el fax. Lo imprimió en casa para poder agilizar todo el asunto: entrar, enviar, salir. Había una cosa que no se le podía olvidar: llevarse el informe del fax.

Un sentimiento raro al ver desde la autopista la escultura gigantesca de estilo moderno de Skärholmen, una viga metálica de color óxido de treinta metros con un nudo. Thomas no había estado ausente de Skäris tanto tiempo en los últimos diez años. Evitó estacionarse en su lugar; los vehículos particulares de todos los compañeros estaban ahí. El riesgo de encontrarse con alguno, demasiado grande. En lugar de eso se estacionó en la plaza, detrás del centro comercial.

Dieron las seis. Respiró hondo. Salió.

Fue por su camino habitual. No se encontró con nadie.

Eligió la entrada principal: la mayoría se iba a casa por la entrada de personal. Pasó la tarjeta de acceso. Tecleó el código.

El ascensor: salieron dos inspectores de la judicial del grupo de juventud. Lo saludaron. No eran cercanos. O bien no sabían que estaba siendo investigado y de supuesta baja por enfermedad o no les importaba el asunto.

Arriba en el ascensor. El pasillo parecía vacío. Pasó ante su propio despacho, que compartía con Ljunggren y Lindberg. Miró de reojo. La foto de Åsa seguía en su sitio. Todos los mensajes viejos y aburridos de la Dirección General de Policía seguían en el pizarrón. La bufanda del Bajen[65] de Ljunggren, colgada de la pared, como siempre. Las medallas de *speedway* de Hannu colgadas en su sitio.

En un despacho estaba sentado Per Scheele, escribiendo en la computadora. Levantó la mirada cuando Thomas pasó delante.

—Hey, hola, Andrén. Me alegro de verte. ¿Qué tal estás?

Scheele, dos años en el departamento. Totalmente inexperto. Probablemente no sabía en qué consistía todo eso o se estaba haciendo el tonto. Thomas sólo hizo un gesto con la cabeza, contestó que todo iba bien.

El fax estaba apilado con los otros monstruos de plástico gris: fotocopiadoras, impresora, escáner.

Números programados: Kronoberg, Västerort, Norrort, Norrmalm, arrestos, oficina del fiscal de Söderort, etcétera. Thomas puso su carta para Telenor en el fax. Comprobó dos veces que estaba del lado correcto. El colmo del error sería enviarla de manera que Telenor recibiera una página en blanco.

Marcó el número. Pulsó el botón de envío. La carta fue absorbida al interior. Una secretaria policial pasó tras él por el pasillo. Elisabeth Gunnarsson. No era nadie con quien hubiera hablado mucho. Ella saludó amablemente sin empezar a charlar por compromiso.

---

[65] Nombre coloquial del club Hammarby, que tiene equipos de diversos deportes: futbol, basketball, etcétera.

Sus cálculos, correctos: realmente era ése el momento del día en el que había menos gente allí, salvo posiblemente las dos de la madrugada, cuando entraba el turno de noche.

La carta salió por el otro lado.

Thomas oyó una voz tras de sí. Acento finlandés.

—Andrén, hace un siglo. —Era Hannu Lindberg—. Casi empezábamos a pensar que estabas quemado, como se dice ahora. No parecía encajar contigo.

Después de Adamsson, Ljunggren y Hägerström: Lindberg era el peor que se podía encontrar. En la superficie: un bromista, jovial, alegre, que empinaba el codo y no se limitaba en emplear mano dura en el trabajo. Pero al mismo tiempo: Thomas nunca sentía confianza pese a que siempre fuera entretenido escucharlo. No confiaba en Lindberg como en Ljunggren o en cualquiera de los otros tres con los que compartía la patrulla. Había algo en Lindberg que no cuadraba. Quizá fuera su sonrisa que indicaba: Te haré reír mientras sepa que estás de mi parte. Pero si eso cambia, entonces yo me reiré de ti.

—¿Qué pasa, Lindberg? —dijo Thomas.

Lindberg pareció sorprendido.

—¿Qué haces tú aquí, viejo boxeador? —Se rio.

—He tenido que venir a arreglar un asunto. Aunque ya sabes que es Adamsson el que opina que tengo que estar de baja, no yo.

Lindberg miró el fax. La carta estaba en la bandeja de alimentación con el dorso para arriba. Aún no había salido el informe.

—Ya lo sé. Toda la historia es una locura. Tienes el apoyo de los de aquí, que te conste. La semana pasada estuvimos unos cuantos brindando por ti en la cerveza del viernes. Ljunggren, Flodén, yo. Deberías haber venido. Ven el próximo viernes. Adamsson no puede tener nada en contra de eso, maldita sea.

El informe salía lentamente del fax. Thomas negó con la cabeza.

—Ni idea de lo que opina Adamsson de eso. Toda esta historia me pone enfermo. Oye, Åsa está abajo esperando en el coche.

Yo sólo iba a hacer esto del fax. Saluda a los demás. Hasta la vista,[66] Hannu.

Lindberg sonrió burlonamente. Thomas se llevó la carta y el informe del fax. Hannu Lindberg lo miró. ¿Había un destello de sospecha en sus ojos? Thomas intentó ver si miraba la carta.

Bajó por las escaleras. El corazón palpitaba al ritmo de los pasos.

Ya estaba hecho.

Puta, qué bien.

De vuelta al mundo y al calor. Ahí estaba sentado, solo en una silla plegable en el asoleadero del Gloria Palace. El agua de la piscina a veinticinco grados y un grupo de danesas veinteañeras buenísimas ante él. Sin embargo, se sentía perdido.

Al mismo tiempo: todos los policías de raza pasaban a veces por rachas difíciles. Thomas se había graduado en la Escuela Superior de Policía hacía poco más de doce años, todo el tiempo con el objetivo de estar en la calle, de poder ser un poco útil de verdad. Comenzó como policía de orden público directamente en Söderort. Cuatro años más tarde, ascendió a inspector de policía. Un éxito. Una señal de que había elegido el oficio correcto. Su padre estaba orgulloso. Luego pasaron tres años tranquilos. Conoció a Åsa, se encargó de acabar en el mismo grupo que Jörgen Ljunggren y los demás. Después de una temporada, las cosas fueron un poco demasiado lejos, fue acusado de exceso de violencia en dos ocasiones. Algún manifestante en Salem, adonde había sido convocado, y algún puto maltratador de mujeres que se había puesto un poco altanero. Se libró con meros avisos. Luego Åsa tuvo el aborto. El mundo se hundió un poco más en la mierda en la que él hacía mucho que se había dado cuenta de que estaba hasta los tobillos. Intentó calmarse arreglando el coche. No funcionaba. Le

---

[66] En español en el original. Frase famosa por ser usada en *Terminator I*.

pegaba a gente diez veces peor, muchas veces al mes. Golpeaba a adictos. Apaleaba a chusma inmigrante. Pateaba a suecos borrachos que atrapaban robando. Pero el ambiente en el cuerpo era bueno. Había honor, un código. La gente no decía nada de que Thomas iba por la vía dura. La gente no cantaba sobre un compañero que hacía su trabajo.

Bueno, quizá fuera un poli caído. Un policía medio racista, demasiado agresivo, degenerado. Un ser humano podrido. Pero a veces echaba de menos el viejo trabajo policial. El que trataba de buscar la verdad y nada más. En medio de toda la mierda en la que se había metido con sus ganas de conseguir dinero fácil, quedaba algo de policía en él. Aquel que había recibido de la sociedad la misión de impedir el crimen. Al mismo tiempo, se alternaban otros pensamientos. ¿Qué iba a hacer con la oferta de Radovan Kranjic? Aún no se había decidido; quizá lo determinaría el resultado de la investigación interna.

En Suecia, todos los informes de los operadores de telefonía estarían esperándolo. Se habían comprometido a ello.

En Suecia, sabría en unos días si continuaba o no.

En Suecia, tendría que tomar una decisión: ¿qué iba a hacer con los yugoslavos?

En Suecia, la realidad podría hacer lo que quisiera. Él se sentía preparado.

O no.

Capítulo
28

El jodido Frivården de Hornstull, más beis que nunca. El humor de Mahmud, más podrido que nunca. Había llegado con una hora de antelación. La recepcionista le informó que la maldita Erika no salía a verlo.

—Lamentablemente está en otra reunión.

Ya, seguro, bien por la otra reunión. La clave era la metodología de humillación. Hacer esperar a Mahmud siempre. Le iba a enseñar a esa puta lo que era estar en «otra reunión».

Mahmud miró la prensa. Pensó: *Sköna Hem, Dagens Nyheter;* qué gay. Que le dijeran de un solo tipo normal que leyera eso. Pero *Motortidningen* pasaba. Mahmud lo hojeó. Un reportaje sobre el nuevo Ferrari. Suspiró un rato. Luego pensó: ¿debería largarse? El reloj del celular: faltaban cincuenta minutos. Debería largarse. Al mismo tiempo: de todas formas Erika era bastante estirada. Además: si había problemas con Frivården, habría ajetreo con la policía y si había ajetreo con la policía, habría bronca con servicios sociales, etcétera. En realidad la idea estaba clarísima: nunca entres en el sistema. Porque una vez que estés allí, no te sueltan. Jamás.

Babak le había dejado a Mahmud un celular que había tomado de la tienda de su padre. Cabían cientos de mp3. Babak lo había llenado con toda una mezcla. Los más fuertes: P Diddy, The Latin Kings, Akon. Ritmo denso. Pero también: Haifa Wehbe,

Ragheb Alama; auténtica onda Oriente Medio. Mahmud echó la cabeza hacia atrás. Se relajó. Jamás le iba contar a nadie que había esperado tanto tiempo a su inspector de la condicional.

Había vuelto a tener la pesadilla. De vuelta al bosque. Pinos y abetos ocultaban el cielo. Brazos levantados contra el cielo. El arma brillaba bajo una luz fría que parecía que era de faroles. ¿Faroles a mitad del bosque? Incluso en el sueño parecía raro. En la hierba, en medio del círculo de hombres vestidos de negro, Mahmud miraba desde arriba como si flotara por encima de toda la escena, vio a Wisam. Las manos negras de la sangre que le caía a Wisam de la cara. Corría lentamente. Cálida. Caliente como una corriente de lava. Bajó la cabeza. Stefanovic apuntaba a su cuello con el fusil:

—Te matamos, no porque te lo merezcas, sino para que se refleje en nuestra cuenta de resultados. —Wisam levantó la mirada. Ojos anegados de llanto. Un corte palpitante en la mejilla. Aunque quizá no. La sangre manchaba las mejillas. La barbilla. Corría como en cámara lenta.

—Ayúdame —dijo.

No era la primera vez. Desde que había visto a los yugoslavos llevarse al libanés aquella tarde. Los sueños lo agobiaban. Clarísimos. Imparables. Nítidos como un levantón de cocaína. El bosquecillo. Los orines en la hierba. Los golpes rectos de Akhramenko en las costillas de un contendiente sin cara. La sonrisa de Stefanovic. La risa burlona de Gürhan. Born to Be Hated. Intentaba fumar antes de acostarse, para dormirse mejor. Evitaba entrenar o tomar Coca-Cola a última hora. Sólo veía programas de televisión aburridos. Pero no funcionaba.

Los recuerdos lo azotaban.

Stefanovic le había pedido que subiera al coche. Vestido con traje, un celular en la mano, humor radiante. Se giró hacia Mahmud:

—Muchísimas gracias por tu ayuda. —Luego siguió hablando por el celular. En serbio.

Fueron hacia Södermalm. Música eslava en los altavoces del coche. Semáforo en rojo en la calle Vasagatan:

—¿Ha sido difícil localizar a ese cerdo?

Mahmud sonrió socarronamente.

—Carajo, no, soy el rey a la hora de localizar gente.

Ahora, dos meses más tarde, esa sonrisa parecía casi tan repugnante como si se hubiera doblado de risa ante la tumba de su madre.

Erika dio unos golpecitos en la mesa que había ante él. Él abrió un ojo. Ella sonreía. ¿De qué carajo se reía? Mahmud se dejó los auriculares puestos. No oía lo que decía.

Ella volvió a darle unos golpecitos en la rodilla. Intentaba decirle algo que no se oía a través del ritmo denso, 50 Cent.

Se quitó los auriculares.

Fue arrastrando los pies hasta su despacho. Tan revuelto como de costumbre. La misma cantidad de papeles, tazas de café, botellas de agua mineral Ramlösa, plantas secas, carteles raros de gente gordísima. Título: Botero. Mierda, Botero podía ser ella: una masa.

—Vamos, Mahmud, no hace falta que te portes como un niño de dos años sólo porque hoy has venido temprano.

Mahmud enrolló los auriculares.

—¿Quién te crees que eres? —Y con voz más baja—: Puta.

Erika lo miró fijamente. Mahmud lo sabía: uno tenía que conocerla desde hacía algún tiempo para entender lo irritada que estaba. Erika: una chica cuya ira podías medir por lo inmóvil que estaba sentada. En ese momento: se movía menos que las esculturas desnudas de la plaza de Hötorget.

Pasaron treinta segundos de silencio. Luego Mahmud dijo:

—Bueno, he venido demasiado temprano. Fue culpa mía. Lo siento. Es sólo que me enoja su recepción. ¿Por qué no podían pedirte que me vieras un poco antes?

Erika movió la mano; un buen signo.

—No es culpa suya. Yo estaba en otra reunión. El mundo entero no gira a tu alrededor, Mahmud. Tienes que entenderlo. Vamos a olvidarnos de esto. Alegra que estés aquí.

Mahmud sonrió por su elección de vocabulario: «Alegra», vamos. ¿Ella hablaba así? En su corazón: no podía evitar pensar que de todas formas Erika era bastante *nice*.

—¿Cómo te ha ido en la búsqueda de trabajo? Ya debes de estar cerca de convertirte en el director general de algún sitio.

Cualquier otra persona: Mahmud se habría enojado. De verdad. Se lo habría tomado como un insulto. Una manera de burlarse de él. Con Erika: él sabía en el fondo que eso no era lo que ella quería. Aunque eso también lo sabía él con frecuencia, pero allí: no podía estar enfadado con ella más de cinco minutos.

—La verdad es que va mal. Ni siquiera he tenido entrevistas últimamente.

Siguieron discutiendo. Erika con lo de siempre. Dijo que tenía que hacer cursos, ponerse en contacto con el Centro de Empleo, su asistente social. Que tenía que mantener el contacto con su padre, su hermana. Una familia fuerte era importante. Un entorno social era importante. Los antiguos amigos eran importantes.

Lo último: sintió el dolor de cabeza despertarse poco a poco. Preocupante. Wisam: un viejo amigo.

Puso la cara de «que parezca que estás escuchando». Pero no podía relajarse. Intentó mitigar el dolor de cabeza que empezaba a chillar. «¿QUÉ PUTA MADRE HAS HECHO?»

Sentía que necesitaba agarrarse de algo. Como si se estuviera derrumbando. Cayéndose, retorciéndose como un insecto en un suelo de linóleo. Sentía que quería contarle a Erika toda la historia. No. *Chara*. No podía ser. Jamás.

Aguantó. Resistió. Dijo que sí a todo aquello para lo que Erika quería oír un sí.

Quince minutos después habían terminado.

Gracias, nos vemos en quince días.

Deprisa. Fuera.

Dos horas más tarde. Se quedó en casa de Babak unos días, no aguantaba las quejas de su padre.

A Babak le estaba yendo bien. Se había comprado un televisor de pantalla plana Sony de 46 pulgadas.

—Nada de modelos pobretones de rebajas —dijo—. Sino uno de verdad, con más píxeles que moros hay en Alby. ¿Ves?

Babak vendía mierda como nunca antes, coca, hierba, incluso *khat*. Podía pasarse días enteros hablando de eso: lo de la cocaína ya no era como antes. No eran sólo los tontos con dinero o los payasos de Stureplan los que se metían. Al contrario. Don Vikingo y Ali Muhammed del portal de al lado se metían unos llegues con más frecuencia que tomaban cerveza. Todos se metían. Los precios habían caído en picada como en las rebajas de enero. Pronto la cocaína sería más importante que la marihuana. Babak convertía cada moneda en un billete. La recompensa: televisor de pantalla plana, chicas, subordinados. Esto último: Babak había reclutado a dos tipos que reventaban para él. Y fue entonces cuando empezaron a entrar ingresos de verdad.

La recompensa de las recompensas. Hacía dos semanas que Babak se había comprado el número uno: un BMW. El coche era un modelo de 2007, comprado como parte de una compensación por una deuda con un pobre finlandés de Norsborg que no podía pagar.

Mahmud lo notaba claramente: tenía mucha envidia. De un hermano. Detestaba ese sentimiento. Al mismo tiempo —se prometió a sí mismo—, un día sería dueño de cosas aún más potentes.

Mahmud se levantó. Se puso a caminar alrededor de los sofás. Llevaba puestos unos pantalones de chándal.

Babak dijo:

—¿Qué haces? Me estresas. *Habibi*, siéntate. Vamos a ver alguna película.

A veces sonaba cómico: dijo todo en árabe, pero la palabra *película* en sueco.

Mahmud contestó con tranquilidad:

—Oye, tengo que hablar contigo de una cosa.

—No pasa nada. Esperamos con la película. Dispara.

—He hecho una estupidez. Una puta estupidez.

Babak echó la cabeza hacia atrás, fingió sorprenderse.

—Vamos, ¿cuándo no has hecho una puta estupidez?

—En serio, Babak. Esto que quede entre nosotros. Nadie más. He traicionado a alguien a quien no quería traicionar.

Babak pareció comprender lo serio que era. Mahmud dio vueltas y vueltas. Le contó desde el principio, incluso aquello que Babak ya sabía. Cómo lo había presionado Gürhan por medio de Daniel. Cómo había crecido la desesperación. Cómo había surgido la posibilidad como un regalo de Alá. La oportunidad de hacer a los yugoslavos un pequeño favor que pagarían a lo grande. Encontrar a Wisam Jibril, un antiguo conocido de la infancia de la barriada que había estafado dinero a Radovan. Babak ya había comprendido buena parte con anterioridad. Había estado en la tienda de Bentley, había oído a Mahmud preguntar a cada tipo por Wisam. Pero no sabía la historia completa.

Mahmud se detuvo.

—Es que cuando fue a casa de mi padre aquel día y empecé a hablar con él, a contarle mi idea de negocio, a sugerir que nos viéramos, al mismo tiempo yo ya sabía una cosa.

Babak preguntó:

—¿Qué sabías?

—Sabía que lo iba a lamentar el resto de mi vida. ¿Entiendes?

Babak sólo asintió.

Mahmud continuó. Describió cómo había engañado a Wisam para ir al restaurante de Tumba, cómo los yugoslavos agarraron al libanés, cómo Mahmud se metió en un BMW y se marchó detrás.

Pero no siguieron al coche en el que iba Wisam. En lugar de eso, fueron hacia el centro. Se detuvieron en Slussen. Stefanovic le dijo a Mahmud que se bajara con él. Entraron en uno de los edificios altos tras del ascensor al aire libre de Catharina. Subieron en un ascensor estrecho. Salieron. Allí arriba había un restaurante. Manteles blancos, copas de cristal, camareros profesionales; auténtico ambiente de lujo. Mahmud no tenía ni idea de que hubiera restaurantes así en Söder.

La mesa estaba reservada. El camarero parecía conocer a Stefanovic. Poca madre.

Stefanovic pidió una copa. Mahmud no pensaba beber alcohol, se tomó una cola *light,* como siempre.

—Espero que te guste el sitio. Pensé que podíamos celebrar que nos hayas ayudado.

De entrada Mahmud pidió *foie* con una especie de vinagreta de pera que en realidad tendría que llevar jamón serrano. Solicitó que se lo trajeran sin esto último.

Stefanovic siguió hablando. Sobre las ganancias que había obtenido de los combates de K1, los fantásticos golpes de Jörgen Ståhl, algún antro nuevo en Stureplan. A Mahmud le entusiasmaba la charla. Stefanovic tomó vino. Mahmud siguió con cola *light.* Llegó el plato principal. A Mahmud le costó decidirse: mucho pescado en el menú y eso no era lo suyo.

El camarero sirvió el plato. Entrecot a la parrilla. Cosas potentes.

Todo el tiempo durante la conversación, sin olvidarlo: tenía que preguntar al yugoslavo lo que podían hacer con respecto a Gürhan y Born to Be Hated. Mahmud miró a su alrededor. Suelo de parquet, clientes con traje, pasada de vistas sobre la ciudad. Unos tipos de otra mesa los miraban fijamente al estilo sueco a él y a Stefanovic.

Stefanovic se secó con la servilleta de tela.

—Bueno, vamos a hablar un poco de negocios. —Bajó la voz—. Lo primero y lo más importante, quiero volver a darte las gracias. Habría sido difícil encontrarlo sin ti. Los hombres se encargarán ahora de él. ¿Entiendes lo que quiero decir?

Mahmud lo entendía, aunque quizá no del todo. Por algún motivo, negó con la cabeza.

—¿No lo entiendes? Así funciona. Lo hemos raptado no porque se lo merezca, sino porque tiene que reflejarse en nuestra cuenta de resultados. Verás, en realidad no se hizo de mucho dinero en su pequeño golpe de Arlanda. Conseguimos recuperar la mayor parte. Así que no se trata de dinero. Sino de principios. Las reglas del juego. Todo nuestro concepto empresarial se basa en una cosa —se inclinó hacia delante, le susurró a Mahmud al oído—: Miedo.

Stefanovic dio un sorbo al vino.

—En fin, has demostrado que eres un buen tipo. Has hecho tu trabajo limpiamente, con rapidez y de la forma correcta. Eso se valora. ¿Sabes qué es lo más importante en este sector?

Mahmud negó con la cabeza.

—Que se pueda confiar mutuamente. La confianza es lo único importante. No trabajamos con contratos escritos o cosas así. Sólo eso, confianza. ¿Comprendes?

Stefanovic tomó un bocado grande.

Lo que decía el yugoslavo le sonaba bien a Mahmud.

—Puedes confiar en mí. Al cien por ciento.

—Eso está bien. —Stefanovic masticó—. Vas a recibir tu pago hoy mismo.

Mahmud casi no lo seguía. Iba demasiado rápido. Necesitaba contraatacar con su propuesta. Sin embargo, tenía que actuar de acuerdo con la ceremonia. Reunió fuerzas. Cuidó el lenguaje.

—Espera un momento, Stefanovic. Te agradezco lo que dices. Es un gusto haber podido ayudarlos. En serio, habría sido difícil para ustedes encontrar a ese tipo. Se movía en mis círculos, no en los suyos. Uno tiene que conocer el asfalto para lograr una cosa así. Y yo seguiré trabajando para ustedes encantado. En la ciudad dicen cosas buenas de ustedes. Así que soy suyo. Pero también hay otra cosa de la que tengo que hablar. No quiero cobrar ningún dinero por el trabajo. Sin embargo, quería saber si me podrían ayudar con otra cosa.

Stefanovic levantó la copa de vino para brindar.

—Cuenta.

—¿Conoces a Gürhan Ilnaz, Born to Be Hated, de Södertälje?

Stefanovic asintió. Todos en ese mundo al que pertenecía sabían quién era Gürhan; igual que todos conocían a míster R.

—Va por mí. Se trata de una deuda que yo he devuelto a plazos. Pero me la aumentan más y más, ¿entiendes? Se comportan como verdaderos cerdos, amenazan a mi familia y eso. —Hizo una pausa—. Así que había pensado lo siguiente. Yo les he hecho un gran favor. En lugar de cobrar con dinero, podrían tener una charla con Gürhan. Ya entiendes lo que quiero decir, sólo que hablen con él a su estilo.

Mahmud se esperaba otro gesto silencioso de asentimiento. En lugar de eso: Stefanovic se dobló de la risa. Como un minuto. Dio un sorbo al vino. Se reclinó contra la silla. Siguió sonriendo.

—Olvídate de eso. Te estamos agradecidos por lo que has hecho, como ya he dicho. Pero no tan agradecidos como para hacer cualquier tontería. Recibirás el dinero que dijimos. Eran treinta mil, ¿no? Quizá el turco se quede contento con eso, yo qué sé.

Mahmud intentó:

—Pero les he ayudado demasiado. Para ustedes no representa nada hablar con él.

—¿No has oído lo que dije? Olvídate. *Forget about it.* Sin embargo, puedes empezar a vender para nosotros. Así quizá puedas ahorrar un poco.

La historia de Mahmud terminó ahí. Se había metido a fondo en el relato, había citado cada comentario. Casi se había olvidado de que Babak estaba sentando en el sofá escuchando.

Entonces Mahmud lo miró.

—¿Entiendes que esté hundido?

Babak jugueteaba con la funda del DVD.

—Puta madre, tú eres de veras idiota.

Capítulo
29

La mañana en la mierda de trabajo de vigilante. Los ojos rojos. Llorosos. Arrugados en la parte inferior. Peor: el dolor de cabeza martilleaba en la parte interior de la frente. Le recordó la falta de sueño. La noche anterior, otra vez: cuatro horas. No estaba claro cuánto tiempo más lo soportaría. Pero de momento: aguantaba. La tercera noche seguida que había pasado sentado desde las siete de la noche hasta la una de la madrugada en el exterior de los pisos de los hombres. Aburrimiento mezclado con tensión exaltada. En su mente, fantasías de escenas de acción mezcladas con fervor por la justicia.

El proyecto ya tenía nombre. Operación Magnum. Sí daba: en la película, Travis se cargaba a los cabrones con un revólver Magnum del 44. Era un arma potente. Aquello sería una intervención potente.

Niklas, sentado en el exterior de un piso en Sundbyberg. Intentaba ver todo lo que podía con ayuda de los binoculares. La mujer, Helen Strömberg, llegó a casa a las cinco. Trabajaba como higienista dental en el Servicio Estatal de Odontología de Odenplan. El hijo llegó a casa a las cinco y media. Cenó solo delante del televisor. La única habitación que Niklas veía bien: la sala. El chico vio algún programa sobre la naturaleza. Niklas, con sarcasmo, para sus adentros: emocionante, creía que había videojuegos para chiquillos como él. El hombre, Mats Strömberg, llegó a las siete y media. Él y Helene cenaron juntos. Luego Mats vio la televisión con el hijo. Parecía que Helene fingía estar enamorada. Un hogar armónico. Debía de ser una farsa. Todo estaba tranquilo. Como la calma en el cuartel antes de un ataque. Pero no pasó nada.

Más tarde: de las doce y media a las dos y media descargó sus cámaras en el exterior de los dos chalets y delante de uno de los departamentos. Se fue a casa. Lo guardó en el disco duro. Vio a velocidad rápida las grabaciones en el video, una tras otra. La mayor parte del día, las casas estaban a oscuras. Por la tarde/noche se iluminaban. La gente llegaba a casa. Madres, padres, hijos. Salían con los perros. Llevaban a los niños al entrenamiento. Preparaban comida. *Ordinary lives.*[67] De momento. ¿O no? Quizá la lista no contenía en absoluto nombres de mujeres maltratadas. Quizá fueran candidatas potenciales para la central telefónica de La Casa de las Mujeres, la línea de atención telefónica, actividades de apoyo. Quizá toda la historia se había ido a la mierda. El dinero de Niklas, a la basura. Quizá un FISHDO: *Fuck It, Shit Happens, Drive On.*[68] ¿Debería empezar a pensar en otra cosa?

Además: tenía que cuidar de su economía. El trabajo no proporcionaba muchas coronas, diez mil al mes, máximo. Se había gastado cientos de miles de coronas en el equipo, el coche y lo demás. Necesitaba dinero para sus gastos habituales y futuros costos de la operación. Además: el agente ilegal podría reclamarle el departamento en cualquier momento. ¿Qué iba a hacer entonces?

Volvieron los sueños. Vio a Claes ante él. Manos sangrientas. Golpes en el estómago. Patadas en la cara. Imágenes de Irak. Collin con equipo de combate. El atentado contra la mezquita. Pilas desmoronadas de coranes.

---

[67] «Vidas corrientes».
[68] «A la mierda, las cagadas suceden, sigue adelante».

Agosto se acercaba a su fin. Esperó. Pacientemente. Pronto tendría que suceder; alguno de los hombres se desenmascararía.

Era jueves por la tarde. Hora de salir del trabajo. Faltaba un día para el fin de semana. Aún más tiempo qué dedicar a la operación.

Llamó a su madre de camino a casa.

—Hola, soy yo.

Niklas oyó que corría agua de fondo. Debía de estar ya en casa, lavando los platos o algo. Bien.

—Hola, mi, niño. Cuánto tiempo, la verdad. ¿Es que ya no contestas cuando llamo?

No podía con el tono acusatorio.

—No, pero es que trabajo todo el tiempo. No puedo contestar en cualquier momento.

—¿Y qué tal el trabajo?

—El trabajo es una mierda, mamá. Una mierda total.

—No digas eso. Quizá sea más aburrido que todo lo que hiciste allá abajo, pero es más seguro. Más seguro para todos.

Niklas, de camino a su coche en el enorme edificio del estacionamiento de Biovitrum. Los pasos hacían eco.

—Basta ya, mamá. A veces uno tiene que hacer cosas peligrosas para ganarse el pan y a veces uno tiene que hacer cosas peligrosas porque uno tiene que hacerlas.

—¿Qué quieres decir? Claro que no tienes que hacerlas. ¿En qué asunto peligroso estás metido ahora?

—No, no quería decir eso. —Niklas vio el Audi diez metros más adelante. Lo abrió con el control—. Pero a veces quizá deberías ser más agradecida.

Ella dejó de hacer ruido con los platos.

—¿Qué quieres decir? ¿Por qué tengo que estar más agradecida?

Niklas abrió la puerta del coche. Se sentó en el asiento del conductor.

—Todos estos años me has dado el sermón con eso de que pare de guerrear, como tú lo llamas. Cada vez que vengo, te quejas. Luego, cuando vuelvo a casa por ti, ¿qué recibo entonces? Aún más quejas. No entiendes cuántas cosas buenas he hecho por ti, mamá. Hay muchísima mierda en esta ciudad. ¿Lo comprendes? Mugre que penetra con violencia en mi sangre. Que ha penetrado con violencia en ti.

Cerró la puerta del coche con un golpetazo.

—¿Sabes lo que me asusta, Niklas?

—¿Además de los insectos, las palomas y las alturas? No.

—Me asustas tú. No eres como solías ser. Antes eras siempre vehemente y lleno de energía. Sé que también entonces te podías enfadar, pero siempre eras bueno. ¿Qué es lo que está pasando? Sólo hablas de gratitud, de mierda que ves a tu alrededor. De que la administración de jardines no hace su trabajo porque hay muchas ratas en Örnsberg. Dices cosas muy raras. ¿Fuiste a Consultas Externas, como hablamos? En realidad, ¿cómo están las cosas, Niklas? ¿Vienes a cenar a casa esta noche? Compraré pizza.

Primero: sorpresa por la reacción de ella. Rápidamente sustituida por algo totalmente diferente: indignación. Repugnancia. Consultas Externas era una mierda. ¿Qué se había creído ella? Él notó que la mano le empezaba a temblar. Apenas podía sujetar el celular contra la oreja.

—¡Cálmate ya! Ya verás. Ya verán todos. Yo no soy como tú. Yo soy algo mucho más grande, yo voy a dejar una huella en la gente. Se trata de impacto, mamá, de cambiar algo en el mundo. Y entonces uno tiene que actuar. La vida de la gente, el curso de la historia. Todos andan por ahí sin más aceptando la mierda, pero ¿quién hace algo al respecto? Y tú, tú sólo has sido cobarde.

Niklas cortó la llamada. Ya era suficiente. Si ni siquiera su madre lo comprendía, no tenía sentido intentar explicárselo a nadie.

La operación Magnum tenía que continuar. Niklas fue directamente hacia Sundbyberg.

El departamento de la familia Strömberg estaba en el segundo piso. Niklas se pasó al asiento trasero. Se acostó. Se puso los binoculares sobre el estómago. Levantó la mirada hacia el piso a través de la ventanilla. De momento, a oscuras. Eran las cinco y cuarto. Menos mal que cambiaba de matrícula con regularidad.

La gente pasaba de largo junto al coche. La ventaja de llegar tan temprano: era fácil encontrar estacionamiento. Algunas veces había tenido que desistir por falta de sitio. Había tenido que ir a alguno de los otros apartamentos. Eso lo perturbaba; necesitaba rutinas.

Mientras esperaba que la familia llegara a casa, leía el género que acababa de descubrir: antidesequilibrio de poder. Antiporno. Antihombres que se creían que tenían derecho a hacer lo que quisieran. En ese momento: *Deshacer el género,* de Judith Butler. Espantosamente académico, pero de todas formas lo instruía. Le hacía darse cuenta de la enfermedad de Suecia. Del mundo. Los hombres que utilizaban la fuerza. El desequilibrio físico. Los veía como ratas que aprovechaban para chuparles la sangre del cerebro a los humanos sólo porque podían. Como inmundicia acumulada sólo porque había sitio. La mierda que ensuciaba cada centímetro del cuerpo humano. Invadía la sangre, las fibras musculares, los órganos respiratorios. Suciedad. Pero no sabían a quién tenían en su contra; pobres idiotas.

A las seis, el hijo llegó a casa. Siguió su rutina habitual. Encendió el televisor antes de siquiera quitarse la cazadora. Desapareció en la cocina. Volvió con un bowl. Quizá leche y cereal. Se sentó ante el televisor.

Pero Helene no llegaba a casa. Dieron las siete. El chico habló por teléfono varias veces.

A las siete y media llegó a casa el cabrón de Mats. Desapareció en la cocina. El tiempo pasaba. Eso no encajaba con las rutinas de la familia. Mats entró en la sala. Se sentó junto al hijo ante el televisor, con una cerveza en la mano.

El hijo se levantó, desapareció. Quizá se fue a acostar, aunque era temprano.

El hombre siguió sentado. Tragando cerveza. Miraba la televisión.

No fue sino hasta eso de las diez y media cuando Niklas vio que Helene llegaba andando por la calle. Él ya se sabía el código de apertura del portón; era fácil de averiguar, sólo había que seguir los movimientos de los dedos de la gente en el teclado. Lo había probado varias veces por seguridad.

Ella solía tardar cuarenta y cinco segundos en subir hasta el departamento.

Correcto: cuarenta y tres segundos tras entrar en el portal, Mats se levantó del sofá. Se tambaleó ligeramente. Desapareció en dirección del recibidor.

Mierda, Niklas no podía ver qué pasaba. Sopesó la posibilidad de salir del coche, ponerse de pie más arriba en la calle. Conseguir mejor ángulo, vislumbrar el recibidor. Al mismo tiempo: ahí se trataba de actuar de manera rutinaria, sin precipitarse, sin correr por ahí agitando los binoculares innecesariamente. Se quedó en el coche. Esperó.

Tras diez minutos: entraron en el salón.

Helene gesticulaba con los brazos. Mats, con la cara muy roja. Claramente: estaban peleando.

Niklas, totalmente atento. ¿Qué decían ahí dentro? ¿Cuán agresivo era el hombre? Debería haberse comprado un equipo para escuchar sin cables, haber llenado el sitio de micrófonos directamente.

Luego lo vio claramente. El imbécil de Mats empujó a Helene en el pecho. La cara de ella se descompuso, quizá lloró. Él la volvió a empujar. Ella retrocedió unos pasos. Recibió un empujón más. Se desplazaron por sus empujones y salieron del campo visual. De nuevo hacia el recibidor. Estaba pasando, ahora iba a haber una gran agresión: seguro, pronto.

Niklas se abalanzó fuera del coche. Se llevó la mirilla y su cuchillo Cold Steel. Oscuridad en el exterior. Los faroles colgaban de cables entre las casas. Tecleó el código. Un clic débil cuando se abrió la cerradura de la puerta. Abrió la puerta con fuerza.

Cuatro escalones por paso. Avanzaba; concentrado por la adrenalina, maniobras de ataque. Posición E; preparado para acuchillar.

Strömblad. Placa cerámica en la puerta con un texto de vivos colores en relieve: «Bienvenidos». El ruido de la bronca se oía vagamente. Pese a que Niklas había subido a comprobar la puerta antes, le dio tiempo a pensar: la vida idílica, más mentirosa que de costumbre.

Por lo demás, silencio en la escalera. Oyó su propia respiración jadeante. Puso la mirilla sobre la de la puerta. En el interior: Mats y Helene en plena guerra. Ella estaba sentada en un taburete. Él: a un metro de ella. Gritaba. Niklas lo podía oír ahora que su cabeza estaba sólo a unos centímetros de la puerta.

—Egoísta de mierda. ¿Cómo crees que va a funcionar esto? Si estás de juerga toda la noche.

Mats dio un paso adelante. Helene, sentada con la cara oculta en las manos. Sollozaba. Gemía. Lloraba.

Mats siguió gritando. Berreaba sobre los requisitos para su vida en común. La educación del hijo. La limpieza de la cocina. Un montón de bobadas. Helene no hacía caso, no lo miraba.

Mats dio un paso más.

—¿Pero me estás escuchando? Puta de mierda.

La agarró del pelo. Le levantó la cabeza de un tirón. Los ojos, enrojecidos del llanto. Niklas lo notó. Su miedo. Pánico. Quizá sabía lo que iba a pasar.

Mats le agarraba el pelo fuertemente. Ella tuvo que levantarse. Intentó liberarse con las manos. Él la soltó. La empujó contra los roperos. Ella tropezó, se tambaleó, cayó. Intentó levantarse. Él estaba de pie con la cara a cinco centímetros de la de ella. Seguía aullando. Exaltada, gritaba, escupía.

Ella se agazapó. Agarró sus zapatos.

Niklas apenas tuvo tiempo de reaccionar. La puerta se abrió. Helene pulsó el interruptor de la luz. Niklas, de pie como un tonto, la mirilla en el puño fuertemente cerrado.

Helene hizo caso omiso de él. Se lanzó escaleras abajo, aún descalza. Los zapatos en la mano.

Niklas subió hasta el piso siguiente. Escuchó.

Oyó a Mats gritar:

—Vuelve, cálmate.

La planificación militar era inútil; Niklas no podía hacer nada.

Esperó hasta que Mats cerró la puerta. Salió hacia el Audi. Vio a Helene más abajo en la calle.

Ella caminaba a paso rápido, pero parecía que se tambaleaba.

Niklas la siguió.

30

*B*ronceado, bien entrenado, fuerte; por fuera.

Preocupado, a la expectativa, nervioso; por dentro.

Ese día llegaría la resolución. Åsa y Thomas habían vuelto de Gran Canaria el día anterior. Åsa dijo que le había parecido maravilloso. Pero Thomas lo sabía: la preocupación también la corroía, quizá más que a él.

En algún momento después de la una se daría curso a la resolución. Åsa estaba en el trabajo.

Él fue a hacer las compras hacia las diez. El cielo: duro y gris como el cemento, pálido como su propio interior. Los borrachos del exterior de la tienda de Systembolaget se hicieron a un lado cuando pasó a su lado con las bolsas de comida; sabían que era policía. Pensó: Los borrachos tienen que ser buenos hablando; es lo único que hacían todo el día, sentarse juntos a parlotear. Entrenamiento social a tope. Quizá habría que mandarles a Ljunggren. Thomas se rio para sus adentros; el compañero quizá fuera un caso perdido.

Ljunggren: le hacía echar de menos el trabajo. Pero también pensar en todo lo que había de raro. El fax de casa estaba hasta el tope cuando lo vació el día anterior, en cuanto Åsa y él soltaron las maletas. Al menos treinta páginas de Tele2Comviq, diez páginas de un operador más pequeño, y más de cuarenta páginas de Telenor. No había otra que empezar a revisarlo. Organizar la información. Trabajar de manera estructurada. Åsa preguntó si no estaba cansado del largo viaje de vuelta a casa:

—Al fin y al cabo han sido más de nueve horas entre la escala y todo. Por lo menos yo estoy hecha polvo.

Claro que el estaba hecho polvo, cansado hasta los huevos. Pero las listas le daban ánimos. No, más que eso; las listas le daban pura energía. Quería que Åsa se fuera a dormir directamente para poder empezar a trabajar.

A eso de las nueve ella había caído. Thomas estuvo sentado cuatro, cinco horas con las listas. La casa totalmente a oscuras salvo la lámpara del escritorio en el despacho. Marcó los números a los que se había llamado desde el teléfono, buscó los que se repetían, miró en internet. Consiguió nombres; montones de nombres.

Soltó las bolsas de comida. Abrió la puerta lentamente. Llenó el refrigerador. Colocó la mantequilla, el solomillo de cerdo, el queso, la leche. Estos últimos: orgánicos. Åsa se empeñaba en ello. Thomas no tenía fuerzas para discutir, aunque toda la gente sensata sabía que eso era una payasada.

Se sentó al teléfono. Tomó las listas de llamadas. Destacaban cuatro números. Se había llamado a cada uno de ellos al menos veinte veces entre mayo y junio. Pensó en llamar primero al que tenía más llamadas, treinta y tres sólo en mayo de ese año. El número debía de ser de tarjeta de prepago; en las búsquedas no obtuvo ningún número de contrato.

Alguien contestó al otro lado:

—¿Sí?

Contestar sólo con «¿Sí?» ya era en sí mismo sospechoso.

—Hola, me llamo Thomas Andrén. Llamo de la policía de Estocolmo…

Sonó un clic desde el otro lado de la línea.

Thomas volvió a llamar. Le dio tono de ocupado como una seña obsena con el dedo directamente delante de la jeta.

Siguiente número: se había llamado en total cuarenta y dos veces en mayo y junio. Pertenecía a una tal Kristina Swegfors-Ballénius. El tercero era otro número más sin identificar. El cuarto era el más llamado: un tal Claes Rantzell.

Empezó con Kristina Swegfors-Ballénius.

Una voz relativamente joven:

—¿Sí? Soy Kicki.

—Hola, me llamo Thomas Andrén y llamo de la policía de Estocolmo.

—Ah, ¿y qué quieres? —El escepticismo al otro lado de la línea era evidente.

—Se trata de una investigación que estamos realizando sobre un delito muy grave. Necesito respuesta a una pregunta muy sencilla. Tengo un terminal de teléfono celular desde el que te han llamado muchas veces entre mayo y junio de este año. Los números varían, pero, por ejemplo, en mayo te llamaron dieciocho veces desde este número. —Thomas leyó en voz alta uno de los números de prepago de Telenor.

—¿Puedes decírmelo otra vez?

Thomas repitió el número.

—No, la verdad es que no tengo ni idea —dijo la mujer.

¿Qué estupidez era ésa? A Kristina Swegfors-Ballénius la habían llamado más de cuarenta veces desde ese teléfono; tenía que saber de quién era el número. Thomas intentó oír el tono de su voz. ¿Cuánto estaba mintiendo?

—Mira, se trata de una investigación por asesinato, ya te lo he dicho, ¿no? No es ningún delito de mierda corriente. Alguien te ha llamado en total cuarenta y dos veces. Alguien con el mismo teléfono que evidentemente cambia de número aproximadamente con la misma frecuencia con la que la gente normal cambia el rollo de papel higiénico. Intenta recordar.

La mujer del otro lado carraspeó.

—Pero es que han pasado muchas semanas. ¿Cómo crees que me voy a acordar de eso?

Algo iba mal; la mujer no quería ni siquiera recordar. La animadversión, demasiado grande para ser sólo el típico escepticismo ante un policía.

—Escucha, Kristina Swegfors-Ballénius. Si no intentas acordarte de veras, voy a buscarte a Huddinge y a revisar todo tu celular personalmente.

Thomas esperaba que funcionara; por una parte demostraba que sabía dónde vivía; por otra, la amenaza de rebuscar en su vida privada. En realidad no tenía autoridad para hacer eso. En especial no la tenía un inspector de policía de baja médica, posiblemente trasladado en breve, quizá incluso despedido.

Parecía que la mujer sorbía la nariz. Luego silencio. Casi la oía pensar. Estaba clarísimo: sabía algo. Al final:

—Oye, voy a mirar en mi celular y eso. ¿Te puedo llamar dentro de unos minutos?

Bingo.

Presentía que ella volvería a llamar.

Diez minutos después llamó Kicki Swegfors-Ballénius.

—Verás, ya he averiguado a quién pertenecen esos números. Son de mi padre, John Ballénius. No me preguntes por qué, pero cambia con frecuencia de número. No los había reconocido directamente porque suelo colgarle cuando llama.

Thomas comprobó las listas que tenía ante sí. Cuadraba con lo que ella decía: ninguna de las llamadas que le habían hecho había durado más de algún segundo. Kicki parecía de mejor humor, o sólo fingía. A Thomas le daba igual.

El nombre era John Ballénius. Un apellido sospechoso, debía de ser adoptado. Pero daba igual. La posibilidad más grande que nunca de estar a las puertas del primer avance. El número que llevaba el cadáver en el bolsillo trasero tenía que pertenecer al tal Ballénius.

El primer día en Suecia había empezado bien. Thomas esperaba tener un día de suerte en más de un sentido; pronto se comunicaría la decisión sobre su futuro.

Se calentó una minipizza en el microondas y empezó a freír dos huevos. Devoró la pizza con una rapidez extraña: menos de un minuto. Una habilidad oculta: nadie comía tan deprisa como él.

Incluso si esos cabrones lo trasladaban, no pensaba dejarlo. Pensaba encargarse de su propia investigación del asesinato al margen. Sin el imbécil de Hägerström. Sin nadie. Volver triunfante. Al mismo tiempo, de fondo un pensamiento más oscuro: ¿y si no desistían del caso, si no se conformaban con el traslado? ¿Y si lo condenaban como a un delincuente, si perdía completamente el trabajo?

Buscó a John Ballénius en Google. Cero resultados. John Ballénius evidentemente no era famoso en internet. Pero, por otra parte, ¿quién diablos lo era? Según el registro civil: la dirección de Ballénius, un apartado de correos. Internet no valía para nada. Necesitaba acceder a las bases de datos de la policía. Pero eso era un problema. Para empezar, estaba oficialmente de baja. Y además cada búsqueda quedaba registrada; ni siquiera los policías podían husmear en la vida de los criminales. Uno tenía que pasar su tarjeta de acceso para siquiera poder abrir las bases de datos y se quedaba grabada cada palabra que tecleabas.

Pese a eso: hizo un intento. Llamó a Ljunggren y le pidió que hiciera una consulta múltiple; una búsqueda simultánea en todos los registros. Ljunggren estuvo escéptico.

—Vamos, Andrén, ¿esto qué es? Sólo tienes que estar en casa descansando. Tenemos muchas ganas de que vuelvas.

Al mismo tiempo: Ljunggren sabía que en cierto modo era culpa suya que Thomas estuviera metido en esa mierda. Había que utilizarlo. Thomas dijo:

—Bueno ya. Si hubieras aparecido como siempre, yo ni siquiera estaría metido en esto. Tan sólo hazme un favor pequeño.

—No me digas que tiene que ver con el cuerpo ese que encontramos en la calle Gösta Ekman.

—Vamos. Una única consulta múltiple.

Increíble: Ljunggren aceptó. Hizo la búsqueda con Thomas al teléfono.

Consulta múltiple: resultados en Registro General de Investigación, las bases de datos de Hacienda y de Tráfico, registros de sospechosos, pasaportes y antecedentes. Si alguien era sospechoso, aparecía siempre en algún sitio.

Ballénius también salía: condenado por lesiones y delito de estupefacientes una vez en los años ochenta. Investigaciones extensivas sobre el hombre a mediados de los noventa. Creyeron que el tipo era prestanombres de un montón de empresas. Pero se le había condenado sólo por conducir algo borracho varias veces y por un delito menor de estupefacientes. Más avanzados los noventa: bancarrota personal, acciones para saneamiento de deudas dictaminadas en 2001. La inhabilitación para el ejercicio comercial se levantó en el mismo año. Las llamadas deudas de consumo evidentemente lo habían hundido. El tipo volvió a estar en bancarrota en 2003. ¿Qué carajo hacía Ballénius? El viejo volvió a estar muy bien encarrilado en 2006; registrado como miembro del consejo de administración de siete empresas. Caliente. No, era quedarse corto. Quemaba un montón. El tipo era sospechoso. Muy sospechoso.

Además: había una dirección física de Ballénius: Tegnérgatan, 46. Pero no había números de teléfono.

Ya había dado la una. Aún ninguna llamada del trabajo sobre el resultado de la investigación interna. ¿Debería llamar él? Se decidió: si no tenía noticias antes de las dos, pensaba llamar.

A la una y cinco llamó Åsa; quería saber si ya había llegado la resolución. Thomas se irritó. No era problema de ella.

—Te llamo cuando se pongan en contacto, ¿está bien?

Ella parecía triste.

Dieron la una y media. Aún nada. Vaya cerdos; hacerlo esperar como un don nadie humillado.

Al cuarto para las dos sonó el teléfono de casa. Thomas reconoció las cifras de la pantalla.

Era el número directo de Adamsson de la comisaría.

—Buenas tardes, Andrén. Soy Adamsson.

—Sí, ya lo veo. ¿Todo bien?

Adamsson, ni duro ni estresado, pero la tranquilidad de la voz lo delataba. No había buenas noticias.

—Yo, todo bien. ¿Y tú? ¿Qué tal te ha ido?

—Åsa y yo hemos estado dos semanas en Gran Canaria. Un placer. Por lo demás, bastante aburrido.

Thomas se esforzó para que la voz no le sonara amargada. Adamsson volvería a ser su jefe si volvía y Adamsson era el enemigo.

—Lo entiendo. Pero fue la decisión correcta. Has sido fuerte. —Pausa retórica. Adamsson hizo que sonara como si Thomas se hubiera tomado la baja por voluntad propia. Continuó—: Ya ha llegado la decisión de Asuntos Internos. —Thomas sujetaba el auricular con tanta fuerza que los nudillos estaban blanquecinos—. De hecho tiene buen aspecto. Desisten. Felicidades.

Thomas sintió que se hundía en el sillón. Exhaló. Evidentemente quedaban algunas personas sensatas dentro de la policía.

Adamsson continuó:

—Pero el jefe de policía no ve la cosa igual de bien. Recomienda el traslado. Y también incluye una sugerencia. La Unidad de Infracciones de Tráfico.

Thomas no sabía qué decir. Una broma. Una burla. Un puto escupitajo en la jeta. Peor que eso: se trataba del honor profesional.

Adamsson intentó parecer simpático.

—Comprendo perfectamente que esto puede ser duro, Andrén. Pero míralo por el lado positivo, te evitas ser procesado. Siempre me has caído bien. Pero ya sabes cómo es, el jefe de policía no tiene elección. Es una pena que haya pasado esto, eres un buen hombre. Como yo suelo decir: de buena madera y además de confianza. Pero ahora las cosas están como están.

Thomas pensó: Gracias, cabrón.

Adamsson continuó:

—En realidad sólo puedo darte un consejo. Tienes que aprender a controlarte. Creo que funcionarías mejor si comprendieras más profundamente las situaciones del trabajo policial. A veces la ocasión es la adecuada para actuar con fuerza, pero a veces no hay ninguna necesidad de ello. Créeme, llevo tantos años que lo he visto casi todo. Esperemos que aprendas algún día.

Åsa llegó a casa dos horas más tarde. Thomas estaba tumbado bajo el coche, la linterna de la frente, apagada. Primero había intentado concentrarse en el chasis. Tras cuarenta minutos, lo dejó. Todo salió mal. Se le olvidaban las herramientas, así que tuvo que salir debajo del coche cuatro veces, se le caían las cosas, se golpeó en el codo. Estaba visto que no había manera de arreglar el coche justo en ese momento.

Se abrió la puerta del garage. Vio las piernas y las zapatillas de Åsa.

—Hola, soy yo.

—Hola, estoy aquí abajo.

—Ya lo veo. ¿Has recibido la notificación?

Thomas salió deslizándose. Se quedó tumbado sobre la tabla con ruedas. Levantó la mirada hacia Åsa. Se había decidido. Lo sentía de forma abrumadora. Grande. Pero no se merecían nada mejor, compañeros traidores.

—Han desestimado la investigación interna, pero me han trasladado. A Infracciones de Tráfico.

La cara de ella, al revés. Sin embargo, claramente: sonrisa, relajación. Suspiró.

—Dios, qué alivio. Es maravilloso. Pensé que harían algo peor.

—Åsa… es una putada. ¿Cómo puedes decir que está bien? ¿No entiendes cómo me voy a sentir en ese departamento? Me voy a pudrir. No puede ser, tengo que arreglar esto. No sé cómo, pero, por favor, no digas que está bien.

—Perdona, pero de todas formas es un alivio. Imagínate si te hubieran juzgado. No puedo evitarlo.

Thomas se levantó.

—Hay una cosa más que tengo que contarte.

—¿Qué? —Parecía preocupada.

—En realidad he aceptado otro trabajo. Como jefe de seguridad. Es privado. Totalmente al margen de la policía. —Åsa seguía pareciendo preocupada—. Voy a aceptarlo.

—¿Me estás tomando el pelo, Thomas?

—Para nada. Lo digo totalmente en serio. Es un trabajo de media jornada que parece ser interesante. Así que mañana pienso llamar a Adamsson y decirle que sólo voy a tomar lo de la unidad de tráfico a media jornada y que se puede meter su puta solidaridad por el culo. El resto de la jornada será esto otro.

—No puede ser, Thomas. Opino que es demasiado inseguro.

Thomas se sentía muy cansado. No aguantaba más bronca.

Al mismo tiempo: quizá eso fuera el comienzo de algo nuevo.

Capítulo

31

L a peor lluvia como en un año aunque aún era verano. Se caía el cielo sobre la ciudad. Repiqueteaba contra el parabrisas como ruido de una ametralladora. En realidad era una locura. Mahmud recordó el ruido de las salvas de disparos de cuando era pequeño. La boda de un familiar en una población de las afueras de Bagdad. En aquellos tiempos se disparaba porque se estaba alegre, solía decir su padre.

Ojalá fuera su último viaje a las instalaciones de Shurgard de ese día. Sköndal. El sitio parecía una mezcla entre un castillo y un granero. Una torre con un cartel inmenso: Shurgard Self-Storage. *Our space, your place.*[69] Aspecto de madera de color rosa claro; en realidad era de chapa. Rodeado de asfalto: estacionamiento, accesos a los almacenes, espacios de descarga. La semana anterior había sido el almacén de Kungens Kurva; la anterior, Bromma. Había estado por media ciudad pero todos parecían iguales.

A Mahmud le encantaba el sitio. La idea era realmente buena. No hacía falta ver a los subalternos de los yugoslavos innecesariamente. El asunto se llevaba a cabo con un estricto sistema de información compartida sólo si era necesario, como decía Ratko. Rellenaban con más mercancía en cuanto Mahmud comunicaba que quería retirar. Dejaba la plata por anticipado en una tienda de

---

[69] «Nuestro espacio, tu sitio».

comestibles de propiedad yugoslava de Bredäng. Los yugoslavos, listos: imponían sus reglas implacablemente. Mahmud era un cero en su mundo. Si lo atrapaban, ellos dirían que no lo habían visto nunca o que ni siquiera conocían su nombre. De nuevo: la organización intacta; desde la perspectiva de ellos.

¿Pero qué iba a hacer? La deuda con Gürhan lo había presionado. En serio: su promesa a Erika Ewaldsson no había sido una tontería al cien por ciento. En realidad no quería vender esa mierda. Los preparados para hacer músculo eran una cosa: eso se lo tomaba él mismo, así que por qué no financiar su propio cuerpo vendiendo unas cuantas pastillas. Pero eso; si lo agarraban de nuevo, sería una condena larga.

Había tomado prestado el coche de Robert. Le parecía raro. Un Golf pequeño y bonito. Equipamiento deportivo: asientos deportivos de piel gris, un gran navegador plus, llantas nuevas. No tenía nada de malo, pero los viajes anteriores los había hecho con el auto de lujo de Babak. Eso ya se había acabado. Babak se negaba a estar en contacto. Desde que Mahmud le había contado lo de su colaboración con los yugoslavos. Babak le pidió a Mahmud que recogiera sus cosas y se mudara. Mierda; Babak, una puta chillona. Una *sharmuta*.[70]

El almacén exterior costaba un poco más, pero era mucho más cómodo acceder en coche. Te evitabas entrar en las instalaciones, te evitabas pasar por demasiadas cámaras de videovigilancia, te evitabas encontrarte con demasiadas jetas duras. Ratko se rió cuando le contó que el almacén incluso estaba asegurado.

—¿Lo entiendes? Si nos roban, al menos recuperamos de Trygg Hansa en concepto de nuestro supuesto almacén de artículos de madera balsa.

Mahmud tecleó el código de seguridad. Jugueteó con las llaves. Las manos, resbaladizas. La seguridad, buena en esos sitios: código de seguridad, llaves, vigilancia por cámaras. Sin embargo:

---

[70] «Puta» en árabe.

se sentía débil. Veía lucecitas. El Range Rover con Wisam, en el asiento trasero. ¿Por qué pensaba en eso? Un tipo como él tenía que seguir adelante. Soltar lo que había pasado.

Después de vender la mierda de ese día, ya sería libre. Pronto estaría resuelto el último pago a Gürhan y los tipos de Born to Be Hated. Pronto acabarían tres meses de terror. Sólo necesitaba vender esos gramos. Mierda, qué genial.

Los treinta mil que le había dado Stefanovic más una buena cantidad que había logrado vendiendo hierba y coca en los últimos meses habían pagado noventa y cinco por ciento de la deuda. Y esa noche en el gimnasio; el trato en principio cerrado con Dijma, un cliente grande. Qué bien. Ya sólo habría que decir *bye* a Gürhan. Pero aún mejor: adiós también a los cerdos yugoslavos; a los que él había sido suficientemente imbécil como para ayudarles a liquidar a un colega de la infancia; a los que le habían esclavizado durante dos meses, a los que lo habían abandonado cuando les pidió su ayuda. Pensaba despedirse. Hacer lo que recomendaba Erika Ewaldsson: dejar atrás las cosas ilegales. Convertirse en un hombre libre.

Mahmud dejó bajo llave la bolsa con la mierda en el casillero. El envoltorio de papel y el plástico abultaban mucho. No había peligro de robos en Fitness Center; si a alguien le daba por intentar levantar algo allí, primero le aplastarían el escroto unas cuantas veces en la rueda dentada de la máquina de abdominales y luego le machacarían la cabeza con tres, cuatro golpes con los pesos de la máquina de abductores. Luego harían un licuado de proteínas con ese pobre para dárselo a los musculosos.

Mahmud entró en el gimnasio. El eurotechno no paraba. Saludó a unos grandulones junto a las mancuernas. Lo mejor del gimnasio: un tipo como Mahmud no se sentía solo casi nunca.

Ese día, sentadillas en el programa. En otros gimnasios: un montón de aparatos de cardio conectados y aparatos avanzados de levantamiento de peso, diseñados para aislar músculos que ni siquiera sabías que existían. En plan *ciencia-ficcionlandia*. No tenía nada de malo, para algunos, pero según Mahmud la clave del desarrollo estaba en los ejercicios básicos. Siempre mancuernas. Y el indiscutible rey de todos los ejercicios libres: sentadillas.

Muchos decían que las sentadillas arruinaban la espalda y causaban problemas. Mahmud lo sabía: la causa del dolor de espalda no era el ejercicio en sí, sino la mala técnica. La solución, fácil para todos los que tuvieran cerebro. Mahmud había leído, hablado con los demás de Fitness Center. En lugar de empezar el movimiento en la cadera, había que hacerlo como siempre había dicho el gurú del fisicoculturismo, Charles Poliquin: empieza la sentadilla con las rodillas.

Le encantaba el ejercicio. Y pronto empezaría su tratamiento; entonces sería aún mejor. Puso cuarenta y cinco kilos en cada lado de la barra. Empezó el movimiento, dobló lentamente las rodillas. Las caderas las movía sólo cuando hacía falta para mantener el equilibrio en la bajada. Pensaba hacer tres series de diez. Gruñía, escupía, resoplaba. Sentía las venas presionadas al máximo. Los ojos casi se le salían. *Abbou*, qué gusto. Sólo pensaba en la elevación, el movimiento, la flexión de las rodillas. Ni malos recuerdos, ni mala conciencia, ni mal karma.

Con el tratamiento aguantaría aún más. Ah, mierda, lo que iba a aumentar. Con una buena disciplina subiría diez kilos. Se inyectaría Systanol. Las ampolletas no parecían de verdad, pero a Mahmud le alegraba que no le dieran miedo las inyecciones; las agujas, tan grandes como popotes de McDonald's. Luego sería un poco de Winstrol para eliminar líquido, no quería parecer un globo.

Había también pequeños inconvenientes. En el gimnasio decían que los riñones podían sufrir. Pero sólo lo iba a hacer ocho semanas.

Una hora más tarde: Dijma con un *gripper* en la mano. Dijma: el Comprador, con C mayúscula, que nunca compraba de fiado; siempre soltaba efectivo. Dijma: el albanés que no entrenaba mucho pero que vendía mucha más mierda. Siempre con el *gripper* intensamente presionado. Los músculos de los pulgares grandes como pelotas de tenis. Sus uñas de los meñiques eran largas como las de una estrella porno.

A Mahmud le caía bien, un tipo bien de verdad. Vestido con la ropa clásica de gimnasio: pantalones de chándal y camiseta de manga larga, sudadera de capucha con cierre. Miró a su alrededor. Nadie cerca. Noche de viernes; el gimnasio medio vacío a esas horas del día.

Mahmud soltó las mancuernas.

—Flacucho, deja de entrenar el músculo masturbándote y en lugar de eso levanta pesas.

Dijma se rio. Las reglas de la jerarquía: Mahmud más grande. Mahmud tenía la mercancía. Mahmud la proporcionaba. Es decir: Dijma se reía de cualquier cosa que dijera Mahmud.

En un sueco espantoso:

—¿Tú tiene cosas aquí? —Dijma, evidentemente estresado ese día.

—Por supuesto. Cincuenta, en un paquete.

—Vaya, ustedes tiene que dividir.

—Tranquilo. Lo puedes dividir tú mismo. No hay problema.

—Bueno, bueno. ¿Y el precio?

—Novecientas pesetas.[71]

—¿Pesetas?

—O sea, coronas. Carajo, ¿estás cansado hoy?

—¿Novecientas coronas? *No way*.[72] Ochocientas.

—Han sido novecientas todas las veces los últimos meses. Así que no vengas ahora con que quieres cambiarlo.

---

[71] En español en el original.
[72] «Para nada».

—Precios cambian. Y ustedes no has dividido.

Dijma lo dijo como si fuera un pedazo de evidencia nacional-económica. A Mahmud le incomodaba la charla.

—¿Qué tonterías son éstas? El trato es novecientos.

—Ochocientas cincuentas, no más coronas. —Dijma era más altanero de lo que le convenía.

Mahmud no debería aceptar el estilo. Sin embargo: necesitaba el dinero desesperadamente.

Sus cálculos: si vendía cincuenta gramos a ochocientos cincuenta eran cuarenta y dos mil quinientos. El beneficio de Mahmud: doce mil monedas. No bastaba para el pago a Gürhan del último plazo de quince. Necesitaba que fuera a novecientas el gramo. Si no, estaba acabado.

Mahmud dio un paso adelante.

—Dijma, el precio es novecientas coronas. Podemos negociar para la próxima vez, entonces te lo dejo a ochocientas. Pero hoy son novecientas. ¿Lo entiendes?

Dijma hizo algunas repeticiones con el *gripper*. Mahmud no retiraba la mirada.

El albanés asintió.

—Bien hoy. Próxima vez, ochocientas.

Genial. Dijma debía estar estresado por algo, el albanés se había rendido demasiado fácilmente. En circunstancias normales casi podría haber sido MR, mal rollo, por una cosa así. Pero no ese día y no era el problema de Mahmud; era para celebrar.

Bajaron al vestidor. Se sentaron juntos en el banco. Mahmud le pasó la bolsa con la mierda. Dijma, en el baño para probarla. Mahmud con voz más alta:

—¿Es que no te fías de mí?

El albanés no contestó. Salió treinta segundos más tarde, el pulgar hacia arriba, le pasó un bote de plástico en el que ponía Creatamax 300; en circunstancias normales, licuado para hacer músculo. Ese día: dinero. Mahmud metió la mano. Tocó los billetes.

Tope increíble. En unas horas Mahmud iba a subir de escalafón en Estocolmo. Se libraría del cerdo de Gürhan. Se despediría de los malditos yugoslavos. Sería su propio jefe. La haría en grande.

Las once y media, una noche de viernes en Estocolmo: la gente se comportaba como si se hubieran metido *speed*. Habían esperado toda la semana para poder salir, además había llovido todo el día. Pero ahora: la lluvia había terminado; había vuelto el verano. Quizá la última oportunidad para una buena borrachera al aire libre, el polvo veraniego, la sensación de la hierba. Los coches para ligar bajaban por Sveavägen para dar vueltas, vueltas, andar con los codos sobresaliendo por las ventanillas abajo y ser tan sueco como sólo podía serlo un vikingo. Los chicos saliendo de los antros del barrio de Vasastan que pronto cerrarían. La misión: ir a Stureplan e intentar conseguir un poco de sensación de *glamour*. Mahmud: de camino a la libertad.

Llevaba la mochila de gimnasio al hombro. En ella: cuarenta y cinco mil en efectivo en un bote que había contenido polvo de creatina con sabor a fresa. Treinta mil que había que devolverle a Robert, por el acuerdo con los yugoslavos. Los quince restantes eran para Gürhan. No era un dineral, estaba claro, pero era la llave de la libertad de Mahmud.

Bajó caminando hacia el centro. Palpó en el bolsillo. Una bolsa con cierre, cinco gramos. Se puso en un portón. Sacó un cigarrillo. Lo presionó girando entre el pulgar y el índice. El tabaco se soltó y cayó en su mano.

Puso la hierba en un papel, la mezcló con el tabaco de cigarrillo. Lo lamió. Lo enrolló. Lo quemó por fuera varias veces con el encendedor para que la mierda se secara. Encendió el porro. Tres caladas profundas. Anillos de humo en el portal. Sensación relajada.

Ésa iba a ser una noche tremenda.

Robert estaba sentado en el Golf y esperaba en el exterior del sitio de kebabs, casi a la altura de la plaza de Hötorget. A varios metros de distancia se oía un intenso bum-bum.

Robban sonrió. Mahmud sonrió más. Saltó al asiento del copiloto.

Mahmud preguntó:

—Sabes que Fat Joe es chino, ¿verdad?

Robert arrancó el coche.

—No es chino, maldita sea. Es indio.

—¿Indio? ¿No has visto qué pinta tiene? Una mezcla de *zinji*[73] y chino. *Walla*,[74] te lo juro.

Robban echó la cabeza para atrás. Se moría de risa.

Hizo un giro en U en mitad de Sveavägen. Pisó el acelerador a fondo. Hacia Norrtull. Apenas había tráfico. Giró para tomar la autopista Essingeleden. Dirección sur, hacia Södertälje.

Robert cambió de canción en el estéreo. Una onda en plan Oriente Medio. A Mahmud le gustaba el rap y el R&B, pero un tema bueno de algún libanés superaba casi todo.

Robert bajó el volumen.

—Oye, ¿por qué está enojado contigo Babak?

Mahmud no sabía qué contestar.

—Ah, no lo sé. Es algo entre nosotros.

Robert dijo:

—Pero podrían hablarlo.

Mahmud no tenía fuerzas para meter a Robert en eso, había riesgo de que no lo comprendiera, que reaccionara como Babak. Sin embargo: todo el asunto daba mala espina. Se había relacionado mucho tiempo con Babak.

—No pasa nada. Es sólo que ahora no aguanto a Babak.

Robert no preguntó más.

Condujeron bajo el puente del tren. Estación de Södertälje. Giraron a la derecha. Hacia el centro. Por encima del canal. Mahmud

---

[73] «Negro» en árabe.
[74] «En serio» o «de verdad» en árabe.

guiaba. Había estado allí muchas veces antes. Le agradaba el sitio; lo más parecido a una ciudad dirigida por moros sin que pareciera un arrabal olvidado.

El sitio: Carwash, City & Södertälje. Trabajos de pintura. El anuncio del exterior: *¡Precios inmejorables y vehículo de sustitución!* Robert se estacionó. Se inclinó hacia atrás, buscaba algo en el suelo junto al asiento trasero. Tomó una barra antirrobo. La colocó y la cerró.

—Esto es Södertälje, ¿sabes? Uno de cada dos niños que nacen aquí es jugador de futbol profesional y uno de cada dos, ladrón de coches.

Una puerta de metal junto al portón del garage. Llamaron. Acababa de anochecer.

Mahmud palpó la navaja de mariposa en el bolsillo trasero.

Zumbido. Sonido de clic en la cerradura. Mahmud abrió. Suelo de cemento. Carteles de la cadena Ditec en las paredes. Anuncios de productos de mantenimiento, paquete para el cuidado del coche, equipamiento, producto para pulido y cera.

Mahmud miró a su alrededor. Vacío de gente.

Una voz desde la zona de oficina.

—El pequeño árabe. ¿Qué tal te encuentras hoy?

Daniel salió de las sombras. Junto a él había un hombre enorme. Daniel: un enano en comparación. Mahmud había visto muchos tipos grandes en su vida. En el Fitness Center, en K1, en las barriadas, en la cárcel. Cabrones que se cagaban encima en el banco de ejercicios sólo para conseguir cuellos que no eran siquiera la mitad de anchos que el de la mole que estaba junto a Daniel en ese momento. El tipo era del mismo tamaño que el ruso de la gala de K1.

Entraron en la oficina. Un escritorio, una silla de escritorio, dos sillones. En las paredes, posters de chicas.

Gürhan estaba sentado en la silla. Miró a Mahmud a los ojos.

—Bienvenido —la voz parecía inocente. Su mirada estaba muerta.

No había sillas para Robert y el gigante, tuvieron que quedar-se de pie en el fondo.

Daniel puso sobre el escritorio una caja con dos cables y an-tenas. Mahmud había oído hablar de ellas en la cárcel. Una especie de cachivache antiescuchas. Causaba interferencias para la policía en caso de que hubieran puesto micros en el local. ¿Por qué hacer eso? ¿Por qué el gigante en el fondo? ¿Por qué estaba Gürhan?

Daniel dijo:

—¿Tienes el dinero o qué?

Mahmud puso el bote sobre la mesa. Abrió la tapa. Olor a golosina. Sacó los quince billetes de mil. Se volvió hacia Gürhan.

—Sé que la cagué. Perdí su Winstrol. Pero ya he devuelto ca-da centavo de sus intereses. Cien por ciento. Lo he pagado todo.

Ocultó las manos bajo el escritorio. Sudaba como en una sauna.

Daniel siguió contestando en lugar de Gürhan.

—No, no estamos de acuerdo. Has dado problemas todo el tiempo. Has venido demasiado tarde. Has lloriqueado como una puta de mierda.

Mahmud lo miró fijamente. No retiró la mirada ni un milí-metro. El corazón golpeaba con más fuerza que las líneas de bajo de Fat Joe. Luego: ignoró a Daniel. Se dirigió de nuevo a Gürhan.

—Mentiras. He pagado. Y he pagado dobles intereses. Con estos quince mil estamos en paz.

Daniel volvió a hablar.

—Cállate. A Gürhan no le hablas así. ¿Quién te crees que eres? Lárgate de aquí. No queremos tu sucio dinero árabe.

Robert miró a Mahmud. Las manos en los bolsillos. Pre-ocupado. Quizá estaba agarrando su cuchillo tan fuertemente co-mo Mahmud quería agarrar el suyo. El grandulón dio un paso hacia delante.

Daniel se levantó.

—¡Te he dicho que te largues! Llévate tu mierda de bote de golosinas.

Robert volvió a mirar a Mahmud. El estrés se notaba claramente. Mahmud seguía sentado. La mirada aún en Gürhan.

—No me va a llamar marica ni una vez más. Ya estamos en paz. He pagado todo lo que querían.

Silencio.

Gürhan devolvió la mirada a Mahmud.

Mahmud repitió:

—Estamos en paz.

Daniel explotó.

—Si dices una palabra más, te reviento la cara de una patada.

Entonces: Gürhan levantó la mano.

—Siéntate.

Daniel se giró. Sorprendido. No estaba claro con quién hablaba Gürhan.

—He dicho que te sientes —se dirigió a Daniel.

Daniel intentó protestar.

Gürhan repitió:

—Siéntate.

Daniel se sentó. El gigante retrocedió de nuevo hacia la pared.

—Ha pagado lo que tiene que pagar.

Mahmud apenas se creía que fuera verdad. Se levantó. Robert exhaló sonoramente desde el fondo.

Gürhan dijo:

—Espera.

Mahmud se giró. La cara de Gürhan aún totalmente neutra. Dijo:

—Mahmud, cuídate.

Música de violines. Final de Hollywood. Por fin algo de buena suerte.

32

L unes. Niklas se despertó a las ocho pese a que no se había acostado hasta las cuatro. El día anterior había ido a un médico; había conseguido con engaños un permiso por enfermedad. Revisó una vez más las películas de la noche anterior. Una cámara había dejado de filmar a las once. Niklas la encontró en el suelo, bajo el árbol al que había estado atornillada. No era imposible que alguien la hubiera visto, la hubiera arrancado. Mientras no fuera el tipo que había que vigilar. Niklas necesitaba tiempo; no podía ser descubierto, despertar sospechas. La operación ya era suficientemente delicada de por sí.

Pese a eso: había visto suficiente. Mats Strömberg iba a recibir su castigo. La primera ofensiva de la operación Magnum en fase inicial. Niklas planificó, organizó la estrategia de ataque. Pensó en Collin y los otros allá abajo, en *la arena*. Intentaba repasar las rutinas de la familia una y otra vez. Se dio cuenta: no sabía suficiente sobre el cerdo. Necesitaba vigilarlo unos días más.

El día avanzaba. Tomó nitrazepam, comió yogurth. Leyó un libro sobre Valerie Solanas de una chica sueca que se llamaba Sara Stridsberg. Ella pensaba igual que él, aunque la redacción del libro en sí era pesada. Pero la idea era correcta. *SCUM. Manifiesto de la Organización por el Exterminio de los Hombres*,[75] un ma-

---

[75] *Scum* significa «escoria, chusma». SCUM es también el nombre con el que se publicó el famoso manifiesto de la feminista radical de los años sesenta-setenta Va-

nifiesto por la acción solucionaba los problemas mejor que un montón de pensamiento patético.

Había quedado de verse con Benjamin a las seis. Sopesó cancelarlo. Al mismo tiempo: Benjamin había prometido conseguir un contacto para comprar armas. Hacía falta.

Quedaban unas horas: leyó, estructuró la información sobre los diferentes hombres, sus rutinas, patrones, comportamientos con sus mujeres, parejas, novias. Era sólo un ejercicio de poder. El núcleo familiar era un mundo cerrado.

Navegó por la red. Una cosa nueva: Niklas había encontrado páginas en las que las personas compartían sus puntos de vista. Chats feministas en las que los mensajes reflejaban los sentimientos de él. El odio. El impulso. La persecución. De los culpables. Los hombres.

Llovía a cántaros afuera. Una sensación de limpieza. En todos los países en los que había luchado, la lluvia era una bendición. Con frecuencia las fuerzas paramilitares, las unidades de apoyo, los guerrilleros que luchaban del mismo lado que Niklas se detenían una media hora, incluso en medio de ofensivas, para rezar a sus respectivos dioses. Dar las gracias por la lluvia, porque la tierra podía volver a florecer, hacer brotar las semillas. Rezar por el éxito en la batalla. *Inshalá.*

Por eso le parecía más cutre que de costumbre entrar en el Friden.

Benjamin ya estaba sentado en una mesa. La barba mojada. Bajo la mesa, Arnold, su perro. Se levantó cuando Niklas se acercó. Movió el corto rabo lánguidamente. Pero los ojos: Niklas buscó su mirada. Un fulgor de baja intensidad.

Pidió una Coca-Cola Zero.

Benjamin comentó:

---

lerie Solanas, el *Manifiesto de la Organización por el Exterminio del Hombre*, cuyas iniciales en inglés forman la palabra *scum.*

—¿Te has vuelto un fanático de lo saludable mientras no te veía?

Niklas no quería beber alcohol. En dos horas iba a volver a Sundbyberg, a vigilar a la familia Strömberg en general; al llamado cabeza de familia en particular.

—No, pero he visto uno al llegar, parece que hay un sitio de esos de Hare Krishna aquí.

—Carajo, ¿le echo al Arnold? —Pausa de carcajadas—. ¿Te he dicho que voy a empezar a entrenarlo para su primera pelea?

—¿Le cortaste el rabo?

—¿No lo ves?

—Sí, pero está prohibido.

—Vamos. Arnie es importado de Bélgica. Allí no tienen esas normas de locos.

—Bueno. ¿Y qué tal va el entrenamiento?

—Hay un hombre que cría de éstos aquí, en Estocolmo. Me ha enseñado un montón de trucos. —Los ojos de Benjamin brillaban—. Hay que matar de hambre al perro y dejarlo que busque perras en celo sin que las pueda tocar. Luego se le atan las patas, se le amarra el miembro, para que el perro no pueda venirse, se pulveriza la jaula hasta arriba con sangre de menstruación de las perras, se le excita hasta el límite de resistencia. Arnold estará más loco que un Tyrannosaurus Rex.

Niklas miró a Benjamin como si no lo conociera. Pensó: Estás enfermo.

Preguntó a Benjamin si había arreglado lo del contacto. Benjamin sonrió, asintió. Parecía satisfecho. Deslizó sobre la mesa un post-it doblado. Niklas lo desdobló: Black & White Inn, Södermalm. Lukic. Lunes por la noche. Benjamin había garabateado una pistola abajo de la nota. El tipo era muy infantil.

Niklas alargó el brazo. Le dio la mano a Benjamin.

—Esto no lo voy a olvidar.

Siguieron hablando. Benjamin, parloteando sobre los éxitos potenciales de Arnold, chicas e ideas de negocio. Tragando cerveza. Niklas se sentía estresado. Tenía que irse en diez minutos.

Benjamin subió a Arnold al sitio que había a su lado. La lengua del perro: como tocino que salía de la boca.

Niklas sopesó. ¿Debería quedarse para tener a Benjamin de buen humor? Después de todo, el tipo le había dado un contacto de armas. Además: le había hecho un favor cuando la policía le preguntó lo que había hecho esa noche del verano anterior. Al mismo tiempo: tenía que irse. La operación era en ese momento lo más importante.

De camino hacia Sundbyberg. Niklas tenía demasiadas ideas al mismo tiempo. Su objetivo era claro. Convertirse en una persona que dejara huella. Pero necesitaba recursos. La ofensiva exigía dinero. La idea se desarrollaba. Quizá pudiera utilizar a Benjamin para algo.

Nacen muchos que jamás dejan huella. Personas que daba lo mismo que nunca hubieran nacido. ¿A quién le iba a importar cien años más tarde si habían dejado de existir antes de siquiera haber venido a este mundo? ¿A quién le iba a importar si alguien se encargaba de que desaparecieran de este mundo?

Hacer algo con Benjamin. Quizá una posibilidad. Pero había un problema de gran magnitud: Benjamin no estaba hecho de la madera correcta. Por muchos perros de lucha o tatuajes de chico duro que tuviera: era una nena.

Niklas necesitaba a otro. Alguien que de verdad aguantara realizar lo que tenía pensado. ¿Pero a quién conocía? Pensó en las páginas web que había visitado las últimas semanas. La gente del feminismo. ¿Quizá ahí pudiera encontrar a alguien?

Había recuperado su arma reglamentaria oficialmente. Pero en ese departamento no llevaba arma. Sin embargo, Thomas llevaba la suya. Se le hacía raro el peso de la pistola en el bolsillo. La chaqueta quedaba como torcida, se veía obligado a arreglarla todo el tiempo. Armado pero sin uniforme, como los vigilantes debían sentirse todo el tiempo. Pero con una diferencia gigantesca: él no estaba en ese servicio.

El trabajo en la Unidad de Infracciones de Tráfico era casi más aburrido que sus dos meses a la espera de la resolución. Las personas del departamento eran como los cretinos del colegio cuando era niño. O más bien esos hombres eran probablemente los mismos andrajosos, pero veinticinco años más tarde. Esas cosas no cambian, los cretinos eran cretinos. Se carcajeaban con juegos de palabras aburridos, contaban la comida que les habían preparado a sus mujeres la noche anterior, se fastidiaban con la mala calidad de las nuevas carpetas de anillos de plástico. La unidad estaba en Farsta. Thomas solía irse a almorzar solo: a comer una hamburguesa o un kebab.

Pero esa noche iba a pasar algo. Una nueva experiencia en la vida. Desde las nueve hasta tarde: su primera misión para el capo yugoslavo, míster Kranjic. Control de guardia de seguridad. Responsable de expulsar. Trabajar en calmar las cosas. Si alguien se ponía problemático/violento/impúdico, su cometido era arreglar la situación. El trabajo corporal duro era su especialidad.

Pensó: el único inconveniente era que el sitio que iba a vigilar era un club de streap tease. No es que tuviera nada en contra de los clubes de streap tease. Uno acababa en esos sitios de vez en cuando. La despedida de soltero de Hannu Lindberg, después de una fiesta de personal hacía cuatro años, junto con unos tipos del club de tiro cuando estuvieron en una competencia en Estonia. Le gustaba el asunto. Sentarse con una copa en la mano y ver cómo las chicas contoneaban la cadera, mandaban besitos, daban vueltas a la barra. Se soltaban el sostén, desabrochaban lentamente el liguero, dejaban caer las bragas al suelo. Bailaban en el regazo de los que daban propinas. Era delicioso, relajado, divertido a más no poder. Nunca era tan guapo como en la red, pero la realidad siempre estaba llena de defectos. Una visita al club de streap tease de vez en cuando podía darle sal a la vida. Un colofón de oro para la bragueta.

Así que cuando llegó al club, sentimientos contradictorios: asqueado y desencajado. Además, se sentía como si estuviera siendo infiel. Pese a que las cosas no funcionaran en el catre con Åsa, se lo había prometido a sí mismo: yo no hago eso. Sencillamente él no era así; ver porno en la web tenía que bastar. Se convenció a sí mismo: el club de streap tease no era infidelidad.

Otra cosa era la confusión por estar en el otro lado. Llevaba doce años siendo policía.

Al mismo tiempo: las chicas estaban allí, tan cerca. No eran sólo imágenes fijas en una pantalla o diosas danzantes en un escenario a las que como mucho les podías pellizcar las nalgas. Sino que eran de verdad. Tan delgadas, ligeras de ropa, risueñas. Tan sencillas de conseguir. Tan fáciles de tomar. Lo sintió en cuanto aparecieron, hacia las nueve y media. Entraban y salían corriendo del vestidor con sus celulares, ya que no había cobertura allí dentro, algunas llevaban sólo la ropa del espectáculo. Muslos prietos, tetas altas, hoyuelos sugerentes al final de la espalda. Miraba fijamente como un viejo rabo verde.

Era raro; al mismo tiempo, delicioso. Si Ljunggren o Lindberg pudieran ver eso. Envidiosos como conejos salidos. Si sus jefes se enteraran de ese trabajo extra. Si Åsa se enterara de lo que hacía. Alto: no quería pensar en eso.

Thomas estaría ubicado junto a la taquilla de la entrada. Otros dos tipos en el sitio: un tipo yugoslavo, Ratko, en el interior del local, alrededor del escenario. El otro tipo, Andrzej, un polaco o algo así, afuera, junto a la entrada, con Andrén.

Andrzej tenía estilo duro, de padrote. Ponía a prueba, provocaba. Cuando Ratko le presentó a Thomas, preguntó:

—¿Qué haces tú aquí? ¿No eres policía?

Ratko le pidió que se calmara. Thomas no dijo nada. Sólo miró fijamente hacia adelante.

Una chica con aspecto asiático estaba sentada en la taquilla, Belinda. Intentó charlar. Thomas, lacónico. Se mantuvo al margen. No se interesó ni por ella ni por el polaco. Sólo iba a hacer su trabajo allí esa noche. Tranquila y cuidadosamente.

Las primeras horas el sitio estuvo muerto. Pasaron por la taquilla tres, cuatro hombres por hora. Algunos hablaban bajo. Intentaban no llamar la atención sobre ellos. Thomas pensó: Ya están aquí, así que nadie se cree precisamente que se han perdido. Otros hacían más bulla. Bromeaban con la cajera sobre si no iba a hacer un número más tarde, pedían si no podía hacerles una rebaja justo a ellos que eran clientes fijos, le preguntaban lo que cobraba por una hora, sólo joder.

Belinda se giró hacia Thomas.

—¿Te ha explicado Ratko de lo que se trata esto?

Thomas negó con la cabeza.

—La mayoría hacen sólo su número con complementos. Ya sabes, enseñar un poco la entrepierna y un baile en el regazo. Permiten quizá una nalgada y un lametón en el pecho, pero nada más. Pero algunas hacen otras cosas. Un poco de fiesta, ya me entiendes lo que quiero decir.

Thomas entendía. Llevaba siendo policía desde antes que esa chica tuviera tetas.

A las once subió la música en el interior del local. Ratko fue sustituido. Apareció un hombre que se llamaba Bogdan.

Thomas no podía ver el interior. Puertas giratorias rojas separaban la entrada de la sala. ¿Quería ver el interior? Sí. No. Sí.

Andrzej y Belinda charlaban entre sí. Bromeaban, se reían. Discutían el último capítulo de alguna serie de televisión, los precios de compra de viviendas en el centro, cuáles de las chicas del club tenían tetas de verdad. Andrzej sostenía que él siempre podía identificarlas.

Entraron muchos más tipos. Veinte, treinta.

Thomas se reclinó contra la pared. Pensó en su propia investigación.

Había pasado poco más de una semana desde que había llamado a la hija de John Ballénius. Había conseguido que Ljunggren hiciera una consulta múltiple del hombre. Había encargado las fotografías del pasaporte. Lamentablemente no había ningún número de teléfono que pareciera funcionar. Pero tenía una dirección. Calle Tegnérgatan. Thomas había ido allí las noches del domingo y el lunes. Había probado también el martes y el miércoles, mañana y noche. Le había pedido a Jonas Nilsson, un ex compañero que ahora trabajaba en el grupo de City, que pasara y llamara a la puerta de Ballénius el jueves a mitad del día. No había nadie en casa. O bien el tipo estaba en el extranjero o era un adicto al trabajo o estaba muerto.

Thomas intentó llamar a las diferentes líneas que había tenido Ballénius durante los últimos meses. Todas las líneas estaban dadas de baja, no se remitía a otro número. Probó de nuevo los números más llamados. La persona al otro extremo rechazaba la llamada, igual que la vez anterior. Era una tarjeta de prepago, así que Thomas no sabía a quién pertenecía el número. El segundo número más llamado era de la hija con la que había hablado anteriormente. La tercera persona más llamada resultó ser una pizzería de Södermalm. No tenían ni idea de quién era John Ballénius. El cuarto número era de un hombre con auténtica voz de borracho que había hecho algunos negocios con Ballénius, como dijo él. Cuando Thomas empezó a hacer más preguntas, colgó.

Así que Thomas decidió a volver a llamarla, a la hija, Kicki. Su respuesta fue clara:

—No tengo ni idea de por dónde anda mi padre. No hemos tenido relación de verdad desde hace más de siete años, aunque durante los últimos meses ha intentado llamarme con frecuencia. Yo colgaba en cuanto me daba cuenta de que era él. Pero esto ya lo hemos hablado.

Parecía sincera. Thomas le preguntó por dónde creía que podía andar si estuvieran siete años atrás. Kicki creía que debería estar en casa, en Tegnérgatan. Por lo demás, no lo sabía.

Pero es que el cabrón del viejo no estaba en casa. Thomas: no era un policía judicial, ¿pero qué dificultad podía tener encontrar a un cincuentañero sospechoso en Estocolmo? Entonces cayó, Ballénius quizá fuera más conocido de lo que él pensaba.

Thomas volvió a ponerse en contacto con Jonas Nilsson. Le dio algo de la información sobre Ballénius que había conseguido con la consulta múltiple de los registros. Le pidió a Nilsson que comprobara si él o alguien más del distrito de City tenía conocimiento de algo más. Le contestó en dos horas. Varios viejos zorros de la policía se habían muerto de la risa cuando preguntó durante el almuerzo. John Ballénius era un clásico en los ambientes de juego. Como Thomas había sospechado.

Nilsson le contó más. Ballénius era un jugador conocido. Póquer, apuestas deportivas, caballos, todo. El tipo incluso fue mucho al club de juego Oxen de la calle Malmskillnadsgatan durante el tiempo que estuvo abierto. Thomas conocía el sitio, un club ilegal conocidísimo de los años ochenta. Se había escrito mucho sobre el Oxen: había sido el sitio fijo de Christer Pettersson: el que la mayoría de la población de Suecia creía que había asesinado al primer ministro, Olof Palme.

La mejor sugerencia de los viejos de la policía era buscar a Ballénius en el hipódromo de Solvalla o el casino.

Thomas empezó en Valla.[76] Apuestas hípicas V75. Los carteles de anuncios por todos lados: el momento alegre del día, la copa conmemorativa. Era uno de los acontecimientos hípicos del año. En los folletos de información se comprobaba que todos los que tenían la más mínima debilidad por los caballos deberían estar allí. Así que era evidente que Thomas debería estar allí. Con suerte, Ballénius sentiría lo mismo.

El tiempo era excelente. Montones de gente en la calle; la preocupación por si volvía la lluvia estaba tan olvidada como el efecto invernadero en una feria automovilística. Ambiente bullicioso con excitación en el aire. El lugar, empapelado con los anuncios de seguros para animales Agria. Salchichas, cerveza y papeletas en las manos de todos. Los altavoces pregonaban las siguientes carreras del día. Pronto empezaría.

Thomas no creía que Ballénius estuviera en la grada al aire libre. Pensaba empezar a mirar en el edificio. Era grande, fachadas de cristal, seguro que cien metros de largo. Cuatro plantas, pero cada piso era como una grada en sí mismo.

Los diferentes pisos tenían diferente clase. Abajo del todo en el edificio enorme: el bar deportivo Ströget. Presumía de tener autorización para vender todo tipo de bebidas alcohólicas. Pantallas grandes que mostraban la pista mejor que si miraras desde las mesas de pie. Cerveza fría, salchichas, hamburguesas con carne de ternera cien por ciento. La clientela: sobre todo gente joven. Chicos suecos en pantalones de mezclilla con las billeteras sobre la mesa. Algunas de sus chicas, mujeres con el pelo recogido en un pequeño moño en la parte superior de la cabeza. Muchas familias con niños. En el exterior: guardias de seguridad.

---

[76] Nombre coloquial del hipódromo de Solsvalla.

Thomas confiaba en su intuición. Si Ballénius estaba allí, no andaba en esa planta.

Los altavoces pregonaban el evento especial del día.

—Como todos saben, *Conny Nobell* de Björn y Olle Goop resultó vencedor de la carrera Elit del año pasado. Pero la familia Goop no pudo desfilar triunfante aquí ante nuestro público. Así que queremos homenajear en Solvalla la victoria en la carrera Elit. ¡Bienvenidos de nuevo a la pista, Björn y Olle Goop!

El siguiente piso se llamaba Bistró; autoservicio más sencillo con mesas en distintos niveles. Vistas sobre la pista. De todas formas, costaba cincuenta coronas sólo entrar. Thomas mostró su identificación policial a la persona de la entrada, que preguntó si había pasado algo. Thomas negó con la cabeza. Mostró las copias de las fotos de pasaporte de Ballénius.

—No, no. Pero estamos buscando a un hombre. John Ballénius, ¿lo conoces?

Turno de la persona de la entrada para negar con la cabeza. El chico era joven, no podía haber trabajado mucho tiempo en Valla. Recomendó a Thomas que le preguntara al jefe de juego responsable del restaurante de ese día, un tal Jens Rasten. Thomas fue hasta la barra, preguntó a una chica del servicio por Rasten. Desapareció en la cocina. Salió un hombre rubio con barriga cervecera.

Ligero acento danés.

—Hola, tengo entendido que eres de la policía. Me llamo Jens Rasten, responsable del Bistró. ¿En qué podemos ayudarte?

—Siento molestar en un día tan ajetreado. Busco a una persona que se llama John Ballénius. ¿Lo conoces?

Los ojos de Rasten miraron primero hacia abajo, a la fotocopia, luego hacia arriba a un lado. Parecía pensar intensamente. De fondo, gritos de hurra, los Goop desfilaba por la pista.

—La familia Goop es fantástica —dijo Rasten.

Thomas, irritado. ¿De qué hablaba el danés?

—Sí, pero yo preguntaba por John Ballénius.

—Perdona. No lo conozco. Pero habla con el que está allí, Sami Kiviniemi. Ha estado aquí cada fin de semana de carreras desde que puedo recordar. Conoce a todos.

Thomas se sentía cansado. ¿Qué juego estúpido era ése? ¿A cuántos iba a necesitar interrogar ese día? O bien conocían al Ballénius ése o bien no estaba allí. Y punto. Sin embargo, fue hasta Kiviniemi.

A los ojos de Thomas, el tipo parecía una caricatura de un payaso finlandés. Barba rubia, gafas de sol de espejo, sonrisa torcida a la que le faltaba un incisivo; en la cabeza, una gorra con el logotipo de Mercedes Benz, una bolsa de Solvalla en una mano. Iba vestido con un suéter de felpa aunque era agosto.

Sami charlaba de caballos con otro tipo.

Thomas no tenía fuerzas para ir de amable. Tocó al finlandés en el hombro. Sujetaba la placa de policía en una mano y la foto de John Ballénius en la otra.

—¿Sabes quién es este tipo?

Sami rehuyó la mirada. Quizá fuera sorpresa, quizá preocupación.

Tomó la foto del pasaporte en la mano.

—Claro, es Johnny. —Thomas dio un respingo—. Pero a él no lo vas a encontrar aquí, en el Bistró. Si está aquí hoy, que debería, está en el sitio de lujo, arriba, Kongressen. Vaya vividor, ese Ballénius. Resbaladizo de verdad. ¿Qué ha hecho?

Thomas: ya a mitad de camino subiendo por la escalera mecánica. Yendo al último piso. El pulso, como después de una sesión de entrenamiento.

Subió. Recorrió con la mirada el bar y restaurante Kongressen: restaurante a la carta en el que las mesas estaban en gradas justo delante de la línea de meta. Manteles blancos, alfombra, música suave de fondo, televisores de pantalla plana e impresos de V65 y V75 en las mesas. La mayoría: hombres de cincuenta-sesenta años. Ambiente expectante en el local. La primera carrera del día iba a empezar en dos minutos.

La persona de la entrada lo remitió al recepcionista, que miró en su listado de reservas. Por supuesto, John Ballénius había reservado ese día su mesa de la suerte. Número 118.

Thomas pasó entre las mesas. Observó el sitio por el rabillo del ojo: gente con sus propias computadoras portátiles que parecía olvidarse de la vista, mujeres en la cuarentena con risas roncas, lápices e impresos de apuestas, más anuncios de seguros para animales Agria. En algunas mesas: cubiteras para champán. Algunos parecían saber ya que iban a celebrarlo.

Mesa 118: cinco metros más adelante. Lo vio, lo reconoció de las fotos del pasaporte, debía de ser él, Ballénius. Estaba sentado con tres personas más: dos mujeres y un hombre calvo. Ballénius parecía alto, bastante delgado. Según los extractos del registro de empresas debería tener cincuenta y seis años. Cara ajada, arrugas profundas en la frente, las marcas de expresión cortaban las mejillas como grietas. Aunque no había risa en esa cara. Thomas casi nunca había visto a nadie con un aspecto tan gris, demacrado y triste.

En la mesa había platos de comida, copas de vino, una botella de vino a medias, dos botellas de cerveza e impresos, folletos y carpetas, calculadoras, lápices, teléfonos celulares. Las mujeres iban arregladas, con más estilo de lo que él se habría esperado de Ballénius. Lo que estropeaba el efecto: una de ellas, en lugar de un bolso, tenía a su lado una bolsa del súper mercado de bajo precio Willys.

Thomas se aproximó. Mostró brevemente la placa de policía. Vio con claridad la mirada de pánico de John Ballénius.

—Hola, John. ¿Podría hacerte unas preguntas?

La mirada de Ballénius, desenfocada. Miraba a otro sitio. Luego asintió.

Las mujeres miraron inquisitivas. Una de ellas preguntó si Thomas no podía esperar hasta después de la carrera. El tipo calvo no parecía interesarse. Ballénius se levantó. Iba delante de Thomas.

Caminaron entre las mesas. Salieron hacia las cabinas de apuestas. Ya estaba totalmente vacío. La carrera empezaría en treinta segundos.

—¿Qué quieres de mí? —preguntó Ballénius, aún sin mirar a Thomas.

—Qué bien que te he localizado. Se trata de algo bastante serio. Un asesinato.

Ballénius puso aspecto de sorpresa fingida.

—Uy, maldita sea. ¿Pero qué quieres de mí?

Thomas se lo explicó rápidamente. Que habían encontrado un número en el bolsillo trasero de una persona asesinada. Que el número probablemente era de una línea que Ballénius había tenido anteriormente, lo cual se había comprobado con su hija. El tipo se apoyó contra la pared. Se oían gritos y vítores desde el Kongressen más abajo. La carrera había empezado. Él miraba a otro sitio, lejos de Thomas.

El hombre: atacado. Eso no era para nada lo ideal. En una investigación de verdad se habrían llevado a Ballénius para interrogarlo con fines informativos. Pero Thomas iba por su cuenta.

—Así que ahora quiero saber si tú sabes quién era el muerto.

La mirada de John pasó fugazmente por sus ojos.

—¿Dónde dices que le encontraron?

—Calle Gösta Ekman número 10. Está en Axelsberg.

—Ya. —El rostro triste de Ballénius se desencajó. En la medida de lo posible, pareció aún más hundido que antes.

—¿Sabes quién puede ser?

—Ni idea.

—¿Reconoces esa dirección?

—No, creo que no.

Thomas se sentía estresado; eso estaba lo más alejado posible de ser una buena situación de interrogatorio. Tenía que conseguir algo inmediatamente. Jaló un farol.

—Tu hija ya ha dicho que lo sabes. Ayer hablé con Kicki por última vez.

John Ballénius pareció impresionarse. Miró a Thomas y dijo sólo:

—¿Kicki?

—Sí, Kristina. Hemos hablado mucho. Incluso he ido a verla a su casa de Huddinge.

Sonó como si John gimoteara.

—¿Eso es cierto?

—Sí, tan cierto como que tú también sabes quién es el muerto. ¿Verdad?

—Puede ser algún viejo colega mío.

—¿Estás seguro? ¿Cómo se llama, entonces?

—Ya no lo recuerdo. Fue hace mucho. Yo no sé nada.

Intensos vítores de fondo. Un caballo por el que se pagaban altas las apuestas estaba ganando.

—Vamos ya, de lo contrario tendremos que llevarte a interrogatorio.

—Pues háganlo.

—Espabílate, maldita sea. Tan sólo dime cómo se llama.

—Te he dicho que no sé nada. Fue hace muchos años. Siempre estuvo un poco para allá. Siempre fue muy raro. Daba pena. Demasiada pena.

—¿Pero cómo se llamaba?

John se quedó inmóvil, luego dijo:

—Classe.

—¿Y qué además de Classe? —Thomas ya tenía el noventa y nueve por ciento de la respuesta. Sin embargo: quería la confirmación. «Vamos ya, John Ballénius. Vamos ya.»

Subió gente del restaurante. Se abalanzaron hacia las cabinas de apuestas. La carrera había terminado allá abajo. Era hora de apostar por el siguiente caballo. Los espacios en el exterior de las taquillas se llenaron rápidamente.

Thomas intentaba conseguir que Ballénius soltara el nombre; tenía que ser Rantzell a quien se había llamado desde el teléfono de Ballénius. Claes Rantzell.

De repente Ballénius dio un respingo. Se lanzó hacia un lado. Thomas intentó retenerlo. Lo agarró de la manga de la camisa, mantuvo el agarre un microsegundo. Luego la tela se deslizó de entre sus dedos.

John se lanzó hacia las colas de las cabinas de apuestas. Tres metros de ventaja más el momento de sorpresa. Directamente entre la masa humana. El tipo corría como un loco. Thomas corrió detrás. Perseguía al hombre alto todo lo bien que podía. Aún más gente se apretujaba hacia las taquillas. Algunos agitaban sus boletos. Berreaban, vitoreaban. Intentó pasar entre ellos.

Thomas vio que la ventaja de John Ballénius aumentaba.

Mostró la placa de policía. Para nada. Había demasiada gente.

Gritó. Empujó. Intentó avanzar.

Tenía que hacer algo.

Capítulo
34

Mahmud, de camino para ver a su padre. El club iraquí de Skärholmen, Dal Al-Salam. Robban lo llevó. Sentados en silencio. Escuchaban a Jay Z: rimas densas. Robban conducía como un loco.

Había pasado una semana desde que Mahmud había arreglado lo del último pago a los tipos de Born to Be Hated. Debería estar contento. Debería sentirse libre, independiente, sin ataduras. Debería.

Todo mal. Se sentía cansado. Agotado. Sobre todo, enojado. Se lo cogían tan fuerte que lloraba. Lo utilizaban como a una puta barata que tragaba y tragaba. Lo arrinconaron en el ring, lo golpearon mentalmente como a un inútil indefenso. Una gran traición.

Gürhan y sus chicos, no, sino los que había pensado que serían su salvación: los yugoslavos; Radovan & Company. Putos cruzados cristianos serbios, peores que los sionistas. Que se fueran al infierno. Era fácil decirlo, pero no tan fácil hacerlo.

Robban se giró hacia él.

—*Habibi*, ¿en qué piensas? Pareces totalmente machacado.

—Nada. Todo bien.

—Está bien, tipo duro. Si tú lo dices.

Siguieron escuchando la música.

El fin de semana anterior Mahmud se había puesto en contacto con Stefanovic. Pidió que quedaran de verse. Acordaron el sábado por la noche, Black & White Inn, un antro de Söder. Stefanovic le comunicó:

—Verás, no podemos estar citándonos todo el tiempo. Pero enviaré a alguien allí.

Mahmud pensaba terminar con los yugoslavos. Vender la última partida de coca que había recogido y luego: una finalización limpia. Encontrar un trabajo normal. Contentar a Erika E. Sobre todo: contentar a su padre.

En esa ocasión lo llevó Tom, a quien le gustaban los coches antiguos; conducía un Chevrolet de 1981, negro con llamas pintadas en el cofre. Mahmud no entendía por qué. Tom le aseguró:

—El motor y la caja son del 95, así que esto se desliza como un *skateboard*.

Tom era agradable. Había ido por un camino diferente al de Mahmud, pero nunca miraba por encima del hombro a los tipos como él. Había hecho el bachillerato por la rama teórica. Mahmud se reía de pensarlo: le había llevado cinco años terminar, pero mírale ahora. Tom, veintidós años; había aprendido el sector de los impuestos como un buen universitario. Como él mismo decía: «Pronto me estableceré por mi cuenta y entonces ya pueden tener cuidado tanto Intrum Justitia[77] como los Ángeles del Infierno».

Tom le pidió a Mahmud que sujetara el volante un momento. Sacó un sobrecito. Vertió el contenido en el estuche de un CD. Casi imposible hacer rayas decentes cuando estaban en el coche. Tuvieron que intentar acertar. Arriesgarse. Tom enrolló un billete, se metió un tiro. Volvió a tomar el volante. Mahmud tomó el tubo hecho con el billete. Intentó calcular la cantidad. Aspiró. Mierda, seguro que era medio gramo. El subidón, aún más grande los días en que había entrenado antes. Dos segundos: las encías cosquilleaban, se le durmieron. Luego hizo bum.

---

[77] Empresa sueca de cobranza.

Las luces de la carretera se juntaban como en las fotos. La noche era hermosa. Las sensaciones, a tope. La carretera, como una larga pista para coches deportivos con una pasada de fuegos artificiales.

Black & White Inn: un sitio a nombre de los yugoslavos. Todos necesitaban sus sitios dónde blanquear dinero. Mahmud y sus colegas nunca llegaban a cantidades tales como para necesitar blanquear, pero él sabía que si uno iba a lo grande, era algo obvio, antes o después. La banda de Gürhan pasaba su dinero por tintorerías, videoclubes y otros negocios sirios. Los yugoslavos tenían restaurantes y *pubs*. Quizá incluso cosas más potentes: cuentas en el extranjero, islas de las Indias Occidentales, acciones y esas mierdas.

Mahmud tuvo que esperar unos minutos en el coche. El efecto de la coca era demasiado fuerte. Tras un cuarto de hora se sentía más normal. Entraron.

El típico ambiente de *pub*. Anuncios de cerveza en antiguos marcos de madera y páneles de madera en las paredes. Mesas de madera y sillas de madera sobre un suelo de madera. Debían tener poca imaginación.

El sitio, medio vacío. Un tipo salió a recibirlos. Ojos hundidos. Ancho, pálido. Aspecto brutal. Los llevó a una especie de sala VIP. Cerró la puerta tras de sí. Allí dentro estaba Ratko sentado, el gorila de Stefanovic, reclinado hacia atrás en una silla. El yugoslavo, vestido con ropa informal. Ese día, un estilo más relajado de lo que Mahmud les había visto llevar a él o a Stefanovic. Ratko, en ese día: camiseta, pantalones de mezclilla negros y tenis de carrera de Sparco. La boca medio abierta, la barbilla hacia arriba. Aspecto
de broncudo por excelencia. Sin embargo, el tipo solía ser bastante agradable con Mahmud en el gimnasio.

El yugoslavo hizo un gesto con la cabeza.

—Hola, flacucho. ¿Todo bien?

Auténtico comentario altanero; «Flacucho» lo sería él. Mahmud estaba el doble de musculoso que Ratko. Pero Mahmud estaba aún con un subidón más alto que las torres de comunicación de Nacka. La seguridad en sí mismo, a tope. Quería arreglar eso rápidamente. Contestó, sin mayor problema:

—Todo bien.

Charla amable durante cinco minutos. Luego Ratko interrumpió la plática.

—Tengo entendido que te ha ido bien con la venta.

Mahmud se rio. La humildad no era lo suyo:

—Me puedes llamar el rey de la coca.

Ratko también se rio.

—¿Verdad? —Pero luego cambió la expresión de la cara. La sonrisa desapareció—. ¿Querías hablar de algo?

Mahmud se balanceó, cambió el peso del pie izquierdo al derecho.

—Voy a empezar una nueva vida. Así que he decidido dejar de vender. Mi último asunto será la mierda que recogí anteayer, pero que ya está pagada.

Ratko no dijo nada.

Mahmud miró a Tom. Tom miró a Mahmud.

Mahmud volvió a decir:

—Voy a dejar de vender. —Ratko fingió no oír—. ¿Me oyes? Dejo de vender.

Ratko abrió los brazos.

—Bueno, dejas de vender. ¿Qué quieres que te diga?

—Nada.

—No, no digo nada. ¿Pero entonces qué va a ser de tu hermana? ¿Y qué crees que va a pensar tu padre? —Mahmud no entendía de qué estaba hablando—. Quiero decir que si dejas de vender, entonces tendremos que vender el asoleadero donde trabaja tu hermana. ¿No lo sabías? Los dueños del sitio somos nosotros. Y luego tendremos que contarle a tu viejo que has traficado un montón de mierda para nosotros. Tenemos fotos de cuando dejas el dinero en la tienda de Bredäng. Tenemos fotos de cuando recoges las cosas en el almacén. Tenemos fotos de cómo vendes en el centro. Sobre todo, tenemos fotos tuyas con Wisam Jibril. Es fácil que él pueda llegar a enterarse de lo que le pasó a ese libanés. Gracias a ti. ¿Qué va a pensar de eso? —A Mahmud le costaba sacar saliva, la boca seca como la arena—. Mahmud, creo que ya estás empezando a entenderlo.

Tom dio un paso adelante.

—Permítanle que lo deje si quiere, maldita sea.

Ratko aún con la mirada dirigida hacia Mahmud.

—Mahmud puede hablar solo.

Mahmud sólo quería largarse. Se esforzó. Se concentró. Tenía que conseguir decir algo. Dijo:

—Entérense. Dejaré de vender si quiero.

La respuesta de Ratko llegó como un latigazo.

—Correcto. —Una breve pausa, luego añadió—: Pero entonces tu hermana perderá su trabajo y hablaremos con tu padre. Somos personas sinceras. Tiene que saberlo.

En Skärholmen. De vuelta al ahora. Robban dejó a Mahmud delante del Dal Al-Salam. Mahmud abrió la puerta. Sonó una pequeña campanada.

En el interior el humo era más espeso que en un *hammam*. El club ignoraba las posibles prohibiciones de fumar: todos los que estaban allí dentro tenían más de cincuenta años, ¿para qué iban a tener hábitos saludables? La sala: pequeñas mesas cuadradas con tapetes verdes y ceniceros. Sillas de plástico, carteles con imágenes del minarete espiral de la mezquita de Abu Duluf de Samarra, el monumento a los mártires de la guerra Irán-Irak de Bagdad, imágenes del desierto de Nayaf, rebaños de ovejas, camellos. Una televisión vieja colgada en un rincón: las noticias de Al Yazira, como de costumbre.

El volumen de las conversaciones, al máximo. Los viejos dedicados a sus cosas habituales. Comían pan de pita, tomaban café con muchísima azúcar, fumaban sus cigarrillos fuertes y pipa de agua, jugaban al *shesh-besh*,[78] jugaban solitario, hojeaban revistas iraquíes. Mahmud sintió un ataque de nostalgia directamente: el pan mojado en *baba ghanoush,* el olor de las pipas de agua, el sonido de las vehementes discusiones de los viejos, las imágenes del país natal en las paredes.

El padre de Mahmud salió de la niebla de humo.

—*¡Salam Aleikum!*

Besó a Mahmud dos veces en cada mejilla. Parecía más contento que de costumbre: quizá no fuera tan raro; Mahmud no había ido al club desde que había cumplido los catorce.

—¿No quieres saludar?

Beshar hablaba bajo. Su acento iraquí, más fuerte que de costumbre; sonido de *che* en lugar de sonido de *ka*. Pero Mahmud sabía lo que los amigos de su padre opinaban de los que eran como él, aunque había estado en la cárcel sólo muy poco tiempo. Los iraquíes que fastidiaban a los demás, que ensuciaban el honor con delincuencia.

Mahmud dijo:

—No, vamos ya. Me quiero ir.

Beshar sacudió la cabeza. Mahmud pensó: Diga lo que diga, es un alivio para él evitarse tener que hacerme recorrer esto.

Atravesaron la plaza de Skärholmen. La venta de los puestos iba muy bien. Los vendedores pregonaban sus precios más bajos supuestamente garantizados.

Iba a recoger a Jamila en su trabajo, la terraza de Axelsberg. Mahmud recordó la amenaza de los yugoslavos.

Su padre dijo:

—¿Sabes qué ha pasado con el amigo de Jamila? ¿Ha dejado de vejarla?

[78] «Backgammon» en árabe.

Mahmud pensaba que él usaba a veces palabras árabes antiguas. Vamos, ¿qué significaba *vejar*?

—No es su amigo. Era su novio. Y creo que han cortado y que él no la molesta. Espero.

Beshar no sabía demasiado de los acontecimientos de hacía unos meses, el vecino de Jamila había irrumpido en el departamento y le había dado una soberana paliza a su novio. Ni Jamila ni Mahmud se lo querían contar. El hombre había tenido que pasar ocho días en el hospital después de que le operaran la mandíbula; había tenido que tomar desayuno/comida/cena con una pajilla. Sin embargo, se negó a hablar con los policías que aparecieron y querían interrogarlo. A pesar de lo que le había hecho a Jamila; era un hombre de honor.

—¿Sabes qué ha pasado con su vecino? —preguntó Beshar.

Mahmud no tenía ni idea. El tipo parecía peligrosísimo.

Un hombre con pelo oscuro y rizado, suéter sucio de punto y bigote repartía pequeñas notas. La imagen de un niño en postura fetal. Un texto: «Mi hermano sigue en Rumania. No puede viajar. Tiene una enfermedad de las articulaciones muy grave, por eso sufre muchísimo y necesita cuidados médicos. Mi familia no tiene dinero para ayudarlo. Les pedimos un donativo. ¡Que Dios les bendiga!».

Beshar puso una moneda de diez coronas en la mano del mendigo cuando pasó por su lado para recoger las notas. Mahmud lo miró.

—¿Qué haces? No puedes darle a uno de ésos.

—Siempre hay que ser generosos. —Beshar se giró hacia Mahmud—. Un hombre digno es generoso. Es lo único que quiero enseñarte, Mahmud. Tienes que mantener tu dignidad en la vida. Comportarte como un hombre.

—Eso hago, papá.

—No. No cuando te dedicas a vender las pastillas ésas y tienes problemas con la policía y el fiscal. ¿No vas a cambiar nunca?

—Estoy en el buen camino. Muy buen camino. Ya no me dedico a eso. Fue antes de la cárcel.

Mahmud apenas podía ocultar la decepción en la voz. ¿Cuándo iba a poder dirigir su propia vida? Evitarse a todas las putas que lo jodían. Los sirios, los yugoslavos, Frivården en el puto Hornsknull.

—Tienes que comportarte respetuosamente con las personas que lo merecen, respetar a los mayores y ser siempre generoso, como con ese pobre hombre que acaba de pasar. Además tienes que cuidar de tu hermana. Yo estoy demasiado mayor para eso. Fíjate lo que le ha sucedido. ¿Le diste las gracias al vecino?

—Por supuesto. Le di las gracias directamente después del asunto. Creo que se alegró. Pero parece un poco loco.

—No importa. ¿Sabes lo que han dicho sobre eso todos los mensajeros de Alá, que las bendiciones y la paz estén con él?

—¿Sobre qué?

—Sobre la mujer.

Mahmud recordó algunos proverbios que su padre le había enseñado hacía cien años.

—Ella es una rosa.

—Eso es. La tienes que tratar bien. El profeta también dijo: «Los mejores entre vosotros son los que tratan bien a sus mujeres». Dijo que nadie, salvo un hombre honorable, honra a la mujer. ¿Lo entiendes? Piensa en tu madre.

Mahmud pensaba en su madre. El recuerdo se debilitaba más cada año. Sus ojos, sus besos antes de que él se durmiera. El pañuelo que dejó de usar en los últimos años, pero que siempre estaba colgado como un recordatorio. Sus cuentos de bandidos y califas. Se preguntaba quién había sido ella. ¿Qué habría pasado si también hubiera venido a Suecia? Quizá no se habría ido todo a la mierda.

Ya casi habían llegado al trabajo de Jamila. El andén bajo techo de la estación de Mälarhöjden se deslizó a lo largo. Beshar pasaba las cuentas del *tasbih* entre el pulgar y el índice.

Mahmud no podía olvidarse de la ironía de todo eso. Había aceptado trabajar para los yugoslavos para salvarse de Born to Be Hated y llegar a algo en la vida. El efecto: en lugar de estar perseguido por Gürhan, estaba encerrado con Stefanovic. En lugar de libre pero con deudas, ahora estaba libre de deudas pero esclavizado. Y *abu* implicado en las dos ocasiones. Se habían cargado a Wisam. Si la contribución de Mahmud a toda esa mierda llegara a oídos de su padre... maldita sea, no había que pensar eso. En ese caso ya podía morirse directamente.

El centro comercial de Axelberg con las tiendas habituales. Un supermercado Ica y un videoclub, un cajero automático y una peluquería que parecía no haber cambiado el escaparate en treinta años. Un restaurante mexicano recién abierto en locales antiguos y una cervecería. Finalmente: el trabajo de Jamila. Bueno, de Jamila, los dueños eran los yugoslavos. Pero ella llevaba cinco años trabajando allí.

Entraron. Puertas grises en las cabinas. Jamila estaba tallando el suelo. Camas bronceadoras: asquerosas, sudadas, guarras por defecto. Si no se limpiaba mucho, no iban ni los peores tanoréxicos.

Jamila sonrió. Beshar sonrió. Mahmud los miró. Jamila recordaba a su madre, temperamento vehemente, pero siempre muy buena con su padre. Nunca le llevaba la contraria, era muy blanda con él. Aunque quizá eso fuera bueno. Un *flashback*: la cabeza de cerdo en la bolsa de plástico.

A los quince minutos llegó Jivan. Estaba estresada, dijo que tenía un montón de tareas. Mahmud recordó sus tiempos en el colegio. Babak, Robban, los demás; ninguno de ellos sabían qué eran las tareas.

Fueron juntos a la tienda de comestibles. Compraron. Luego fueron paseando hacia Örnsberg, donde vivía Jamila. Mahmud llevaba las bolsas. Pasaron por un parque de juegos, un campo de futbol, una zona boscosa. Pasaron por todas las ventajas e inconvenientes de una población de la periferia vikinga. No era que hubiera parque, campo y bosque, de eso también había en Alby, sino que funcionaba de manera tranquila y sin problemas. Padres bobos y *seños* de guardería en el parque con los niños, sin caos. El equipo del colegio en el campo de futbol, pero sin peleas. Quizá exageraba la imagen de su propia barriada.

Beshar le preguntó a Jamila. Ella hablaba de comprar el solario. Por fin. Quedarse con el local y la actividad no podía costar más de cincuenta mil.

Jivan prometió:

—Voy a ser abogada. Entonces te dejaré el dinero.

Se rieron.

En el exterior de la casa de Jamila. Un tipo traía un Audi. Al principio Mahmud no reconoció al tipo. Jamila parecía querer evitarlo, giró la cabeza. Tres segundos: Mahmud se dio cuenta de quién era; el vecino que había golpeado a su novio. Mahmud se detuvo. Llamó al vecino. El tipo levantó la mirada. Contestó en árabe.

—*Salam.* —Niklas se aproximó a Beshar—. Hola, me llamo Niklas y vivo en el mismo piso que Jamila. ¿Es tu hija?

Beshar parecía confundido. ¿Un sueco que hablaba el mismo idioma que él?

—Que Dios te proteja —dijo Beshar con voz baja.

Mahmud pensó: ¿De verdad que a papá no se le ocurre nada mejor?

Al mismo tiempo: tenía algo ese vecino, Niklas. Una especie de aura. Tranquilidad. Fuerza. Dureza. Algo que Mahmud necesitaba justo en ese momento.

Capítulo
35

L a gente de izquierdas/anarcofeministas/socialistas LGTB[79]/
comunistas de género. Niklas no quería saber de las etique-
tas. No le importaba si leían los mismos libros que él. No le interesaba lo que escribían en mensajes, blogs, artículos. Le
importaba un comino quiénes eran, por qué opinaban lo que opinaban. Sólo había una cosa clara: necesitaba más gente para la
ofensiva; y algunos de los de esas páginas web parecían opinar
como él. La operación Magnum requería tiempo. Más de lo que
él podía lograr solo. La idea había ido creciendo últimamente: debería reclutar gente. Y Benjamin no valía.

Durante los últimos diez días, el total de sueño: menos de
cuarenta horas. Perseguía a Mats Strömberg desde las ocho y media de la mañana hasta las siete y media de la noche, cuando el
tipo se iba a casa. Niklas se pasaba la mayor parte del tiempo en
el Audi, en el exterior del trabajo del cabrón, una asesoría fiscal
de Södermalm. Algunos días alquilaba otro coche para no despertar sospechas. Utilizaba una licencia falsa de conducir que había
comprado en la red.

Continuaba leyendo la literatura adecuada: *La chica y la
virginidad*, de Katarina Wennstam, *Bajo la manta rosa*, de Nina
Björk, medio dormía, tomaba café. El resto de las noches vigilaba

---

[79] Lesbianas, gays, transexuales, bisexuales.

los otros departamentos. Más tarde: cambiaba la película en las videocámaras, las revisaba, estructuraba su información, practicaba con el cuchillo, chateaba con gente de izquierda. Había dejado de correr, no estaba en contacto con su madre, ni con Benjamin ni con nadie. Aunque, ¿qué otros había? Su vida social no había sido precisamente intensa desde que había vuelto a casa.

Aumentó la vigilancia a Mats Strömberg. El tipo tenía rutinas marcadas. Hacía el mismo camino hacia el tren suburbano a diario. Se compraba un bollo de canela y un café en el mismo puesto todas las mañanas. Tiraba el vaso de café exactamente en la misma papelera de la calle. O bien salía a las once y media con los compañeros o salía solo y compraba algo media hora más tarde. Alternaba entre tres tipos de sitios diferentes para almorzar. Niklas veía con claridad el despacho del cerdo, estaba en la planta baja. En ese sitio trabajaban seis personas. Se preguntaba cuánto sabían de la vida en casa de Mats Strömberg.

Además, en uno de los chalets estaban empezando a pasar cosas. Roger Jonsson y Patricia Jacobs; una familia feliz sin hijos. Roger y Patricia se peleaban: evidente, la cosa pronto explotaría, lo veía en la mirada del hombre. Su manera de señalar a Patricia con el dedo. El lenguaje corporal gritaba violencia.

Otro problema: el imbécil del agente ilegal lo había llamado. Niklas no podía seguir viviendo en el departamento. Sólo era un sitio provisional, como le había recodado el agente, y ya había conseguido un contrato de verdad. Arreglado y preparado. Ciento cincuenta billetes y el sitio le pertenecería a Niklas como inquilino titular. Tenía una semana para decidirse. Sin posibilidad de prolongar la estancia en el departamento en el que estaba. Mierda. En realidad estaba bien lo del contrato de primera mano, pero justo en ese momento no le interesaba. En el trabajo amenazaban con el despido; Niklas no había logrado un certificado médico válido que justificara todos los días de ausencia. ¿Qué diablos iba a hacer? Necesitaba más gente. Más dinero. Más tiempo. Más armas. Más de todo. Soluciones. En unos días: hora de atacar a Mats Strömberg.

Cuando esa parte estuviera resuelta, tendría algún tiempo libre. Después: tenía que planificar algo para la economía, quizá el robo de un banco. Finalmente: pensaba ir a la universidad Biskops-Arnö; allí estudiaba una persona con la que había chateado, Felicia. Estaba estudiando algo impreciso que se llamaba ecología y solidaridad global. Una recluta potencial, refuerzo de las tropas, un par de *boots on the ground*.[80]

Había ido al Black & White Inn el lunes anterior a primera hora de la tarde para conseguir el arma. Estaba estresado, quería perderse lo mínimo posible de la vida de Mats Strömberg.

El sitio estaba vacío. Pidió un agua mineral. Se sentó en una mesa. Una única camarera estaba haciendo los preparativos para la noche. Cortaba limones. Miró el menú de la noche: escrito con tiza en pizarras negras. Vianda con papas fritas, solomillo de cerdo con salsa de pimienta verde. La mujer del bar lo ignoraba.

Después de diez minutos le preguntó dónde estaba Lukic.

La mujer negó con la cabeza. Luego fue a la puerta de la calle del pub, dio la vuelta al cartel de abierto que colgaba de la pequeña ventana de la puerta. Se giró hacia Niklas.

—¿Vienes de compras?

Él asintió.

Niklas entendió el gesto que le hizo con la mano: acompáñame por aquí.

Tras la barra del bar. A través de la cocina. Un tipo estaba guisando algo ahí dentro. Un pasillo al otro lado. Pintura amarilla descarapelada en las paredes. Fluorescentes que parpadeaban. Por delante de un baño, cuarto de limpieza, cámara frigorífica, vestidor. Como en una puta película de la mafia. Al final de todo había un despacho. La mujer cerró la puerta tras ellos. Niklas la observó. El pelo de color gris le caía hasta los hombros. Ojeras que el

---

[80] «Botas sobre el terreno».

maquillaje no podía ocultar. Sin embargo, una fuerza en la mirada. Su instinto de guerrero le indicó claramente: ésta es una auténtica guerrera.

Ella abrió un armario de madera. Sacó una maleta metálica. La puso sobre el escritorio. Giró el cierre con código. Lo abrió. Cuatro paquetitos. Desenvolvió los contenidos. Tres pistolas y un revólver.

Reconoció la Beretta directamente. Muchos tipos la usaban allá abajo; la clásica serie 92/96, una pistola de 9 milímetros básica que había en un montón de acabados. Acero cromado, con pintura de camuflaje, con bordes de aluminio, incluso con auténtico marfil en la culata.

—Ésta es una Beretta.

—Lo sé, una 92/96. Abre las otras.

—Como quieras. Las otras tres son armas rusas. La primera, un revólver, Nosorog de nueve milímetros. Luego está ésta, del mismo calibre, una Gyurza, especial para chalecos antibalas. Para zurdos y diestros. Muy buena. La última, una Bagira MR-444, una pistola ligera, también 9 milímetros.

—¿Y los precios?

—Ésa y ésa traen cola. —Señaló la Beretta y la Gyurza—. La americana te la dejo en cinco mil y la rusa por cuatro mil. Pero están bien.

—¿Qué quieres decir con que traen cola?

—No puedo asegurar que no hayan estado implicadas en robos o en otras mierdas.

—Entonces olvídalo. Quiero una para estrenar. ¿Cuánto quieres por ésta? —Niklas no quería un revólver. Tomó la pistola Bagira. Era verdaderamente ligera, una clara ventaja. ¿Pero hasta qué punto era seguro que no se atascara? No conocía esa marca.

—Doce mil. Está limpia. —Ella la volvió a tomar, la limpió con el paño.

—¿Cuánta munición tienes?

—Un paquete, veinte proyectiles.

Problema. Necesitaba al menos cincuenta tiros. Quería entrenar bien con el arma. No se trataba de un trabajo ligero.

—¿Cuánta munición tienes para la Beretta?

—Mucha. Seguro que cien, ese tipo de munición la puedo conseguir en muchos sitios.

Niklas pensó: Mierda, es ella la que maneja esto de verdad. Al mismo tiempo: no podía tirar de un arma con cola. Todo se había realizado debidamente hasta el momento. Había encargado equipamiento de espionaje con nombre falso a un apartado postal alquilado, había alternado las matrículas del Audi, había usado coche de alquiler algunos días, siempre se había escondido tras los cristales polarizados, no había hablado ni se había cruzado con nadie que pudiera relacionarlo con sus investigaciones, salvo posiblemente la mujer de La Casa de las Mujeres, pero ella tenía que estar de su lado. No se podía correr riesgos con un arma que podía encontrarse en los registros de las autoridades. Sacudió la cabeza. Vaya mierda.

—No voy a comprar armas con cola. No voy a comprar un revólver que parece hecho de plástico. No voy a comprar nada si no consigo además al menos cincuenta balas. ¿Lo entiendes?

—Tranquilo. Ahora mismo no tengo nada más. ¿Te interesa o no?

¿Se estaba haciendo la dura o es que era así? No importaba; necesitaba un arma. Pronto.

—No puedo comprar ninguna de estas armas. ¿Pero puedo hacerte un pedido?

Ella asintió.

Estaba bien. El ataque tendría lugar pronto, su TACSOP-Tactical Standard Operations Procedure.[81]

El coche, de camino hacia Biskops-Arnö. Hacia el oeste.

Pensaba en la guerra. Objetivos justos.

---

[81] Procedimiento Estandart de Operaciones Tácticas.

El día anterior se había cruzado en el exterior de la casa con Jamila, junto con su hermano y su padre. El padre parecía ser un hombre íntegro, le había dado las gracias. Tal y como haría toda Suecia cuando hubiera terminado con su operación. Lo ensalzarían. Un hermoso pensamiento.

Eran las diez de la mañana. Poco tráfico a esa hora del día. La vía rápida hacia Bålsta y Biskops-Arnö: aburrida. Pensó en las rutinas de Mats Strömberg. Con gran probabilidad, en una hora y media estaría saliendo por la puerta de su trabajo junto con dos o tres compañeros.

Justo antes de Sollentuna, Niklas se detuvo en Shell. Olía a vapores de gasolina. Llenó el tanque. La gasolina, carísima. Pensó en lo que costaba hacía diez años, cuando sacó la licencia de conducir. Seguro que era ahora un cincuenta por ciento más cara. Y el precio en Irak: eso era otra historia. La preocupación se disparó de nuevo. ¿Qué pasaría si tenía que seguir el trabajo solo? ¿Si le obligaban a mudarse, a pagar por el contrato? ¿Si no se hacía lo del arma que había encargado?

Entró a pagar. Efectivo. Una voz tras él en la fila.

—Hey, hola.

Una sonrisa. La reconoció directamente: la mujer a la que le había comprado el Audi, Nina. ¿Qué diablos hacía ella aquí? Quizá no fuera tan raro después de todo, vivía sólo a algún kilómetro de distancia.

—Me había parecido que eras tú. Vi el coche afuera. Lo he reconocido a veinte metros de distancia.

Niklas, alterado. No era bueno que nadie supiera dónde se encontraba y que era él quien conducía el Audi. Al mismo tiempo: la observó. Como un ángel. La piel limpia como la leche. Los ojos, de tonos entremezclados, brillaban a la luz del sol que entraba por la gran ventana de la tienda de la gasolinera. Ella lo miraba a los ojos. Relucientes. Su niño parecía ya un niño, no un bebé. Qué pena de ella. Y del niño. Se acordaba.

Él dijo:

—Ah, hola. Todo va muy bien.

Se sentía patético. Tenía que marcharse de allí. Antes de que Nina le hiciera más preguntas.

—Veo que le has cambiado la matrícula. ¿No te gustaba la mía? UFO[82] 544. A mí me parecía genial. —De nuevo, la sonrisa, los ojos.

—Sí, era genial. Pero me daba miedo que alguien me fuera a denunciar al ejército o algo así.

Eso estaba bien, una broma, aligerar el ambiente, luego largarse. Nina se rio.

—Eres muy gracioso. ¿Adónde vas a estas horas?

—Sólo estoy conduciendo un rato. Estoy trabajando.

—Ah. Yo aún tengo la baja por maternidad. Casi empieza a ser un poco aburrido. ¿Y en qué trabajas tú?

Niklas sabía lo que tenía que contestar. Vigilante sonaba muy patético. Quería que sonara poco concreto.

—Dentro del sector de la seguridad.

—Parece divertido. ¿Usas el Audi en el trabajo?

—A veces.

—Lo echo de menos. Es muy alegre, ¿verdad?

—Sí, está muy bien. —Quería finalizar la conversación sin ser desagradable. —. Oye, tengo que continuar mi viaje. Me alegro de verte.

Se sentó en el coche. Las manos sudorosas. ¿Qué le estaba pasando? Una simple conversación con una desconocida y se sentía más nervioso que un novato de diecinueve años en su primera misión en *la arena*.

Más lejos. En el campo. A lo largo de la vía rápida: campos de cultivo amarillos a punto de ser recolectados. Granjas, silos de cereales, tractores.

---

[82] OVNI en inglés.

La señal del desvío para Biskops-Arnö está sucia. Le recordó a las señales de allá abajo. Siempre gastadas, sucias, abolladas. A veces tiroteadas.

Pasó por un puente estrecho hasta la isla. Estacionó el coche. Miró por la zona. Directamente enfrente del estacionamiento: edificios de madera grandes pintados de rojo, antiguos graneros. Más lejos: casas blancas de piedra. Continuó subiendo. Una pradera de hierba. Seis astas con las cinco banderas nórdicas ondeando en la parte superior y otra más, quizá el propio estandarte de la universidad. Unas personas sentadas en la hierba delante del edificio. Niklas avanzó. Un chico con una guitarra en las manos. Llevaba *piercings* en la nariz, el labio y la ceja, llevaba gruesos dreadlocks que eran del mismo tamaño que sus antebrazos y una especie de sudadera con capucha que parecía haberse comprado en el bazar de Kabul. Las otras dos eran chicas. Una tenía el pelo teñido de rojo, la camisa abrochada hasta arriba y pantalones de mezclilla excesivamente anchos. La tercera llevaba pantalones y una camiseta negra. Decía «Ramones» con letras blancas sobre el pecho. Los lóbulos estaban ensanchados con una especie de pendientes que, en lugar de colgar de un agujerito de la oreja, ampliaban el propio agujero. Niklas podría meter el pulgar en el lóbulo de la chica. Pensó: ¿pero qué sitio era ése?

Felicia le había dicho que preguntara. Los payasos le indicaron el camino de su casita.

Era de madera marrón con techo negro, no parecía tener más de treinta metros cuadrados. Llamó a la puerta. Abrió una chica vestida sólo con bragas y camiseta. Niklas se sintió cohibido. Al mismo tiempo: había algo de excitante en abrir a un extraño con tan poca ropa. La chica llamó a una puerta. Salió otra chica. Cabeza afeitada, quedaba un mechón en la nuca, como uno del Hare Krishna. Iba vestida con una especie de kimono y tenis Converse. Raro.

—Hola, ¿eres Johannes?

Niklas había usado constantemente su alias en todas las discusiones en la red.

359

—Sí, hola. Me alegro de haber venido, tenía muchas ganas. Tú eres Felicia, me imagino.

Ella asintió. Le dio la bienvenida. Le preguntó si había encontrado fácil el sitio. Parecía agradable. Sin embargo, había algo inquisitivo en su mirada.

Él se quedó en el umbral. Todo le resultaba raro.

—Entra —dijo ella.

Él entró, se sentaron en la pequeña cocina. La casita consistía en dos dormitorios pequeños y una cocina común.

—Así viven todos los estudiantes de primero.

Ella le preguntó si había visto algo de la universidad. Claro que sí. Ella empezó a mostrarle el sitio: cursos de fotografía, cine, literatura, cultura, historia, cooperación internacional, ecología y solidaridad con el tercer mundo. Niklas escuchaba con poco interés. Quería estudiarla, a la gente de fuera, su postura, su fuerza. Su misión del día era reclutar.

Habían chateado casi a diario durante dos semanas. Él se sabía de memoria los puntos de vista de ella. En el mundo de él: ella podría ser una guerrera. El patriarcado, como ella lo llamaba, subordinaba a las mujeres. La estructura de poder de género, se llamaba. Un asedio constante de la postura de la sociedad. Cómo deben ser las mujeres, quiénes deben ser, cómo deben comportarse, todo se metía a la fuerza en compartimentos bien vigilados. Si te salías de las líneas de demarcación, te excomulgaban. Ya no contabas como mujer, como aceptable, buena, como ciudadana obediente. Pese a que todos deberían saber eso a estas alturas, había muchísimas que se lo tragaban. Dejaban que los hombres mandaran, que les pegaran, nunca se levantaban. Como una guerra desigual, en la que una parte se tomaba el derecho de romper las reglas del juego.

Y Felicia; ella estaba impresionada con las ideas rotundas de él. Eso lo notó; cada vez que él empezaba con su propaganda de guerra, ella respondía con la descripción de acciones en las que ella había participado o le gustaría realizar. Manifestaciones, *manis*, como las llamaba ella, pequeños ataques delante de clubes porno, romper ventanas, graffitis en fachadas, destrozar la decoración, ataques por internet a las páginas porno, gritar consignas a los ministros, grandes empresas y hombres.

Quizá ella fuera la adecuada para él.

Felicia le invitó una infusión. Su compañera de casa, Joanna, hablaba de su curso: algo sobre medicina natural. Dijo que el siguiente semestre iba a ir a Brasil y hacerse chamán.

—En el Amazonas se puede aprender mucho más que en cualquier país occidental. —Los ojos le brillaban por encima de la taza—. ¿Y a qué te dedicas?

No sabía qué contestar. Sentía instintivamente que mencionar su futuro ex trabajo de vigilante era un completo error. Dejó su pregunta colgando en el aire un momento. Dio un sorbo a la infusión.

—Lamentablemente estoy desempleado —dijo al final.

La reacción no fue la que se esperaba. Felicia casi parecía contenta. Joanna, tranquilizada. Felicia dijo:

—La sociedad se ha vuelto más dura desde que el imbécil llegó al poder. No tienes que sentirte excluido. Somos muchos los que te apoyamos. Los que creemos en otra sociedad.

Charlaron un rato. Felicia se puso con todo el asunto de que el nuevo gobierno machacaba a los débiles y a los ancianos, a las mujeres y a las personas de ingresos bajos. Niklas hacía todo lo que podía por seguirla, aunque la política sueca no era lo suyo. No le interesaba. Lo importante era que ella estuviera suficientemente enfadada.

Tras un rato, Felicia se levantó. Tenía algún tipo de charla a la que podían asistir todos los participantes de los cursos. Preguntó si Niklas quería ir; no había problema en llevar oyentes. Claro, perfecto, será interesante. En su interior estaba nervioso. Nunca había estado en una charla. Salvo las de preparación antes de una acción allí abajo, con Dyncorp.

Un montón de gente se agrupó ante una de las casas grandes que parecían graneros. Felicia y su compañera de casa saludaron a muchos. Casi la mitad se parecía a los que Niklas había visto antes en la hierba. No tenían aspecto de guerreros precisamente. Sin embargo: el cráneo rapado de Felicia le daba esperanza. Un auténtico corte militar, salvo por el mechón de la parte de atrás.

El granero albergaba una agradable sala de conferencias. Paredes de friso pintadas de blanco, ventilación potente, iluminación, proyector de video en el techo, sillas con una pequeña mesa abatible para el cuaderno de notas.

La conferencista iba vestida con pantalones de mezclilla y camisa de cuadros rojos. Quizá cuarenta años. Niklas había esperado otra cosa: tipo profesor con gafas de cerca en la punta de la nariz y saco de *tweed*. Se dio cuenta de su ingenuidad.

Felicia le susurró:

—Esto te va a gustar.

La conferencista empezó. Se presentó, abrió con una historia sobre una campaña de publicidad que había en ese momento. Según la conferencista, la campaña se apoderaba de la identidad femenina y de esa manera cimentaba una identificación de género creada políticamente. Luego se puso más espesa. Habló de los roles de los sexos, la estructura de poder de género, las jerarquías de género y los cambios de sexo. Niklas miró a su alrededor. Edades variadas. Felicia como en trance. Joanna, la chamán, dibujaba flores en su cuaderno. No era seria.

Él se concentró en los más jóvenes. ¿Material de soldado? ¿Estaban dispuestos a pasarse las noches agazapados en el asiento trasero de un coche, trabajar mucho durante el día con la planificación, echar puertas abajo, encargarse de niños llorando, atacar a los combatientes ilegales?

Al final: se fijó en un chico que estaba en la misma fila. Pelo corto y oscuro. Unas arracadas en una oreja, colgados en fila como si se hubiera clavado la espiral de un cuaderno a lo largo del lóbulo y hacia arriba. El chico parecía joven, camiseta de manga corta: brazos delgados y definidos. Brazos de soldado. Niklas se los había visto a muchos allá abajo, una sequedad en el cuerpo que hacía que aguantaran mucho más de lo que soportaban los musculosos. Sobre todo: el tipo estaba centrado. La mirada gris acero, dura, fijamente dirigida a la conferencista. Decisión. Una especie de deseo. Quizá fuera la persona adecuada.

—No se trata sólo de darle la vuelta al orden jerárquico mundial... —La conferenciante pasó la mirada por los oyentes. Dio la sensación de que fijó la mirada en Niklas—. Se trata de liberarse totalmente de esa imagen del mundo.

Niklas asintió mostrando su acuerdo. Él iba a darle la vuelta a la jerarquía de las familias Strömberg y Jonsson. Para empezar.

La concentración se diluyó. Intentó evitar cerrar los ojos. Sin embargo, veía en su mente las mismas imágenes antiguas. La emboscada en el exterior de la mezquita. Las emboscadas de las carreras en Aspudden. Las emboscadas en el mundo de los sueños: Claes Rantzell hecho papilla. El chico de Jamila hecho trocitos en el suelo. Mats Strömberg gimoteando. Pedían clemencia. Una clemencia que no podían obtener.

Felicia, la chamán y dos chicos del mismo curso de ella, sentados a la mesa de la casita. Habían comido en el comedor comunitario de la escuela. No había carne, sólo menú vegetariano. Felicia miró desconcertada a Niklas cuando éste cuestionó la comida.

De fondo: música ruidosa.

—Manu Chao es fantástico —opinó Joanna.

Niklas pensó: quizá para las prácticas de chamán en la selva, pero no para la guerra.

Niklas le había comprado a Felicia unas botellas de cerveza y de sidra.

Joanna bebía de la botella sin tocar el cristal con los labios.

—No es bueno para la energía.

Felicia se rio. La chamán estaba verdaderamente loca.

Discutieron la formación, la conferencia, la situación mundial en general. Niklas sobre todo estuvo callado. Se tomaron una, dos, tres, cuatro, cinco botellas de cerveza. Los chicos criticaron fuertemente la invasión estadounidense de Irak. Parlotearon sobre ataques, armas prohibidas y hombres bomba que luchaban por la libertad. En unos días participarían en una gran marcha contra la guerra. Pobres haraganes; no sabían de lo que hablaban.

A las nueve fueron a una cabaña más grande, frente al edificio del comedor. Parecía un local social de una comunidad. Había unas veinte personas sentadas en sofás y sillones, algunas intentaban bailar un poco lánguidamente. La misma música ruidosa. La misma sensación ecológica. Las mismas discusiones ñoñas.

Empezó a notar el efecto de las cervezas. Felicia, en una discusión cuasi profunda con uno de los tipos con los que había tomado algo antes. Joanna bailoteaba. Él pensó: ¿Pero qué mierda es esto? Necesitaba reclutar a Felicia, pero ella no parecía interesarse.

Todos charlaban a su alrededor. Tenían el olor empalagoso de la marihuana. Él tomó más cerveza. Intentó parecer tranquilo. Apareció el tipo de la conferencia. Las arracadas de las orejas brillaban en la luz tenue de la sala. Niklas se acercó. El tipo estaba hablando con una chica que de hecho parecía completamente normal. Se puso al lado de ellos. Inclinó la cabeza para oír la conversación. Algo de acciones, manifestaciones, objetivos de protesta. Lo primero sonaba bien.

El chico interrumpió sus palabras. Volteó hacia Niklas. Primero: mirada irritada, sin comprender nada. Luego alargó la mano.

—Hola, me llamo Erik. ¿Estás de visita?

Niklas le dio la mano a Erik. Se presentó como Johannes. El chico daba la mano con firmeza. Era una buena señal.

—Sí, he venido a ver a Felicia, ¿sabes quién es?

La chica con la que hablaba Erik no dejaba de mirar a Niklas fijamente.

—Claro, estudio lo mismo que ella pero el siguiente año. ¿De qué se conocen?

Niklas no sabía qué contestar. Internet sonaba muy ridículo. Farfulló algo como respuesta. Erik dijo:

—¿Qué dices?

Niklas habló en voz más alta.

—Estoy aquí para discutir la lucha de la mujer y esas cosas. ¿Qué te parece?

Erik se rio.

—Define la lucha de la mujer.

La chica seguía mirando fijamente. Justo cuando Niklas iba a contestar, también ella alargó la mano.

—Hola, quizá también deberíamos presentarnos. Me llamo Betty.

—¿Como la deliciosa señorita Boop? —Niklas pensó en los dibujos pintados en algunos helicópteros allá abajo. Ya no se permitían imágenes de *pin-ups* de verdad, pero Betty B siempre valía.

La chica frunció la boca. Desprecio evidente.

Niklas no lo captaba. ¿Tampoco se podían hacer bromas? Pero no quería estropear la situación con Erik.

—¿Tu sentido del humor es parte de la lucha de la mujer? —preguntó Erik.

—Ah, era un chiste malo. Nada más. ¿Pero de verdad que quieres que te defina la lucha de las mujeres? Estoy volcado en ella.

—Eso suena bien. Porque yo también.

Niklas notó un buen ambiente. Erik podría ser la persona adecuada.

—Creo que los hombres tenemos que ayudarlas. Las mujeres son víctimas indefensas. He empezado a ver esa mierda alrededor de nosotros, en Suecia. En las calles, los chalets y los departamentos. Hay un montón de excesos todo el tiempo. Un montón de humillación y violencia. La lucha de la mujer tiene que dar un paso más.

—Sí, así es.

—Tenemos que luchar.

Erik parecía pensativo.

—Estoy de acuerdo. ¿Pero cómo, exactamente?

—Bueno, como he dicho, tenemos que atacar. En algunas situaciones, una estrategia ofensiva es la única posibilidad de defenderse. Y nunca habrá una guerra si tomamos una posición defensiva. ¿Me entiendes? Tenemos que emplear los métodos del enemigo. La violencia siempre es el mejor remedio contra la violencia.

Niklas se sentía excitado. Por fin alguien que estaba de acuerdo. Alguien con quien poder hablar abiertamente. Alguien que comprendería. Tras todas esas tardes y noches. Un compañero soldado.

Escupió términos militares, estrategias de ataque, ideas de armas. Explicó posibles acciones, objetivos, métodos de tortura, modos de ajusticiarlos.

Erik sólo asentía.

—Tenemos que actuar sobre esto. Yo me estoy volviendo bastante bueno, la verdad. Ya he avanzado un buen trecho en la planificación y también en la parte operativa. En unas semanas, va a explotar. Pero hacen falta refuerzos. ¿Qué opinas? ¿Quieres participar?

Silencio. La mierda de Manu Chao de fondo.

Niklas repitió la pregunta.

¿Quieres participar?

—Johannes, te llamas así, ¿no? Creo que Felicia te ha dado demasiadas cervezas.

Niklas sacudió la cabeza. Estaba borracho, pero lúcido. Eso era mentira.

—Para nada.

—Quizá no, pero tienes ideas demasiado agresivas. Eso que dices no puede ser. Pero me alegro de haberte conocido.

La chica al lado de Erik sonrió maliciosamente.

Niklas se quedó helado. Tonterías. El tipo sólo decía tonterías. La chica podía irse a la mierda. Erik, que se fuera al infierno. No tenían ni idea. No sabían *zilch* sobre la lucha. Sobre la operación. Sobre lo que había que hacer.

—No sabes de lo que hablas —dijo Niklas.

Erik se giró hacia la chica. Sacudió la cabeza. Estaba claro lo que opinaba de Niklas.

La chica también sacudió la cabeza.

Eso ya era demasiado. Incluso allí, entre los que afirmaban estar del mismo lado que él, le llevaban la contraria. Eran imbéciles.

Niklas levantó la voz.

—Putos colaboracionistas. Ustedes traicionan la causa.

Erik empezó a alejarse. Se dio golpecitos en la sien con el índice. La chica lo siguió. Eso era *too much*. Encima le hacía burla.

Niklas se abalanzó tras la chica. La agarró por la chaqueta. La tiró al suelo.

Ella se revolvió. Erik intentó protegerla.

Niklas estaba de pie junto a ella. No sabía si reír o llorar. Si darles una lección o largarse.

36

U na semana como el hombre de los yugoslavos. No todas las noches, maldita sea, no, pero jueves/viernes/sábado/ domingo. Åsa no preguntaba. Dijo que estaba contenta de que hubiera conseguido un trabajo extra. Durante las mañanas dormitaba ante el escritorio de la unidad de tráfico. No le importaban los otros policías aburridos. Opinaban que él era arrogante, pero él los ignoraba respetuosamente.

La misma historia todas las noches. Estar en la entrada con Andrzej y Belinda o con la otra streaper/cajera que se llamaba Jasmine. Dinero fácil; Thomas ganaba dos mil coronas por noche. Sin ajetreos, sin broncas, sólo unos tipos normales calenturientos que querían pasársela bien.

Ese día: libre. Primero iba a ir a Barkarby Outlet con Åsa. Quería comprarse una chamarra de otoño. Algo «resistente», como dijo ella. Thomas sabía qué quería decir Åsa. Él era igual. Normalmente no les importaban las tonterías de las marcas y de las mariconadas de diseño. Les interesaba más el interior que el exterior. Pero cuando se trataba de ciertos productos, Åsa y Thomas querían la máxima calidad, lo que implicaba las marcas más caras. La ropa tenía que aguantar la lluvia, el frío y el sudor. Al mismo tiempo, que fueran ligeras y flexibles. Eso significaba un tejido claramente adaptable de Gore-Tex, que respirara, pero que al mismo tiempo no dejara pasar la humedad. Eso significaba mucho dinero.

Observó a la gente del *outlet*. Familias con hijos, con niños de tres años con mocos. Parejas jóvenes que vivían en el centro, pero que querían estar bien equipados para ir a los Alpes. Gente normal de los de nueve a cinco. ¿Sus vidas eran más felices que la suya? Decididamente, más seguras. Pero él seguro que ganaba más, eso esperaba.

Pensó en la visita domiciliaria de los del centro de adopciones de la otra semana. Dos mujeres de mediana edad que de verdad parecían totalmente normales fueron a casa. Thomas se había esperado otra cosa, gente más ida. Pasaron una hora sentados en la cocina discutiendo la educación de los niños, la baja por maternidad/paternidad y las dificultades de un niño adoptado para encontrar su identidad. Åsa se encargó de la charla, pero Thomas se encargó de asentir en los momentos adecuados. La verdad es que estuvo bien.

Åsa estaba contentísima.

—Pronto vamos a ser padres, ¿sabes?

Al final se compraron una chamarra cada uno. De la marca North Face. Costaban más de cuatro mil cada una. Thomas pagó sin problemas: con su nuevo trabajo ingresaba bien el dinero.

Por la tarde, Thomas había quedado de verse con Ljunggren en el club de tiro. La primera vez en varias semanas. Thomas no sabía si era que se había vuelto paranoico, pero le daba la sensación de que lo notaba distante. Habían estado muy unidos. Hombres de pocas palabras, pero con el nivel adecuado de humor. ¿Adónde se había ido todo eso? Quizá Ljunggren pensaba que Thomas había metido la pata por última vez y lo habían trasladado. No era posible. Compañeros como Jörgen Ljunggren nunca se quejaban de nadie porque llegaran a tener un poco de mano dura. Ljunggren mismo: su segundo nombre era mano dura. Sin embargo, allí pasaba algo. Una barrera. Entre ellos. Thomas la notaba claramente.

En el coche pensó en lo sucedido en Solvalla. John Ballénius se puso como loco, desapareció entre la masa de personas. Según los listados telefónicos, el tipo no había estado en las cercanías de Axelsberg la noche que mataron a Rantzell, aunque había algo patentemente sospechoso. Pero lo más importante: Thomas ya estaba seguro de que el muerto era Rantzell. Era un gran avance.

El lunes siguiente al incidente de Solvalla, Thomas llamó directamente al ratón de oficina que se encargaba de la investigación tras Hägerström. Stig H. Ronander, un *senior* con un nombre que habría sonado en Solvalla. Thomas sopesó un instante si debía olvidarse de ello. Pero luego cambió de opinión. Eso podría ser su camino de vuelta. Si resolvía el misterio de quién era el muerto, aumentaban destacablemente las posibilidades de resolver el enigma. Era un tiro a ciegas, había algo podrido en esa investigación. Y no veía que pudiera salir nada malo de colaborar con que avanzara.

El investigador, Ronander, recibió la información de Thomas con escepticismo. Cuestionó cómo era que había ido preguntando por John Ballénius, por qué había conseguido huir el tipo en Solvalla. Thomas exageró; dijo que Ballénius ya había salido en la investigación cuando ayudó a Hägerström. Intentó dirigirlo a los listados de teléfono sin nombrar que él había pedido. Stig H. Ronander no pareció agradecerlo. Podía irse a la mierda.

El trabajo, el coche, el club de tiro. Solían ser los tres pilares de Thomas en la vida. Ya no lo sabía. La unidad de tráfico era más aburrida de lo que uno pudiera haber sospechado. El Cadillac no le daba ninguna paz. Al mismo tiempo, estaba a gusto en el club de streap tease. Jasmine y Belinda eran agradables, sin pretensiones.

El traslado y el hombre que se había parado ante su casa aquella noche le daban vueltas por la cabeza. Quizá porque perdía la posibilidad de defenderse cuando se deslizaba en la oscuridad bajo el americano. Cuando estaba a solas, quizá no importaba. Pero cuando Åsa estaba en casa, no. Aunque su matrimonio no fuera el mejor del mundo, si alguien le hacía daño, él nunca podría perdonárselo.

Así que el club de tiro debería darle paz. Pero no le gustaban las miradas que le lanzaban los otros tras la bronca del trabajo. Se preguntaba qué pensaban de él.

El club estaba en un interior, en un edificio propio. La mayoría de las salas de tiro de Suecia estaban construidas como si fueran cabañas abiertas por una fachada, con cabinas de tiro y dianas. Luego uno disparaba bajo techo, en la práctica, en el exterior; pero se pasaba más frío que un perro. Sin embargo, el club Järfälla era más lujoso: catorce pistas paralelas de veinticinco metros para tiro de precisión con el mejor amortiguamiento sonoro que Thomas conocía. Todo en un interior calientito.

Ljunggren ya estaba allí. Una mano en el bolsillo del pantalón de mezclilla, ligeramente inclinado hacia atrás; el otro brazo, estirado. Una pistola de competencia con mango ergonómico. Gorra, protección en los oídos, las piernas abiertas. Listo para disparar. Justo antes de que Thomas le diera un golpecito en el hombro, lanzó un disparo. Un dos. No estaba nada mal.

Se dieron la mano. Ljunggren parecía contento de verdad. Le dio una palmada en la espalda. No era lo habitual en él; normalmente el tipo detestaba el contacto corporal más de lo que detestaba decir bobadas.

—¿Has visto el dos que acabo de hacer?

Thomas se sentía muy contento.

—Muy bueno. No es precisamente lo más habitual que saques puntuaciones altas.

Pausa para risas francas de camaradería.

Charlaron un rato. Todo parecía como siempre.

Thomas se puso en su cabina. Se puso la protección para los oídos. Adentro con el proyectil en la pistola de 9 milímetros. Cerró los ojos unos segundos. Respiró. Concentración. Incluso si su vida laboral no había resultado como se había esperado, siempre podría concentrarse en el momento adecuado. Lanzar un disparo en el momento adecuado cuando haga falta. Acertar al objetivo en la parte correcta del cuerpo.

Levantó el brazo derecho lentamente. Sujetó la pistola todo lo inmóvil posible. El ojo buscaba los elementos de puntería. Encontró el punto de mira. Temblores aún. Se relajó. La imagen de tiro, clara. Con cuidado. Centrado. Aumentó lenta y regularmente la presión sobre el gatillo. Evitó mover el brazo, la mano, la pistola. Casi cerró los ojos. El dedo se movió solo. Se trataba de soltar la conciencia del movimiento que iba a producirse. Presionar lentamente. Un único movimiento. Ser uno con la mirilla, el recorrido del disparo por el aire, notó el retroceso, el agujero de la bala en la diana.

El disparo llegó como una sorpresa. Recibió el movimiento de la mano casi con asombro. Entornó los ojos, vio el agujero en la diana: un uno. Ljunggren dijo:

—Aunque te pases el día deteniendo sólo a infractores de tráfico, ciertas cosas parecen mantenerse. Quiero que sepas que te he echado de menos.

Thomas no sabía si reír o llorar. Se sentía tan bien.

Tras la práctica de tiro, Thomas sugirió que se fueran a tomar una cerveza al Friden. Ljunggren tuvo otra propuesta:

—¿No podríamos dar una vuelta en el coche? Como antes.

Resultaba raro; sin embargo, agradable. Ljunggren: la esencia de la integridad. El hombre de las distancias, el especialista en la falta de contacto corporal, el macho número uno. Una sugerencia: una confesión conmovedora. Una solicitud de amistad.

Los policías tomaban con frecuencia el coche de servicio para ir a las prácticas de tiro. Ljunggren encendió la radio policial, pero con el volumen bajo. Thomas no podía interpretarlo: quizá no estaba pensando en lo que hacía o es que era para crear el ambiente adecuado. Conducía lentamente, como si estuvieran trabajando. Se encontraban en una zona urbana. Los árboles tenían las hojas secas. Pese a la lluvia, había sido un verano cálido. Auténtica sensación de septiembre; quizá porque era septiembre.

Dieron vueltas; verdaderamente como antes. Hacía más de tres meses. Parecía una eternidad. Una eternidad de angustia. Angustia porque todo se había ido al caño muy rápidamente.

—Cuéntame, ¿cómo son los de tráfico?

Thomas se lo explicó. Sus temas de conversación, actitud, hábitos de comidas. Ljunggren se reía. Por fin alguien que comprendía.

—He oído rumores sobre ti, Andrén. Que estás sacando un dinero extra. ¿Es cierto?

Thomas no sabía qué decir. ¿Cuánto sabía Ljunggren? No era cuestión de contar todo en ese momento.

—Claro que sí. Ayudo en una empresa de vigilancia. Muchas noches y madrugadas. Así que se parece a lo de antes. Åsa ya está acostumbrada.

Ljunggren asintió. La mirada, dirigida a la carretera.

—Apuesto el doble a que te pagan mejor.

Thomas se rio.

—Apuesto el cuádruple a que tú tienes mejor seguro de pensiones y de enfermedad de lo que se pueda conseguir allí. Mi nuevo trabajo está, por así decirlo, al margen de todo.

—Es lo que me imaginaba. ¿Vale la pena?

Thomas pensó un rato. La pregunta lo llevaba perturbando a él mismo varias semanas. Y Ljunggren no parecía siquiera saber a lo que se dedicaba de verdad.

—Voy a ser totalmente sincero contigo, Ljunggren. Ya no sé qué merece la pena y qué no. Lo único que sé es que si alguien te traiciona, ya no estás obligado a ser leal. Toda la historia por la que me han perseguido no es más que una mierda. ¿Sabes cómo pasó? Me dijeron que tú no podías acompañarme a patrullar como de costumbre, que habías tenido que sustituir a alguien. Luego pusieron a esa chica que casi no podía cargar el chaleco hasta el coche. Nos llaman porque un boxeador loco está arrasando una

tienda de veinticuatro horas y casi la mata. Pero no podemos de-
fendernos. No podemos encargarnos de que vuelva la tranquilidad.
No, se arma la bronca. Entonces se trata de brutalidad policiaca.
Malos tratos. Uso excesivo de la fuerza. Y Adamsson, ese viejo
cabrón, me da la espalda. Me hace tomar la baja médica, me pide
más o menos que me vaya a la mierda. ¡Gracias por la ayuda, puto viejo arrugado! Pero tú y yo conocemos a Adamsson. En realidad no tiene nada en contra de lo que pasó en la tienda. Debería
haberme apoyado de lleno. Pero no, esta vez me dejó solo con
los lobos. No entiendo por qué.

Ljunggren no dijo nada. Como de costumbre.

Thomas continuó.

—A veces pienso… imagínate. Imagínate si todo está relacionado. Ya sabes, esa investigación con la que estaba ese Hägerström. Le ayudé un montón. Bueno, no me gustan los de su clase,
pero había algo raro en ese asesinato. Así que comprobé unas
cuantas cosas por mi cuenta. ¿Y qué sucede? Sólo unos días después empieza todo esto contra mí. Como si fuera el pistoletazo
de salida. Como si alguien no quisiera que ayude a Hägerström
con esta investigación. Como una conjura.

Ljunggren se volvió hacia Thomas.

—Sí, es un poco raro.

—¿Un poco raro? Es una locura.

Ljunggren no hizo caso de la respuesta de Thomas.

—No sé lo que pasó esa noche. Pero de hecho fue Adamsson
quien me llamó y me pidió que sustituyera a Fransson. Y yo sólo
obedezco órdenes. Pero que fuera algún tipo de conjura, no, no
lo creo. Suena un poco, ¿cómo se dice…?

—¿Conspiratorio?

—Eso es. Conspiratorio. —Ljunggren hizo una pausa. Luego dijo con voz más baja, como si pensara en lo que significaba la
palabra—. Eso, conspiratorio.

Siguieron dando vueltas con el coche, una hora más. Oscureció. El instrumental iluminado del tablero de la patrulla resul-

taba hogareño. Thomas no podía olvidar lo que le acababa de contar Ljunggren. Así que había sido Adamsson quien le había ordenado que no patrullara. Una idea destacaba claramente entre toda la confusión del cerebro de Thomas: ya estaba claro; Adamsson estaba implicado de alguna manera.

No le dijo nada a Ljunggren.

Ljunggren empezó a regresar al club de tiro para dejar a Thomas en su coche.

Apagó el motor, pero dejó que el tablero siguiera iluminado. Las manos sobre el volante como si aún estuviera conduciendo. La mirada, en la lejanía, quizá fija en el edificio del club.

—Mira, hay una cosa que quiero decirte.

Thomas notó directamente en la voz que era algo serio.

—¿Qué?

Ljunggren tragó varias veces. Se aclaró la garganta. Pasó un minuto.

—Verás, hace tres días tuvimos un aviso. Unos vecinos que creían que quizá había alguien muerto en un departamento. Por la ranura del correo se veía que había un montón de cartas tras la puerta y no habían visto a nadie en varios meses. Fui allí con Lindberg. Un departamento en la calle Elsa Brändström. Llamamos al timbre, con los nudillos. Lo habitual. Al final probamos con el picaporte. Estaba abierta, así que entramos. Comprobamos el sitio, capas espesas de polvo por todos lados. Parecía que nadie había vivido ahí en varios meses. Pero no encontramos ningún muerto.

Thomas se preguntaba qué tenía que ver su largo relato con él.

—Había un montón de cosas porno raras, arneses y mierdas de ésas. Encontramos un montón de alcohol, un refrigerador apestoso. Luego no encontramos nada más interesante. Parecía como si no hubiera habido nadie allí en mucho tiempo. Pensé que era una misión rutinaria. Pero luego encontré en el baño un vaso con una dentadura postiza. Entonces caí en que el que vivía en el piso podía ser el cadáver destrozado que encontramos en la calle Gösta Ekman. Con el que decías que habías ayudado a Hägerström. Me contaste que le viste pinchazos en los brazos y que le faltaban dientes y eso. Pensé que tenía que contártelo. Para devolverte el favor.

El silencio del coche se hizo compacto. A Thomas le parecía que casi podía oír latir el corazón de Ljunggren. Estaba saltándose el reglamento, el secreto de la investigación. En circunstancias normales eso no era algo que preocupara a Ljunggren. Pero esto... había detrás algo más grande.

Thomas se esforzó por no sonar demasiado interesado.

—Bueno. Gracias por la información. Yo ya no participo en eso. Pero, maldita sea, me parece emocionante. ¿Cómo se llamaba el que vivía en el piso?

Thomas sintió que la piel de los brazos se le erizaba. En realidad sabía la respuesta antes de preguntar.

—El inquilino se llama Rantzell. Claes Rantzell. Pero es un nombre nuevo, se nota por cómo suena.

—¿Qué?

—Sí, Rantzell suena a nombre que se ha puesto, ¿no te parece? En realidad el tipo se llamaba Cederholm. Cambió de nombre hace unos años. ¿Te suena? ¿Claes Cederholm?

Thomas negó con la cabeza, aunque el nombre le sonaba.

—Claes Cederholm fue testigo principal en el juicio por el asesinato de Palme. ¿Te das cuenta? No se trata de cualquier cosa. El asesinato de Olof Palme. El primer ministro de Suecia.

Era una locura.

Thomas estaba metido en aguas profundas.

Muy, muy profundas.

***

DIRECCIÓN NACIONAL DE POLICÍA
Grupo Palme de la policía judicial

Fecha: 8 de septiembre APAL-2431/07
Memorándum
(Confidencialidad según el capítulo 9, párrafo 8 de la Ley de Confidencialidad)

Referente a Claes Rantzell (nombre anterior: Claes Cederholm) (N.º de reg. 24,555)

Claes Rantzell (nombre anterior Claes Cederholm, n.º de reg. 24,555 en el registro de sospechosos e informadores) ha sido asesinado con toda probabilidad el 3 de junio de este año.

Antecedentes.
Claes Rantzell fue encontrado en la mañana del 3 de junio de este año en un almacén del sótano de la calle Gösta Ekman, 10, de Estocolmo. Véase informe adjunto, anexo 1. Estaba muerto cuando se le encontró. La cara de Rantzell presentaba graves lesiones causadas por violencia ejercida sobre él y también presentaba en general numerosas señales de haber sido gravemente maltratado. Aún más destacable era que la prótesis dental de Rantzell se había retirado del lugar, así como que se le habían cortado las yemas de los dedos (véase el informe de la autopsia, anexo 2).
Dadas estas circunstancias, ni la policía de Söderort ni SKL pudieron identificar a Rantzell antes del 7 de septiembre de este año (véase informe de identificación, anexo 3).
La totalidad de las circunstancias indican que Rantzell ha sido asesinado.

Resumen sobre Claes Rantzell
Rantzell es la persona más interrogada por los investigadores del grupo Palme. Entre 1986 y 1991 se le interrogó más de veinte ve-

ces (véase APAL -5870/91). El nombre de Rantzell era, como se ha mencionado más arriba, Claes Cederholm en la época del asesinato de Palme.

Rantzell fue durante los primeros años ochenta un conocido traficante de drogas en Estocolmo, así como copropietario del club de juego Oxen, en la calle Malmskillnadsgatan. Fue condenado por una serie de delitos relacionados con las drogas.

En interrogatorio del 26 de abril de 1987 (véase APAL-151/87) afirmó entre otras cosas que era amigo cercano de Christer Pettersson, así como que éste se encontraba en el exterior del cine Grand, el cine que el matrimonio Palme visitó justo antes del asesinato esa misma noche. En interrogatorio del 3 de febrero de 1988, (véase APAL-2500/88) Rantzell afirmó que su recuerdo había cambiado. Entonces dio coartada para los horarios de Christer Pettersson durante la noche del asesinato. En interrogatorio del 17 de marzo de 1990 (véase APAL-3556/90) Rantzell contó que en otoño de 1985 había prestado a Christer Pettersson un revólver Magnum de la marca Smith & Wesson, calibre 357. Según Pettersson, el arma se iba a utilizar para disparar salvas en el cumpleaños de un amigo. Rantzell jamás recuperó el revólver.

El arma homicida más probable es precisamente un revólver Magnum de la marca Smith & Wesson, calibre 354. Los datos sobre el revólver prestado fueron, por tanto, una de las pruebas centrales durante el nuevo juicio contra Christer Pettersson. El fiscal tenía como objetivo relacionar a Christer Pettersson con la potencial arma homicida.

Rantzell ha llevado una vida errática. Durante los años ochenta se piensa que vivía principalmente de la venta de estupefacientes y del juego. Durante los años noventa y la primera década del 2000 ha figurado como prestanombres en una serie de empresas, sobre todo del sector de la construcción (véase anexo 4).

Desde mediados de los años ochenta a principios de los noventa convivió con Catharina Brogren.

Nuestra evaluación es que el asesinato de Rantzell no tiene ninguna relación directa con el asesinato de Palme. Sin embargo, no se puede descartar que existan conexiones.

Acciones propuestas
A la vista de lo arriba expuesto, proponemos las siguientes acciones:

1. El grupo Palme participará en la investigación del asesinato de Rantzell. Todas las acciones de la investigación se comunicarán al grupo Palme. Los investigadores serán informados e informarán personalmente una vez por semana al investigador del grupo Palme que se designe.
2. El grupo Palme designará un investigador para que revise toda la documentación referida a Rantzell y elaborará un informe como máximo para el 30 de octubre.
3. El grupo Palme dirigirá un grupo de investigación propio, formado por, al menos, tres investigadores, para supervisar, analizar así como desarrollar y realizar acciones propias.

Recomendamos que se tome una resolución sobre estas cuestiones en una reunión el 12 de septiembre.

Estocolmo, en la fecha arriba indicada
Comisario de la Policía Judicial Lars Stenås

MAFIA BLANCA

PARTE 3
(DOS MESES DESPUÉS)

lucinante el procedimiento: trituró los cristales con la hoja de afeitar. Para romper las piedras. Sin mascarilla, como cuando mezcló la coca con tetramisol, un medicamento veterinario, unos días antes de esa misma semana. Sin guantes de látex. Sin ningún yugoslavo de pie a su espalda vigilándolo. Metiéndole prisa. Desconfiando de él. Jodiéndolo. Únicamente Mahmud a solas en su casa. Estaba a unas manzanas de la de Robert. Fíjate, casa propia. Una belleza. Incluso su padre estaba orgulloso.

En la televisión: Brasil contra Ghana en una especie de choque amistoso. Pasaba.

Trituró más de lo que necesitaba. Como con ritmo. Una irritación que surgía de él. Un enojo que estaba a punto de explotar. Las cosas se habían acabado con los yugoslavos.

Meterse estaba bien. Pero en los últimos meses, Mahmud había empezado a necesitar efectos más fuertes. Todo lo que hacía falta una vez que estaba triturada la coca eran tres gotas de agua, luego se disolvía. Tomó una jeringuilla de un solo uso. La cocaína era diferente a las cosas para drogarse; hacía que las venas se cerraran. Quizá fuera la décima vez en su vida que se metía coca. Se acordaba todavía del primer viaje hacía cuatro semanas. Un pedazo de dinamita blanca; un trip como un viaje al paraíso. Robert y él, juntos en una sensación como el mejor videojuego de alta definición. *Grand Theft Auto* número catorce millones. A lo graaande.

Se puso la aguja en el brazo. Se aseguró de que la vena no se escapaba. Presionó. Una gota de sangre subió por la cánula. Presionó un poco más, luego dejó que la sangre volviera a subir por la cánula. A la vena. Diez segundos de espera. Nueve, ocho, siete, seis, cinco, cuatro, tres, dos, uno. ¡Qué harponazo! Como un rayo, directamente al cerebro. La hierba era una pálida comparación, meterse rayas era aburrido, tomar alcohol no era serio.

El color verde del campo de futbol en la televisión parecía más verde que el Amazonas. Eso era la vida *deluxe.*

¿Dónde diablos estaban Robert y los demás? Iban a llamar. Quizá pasarían a ver el departamento. Luego iban a salir. Mahmud se metió un tiro por la nariz. Sensación normal. Agradable, pero cuando se ha probado lo intravenoso, lo intranasal no parece lo mismo.

Pensó en su situación. Salvo por esas noches, era una puta mierda. Trabajaba más que un vikingo, en plan cuarenta horas a la semana. Para eso, más le valía tomar un trabajo normal, como sugería Erika. Se pasaba el tiempo conduciendo por la periferia. Recogía la mierda de los almacenes de Shurgard por medio Estocolmo. Vendía a dealers de Norra Botkyrka, Norsborg, Skärholmen, Tumba, por todos lados. En las pizzerías después de que cerraran, pubs, clubes, gimnasios, locales de lucha, en almacenes de sótanos, en los de las buhardillas, en fiestas en departamentos, en pasillos de institutos de bachillerato para adultos, en las estaciones de metro, en los puntos de encuentro acristalados de los centros comerciales, en los parques, en las zonas de juego. Sobre todo vendía desde el coche. Porque así era: se había armado con un verdadero coche, un Mercedes CLS 500. Bueno, a plazos, pero qué diablos. Uno así no lo habría conseguido jamás con un trabajo normal.

Seis, siete tipos y de hecho una chica a su cargo como dealers regulares. Dijma era uno de los mejores. Compraba al menos doscientos gramos al mes. Mahmud, camino de convertirse en el rey de la coca del sur de Estocolmo. Colocaba al menos un kilo a la semana. Al menos medio millón en monedas por la calle. Pagaba a los yugoslavos cuatrocientas treinta mil por kilo. Le quedaban para él setenta miles. Gastaba mucho, pero se mataba trabajando para ganarlo. Y el mayor inconveniente: Radovan no lo soltaba. Mahmud: un siervo bien pagado. Por mucho que quisiera contentar a su padre, hermanas, Erika y a todos los demás. No lo conseguía. Así que se había decidido: para eso podía convertirse en el rey. Era hora de que hubiera un árabe en la cima. Más grande que los padrinos yugoslavos.

Tenía menos tiempo libre para el gimnasio. Le dolían las articulaciones. No se sentía bien. El tratamiento le había generado efectos secundarios. Los esteroides eran peligrosos como el diablo. Le habían salido granos por toda la cara y la espalda, como si tuviera ébola. Le dolían los riñones. Le habían empezado a salir pelos raros y gruesos en la espalda. La noche anterior no había dormido ni dos horas. Pero había tenido que ponerse el Winstrol. Si no, el tratamiento no funcionaría.

Tenía que dejarlo. No podía hacerse un tratamiento y meterse coca al mismo tiempo. Pidió por internet mejores proteínas. Subió la dosis. Pero nunca podría compensar que fuera menos a Fitness Center o que no tomara hormonas.

Los pensamientos oscilaban: lo que iba a hacer con toda la plata. Al mismo tiempo: los yugoslavos podían hundirlo en cualquier momento. Eran todos unos grandísimos hijos de puta.

Dieron las once. Tomó el celular. Llamó a Robert. El colega no tenía un buzón decente, sólo música árabe escandalosa a gran volumen en el mensaje. No tenía sentido dejarle nada. Robert vería de todas formas que le había llamado.

Pasó el tiempo. Mahmud se metió otra línea. Jugó con el Playstation como un dios de los videojuegos.

Sonó el móvil. Era Robert, excitado como un niño.

—Baja, maldita sea, estamos abajo en tu calle. Vamos a comernos la ciudad.

Mahmud se puso la ropa gruesa. Una chamarra de cuero con el logo de Mercedes en los brazos. Se metió en el bolsillo una bolita de papel de plata con dos gramos. Esa noche: Estocolmo se iba a enterar de su nombre; iba a ligar chicas como nunca antes.

Lo primero que hicieron Mahmud y Javier fue meterse una raya cada uno. El ritmo denso en el estéreo del coche de Robban. Qué ambiente. Lo único que extrañaba Mahmud: a Babak a su lado en el asiento trasero.

Se notaba que Robban se había arreglado para conseguir conchitas. Peinado perfecto para atrás, barba de dos días ligera pero bien cuidada, cadena de oro al cuello, camiseta de seda strech de cuello v. Los bíceps presionaban la tela desde el interior.

—Hey, ¿tienes ganas esta noche o qué?

Robert se reía.

—Puta madre… tengo tantas ganas que ya casi me vengo en los pantalones.

—El semental de los sementales. ¿Nos vamos mejor en mi CLS?

—Si quieres. Qué bien. A lo grande de verdad.

Javier sólo se reía al oírlos. Se cambiaron al coche de Mahmud.

Qué detalle.

De camino. Robert se giró hacia Mahmud: amplia sonrisa de piraña.

—Si esta noche no hago un *hat-trick*, les pago diez a uno. ¿De acuerdo?

—¿Qué? ¿Que te vas a tirar a tres chicas?

—No, *habibi. Hat-trick*, ¿no sabes lo que es?

Mahmud podía imaginarse un montón de cosas, pero quería oír la última idea de Robban.

—*Hat-trick*. Que uno se viene en los tres agujeros en la misma noche.

Mahmud se doblaba de risa. Javier daba ruidosas carcajadas. Robban parecía satisfecho; se reía de sí mismo. Tres tipos poca-madre en busca de chicas, si esa noche no marcaban, no iban a hacerlo nunca. Mahmud entre los ataques de risa:

—Te lo juro, esta noche yo también hago *hat-trick*. *Walla*.

Las risas se calmaron. Se acercaban al centro.

Mahmud se puso serio. Quería hablar de cosas importantes.

—Estoy empezando a estar muy encabronado.

—¿Qué pasa? ¿Es algo con Babak o qué? Déjalo ya.

—No, no es eso. Se los juro. No quiero tratos con Babak. Denle saludos de mi parte, *salam*.

—¿Y de qué se trata?

Mahmud vio la cara de Robert por el retrovisor. Parecía querer saberlo de verdad.

—Ah, los yugoslavos me están cogiendo. La verdad es que quiero dejarlo.

—Pues déjalo. Diles que se acabó.

—No, no soy de los que hacen líos. Yo me voy quemando como un porro. Pero puedo llegar a explotar. ¿Me explico?

Javier se inclinó hacia atrás.

—Yo no te sigo. Estás ganando un dineral. Vas por ahí en un carrazo. ¿Cuál es el problema?

—Soy como su puta. Para ti es distinto, Robban, tú vas a tu aire. Como si fueras un autónomo. Pero a mí me llevan con correa como a una puta. Son como monos, deciden lo que tengo que hacer, cuándo lo tengo que hacer. Me amenazan con contárselo a mi padre si no cumplo, con fastidiar a mi hermana. Son unos cabrones. Tengo que hacer algo.

Robert, con tono serio por primera vez esa noche:

—Mahmud, escúchame. Yo quizá no crea en los yugoslavos dentro de diez años, pero ahora, ten cuidado. No digo más. Ten cuidado. Son animales, no juegues con ellos. Mientras ganes plata, sigue y tan contento. Te lo juro.

Se hizo el silencio en el coche.

En el centro, ambiente incandescente. Mahmud se acordaba: los vikingos celebraban una especie de día de Todos los Santos. La oscuridad de noviembre, iluminada por chicas con el cabello teñido de rubio platino y con tacones de aguja que tenían las piernas heladas. Nerds con chalecos de *barbour* que parecían más bien forros que chalecos.

Pero era su noche. Javier había reservado mesa en White Room. Si Mahmud hubiera intentado reservar: un no en toda la jeta. Su sueco con acento de Rinkeby no se podía ocultar. Y en la puerta no había manera sin reservación. Lo habían demostrado una y otra vez algunos moros que habían estudiado en la universidad y eso: los tipos habían grabado en video el régimen de *apartheid* de las puertas de Estocolmo y habían denunciado a los antros. Deberían ser héroes en Suecia; pero eso no cambiaba nada para Mahmud.

Pero Javier era casi como un vikingo.

En el interior de White Room: cubiteras empotradas en las mesas, arañas en el techo, barra iluminada de rosa con vodka de lujo y champán. De las paredes colgaban joyas; una especie de exposición. La pista de baile era un círculo en medio de la sala. A tope. La única mierda era que no los dejaron pasar a la sala VIP. A la mierda: ahí iban a desmadrarse. Pero que quedara claro: desmadrarse no significaba que Mahmud bailara. Jamás un tipo del plan del millón de viviendas como él se rebajaría a eso. Quedaba reservado para los vikingos, para los maricas.

Sin embargo: la sensación de estar dentro era lo mejor. Pensó en la vez en que vio a Daniel y a los otros tipos en Sturecompagniet. La angustia en la boca del estómago. El pánico en oleadas por la cabeza. Se preguntaba qué era lo peor. ¿Deberle plata a Born to Be Hated o ser la puta de los yugoslavos?

Tres rayas más tarde: Mahmud, Robert y Javier sentados en su reservado. Mahmud, como de costumbre, se lo tomó con calma con el alcohol. En lugar de eso: el alcohol para las chicas. El plan: hacerlas beber lo suficiente como para que se dejaran, pero no demasiado, nadie quería que le vomitaran el pito. A Mahmud le parecía que los vikingos envidiosos los miraban con odio. No les gustaba ese rollo. Los reyes moros les quitaban las mujeres.

Notó una vibración en el bolsillo. El teléfono le molestó. Y tenía que mirarlo. Podrían ser negocios. El SMS era una orden clara: «D quiere 50 billetes esta noche». En otras palabras; tenía que ir a algún almacén de Shurgard, tomar cincuenta gramos de coca y luego llevarle la mierda a Dijma. Estaba ahí sentado con los amigos, tres, cuatro nenas predispuestas, la vida a tope, la posibilidad de un *hat-trick* al alcance. Y justo en ese momento Don R tenía que obligarlo a irse. Era como lo contrario a que te tocara el bote. Debería negarse, mandarlos a la mierda. Todo el odio le salió de una vez. Bullía dentro de él. Era como si su ira incandescente empezara a arder. Se convirtió en una corriente de lava. Debería deshacerse de los yugoslavos. Decirles que se largaran. Pero, al mismo tiempo, muy fuerte, más poderoso que el odio, el impulso, el ardor: sabía lo que tenía que hacer. No cabía otra que cumplir.

Se alegró de no haber bebido. Mejor conducir con efecto de coca en retroceso que con un montón de alcohol en la sangre. Puso el estéreo a todo volumen. Snoop en plena forma. No como se sentía Mahmud en ese momento.

A través del centro, por la mierda del Söder, la autopista todo recto hacia el sur. Pasado Liljeholmen, Årsta y lo demás. Kungens Kurva; una puta de mierda.

No había gente en los alrededores de las bodegas. Claro: eran las doce y media de un sábado por la noche. Gotas de lluvia heladas. Entró, revolvió un rato en las cajas, tomó todos los gramos que había, seis bolsas de cinco gramos. De vuelta al coche. De acá para allá en la noche. Al siguiente almacén, Årstaberg. Conocía los sitios a la perfección. Dentro y fuera como un idiota.

Una hora y media más tarde: cincuenta gramos en una bolsa. Peligrosísimo, si lo detenía la policía, lo meterían dos años. Por lo menos. El tribunal seguía escalas por cantidades, veredictos rígidos, emitían sentencias durísimas a los dealers.

De vuelta a la ciudad. Difícil estacionarse. Mahmud no tenía fuerzas para dar vueltas. No le importó si le caía una multa; dejó el coche delante de un edificio en el que decía Biblioteca Real. Mandó un SMS a Dijma al número que creía que el albano usaba esa semana. Esperó diez minutos. La noche de noviembre era oscura. Pocos faroles donde estaba estacionado. Pensó en su padre. Si se enteraba de esa mierda, lloraría hasta morir.

Un Saab plateado pasó junto a él. Mahmud casi da un salto. ¿Se había dormido en la oscuridad del coche?

Le dio tiempo de ver a Dijma en el asiento delantero. Salió un tipo del Saab. Abrió la puerta trasera del Mercedes. Se sentó en el asiento trasero. Mahmud, totalmente atento. No reconocía al tipo. Los gramos del bolsillo valían más de trescientos mil en la calle. ¿Dijma intentaba jugársela?

El tipo parecía pálido. Ojeras, pelo color ceniza con un flequillo totalmente recto, parecía de Europa del Este.

—Muévete —dijo en inglés con acento extranjero.

Mahmud arrancó el coche. Vio el Saab más adelante.

Avanzaron por Sturegatan. A Mahmud le daba mala espina. Las cosas no solían funcionar así.

El tipo del asiento trasero cruzó en el retrovisor su mirada con la inquisitiva de él.

—Estaciona el coche en Stadion.

A Mahmud le pareció sospechoso: el tipo pronunció la palabra Stadion demasiado bien para ser un adicto albano recién llegado.

Subió por Sturegatan. En Karlavägen el Saab dio vuelta a la derecha.

—No lo sigas —le ordenó el tipo.

Mahmud aminoró. Dijo:

—No te conozco.

El albanés contestó:

—¿Tienes o no?

Mahmud no contestó. No tenía fuerzas para pelearse. Quería volver con las chicas.

Fueron por Valhallavägen. Apenas había tráfico. Mahmud estacionó el coche junto al edificio rojizo de Stadion. La lluvia seguía cayendo.

Mahmud apagó el motor. Palpó el bolsillo en busca de los gramos. Un Volvo oscuro pasó junto al coche. Se estacionó, bloqueó al Mercedes.

El tipo del asiento trasero se inclinó hacia delante. Dijo en sueco:

—Eres un buen tipo, Mahmud.

¿Qué diablos era eso? De repente el albanés hablaba sueco. Mahmud tenía que comprender qué pasaba. ¿Era Dijma el que quería jugarle una broma? ¿Los yugoslavos que se burlaban de él? ¿O la policía? Justo esa puta noche su navaja mariposa estaba en casa.

—Eh, ¿quién carajo eres? Lárgate —Mahmud miró el Volvo, en los asientos traseros había dos tipos con aspecto sueco.

—Me voy a largar enseguida. No te preocupes. Me puedes llamar Alex.

Mahmud lo notaba en todo el cuerpo: era un policía.

—Yo no hablo contigo.

—¿Por qué no? Quiero que me escuches sólo unos minutos. Supongo que llevas algo que no se puede llevar en este coche. ¿Es así?

—He dicho que no hablo contigo.

—Tú sólo dile a Dijma que hubo ajetreo y que me largué. Ya lo he mareado toda la noche, así que no se sorprenderá.

—No he hecho nada ilegal, de qué hablas.

—Bueno, Mahmud. No me voy a llevar nada. No vamos a intentar acusarte de nada esta noche. No esta vez. Escucha un momento.

Mahmud no comprendía de qué hablaba el cabrón policía. Todo se había derrumbado. El Volvo allá afuera. Las posibilidades de largarse, mínimas.

—Sabemos lo que estás haciendo. Pero necesitamos más información. Necesitamos alguien dentro. Los tipos como yo podemos entrar y hacer trabajos pequeños, pero no nos dejan entrar de verdad. Tú eres un buen tipo. Tu padre se preocupa por ti. Tienes hermanas que ayudar. No quieres que te vuelvan a encerrar. Vamos, Mahmud, en la cárcel no estuviste nada bien. Piensa en lo que va a decir tu padre.

Mahmud miraba hacia delante, se negaba a mirar a los ojos al estúpido poli.

—Tu puta madre.

Al tipo no pareció importarle. Continuó:

—Somos razonables. Podemos olvidar lo que tenemos contra ti hasta ahora. Podría detenerte ahora y te caerían dos años sólo por los gramos que llevas en el bolsillo. Luego tenemos buenas evidencias de dos delitos más de venta de estupefacientes. Te caerán por lo menos ocho años, eso ya lo sabes. Pero si colaboras, borramos eso. Lo único que queremos…

—¿Estás sordo o qué?

Ya era suficiente. Mahmud pensaba tomar la cabeza del tipo y darle contra la palanca de cambios y luego salir corriendo. Valía la pena intentarlo.

—Tranquilo, Mahmud, escúchame sólo unos segundos. Te necesitamos. Olvidamos los delitos tuyos que sabemos. Y lo único que queremos es que te reúnas con nosotros de vez en cuando y nos informes un poco de lo que pasa.

Eso: una locura total. Se creían en serio que iba a ser un soplón. Mierda, estaban locos los de la policía.

—¿Ésta es una broma o qué? ¿Crees que soy un puto soplón? Jamás.

Alex parecía decepcionado.

—Deberías pensarlo. No se trata de delatar. En absoluto. Lo haremos todo muy bien. Nadie sabrá nada. Pero no te retengo más. Piénsalo. No hagas tonterías. Voy a entrar en el coche de al lado.

El policía puso una mano en la manija de la puerta, alargó el otro brazo.

—Ten, toma mi tarjeta.

Mahmud no quiso.

El oficial Alex la dejó en el asiento del copiloto.

—Llámame si cambias de idea.

—Olvídalo.

—Piensa el asunto unos días. De lo contrario, la próxima vez que nos veamos será cuando te interrogue en prisión. ¿Lo entiendes? —Alex no esperó respuesta. Salió del coche. Se volteó antes de cerrar la puerta—. Y una cosa más. Si de alguna manera se filtra nuestra pequeña charla, vamos por ti. Directamente.

El policía se subió al Volvo. Arrancaron a toda velocidad.

Mahmud se quedó unos minutos sentado en la oscuridad. Tomó la tarjeta. Sólo decía «Alexander Wren, ingeniero» y un número de teléfono. Buena coartada. Bajó la ventanilla. Tiró la tarjeta.

White Room estaría abierto un rato más, pero no tenía fuerzas para ir allá. ¿Y si Dijma también fuera investigador? Imposible. Dijma parecía todo lo auténtico que puede parecer un albanés.

Era un perdedor. Ni siquiera la policía creía que era un verdadero gángster. Al mismo tiempo: ¿por quiénes estaba dando la cara? Por los que le obligaban a estar en la mierda aprovechándose de que quería a su padre y a sus hermanas.

Mahmud le mandó un SMS a Dijma. Le pidió que viniera a recoger su mierda. El albanés se reunió con él en el exterior de la Biblioteca Real. Dijma en realidad no se sorprendió cuando Mahmud le explicó que el imbécil con el que había cerrado el trato había empezado a dar problemas con el precio. Mahmud dijo que lo había echado. Mahmud tomó los doscientos cincuenta papeles en billetes de mil sin doblar. Inmediatamente todo pareció mejor. Diablos, quizá se diera una vuelta por el White Room de todas formas. A ver si Robban, Javier y las chicas estaban ahí todavía.

Entre las botellas de champán el ambiente era de salvaje oeste. Snobs con puños dobles en las camisas y más gel en el pelo de la que Mahmud usaba en tres meses se echaban champán unos a otros. En cuanto Mahmud se sentó, Robban sacó una cajita. Mahmud entreabrió la tapa: un buen montoncito de coca. Se fue al baño. Se metió una raya. Doscientos cincuenta papeles; se sentía cada vez mejor. Bueno, no era su dinero, pero qué diablos, tenía que relajarse después de eso del policía.

De vuelta con la gente. La pista de baile estaba hasta arriba. Los focos lanzaban colores por toda la sala. El eurotechno retumbaba al ritmo de los brazos en alto de las chicas. Joder, era de lo mejor. Javier se había largado con una chica. Robban estaba sentado ligándose a otra. Ella lo miraba a los ojos. Mahmud se preguntó qué cuentos le estaba diciendo.

Dos chicas se tomaron las últimas gotas de Gray Goose Vodka. Mahmud le guiñó el ojo a una de ellas. Por encima de la música:

—Guapa, ¿no nos tomamos mejor unas burbujas?

No quedó claro si lo oyeron. Pero tres minutos después él estaba de vuelta en la mesa con la mejor botella de champán rosado. Entonces lo entendieron seguro. Él sirvió. Ellas brindaron. Él no bebió. Pero ellas sonrieron. La chica a la que le había guiñado el ojo era lo más hermoso que había visto desde Lindsay Lohan. Pelo rubio teñido que parecía fino como el de un ángel. Grandes ojos brillantes. Un top gris con mangas abultadas sobre los hombros. Ella apuró su vaso. Mahmud sirvió más. Le susurró al oído:

—¿Quieres algo aún más divertido? Dinamita de verdad.

Ella se rio. Sus manos se encontraron. Mahmud le pasó la bolsa con cierre. Cuando ella y la amiga se abrieron paso para salir del privado, la pellizcó en el trasero.

La mujer angelical volvió cinco minutos más tarde. Las pupilas como carboncillo. Estornudó en la mano. Le sonrió. Mahmud, el rey. Esa noche iba a ser su *hat-trick*. Ja, ja, *hat-trick*.

Se metieron mano a fondo ya en el taxi de camino a casa. La mano de ella dentro de los pantalones de él. Arriba y abajo. Se volvió loco, quería metérsela ya. Pero era innecesario tener algún lío con el conductor.

La lluvia del exterior resultaba agradable. La chica se llamaba Gabrielle. Los pantalones de mezclilla estrechos bajaban hasta unas zapatillas negras. Se tambaleaba, hasta arriba.

Entraron en el departamento a tropezones. Él no quería encender la luz; un corte a lo revuelto y asqueroso que estaba todo. Ella lo tomó por el pito ya en el recibidor. Empezó a chuparlo. Nada de preámbulos innecesarios ni historias. Justo lo que él quería.

Estaba a punto de venirse. Su respiración era cada vez más rápida. Gabrielle lo notó. Ella intentó hacerlo terminar fuera.

Mahmud dijo:

—Podrías dejarla dentro.

Ella asintió, su pene seguía el movimiento de la cabeza.

Se tiraron en la cama. Él descansó unos minutos. Puso música.

Le quitó los pantalones de mezclilla. Le dejó el top. Le metió la verga.

Gabrielle jadeaba como en una película porno. Siguieron un rato. Mahmud le dio una nalgada.

—Ponte un condón.

—Ah, no… me vengo afuera.

A ella le pareció bien. Mahmud supuso que tomaba anticonceptivos. Pim, pam. Se vinó sin sacarla. No quedó claro si ella siquiera se dio cuenta. Perfecto; el segundo tercio ya estaba hecho. Eso se lo iba a contar a los chicos el día siguiente.

Gabrielle fue al baño. Cuando volvió, él había hecho una raya en una caja de CD. Ella dijo:

—Por mí, está bien, no quiero más. ¿Me puedes llamar un taxi?

¿Qué tonterías eran ésas? Le faltaba una cosa. Había que conseguir el *hat-trick*. Venirse en el culo sería la gran final.

Se inclinó hacia ella. Empezó a besarla en el cuello, hacia la cara. Dejó que los labios le rozaran los ojos, las mejillas, la frente. Iba en la onda de besos románticos. Esperaba que ella cambiara de opinión. Le lamió la oreja, le acarició el pelo, el pecho, el trasero.

—Vamos, guapa, sé buena. ¿No te gusta?

Volvieron a acostarse. Iba a metérsela porque sí, no había más.

Mahmud le quitó el top. Tenía un cuerpo precioso. Se tiró sobre ella con cuidado, él era como diez veces más grande. Siguió besándola en la frente. Ella cerró los ojos. Ella misma se lo metió.

El misionero unos minutos. Luego la dio la vuelta. La verga contra su ano.

—No, ahí no —susurró ella.

—Sí, es estupendo. Te lo juro.

La agarró de las nalgas. Intento presionar su pene hacia el interior.

—No quiero. —Su voz era ya más fuerte.

—Vamos… rápido.

Gabrielle movió el trasero. Él la sujetó aún más fuerte.

—Para. No quiero. —La voz aún más fuerte.

Era una locura: él, la verga musculosa, el rey de las zorras, el cogedor de chicas; se le bajó. Qué oportunidad; una chica tumbada boca abajo, no había más que meterla, hacer lo suyo. ¿Qué le pasaba? La soltó. Vio que ella se relajó.

—Quédate acostada, por favor. Eres preciosa.

Él se levantó. Miró a Gabrielle. Las piernas estiradas sobre la cama. Esto tenía que arreglarlo él. Revolvió en su ropa, la chamarra, la billetera, los pantalones de mezclilla. Al final encontró lo que buscaba: una bolsa con cierre en la que quedaban algunos miligramos. Sacó la cocaína con el dedo. Se la restregó en la polla. Tenía que funcionar. Necesitaba conectarse.

Ya.

Capítulo
38

Niklas sujetaba el arma. La sopesaba. Admiraba el brillo del metal. Parecía como allá abajo, pero la diferencia era que esta arma apenas había sido usada.

Pensó en lo sucedido en las últimas semanas. La mujer del Black & White Inn había cumplido con el pedido. Una pistola decente y limpia: una Beretta nueva. Hizo pruebas de tiro la primera vez que salió en una zona boscosa de Sätra. Veinte tiros a unas latas puestas sobre latas de cerveza. Verdadera sensación de Bagdad en el otoño de Estocolmo. Tenía que aprender a sentir el arma. El seguro, la culata, la mira, el seguro, el percutor, el gatillo, el cierre del cargador y lo demás. Él y la Beretta: tenían que convertirse en uno. Como tenía que ser.

Luego, entrenamiento en casa. El movimiento de la culata tenía que absorberse con el codo automáticamente. Apagó la luz, practicó en la oscuridad, practicó con ropa ancha, sin ropa, caminando, acostado, corriendo. Izquierda, derecha, derecha, izquierda.

Todos los cabrones maltratadores; ya empezaba la ofensiva de la operación Magnum. Aquí llega su pesadilla. Lárgense y escóndanse; si pueden.

Ése era el día. Iba a cargarse al primero. Al cerdo de Mats Strömberg.

Los meses habían pasado rápidamente, con resultados óptimos en cuanto a la investigación. La única mierda: a Niklas lo habían echado del departamento de Aspudden. El imbécil del agente ilegal le había conseguido otro sitio y Niklas tenía que pagar. Más de lo que esperaba, porque se había deshecho del Audi y en lugar de eso se había comprado un Ford. La seguridad era algo con lo que no arriesgaba. Pero el dinero se le acabaría en unos días. ¿Qué iba a hacer? El principio básico se mantenía: la guerra costaba.

La relación con su madre había empeorado. Él no soportaba llamarla. Ella había llamado, mandado SMS, incluso enviado cartas. Después de su pelea de hacía unos meses: no estaba bien. Su madre había sido humillada media vida. Sin embargo, no parecía querer entender la importancia de lo que pensaba hacer ese día. ¿Cómo podía ser tan cerrada? Pero la respuesta estaba probablemente justo ahí. En que tantas mujeres aceptaran que los hombres les pegaran, anularan, azotaran, aterrorizaran. Que no se defendieran, hicieran algo al respecto, devolvieran los golpes. Niklas sabía los argumentos de las feministas radicales, pero había dejado de surfear por sus patéticas páginas después del incidente de Biskops-Arnö. Se trataba de las estructuras de la sociedad, la estructura de poder de género, patrones implantados que cualquier individuo aparentemente tenía que imitar como un simio.

Una noche de octubre, Niklas había fijado un sistema de localización GPS al chasis del coche de Mats Strömberg. Desde entonces había seguido la ruta en coche del tipo como un *freaky* de los mapas. Le recordaba a un sargento británico de Dyncorp. La mayor afición del tipo eran los mapas; en serio. Mientras otros se sentaban a oír sus mp3, leían revistas porno o jugaban al póquer, el sargento Jacobs estudiaba los mapas con una intensidad increíble. Pero, mierda, el tipo era una bala en el terreno. Cuando había estudiado un área, la conocía mejor que a su propia arma.

De camino a casa, Strömberg pasaba con frecuencia por un local de Sundbyberg. Estacionaba el coche. Salía y pasaba un cuarto de hora en el local. Niklas no entendía al principio qué hacía el tipo. Un día lo siguió. De todas formas Mats Strömberg no lo iba a reconocer. Se trataba de juego. El tipo parecía gastarse el presupuesto doméstico en Måltipset, Oddset, V75,[83] etcétera. Y Niklas empezaba a sospechar un patrón. Eran las noches en las que se daban los resultados de los juegos cuando Mats Strömberg sentía que tenía que descargarse con su mujer.

Cuando octubre empezó a ser más frío, Strömberg se ponía una bufanda de cuadros, se envolvía en ella como un viejo, con un nudo sencillo y la mayor parte cayendo recta por el pecho. La cazadora de mezclilla la cambió por una de nailon verde realmente fea. Los zapatos de piel, por un par de botines de aspecto militar. Y fue entonces, en octubre, cuando Niklas pudo establecer otro patrón: el primer lunes de cada mes, Strömberg se reunía con unos amigos en un pub de Mariatorget. Ahora lo sabía: el mismo pub, más o menos a la misma hora, los mismos tipos. Las fotos que sacó Niklas eran claras. Tres meses seguidos.

Y esa noche era el 4 de noviembre. El primer lunes de noviembre. Definitivamente: *time for attack*.[84] Sabía que Mats Strömberg llegaría a casa tarde y sin coche. La operación Magnum entraba en su siguiente fase.

Niklas había alquilado un vehículo neutro, un Volvo V50 gris. No quería arriesgarse de ninguna manera a que el cabrón de Mats reconociera el Ford que había estado estacionado delante de su casa tantas horas en los últimos días. El tipo podía extrañarse. El Volvo era perfecto: nadie se fijaba en un coche tan aburrido.

Esperó. En el exterior del pub donde Mats Strömberg estaba sentado tan contento. Extrañamente, nunca se le hacía pesado; dejar pasar el tiempo sin nada más que hacer, salvo mirar por el

---

[83] Quinielas, apuestas de caballos.
[84] «Hora de atacar».

parabrisas. Strömberg no debería estar contento. Cuatro días antes había golpeado a su mujer delante de su hijo. Ella sólo lloraba. Él sólo pegaba. El hijo se escondía tras el sofá.

Niklas no pensaba tronarlo ahí, en el centro; demasiada gente. En lugar de eso: seguir al tipo hasta Sumpan.[85] Y allí, en la calle, en un lugar que había estudiado: el fin de la tragedia.

El sonido del celular, apagado. Estaba en la bolsa, en el asiento del copiloto. Sin embargo, notaba que vibraba, como si lo llevara en el bolsillo de los pantalones. La pantalla mostró «Benjamin». No estaba muy bien contestar en ese preciso momento. Por otra parte, quizá Niklas necesitara de nuevo la ayuda de Benjamin. El problema de la plata era una realidad difícil de pasar por alto.

—Hola, soy Benjamin.

—Ya lo veo.

—¿Dónde te has metido los últimos meses? Oye, ésta es la primera vez que hablamos desde no sé cuándo. ¿Te regresaste a Irak o qué?

Niklas no tenía fuerzas para aguantar a ese imbécil. ¿Qué quería realmente?

—Mira, ahora mismo no tengo tiempo. ¿Qué querías?

Benjamin se quedó callado unas respiraciones de más. Evidentemente, sorprendido por la arrogancia de Niklas.

—Si vas a usar ese tono conmigo, ya te puedes ir regresando allá abajo. Me da igual. Carajo, me has rechazado la llamada diez veces en las últimas semanas.

Era cierto. Niklas no había contestado, había filtrado las llamadas, incluso no había querido escuchar los mensajes. Lo importante era estar concentrado, no un montón de llamadas sin valor. Sin embargo: el dinero empezaba a escasear.

—Lo sé, lo siento. He tenido un montón de cosas que hacer. ¿Qué quieres?

---

[85] Nombre coloquial de Sundbyberg.

—Creo que vas a querer escuchar esto. Si no lo has oído en los mensajes.

Niklas pensó: No tengo fuerzas.

Benjamin continuó:

—Me llamó la policía hace unas semanas. Me llamaron a declarar y todo. Estuve allí a mediados de octubre, creo. Adivina de qué se trataba.

—Ni idea. —Niklas sintió una ligera preocupación.

—Se trataba del asunto ése del verano pasado. ¿Te acuerdas?

—¿De qué?

—Vamos. ¿Sabes por quién me preguntaron?

La preocupación creció en Niklas. Ya sabía la respuesta. Sólo podía tratarse de una cosa; mierda.

—Me preguntaron por ti.

—¿Por qué?

—¿Te acuerdas de que me pediste que dijera que habíamos estado en mi casa toda la noche?

—Sí, ¿pero qué dicen ahora?

—No me contaste por qué. ¿En qué diablos me has metido? Me interrogaron por lo menos dos horas. Me presionaron hasta exprimirme. ¿Habíamos estado de verdad viendo películas? ¿Qué habíamos visto? ¿Cuándo llegaste a mi casa, cuándo te fuiste, estoy seguro de la fecha? ¿Te das cuenta?

—No dijiste nada…

—No, no lo hice. Pero, maldita sea, no me dijiste de qué se trataba. Asesinato, maldita sea. Niklas, ¿qué pasa de verdad? Esto es demasiado. Asesinato.

—No sé más que tú. No tengo ni idea. Es toda la verdad. ¿Soy sospechoso de algo o qué?

—¿Cómo carajo lo voy a saber? Asesinato. ¿Qué pasa, Niklas? ¿Hacia dónde va todo esto?

Niklas tenía frío y calor al mismo tiempo. ¿Cómo había podido pasar? No podía contestar a Benjamin.

Estaba ante una disyuntiva: no se podía aceptar esa mierda. Al mismo tiempo, la coartada de Benjamin: impagable. Tenía que tratarlo lo mejor posible.

—Sí, se trata de alguien que encontraron muerto en la casa de mi madre. También me interrogaron a mí. Y a mamá. Algún desgraciado que estaba destrozado en el sótano. Un problema gordo.

—Bueno, pero ¿qué tiene que ver contigo? ¿Por qué me tienen que llevar para interrogarme y presionarme? ¿Y para qué querías el arma ésa?

—Para nada, sólo es por diversión. Y de lo del muerto de la casa de mi mamá, la verdad es que no lo sé. No tengo ni idea. Aunque si yo fuera sospechoso, me habrían detenido hace mucho. Pero ya sabes, con mi pasado y eso pueden surgir un montón de problemas con la policía.

Silencio.

Más silencio.

Una gota de sudor por la sien.

Benjamin dijo con voz calmada:

—Mira, somos amigos, pero… esto me parece que está empezando a ser demasiado grande. ¿Qué saco yo de esto?

—¿Qué quieres decir?

—Quiero decir que doy la cara por ti por la cara. ¿Y qué gano yo con esto? ¿No crees que debería recibir algo por el cuento de esa noche viendo DVD?

—¿Qué diablos quieres decir? ¿Qué quieres, dinero o qué?

—No lo sé. Pero, sí, la verdad. ¿No crees que es lo correcto? Yo doy la cara por ti. Tú puedes ser un poco generoso.

Eso ya era demasiado. Primero el imbécil del agente ilegal, luego cambio de coche y alquiler de coche y ahora eso: un colega que lo traicionaba. Que lo chantajeaba. ¿Qué le iba a decir? Tenía que ofrecer algo a ese idiota.

—No me lo esperaba de ti, Benjamin. Pero vamos a hacerlo así, tú has hecho algo bueno por mí y eso tiene su valor. Te puedo pagar cinco mil. No tengo más.

Benjamin chasqueó la lengua.

—Me alegro de que nos entendamos. Dobla la cantidad y estaremos totalmente de acuerdo.

A las doce, Mats Strömberg y uno de sus amigos salieron tambaleándose del pub. Enrojecido de la borrachera. La bufanda de viejo, mal puesta.

Se metió en el coche del compañero, que resultó estar estacionado tres coches delante del de Niklas.

No era buen asunto que el amigo llevara a Strömberg hasta su casa, pero Niklas lo había visto con anterioridad; al imbécil de Mats lo dejaba con frecuencia en Centralstationen y tomaba ahí el suburbano hasta Sumpan.

Niklas siguió el coche sin problemas entre el escaso tráfico.

Tal y como había pensado: al llegar a Centralstationen, Mats se bajó. Fue hacia los trenes. Niklas lo tenía todo pensado. Había estudiado los horarios de los trenes suburbanos de toda la tarde y noche. A Mats le daría tiempo de tomar el tren de las 00:23 con destino a Bålsta. Podía haber retrasos. Niklas buscó la información de transportes en internet desde su celular. Esa noche el tren de las 00:23 saldría a tiempo. Con el tráfico de la noche, tardaría nueve minutos en llegar a Sundbyberg. El tren tardaría sólo siete minutos, pero no salía hasta dentro de ocho. Iba bien.

En la autopista, una idea en la cabeza: el disparo tenía que acertar. Derribarlo directamente. El trabajo había que hacerlo rápido y bien. En la operación Magnum no se dejaban heridos.

Estacionó el coche a treinta metros de la salida del suburbano. Bajó la ventanilla. Esperó. Entró el aire frío. Miró la información por última vez en el celular. El tren llegaría en tres minutos. Tomó la Beretta y se la puso en el regazo. Una mujer con un labrador pasaba de largo en la calle. Por lo demás, no había gente. Comprobó dos veces el cargador, el seguro, el percutor.

Un minuto para que entrara el tren en la estación. Niklas se inclinó hacia abajo, volvió a comprobar que los tenis estaban bien atados. Lo notaba en la boca del estómago, como en las horas anteriores a un ataque. Movimientos pequeños, pequeños. Como si tuvieran vida propia. Al mismo tiempo: expectación, tensión en el aire. *Excitement*, como habrían dicho los otros muchachos *allá abajo. Excitement* por poder hacer algo bien.

Ya oía los frenos chirriantes del tren. Miró el reloj. Niklas había hecho la prueba de subir las escaleras desde el andén y salir de la estación. Dependiendo de en qué parte del tren se bajara el tipo, debería tardar entre treinta y cincuenta segundos.

Las puertas se abrieron automáticamente. Salieron dos personas. Mats, no. Luego salió una familia: la madre llevaba un carrito de bebé doble lleno de niños y el padre llevaba en brazos un niño dormido. Después de ellos: unos adolescentes.

Al final: Mats Strömberg.

El enrojecimiento se había mitigado. Parecía un ciudadano modelo. Pasó junto al Volvo donde estaba Niklas. Éste salió del coche. Diez metros por detrás del objetivo. La Beretta, en el bolsillo interior. Strömberg caminaba a paso normal. Había cuatrocientos metros hasta la vivienda. Aproximadamente en cincuenta metros atravesaría un pequeño parque. Ahí no había ni faroles ni casas.

Era casi la una menos cuarto. Niklas no veía a nadie en la calle salvo al objetivo. Lo había planeado tan bien, durante tanto tiempo, no sólo para poder hacerlo perfectamente, sino también para saber que hacía lo correcto.

Treinta metros hasta el parque. Niklas apresuró el paso. Siete metros tras Strömberg. El tipo no parecía darse cuenta de que lo estaban siguiendo.

Niklas metió la mano en el bolsillo interior. Notó el acero cálido de la pistola.

Los árboles del parque se veían con claridad, verdes oscuro.

Niklas controlando: disparar a la cabeza no es seguro si se quiere que el objetivo muera. La cabeza se mueve y tiene partes que pueden joderse sin que muera la víctima: las orejas, la mandíbula, el cráneo, incluso partes del cerebro. Pero la espalda: si se da en la columna vertebral, el disparo causará la muerte directamente. Además: suficiente si se dispara desde una distancia lo suficientemente corta. Una superficie de disparo segura y grande. Si no se acierta en la médula, hay muchas probabilidades de dar en la aorta, la vena cava o la arteria pulmonar. Eso también funciona.

El idiota de Mats, tres metros delante de él.

A la izquierda había un laberinto para niños que apenas se veía en la oscuridad. Pero Niklas sabía que estaba ahí. Mats no tomaba el transporte público con frecuencia, pero Niklas se había decidido: éste era el mejor lugar.

Dos metros.

Mats volteó. Niklas lo miró a los ojos. Se preguntó si el imbécil comprendía lo que iba a pasar.

Un metro. Niklas alargó el brazo. La Beretta negra casi desapareció en la oscuridad.

Un disparo.

Un disparo más directamente después.

Blanco perfecto. El orificio de entrada debía de estar aproximadamente a veinte centímetros por debajo de la nuca. No lo veía bien. Se inclinó. Mats, tirado boca abajo en el suelo. Dos orificios pequeños. En el sitio correcto de la espalda. Los orificios de salida debían ser significativamente más grandes, pero no podía mirarlo en ese momento.

Niklas se dio la vuelta. Atravesó el parque medio a la carrera. En la calle: pasos más pausados. De vuelta al coche.

Tres horas más tarde. El Volvo, quemado y listo. Los posibles restos de ADN, quemados. El arma, lavada y enterrada. Quizá usara la misma pistola la próxima vez, aún no lo había decidido.

Era un gran soldado. Un liberador. Un héroe.

En el Ford, en el camino para alejarse de los restos carboni-
zados del coche, se detuvo junto a una cabina de teléfono en Aspudden Centrum.

Sonó muchas veces el tono hasta que alguien contestó. Iba
a ser una buena conversación.

Adormilada o llorosa, no supo cómo traducir la voz de ella.

—Soy Helene.

Él se había prometido ser breve.

—Hola, perdona que llame a mitad de la noche.

—¿Quién es?

—Sólo quiero comunicarte que acabo de liberarte.

—¿Quién eres? ¿Qué quieres decir?

—Lo he eliminado. No tienes que preocuparte más. No va
a volver.

Le habría gustado hablar más tiempo con Helene Strömberg,
parecía simpática. Pero no podía ser. Al menos no en ese preciso
momento.

Thomas estaba de pie en la cocina preparando el desayuno. Eran las once. La noche anterior había sido muy larga. Llegó a casa a eso de las seis. Åsa estaba dormida, así que daba lo mismo. Llegar a casa a las once y media o a las seis y media; de todas formas ella no sabía a qué se dedicaba. Vaya, a veces la angustia era casi demasiado. Se despertaba con un sudor frío. Imposible volver a dormirse. Lo tenía resuelto en la unidad de tráfico: trabajaba jornada parcial. Podía estar hasta tarde en el club a mitad de semana, el miércoles, y luego dormir durante el día. Le daba la vuelta a los horarios la mitad de la semana. El lunes por la mañana era más duro de lo que hubiera podido imaginarse.

En la mesa de la cocina había un sobre abierto. Junto a él, unos papeles. Decía Centro de Adopciones. Cuando se inclinó, sintió que el corazón se le aceleraba. No podía ser verdad. Por favor, que nos hayan dado algo. Algo que me cuadre.

Parecía que los papeles estaban pegados entre sí. Su nerviosismo, le temblaban las manos, intentó leer tranquilamente. Un montón de frases de relleno. *Se han comprobado los datos. Se ha consultado con médicos. Nuestro objetivo no es sólo que la familia tenga respuesta rápida sobre el niño, sino también que los datos sean tan correctos y completos como sea posible. La cantidad de datos sobre el niño que hemos podido obtener varía mucho dependiendo de los países y las poblaciones.* Lo leyó de todas formas, aunque todo el tiempo quería pasar la página. Quizá era como una preparación para una posible respuesta negativa. Se preguntó por qué no le había llamado Åsa.

Luego un montón de documentos oficiales traducidos del estonio, sellos, firmas raras. Las páginas siguientes: descripción del orfanato, la edad del chico, autorizaciones, relaciones familiares. Normas para recogerlo, requisitos para otros permisos, etcétera. Y entonces, en las últimas páginas: las fotos. De Sander.

El niño era el más maravilloso que había visto jamás. Un pillo chiquitín de dieciséis meses, de rizos rubios, gordito, de ojos marrones. Quiso al chico directamente: Sander. Los latidos del corazón se volvieron campanadas rítmicas de alegría. Por primera vez en muchos años sentía calor en su interior. Feliz, supuso. Era fantástico. Llamó a Åsa.

Contestó al primer timbrazo. Rebosante de alegría. Hablaba, lloraba por todo. Por una vez, a Thomas no le molestó. Se sentía igual, iban a tener un hijo. Empezaron a planificar directamente. Cuándo podían recoger al niño, la decoración de la habitación infantil. Papel pintado, lámpara, cuna, silla para el coche, carreola, oso de peluche. Todo aquello de lo que Åsa había oído hablar a sus amigas durante años.

Åsa dijo que no había querido despertarlo con la noticia. Que ya vería él mismo la sorpresa al bajar a la cocina, como había hecho ella. Thomas se rio. Quizá era demasiado estricto con ella sobre su necesidad de dormir.

Carajo, iba a ser padre. No podía decidirse: reír/llorar. Llorar/reír. Llorar de la risa.

Entrenó en el cuarto de la tele. La alegría aún le duraba en el fondo. Pero los otros pensamientos se colaban. Hacía más de diez semanas desde que lo habían trasladado con los tarados de tráfico. Más de ocho semanas desde que había hecho el primer trabajo para su nuevo jefe. El dinero extra como hombre de los yugoslavos era más de lo que se había esperado. El club de streap tease empezaba a sentirlo como su casa. La vida cambiaba rápidamente. El punto de vista sobre el trabajo. La actitud ante todo el asunto. Lo daban los años, poco a poco. Las tentaciones no eran en realidad algo intrínseco al trabajo, eran intrínsecas a la persona. Y un buen día se encontraba en tierra de nadie, donde daba igual cómo se tratara a la chusma y a uno mismo. Entonces resultaba normal. Pensaba mucho en su padre. Gunnar había construido Suecia. Había creído que todos tenían que poder participar. Y que ninguna escoria iba a destrozar lo construido. Pero ya no estaba tan seguro. ¿Cómo lo habían tratado los suyos? ¿Ljunggren y Lindberg? Sí, brindaron por él en la cerveza del viernes, ¿pero qué hacían en realidad? Que Ljunggren hubiera accedido a ser reubicado esa noche y no patrullar con él. Su angustia posterior llegó demasiado tarde. No había espíritu de grupo cuando uno lo necesitaba. En comparación, Ratko, Radovan y los demás que había conocido eran hombres de verdad. Honorables a su manera. Mantenían lo que decían, respetaban lo prometido. Él recibía el sueldo acordado sin contrato escrito, pero, lo más importante de todo, nada se había filtrado a Åsa o a ningún policía. Thomas confiaba en los yugoslavos. Más que en nadie del cuerpo policial. Era curioso, pero cierto.

Así que, por muy raro que sonara, el trabajo del club le daba una cierta tranquilidad. Una rutina en la que se encontraba a sí mismo. Ése era él, con las manos más libres. Los cabrones molestos del club recibían lo suyo de Andrén si se ponían demasiado pesados.

A veces hacía también otras cosas, más complejas, avanzadas. Participaba en la seguridad de fiestas de más clase. Hombres de negocios suecos y extranjeros que querían pasársela bien. Las streapers se convertían en chicas con clase, se traían maquilladores profesionales, tarados de Östermalm organizaban la fiesta. Thomas no veía mucho de las fiestas en sí, pero se encargaba de lo demás. Enseñaba a los chicos jóvenes de gimnasio que Ratko le enseñaba cómo usar correctamente toletes y pistolas eléctricas. Les explicaba cómo hacer frente a un borracho de cincuenta años con tranquilidad y contención, pero implacablemente. Se encargaba de que se compraran el tipo correcto de chalecos, equipo de radio, cinturones, esposas y guantes. Eso se lo sabía a la perfección. Ratko lo adoraba. Quizá fuera un avance. Quizá pudiera dedicarse a eso a jornada completa.

Luego estaba el gran asunto. Que le corroía todo el tiempo. Como un *post-it* pegado en el interior del hueso de la frente. Lo de Palme. El líder de los socialdemócratas durante su infancia y adolescencia, el primer ministro del país. El asesinato con el que Suecia perdió la inocencia. Era tremendo. Todo indicaba que Rantzell era el muerto que había encontrado hacía cinco meses. Y Rantzell era Cederholm. Y Cederholm, el nombre tenía que haberle sonado, fue el testigo clave en toda la investigación del asesinato de Palme. El hombre que dijo haber dado un revólver modelo Smith & Wesson a Christer Pettersson. El revólver sobre el que se centró medio juicio. ¿Christer Pettersson había tenido un arma así o no? ¿Era Cederholm digno de crédito o no? ¿Cuál era la relación entre ellos? Las preguntas le explotaban la cabeza. Pero lo peor de todo: ¿con qué había dado? Pensó en cómo se había matado a Rantzell. De manera profesional. Las yemas de los dedos cortadas, la dentadura postiza quitada, ninguna otra forma de identificar a la víctima. Al mismo tiempo: tan barato y sencillo. En un sótano, de manera sangrienta, embadurnado hasta los huevos. Tenía que haber formas mejores.

Y una cosa más: le parecía casi algo personal. Volvió a pensar en su padre. Para el viejo era igual de obvio ser socialdemócrata que ser hombre. No había alternativas. No porque le interesara verdaderamente la política desde un plano teórico, sino porque votaba con las tripas. Lo que es bueno para mí, es bueno para Suecia; todos tienen que poder participar. Gunnar trabajó de pintor toda su vida. No hacía como todos hoy en día: trabajar ochenta por ciento en B y hacer algo en A para Hacienda. Gunnar trabajaba para alguien, no para sí mismo. Era empleado, un esclavo con sueldo; toda la vida. Miembro del sindicato desde los dieciocho años. Solía decir: «Los socialdemócratas me dieron la oportunidad». Continuaba: «Y Olof Palme se la da a Suecia». La gente decía que a Palme lo odiaban porque había traicionado a su clase. Pero Gunnar lo veía de otra forma. «A Palme lo odiaban porque podía decir las cosas de manera que eran sentidas, hasta en el corazón endurecido de un pintor.» Thomas recordaba a su padre delante del televisor. Junto a él cuando Palme daba un discurso en Norra Bantorget. El trabajo tras la silla del hablante. Las carcajadas de Gunnar cuando Palme sonreía por una frase aguda.

Ahora alguien se había cargado a Cederholm, que había hablado sobre la persona que casi había sido condenada por el asesinato de Olof Palme. Thomas no sabía qué iba a hacer con eso. Le había contado que había visto a Ballénius en Solvalla y toda la demás información al nuevo investigador, Ronander. Pero se había callado sobre su conversación con Ljunggren en el coche aquella noche.

Lo sabía, lo sentía en el estómago más fuerte que ninguna advertencia que hubiera sentido antes: no debería husmear. Sin embargo, lo había hecho. Para Thomas era muy evidente. Si sólo hubiera sido que Adamsson los había parado a Hägerström y a él en la visita a la morgue, quizá no habría pensado más en el asunto. Pero luego, cuando Ljunggren le contó que también Adamsson le había impedido a él que lo acompañara a patrullar, entonces Thomas lo supo: Adamsson era uno de los que estaban siendo engañados.

Las alternativas de actuación eran bastante simples: o bien ignoraba a Adamsson o bien hacía sus propias investigaciones. La conclusión era aún más sencilla: nadie iba a molestarlo; iba a darles a esos cabrones. A solucionar el misterio de Rantzell.

Fue la noche de hacía dos meses, la vez que Ljunggren le contó quién era Rantzell en realidad, cuando se decidió.

Directamente después de despedirse, se sentó en su coche. Se esforzó para mantener la velocidad. La vergüenza de que lo terminaran investigando en la propia unidad de tráfico sería demasiado. Entró en una pizzería de la calle Sveavägen. Pidió un *calzone* y una miniatura de whisky de alguna marca barata. Se lo metió en dos minutos. Todo le daba vueltas. Acababa de saberlo. Cederholm era Rantzell. Rantzell era Cederholm. Adamsson estaba implicado. ¿Cuánto? ¿De qué manera? La nueva información de Ljunggren había abierto un abismo.

Thomas devoró el *calzone*.

Los acontecimientos tenían ya un contexto. Y si ese asunto se trataba de algo tan grande como el asesinato de Palme, cualquiera podía estar implicado. Era una locura. El tipo que había ante su ventana hacía tres meses podía ser policía, un mercenario sudafricano, un agente del Mossad, un terrorista del PKK kurdo. Cualquier cosa. Thomas era de los que creía que Christer Pettersson era de verdad quien había matado a Palme. Pero claro que había dudas. Claro que había oído otras teorías. Alguien no quería que los pinchazos del brazo de Claes Rantzell se vieran. Alguien había apartado a Thomas. Alguien con recursos insospechados.

Hasta la fecha, Thomas había actuado de forma impecable, al menos según él. Echar un vistazo por cuenta propia no podía estar prohibido para un policía, y en cuanto averiguó algo, llamó al nuevo responsable de la investigación. Pero ya era hora de actuar al margen de las reglas. Necesitaba limpiar su nombre.

Después de la pizzería, cruzó la calle hasta un sitio cubano. Se sentó en una mesa. Pidió una copa de gran reserva. Se sentía solo. Las paredes pintadas de negro. Grandes banderas cubanas. ¿Debería contarle a Åsa lo que estaba haciendo?

Pidió a la camarera que le dejara papel y lápiz. Empezó a enumerar en forma de puntos lo que conocía del asesinato.

Se bebió el vino a grandes tragos. La pistola le colgaba de un lado de la chamarra. La camarera le trajo un platito de trozos de langostinos a la parrilla. Pidió una copa más.

Miró su lista. Nombres, sitios, horas. Los puntos eran muy pocos. Un gran signo de interrogación entorno a Rantzell. ¿Quién era?

Sonó el celular. Era Åsa, que quería saber dónde estaba. Él le dijo la verdad:

—Estoy solo en La Habana tomando vino tinto.

Ella quiso saber por qué. Él le dijo casi la verdad:

—Me puse de mal humor al ver a Ljunggren.

Una hora más tarde: cuando fue a orinar, se vio en el espejo. Una sonrisa amoratada llena de preocupación. Pensó: Vamos, esto va a salir bien.

Salió, se sentó en el coche. No le importó en absoluto el nivel de alcohol en sangre. Que se fuera al infierno la unidad de tráfico. Se dirigió hacia Fruängen. De todas formas, se sentía bien pese a la borrachera.

La oscuridad de otoño, que normalmente lo deprimía, le animaba. Ésta era su investigación.

Una vez en la entrada, se dio cuenta de que algo pasaba en la casa. En la puerta del ascensor había dos grandes notas. «Se está realizando una investigación policial en el 3º piso y en algunas otras plantas. Por este motivo la policía judicial regional se encontrará en su edificio durante cierto tiempo. Pedimos disculpas por las posibles molestias. Para más información, puede dirigirse al 08 401 26 00.»

Dio grandes zancadas. Departamento correcto. Nombre correcto en el buzón del correo. Cinta policial. Thomas pasó. En la puerta había un cierre. Un candado pequeño. Volvió a bajar al coche. Tomó la ganzúa. Se puso los guantes. Se encargó del candado en menos de un minuto.

Entró. El recibidor estaba oscuro. Encendió la luz. Chamarras colgadas en un perchero a la derecha. No había nada en el suelo. Sus compañeros se habían llevado los zapatos y toda la historia. Habían mandado las cosas al SKL. Thomas se preguntó por qué no se habían llevado también las chamarras.

La cocina era pequeña. Platos y cubiertos sin lavar, una mugre asquerosa, como siempre en los departamentos de adictos. Lo conocía. En su vida había estado en más cuchitriles que en departamentos. Intentó analizar qué trabajo había hecho la policía ahí dentro. Parecía que la borrachera lo hacía más perspicaz. Podía seguir el desarrollo de los hechos. Cómo habían tomado muestras, buscado huellas. Limpiado superficies, introducido objetos sucios en bolsas. Dejó que la mirada grabara los detalles. Rantzell no llevaba una vida ordenada. Las huellas, claras, la suciedad hablaba.

Sala: sofá de piel, sillón de piel, cuadros baratos, estanterías sin libros. Thomas avanzó. Polvo en el librero. Se quedó de pie un momento. Observó, memorizó. Analizó. Intentó meterse en la mentalidad de los de la judicial. ¿Qué habría visto Hägerström ahí dentro? Había algo, lo sentía en las tripas. Volvió a observar la habitación. La mesa de centro estaba limpia, huellas de polvo, manchas, marcas de quemaduras. El televisor, la video: nada extraño. Hägerström, ¿qué había buscado? Cosas que no encajasen. Anomalías. Apartadas de lo normal. Thomas conocía los cuchitriles. Vio ante sí el librero antes de que lo hubieran vaciado. Quizá algunos libros de bolsillo, posiblemente algunos libros bien encuadernados heredados o antologías. Incluso los adictos se preocupan por la cultura. Probablemente unas fotos, posibles recuerdos de un tiempo mejor, anterior.

Entonces lo vio: las huellas en el polvo del librero. No eran rectas, regulares. Como lo habría sido si los técnicos hubieran sacado los libros uno a uno y los hubieran metido en bolsas. Esto era otra cosa; los libros habían sido arrastrados. Sus pensamientos se detuvieron. Luego volvió a ellos. Los libros habían sido arrastrados. Eso significaba que o bien Rantzell los había tirado o que otra persona había registrado el departamento antes de que fuera la policía.

Entró en el dormitorio. La cama no tenía sábanas. Sin embargo: suciedad incrustada y manchas en el colchón. Una alfombra en el suelo. Un espejo en el techo. Thomas, completamente atento. Buscó más pistas de quien o quienes habían registrado el departamento. Volvió a intentarlo; pensar como otra persona. No vio nada. Abrió los roperos. No quedaba ropa. Vio un cajón. Lo abrió. Estaba vacío.

Siguió intentando ver algo. En la pared, al fondo del armario, había una pequeña caja de metal, veinte por veinte. La puerta entornada, vacía. Parecía como un pequeño armario para las llaves con tres hileras de ganchos. Lo miró más de cerca. Tenía marcas claras de haber sido forzado. Eso complicaba el asunto: Rantzell no iba a forzar su propia caja. ¿Y qué más significaba eso? Quizá nunca hubo nada en la caja. O bien los técnicos se habían llevado lo que había ahí, probablemente llaves. Pero alguien había entrado en el departamento antes que ellos. Y quizá se había llevado las llaves que estaban en la caja. ¿Qué tipo de llaves se guardaban en una caja así? Podían ser de cualquier cosa, de la bicicleta, el desván, el sótano, la cabaña de verano, el coche. Pensó: no, el coche, no, no era nada práctico tener las llaves en una caja en el fondo del armario, detrás de la ropa y un montón de otros trastos.

Examinó de nuevo la habitación con la mirada. Intentó comprender qué era importante. No funcionaba. Se sentía cansado, la borrachera empezaba a diluirse. Resultaba raro estar allí. Si lo descubrían, ya podía decirle adiós directamente a la aburrida unidad de tráfico.

Salió del departamento.

Bajó las escaleras. Eran las once y media. Abajo, en la entrada. Miró de nuevo la nota informativa. «Se está realizando una investigación policial en el 3° piso y en algunas otras plantas.»

¿Otras plantas? ¿Dónde podía ser? Pensó en el armario de las llaves. Tenía que mirar un sitio más.

Bajó al sótano. El acordonamiento policial estaba dispuesto alrededor de uno de los cuartos. Pasó por encima de la cinta de plástico. El cuarto estaba abierto. Una alfombra vieja, dos cajas de mudanza. En una, vajilla polvorienta. En la otra: revistas porno viejas. Por lo demás, estaba vacío. Thomas empezó a caminar hacia atrás. Los otros almacenes estaban más o menos llenos de cachivaches. Esquís y botas, sillones, maletas, muebles, camas para las visitas, basura y porquerías. La malla metálica parecía débil. Los candados de las puertas de madera, pequeños. Pasó por un cuarto que parecía casi vacío, salvo por una computadora que parecía tener veinte años. Que la gente conservara esas cosas... A Thomas empezaba a dolerle la cabeza. Sólo quería irse a casa. Había sido un error ir allí. Miró en otro almacén. Se quedó petrificado. No podía ser una casualidad. Bolsas de plástico. Todas con la misma impresión: Willys. Vio claramente ante sí la imagen: la señora sentada junto a Ballénius en Solvalla llevaba una bolsa de ésas.

Se despejó. Había una conexión. Ésa era su oportunidad. Abrió la cerradura con la ganzúa. Entró. Se inclinó. Buscó polvo, huellas, otras señales de que sus colegas hubieran estado allí. No parecía ser así. Por el contrario: junto a las bolsas, el polvo era un poco más fino que en el resto del suelo. Evidente: alguien se había llevado algo de ese almacén.

Thomas fue al coche. Tomó dos bolsas grandes de plástico negro que llevaba en el maletero. Las bajó al almacén. Vació el contenido de las bolsas en los dos bolsas grandes. También metió las bolsas. Al día siguiente nadie notaría que había estado allí.

Cuando se despertó Åsa, él ya estaba totalmente despejado. Demasiados pensamientos le daban vueltas. Necesitaba controlar sus ideas. Poner orden en sus averiguaciones. Entender qué significaban sus hallazgos en el sótano de Rantzell. Eran muchos papeles. Le llevaría tiempo revisarlos y no le gustaba el papeleo. Se veía obligado a pensar. A darle tiempo.

La pista de Adamsson era el tema del día. Las preguntas se acumulaban. ¿Dónde debería empezar a desenmarañarlo? ¿Cuándo debería empezar? ¿En el momento actual o en el pasado? Intentó analizarlo.

¿Pero cómo lleva a cabo un policía de tráfico una investigación sobre un superior que además era jefe de sus compañeros de Söderort? ¿Debería dirigirse al grupo Palme, el pequeño resto activo de la investigación del asesinato de Palme, y decirles que Adamsson los había detenido en la morgue? Quizá hubiera algún documento que pudiera acreditar que había tenido lugar esa acción; si no, el asunto estaba perdido. Pero incluso si se pudiera demostrar que Adamsson estaba detrás de todo el asunto de la morgue, tampoco quería decir nada. Adamsson tenía razón en eso: habían ido a la morgue sin autorización.

Por otra parte, Thomas estaba segurísimo de que no había prueba alguna de que Adamsson era quien había hecho el cambio de patrulla de Ljunggren. No era más que la palabra de Ljunggren y no tenía mucho peso contra la de Adamsson.

¿Y Hägerström? ¿No debería llamar a Hägerström? No, nunca llamaría a ese quintacolumnista. Algo de orgullo había que mantener.

Todas las sospechas venían de la actualidad, pero no tenía mucho que sacar ahí. Quizá fuera mejor intentar investigar en el pasado. Averiguar quién era Adamsson de verdad y quién había sido. Thomas se sentía solo. Sus compañeros y amigos habituales no eran de confianza. La gente del club de tiro no era ningún apoyo. Y Åsa, en todo esto, ella era más que nada una carga.

El único que se le ocurría era Jonas Nilsson. Era un tipo simple, no pensaba demasiado, Thomas lo catalogó en su momento como buena gente. Al fin y al cabo Nilsson lo había ayudado a mirar lo de Ballénius; sin que se hubiera filtrado nada del asunto, al menos que Thomas supiera. El único problema con Nilsson: era un ex compañero. En realidad Thomas ya no lo conocía. Pero valía la pena correr el riesgo.

Llamó al tipo desde el celular de Åsa para estar más seguro. Quedaron de verse una noche de esa semana. Era delicado: no sabía si en realidad debería contarle a Nilsson de qué se trataba, del asesinato del primer ministro. Tendría que contarle una verdad a medias.

Todo resultó sencillo, quedaron de verse en el Friden. Nilsson parecía alegrarse de que se vieran. Pidieron cerveza, empezaron a charlar directamente de un montón de banalidades. Compararon los distritos, se quejaron del equipo, los jefes, los compañeros. Refunfuñaron al unísono sobre Suecia, la Dirección Nacional de Policía, el tiempo.

Thomas explicó su tema:

—Estoy encabronado por lo que me pasó.

Nilsson fue comprensivo. Ser trasladado a la unidad de tráfico era una verdadera pesadilla para cualquier policía.

Thomas continuó. Le explicó que creía que era culpa de Adamsson, que sentía que quería encontrar alguna manera de darle una lección a ese cabrón. Y luego llegó al asunto. Dijo:

—Nilsson, ¿conoces a algún compañero mayor que sepa de Adamsson de antes? Ya sabes, se han dicho muchas cosas de ese tipo. Lo que hacía en los ochenta y eso. Sería valiosísimo si conocieras a alguien que supiera más que nosotros. Sólo para tener algo con lo que enfrentar a ese Adamsson.

Nilsson prometió meditarlo. Hablar con los viejos polis, quizá alguno de los que habían ayudado con lo de Ballénius.

Jonas Nilsson le dio algunos nombres unos días más tarde: Göran Runeby. Policía de Norrmalm, comisario de la judicial. No estaba mal. Según Nilsson, Runeby era un hombre que sabía de los policías de City más o menos como un genealogista sabía de sus primos.

Runeby había accedido a una cita sin condiciones, le había dicho a Jonas. Thomas no sabía qué esperar y no importaba; aunque Runeby sólo supiera aquello que podían deducir todos, que Adamsson le había dado un pellizco en las nalgas a alguna secretaria policial de vez en cuando, que había tenido afición al exceso de fuerza, que no le gustaban los inmigrantes, todo le importaba.

Quedaron en casa de Runeby, en Täby. El tipo vivía en un chalet que estaba muy bien, dos plantas, más de doscientos cincuenta metros cuadrados. Thomas se preguntó si el sueldo de un comisario daba para tanto o si Runeby había llevado el mismo juego que él.

La mujer de Runeby estaba en casa. Le dio la bienvenida en la entrada.

—Hola, qué agradable ver una cara nueva. ¿De qué se conocen?

Thomas no sabía qué contestar. Sólo sonrió y dijo algo sobre asuntos policiales.

—Ya, ya, suele ser de eso —sonrió la mujer de Runeby.

Thomas pensó: debe de estar muy acostumbrada a la jerga de los hombres. Le recordaba a su propia madre.

Runeby bajó del piso superior. Guió a Thomas hasta el salón. Tenía bigote y pelo canoso. Un pesado reloj de oro en el brazo: más de treinta años al servicio del Estado. El tipo era todo un viejo elemento.

—Qué bien que hayas venido hasta aquí. ¿Te puedo ofrecer algo? ¿Cognac, whisky?

Thomas optó por un cognac. Runeby cerró las puertas de la habitación.

Fue directamente al grano.

—Bueno, me ha dicho Nilsson que tienes un interés especial en el viejo Adamsson.

A Thomas le gustó su estilo. Nada de plática. Verdadera mentalidad policial.

—Así es.

—Quiero que sepas que puedes confiar en mí. Jamás me ha gustado ese medio fascista —dijo Runeby.

Thomas reaccionó internamente. Que un policía usara la palabra fascista de esa forma no era realmente lo más normal.

Miró a Runeby.

—Seguro que sabes lo que me ha pasado.

Runeby no dijo nada.

—Me trasladaron tras la historia aquella con el boxeador. Y me han jodido de verdad. Me siento traicionado y maltratado. El espíritu de camaradería parece haber desaparecido de Söderort. Voy a serte totalmente sincero, Runeby, le echo la culpa a Adamsson.

Runeby asintió, pero no dijo nada. Esperó a que Thomas dijera más.

—Pero esto no es lo que quería discutir contigo. Eso ya es historia. Es el pasado. He oído muchas cosas sobre Adamsson. Pero Nilsson me dijo que tú sabes aún más. Que tienes muy buena información sobre los policías del distrito de City. Así que quería preguntarte con toda humildad si quieres y puedes hablarme de Adamsson, ese viejo medio fascista, como tú dices. ¿Quién es y quién era?

—¿Y por qué quieres enterarte? Si se puede saber.

—Espero que comprendas que no puedo entrar en detalles. Pero me ha traicionado. No tengo ningún derecho a exigirte nada. Pero Nilsson ha dicho que podrías ofrecer algo de información.

Runeby parecía complacido. Aunque el tipo aún no se había pronunciado hasta el momento, Thomas no podía evitar que le cayera bien. Había algo sereno, digno y que infundía respeto en el anciano comisario. De nuevo: verdadera sensación de policía; pero con algo especial, algo extra. Thomas no podía señalar qué era. Pero lo notaba claramente. Una especie de calidez.

—Bueno, creo que lo entiendo —dijo Runeby en voz baja—. No sé muy bien por dónde empezar. Sobre el Adamsson de la actualidad puedo decir directamente que no he oído más que cosas buenas. Parece ser apreciado entre ustedes, los policías de seguridad ciudadana de Söderort. ¿No es así?

—Si me lo hubieras preguntado hace unas semanas, habría dicho que sí.

—¿Pero ahora estás menos seguro? Lo comprendo, pero eso tiene que ver con tu traslado, ¿no?

—No sólo con eso.

—Bueno, no puedo pronunciarme sobre el Adamsson de hoy. Sin embargo tuve mucha relación con él en los setenta y ochenta. Eran tiempos raros para nosotros, los policías. ¿Cuándo te graduaste?

—Terminé en el noventa y cinco.

—Ah, eres muy joven. Pero quizá hayas oído esas historias. Bueno, entonces había un clima político totalmente diferente. Vivíamos a la sombra de la guerra fría, eso lo recordarás sin duda. Pero quizá fueras demasiado joven para percibir los matices de lo que implicaba eso.

—No sé.

Runeby siguió a ritmo tranquilo.

—Quizá no importe. A Adamsson lo conocí dentro de los militares, podría decirse. Entonces yo no trabajaba en Norrmalm, pero dentro de la policía teníamos varias divisiones con formación especial capacitadas para entrar en guerra. A la policía de Norrmalm se le había asignado la misión de defender el palacio real, el parlamento y Rosenbad[86] en caso de ataque súbito, es decir, antes de que a los militares les diera tiempo de reaccionar. Yo con otros tres de lo que ahora se considera Västerort participamos en esa división, ya que éramos reservistas. Así que a Adamsson lo vi por primera vez en unas maniobras. Recuerdo que era competente y

---

[86] Sede de la presidencia de gobierno.

amable. Dentro de la policía era considerado un muy buen tirador, con muchos conocimientos sobre el manejo de armas. Solíamos hacer maniobras alguna vez al año junto con la milicia local. La verdad es que era entretenido. Como unas maniobras, pero en pleno centro de la ciudad. Pero había tipos de la unidad que eran escépticos. Muchos opinaban que no se invertía suficiente en defensa. Se temía que un ataque realizado por la unidad de élite soviética, la Spetsnaz, por ejemplo, podría tomar Estocolmo en unas horas. Por lo que recuerdo, Adamsson participaba en esas discusiones. Y era uno de los más exaltados. Entre otros sitios, un grupo hacíamos guardia detrás de Riddarhuset.[87] Me acuerdo de que Adamsson le echó bronca a un joven. Soltó chispas de verdad. Le gritó: «Estás traicionando a tu patria». La verdad es que lo recuerdo con todo detalle.

Thomas miró a su alrededor por el salón de Runeby al mismo tiempo que escuchaba atentamente. Libreros oscuros de madera con fotos de la familia y la Enciclopedia Nacional, la obra completa de Guillou y álbumes de fotos. De la otra pared colgaban cuatro fotografías grandes en blanco y negro enmarcadas que representaban un tramo de costa. Thomas supuso que las habían tomado Runeby o su mujer.

—Quizá debería proporcionarte algunos antecedentes. Muchos dentro de la policía tenían el convencimiento de que había una guerra en marcha. No sólo la guerra en la que luchamos siempre, es decir, contra los delincuentes, sino algo más grande. Era el mundo libre contra el comunismo. Los rusos podían llegar cualquier día. Y muchos policías se veían a sí mismos como parte de la última defensa que podría resistir un ataque.

Thomas pensó en su padre. Por muy socialdemócrata que hubiera sido, también se había quejado siempre de los rusos. «Si no nos espabilamos, puede pasar lo mismo que en el Báltico», solía decir.

---

[87] Edificio histórico.

Runeby hablaba lentamente.

—En 1982 empecé a trabajar con la policía de Norrmalm. En ese tiempo había allí seis unidades antidisturbios. Una de ellas formaba parte de la denominada tropa, distrito de vigilancia 1, VD1, y la dirigía un mando que ya falleció. Se llamaba Jan Malmström. ¿Has oído hablar de él?

Thomas reconocía vagamente el nombre, pero quería saber más. Negó con la cabeza.

—Era una leyenda en muchos sentidos. Pero los del VD1 eran muy cerrados, apenas hablaban con nosotros, sólo seguían las órdenes de Malmström, se encargaban de las asignaciones a puerta cerrada. Era un hecho conocido que se comportaban como verdaderos cerdos, disculpa la expresión, y simpatizaban con sectores muy derechistas. Recuerdo a uno de ellos, Leif Carlson, que se llamaba a sí mismo nazi abiertamente. Los demás también eran duros. En fin, algunos del VD1 también eran activos políticamente. Había un grupo que solía quedarse en el barrio de Gamla Stan alguna vez al mes. Tenían relación con un periódico de extrema derecha que se llamaba *Contras*. Fue en ese contexto donde conocí a Adamsson un poco más tarde. Yo mismo era, ¿cómo decirlo?, profundamente crítico con que algunos miembros del gobierno sueco mostraran semejante indulgencia con el comunismo.

Eso empezaba a ponerse al rojo vivo. Thomas no pudo evitar preguntar:

—¿Aún vive Leif Carlsson?

—Por lo que sé, Leif Carlsson aún vive, pero a estas alturas debe de andar por los setenta años. ¿Por dónde iba? Ah, sí. La unidad antidisturbios y Gamla Stan. Creo que en la investigación del asesinato de Palme indagaron sobre los que organizaban esos encuentros. Creo que lo leí por algún lado. Pero nunca investigaron a los que acudían. Malmström, Carlsson, Adamsson. Nadie se molestó en preguntar por ellos. Como yo era oficial en la reserva, formaba parte de la milicia local y no trataba a los delincuentes precisamente con guante de seda, Malmström consideró que yo era de confianza. Fui invitado en una ocasión a una de esas reuniones en Gamla Stan.

Runeby hizo una pausa. El silencio resonaba en la estancia. Tomó una profunda inspiración, luego continuó.

—Era en un local en un sótano de la calle Österlångatan. En realidad creo que lo usaba el EAP, el Partido Europeo de los Trabajadores, un pequeño grupo formado en realidad por unos locos con raíces en Estados Unidos. Recuerdo que lo primero que se veía al entrar era un póster de una caricatura de Olof Palme sentado en un islote. Se tapaba los ojos y a su alrededor todo estaba lleno de periscopios que sobresalían del agua. «Palme cierra los ojos a la seguridad de nuestro país», decía. Me sorprendió, casi me impactó, ver cuántos había allí. Un compañero mío que había ido con anterioridad me contó que había mandos de la policía, oficiales de la marina, directores de Säpo[88] y otros con puestos de alto nivel. Reconocí a algunos policías, pero no tengo ni idea de quiénes eran los demás. A la entrada del local estaba el organizador, Lennart Edling, y daba la mano a todos. Cuando todos llegaron, nos dieron una copa. Un policía que en realidad fue mi primer jefe en Norrmalm pronunció el discurso de bienvenida. Quizá parezca raro, pero recuerdo exactamente de qué trató. El tema nos parecía importante. Patriotismo, la amenaza contra Suecia, las ideas expansionistas del comunismo. El ponente dijo que estábamos ante una amenaza inminente, si no tomábamos medidas ante el peligro, los rusos podían llegar cualquier día. Luego nos sentamos a cenar y yo acabé al lado de Adamsson. Era de mi misma edad, pero sólo nos conocíamos superficialmente de las maniobras con la milicia local. Esto fue en algún momento de 1985, así que andábamos por los cuarenta, o sea, no éramos precisamente unos novatos. Recuerdo que daba la impresión casi de estar loco. Parloteaba sobre que alguien tenía que hacer algo con ese nariz de gancho, o sea, Palme, que con su influencia estaba preparando el camino a

---

[88] Servicios secretos suecos.

la llegada de la Unión Soviética a Suecia. Más tarde, durante la cena, Adamsson se emborrachó y tomó más confianza. Empezó a desvariar sobre que yo le caía bien, que el cuerpo necesitaba gente como yo. Luego empezó con cosas más raras. Dijo que pensaba crear y dirigir un grupo que tuviera vigilado al traidor. Que quizá se vieran obligados a hacer algo con la marioneta de Moscú. Le pregunté quiénes formarían el grupo. Contestó que la mitad de los hombres de la tropa ya estaban metidos. No quise hablar más del asunto, porque me pareció que él era penoso. Después de la cena hubo una charla. Después de la reunión no pensé más en lo que había dicho Adamsson. Había muchos allí que eran algo extremistas. Pero después, tras el asesinato, lo he meditado con frecuencia. De hecho fui yo quien llamó al grupo Palme para contarles lo de esas reuniones.

Runeby se calló. Thomas sabía que tenía preguntas pero no se le ocurría ninguna justo en ese momento. Lo único que sabía era que necesitaba más nombres, más personas de las cuales obtener pistas. Al final se le ocurrió una pregunta.

—¿Quién era el conferencista de la charla tras la comida?

Runeby se inclinó hacia delante en el sofá y suspiró.

—Era yo.

40

E sa noche: fiesta de duros con clase. El Fitness Center, cerrado. Los dueños, los tipos que de hecho llevaban el sitio, la mitad de los tipos musculosos que entrenaban allí: todos iban a celebrarlo. Un cliente fijo había salido de la cárcel: Patrik. A Mahmud le caía bien: el ex *skin head* que se había vuelto bueno. Lo único por lo que se preocupaba el tipo en la actualidad era en hacer músculo y la lealtad a Don R.

No sólo la gente del Fitness lo iba a celebrar: la sala VIP de Clara's hervía con todos los que eran alguien en el mundo marginal de Estocolmo. Como eso del golf para gángsters que había empezado un miembro de OG: todos los que estuvieran asociados y hubieran estado en prisión más de dos años eran bienvenidos. Un montón de antiguos cabezas rapadas que habían aceptado la música de la supremacía blanca y gritar *heil* no daba plata, así que lo habían cambiado por asuntos más gordos. Bandas de motociclistas, lucha, extorsión profesional. Además: yugoslavos a montones. Mahmud vio a Ratko. Estaba asquerosamente moreno por los rayos UV y se había teñido el pelo de rubio. Ratko le hizo a Mahmud un pequeño gesto con la cabeza. Nada de dar la mano. Imbécil.

Más invitados: algunos albanos, cuatro o cinco sirios, una banda de tipos del X-team, el club de seguidores de Bandidos. Entre los yugoslavos y los albanos: besos en la mejilla y palabras amistosas. Se notaba en el aire: eso no era sólo para agasajar a un insignificante ex convicto de Kumla. Era para mostrar generosidad, caballerosidad, invitar a futuros aliados. Los albanos estaban adueñándose de la ciudad. Los yugoslavos tenían que andar con cuidado, como decía Robert.

Y, por supuesto, un grupo de invitados que no podía olvidarse: las putas. Mahmud nunca había visto tantas juntas. En realidad no había nada que las diferenciara de las chicas de los antros, salvo que quizá no eran guapas del todo. Si hubieran sido chicas normales, todos los tipos habrían por lo menos mirado, coqueteado, pellizcado alguna nalga. Pero era como si sólo estuvieran esperando algo y no pensaran lanzarse aún. Como si fueran sólo la ambientación de una película, algo que tenía que estar en su sitio antes de que empezara la grabación. Porque todos esperaban. Al *mister mister*. Radovan iba a aparecer en algún momento.

Mahmud se abrió paso hasta el que acababa de salir, Patrik. Le parecía que la chamarra le quedaba chica en los hombros; la primera vez desde el décimo aniversario del entierro de su madre que se vestía tan bien. Se sentía raro; al mismo tiempo, de maravilla. Amplias sonrisas de ambos.

—Hola, Patrik, me alegro de verte de nuevo. ¿Cuántos kilos has perdido?

Patrik, cráneo afeitado con cicatrices, traje gris claro y corbata estrecha ligeramente aflojada. Los tatuajes del cuello sobresalían por encima de la camisa. Se partió de la risa.

—Mahmud, pequeño terrorista. Volveré a estar en mi peso de combate en tres semanas. Te lo juro. —Luego con voz más seria—: Pero la verdad es que me ha ido bastante bien ahí dentro. Me han dicho que tú también has estado.

—Sólo medio año. Nada importante.

—Entonces ya sabes cómo es. Algunos tipos intentan pasar el tiempo dentro durmiendo. Les recetan suficientes calmantes a todos esos idiotas. Pero si uno se lo propone, se puede entrenar bastante.

—Desde luego.

—Me he enterado de que ahora trabajas para nosotros.

Patrik extendió el brazo hacia atrás en mitad de la frase. Mahmud pensó en todo lo que implicaba. Hacían una celebración para Patrik como si fuera un puto rey. Pero en realidad, ¿qué había hecho el tipo por los yugoslavos? Algo de extorsión en los servicios de guardarropa, había armado bronca con los porteros de un antro de Söder, había perdido el control, le había dado una paliza a un portero, lo habían entambado unos años. ¿Por qué era un héroe? ¿Por qué había que hacer una celebración por él? A Patrik se le había ido la hebra, no era capaz de trabajar profesionalmente. No como Mahmud, el tipo que se mataba, que generaba un dineral. Nunca lo echaba a perder. Nada.

Sólo quería marcharse de ahí. Pedirle a Patrik que cerrara la boca. Ratko y Stefanovic podían irse a la puta mierda. Radovan, si es que aparecía, que fue a cojerse a su madre.

—Pero tú estuviste en un sitio bueno, ¿no? —dijo Patrik. Mahmud casi se había abstraído, había olvidado que estaba a mitad de una conversación.

—Sí, Asptuna. Como mi barrio, ¿sabes? Botkyrka. No fue para tanto…

—Estarás contento de haber estado en un sitio así. Las cosas son duras para nosotros ahí dentro.

—¿De qué hablas?

—¿No te enteraste? Intentaron quebrar a un tipo en Kumla el fin de semana. Uno de los nuestros. Siete tipos se metieron en las regaderas, salieron seis. Lo acuchillaron nueve veces con un cepillo de dientes que habían afilado. Está en la UVI, pero saldrá adelante, es un cabrón duro. Había estado en la guerra de los Balcanes. A un tipo como él no se lo ventilan así como así, los muy cabrones.

Mahmud estaba en otro sitio. Su concentración se dirigió al otro lado de la sala. Todas las voces se habían calmado un poco. Todas las miradas se dirigían a la entrada; Radovan y su cortejo había entrado. Tras él llevaba a dos chicas. La masa humana se dividió, se formó un pasillo como si fuera un artista en una gala de MTV. Mahmud había visto a Radovan una vez anteriormente, más o menos hacía medio año en la gala de K1. Pero había sido de lejos. Ahora: por primera vez veía al capo de cerca. O, mejor dicho, lo sentía. Porque así era: se sentía a Radovan en toda la sala. El tipo irradiaba presencia. Incluso los albanos se quedaron inmóviles. Se aproximaron, tomaron al capo yugoslavo de la mano, besos, sonrisas, carcajadas falsas.

Radovan no era para nada el hombre más grande, no tenía la mirada más dura, ni la manera de andar más elástica; aunque se notaba que el capo debió de haber sido uno de los más grandes hacía veinte años. Era otra cosa: desprendía una sensación a su alrededor, se movía con una soltura que decía en una palabra: poder. Y el aspecto: no es que Mahmud supiera de trajes, pero el que llevaba R parecía exclusivo.

Las chicas tras él eran totalmente diferentes entre sí. Una: tenía que ser puta o una especie de amante. Botas altas, escote pronunciado, súper maquillada. Y la otra: joven, muy joven y extrañamente bien vestida. Le recordaba a Jivan. Se preguntó quién sería.

Stefanovic se aproximó, besó a Radovan en la mano. La mirada de Mahmud se fijó en el dedo que besaban los pinches lamebotas: Radovan llevaba un gran sello. Evidente: él era el hombre, el mito, el factor de poder número uno, la gran leyenda, el *Padrino de Estocolmo* desde hacía diez años.

Patrik se acercó al capo. Hizo lo que los demás: besó el dedo de Radovan. Se notaba que no tenía costumbre, eso no lo hacían los vikingos normalmente. Radovan pronunció unas palabras de bienvenida. Presentó a sus mujeres. De una sólo dijo el nombre. Pero la otra sorprendió a Mahmud: era su hija. Luego hizo un discreto gesto a Patrik: corregir el nudo de la corbata del vikingo. Una señal clara: qué bien que hayas salido, pero tú no eres nadie. Dejó claro el mensaje: esta fiesta no es para Patrik. Quizá sólo se trataba de los albanos.

Mahmud, a menos de un metro de R. Notaba su presencia en el estómago. Luego, una sorpresa: el capo dirigió su mirada hacia Mahmud. Arqueó las cejas.

—¿Y tú quién eres?

Mahmud no sabía qué contestar. Logró decir:

—Mahmud al Askori. Trabajo para ti.

Radovan pareció aún más sorprendido.

—No, no lo creo. Sé quiénes están contratados en mis empresas.

Stefanovic, muy cerca tras Radovan, se inclinó hacia delante. Susurró algo al oído de éste.

Mahmud comprendió lo suficiente. Comprendió que se había puesto en evidencia. Al mismo tiempo: comprendió que eso estaba mal.

Radovan siguió avanzando. Mahmud no se la iba a pasar bien esa noche. Daba igual que se fuera a casa. Pero no lo hizo. No encajaba con su imagen. Se fue al baño. Se metió una raya. Intentó ponerse en marcha.

Al día siguiente llamó Ratko. Mahmud se sentía crudo. Había pasado la noche de juerga. La cosa se planteó así. Unos cuantos tiros de coca y una onda con una chica lo habían puesto en marcha. No era bueno para el entrenamiento. Se tomó un vaso de agua. Dos pastillas de Diazepam Desitin; para la angustia.

Ratko estuvo encima de él la noche anterior. Le dijo que Mahmud hacía un gran trabajo. Lo alabó. Le dio coba. Le dijo:

—Quiero que nos ayudes con unas cosas más.

Mahmud, dudoso. Quería alejarse de ellos. Hacer su vida. Claro, ganaba un dineral, pero no soportaba la humillación. Los yugoslavos se lo estaban comiendo vivo. Sin embargo, no dijo nada.

Ratko explicó. Necesitaban ayuda durante el día. Controlar a unas chicas, como dijo. Mahmud supuso que se trataba de putas. Las chicas vivían en caravanas en un camping. Ratko quería que

Mahmud se encargara de que las chicas tuvieran lo que necesitaban durante el día.

—Y que no se larguen solas. Se pueden perder.

Sonrisa. Parpadeo, parpadeo, ya-sabes-lo-que-quiero-decir.

—No sé si tengo tiempo.

Ratko dijo:

—Te da tiempo.

Le dio una palmada en el hombro.

Era una orden.

rak. Junto con la unidad. Mike, tan sudado como siempre. Collin, con rayas negras pintadas bajos los ojos. Haciendo bromas sobre que quizá se encontrarían a Harry, el príncipe de Inglaterra, por allí. El acento británico. Las maneras. Los gestos. El peso de la correa de la metralleta sobre la espalda. Más adelante se veía humo negro. Sabor a chicle en la boca. Collin siempre llevaba consigo algunos paquetes de Stimorol. Saborearlos en el calor. Un jeep se aproximaba hacia ellos. Las rocas desaparecieron, fueron sustituidas por un barril de petróleo que ardía. Fogatas por todos lados. El mundo iluminado por el calor intenso. El jeep se acercaba. Collin, Mike y los demás habían desaparecido. Niklas fue hasta el coche. En el asiento trasero había un hombre tirado. Sangraba de un oído. La cara, volteada hacia abajo. Niklas le dio la vuelta. Ya le veía: era Mats Strömberg. «¿Por qué?», dijo. Las llamas circundantes lamían el cielo.

Niklas se despertó. Intentó calmarse. El corazón, a mil por hora. Pensó en el sueño que acababa de tener.

No podía dormirse de nuevo. En el mundo de hoy en día la moral estaba expuesta como en un bufet. Uno elegía las normas éticas a partir de su imagen del mundo. Los guerreros barbudos de allí abajo elegían su ética a partir de su odio por Estados Unidos. Se les ocurrió que el Corán y el sunismo los respaldaban. Los estadounidenses elegían sus reglas a partir de su miedo por no ser ya los dueños de la casa. Pero Niklas conocía las verdaderas reglas del juego. No había bueno y malo, en realidad no había reglas. La moral se desarrollaba en la cabeza de las personas. Pero de todas formas sí había una regla: si no actúas, no puedes crear cambios. Alcanzas tus objetivos actuando. La moral era un invento que habían creado los humanos, no tenía valor. Su misión era crear paz para las mujeres. Ninguna pesadilla lo iba a detener. Nada de la realidad lo iba a detener.

Miró fijamente la pared. Color gris ceniza. Se notaba con claridad la estructura del tejido de la pared.

Pensó en los dos orificios de entrada de la espalda de Strömberg. Se preguntó con quién seguir. ¿Roger Jonsson o Patric Ngono? Niklas los había seguido de manera aún más intensiva en la última semana, después de arreglar lo de Strömberg. Ngono se portaba peor con su mujer. Pero había también algo en Roger Jonsson. Algo que no cuadraba. Niklas lo había visto varias veces en las últimas semanas. Lo había visto salir de su trabajo. Tomar el coche hasta Fruängen. Recoger a una mujer en el exterior del centro comercial. Fueron a casa. Salieron tras aproximadamente una hora. Roger la volvió a llevar. Evidente: tenía una doble vida. Infidelidad al estilo clásico. ¿Pero quién era la mujer? Una prostituta, clarísimo. El tipo iba con putas. Doblemente culpable.

Pero había otra cosa que determinó la decisión de Niklas. Había pedido todo el material público que se podía conseguir de los dos hombres. No había mucho. Patric constaba en algún caso antiguo de la Dirección General de Inmigración, pero el tipo estaba a salvo por ese lado. Tenía permiso de trabajo y residencia permanentes, llevaba viviendo allí más de ocho años. Había recibido el subsidio social durante algún tiempo, pero trabajaba en la actualidad. Sin duda, difícil, pero de todas formas…

En el caso de Roger Jonsson no había nada de eso. Pero había algo mucho peor. Una sentencia. Violencia grave contra la mujer durante el periodo 1998-2002. Y violación. A Jonsson le habían caído tres años. La sentencia era pública. Niklas solicitó todo el material.

La lectura casi lo hunde. No, jamás; nada hundía a un soldado de élite que había visto la verdadera mierda allí, en *la arena*. Al contrario: lo fortalecía. Más seguro sobre la operación Magnum. *Si vis pacem, para bellum.*

***

Fiscalía de Söderort de Estocolmo
Demanda N.º de doc.: C-98-25587

Acusado, nombre completo: Nombre habitual:
Roger Karl Jonsson
Número de identificación personal: Teléfono:
671001-856308-881968
Dirección:
Gamla Södertäljevägen
Defensor público:
Abogado Tobías Åkermark
Privación de libertad:
Detenido el 3 de marzo de 2002, ingreso en prisión el 5 de marzo de 2002

Cargos
VIOLENCIA GRAVE CONTRA LA MUJER
Demandante:
Carin Engsäter, representada por Lina Eriksson.

Delito:
De marzo de 1998 a enero de 2000, Roger Jonsson ha amenazado y agredido a Carin Engsäter en repetidas ocasiones. Los hechos, que individualmente son parte de una agresión reiterada a la integridad de la demandante, han tenido por objeto dañar seriamente su autoestima. Así pues, Roger Jonsson:

1) En abril de 1998 le propinó en la vivienda varias bofetadas en la cara. Más tarde, en ese mismo día, le dio en Tumba varios puñetazos en los brazos. Finalmente, en el mismo día, en la vivienda la agarró del cuello. La agresión causó a la demandante dolor y un ojo hinchado, así como hematomas en el cuello.

2) En una ocasión, entre el 14-15 de octubre de 1998, en la vivienda de ella en Estocolmo, la agredió agarrándola por la nuca tirándola al suelo boca arriba, a consecuencia de lo cual tuvo dolores. Cuando ella intentó soltarse, le dio varios puñetazos en los brazos.

3) En una ocasión a finales de diciembre de 1998, en la vivienda, le propinó una serie de puñetazos en muslos y espalda, a consecuencia de lo cual ella tuvo dolores.

4) En una ocasión en junio de 1999, en la vivienda, le dio patadas en la rodilla derecha, a consecuencia de lo cual ella cayó al suelo. A continuación él le propinó una patada más en el muslo derecho. La agresión tuvo como resultado dolores y hematomas.

5) En una ocasión a mediados de septiembre de 2000, en la vivienda, le propinó varios puñetazos en la espalda. Además, en la misma ocasión, le propinó puñetazos en los brazos, así como un golpe en la cabeza con la mano abierta. La agresión le ocasionó dolores y hematomas.

6) En una ocasión, en octubre de 2000, en la vivienda, le propinó varios golpes con la mano abierta en la cabeza y la cara, a consecuencia de lo cual ella tuvo dolores y una hemorragia nasal.

7) El 14 de agosto de 2001, en la vivienda, la agarró por la cara con una mano y se la apretó y la tiró al suelo. Después la jaló del pelo. La agresión, que tuvo como resultado dolores y hematomas, tuvo lugar ante su hijo común, de cuatro años.

8) En una ocasión, en septiembre de 2001, llamó a la casa de la demandante y manifestó que la iba a matar; con el objetivo de desencadenar en ella un profundo temor por la seguridad de su persona.

9) El 25 de enero de 2002, llamó a casa de la demandante y manifestó que la iba a agredir o matar; con el objetivo de desencadenar en ella un profundo temor por la seguridad de su persona.

Finalmente, Roger Jonsson ha llamado a la demandante en varias ocasiones a su trabajo y la ha amenazado, con el objetivo de desencadenar en ella profundo temor por la seguridad de su persona, diciendo que no va a librarse de él con vida, que él bailará sobre su tumba, así como que si la ve con otro hombre, la va a degollar.

VIOLACIÓN
Demandante:
Carin Engsäter, representada por Lina Eriksson.

Delito
Roger Jonsson ha obligado a Carin Engsäter a mantener relaciones sexuales vaginales, anales y orales en más de cincuenta ocasiones entre los años 1999 y 2001, tirándola al suelo con violencia sobre la cama o el suelo, sujetándola de las muñecas y presionando un cojín sobre su cara o contra el suelo. Además, durante al menos veinte ocasiones durante el año 2001, le introdujo en al menos veinte ocasiones objetos en la vagina, entre otros, un aparato de masaje y unas alicatas, que tuvieron como resultado dolores y lesiones.
Fundamentos de Derecho
Capítulo 4, sección 4, párrafo 2; capítulo 3, párrafo 5; capítulo 4, párrafo 5; capítulo 6, párrafo 1 del Código Penal.

Capítulo
42

Un día claro de mediados de septiembre fue a la casa. Los alrededores eran hermosos. Tras el edificio principal de ladrillos, Thomas entreveía un lago. Los árboles aún estaban verdes, pero se notaba que el otoño estaba empezando, una especie de humedad en el aire que penetraba al salir del coche.

Tallbygården: una residencia de ancianos privada junto al lago Mälaren. Alta calidad de vida y buena atención, decía la página web del sitio. El hogar para unos últimos años idílicos. El hogar en el que al cuidado de calidad se valoraba al máximo. El hogar en el que vivía Leif Carlsson, ex inspector de policía, policía antidisturbios, neonazi.

Stig Adamsson había dicho que iba a fundar un grupo de extrema derecha que iba a vigilar a Olof Palme. ¿Pero eso qué quería decir de verdad?

Thomas había intentado leer sobre el asunto. Un par de libros prestados e Internet; casi fue demasiado. El asesinato de Olof Palme era la equivalencia de Suecia al tiroteo de Kennedy veinticinco años antes. Un foco de teorías conspiratorias que no parecía acabar jamás. Analizó un par de teorías hasta que perdió el interés; surgían como la mala hierba. Una se basaba en que uno de los temidos escuadrones de la muerte de Pinochet estaba en Estocolmo en la misma semana que se cometió el asesinato, pero como el jefe de la investigación, Holmér, creyó que los dos asesinos profesionales chilenos Michael Canes y Roberto Tartino eran una única persona, no se avanzó con esa pista. Otra teoría mantenía que Christer Pettersson se había equivocado y en realidad quería disparar a Rantzell, entonces Cederholm, pero debido al penoso trabajo policial hubo que ocultar parte de la investigación. Faltaban los proyectiles, las actas de las intervenciones telefónicas estaban falsificadas, las autoridades policiales se negaron a contestar qué habían hecho en realidad las dos patrullas que había en el exterior del cine Alexandra la noche del asesinato. Había muchas cosas. Thomas necesitaba información de verdad. Proveniente de personas. No un montón de indicios, obsesión por los detalles o banalidades conspiratorias. Por encima de todo: necesitaba ver las conexiones con la actualidad; con el cuerpo lacerado de Rantzell del sótano de la calle Gösta Ekman.

Runeby había nombrado la unidad antidisturbios del VD1 de la que Adamsson había formado parte. Ahí tenía que empezar Thomas. Entre los que conocían a Adamsson, los que compartían sus puntos de vista, en la época del asesinato con A mayúscula. Se trataba en total de ocho policías, de los cuales uno era el propio Adamsson. Su jefe, Malmström, había muerto. Quedaban seis personas. No era muy difícil conseguir información sobre ellos. Jonas Nilsson los conocía bien a todos, la mayoría aún trabajaba en la policía, aunque ya no en puestos tan conflictivos. El destino clásico de un policía de seguridad ciudadana: pasar sus últimos quince años en un sótano consignando robos de bicicleta.

Se decidió con facilidad: su primera visita sería a Leif Carlsson. El tipo era el más anciano. El tipo había sido un nazi declarado. Sobre todo: el tipo tenía alzheimer; era la perfecta víctima para un interrogatorio.

Tallbygården parecía un sitio apacible. En algunos de los balcones con vista a las zonas verdes, vio ancianos. Entre los árboles serpenteaban pequeños senderos para pasear. Fue a la entrada. Ficus enanos, sofás con tejidos de Josef Frank y un tablón con anuncios en el que había notas fijadas con tachuelas y hojas informativas: «Recital de canciones con Lave Lindér el jueves». «El diecisiete, a las ocho, viene la bibliotecaria de Trosa para hablar sobre los nuevos libros de la biblioteca.» «La gimnasia para hombres de mañana ha sido cancelada.»

Thomas esperó un rato. No había recepción. Pensó en Runeby. Lo último que le había contado el comisario fue que él había sido quien había dado la charla en Gamla Stan. En realidad no era tan extraño como parecía: el tipo había prestado servicio en una especie de ejército privado en Sudáfrica durante dos años, a finales de los años setenta. «Por combatir, no porque fuera racista», le había dicho. A Thomas no le importaba en realidad el porqué; pero tenía que andar con cuidado, ¿hasta qué punto estaba implicado Runeby en ese grupo de Gamla Stan?

Tras unos minutos salió una enfermera por una puerta de cristal.

—¿Está Leif Carlsson aquí? —preguntó Thomas.

La enfermera lo llevó al primer piso. Flores en las ventanas, pósters enmarcados de clásicos suecos: Zorn, Carl Larsson, Jirlow. Una sala de televisión, un comedor, mucho personal. La enfermera llamó a una puerta. Ni siquiera preguntó quién era Thomas.

Leif Carlsson no parecía tan decrépito como Thomas se había imaginado. Bien peinado con raya al lado. Cabello rubio que había encanecido en las sienes. Una sonrisa torcida, un atisbo de duda en los ojos azules ¿Tenía alzheimer de verdad? Leif Carlsson era alto. Thomas se lo podía imaginar hacía treinta años, probablemente mucho más corpulento: un aspecto atemorizador para la chusma.

El televisor de la habitación estaba encendido. Carlsson parecía haber estado sentado en un sillón ante él. Cuando Thomas entró, se levantó. La enfermera los dejó solos. Cerró la puerta.

—Buenas tardes. Me llamo Thomas Andersson, comisario, grupo Palme.

Carlsson le soltó la mano.

—¿Y vienen ahora?

Thomas no supo juzgar si era una acusación o una constatación fatídica.

El hombre se sentó. Parecía como si todo el tiempo saboreara con la lengua algo que tuviera en la boca. Probablemente un tic.

Thomas se sentó en una silla junto a un pequeño escritorio. El piso con servicio de asistencia era un pequeño apartamento de dos estancias: un dormitorio con la puerta entornada y el salón, donde estaban sentados. Carlsson lo había amueblado como un hogar de verdad. Alfombra oriental auténtica en el suelo, algunos cuadros en las paredes, sillón y escritorio estilo rococó.

—Sólo quería hacer unas preguntas. Espero que estés de acuerdo.

Aparentemente Carlsson llevaba cinco años seriamente enfermo. Su capacidad de resistencia a un interrogatorio debería ser menor que la de un niño.

Carlsson asintió.

—No tengo nada que ocultar.

Thomas encendió la grabadora que llevaba en el bolsillo.

—Háblame de la tropa.

—¿Te refieres al grupo antidisturbios?

—Sí, es el único grupo al que tú llamabas la tropa, ¿no?

—Claro, lo llamábamos así, creo.

—¿Quiénes eran?

—¿Quién eres? Si me permites la pregunta.

Thomas contestó con tranquilidad.

—Thomas Andersson, investigación del asesinato de Palme.

—Probablemente el tipo tenía alzheimer todo el tiempo.

Carlsson movió de nuevo la lengua dentro de la boca. Repitió.

—¿Y vienes ahora?

Thomas continuó:

—Háblame de la tropa, del grupo A. ¿Quiénes eran?

—¿En la tropa? Estaba Malmström, claro. Luego estaban Jägerström, Adamsson, Nilsson, Wallén. Algunos más. No me acuerdo.

—Y Malmström, ¿estaba al mando él?

—Uy, sí. Malmström. Era un auténtico superior. De los que hacen falta en la policía. Pero ya se retiró. Ahora vive en Nykvarn.

—Malmström está muerto.

—¿De verdad? Qué pena. No lo he visto desde que se jubiló.

Thomas empezó a pensar en interrumpir el interrogatorio. Evidentemente Carlsson estaba demasiado confuso. Pero la cuestión era si sus recuerdos de los años ochenta eran mejores que sus recuerdos de la actualidad.

—¿Quiénes solían ir a las reuniones de Gamla Stan, en los locales de la EAP?

Leif Carlsson parecía confundido.

—Yo nunca he ido ahí.

Thomas se sentía sorprendido. ¿El tipo podría estar mintiendo?

—¿Eso es verdad?

—Sí, es verdad. Los que lo organizaban no me invitaron. Ålander y Sjöqvist. No es que tuviera nada contra ellos o ellos contra mí. No era eso. Yo compartía su amor a la patria y la preocupación por la infiltración de los rojos. Pero nunca me invitaron. Quizá no sea tan extraño, en realidad. Mi padre trabajaba en una de las plantas de Bolinder. Así que no se atrevería a implicarme.

—¿Qué has dicho?

—Que no se atrevería a implicarme.

—¿Pero por qué has dicho que no?

—Mi padre trabajaba en la planta de Bolinder.

—¿Y quién es Bolinder?

—El financiero.

—¿Qué financiero?

De repente Carlsson volvió a tener ese brillo en la mirada, se pasó la lengua por las encías. Luego dijo:

—Bolinder. Era el que financiaba esas reuniones, la organización, el proyecto. Todo. Pero probablemente sólo yo lo sabía.

—¿Por qué lo sabías sólo tú?

Leif Carlsson soltó una risita.

—Que esté aquí sentado contando cosas no significa que no haya hecho lo mío por Suecia.

—Entiendo. Pero cuéntame más de Bolinder.

—De Bolinder no me acuerdo. Pero Bohman... era demasiado débil.

—¿Qué Bohman?

—Me refiero a Gösta Bohman. El secretario general del partido de derecha. ¿Eres demasiado joven para acordarte de él?

Carlsson parecía complacido.

Gösta Bohman fue el líder del Partido Moderado en los años setenta. Leif Carlsson estaba confuso. El alzheimer dificultaba saber qué era relevante. Thomas lo intentó con algunas preguntas más, pero sólo obtuvo respuestas sin sentido.

Necesitaba a otro.

De camino a casa. Los pensamientos de Thomas bullían. Bolinder; ¿dónde había oído ese nombre? No lo ubicaba. Un policía, no. Nadie del Säpo que hubiera mencionado Runeby. ¿Quién era Bolinder?

Entonces cayó: había oído a Ratko hablar de la organización de «eventos más elegantes» en casa de un tal Bolinder. Thomas incluso había enseñado a unos gorilas cómo funcionaban los *walkie-talkies* sólo por si hicieran falta en un evento de ésos. ¿Era la misma persona?

Capítulo
43

S e quedó acostado en la cama. Las ideas daban vueltas, vueltas. A lo mismo. Pensaba en el policía que lo había contactado la semana anterior. Quizá lo estaban intentando también con los otros. ¿En quién se podía confiar? Robert le parecía seguro. Tom y Javier, también. ¿Pero Babak? Puta madre; cómo extrañaba a Babak.

Se levantó a eso de las dos. Hizo café. Le puso muchísima azúcar. Se avivó. Se metió un Diazepam. Luego iba a necesitar algo que lo levantara para poder con el entrenamiento. Puso una película porno. Intentó masturbarse. Pensó en la chica del fin de semana anterior. Gabrielle. En comparación, la película porno resultaba gris.

Ratko llamó a las tres. Mahmud casi había conseguido olvidarse de sus órdenes. Se vistió. Pantalones de mezclilla, sudadera con capucha. Gorra de beisbol. El otoño era la peor estación del año. El tiempo debería decidirse. No andar titubeando como tonto.

Ratko le había dado instrucciones de adónde debía ir.

—Siéntate en la salchichonería de Bigge y espera.

Mierda, cómo lo mangoneaban. Era su puta.

Media hora más tarde. Mahmud conocía esas poblaciones de la periferia como la palma de su mano. En serio, quizá pudiera ingresar en la universidad. Dar clases de Conocimiento de los Almacenes Shurgard y Centros Comerciales de la Periferia. Sabía por qué construían esas áreas. Creaban un mundo donde a nadie se le ocurriría querer ascender. Sólo mantenerse ahí abajo, sin alterarse mucho. La sociedad lo había fabricado.

Los carteles de allí ni siquiera intentaban ser sexies: Servicio Estatal de Odontología. Biblioteca. Supermercado Coop Konsum. Swedbank. Compañía de Contabilidad Håkansson & Hult. Peluquería. La Casa de la Pasta: muy abundante, muy barato. Zapatería Svedin. La Pizzería. Farmacia. Y por último: Salchichonería de Bigge. Se sentó allí. Pidió un Sprite Light. Intentó llamar a alguien. Primero a Robban, luego a Tom, luego a Javier, luego a su hermana. Nadie contestó. El tiempo avanzaba más despacio que una vieja con andadera. Esperó.

Pasados veinte minutos, llegó Dejan. El tipo era un cabrón de cuidado. Le lamía el culo a Ratko por dos monedas. Ponía a parir a los árabes en cuanto tenía la oportunidad. Se dieron la mano.

Mahmud se sentó en su Mercedes. Siguió el coche de Dejan. Primero a los edificios altos. Unos chalets pequeños. Luego, edificios industriales. Un montón de naturaleza. La carretera serpenteaba. Lejos del asfalto. Tras diez minutos: un cartel. «Camping Utsikten - Casas y campers».

Dispuestas bajo la lluvia de noviembre: una veintena de campers. Cinco coches mugrientos. Lodo. Árboles dispersos alrededor. Cables de electricidad que iban de los postes a las campers.

Dejan estacionó su coche. Mahmud se puso atras de él. Qué parque de casas rodantes.

Dejan se dirigió a uno de los campers. El color, blanco, grisáceo. Un adhesivo descolorido en una de las ventanas: «Vamos Gästrikland».

Entraron. El olor a humo golpeó a Mahmud como un gancho. Se oía débilmente música de la radio. Al principio no vio a las chicas. Era como si fueran parte de la decoración de la estancia. Gris, beige, marrón. Envases de alimentos, cajas de pizza, latas de refresco en el fregadero. Estaban sentadas ante una mesa minúscula. Cabello marrón oscuro. Delgadas como palillos de comida china. Una, muy pálida. Labios finos. Ojos tristes. Las otras: mejillas más sonrosadas, pero los ojos aún más lúgubres. Ante ellas, paquetes falsos de Marlboro. La sensación era de cansancio. Dejan dijo algo en ruso o un idioma parecido. Las chicas parecían no estar interesadas. Ni levantaron la mirada.

Dejan explicó en su sueco espantoso:

—Aquí Natascha y Juliana. Quizá no son más guapas que tenemos, pero están bien. —Se rio—. Aquí, hay muchas muy buenas. De verdad.

Mahmud no sabía qué decir.

—Ahora tú sabes quién son. Suficiente —dijo Dejan.

Salieron. Dejan lo llevó a otros siete campers más. Dos putas en cada una. La misma actitud hastiada. Las mismas habitaciones con humo. Las mismas miradas vacías.

De vuelta al coche, Mahmud preguntó:

—¿Y qué quieren que haga?

Dejan se detuvo. Abrió los brazos.

—Esto es nuestro almacén, uno puede decir. Tú mantienes orden en almacén. Encargarte que no desaparece nada, a veces transportar artículos. Si cliente es aquí, no pueden hacer daño almacén. Sólo durante el día. Cuando no estás con tu otro negocio.

Mahmud comprendió: pensaban que era un puto guarura de putas. Si su padre lo supiera.

Por la noche se encargó de sus negocios habituales. Vendió más de sesenta gramos a un contacto que representaba a una familia iraquí que tenía restaurantes.

Jamila llamó como a las diez. Quería que le ayudara a instalar un nuevo reproductor de DVD. Mierda, ella derrochando los billetes de mil que Mahmud le pasaba tras los negocios con éxito. Sólo en las últimas semanas se había comprado un bolso

Gucci con asas de bambú que costaba ocho mil, zapatos de tacón alto de tres kilos y una gargantilla de plata con letras gordas: Dior. Una locura, pero Mahmud no podía evitar adorar el brillo que tenía en los ojos al llegar con esas cosas. Pensaba seguir equipándola a ella y a su hermana pequeña. Cosas auténticas.

Probó el reproductor de DVD. Luego pensaba ir al centro. Había quedado de verse con Robert. A comerse Estocolmo. Quizá esa Gabrielle hubiera salido esa noche. Si no, pensaba buscarse otra.

Jamila le habló de su último bolso Louis Vuitton, el último chisme de Britney, sus planes a futuro: abrir un local propio con camas de rayos UV. Mahmud pensó: con tal de que los yugoslavos no la fastidiaran. Ella le contó lo de los SMS asquerosos que le había mandado su ex novio.

Mahmud dijo:

—No se atreve a hacer nada. Marica.

Jamila suspiró.

—No sé, Mahmud. Está loco. Y ese tal Niklas se mudó. Era más agradable.

—Sí, parecía un buen tipo. ¿Adónde se fue?

—No lejos.

Él le había dado su dirección.

—Bueno, ¿es que le gustas o qué? Ya sabes lo que papá diría de él.

—No parece un chico de ésos. Creo que sólo quería ayudarme. De verdad.

—Quizá.

Mahmud tuvo una idea. Niklas parecía un buen vikingo. Además: un soldado de comando. Quizá debería conocerlo mejor. Y otra cosa: el tipo podía encargarse de vigilar a Jamila de vez en cuando.

A Jamila le gustaba la idea. Ella, que normalmente chillaba y armaba escándalo en cuanto su padre mencionaba que había que controlarla más. Mahmud le sonrió.

—Vamos, hermana, ese vikingo te gusta un poco. Admítelo.

Decidieron ir. Niklas no vivía lejos.

Llamaron a la puerta.

Niklas abrió. En su rostro se notaba sorpresa y alegría. Empezó a hablar con Jamila en su árabe medio espantoso. Mahmud observó al tipo a fondo por primera vez. Llevaba una camiseta con el texto Dyncorp: se le ceñía sobre el pecho y los músculos de los brazos. El tipo parecía bien entrenado. No como Mahmud, en plan ropero, sino más delgado, más fibroso, músculos más resistentes. Se preguntó qué sería Dyncorp. Parecía sudoroso. Quizá estaba entrenando en casa. Mahmud intentó mirar el interior del departamento. Vio una computadora, la cama, un montón de papeles, herramientas, cosas. También vio algo más: un cuchillo largo y brillante. Mierda, Niklas parecía ser un poco psicópata.

Un poco después se marcharon. De todas formas, fue agradable. Jamila, contenta. Mahmud volvió a reírse.

—Déjalo ya. Sabes lo que opinaría papá.

Jamila se giró hacia él. Mirada seria.

—No me cuentes lo que me diría *abu*. Si supiera una décima parte de todo lo que haces tú, se moriría.

Mahmud se detuvo.

—¿De qué hablas?

—Sabes a lo que me refiero. Iba a avergonzarse hasta morir.

La alcanzó. Se retorció. Volvió a clavarse.

Avergonzarse.

Hasta morir.

Sabía cuánta razón tenía ella.

Todo el cuerpo le gritaba. Aléjate de ellos. Salte antes de que sea demasiado tarde.

Corta a los yugoslavos.

Niklas se levantó de la cama. Más cansado que de costumbre. Cuatro horas de sueño. Sus cámaras funcionaban a tope por las noches. Las películas que avanzaba a velocidad rápida no mostraban nada interesante. Pero ya llegaría. Quería pruebas. La justicia era lo suyo. De Strömberg, Jonsson, Ngono, ya sabía lo suficiente. Niklas era un hombre de honor: si alguno de ellos no probaba ser así, no atacaría. No era cosa de moral: era la manera de actuar.

Tras el desayuno se puso la banda medidora de pulso. Se puso ropa interior larga, la de entrenar.

Ya hacía más frío. El asfalto, mojado. Corrió a ritmo tranquilo. El aire fresco al respirar. Qué agradable.

De nuevo en casa: entrenó *katas* con el cuchillo. Se sentía en mejor forma que desde hacía mucho. Los movimientos en el aire. Las evoluciones arqueadas del cuchillo creaban espacio para el bloqueo. Sacudidas vigorosas. Cuchilladas como latigazos. El cuchillo tenía que seguir el deseo de los músculos de la mano como los mismos dedos.

Se duchó durante más tiempo del habitual. El día anterior se había vuelto a encontrar con el hermano de Jamila, Mahmud. No era el tipo de persona que habría tratado diez años antes. Aún menos el tipo de persona que habría tratado allá abajo. Pregunta relevante: ¿era el tipo de persona que debería tratar ahora? ¿Mahmud quizá podría ayudarlo en la lucha? Niklas era consciente de que el tipo no compartía sus ideales, pero tenía una fuerza impulsora. Algo en la mirada. No era la chispa de la malevolencia de la chusma. Era otra cosa.

Para empezar, y sobre todo, el árabe parecía estar tan hambriento de dinero como Niklas. Lo que Mahmud quisiera hacer con su dinero, a él le daba lo mismo. El dinero era un medio para alcanzar objetivos. Pero quizá, quizá el árabe pudiera ser otra cosa para él. Benjamin era un traidor. Los activistas anarco-feministas no estaban dispuestos a participar en la operación. Su madre, Catharina, estaba al margen. El árabe podría ser una pieza en el rompecabezas de la guerra.

Tras el baño volvió a comer. La situación económica empezaba a ser verdaderamente crítica. No tenía fuerzas para pensar en ello en ese momento. No sabía qué iba a hacer.

Se sentó en el Ford. De alguna manera, echaba de menos el Audi. Necesitaba pensar.

Condujo lentamente. Intentó decidir adónde quería ir.

Volvió a pensar en el dinero.

Pasó por Norrtull. Siguió pensando en Mahmud. ¿Para qué podría utilizar al árabe? La gente de Biskops-Arnö sólo hablaba y hablaba. Sólo releacionaban entre ellos; el resto de la sociedad no los quería. Luego volvió a pensar en su madre. ¿Por qué no podían hablar ya? ¿Por qué no podía aceptarlo ella? Todo lo que él hacía, lo hacía por ella.

Niklas miró a su alrededor. Era extraño. Se encontraba en Edsviken, Sollentuna. Donde vivía Nina Glavmo Svensén. La mujer que le había vendido el Audi. Se dirigió a su calle. Vio sus ojos verdes ante él. El niño en el brazo. Su sonrisa torcida.

Llegó a la zona. La calle Hedvigsdalsvägen era como una arteria entre las parcelas de los chalets. Las bocacalles, como particiones hacia las esferas interiores del lugar idílico.

Allí, treinta metros más adelante, estaba el chalet donde vivía. Número 21. La madera amarilla no parecía tan reluciente bajo la llovizna como cuando había estado el verano anterior. Los árboles, sin hojas. Pensó en cómo sería su vida. Un marido que le negaba el derecho a su vida. Ella necesitaba a Niklas. Estaba claro. Absolutamente claro.

El coche avanzó lentamente. Echó el asiento hacia atrás. Intentó mirar por la ventana. Si había luz dentro. A quince metros de la casa. Vio que las puertas del garage estaban cerradas. El cielo otoñal tenía el mismo color que el acero cromado. Nina vivía en algún lugar allí dentro, al calor.

Lo notaba: ella estaba en casa. Pasó de largo ante la casa. Despacio. Miró con recelo. Se estiró para ver el interior. Vio un movimiento en el fondo de una habitación. Ahí estaba.

Niklas dio vuelta a la derecha. Subió por una cuesta. Las palmas de las manos, sudorosas. Se le pegaba el volante. De nuevo a la derecha. Hacia abajo. De vuelta a la calle. El corazón le palpitaba fuertemente. Número 11. Latido. Número 15. Latido. Pronto el número 21 de nuevo.

Tenía muchas ganas de llamarla. De verla. De abrazarla. Y ella probablemente quería verlo.

Detuvo el coche delante. Qué pena que ya no fuera el Audi. Eso pondría contenta a Nina.

Muy contenta.

Jasmine llegó tarde al club. Thomas lo vio directamente. Pensó que esa noche había algo diferente en ella. Llevaba una gorra de béisbol bien ajustada en la frente, una sudadera con capucha que abultaba, falda hasta la rodilla por encima de unos pantalones de mezclilla estrechos. Morena de rayos UV como una mulata tras dos semanas en la playa. La elección del vestuario mandaba un mensaje claro: la sudadera con capucha, la falda. El moreno, la gorra.

Entonces lo vio: los labios. Prominentes como labios de bufón. Luego vio más: los pechos. También absurdamente prominentes; o bien se había metido dos balones de basketball bajo la sudadera o, más probablemente, se había hecho un relleno con implantes de al menos un kilo en cada teta.

Thomas sonrió:

—Tienes un aspecto… ¿cómo lo diría?, saludable.

Jasmine primero se quedó muy seria. Sin comprender. Después de tres segundos: devolvió la sonrisa.

—¿Qué te parece?

Thomas levantó los pulgares.

—Muy bien. ¿Pero los labios? ¿Se desinflaman más adelante?

Jasmine se rio.

—Eso creo. Voy a cambiar de sector, así que necesito esto.

—¿Modelo de cremas para los labios o qué?

—Ja, ja, qué gracioso. Voy a empezar mi carrera.

—Ah. ¿Me vas a decir en qué o tengo que adivinarlo?

—En el erotismo.

Thomas se quedó sin habla un poco/mucho tiempo. Jasmine notó la reacción.

—¿Qué? ¿Tienes problemas con eso o qué?

Él no quería broncas. Quedarse desnudo delante de la gente y estar en la taquilla de vez en cuando en un sitio de streap tease bien vigilado quizá no fuera el mejor trabajo del mundo, pero, bueno, daba su buen dinero. Y él se encargaba de la escoria. Pero el porno: por algún motivo parecía más sucio. Aunque no podía explicar por qué. A él le gustaba el porno. Pero también le caía bien Jasmine; se reían mucho. No sólo con los mismos chistes, sino juntos con los mismos chistes. Como si se entendieran. No quería que acabara metida en alguna mierda.

—El productor ha pagado los implantes y todo. Es totalmente gratis. ¿Te imaginas? ¿Sabes lo que cuesta todo esto?

—No tengo ni idea. ¿Pero tú estás a gusto?

—Claro.

Jasmine siguió describiendo lo buena que iba a ser para ella la industria del erotismo. Habló de sus planes, opciones de carrera, posibilidades de ser famosa.

—La industria del erotismo es mucho mejor que hacer streap tease. Esto no da dinero en Suecia. Y, ¿sabes?, las streapers son unos bichos con un genio asqueroso. Pero todos dicen que en el cine es al contrario. Que es como una familia feliz.

Thomas se desconectó. Le dolía escuchar. Había visto personalmente demasiado porno como para imaginarse a Jasmine en las escenas con las que normalmente él se masturbaba.

Más tarde en esa noche, apareció Ratko. También se rio de Jasmine.

—Creo que te va a ir bien, chiquitina —dijo como si fuera su padre. Vaya idiotez.

Ratko se sentó junto a Thomas. Le pasó un brazo por el hombro. Jasmine estaba haciendo un pase en el interior. Uno de los últimos.

—¿Qué te parecen los planes de Jasmine?

Thomas miró directamente a la sala. Se preguntó qué quería decir Ratko con su pregunta. ¿Era una provocación? Intentó no pensar mucho; contestó lo que le pareció.

—Creo que tiene muy mala pinta. Ése es un sector de mierda.

—¿Entonces crees que esto es mucho mejor?

—Aquí mantenemos el orden.

Al principio, Ratko no contestó. Thomas se giró hacia él.

—¿Querías algo?

En los labios de Ratko, una sonrisa torcida.

—Trabajas bien, Thomas. Pensamos que lo haces bien. Que te conste.

Ratko se levantó. Entró en la sala.

Thomas no se molestó en intentar traducir lo que le acababa de decir el yugoslavo.

Cuando surgiera la oportunidad adecuada, le preguntaría por Sven Bolinder, el llamado financiero, de quien había hablado Leif Carlsson.

Se despertó a eso de las once. Åsa se había ido a trabajar sin despertarlo, como de costumbre.

En el baño. Dejó que la espuma de afeitar actuara más tiempo que de costumbre. Se afeitó meticulosamente: movimientos cortos con una navaja nueva. Se miró en el espejo. Intentó ver no sólo su imagen, sino verse a sí mismo. ¿Quién era? ¿Qué quería?

Sabía lo que quería: atrapar al asesino de Rantzell y traerse a su hijo adoptivo. Le parecía un equilibrio. Un proyecto que resolver fuera del hogar. Uno que resolver en el hogar. ¿Pero quién era él? Durante el día, un ciudadano honorable. Por las noches pertenecía a los bajos fondos. Como el enemigo. ¿Quizá él era el enemigo?

Pensó en las respuestas atolondradas de Carlsson. Luego pensó en Christer Pettersson, al que casi condenan por el asesinato de Palme. No se trataba de si había conexiones. Se trataba de lo fuertes que fueran. Qué pena que no pudiera preguntarle al propio Pettersson. El tipo había muerto hacía unos años por una hemorragia cerebral, aparentemente por causas naturales.

Thomas había hecho una mezcla entre aquello que sabían del asesinato todos los que tenían más de treinta años en Suecia y sus conocimientos específicos del cuerpo. Además había leído mucho últimamente.

La imagen apareció. La del hombre más perseguido de Suecia: Christer P. La mayor investigación por asesinato de la historia, el trauma nacional: el asesinato de un primer ministro, sin resolver. Una herida sin curar en la conciencia sueca. Un misterio desagradable, desgarrador para todos los que tenían unos orígenes como los de Thomas: suecos normales de clase media que, sin embargo, sabían dónde estaban sus raíces. A quién tenían que darle las gracias por encontrarse donde estaban en la actualidad.

A Olof Palme le habían disparado en plena calle una noche hace más de veinte años. Thomas no estaba tan interesado en política como su padre, pero según él: Palme, el político sueco más grande de la historia desde un punto de vista internacional. Un hombre de honor, un amigo de los suecos de a pie. Ejecutado con un tiro limpio por la espalda. Tenía que reconocer que el disparo estuvo muy bien.

Tres años más tarde, el tribunal condenó a Christer Pettersson a cadena perpetua por el asesinato. El tipo fue identificado por Lisbet Palme en un reconocimiento organizado por los investigadores. Además, se afirmaba que otros testigos lo habían visto en la escena del crimen y que cojeaba igual que el autor. Él: un borracho agresivo hecho un guiñapo. Quizá todo un terrorista. Pero era el asesinato del primer ministro. No se podían evaluar los indicios y las identificaciones poco claras de cualquier manera; el tribunal absolvió a Pettersson. No se había establecido su culpabilidad más allá de una duda razonable, fue lo que se dijo.

Claes Rantzell, antes Claes Cederholm, apareció como uno de los testigos clave en la apelación del fiscal general al tribunal superior unos años más tarde. El poder estatal verdaderamente quería que Pettersson fuera condenado.

Claes Rantzell: traficante, prestanombres; al final, él mismo destrozado por el abuso de pastillas y alcohol. Dijo que en el otoño de 1985, unos meses antes del asesinato, le había dejado a Pettersson un revólver Magnum de la marca Smith & Wesson, calibre 357. Rantzell dijo que nunca recuperó el revólver. Además, Pettersson había estado en casa de Rantzell, que vivía en las cercanías del lugar del crimen, la misma noche del asesinato. Rantzell fue el testigo más interrogado de toda la investigación, aunque sus recuerdos fueron variando: el suministrador del Magnum, el de la munición, los soplones. Una acusación clara a Pettersson.

Pero el tribunal superior no admitió el caso. La apelación no prosperó. No hubo nuevo juicio de Pettersson. Tampoco esta vez una condena para la leyenda de Sollentuna. Pero a ojos de la mayoría, él era el culpable. La identificación mal procesada de Lisbet Palme junto con las afirmaciones de Claes Rantzell sobre el revólver Magnum, lo señalaban. La lógica de pueblo sueco era sencilla: de alguna manera, Lisbet reconoció a Pettersson, él había estado en las cercanías del lugar y tenía acceso a un revólver del mismo tipo que el arma homicida. Además: era un alcohólico agresivo hecho un guiñapo, esto simplificaba todo el asunto, en cierto modo.

Y a Rantzell lo habían asesinado. Eso no era necesariamente extraño; los hombres como Rantzell morían o bien de cirrosis u otras enfermedades que afectaban a la gente que llevaba una vida espantosa; o bien de manera violenta.

Pero en este caso: alguien estaba intentando ocultar las pistas de una manera muy refinada.

Se pasaba por mucho de lo que él se había imaginado antes de saber quién era Rantzell.

Era tan enorme que daba vértigo.

Ambas pistas crecían lentamente. Adamsson en el pasado. Rantzell en la actualidad.

Tras el interrogatorio medio fallido con el enfermo de alzheimer, Leif Carlsson, necesitaba hablar con alguien más. Había pensado en llamar a Hägerström. Pero no, aún no.

¿A cuáles de los otros miembros de la tropa, la unidad de la que formaba parte Adamsson, podría sacarles algo? Malmström estaba muerto. Adamsson era el enemigo. Con Carlsson ya había hablado. Quedaban: Torbjörn Jägerström, Roger Wallén, Jan Nilsson, los tres aún policías en activo, y Carl Johansson y Alf Winge, uno estaba jubilado, el otro dirigía una empresa de seguridad privada. Además debería investigar más sobre el tal Sven Bolinder.

Thomas decidió empezar con Alf Winge: el tipo parecía llevar una vida tranquila sin muchos esfuerzos. Lo que resultó determinante: Winge ya no era policía y Runeby lo había mencionado como uno de los que asistían a las reuniones de Gamla Stan. Un iniciado.

A las cinco y media, Alf Winge salió por el portón de Sturegatan, 32. Los árboles del parque Humlegården estaban empezando a amarillear. En el tercer piso estaba la compañía de seguridad privada de Alf Winge, WIP: Winge International Protection AB. Thomas había mirado la página web. WIP mostraba sus servicios abiertamente: trabajos de protección y vigilancia especiales, un complemento al resto de la oferta del mercado. El sector había crecido como una bola de nieve a partir del 11-S.

Alf Winge tenía aproximadamente cincuenta años. Aún con unos movimientos al andar que mostraban fuerza. Estilo policial:

dignidad, postura recta, la mirada fija en un punto más alejado de la calle. Tenía la cabeza afeitada, arrugas marcadas en las mejillas, ojos azul claro, zapatos negros resistentes, el manos libres bluetooth aún colocado en la oreja aunque no lo estuviera utilizando en ese momento.

Thomas lo vio meterse en el coche, un Aston Martin, verdadera sensación deportiva. Evidentemente a WIP le iba bien. Thomas arrancó su propio coche. El carrazo de Winge avanzaba por Sturegatan. Thomas lo seguía. Sabía dónde vivía Winge. Sabía el camino que solía tomar Winge para ir a casa. Sabía en qué punto del camino iba a parar a ese viejo oficial antidisturbios.

Cinco minutos más tarde: Bromma, una población de la periferia de lujo en donde no demasiados policías podían permitirse vivir; salvo los que abandonaban la profesión y apostaban por el sector privado. Calle Kiselgränd: ahí había una guardería rodeada de un bosque poco espeso. Ahora, desierta, después de las seis, cuando ya estaba cerrada. El único movimiento era el de los coches que pasaban camino a casa.

Thomas no notaba que Winge reaccionara porque lo siguiera. O sí se había dado cuenta, pero no hacía nada. Quizá fuera un verdadero tipo duro.

Thomas aceleró. Se puso a la altura del supercoche de Winge. Había tomado prestada una luz de sirena de la unidad de tráfico. La puso ante al parabrisas. La encendió. Vio que Alf Winge giraba la cabeza. Comprendió que un coche camuflado de la policía estaba intentando hacerlo parar.

Winge frenó. Se detuvo en la cuneta. Thomas se metió lentamente. Se detuvo en diagonal delante del Aston Martin. Casi sorprendido de que Winge se hubiera detenido tan fácilmente.

Thomas le puso la placa policial a Winge delante de la cara. El tipo no hizo ni un gesto.

—¿Qué quiere?

—¿Me puede enseñar su permiso de conducir?

Winge alargó el brazo, mostró el permiso de conducir. En la foto se le veía joven. Alf Rutger Winge.

—Es sólo un control rutinario. ¿Quiere salir del coche un momentito?

Winge se quedó sentado.

—¿Qué es lo que se supone que he hecho?

—Nada. Sólo un control rutinario. Estamos investigando varias cosas en esta zona. —Añadió algo que pensó que le gustaría a Winge—: Verá, hay que ponerle límites a la escoria. No los queremos aquí, en Bromma.

Winge pareció reflexionarlo un momento. Luego abrió la puerta del coche.

—Está bien —dijo.

Un coche pasó de largo por la calle. Thomas esperó, el tolete en una mano. Luego pasó a la acción. Golpeó a Winge en la corva todo lo fuerte que pudo. El tipo se desplomó, lentamente, hasta arrodillarse. Ni siquiera gritó. Thomas, rápido sobre él. Le cerró una de las esposas en una muñeca. Winge se volteó, intentó devolver el golpe. Thomas, más rápido, lo pulverizó con *spray* de pimienta. Al menos ya chillaba. Thomas actuó como si estuviera en trance: la segunda muñeca en la esposa y a la espalda, soltó el *spray*, sacó su pistola, la presionó contra el costado de Winge; con voz clara:

—Levántate.

Winge se levantó. Debía de pensar que Thomas era algún tipo de pirata de la carretera que se había conseguido una placa de policía. Thomas lo metió a su coche. Lágrimas en los ojos enrojecidos de Winge: parpadeó, parpadeó, parpadeó.

Arrancó el coche, fijó las manos aprisionadas de Winge a la manija de la puerta con un par más de esposas. Atravesó el patio vacío de la guardería. Se apartó de la calle. Se apartó de la vista. Libre para empezar el interrogatorio.

Winge se había recuperado.

—¿Quién mierda te crees que eres?

Thomas, impasible.

—Cierra la boca.

—¿Sabes quién soy?

—No sé quién diablos seas.

—No llevo dinero encima y el coche se rastrea en cinco minutos, tiene GPS incorporado. ¿Qué quieres?

—Que cierres la boca, he dicho. Aquí soy yo el que hace las preguntas.

Winge se quedó inmóvil. ¿Había reconocido la frase de interrogatorios más repetida de la policía? «Aquí soy yo el que hace las preguntas.»

Dijo:

—¿Eres policía?

—¿No has oído lo que dije? Yo hago las preguntas.

Aún caían lágrimas de los ojos del tipo.

—Alf Rutger Winge, esto no tiene que ver ni con tu dinero ni con tu coche. Esto tiene que ver con la tropa, con las reuniones de Gamla Stan y con Bolinder. Ya sabemos la mayor parte, pero quiero respuesta a unas preguntas.

—No sé de qué hablas. La tropa, eso fue hace mucho.

—Sí, sí sabes de qué hablo. Tan sólo contesta las preguntas. ¿Formabas parte del grupo de Adamsson?

—Ya he dicho que no tengo ni idea de qué hablas.

—Repito. ¿Formabas parte del grupo de Adamsson?

Winge no apartaba la mirada. Pero no dijo nada.

—Sólo lo repetiré una vez más, ¿Formabas parte del grupo de Adamsson?

Nada.

Thomas sabía que lo que pensaba hacer era la apuesta más arriesgada que había hecho. Una cosa era golpear borrachos, drogos y chusma inmigrante. Otra cosa era ir en ese plan con un ex policía que conocía sus derechos mejor que un puto abogado defensor. Sin embargo, era todo o nada.

Se puso unos guantes. Golpeó a Winge en la parte superior de la nariz. Se rompió. Se esparcieron por el interior del parabrisas manchas de sangre. Mierda; Thomas iba a tener que limpiar a fondo. Golpeó a Winge en una oreja. Luego en la frente, la mandíbula, la oreja otra vez. La cara de Alf Winge hecha trizas.

—¿Formabas parte del grupo de Adamsson?

—Olvídalo. —Arrogancia mezclada con espuma sanguinolenta.

Thomas volvió a darle en la nariz.

—¿Formabas parte del grupo de Adamsson?

Silencio.

La cabeza de Winge, colgando. Le caían en las rodillas saliva, sangre, flemas, mucosidad.

Thomas: se sentía como en la calle. Tensión. Adrenalina, olor a sangre, sudor. La combinación era mejor que el alcohol con Rohypnol. Alf Winge no iba a arruinar esto. Tenía que contestar.

—Por última vez: ¿formabas parte del grupo de Adamsson?

Sin respuesta.

Thomas lo golpeó por tercera vez en la nariz. Eso nunca iba a curarse bien.

Winge lanzó un quejido. Levantó la cabeza lentamente. Miró a Thomas directamente a los ojos. Thomas intentó leer su mirada. Estaba totalmente en blanco, vacía. Quizá nunca había habido nada allí.

Dijo:

—No sabes lo que estás haciendo.

Tras lo acontecido con Alf Winge, Thomas se lo tomó con calma los días siguientes. Esperó a ver qué sucedía.

Había soltado a Winge. No fue posible ir más lejos. Si le pegaba más, había riesgo de causar lesiones serias, y ese riesgo no lo podía correr. Puta madre.

Pero había otras pistas que desenredar. Thomas había empezado a revisar las bolsas que había tomado del departamento de Rantzell, nada más de encontrárselas. De eso hacía aproximadamente ocho semanas. Lo suyo no era leer documentos y actas, pero se esforzaba. Le resultaba insalvable: acuerdos, actas, documentos del registro, hojas de autónomos, declaraciones, verificaciones, resguardos, notas bancarias, extractos de cuentas, papeles. Tanta información que no entendía. Y tan difícil saber qué podía ser relevante.

Las noches con los yugoslavos y los días en la mierda de la unidad de tráfico. Se sentía todo el tiempo como si tuviera *jet lag*. Una noche, trabajando hasta las cinco. Al día siguiente, tomando café y hablando de coches ecológicos con los policías de tráfico por la tarde. No le daba tiempo de revisar los documentos. Sin embargo: después de unas semanas empezó a hacerse una especie de idea. Era evidente en lo que había estado metido Rantzell últimamente. Prestanombres en dieciocho empresas durante los últimos siete años. Thomas pensó en el viejo chiste policial referido a John Ballénius: «Sólo hay un prestanombres que puede competir con él y es Thomas Ravelli».[89] En aproximadamente la mitad de las compañías en las que Rantzell era administrador, Ballénius era su sustituto y viceversa. En algunas empresas aparecían también otros tipos. Thomas tomó notas para comprobarlos.

No veía ningún patrón especial en las empresas con las que estaban relacionados esos tipos, salvo que muchas pertenecían al sector de la construcción, pero siempre era así. Täbys Skorsten & Plåt AB, Frenells VVS AB, Gula Böjen Bygg AB, Roaming GI AB, Skogsbacken AB, Aktiebolaget Stockholm Leveranasakut AB, Dolphin Leasing AB, etcétera. Once de las empresas habían quebrado. Tres de las empresas estaban en litigio con Hacienda. Siete de las empresas habían emitido facturas a velocidad de metralleta,

---

[89] Portero de la selección sueca de futbol de 1981 a 1997. Juego de palabras, ya que en sueco la palabra para «prestanombres» y «guardameta» es la misma.

seguro que era fraude con facturas. Dos de las empresas tenían consejos de dirección en orden con gente que parecía serlo también de otras empresas serias. Cinco compañías usaban el mismo interventor. Una empresa vendía películas porno.

No sabía lo suficiente sobre esto. ¿Dónde iba a empezar a buscar?

Al final puso esa mierda en orden cronológico. Pensó: voy a empezar con lo más reciente. Quizá ahí encuentre a alguien que haya conocido a Rantzell en vida y cuanto más me acerque a la agresión, más cerca debería estar del asesino.

El documento más reciente era un contrato de compra entre la empresa Dolphin Leasing AB y un concesionario de coches. Un Bentley. Parecía que Rantzell lo había firmado el día antes de morir.

El concesionario de Bentley estaba en Strandvägen. La parte luminosa de Estocolmo, la típica dirección de la clase alta. Thomas pensó en el desprecio exagerado de su padre.

Fue allí a principios de noviembre. Hacía más calor en la ciudad que de costumbre. A Thomas no le interesaba normalmente el rollo medioambiental, pero en ese día pensó de verdad en el tiempo. Veranos calurosos con mucha lluvia y presas que reventaban en la zona de Jönköping, inviernos raros con demasiada nieve y carámbanos que se formaban durante la época de deshielo y les caían a unos pobres que iban andando cívicamente por las aceras. A veces era como si todo se estuviera resquebrajando. Los payasos de los políticos intentaban dirigir la ciudad, el clima, su vida.

Entró.

Los focos se reflejaban en los seis coches que había expuestos. Ése no era un concesionario habitual para suequitos medios. Por el contrario: pequeño, exclusivo, extremadamente caro.

Tras el mostrador había un bobo que intentaba parecer ocupado. Peinado hacia atrás, cabello medio largo, chaqueta, los botones superiores de la camisa desabrochados como un marica.

Thomas se preguntó: ¿no deberían trabajar con estos coches tan potentes hombres de verdad?

En el local había dos visitantes más. Esperó hasta que hubieron salido. Mostró al dependiente la placa de policía.

—Hola, soy de la policía. ¿Puedo hacerte unas preguntas?

Thomas no quiso deliberadamente decir su nombre.

El chico pareció sorprenderse. No veía a policías en su tienda con frecuencia; el salario de un policía honrado multiplicado por diez ni siquiera alcanzaba para un coche de los que vendía allí.

Entraron en un pequeño despacho, tras el mostrador. Escritorio de roble, computadora y una pluma en un soporte de mármol. Muy elegante.

Thomas sacó el contrato de compra del Bentley.

—¿Eres tú el que firmó esto? ¿Eres Niklas Creutz?

El chico asintió.

—Pero no recuerdo ese contrato.

Thomas lo observó. ¿Cuántos coches al mes podrían venderse en esa tienda? ¿Cinco, seis? Quizá menos. Cada coche vendido debería ser un buen negocio. Cada coche vendido debería darle una considerable comisión a ese idiota. Debería acordarse.

—¿Estás seguro? ¿Cuántos coches de este modelo has vendido este año?

El chico cerró los ojos. Intentó parecer pensar. ¿Pero por qué necesitaba pensar? Debería poder comprobarlo en alguna lista o algo así.

—Cuatro, creo —dijo tras un rato.

Thomas volvió a preguntar.

—¿Estás totalmente seguro de que no te acuerdas? Es muy importante.

—¿Puedo preguntar de qué se trata?

—Claro que se puede preguntar. Pero no se obtienen respuestas.

—Ya.

—Voy a preguntarlo por última vez, para que tengas un poco de tiempo para pensar. ¿Recuerdas a la persona que compró este coche?

El chico negó con la cabeza.

Thomas pensó: este imbécil miente muy mal.

***

Hola chicos:

Me llamo Juliana. Soy una chica sexy, guapa, divertida.
Tengo 21 años, 1.60 de altura y 52 kilos. Parezco más joven.
Visito Estocolmo unas semanas y busco hombres generosos por placer. Mi cuerpo firme quiere hacerte feliz.

Media hora conmigo 1.000 coronas más taxi.
Una hora conmigo 1.500 coronas más taxi.

Hago sexo normal en todas las posturas que te gustan. Te doy placer con mi cuerpo, mano y conchita apretada. Puedes venirte todas las veces que quieras :)
Todo con condón para seguridad mía y tuya. No hago anal.
Si quieres venirte en las tetas, cuesta 500 coronas más.

Me localizas fácil por teléfono. No contesto a números ocultos o SMS. Tengo un amigo que me cuida.

***

Capítulo
46

Mahmud: gestor de putas, guarura de prostitutas, chofer de escorts. Llevaba dos semanas pasando más de la mitad de su tiempo en el trailer park. La mayor parte del día se quedaba en uno de los campers. Ventanas que daban al resto del parque. En total, veinticuatro campers de color blanco sucio. Ocho pertenecían a Dejan y su gente. En otras cuatro había tipejos *white trash* medio idos, como en el rap más pegajoso de Eminem. El resto de los carros: vacíos a la espera del verano.

Mierda, qué cosa. Escuchaba el iPod: Akon, Snoop y luego la música de casa: Majida El Roumi, Elissa, Nancy Ajram. Hojeaba revistas porno, revistas de motos. Mandaba SMS a Robban, a Tom, a Javier y a su hermana. Lloriqueaba. Estaba de mal humor. Trataba de matar el tiempo. Casi deseaba que alguna de las chicas saliera corriendo por el campo. Intentando largarse. Para que hubiera un poco de caza. Un poco de acción.

Pero nada. Estaban tranquilas. De vez en cuando entraba algún coche en la zona. Normalmente Dejan solía avisar por teléfono antes. A veces entraba el tipo directamente al camper. A veces salía la chica. Entraba en el coche. Mahmud podía ver la expresión de su rostro incluso de lejos —la estampa de tráfico de esclavos grabada en la cara—. Unas horas más tarde volvían. O si no, se escuchaba un silbido —la señal de que todo iba bien.

Same, same but different[90] de alguna manera.

Mahmud era el encargado de llevarlas. Natascha, Juliana y las otras. Chicas flacas. Pálidas, demacradas, cansadas. Se maquillaban lo mejor que podían. Algunas tal vez hubieran sido guapas. Había direcciones por toda la ciudad —sobre todo en la periferia, pero a veces en los barrios bien del City—. Algunas veces las llevaba de cuatro en cuatro. Las dejaba en la misma dirección. Cuando volvían, estaban mejor maquilladas, arregladitas. Mahmud sacaba sus propias conclusiones: alguien intentaba darles un poco de clase y estilo.

Mahmud nunca charlaba con las putas. Él mismo no sabía por qué. Sólo sentía: No aguantaría escuchar lo que me van a contar. Tal vez daba igual. Hablaban peor sueco que su propio padre.

Dejan salía a veces. Organizaba lo práctico: reservaba las habitaciones y los transportes de las chicas. Administraba los anuncios de internet. Todas las fulanas estaban en la red. Llamaba a los clientes: informaba de precios y servicios. El tipo olía a mierda. Mahmud había conocido olores de todo tipo en el tanque. Ahí dentro a veces estabas demasiado cerca de la gente con la que andabas, muchos tipos no se lavaban como debían. Los peores eran los que se saltaban el baño, pero que seguían echándose desodorante sobre el sudor todos los días. Dejan: como uno de ellos. Un empalagoso olor a perfume, arruinado por el sudor y la roña.

Todos los días hacia las seis-siete relevaban a Mahmud. Bajaba a la ciudad. Manejaba su auténtico *business*. ¿Por qué los yugoslavos le hacían esto? En realidad conocía la respuesta. Querían demostrar que en su organización no había sitio para los trepadores. Empiezas abajo y si eres bueno, podrás subir trabajando. Si a él ni siquiera le interesaba.

Todo era una mierda.

---

[90] En inglés «Lo mismo, lo mismo, pero diferente».

Hoy llegó un tipo con pinta de ratón para relevarlo. Los dientes de la mandíbula inferior pequeños y amarillos y una forma de andar saltarina. Mahmud no quiso ni preguntarle su nombre. Le parecía lo mejor. Acababa de meterse una megarraya de noventa por ciento. Sólo quería largarse. El tipo echó un vistazo a la revista porno que estaba abierta. En primer plano, una verga bestial en un anal. Mahmud cerró la revista. Avergonzado. El tipo dijo en ridículo sueco:

—¿Por qué lees esas cosas?

A Mahmud no le interesaba discutir. Sólo quería sentarse en el coche y disfrutar del pasón de la coca. Contrajo los músculos del cuello.

—¿Tienes algún problema con ello o qué?

—En los campers lo tienes en vivo.

Mahmud se puso la cazadora. Abrió la puerta.

—A ver, amigo, a mí me gustan las chicas que lo hacen porque quieren. ¿Has conocido a una de ésas alguna vez?

El tipo le devolvió la mirada desafiante. Mahmud cerró la puerta de golpe.

Afuera nevaba. Un poco pronto, ¿no? Si el otro día había hecho bastante calor. Veintiuno de noviembre. Blanco sobre negro: la guerra de las hormigas.[91] Crepitante, parpadeante. Como en su cabeza.

Se sintió algo mejor cuando se metió en el Mercedes. Largándose de la mierda. Pensó en el policía que lo había contactado hacía unas semanas. Tenía que ir con más cuidado. Los cerdos podían estar vigilando ahora, por ejemplo. Paró el coche al lado de la cuneta. Nadie detrás. Un coche pasó en sentido contrario. No debería haber problemas.

Aun así: sacó el celular. Le quitó la batería. Sacó la tarjeta SIM. Bajó la ventanilla. La tiró con un golpe de uñas. Como uno de los copos de nieve.

---

[91] La expresión se refiere a la pantalla del televisor análogo sin señal. Se utiliza aquí como metáfora para referirse al tiempo.

Camino a la ciudad, pensó en Babak. Bueno, Mahmud se había equivocado. Nunca pudo haber pensado que los yugoslavos fueran a tronar a ese Wisam. Pero Babak se había pasado. A pesar de ello: Mahmud quería llamarlo. Charlar un rato. Enderezar el asunto. Volver a lo de antes. *Homies.*[92] Hermanos de sangre.

Pasó Axelsberg por la autopista. Pensaba en su hermana. En su ex vecino loco. Ese Niklas. ¿Qué le pasaba? Una semana después de la visita de su hermana y él, sonó el teléfono de Mahmud. Número desconocido. Podría ser cualquier cliente, dealer, yugoslavo idiota. Pero era Niklas. Raro. Mahmud estaba asustado. Pensaba que le había pasado algo a Jamila. Pero nada, el amigo Niklas sólo quería hablar. Quizá se vieran. Durante la conversación, densa todo el rato, el tipo sacaba el tema de las mujeres maltratadas, los padrotes que debían ser ejecutados y, como decía, la «corrupción en Suecia». A Mahmud no le molestaba la forma de hablar. Estaba agradecido de que Niklas le diera una paliza al ex novio de su hermana. ¿Pero a qué venía todo ese rollo de padrotes, la decadencia de la sociedad y la invasión de ratas en la periferia?

Al día siguiente: en la caravana de nuevo. El tiempo había mejorado. Ragheb Alama sonando bajo en los audífonos. Dejan llamó a media mañana. Hablaba de una entrega pesada. Ratko también había llamado. Excitado. Exaltado. «Mahmud. Ahora al perico más que nunca. ¿Entiendes? Llega una entrega gorda.» A Mahmud le parecía que estaban dando un poco el gatazo. Repitiendo la misma palabra: entrega gorda. ENTREGA GORDA.

Por la tarde, llegó una camioneta. Una mujer junto a Dejan. Abrigo de visón. Tenía tal pinta de rusa que hasta resultaba divertido verla. No parlaba sueco. Dejan intentó hacer de intérprete, presentándola como la maquilladora. «Esta noche llegará una entrega gorda de veras. Todas para la misma dirección.»

---

[92] «Amigos».

A Mahmud se le resbalaba todo el asunto. Por él podían hacerse las fiestas puteriles todo lo cabronas que quisieran. Siempre y cuando él pudiera largarse a su hora.

Unas horas después apareció un Hummer. Un par de tipos bajaron. Mahmud lo vio enseguida a través de las ventanillas sucias del camper; éstos no eran unos yugoslavos o clientes cualesquiera. Eran peces gordos. Incluso reconocía a uno de ellos: Jet-set Carl. El tipo que era dueño de un montón de sitios, que armaba las fiestas más glamurosas, que cobraba la plata más pesada. El tipo que según se decía se había cogido a más zorras de Stureplan de las que Mahmud había visto en toda su vida. Una leyenda. Un rey entre los de la alta. Un pez gordo incluso entre los vikingos. Mahmud se preguntaba qué hacía el tipo allí.

Mahmud apagó la música. Se colocó más cerca de la ventana. Vio cómo las putas tuvieron que entrar en uno de los campers donde estaban Dejan y la maquilladora. Esperó. Las chicas salieron de una en una. Al final: las veinte despachadas. Maquilladas, preparaditas, arregladas para el sexo. Fueron a sus caravanas. El tipo Jet-set estaba fumando con su amigo.

Un tres cuartos beige, pantalones de mezclilla azul oscuro, bufanda colorida. Finos botines de ante. Peinado más repeinado que la piel de un gato. Estaban observando el proceso.

Después de cuarenta minutos, todas las chicas ya estaban listas. El tiempo no pasaba. Mahmud miraba. Espiaba. Dejan fue llamando a la puerta de cada uno de los campers. Las chicas salieron. Minifaldas, tops ajustados, ligueros, botas altas, zapatillas, pañoletas descuidadamente echadas alrededor del cuello. Más enjoyadas de lo habitual. Más glamurosas de lo que Mahmud las había visto antes.

Se pusieron en fila en el frío. Una fila de dieciocho. Como una jodida feria de caballos. El tipo Jet-set y su amigo pasaron revista. Echaron un vistazo a cada una de las chicas. Midiendo con la mirada. Chupando con los ojos. Parloteando, discutiendo, evaluando.

Después de diez minutos. Ésa, ésa y ésa, y así. Jet-set Carl señaló a doce de las chicas. Las elegidas.

Dejan y la rusa las metieron a la camioneta y en otro coche. Jet-set Carl se fumó otro tabaco. El humo se veía perfectamente.

Mahmud pensó: Una entrega grande. Ni sabía adónde iban.

No podía dejar de pensar en ello. Faltaban dos horas para el cambio de turno. Ya no quería volver a poner la música. No quería mandar un SMS a Tom sobre los planes para la noche. Mahmud: no era un tipo al que le importara la prostitución. Puta, si era la profesión más vieja del mundo y todo eso. En su país de origen los padres a menudo se llevaban a los hijos cuando cumplían dieciocho años para echar el primer palo en los barrios más movidos de Bagdad. Era un buen ejercicio, un poco de formación. Los chavales tienen que desahogarse. Aun así: no lo soportaba. A las chicas de los campers se las trataba como objetos. Se anunciaban en internet como si fueran cualquier otra mercancía. En serio, ¿cómo podía la gente ponerse cachonda con chicas que no se ofrecían voluntariamente? Era enfermizo de alguna manera.

Echó un vistazo al estacionamiento. Todo tranquilo. Se preguntaba si las chicas que habían sido elegidas se sentían seguras o desesperadas.

Sonó el celular. Número desconocido. Al principio no pensaba contestar. Luego pensó: Tengo que dejar de pensar en esas cosas. Total, a ver quién es.

Nada más descolgar, notó un *feeling* raro. La sensación de que algo grande iba a suceder. El tono reproducía un mensaje en sus tripas: esta conversación cambiaría su vida.

—Mahmud.

—Qué pasa, Mahmud, soy amigo de tu colega, Javier.

Mahmud no reconocía la voz. Pero estaba al tanto de los acentos. Latino. De hecho sonaba como Javier. Después de tantos años en el cemento de la periferia, Mahmud identificaba los acentos como un puto fonetista. Tenía unos conocimientos del carajo: hasta podía diferenciar las distintas lenguas kurdas. Sorani y kurmandji, *you name it.*[93] El tipo al habla, por ejemplo: las eses más suaves que en otros acentos latinos. Acento chileno de la más pura cepa.

Mahmud contestó:

—Sí. Javier es mi colega. ¿Y qué quieres? —En realidad no se le antojaba hablar con morenillos con ganas de coca. Quería estar en plan *soft*[94] con Robert y los chicos esta noche.

—Quiero verte. Mi nombre es Jorge. No sé si has oído hablar de mí. Estuve metido en Österåker con el novio de tu hermana. ¿Siguen saliendo?

—No.

—Ok. ¿Puedo ser sincero contigo?

—Sí.

—El novio de tu hermana era un puto cabrón.

Mahmud no pudo reprimir la carcajada. ¿Qué tipo era éste?

—En fin. Javier me ha contado lo de tu pequeño *hang-up.*[95] Y me interesa.

—¿Qué *hang-up*? ¿Qué quieres decir? —El nombre, Jorge, a Mahmud le sonaba. Sabía que había oído hablar de este tipo hacía unos años. Y mucho.

—Se te ha ido la lengua. Creo que todo el mundo conoce tus *feelings* hacia Señor R.

—¿Qué quieres?

—Quiero verte *live.*[96] Hablar de todo ese tema. Creo que tenemos un enemigo en común. Ya sabes lo que decimos en mi barrio: el enemigo de mi enemigo es mi amigo.

Mahmud ya recordaba quién era Jorge. Hacía unos años: demasiado parloteo sobre un tipo que venía pisando fuerte y que había revolucionado el negocio de la coca en Estocolmo por completo. Había ayudado a los yugoslavos a llevar el uso de la cocaí-

---

[93] «Lo que sea», en inglés.
[94] «Relajado».
[95] «Problema».
[96] «En persona».

na a la periferia. Había repartido la mierda entre los vikingos, los chiquillos de clase media, los *kids*[97] de los moros. Había convertido la nariz llena de coca en un asunto tan normal como un trago en el bar. Pero luego algo había salido mal. Circulaban rumores: que si los yugoslavos habían ejecutado en masa a los tipos que les habían ayudado a montar el emporio, que los mismos tipos habían intentado bajarle toda la plata a Radovan, que si todo se trataba de luchas internas entre los yugoslavos.

Jorge, el nombre era familiar. Desde luego, Mahmud había escuchado hablar del tipo; era nada menos que el consultor de los traficantes de los yugoslavos. Se preguntaba qué quería ese latino de él.

Jorge siguió parloteando.

—No dices mucho, pero creo que tienes curiosidad por verme. ¿Sabes quién soy? ¿Te dicen algo las bodegas de almacenaje congeladas en Västberga? ¿Abdulkarim? ¿Mrado Slovovic? ¿Sabes quiénes eran esos tipos?

Mahmud se acordaba. Lo sabía. Y admitió en su interior que realmente quería ver a ese latino.

Jorge propuso un lugar. Un día. Una hora. Colgaron. Un pensamiento nítido en su cabeza tras la conversación: esto podía ser una salida.

---

[97] «Hijos, niños».

Capítulo
47

Niklas se despertó en una milésima de segundo. Un chasquido lo despertó. ¿Había alguien en la habitación? Buscó el cuchillo en el suelo al lado de la cama. Escuchó de nuevo.

Tranquilidad.

Silencio.

Oscuridad.

Empuñó el cuchillo en postura de combate. Se deslizó de la cama. Agachado. Veía los contornos borrosos de la habitación. Algo de luz venía de la cocina. Allí no había cortinas.

Chasquidos otra vez. Pero ningún movimiento perceptible en la habitación. Avanzó a lo largo de una de las paredes. Los músculos, en tensión total. Cada paso, un ejercicio de *stealthfight*.[98]

El apartamento sólo tenía una habitación y una cocina. Así que el registro de la habitación fue rápido. Parecía vacía. Al menos, de personas. Pero siempre existía el riesgo de que hubieran entrado. Siempre lo conseguían al final.

Entró en la cocina. Más claridad ahí dentro. La luz de los faroles de la calle entraba por la ventana. La cocina no tenía más de cinco metros cuadrados. Vio enseguida que no había ningún ser humano allí. Pero, ¿y los otros qué? Tenía que buscar con más

---

[98] Término militar en inglés referente a una manera de acercarse sigilosamente al enemigo.

atención: en la despensa vacía, por debajo de la tarja, en las alacenas donde guardaba el cereal y el pan duro. Por debajo de los cartones de pizza, los cartones de yogurth, las bolsas de plástico. No las encontró. El apartamento estaba seguro.

Debía de ser el sueño lo que lo despertó. Más intenso que antes. Primero, la mezquita ahí abajo. Los trozos de cristal de las ventanas y alfombras para rezar rotas. El típico olor iraquí a basura fermentada y tuberías atascadas. Después, un cambio de escena. De vuelta en Suecia, pero veinte años atrás. Mamá empujada contra la pared por Claes. Un cuadro que se caía.

Ella caía. De cabeza. Se quedaba en el suelo. Niklas se agachaba, la tomaba del brazo. Jalaba con fuerza. Gritaba. Aullaba. Pero no salían palabras.

Niklas se vistió. Miraba por entre las persianas. La oscuridad ahí afuera era compacta. Eran las siete y media. El día de hoy iba a ser intenso.

Se tomó un yogurth. Coció dos huevos. Exactamente cuatro minutos. Blandos, pero no demasiado.

Se sentó en la habitación. Inspeccionó la Beretta. Esta noche utilizaría el silenciador. Sacó el cilindro negro que había comprado en Black & White Inn. Lo enroscó y lo desenroscó. Apuntó a la ventana. Sintió el peso del arma en su mano.

Se puso la cazadora. Metió la pistola en el bolsillo interior. La sacó rápidamente a la vez que empujó la corredera. Lo repitió. Rápido. Más rápido. Lo más rápido que podía. Necesitaría disparar de cerca, con balas *hollow point*, para contrarrestar el efecto inhibidor del silenciador.

Pensó en Nina. Era evidente que había algo especial entre ellos. Ella necesitaba su ayuda. Allí, cuando estaba sentado en el coche cerca de su portón, ella había salido. Completamente sola. La primera pregunta de Niklas había sido: ¿Dónde está el bebé? Salió del coche. La miró. Quince metros de distancia. Ella no parecía verlo.

Nina: vestida con abrigo blanco y cinturón negro. Con los cuellos vueltos hacia arriba como un puto agente secreto. Pantalones azules ajustados y botas de cuero negro con tacones bajos. En la cabeza: un gorro rojo de punto mal colocado.

No pudo apartar la mirada. Su presencia lo arrastró como lo habría hecho una tormenta de arena *allá abajo*. Ella caminó hacia él, pero no parecía reconocerlo. Él se dio cuenta luego: no quería saber nada de él. Normal. Sabía que él la había desenmascarado. Había visto en su mirada triste cómo se encontraba. Cómo la trataban. Cómo la humillaban.

Niklas estaba inmóvil. La mirada de Nina, clavada en la nada. Pasos decididos. Una leve sonrisa en los labios.

Faltaban tres metros. Su bolso bailaba al son de sus pasos.

Faltaban dos metros. Él estaba inmóvil. El aliento le salía formando pequeñas nubes de vapor.

Faltaba un metro. Tenía que decir algo, agarrarla. Lo pasó. Una ráfaga de su perfume. Casi lo roza. Casi.

La llamó.

—¡Nina! —Al mismo tiempo pensó: ¿Qué voy a decir ahora?

Nina se dio la vuelta. A un metro. Sorprendida, inquisitiva. Aparentemente no lo reconocía. Aun así, la sonrisa era amable.

—¿No me reconoces? Fui yo el que compró tu coche, el Audi.

La sonrisa de Nina se hizo más amplia.

—Ah, sí. También nos vimos en la gasolinera. —Miró de reojo hacia su coche—. ¿Ya no lo tienes?

Niklas no sabía qué decir. No quería decepcionarla.

—Sí, pero tengo varios coches. —Trató de reír, pero notó cómo la risa se quedaba a medio camino.

Nina no pareció darse cuenta.

—Ya. ¿Vives por aquí?

Otra pregunta que no podía contestar.

—No, estoy de paso, sin más. —Qué respuesta. Sonaba tonto, tonto. «De paso», ¿qué quería decir eso?

—Ya. Me alegro de verte otra vez. Parece que coincidimos cada cierto tiempo, así que supongo que nos veremos de nuevo.

Se dio la vuelta para seguir caminando. Pero Niklas tuvo tiempo para captarla otra vez. Su mirada. La tristeza que le invadía. La sensación de impotencia. Opresión. Humillación parecida a tortura. Tenía que ayudarla. Era tan bella.

—Nina, espera un poco.

Se dio la vuelta otra vez. Esta vez la sonrisa no era tan firme.

—Dime.

—¿A dónde vas?

—¿Por qué preguntas?

—Sólo quería saber.

—Voy al club hípico con una amiga. Hay que aprovechar cuando viene la australiana. Pero me tengo que ir ya. Me está esperando.

—¿Por qué no quedamos de vernos un día? Para hablarlo.

La sonrisa de Nina, aún más insegura. Pero sus ojos: él vio que le pedía ayuda. Que quería tenerlo cerca.

—¿Qué quieres decir?

—Hablar de cómo estás y eso.

—No sé qué quieres decir. No nos conocemos de esa manera, solamente me has comprado un coche. Nada más. Pero me alegro de verte. Nos vemos. —Sus pasos más rápidos. Alejándose de él.

Niklas se quedó mirándola. El culito se movía rítmicamente. Y lo había visto claramente cuando ella decía «Nos vemos», quería verlo otra vez. Contárselo. Hacerla comprender. Ella lo necesitaba. Cómo iba a saber que él ya entendía, perfectamente.

El entrenamiento le hizo sentirse especialmente bien hoy. La cabeza, despejada. La cara de Nina, perfectamente nítida. La acción de esta noche estaba planificada con tanto esmero que hubiera dado envidia hasta a Collin. Todo listo para la segunda ofensiva de la operación Magnum. El único elemento discordante: el puto Benjamin. Pero Niklas tenía claro cómo arreglarlo.

Después de las sentadillas y las abdominales, practicó con el cuchillo.

Más que nada para relajarse. Necesitaba paz interior. Se bañó. Comió. Repasó las grabaciones de las cámaras de vigilancia. Conocía las rutinas de sus hombres elegidos mejor que ellos mismos.

A las dos hizo la llamada que llevaba unos días planificando. A Mahmud, el hermano de Jamila. Esperaba que funcionara.

Niklas bajó al coche. Fue a Alby. Mahmud ya estaría en casa.

De vuelta en casa. Una hora después del encuentro con Mahmud. Niklas estaba contento. La conversación había ido bien. Mahmud no era un guerrero de su calibre, pero el árabe valía. Y lo mejor: le debía un favor a Niklas. Lo que Mahmud le había prometido hacer solucionaba problemas. Es verdad que debilitaría aún más su situación económica, pero el asunto no tenía otro remedio. Uno no podía estar pendiente de tantos riesgos a la vez.

Metió los cacharros de siempre en la maleta. Los binoculares, el equipo para escuchar, película y tarjetas de memoria para las cámaras de vigilancia, la computadora, el cuchillo, los guantes. Además: la Beretta y el silenciador.

Se tomó dos pastillas de Nitrazepam. Se sentó en el sofá. Encendió la tele y el reproductor de DVD. Los taxistas discutiendo en la cafetería de madrugada. Travis con el torso desnudo. Probando su Magnum. Luego: la niña puta, Jodie Foster, conociendo a Travis.

Niklas se acordó de la persona que había conocido hacía unos días. Espiando a Roger Jonsson una noche. Siguiéndolo en coche hasta el centro de Fruängen. Se estacionó delante de la estación de autobuses. Niklas vio al tipo pasar la estación de metro. Él también salió de su coche. Se mantuvo a veinte metros tras él.

Roger: con un andar inclinado hacia delante, como si estuviera continuamente tratando de agarrar algo.

Niklas había sopesado distintas alternativas. Todavía no había llegado la hora de la ofensiva, pero si fuera necesario, no tendría inconveniente en adelantar lo que de todos modos no tardaría en sucederle a Roger Jonsson. Era tarde, apenas había gente en la calle aparte de un grupo de adolescentes medio borrachos que pasaban el rato tras las puertas de cristal de la estación. Probablemente, para no pasar frío mientras esperaban acontecimientos.

El cabrón de Roger siguió caminando un poco más. Entró en la pizzería de Fruängen. Niklas se detuvo. Bajo ningún concepto quería levantar sospechas. Dentro de la pizzería: penumbra. Pasaba algo raro. Tuvo una idea. Volvió corriendo al coche. Buscó entre las cosas de la maleta. Sacó el equipo. Volvió corriendo. Se acercó a la pizzería con precaución. Avanzó sigilosamente, pegado a una de las paredes. Justo cuando llegaba a la ventana, se agachó. Fingió atarse los cordones de los tenis. En realidad: fijó con cinta adhesiva un pequeño micrófono en las juntas que unían la ventana con el cemento.

No sabía si iba a funcionar. En realidad el micrófono que había colocado era para ser usado dentro de la estancia donde se encontrara el objeto de vigilancia. La pregunta era cuánto iba a oír ahora. Pero tal vez tendría un poco de suerte.

Diez minutos más tarde: otros dos hombres entraron en la pizzería. Niklas, a una distancia prudente. Sentado en un banco. Botella en mano. Fingiendo estar bebiendo.

El audífono metido en la oreja. El resto del equipo cabía en el bolsillo de su cazadora. Hacía frío. Ya tenía frío.

Hasta el momento no había oído nada desde el interior del local, pero ahora comenzaron. Primero, dos hombres que hablaban otro idioma. Sonaba a serbio. Luego hicieron un *switch*[99] al sueco. Más hombres. El auricular crepitaba con un ruido sordo, como si estuviera escuchando a través de una almohada. Algunas palabras se perdían, a veces frases enteras. Pero captó el contexto: estaban esperando. Con ansia. Deseosos. En breve habría espectáculo. De mujeres.

---

[99] «Cambio».

Pasaron unos minutos. Los temas de conversación parecían agotarse.

Los hombres de la pizzería estaban callados. A veces los serbioparlantes intercambiaban alguno que otro comentario.

Por un momento, Niklas pensó en asaltar el local. Ahorrarles un poco de sufrimiento a los cabrones de ahí dentro. Pero uno contra cinco podría ser difícil.

Tuvo que descartar la idea.

Luego se oyó una nueva voz bronca. Primero, en serbio. Después, en sueco con fuerte acento. Entendió las palabras necesarias para comprender.

La voz bronca dijo:

—Son seis cosas bonitas. Muy bonitas.

—¿Alguna está arreglada como a mí me gusta?

—Por supuesto. Siempre cumplo mi palabra.

Luego siguió una conversación que no pudo captar bien. Pero captó cómo terminó:

—Son sus propias esclavas blancas.

El hombre del acento continuó.

—Las tenemos aquí en la trastienda. Como siempre. Señores. Elijan a su gusto.

Las voces desaparecieron.

Niklas se quedó unos minutos. Su cabeza era un hervidero. ¿Quizá la probabilidad de matar a aquellos cerdos había aumentado ahora que evidentemente tenían la atención puesta en otra cosa? ¿Tal vez fuera suficente con quebrarse a dos o tres y largarse? Pero no, no era el momento. Necesitaba planificar.

O habían metido a las mujeres por una puerta trasera o ya estaban allí mucho antes de que llegara Roger. Miró a su alrededor. La calle estaba vacía. Los faroles iluminaban pequeñas islas de asfalto. Se acercó a la pizzería de nuevo. No había nadie dentro. Quitó el micrófono oculto. Trató de dar la vuelta al edificio. Estaba unido al edificio comercial.

Parecía haber oficinas en la planta de arriba. En la planta baja había restaurantes, peluquerías, una zapatería, una sucursal bancaria. Tuvo que ir hacia el otro lado. El edificio terminaba sesenta metros más adelante. En la parte de atrás había puertas metálicas, muelles de carga, puertas de garage. Ahora sólo tenía que averiguar qué puerta pertenecía a la pizzería.

Esperó. Un hombre y una mujer salieron por la puerta que Niklas había considerado la más probable. No era Roger. Era mucho más moreno, tal vez indio o paquistaní. Vestía una chamarra de cuero marrón y amplios pantalones de mezclilla. Casi parecía un indigente. Demacrado, pelo sucio y enmarañado, sin afeitar. La chica parecía joven. Llevaba ropa demasiado fina, se encogió nada más de salir. Él la rodeaba con su brazo. Niklas pensó: Como si fueran una pareja de verdad. Mentira.

Caminaron hacia unos coches estacionados. Niklas se decidió: no valía la pena esperar a Roger. Iba a enterarse de más cosas sobre este mismo tipo. Ahora.

Volvió corriendo al coche de nuevo. Jadeaba tanto que le dolían los pulmones. No podía perderlos de vista. Los pantalones se ceñían sobre las rodillas, los tenis resultaban pesados en comparación con su equipo de *jogging*. Le daba igual todo. Aumentó el ritmo. Se metió en el coche.

Arrancó derrapando, fue hasta donde los había visto. Llegó justo a tiempo para ver cómo un Volvo amarillo se alejaba. Vislumbró el pelo rizado del padrote en el asiento del conductor. Siguió el coche. Hacia el sur. Por la autopista.

Paró en Masmo. El hombre agarraba a la chica de nuevo. Entraron en el portón. De la misma manera tranquila, confiada. Como si él fuera su dueño. Como si estuviera seguro de que su comportamiento permanecería sin castigo.

Dos horas más tarde, salió la chica sola. Hizo una llamada con el celular. Se apoyó en la fachada de la casa. Encendió un cigarrillo. Niklas casi pudo sentir el olor a humo a pesar de estar en el coche. Ella se sentó en una valla baja. Se inclinó hacia delante.

Se abrazó las piernas. La cabeza agachada. Debía de estar muerta de frío. En cuerpo y alma.

Niklas salió del coche. Quería preguntar si podía llevarla a algún sitio. Ofrecerle un refugio. Sacarla de la guerra. La mierda. La suciedad.

LA SUCIEDAD.

Se acercó a ella. La chica no parecía oírlo. Arrastró los pies por el asfalto intencionadamente. No hubo reacción. Se puso delante de ella, tocándole el hombro con un dedo.

Ella levantó la mirada. Tenía una cara alargada, cabello castaño peinado hacia atrás y recogido en una cola de caballo, ojos de color marrón claro que brillaban a la luz del farol. Su mirada: llena de vergüenza. Y de incomprensión al mismo tiempo.

Niklas le estrechó la mano.

—Yo me llamo Niklas.

Ella meneó la cabeza. Dijo en mal sueco:

—No entiendo el sueco muy bien.

Niklas lo dijo en inglés. La chica seguía con cara de sorpresa.

—*What do you want?*

Hacía tiempo que no hablaba inglés. Pero aún lo hablaba bien.

—He venido para sacarte de aquí.

La chica se levantó. Él vio todo su cuerpo de cerca por primera vez. Una falda corta y medias ceñidas de color carne. Piernas largas. Una chamarra de cuero cuya cremallera no parecía cerrar. Por debajo vislumbró unos pechos voluminosos. Estaba callada. Parecía estudiarlo con la misma atención con la que él la observaba a ella. Niklas estaba avergonzado: acababa de mirarla como si fuera un trozo de carne. Tal y como decía en todos aquellos libros feministas que había leído.

Al final, ella preguntó:

—¿Qué quieres decir?

—Te voy a sacar de aquí. No tienes por qué hacer lo que haces. Y los voy a castigar.

—Puedes sacarme de aquí. Pero cuesta dinero. Mil quinientas coronas la hora.

—No, no. No me entiendes. No quiero comprarte. Al revés, quiero que dejes esto. Que seas libre. Y voy a castigar a los que piensan que puedes ser vendida. Lo juro.

Un Opel de color azul oscuro se detuvo en la calle. La chica lo miró. Luego miró a Niklas de nuevo.

—Tengo que irme ya.

—No te vayas, ven conmigo.

—No, yo ir.

Niklas miró de reojo al Opel. Un hombre estaba en el asiento del conductor. Los estaba observando.

Niklas dijo:

—A él también le voy a castigar.

La chica empezó a caminar hacia el coche. Justo antes de entrar, volteó.

—Nunca puedes castigar a todos.

Por fin había llegado la hora. Agachado como en la guerra. Acercándose a la parte trasera del chalet de Roger Jonsson. Porque ya lo sabía: hoy era el día en que la novia del cerdo, Patricia Jacobs, estaba en una conferencia. Y sabía algo más: ese cabrón de mierda seguía los partidos de hockey de la Elitserien[100] igual que un perro bien adiestrado sigue a su dueña. Esta noche a las siete: Färjestad *versus* Linköping. Partidazo equivalente a un imán de audiencia.

Pensaba en lo último que la prostituta había dicho. Esta noche se lo demostraría. Roger Jonsson, el comprador de putas, el cabrón putañero, el maltratador de mujeres. Recibiría un castigo tan duro que desearía no haber nacido nunca.

Niklas llevaba ropa oscura y ligera que en realidad estaba pensada para correr en invierno: mallas gruesas y ajustadas y un

---

[100] Primera división del hockey en Suecia.

rompevientos fino de goretex. En la cabeza: un pasamontañas de fabricación propia, un gorro con agujeros para los ojos y la boca. Le cubriría el rostro cuando llegara el momento. Una pequeña mochila firmemente sujeta a la espalda. La Beretta, en su funda.

Delante de él: un poco de césped, una terraza con una escalera, puertas balconeras que daban a la terraza. Le costó cinco pasos llegar. El televisor estaba en una habitación con ventanas hacia la calle del otro lado, así que no había peligro de que Roger lo descubriera. Además: el partido estaba en medio del segundo periodo. Ni siquiera había peligro de que el tipo se levantara a orinar.

Abrió la puerta balconera con una ganzúa. Ya lo había hecho en otras dos ocasiones, mientras la pareja estaba en el trabajo.

De fondo se oía el susurro del televisor. Los aplausos del público, los clichés de los exaltados comentaristas, el ruido cortante de las cuchillas de los patines deslizándose sobre el hielo en primer plano.

Niklas conocía bien la casa. Después de tantos días apostado ahí fuera, con la vista clavada en el interior. Se había hecho una idea de cómo estaban conectadas las habitaciones. Si había alarmas, dónde solían dejar el teléfono inalámbrico, si cerraban la puerta de la calle con llave, hacia qué lado se abría. Lo dicho: ya había usado la ganzúa para visitarla dos veces. Sólo para echar un rápido vistazo. Familiarizarse con la casa.

Se paró. El corazón le latía con más fuerza que cuando los hinchas de la tele golpeaban el suelo de la grada con los pies. Un breve segundo: bajó las manos a la posición de inicio del Tanto Dori. Respiró profundamente. Dejó que el aire saliera por la boca. Sintió cómo la paz lo llenaba.

Unos pasos más. Los sonidos de la batalla de hockey más nítidos. Sacó la pistola. El arma y él eran uno.

Niklas podía haber conseguido un rifle con mira telescópica. Podría haberse echado en algún tejado de enfrente. Un solo disparo en la mollera. Fácil. Salpicando la pared con sesos de maltratador de esposas. Podría haber colocado una bomba en la tele, volando cuarenta metros cuadrados del idílico chalet. O, ¿por qué no?, envenenar a Roger Jonsson sin más. Había muchas maneras más fáciles de hacerlo que la elegida. Pero el asunto era así. Un aviso pedagógico a todos los malhechores. Serán castigados. Van a tener que sufrir.

Llegó la hora. Niklas entró en la sala. El papel tapiz era de rayas. Un sofá y dos sillones. Alfombra mugrienta y mueble para el equipo de sonido. En el sofá: Roger Jonsson. Seboso, pálido, asqueroso. Niklas apuntó la Beretta a la cabeza del tipo. Tomó el control remoto, cambió de canal.

—No me gusta el hockey.

Roger Jonsson parecía estar a punto de cagarse. Si antes era pálido, ahora estaba más bien verde. Trató de decir algo.

Niklas le ordenó que se callara.

—No digas nada. Te tendría que matar.

Existía cierto riesgo de que alguien los pudiera ver desde fuera. El chalet de enfrente no miraba directamente a esta casa. Pero si alguien pasaba por la calle en un todoterreno, un coche alto, podría vislumbrar el interior. Niklas sacó la mochila. Amordazó a Roger con cinta adhesiva. Le ató las manos y los pies de la misma manera. Lo empujó al suelo.

—Trágate la alfombra, cabrón de mierda.

Niklas, contento con su comentario. Hacía tiempo que se le había ocurrido.

Se sentó en el sofá. La Beretta, en la rodilla. Ahora nadie podía verlos desde fuera. *Time for some action.*[101]

Explicó. Pronunció una ponencia bien preparada. Diez minutos mínimo. El patriarcado había acabado. Todos los que golpearan, humillaran, se aprovecharan de su fuerza física estaban a punto de arrepentirse. Todos los que compraran mujeres, violaran a personas, jugaran con vidas.

---

[101] «Había llegado el momento para la acción».

Le daba patadas a Roger a intervalos regulares.

Las gotas de sudor en la frente del tipo le estarían picando los ojos.

Niklas desplegó un papel. Era la sentencia contra Roger Jonsson.

Acoso sexual grave y agresión sexual grave.

Niklas hundió la mano en la mochila. Sacó un pequeño soplete.

Los ojos de Roger se abrieron desmesuradamente.

Ahora comenzaba.

Niklas leyó fragmentos de la sentencia.

Noche larga para un maltratador de esposas y comprador de mujeres.

Cuatro horas más tarde, Niklas se marchó por donde había venido. Por el jardín. Saliendo por el otro lado de la casa. El coche de alquiler, estacionado a doscientos metros. Alguien podía verlo caminar por la zona. Pero no verían el color de su pelo ni sus facciones. La oscuridad era total y la noche anterior él ya había reventado los faroles.

Sacó el celular. Tenía una tarjeta de prepago preparada.

El número de Patricia Jacobs, memorizado en la cabeza.

Música alta de fondo. ¿Discoteca en la fiesta de la empresa? Esperaba que Patricia tuviera la oportunidad de bailar.

—Sí.

—Hola, ¿me oyes?

—Espera un momento, voy a moverme.

Siete segundos. El ruido de fondo disminuyó.

—Ahora creo que te oigo mejor. ¿Quién eres?

—Puedes llamarme Travis.

—¿Cómo?

—Puedes llamarme Travis.

—Creo que no te conozco.

—No hace falta. Sólo era para decirte que lo he eliminado. No tienes que preocuparte más. No volverá.

—¿Qué quieres decir? ¿Quién eres?

—Pregunta a la policía cómo se siente uno con una llama de soplete aplicada a las partes bajas. Sé lo que te ha hecho. Sé lo que le hizo a su ex esposa.

Capítulo
48

Pensaba en su investigación privada de las últimas semanas. Alf Winge no había dicho ni una mierda. Pero el vendedor de la Bentley ocultaba algo. No es que Thomas fuera un inspector megaexperimentado. Pero su instinto se lo decía claramente. ¿No debería llamar a algún viejo colega por si acaso? La respuesta de esa pregunta no había cambiado. Los demás en Söderort trabajaban demasiado cerca de Adamsson. ¿Debería contactar a Hägerström? No necesitaba a ese imbécil. Aun así: quedaba mucha mierda por sacar. La información de Runeby sobre el proyecto de Adamsson allá por los años ochenta. Esa materia casi impenetrable que había sacado del sótano de Rantzell. La inseguridad del chico de la Bentley.

Thomas se enteró de todo cuanto pudo acerca del vendedor de la concesionaria. Niklas Creutz. No tenía nada en el registro criminal, ni evasión de impuestos ni multas. Pertenecía a una familia de negocios de toda la vida. Su padre aún le pagaría la renta y el coche que el imbécil conducía. Al mismo tiempo: tenía la sensación de que algo no encajaba. Trataba de visualizar la cara de Niklas Creutz. Repetía la secuencia. La expresión del tipo al borde del pánico.

Esta vez Thomas se registró con su propio nombre para hacer una búsqueda avanzada en los registros. La posibilidad de que alguien preguntara por qué había investigado a Creutz le importaba una mierda. No salió nada en los registros de sospechosos o denunciados, pero sí en el de denunciantes.

Bingo: a Niklas Creutz le había pasado una cosa desagradable el verano pasado. Thomas pidió la denuncia del distrito de City: agresión física grave, en el concesionario de Strandvägen. Los autores del delito, sin identificar. Lo único que el niño bien declaró en los interrogatorios era que recordaba que los autores del delito eran morenos y que tenían apariencia de extranjeros, uno bastante bajo, pero de constitución fuerte. Muy fuerte. Se habían metido en la pequeña oficina. Le dieron una buena paliza a Creutz. El informe médico hablaba de una costilla rota, hinchazones y moretones en la cara y dos dientes rotos en la mandíbula superior. En el interrogatorio realizado en el lugar del crimen lo había explicado: «Querían saber si había vendido un Continental GT a alguien con el nombre de Wisam. Luego querían ver toda la documentación del coche. Luego dijeron que yo era racista. Wisam Jibril, creo. No entiendo por qué. Luego me dieron una paliza. Creí que iba a morir».

No podía ser una coincidencia. El último documento firmado por Rantzell: un contrato de compra, Bentley Continental GT, 1.4 millones de coronas. Y ahora esto: alguien había machacado al pobre chico. Por culpa de ese mismo coche. ¿Por qué?

Tenía que encontrar a Wisam Jibril. Hizo la misma consulta que con el vendedor de la Bentley. Salieron cosas enseguida. El tipo tenía un registro criminal sólido: amenazas, agresiones físicas, robos, crímenes de narcotráfico, etcétera. Un delincuente de toda la vida, un ladrón, un tipo bastante rodado. Thomas pidió sentencias, informes de investigaciones preliminares, medidas propuestas, extractos del registro de antecedentes policiales. Trabajó como poseído. El hombre era sospechoso por implicación en al menos tres robos grandes, con acento en grandes. Robos a camiones blindados en Tumba la primavera del 2002 y en los alrededores de Norrtälje en otoño del mismo año. Se llevaron un total de millón y medio de coronas. Pero más grande aún: un robo en Arlanda. Thomas se acordaba vagamente de los titulares. Una carga de billetes. Muchos muchos millones de coronas. Wisam Jibril no era un delincuente cualquiera.

Tremendas sumas. Golpe legendario. Ejecutado con una belleza mágica. Pero nadie vio ni oyó nada, nadie sabía nada. Cero. Aun así: los rumores corrieron por la ciudad, según el informe que Thomas tenía delante, se decía que Wisam Jibril había muerto en la catástrofe del tsunami. Pero en realidad estaba de vuelta en Suecia desde hacía un año o dos. Jibril, el rey de los robos, Jibril consumía productos de lujo a lo loco. Departamento, pantallas de plasma, coche Bentley, Porsche, BMW. Según otro informe policial: los coches adquiridos por el sospechoso en realidad venían con contrato de *leasing* de la misma empresa: Dolphin Leasing AB.

Jibril: un tipo que quería ocultar que tenía un montón de plata. Un hombre así tenía todas las razones del mundo para deshacerse de un prestanombres de poca monta que podría llegar a ser un problema si se le iba la lengua.

En resumen: Thomas podía haber dado con el autor del delito. Había una conexión con Rantzell y, lo mejor de todo, había un móvil. Lo único que no encajaba: ¿de dónde venía la conexión con el caso Palme si Jibril se lo había quebrado? No podía dejar de darle vueltas al tema. Todavía faltaba algo.

A pesar de ello: Thomas tenía que dar con Wisam Jibril.

Thomas se puso en contacto con Jonas Nilsson de nuevo. Nilsson era un hombre legal. Acababa de presentarle al viejo Runeby.

Pasaron los días. Thomas trabajaba como un loco. De día, en la unidad de tráfico. De noche, en el club. Jasmine y él, Belinda, Ratko, un tipo nuevo con el nombre de Kevin. El trabajo extra no le importaba. Es más, le gustaba el antro. La compañía, la libertad.

Había que ir tachando a los hombres de la tropa. Repetía la lista en la cabeza. Malmström, Adamsson, Carlsson y Winge: allí no había nada más que hacer. Quedaban: Torbjörn Jägerström, Roger Wallén, Jan Nilsson y Carl Johansson. Cuatro ex de la tropa. Alguien debía saber más sobre el odio de Adamsson hacia Palme. Pero Thomas se lo había replanteado; estos tipos parecían más duros de lo que había pensado. Winge lo demostraba. Tenía que usar otros medios.

Por un lado, le extrañaba que el hombre no volviera, el que había amenazado a Åsa y a él en la puerta de su casa. Podía entender que su interrogatorio a Leif Carlsson no saliera a la luz, el viejo estaba tan ido que probablemente no recordaba ni lo que había tomado en el desayuno. Pero Winge, ¿no debería suceder algo ya?

Por otro lado: Winge tal vez no quisiera montar la grande hasta que no supiera quién era Thomas, y eso no lo podía saber en estos momentos. Thomas se felicitó; no había conducido su propio coche cuando persiguió a Winge.

Thomas consiguió el número de Kenta Magnusson, el viejo adicto que Ljunggren y él habían agarrado en el patio del colegio de Skärholmen. Thomas conocía a muchos como ese campeón, pero Kenta era el último al que le había hecho un favor.

Thomas lo llamó. Al principio el yonqui no sabía quién era. Thomas le preguntó. Kenta no parecía estar en muy buena forma, pero al final Thomas le sacó una promesa: consultaría con sus contactos. Averiguaría si podían conseguir escopolamina inyectable.

Por la mañana temprano: Thomas, de vigilancia privada de nuevo. Esta vez a las puertas del chalet de Torbjörn Jägerström en Huddinge. Pensaba en el fracaso con Winge. Los riesgos que había corrido. Otra vez: ¿y si Winge se había enterado de quién era él? Debería procurar un arma para Åsa. Mejor aún, que se fuera a vivir a otro lugar hasta que esto acabara. Carajo, si enseguida se irían Sander.

Torbjörn Jägerström vivía en una casa del tamaño de la de Thomas. No era una zona *nice* como Bromma, donde residía Winge. No era una preciosidad de chalet como el de Runeby. Era normal. Jägerström era el más joven de la tropa, cuarenta y siete años. No tendría más de veinticinco cuando empezó con los otros tipos. Ahora era responsable de la unidad de operaciones especiales en Norrmalm. Jefe. Había llegado lejos.

Thomas llevaba tres o cuatro mañanas vigilando la casa de esta manera. Enterándose de la rutina matinal de Jägerström y su mujer. Ya lo tenía claro: la mujer salía a trabajar media hora antes de Jägerström. La misma rutina debería prevalecer hoy.

Echó un vistazo al termómetro del coche. El frío ya había empezado a clavar las garras. Octubre era el peor mes del año, con la posible excepción de noviembre. Un invierno entero al acecho, sin promesas de placeres.

La mujer de Jägerström salió por la puerta en la misma hora exacta que la última vez que los había vigilado. Pasos estresados. Un bolso colgado del brazo. Recatadita, vestida para la oficina. Se preguntaba a qué se dedicaba.

Esperó un rato más.

Miró una vez más en el bolso de cuero a su lado. Una goma gruesa. Una cánula. Una ampolleta de escopolamina. Abrió la puerta del coche. Se acercó a la casa. Llamó a la puerta.

Pasó un buen rato antes de que Torbjörn Jägerström abriera la puerta. Constitución fuerte. Camisa abierta. Chinos. Una cadena de oro gruesa con un martillo de Tor colgando alrededor del cuello. Un rictus más serio que el de un cadáver.

—Buenos días —dijo Thomas.

—¿Buenos días? Qué quieres, si se puede saber.

—Vengo de Länsförsäkringar,[102] estamos realizando una encuesta en esta zona para conocer qué seguros de casa tienen los residentes.

---

[102] Importante compañía de seguros de Suecia.

Jägerström lo escrutaba.

—Te reconozco.

Puta madre. Thomas lo había sospechado desde el momento en que se abrió la puerta. Pero no había tiempo que perder. Enchufó la pistola eléctrica en el pecho de Jägerström. Las vibraciones alcanzaron su propio brazo, los músculos se le tensaron involuntariamente. Jägerström se desplomó. Thomas cerró la puerta tras ellos. Se agachó, buscó en la maleta. Sacó la goma elástica, la colocó en la parte superior del brazo de Jägerström. Pasó la mano sobre el antebrazo. Buscando venas. Sacó la cánula. La clavó. Metió dos dosis completas de escopolamina.

Esperó. Pensó en el compuesto. Escopolamina: un relajante muscular con efectos calmantes. El uso habitual de la sustancia era de analgésico preoperatorio. Pero también: el componente activo del suero de la verdad.

Media hora después, Jägerström volvió en sí. Thomas lo había colocado en una silla del cuarto. Maniatado con cinta por si acaso. Era el rey.

La habitación le recordaba la sala de Runeby. Las mismas estanterías oscuras con fotos enmarcadas de la familia, una enciclopedia, la serie completa de las novelas de Hamilton de Guillou y algunas de John Grisham y Tom Clancy. Lo único que lo diferenciaba de la sala de Runeby era la ausencia de fotos en las paredes. En lugar de eso, colgaba de la pared una gran litografía de dos muchachos tamborileros que marchaban juntos en un campo cubierto de nieve. Thomas reconocía el motivo: la marcha de los Björneborg. Los dos tamborileros vestidos de uniforme de soldado antiguo representarían las dos etnias de Finlandia: suecos y finlandeses que luchaban juntos por la independencia de su patria. Pero este motivo también decía otra cosa: la marcha de los Björneborg era una pieza musical. Se tocaba en el desfile de gala de la defensa finlandesa. Pero también era la marcha que la tropa solía cantar cuando realizaba las denominadas operaciones especiales en la calle. Era vox populi en el cuerpo de policía: la marcha de los Björneborg se había canturreado innumerables veces en los años ochenta, cuando se machacaba a los borrachos, arrastrados y vagabundos. Un nuevo himno de guerra. Un llamamiento al combate.

Thomas pensó: Que se los cargue.

Jägerström seguía drogado. Babeaba como un crío. Murmuró algo.

Llegó la hora de empezar.

Thomas se sentó en la butaca de enfrente.

—Quería hacerte unas preguntas. ¿Entiendes lo que te digo?

Jägerström asintió, parpadeó. Un hilo de saliva le colgaba de la barbilla. Thomas la quitó con la camisa de Jägerström.

—Me dirás toda la verdad tal y como es. Quería empezar preguntando por tu nombre.

—Torbjörn Elias Jägerström.

—Bien. ¿Cómo se llama tu mujer?

—Eva Elisabeth Jägerström, nacida Silverberg.

—Bien. ¿Cómo está su vida sexual? —Una pregunta para verificar las cosas.

—Ha mejorado desde que nuestro hijo se fue de casa.

—Bien. Y antes qué.

—Mejor que la tuya, seguro. —El penoso humor del viejo no parecía haber desaparecido. Thomas no podía dejar que el chiste le afectara. Debía concentrarse en su interrogatorio.

—Ahora te haré algunas preguntas más acerca de la vieja tropa. ¿Formabas parte de ella?

—Por supuesto. Mis mejores años en el cuerpo.

—¿Tomabas parte en las reuniones organizadas por Lennart Edling en los años ochenta?

Una de las comisuras de los labios de Järnström le tembló. Thomas le puso la mano sobre el hombro.

—Relájate. Puedes contarlo, no pasa nada.

Jägerström se reclinó en la butaca. Parecía relajarse más aún, si eso era posible.

—Lennart Edling, ese viejo loco. Un poco extremo, pero un hombre de honor.

—¿Qué quieres decir con «hombre de honor»?

—Sabes qué quiero decir. No queda casi ninguno en este país, pero Edling es uno de ellos. Si sigue con vida, claro.

—Ya, pero ¿qué quieres decir con hombre de honor?

—Ya te dije que sabes qué quiero decir. Hombres que se preocupan por el futuro de Suecia. Hombres que se muestran tal y como son, que no dejan que los árabes, los jodidos comunistas y los judíos de mierda se hagan cargo del país. ¿Entiendes lo que quiero decir? Ahora que por fin tenemos un gobierno de derecha van y meten a un puto negro como ministro. Parece mentira. No he votado por esos partidos desde el 94.

—¿Tú eres un hombre de honor?

—Hago lo que puedo. Ante todo, el deber.

—Háblame de aquellas reuniones en Gamla Stan.

Jägerström explicó con lentitud. No había ido a todas las reuniones que convocaban. Era joven, acababa de casarse con su mujer actual, no había tiempo para todo. Pero Malmström era un buen jefe y se podía aprender mucho. Para Jägerström las reuniones eran más que nada encuentros agradables, una manera de hacer contactos. Pero también: una manera de proteger al cuerpo y a Suecia. La escopolamina funcionaba mejor de lo esperado. Jägerström no paraba de hablar.

Thomas preguntó por Adamsson.

—¿Adamsson? Mejor persona es difícil de encontrar. En mi opinión lo ha hecho muy bien. Lleva Söderort como si fuera su propio regimiento. Un verdadero patriota. Un ciudadano honorable.

—¿Fuiste miembro del grupo Palme liderado por Adamsson?

Jägerström se paró. Volvieron los temblores de la comisura de los labios. Se llevó las manos atadas a la cara. Murmuró algo otra vez.

Thomas preguntó:

—¿Qué has dicho?

—No puedo hablar de eso.

Thomas trató de sondearlo con palabras reconfortantes, intentando que se relajara. La única respuesta:

—No puedo. Tienes que entenderlo. No puedo.

No funcionaba. Sólo quedaba una cosa por hacer: Thomas sacó la cánula de nuevo. Metió otra ampolleta de suero de la verdad en el cuerpo de Jägerström. Esperó quince minutos. Casi parecía que Jägerström estaba dormido.

—¿Fuiste miembro del grupo Palme liderado por Adamsson?

La resistencia de Torbjörn Jägerström se había esfumado. Resultaba casi cómico. Jägerström: el policía de hierro, el machote, el oficial estrella; balbuceando como un niño de tres años. Aun así, su respuesta era muy aguda.

—Fui miembro. Era necesario. La misión encomendada a la policía y a Säpo por el parlamento consistía en proteger a Suecia y había que llevar a cabo ese cometido independientemente de quién estuviera gobernando. Puesto que Palme suponía una amenaza para Suecia, teníamos que vigilarlo al igual que a cualquier otra amenaza potencial contra el reino. Palme estaba demasiado cerca del ruso.

—¿Y qué hacían más concretamente?

—Sólo tenía veinticinco años. No era oficial ni tenía un cargo importante. Así que no sé tanto de eso, pero estábamos divididos en células. Los de mi grupo no conocían a los otros grupos. Yo al menos no los conocía. Mi responsabilidad eran las armas. Me encargaba de que el grupo tuviera suficiente arsenal y equipo de combate. Se avecinaba un golpe de estado.

Qué paranoia. Thomas apenas daba crédito a lo que oía. Necesitaba darse un respiro. Llamar a *Expressen* o a Hägerström. Hacer algo. Pero tenía que seguir preguntando, enterarse de algo concreto.

—Cuéntame más cosas.

Jägerström explicó la frecuencia con la que se habían reunido. Qué habían discutido, cómo lo habían organizado, planificado. El miedo que tenían al ruso, las conspiraciones de los comunistas, cómo habían intentado reclutar a oficiales de policía y de la marina de confianza, gente de Säpo. Aun así: Thomas no consiguió sacarle nada que indicara que Adamsson o cualquier otra persona hubiera estado directamente implicado en el asesinato de Olof Palme. Tenía que encajarlo. Tenía que haber una conexión. Lo que los hombres de Adamsson habían hecho por aquel entonces: intentos de alta traición; lo que hacía él hoy en día: obstaculizar la investigación del asesinato de un testigo clave. Preguntó:

—¿Y ahora tienes contacto con Adamsson?

—No, con él no.

—¿Por qué?

—Nos hemos ido separando, sin más. Nada especial.

—¿Y con otra persona de aquel grupo?

—Sí, nos vemos a veces, algunos de nosotros, unas dos veces al año. Yo, Roger Wallén, algunos otros. Hasta Sven Bolinder ha ido un par de veces. En esas ocasiones no se escatima en gastos, va por cuenta de alguna empresa.

Thomas intentó sacarle más cosas a Jägerström. Pasaron las horas. El celular de Jägerström sonaba sin parar. La gente se preguntaría dónde estaba. Por qué no llegaba al trabajo, devolvía las llamadas, descolgaba. Thomas apagó el celular. Ya de por sí era arriesgado. No podía quedarse aquí todo el día. Jägerström no dejaba de parlotear, sobre hombres de honor, patriotas. La escopolamina le había soltado la lengua. La mayoría eran cosas sin sentido. Cosas difíciles de entender. Balbuceo incoherente.

Thomas tenía que terminar. No estaba seguro de haber sacado algo mínimamente relevante siquiera. Suponía que no, pero tenía que largarse. Alguien podría venir a la casa. Tendría que seguir pensando en casa.

Una noche, un par de semanas más tarde, llamó Jonas Nilsson.

—Buenas, soy yo.

Thomas tenía la sensación de que llamaba por una razón especial.

—Qué pasa Nilsson. ¿Cómo estás?

—Bueno, pues nada mal. Me compré un coche nuevo.

—Hombre, qué bien… ¿qué marca? —En realidad a Thomas sólo le interesaba llegar al grano. ¿Nilsson sabía algo de Jibril?

—Un Saab 95, Aero. —El coche adecuado para un policía, pensó Thomas. Los polis no tenían coches demasiado extravagantes pero tampoco mierdas, algunas naves japonesas o Skodas.

—Pocamadre, ¿no? ¿Y te has enterado de algo más sobre aquello de lo que hablamos?

—Sí, por eso te llamaba. Hoy estuve con uno de nuestros informantes. Un tipo duro que se ha enderezado. El hombre se casó y tiene hijos, pero a veces nos pasa información para mostrar su buena voluntad.

—Ajá. ¿Y?

—Jibril está muerto. Se dice en la calle que los yugoslavos se lo tronaron.

Mierda.

Thomas intentó sacarle más información. Pero Nilsson no sabía nada. Colgaron. Thomas se quedó de pie. De repente se puso nervioso. ¿Cómo podía haber sido tan ingenuo como para hablar de aquello por teléfono? Pensó por enésima vez en el hombre tras la ventana. Winge. Jägerström. Bolinder. Estaban dispuestos a hacer lo que fuera para pararlo. Quizá no supieran quién era él todavía. Pero el hombre tras la ventana sí lo sabía.

Habían conseguido que lo echaran de su trabajo. Lo habían amenazado a él y a Åsa. Manipulado su informe. La moral de Suecia estaba en juego. Si hasta los policías suecos de mediana edad estaban podridos hasta la médula; entonces sí que no había esperanza. Y ya casi lo iban a conseguir. Éste era su camino de vuelta.

Thomas cogió el teléfono de nuevo.

Sintió una excitación casi infantil al marcar los números. Nerviosismo mezclado con excitación.

Hägerström no le caía bien. Al mismo tiempo, sabía que debió haber hecho esa llamada hacía tiempo.

Tras el primer tono se oyó un breve chasquido al otro lado.

—Hola, éste es el teléfono de Martin Hägerström. Por favor, deje su mensaje después de oír la señal. *Hi, you have reached Martin Hägerström, please leave a message after the beep.*

Contestador de mierda. Gran decepción.

Thomas dejó un mensaje escueto.

—Soy Andrén, llámame.

Capítulo
49

Mahmud, regresando del gimnasio. Una mano sobre el volante. En la otra, un envase de plástico con la mezcla Lionharts: creatina y otros suplementos alimenticios. Pajilla y sabor a fresa, como un licuado. Todavía notaba los efectos secundarios del tratamiento anterior. Debía esperar antes de arrancar con otro. Una mamada. Pero necesaria. Ahora iba camino a ver al latino que le había llamado. Jorge.

El equipo de música con el volumen a tope. Ragheb Alama cantaba como dios. Pensaba en Niklas, el tipo mercenario, que había ido a ver a Mahmud a su casa antier. Había pedido un favor. Un favor muy, muy grande. El tipo quería que Mahmud le diera un escarmiento a alguien. A Mahmud le resbalaban los detalles.

Niklas parecía estar verdaderamente *crazy* de alguna manera. Tenía una mirada inquieta. Sobre todo, podía ser un tipo cabronamente peligroso; al menos si era verdad lo que le había hecho al ex novio de Jamila. ¿Por qué no podía asustar al tal Benjamin él solo?

—*Habibi* —dijo Niklas en árabe—. En serio, tienes que ayudarme. Estoy metido en un problema gordo y es posible que me metan al tanque. Total, que el Benjamin ése debe comprender que si dice algo, habrá otros afuera que lo van a castigar. ¿Lo entiendes?

Mahmud pensó: No debería hacerle ni puto caso. Pero el honor era el honor. Niklas había ayudado a su hermana. Y no había cosa más importante en el mundo que una hermana. Le debía una a Niklas.

Mahmud asintió.

—Bueno, amigo, lo haré. ¿Dónde vive ese imbécil?

Niklas parecía rebosante de alegría.

El resto, fácil. Ayer, antes de ir a vigilar a las putas, fue donde vivía el tipo. Niklas le había avisado que estaría en casa. Mahmud no tardó en encontrar el lugar. Se metió una raya rápida en el portal. Subió por el ascensor. Canturreaba bajo:

—Coca te da alas.

Timbrazo. Estaba encabronado. La vida lo estaba puteando y ahora estaba mal con este imbécil de Benjamin.

Un tipo barbudo de estatura media abrió la puerta. Ojos sorprendidos.

Mahmud le dio un derechazo. Boxer en su sitio. El tipo entró en el departamento a tropezones. Sangraba por la nariz. Trataba de levantar la guardia, embestir a Mahmud. Pero el combate no era igualado, llevaba el boxer. Le metió otro recto. El tipo cayó. Tumbado en el suelo. Trataba de proteger la cabeza mientras gritaba:

—¿Quién mierda eres? Cálmate. Puta madre, mi nariz.

Mahmud sacó una cinta aislante. Envolvió las manos y los pies del tipo. Ojos de pánico que lo miraban. Se sentía poderoso. Como si fuera Gürhan. Ahora qué dices, ¿eh? ¿Ya no eres tan bravucón o qué? Imbécil de mierda.

Benjamin seguía en el suelo sin moverse. Gemía. Mahmud se sentó en un taburete.

—Eh, tú, barbas.

Benjamin no contestó.

—Si dices algo de tu colega, Niklas, vendré por ti pero en serio. ¿Entiendes?

Benjamin cerró los ojos.

Mahmud no le dio tiempo de responder. Abrió la puerta, salió. Pensó: Mierda, el negocio de matón quizá sea lo mío después de todo. Tenía que vender una semana para sacar treinta mil en coca. Esto le había costado un cuarto de hora, viaje en coche incluido.

Malmvägen. Un negro venía hacia él. *Flow*[103] en los pasos. Su forma de andar recordaba a la de Robert. Aunque más exagerada. Retorcía una de las piernas cada dos pasos. ¿Iba al ritmo de alguna canción en auriculares de iPod invisibles? Vestido con sudadera, con la capucha puesta y colocada tras las orejas. Sobresalían en onda Mickey Mouse. Un chaleco de plumas sobre el suéter. Amplios pantalones militares. Alrededor del cuello, la silueta de África en colores rasta: verde, amarillo, rojo. La hierba, el sol, la sangre.

Caminando hacia Mahmud, sin lugar a dudas.

Cruzó los brazos sobre el pecho. Definitivamente, éste no era Jorge.

El rasta inclinó la cabeza hacia un lado. Dientes mugrientos, rotos; parecía que se le fueran a salir de la boca en cualquier momento. Acento muy marcado, sonaba como Sean Paul, apenas se le entendía:

—*Hey, you, arab man. My friend wants to meet you.*[104]

Mahmud abrió los brazos. Se relajó. Evidentemente el negro era el mensajero de Jorge. Se presentó como Elliot. Mahmud lo siguió. La sacudida de la pierna. El *flow* de los pasos.

Malmvägen era una calle larga que se ramificaba. Las antenas parabólicas colgaban como orejas en las altas casas. Ésta era la zona bien del norte de Estocolmo.

Elliot no miró hacia atrás.

Entraron en una casa. Subieron las escaleras.

Elliot llamó al timbre. Se escuchaba música que venía del otro lado de la puerta: ritmos de reggae.

---

[103] «Ritmo».

[104] «Oye, tú, árabe, mi amigo quiere verte».

Un tipo ancho abrió. Al principio Mahmud era incapaz de ver si era negro o latino. Gruesos dreadlocks. Amplia sonrisa marihuana al ver a Elliot. La puerta se cerró en las narices de Mahmud. Se quedó solo afuera.

Pensó: ¿Qué mierda está haciendo?

Mahmud no sabía qué hacer. ¿Llamar a la puerta? ¿Golpearla con fuerza? ¿Largarse? La última opción parecía la mejor. Comenzó a bajar las escaleras. Entonces se entreabrió la puerta. Elliot sacó la cabeza otra vez. Gritó:

—*Hey, arab brother, you welcome.*[105]

Mahmud se dio la vuelta. Entró.

En el recibidor: la música que venía de las otras habitaciones se oía más alta. Golpes en el tercer tiempo de cada compás. Olor dulce a mariguana. Un pasillo. Jarapa azul. Paredes pintadas de blanco. En una de las paredes habían colgado una piel grande. El León de Judá con corona y una pata saludando. El tipo de los dreadlocks, sentado en una silla armando un porro.

Elliot asintió.

Llevó a Mahmud por el pasillo.

El salón: un paraíso de marihuana. Sofás, almohadas, cojines esparcidos. Otras superficies del suelo quedaban cubiertas por mantas. Una decena de personas tumbadas y sentadas, sobre todo: fumaban. Una pipa de agua entre dos sofás. Dos pipas de hachís, del tipo de madera ornamentada, sobre mesas de centro. Montones de papel arroz. Bolsas de hierba. En las paredes colgaban imágenes de Bob Marley, Haile Sellassie y la silueta de África. Al lado de otro sofá había un estéreo. Un vinilo de etiqueta verde, roja, amarilla daba vueltas.

La gente de ahí dentro: drogada a tope.

Elliot lo llevó a un sitio para sentarse. Mahmud se quedó en un cojín al lado de una chica guapa que parecía estar dormida. Dreadlocks rubios recogidos con una goma de pelo. Todo lo raro posible.

---

[105] «Hey, hermano árabe, sube...».

Uno de los tipos del sofá se levantó. Se acercó a Mahmud. La voz del hombre, apenas audible por la música. Estrechó la mano. Alguien bajó el volumen.

—Bienvenido a Sunny Sunday. Yo soy Jorge, Jorgelito. Y tú eres el amigo de Javier, ¿verdad?

Mahmud asintió con la cabeza.

—¿Quieres fumar un poco?

Mahmud recibió la bolsa de plástico con la maría. Tomó una de las pipas. Pero no hizo nada. La mirada clavada en Jorge.

Jorge sonreía.

—Se juntan aquí todos los domingos. Santifican a Jah. Se relajan con un poco de *weed*.[106] Hacen lo que tiene que hacer el hombre negro. Disfrutar en plan relax, escuchar música agradable, sentir la fuerza.

Mahmud no sabía si reír o largarse. Mantuvo el semblante cortés.

Jorge siguió.

—Ya sé que tú no eres de África. Ni yo tampoco. Pero aun así somos negros. ¿Entiendes lo que te digo?

Mahmud no entendía lo que el latino quería decir. Dejó la pipa de hachís en la mesa. Se levantó. Jorge puso la mano en su hombro.

—*Chill, man*.[107] Sólo quería que te pasaras un rato *soft*. Vamos a la cocina.

Se sentaron en la cocina. Jorge cerró la puerta. Llenó dos vasos de agua.

Mahmud lo escrutó. El tipo era delgado, pero con un cuerpo musculoso. Pelo corto y con un bigotillo feo. En los ojos oscuros había algo más que niebla de hierba.

—Bueno, siento que no te guste el sitio. A mí me encanta.

Mahmud sonrió.

---

[106] «Hierba».

[107] «Tranquilo, hombre».

—No me desagrada. Pero los sitios con demasiados *zinjis*[108] me ponen siempre nervioso.

—No me importa, hombre, pero no digas nada de la gente de ahí fuera. Ya te dije que todos somos negros, ¿entiendes lo que te digo?

—*Nope.*

—Entonces déjame que te lo diga de otra manera. La segregación es como el apartheid. Los programas del millón de viviendas nos hacen el mismo daño que la esclavitud. ¿Ya lo captas?

Mahmud tenía nociones vagas. Jorge trataba de ser serio. Comparar chicos del extranjero como Mahmud con la situación que habían vivido los negros en Sudáfrica. No tenía fuerzas para discutir. Sólo asintió con la cabeza. Jorge comenzó a contar. El latino sólo llevaba un mes en Suecia. En realidad vivía en Tailandia. Era más fácil, ya que estaba proscrito en Suecia tras un incidente de drogas en las bodegas de almacenaje refigeradas de Västberga.

Todo el asunto había empezado cuando los yugoslavos lo mandaron a los tribunales hacía varios años. Lo habían hecho trizas, como a un perro. Pero Jorge se fugó de las rejas trepando el muro como el puto Spiderman.

A Mahmud le sonaba la historia, pero, sinceramente, había creído que se trataba de una leyenda urbana. Jorge explicó: siempre había sospechado que la colaboración con los yugoslavos terminaría mal. Deberían haberlo ayudado, hacerse responsables de él, ya que trabajaba para ellos, pero en lugar de eso lo traicionaron. Jorge comenzó a molestarlos. Todo el rollo se le fue de las manos; lo machacaron a golpes y desde aquel día odiaba a Radovan más que a cualquier otra cosa en el mundo. Jorge no era un tipo al que se podía pegar sin consecuencias.

Mahmud se reconoció a sí mismo en la historia. Jorge había tenido una energía que ahora mismo no sentía, pero aun así. El motor era el mismo.

---

[108] En árabe, personas de raza negra.

Jorge continuó con la historia. Cómo se había estrujado los sesos para encontrar la forma de reventar el imperio de los yugoslavos. Espiando a Radovan, enterándose de un montón de detalles de su organización, vías de contrabando, tácticas y metodologías de tráfico.

Miró a Mahmud.

—¿Siguen utilizando los almacenes de Shurgard que dan a los estacionamientos?

Mahmud sonrió. El latino sabía de qué hablaba. Pero todo se había ido a la mierda. Se la habían clavado a Jorge. Tuvo que huir del país. Ahora ya tenía un buen fajo de *cash,* y un odio hacia los yugoslavos que quemaba como la lava. Pero, como dijo Jorge, «si sólo hubiera sido eso, no me habría molestado. Habría tragado su semen con una sonrisa». Pero había más. Algo más gordo. Algo más jodido. Más oscuro. No quiso entrar en detalles.

—Se trataba de asuntos sucios de tráfico de humanos —dijo sin más. Entornó los ojos—. Creo que entiendes lo que quiero decir.

Mahmud se preguntaba si el latino sabía qué hacía él, aparte de vender coca. El tipo parecía estar al tanto de todo.

Parecía que Jorge leía sus pensamientos. Dijo:

—Sé a qué te dedicas, *man.* No es muy bonito, pero no te culpo. Te tienen agarrado por los huevos. Sé que eres un hombre legal. Javier me lo ha dicho. Y confío en él. Es un hermano.

Jorge tomó un sorbo de agua.

—Piensas igual que yo. Los odias. Quieres salir. Yo te contaré.

Jorge comenzó a explicar cosas acerca de las otras actividades de Radovan. Chantaje, fraudes económicos, burdeles. El tema de la organización de fiestas con putas de lujo. A Mahmud le pareció que todo encajaba. Era coherente con lo que había visto hacía unos días: cuando recogieron a las putas, el maquillaje, los tipos nice que montaban todo.

Diez minutos más tarde, Jorge había terminado. Miraba a la nada. Parecía que tenía la cabeza todavía en la historia.

Mahmud dijo:

—Es asqueroso, pero ¿qué puedo hacer yo?

La respuesta de Jorge tardó en llegar.

—Tú y yo no somos los únicos que pensamos lo que pensamos. Tengo otros contactos, que tienen aún más ganas de cogerse a los yugoslavos. Si te interesa, tengo un encargo para ti.

Mahmud no estaba seguro de qué quería decir.

—Dinero a cambio de un golpe contra el negocio puteril de Radovan. Un contrato. Bien pagado. Y todos los extras que saques, para ti.

Mahmud seguía sin comprender del todo, pidió que le contara más.

Jorge explicó. Alguien estaba dispuesto a soltar unas trescientas mil si Mahmud daba un golpe a los yugoslavos y a los compradores de putas de lujo.

Trescientas mil. Mierda. Era verdad que los negocios marchaban bien, pero era mucho *cash*.

Aun así: pidió tiempo para pensarlo. Necesitaba digerirlo.

Jorge entendía si no podía contestar enseguida.

—Ponte en contacto conmigo dentro de una semana. Si no, tenemos que ir con otro.

Ya de vuelta en la sala, preguntó Mahmud:

—Sigo sin captarlo. ¿Por qué quieren que lo haga yo?

La respuesta de Jorge no ayudó gran cosa:

—Porque eres perfecto. —Luego soltó una carcajada—. Déjalo ya. Ya te dije que tienes tiempo para pensarlo.

Se sentaron en el sofá.

Jorge dijo:

—Quédate un rato. Un poco de Marley. Te fumas un porro y sientes la fuerza. Haile Sellassie Jah, como dicen por aquí.

Mahmud se desconectó por un momento. Se puso cómodo. Dio cuatro caladas al porro que Jorge había armado. Un hombre con un gorro rasta de punto estaba medio reclinado en el cojín de al lado. Recibió el porro de él.

Dio caladas profundas.

El humo, la música. El ambiente lo envolvió.

Mahmud, tranquilo por primera vez en mucho tiempo.

«No woman, no cry.»

Con *flow.* Ritmo.

Un momento de relax que te da la vida.

La irritación se esfumaba. Las trescientas mil comenzaban a tomar forma en el horizonte. Él flotaba.

Praise the rastafari, Jah.[109]

Sunny Sunday shines.[110]

***

Aftonbladet

25 de noviembre

Sospechoso de asesinatos en serie, activo en Estocolmo

El cadáver de un hombre fue hallado esta mañana en un chalet en el norte de Estocolmo. La policía cree que se trata de un asesinato y que existen conexiones con otro asesinato en el área metropolitana de Estocolmo.

El cadáver es de un hombre de unos cuarenta años, según el portavoz de prensa de la policía, Jan Stanneman. Nadie ha sido detenido y de momento se desconoce la identidad del autor del crimen.

La policía cree que el asesinato tiene conexiones con otro asesinato perpetrado en Sollentuna, donde otro hombre de la misma edad fue tiroteado en la calle.

«Lo que nos hace pensar que existe una conexión entre los dos asesinatos es el hecho de que las mujeres de ambos hombres re-

---

[109] «Gloria al rastafari Jah».

[110] «Sunny Sunday brilla».

cibieron una llamada de una persona que podía haber sido el autor del crimen», dice una fuente fiable.

Al parecer, los asesinatos han sido perpetrados de manera profesional y la policía apenas cuenta con testigos que puedan aportar más datos. También ha trascendido que uno de los hombres había sido condenado por maltratar a su mujer, y que la mujer del otro hombre ha declarado que sufrió malos tratos durante varios años.

«No descartamos que pueda tratarse de una *vendetta* por parte de un loco, pero todavía es pronto para especular», dice la fuente de *Aftonbladet.*

El hombre hallado esta mañana había sido torturado, según informaciones recibidas.

Karl Sorlinder
karl.sorlinder@aftonbladet.se

Capítulo
50

Todavía estaba oscuro en la calle cuando un SMS de Mahmud despertó a Niklas: «He leído que han encontrado un fiambre con pies sucios, testículos flojos & culo peludo. Llámame para que sepa que estás vivo». Niklas supuso que el árabe trataba de bromear.

Aun así, no hizo la llamada enseguida. Tenía que digerir la información de la noche. La operación había entrado en la tercera fase: Patric Ngono. Niklas ya estaba experimentado: sabía cómo iniciar y ejecutar una ofensiva. La planificación del propio atentado había comenzado.

No sólo se trataba de Ngono: después había otros tres cerdos esperando.

Parte del éxito residía en que los medios habían empezado a darse cuenta de lo que estaba haciendo. En breve iban a tener más noticias al respecto.

Pensó en Nina Glavmo-Svensén. En lo que debería hacer con Benjamin. Esperando que la visita de Mahmud hubiera tenido el efecto deseado. Tanta gente para distintos papeles. Y él era el único que coordinaba, procurando que Suecia fuera un poco más justa, un poco más lógica.

Niklas se sentó frente a la computadora. Abrió la carpeta que había denominado «Puteros». Había más gente que compraba mujeres aparte de Roger Jonsson.

Por la tarde, después del entrenamiento, llamó a Mahmud.

—Qué tal, soy yo. El fiambre.

Mahmud rio.

—Así que estás vivo, *habibi.* ¿Tienes un rato para vernos hoy?

Niklas preguntó qué quería. Mahmud no quería decir nada por teléfono; se citaron para más tarde, por la noche.

—¿Quieres hacer algo conmigo? —preguntó Mahmud apenas abrió su casa.

A Niklas le pareció que el departamento era mugriento. Aguantaba su propia mierda. Pero la de Mahmud le daba asco: platos sucios, botellas con suplemento de proteínas, botes con restos de mezclas de polvo. Y la forma de vestir del árabe: pantalón de chándal y una camiseta con el texto «Beach Wrestling». ¿Así se vestía uno para recibir a invitados? Pero Niklas *owed him one.*[111] No dijo nada.

Lo que Mahmud le contó era la mejor noticia que había tenido desde que había vuelto a Suecia. Casi fue una experiencia religiosa. ¿Acaso había algo que pudiera encajar mejor en la operación Magnum que esto? La pregunta de Mahmud no tenía respuesta difícil: le habían ofrecido un trabajo de encargo, un contrato. No era una niñería; se trataba de dar un golpe a unos padrotes gordos de Estocolmo. Y de paso hacer el mayor daño posible a la gente y la organización que manejaba el tráfico de mujeres.

Mahmud no quiso dar más detalles. Tal vez no supiera mucho más. Sólo dijo que alguien que no era amigo ni de Radovan ni del negocio puteril quería hacer algo. El árabe no lo sabía, pero no había persona más apropiada para hacerlo que Niklas.

Hablaron brevemente de algunas ideas. Mahmud quería definir algunos principios: nada de conversaciones por el teléfono

---

[111] «Le debía una».

celular o por el fijo, ni una palabra a nadie más, si tenían que ponerse en contacto mandarían un SMS primero; explicó los distintos códigos que utilizarían.

Hablaron sobre la necesidad de contratar a más gente. Niklas pensó para sus adentros: Benjamin queda descartado. ¿Alguien de Biskops-Arnö[112] les serviría? ¿Felicia? ¿Erik? No, eran demasiado flojos. No aguantarían la tormenta cuando comenzara a soplar de verdad. Estaba demostrado.

Mahmud tenía más rigor e instinto guerrero de lo que había pensado.

Niklas se encendió. Comenzó a hablar de tipos de armas, métodos de ataque, planificación estratégica. Mahmud sonrió.

—Tranqui, amigo, todo a su debido tiempo. Ya hablaremos de eso.

—Pero tendrás que decirme algo para poder empezar ya.

Mahmud lo pensó.

—De acuerdo. Conozco la dirección del golpe. Tenemos que conocer el lugar. Así que estaría bien que le echaras un ojo.

Mahmud: como un puto general. A Niklas le encantaba todo el asunto. Sobre todo: le encantaba tener un *partner*. Volver a ser parte de una TF, una Task Force.[113]

Al día siguiente Niklas llevó el Ford hacia Smådalarö. La dirección que le había dado Mahmud no era una calle, sólo el nombre de un lugar, tal vez una casa, Näsudden, y un código postal. Mahmud le había dicho que el tipo que había encargado el trabajo había avisado: ten cuidado, estos cerdos cuentan con vigilancia. Han cometido errores en el pasado y no quieren que vuelva a pasar. No estaba claro que Mahmud supiera quiénes eran los tipos que tenían enfrente. Niklas no tenía ni puta idea, pero él era el experto.

---

[112] Isla situada en un lago unos 45 kilómetros al noroeste de Estocolmo.
[113] Unidad de operaciones especiales.

Un día bonito: cielo despejado. El otoño, camino del invierno. Tenía ganas de ver nieve. En los peores momentos *allá abajo* solía pensar en nieve blanca, pura, centelleante. Carámbanos que goteaban cuando llegaba la primavera. El ruido crujiente al atravesar la capa dura de la nieve con el pie. Era su infancia. No había sido una infancia feliz, pero al menos había sido limpia. No estaba salpicada de polvo, aceite para armas, sudor y arena.

Al tiempo, echaba en falta la auténtica guerra. Todo era tan fácil con los otros soldados. Sabía de antemano qué aspecto tendría cada día. Lo que se esperaba de él. Cómo hacer su cama, cuidar su equipo, bromear con Collin y los demás, repasar la planificación de las tareas de vigilancia del día, escoltando a convoyes o lo que fuera. Y a veces los trabajos extraordinarios, los asuntos demasiado peligrosos o sucios para el ejército regular. Las redadas en los barrios, los pueblos, las pequeñas aldeas donde el enemigo se juntaba, rezando a su dios por fortuna en la batalla. Niklas sabía por qué se había hecho soldado. Era una vida digna. Una vida con sentido.

Atravesó el puente a Dalarö. Tomó la salida a la izquierda al ver la señal: Smådalarö. Una carretera sinuosa que bordeaba el agua. Barcos sacados del mar, protegidos por andamios y lonas. Era la una. El crepúsculo llegaría en menos de dos horas. Pensó: Suecia es un país extraño. Durante la mitad del año se vive en la oscuridad más de la mitad del tiempo.

Siguió hacia delante. Campos de golf, bosques de pinos, caminos privados que se unían a la carretera, probablemente llevarían a ostentosas casas de verano.

Niklas había memorizado las fotos aéreas y los mapas que había bajado de Eniro y Google Earth.

Faltaban doscientos metros.

Una verja de metal negro cortaba el camino. Paró el coche. En un lado del soporte de la verja había una cámara y una gran señal: «Propiedad privada». Vigilada por G4S. Podían vigilar todo lo que quisieran.

Se estacionó al lado de un pequeño camino que atravesaba un bosque. Volvió caminando por el bosque. Las botas golpeaban el húmedo sotobosque bajo los árboles.

Después de unos minutos: una valla de metal. De dos metros de altura, como una valla industrial, pero sin alambre de púas arriba, aunque no imposible de trepar. Aun así: podía estar vigilada por cámaras. Caminó a lo largo de la valla, llegó a la verja después de unos metros.

Bien, ya lo tenía claro. El sitio estaba completamente rodeado por la valla. Se dio la vuelta. Volvió pegado a la valla, subiendo por el bosque. Menos mal que las hojas ya habían caído. Después de unos cien metros podía vislumbrar edificios más allá de los árboles.

Sacó los prismáticos. El edificio principal se veía perfectamente. Tres plantas. Pilares flanqueando la entrada. Como un puto castillo. Una explanada de grava delante, un coche estacionado. Al lado de la casa principal: un edificio parecido a un garaje y otro más, podría ser un pequeño establo, tal vez un granero. Enfocó la casa principal con los prismáticos. Podía ver una entrada. Contó ventanas, estimaba el número de habitaciones, la altura de cada planta.

Continuó a lo largo de la valla, con la mirada clavada en los árboles del otro lado. No se veían cámaras. Escrutó los postes y anclajes de la valla. Constató: nada de electricidad. Ni sensores de movimientos. Sería fácil pasar.

Después de unos metros más, la valla torcía. Ahora pudo ver la casa con claridad, a sólo cuarenta metros de distancia de la valla. Apenas había árboles. Sacó los prismáticos de nuevo. La parte trasera de la casa. Allí había otra entrada. Echó un vistazo a la cerradura, trató de averiguar de qué material estaba hecha la puerta, a qué tipo de estancia daba. Podía ver el interior de algunas habitaciones. Una cocina, un comedor, una especie de salón. Vio detectores de movimientos en las esquinas, en los techos, en las habitaciones.

Continuó por la parte trasera. Calculando distancias, evaluando la posibilidad de entrar por las ventanas. Necesitaba respuestas para dos importantes preguntas. En primer lugar: ¿dónde
estaría el *target*[114] la noche del ataque? En segundo lugar: ¿el personal de vigilancia tendría armas potentes?

Deberían ser capaces de contestar la primera pregunta. Enterarse de cómo era el interior del chalet. Para levantar una construcción de este calibre se necesitarían más licencias de obra y
permisos que todo Söderleden[115] junto.

La documentación de la solicitud de todas aquellas licencias
tendría que estar en poder del ayuntamiento. Y ese tipo de documentación era público.

Era un puto genio.

La segunda pregunta podría ser más complicada de responder. Pero Mahmud tal vez pudiera sacar la información.

Camino a casa tenía imágenes en la cabeza. En vez de escenas de
Irak: el ataque a la casa. El ruido familiar de las armas automáticas
mezclado con el ruido de fragmentos de cristal impactando contra
el suelo. El pánico en los ojos de esos tipos. Él, completamente
equipado, *battle rattle.*

Aquello sería una *killing zone.*[116]

Y él, encantado.

---

[114] «El blanco, el objetivo».
[115] Nombre de una vía de tráfico que atraviesa el centro de Estocolmo.
[116] «Zona de matanza».

51

Había demasiada información. ¿Dónde empezaría? ¿Cómo abarcaría todo? Trataba de hacerse una idea de lo que era relevante, de lo que no llevaba a ningún sitio. Cómo llevar a cabo una investigación preliminar de este tipo. Carajo, el grupo Palme habría estado más de veinte años, al menos quince personas trabajando a jornada completa, sin llegar a ningún sitio.

¿Cómo lo iba a hacer Thomas Andrén: solo, perseguido, sobre todo un simple patrullero?

Aun así: Thomas tenía ciertos datos. Las reuniones del grupo de vigilancia de Adamsson en los años ochenta habían tenido lugar en los locales de Skogsbacken AB. La empresa pertenecía a Sven Bolinder. El asunto: en las bolsas de Rantzell Thomas había encontrado documentos que tenían que ver precisamente con Skogsbacken AB: un informe anual, algunas órdenes de pago y justificantes. La conclusión era clara como el agua: había una conexión: pasado, presente.

Sven Bolinder: conocido multimillonario, hombre de finanzas, capo de la economía subterránea. Productor de piezas de repuesto para la industria automovilística, suministrador de servicios de reventa. Pero también, al parecer, putero, coordinador de citas, organizador de «eventos sofisticados». Se sospechaba que Bolinder era el accionista principal de un grupo de empresas que aglutinaba más de veinticinco compañías en siete países distintos.

Y eso que los polis de la unidad de Crimen Económico con los que Thomas había hablado seguramente no conocían ni la mitad.

Thomas seguía trabajando como un tonto. Seguía en la unidad de tráfico para no levantar sospechas, y por el acceso a las bases de datos. Seguía pasando las noches en el club: ahora con más ganas, había conexiones entre su investigación ahí también. Thomas echaba sus redes, preguntaba, interrogaba a Ratko sin que el propio yugoslavo se enterase. Bolinder tenía la costumbre de invitar a sus amigos a una fiesta dos veces al año. Siempre que su mujer estuviera en el extranjero. Y eran los yugoslavos junto con unos organizadores de eventos exclusivos los que montaban la jarana.

Thomas seguía intentando evaluar el material que había sacado del sótano de Rantzell. Una y otra vez. Con más fuerza, concentración, organización. Centrándose en Skogsbacken AB. ¿Cuánto tiempo había existido la empresa, a qué se dedicaba exactamente, quiénes estaban en el consejo de administración, cómo quedaba la distribución accionarial, dónde poseía fábricas y locales, quiénes eran los empleados, dónde estaban las cuentas bancarias? No había mucha información en las bolsas, pero se iba enterando. El Registro Mercantil, la Agencia Tributaria, informes de cuentas anuales, historiales administrativos. Trabajaba de la manera más metódica que podía. Pero en realidad necesitaría ayuda. Al tiempo: algo tenía que salir ya.

Había leído un libro sobre el asesinato de Palme de un periodista, Lars Borgnäs. Ahí había una conexión, en teoría. Los prejuicios de los investigadores del asesinato habían condicionado su visión del asesino y del asesinato del primer ministro. También había condicionado su visión de otra cosa importante: el arma homicida.

Borgnäs lo describía detalladamente. De la misma manera en que se habían obcecado con la idea fija de que Christer Pettersson fuera el que se había cargado a Palme —o que pudiera ser otro loco solitario—, se habían empecinado con una sola hipótesis acerca del tipo de revólver que había sido utilizado, y que en consecuencia habían buscado. Esta parálisis comenzó en realidad nada más producirse el asesinato. En una rueda de prensa, los ciudadanos pudieron ver cómo el jefe de la policía Hans Holmér levantó algunos revólveres. Todos eran del calibre 357 Magnum. «Lo que sabemos en estos momentos —debió de decir Holmér— es que el arma homicida es, con toda probabilidad, un revólver Smith & Wesson de calibre 357». Aparte del Smith & Wesson también cabría la posibilidad de que hubiera sido alguna marca menos común, explicó el jefe de la policía. Pero lo más probable era que se tratara de un Smith & Wesson. Que había sido un revólver Magnum de calibre 357 estaba fuera de toda duda.

Desde ese momento toda la investigación se centró en el arma con la hipótesis de que tenía que haber sido del calibre 357 Magnum. El arma de Palme se convirtió en sinónimo de revólver Magnum. Thomas trató de recordar: él y toda la gente que conocía siempre habían dado por sentado que el arma que se había utilizado era un Magnum.

Pero según Borgnäs, la verdad era otra, y no lo decía sólo él; la mayoría de los expertos en armas estaba de acuerdo. El arma homicida *podía* haber sido de ese calibre, pero también *podía* haber sido de otro, totalmente distinto. Sin embargo, nadie había buscado armas de ese otro tipo a pesar de que eran más frecuentes que el revólver Magnum.

La conexión estaba en el arma homicida. Rantzell era el que había creado el vínculo entre Christer Pettersson y un arma que probablemente no tenía nada que ver con el asesinato de Palme. Rantzell lo había planificado bien. El arma, el tiempo, la posibilidad. Colocado a Pettersson como asesino. Y ahora alguien había asesinado a Rantzell. Tal vez alguien que no quería que la falsa conexión fuera conocida.

Åsa le preguntaba qué estaba sucediendo. Se veían cada vez menos. Thomas siempre estaba cansado, las bolsas de los ojos parecían moratones oscuros. El centro de adopciones vendría a casa a verlos de nuevo. La última visita antes de Sander.

—Tenemos que equipar la casa más todavía para que vean que nos preocupamos.

Thomas suspiró.

—¿Qué quiere decir equipar?

—Ya sabes, equipar la casa, prepararla para el niño.

—Pero no vamos a decorar la habitación antes de que venga Sander.

—Sí, hay que hacerlo ya. Para que vean que podemos y que queremos tener un niño aquí. También deberíamos comprar un cochecito de bebé y empezar ese curso de padres.

Thomas negó con la cabeza. Åsa desvió la mirada. Se apartó el pelo de la manera en que habitualmente lo hacía cuando estaba triste. Trataron de hablarlo. El punto de vista de Thomas: su mayor deseo era traer al niño, era su sueño. Pero en estos momentos él no tenía tiempo para este tipo de compromisos.

La sensación permanecía, esto no estaba bien, no estaba para nada bien.

Entró en el garaje. Miró de reojo al Cadillac. Hacía semanas que no lo había tocado. Lo mismo pasaba con el club de tiro, no había ido desde que se reunió con Ljunggren. Era curioso: como si toda su vida se hubiera colocado boca abajo. Se había involucrado en la investigación con un entusiasmo que nunca antes había sentido. Era desagradable. Se sentó en su coche normal. La puerta del garaje se abrió automáticamente. Fue hacia la comisaría. Springsteen en el estéreo. Trató de concentrarse.

Ya había llegado. El garaje de la comisaría. La única ventaja de la unidad de tráfico: garaje propio.

Thomas salió del coche. Inhaló el olor a tubo de escape que los ventiladores nunca terminaban de expulsar del todo. Los tubos fluorescentes emitían una luz pálida. El cemento parecía rayado, casi como si fuera madera. Oía sus propios pasos. Echó un vistazo a los coches estacionados: trató de averiguar qué colegas ya habían llegado al trabajo.

Oyó pasos tras él. La puerta que daba a las escaleras estaba a veinte metros. Thomas empezó a buscar la tarjeta de acceso en el bolsillo.

Los pasos que venían de atrás aumentaron el ritmo. Thomas caminó más despacio, no había razones para no abrirle la puerta a un colega que evidentemente tenía prisa.

Pero algo estaba mal. Los pasos eran demasiado rápidos. Thomas se dio la vuelta. Vio al hombre del pasamontañas demasiado tarde. Llevaba ropa oscura. Thomas no tuvo tiempo para reaccionar. El hombre venía corriendo, llevaba algo en la mano derecha. Una pistola. Thomas la identificó rápidamente: un Colt, quizá una Beretta.

El hombre dijo con voz nítida:

—Quédate donde estás.

Thomas trató de analizar la situación. No había nada que hacer. La boca de la pistola, firmemente sujeta. Éste era un profesional.

El hombre le dirigió a una zona más oscura del garaje. Donde los tubos fluorescentes no funcionaban.

—¿Qué mierda quieres?

—Sabes lo que quiero. Que dejes de husmear. —La voz baja del hombre casi susurraba.

—Olvídalo. No me das miedo. He grabado mis interrogatorios con varias personas, se los advierto.

—No seas tan creído. Si no tienes miedo ahora, ya lo tendrás pronto. Deja de husmear. Es la última vez que te va a llegar este mensaje.

—Cierra el pico.

Thomas sintió el impacto de algo duro en la cabeza. Mientras caía al suelo, le dio tiempo a pensar: Un arma tan bonita no es para golpear a la gente en la cabeza. Se usa para disparar. Luego se dio de bruces.

Thomas abrió un ojo. El otro. Inhaló el olor a tubo de escape.

El hombre había desaparecido. Pasó la mano por la frente. La sangre pegajosa.

Notó una vibración en el bolsillo de la cazadora. Luego, el tono del móvil. No tenía fuerzas para contestar. Pensándolo bien: en cualquier caso, tenía que cogerlo para pedir ayuda.

Una voz conocida al otro lado. Hägerström.

—Qué pasa Andrén, *sorry* por no haberte contestado la llamada.

Thomas se quedó sin habla. Por un momento olvidó la situación en la que se encontraba.

—Hägerström. Qué bien que me llames. Siento haber sido tan gruñón la otra vez.

—No te preocupes. ¿Qué tal estás? —Hägerström sonaba alegre.

Thomas no estaba seguro, ¿debería contarle que le habían tumbado como a un payaso en el garaje de la comisaría? No. Sí. No. La respuesta: Sí, ya había llegado la hora. No podía seguir trabajando solo.

Contestó:

—No muy bien. Un hombre enmascarado acaba de amenazarme y apalearme.

—¿Estás bromeando? ¿Estás bien?

—Es verdad y no estoy del todo bien. Pero tampoco es nada alarmante.

—¿Seguro?

—Sí, seguro.

—Pero, ¿por qué?

—Ya te contaré luego. Tenemos que quedar. Cuanto antes. ¿Cuándo puedes?

—Pues pasado mañana, por ejemplo. ¿Pero seguro que estás bien?

Thomas trató de averiguarlo. Sentía el bombeo de la sangre en la frente, pero parecía que ya no sangraba.

Contestó:

—Estaré bien. No te preocupes. Entonces, ¿nos vemos pasado mañana?

—Sí, sí, claro. Sólo una cosa más que quería contarte.

—¿Qué?

—Adamsson ha muerto.

52

Había sido fácil reclutar a Niklas para el encargo. Es verdad que el tipo era rarito, pero Mahmud no podía imaginarse mejor compañero para este asunto.

Unos días después de que Mahmud le pasara la dirección, Niklas ya había ido al chalet de Smådalarö para reconocer el terreno. Un auténtico *pro:* había llevado prismáticos, metro láser, cámara con un pedazo de objetivo.

Había sacado fotos del chalet desde todos los ángulos posibles, con zoom a través de las ventanas, primeros planos de la valla, las cerraduras, las alarmas, la verja, la altura de los cristales de las ventanas sobre el suelo.

Según Mahmud: el chalet era el lugar perfecto para robar. Igual que el asalto al piso que él, Babak y Robban habían hecho en casa de ese ingenuo del éxtasis. Nadie les molestaría una vez dentro. Nadie les sorprendería desde fuera. Pero mejor que el asalto: iban a entrar en plena fiesta puteril, no había riesgo de que alguien avisara a los polis. Era genial.

Le reventarían el culo a los yugoslavos. Y los puteros, a la mierda también. Mahmud se embolsaría el *cash* más rápido de la ciudad. ¡Rastafari Jah! Aquel domingo de *sunshine* había cambiado su vida. Jorge era el puto amo.

Luego, a decir adiós a los almacenes Shurgard, a la vigilancia de putas, a traficar. Estaba tan cansado de Dejan, Ratko, Stefanovic y los otros maricones que sólo con oír sus nombres le daban arcadas. El golpe de Smådalarö sería lo último que hiciera. En serio, escucharía a Erika Ewaldsson, a su padre y a su hermana mayor. Utilizaría el dinero de Jorge para montar algo *clean.*[117] Algo honrado. Algo que encajara en la sociedad vikinga.

Niklas y él habían quedado dos veces. Habían consultado mapas y planos que Niklas había conseguido. Al más puro estilo Tom Lehtimäki. Más aún: como un puto soldado de élite. Mahmud se sentía como *SWAT-team number one.*[118]

Estudiaron la casa desde arriba. Para enterarse de la red de carreteras, la topografía del terreno, cómo se distribuían los bosques por la zona. Ahora era invierno: no había árboles tupidos para ocultarlos. Analizaron los lugares más adecuados para dejar cepos, si iban a tener que realizar maniobras diversivas, tal vez prenderle fuego al garaje o a algún anexo.

El plano arquitectónico de la casa era todavía mejor. Niklas lo había sacado del ayuntamiento. Suecia era un país raro, se podía sacar más o menos cualquier cosa de los organismos públicos. La casa era grande, más de quinientos metros cuadrados. Cocina enorme, comedor, zona de spa en el sótano, gimnasio, salones, dormitorios, habitaciones para invitados, vestidores. Preguntas: ¿cuál era la mejor manera de entrar en la casa? ¿Dónde podría haber vigilancia o guardias? ¿Qué puertas estarían cerradas con llave y qué puertas estarían abiertas? La pregunta más importante de todas: ¿en qué habitaciones montarían la fiesta puteril? Compararon el plano con las fotos que Niklas había sacado. Identificaron las habitaciones, vieron la decoración a través de la lente de la cámara de Niklas. Las habitaciones principales debían ser descartadas. Los puteros probablemente no estarían en la cocina ni en el co-

---

[117] «Limpio».
[118] «Equipo SWAT número uno». SWAT es el acrónimo de Special Weapons And Tactics, unidad de asalto de las fuerzas de seguridad de Estados Unidos.

medor. Más probable: el salón grande, la zona del spa, tal vez las habitaciones de los invitados. Dependía de qué tipo de evento fuera a ser. Mahmud tenía que tratar de fisgonear un poco por su cuenta.

Discutieron la necesidad de colaboradores. Niklas no dio el brazo a torcer: Mahmud y él nunca lo conseguirían solos. Alteraba los planes de Mahmud, pero no se opuso. Evaluaron alternativas de armas. Niklas rifaba del carajo. Casi daba miedo; ¿qué había hecho el tipo en su vida anterior? Armas automáticas, miras láser, focos. Tal vez necesitarían una granada, chalecos antibalas, ropa oscura en condiciones que pudieran quemar cuando todo acabara.

Había que hacerlo bien.

Planificaron, parlotearon, fantasearon. Esbozaron estrategias, escribieron listas, memorizaron las imágenes, el terreno, los mapas. Trataron de visualizar las distintas fases del ataque, comprender los peligros. Aun así: no sabían lo suficiente.

Mahmud también tenía que ir a la casa y echar un vistazo. El propio Niklas quería volver, de noche.

De nuevo: era raro. Usaba términos militares como un puto mercenario de élite. Soltaba un montón de abreviaciones, conceptos de estrategias, términos de armas que Mahmud no tenía ni remota idea de lo que significaban. Al mismo tiempo: era perfecto.

Terminaron la última reunión con tareas. Mahmud tenía que conseguir armas, cizalla y sondear a algunos tipos de confianza si querían participar. Niklas se responsabilizaba de la ropa, chalecos antibalas, quizá gafas con infrarrojos, granadas y trampas.

Como decía Niklas: Iba a ser una *killing zone*.

Como en un puto videojuego.

Capítulo

53

Niklas estaba como en trance. No paraba de darle vueltas a la cabeza. Sus horas de sueño se reducían a breves ratos de descanso entre las sesiones de planificación en la computadora, las horas en el bosque que rodeaba el chalet de Smådalarö, delante de las grabaciones de las cámaras de vigilancia que él había colocado en los árboles alrededor de la casa. Su lema rezaba: más reconocimiento.

Patric Ngono estaba *on hold*;[119] las fiestas con putas eran mucho más importantes.

Agresores de primera, en acción. La decadencia absoluta de la sociedad, en nítido contraste. Se harían cargo de la suciedad que se pegaba a esos cuerpos, limpiando, expulsando.

Benjamin había dejado de llamar. Mejor. Cuando Niklas terminase con esto, le daría una lección a ese traidor. Gran favor de Mahmud el de hablar con él. Benjamin tenía que darse cuenta de que Niklas no estaba solo.

No tenía fuerzas para contestar las llamadas y los SMS de su madre. En cualquier caso, no entendería. El mismo pensamiento una y otra vez: todo esto lo hacía por ella.

No estaba entrenando. Ni siquiera estaba practicando con el cuchillo. Esto era la recta, la recta final, el último *sprint*.

---

[119] «Temporalmente suspendido».

Las grabaciones de vigilancia le daban algunas informaciones interesantes. La empresa de seguridad visitaba la casa un par de veces cada semana. Ni Sven Bolinder, el viejo que vivía en la mansión, ni su mujer parecían estar en casa muy a menudo. Pero Niklas tenía la sensación de que habría mucho más vigilancia el día D. La pregunta era cómo lo manejarían.

Mahmud también había conseguido algo de información. Los yugoslavos solían hacerse cargo de la seguridad con su propia gente. Pero el significado de esto no estaba claro. No sabía si estaban equipados con armas potentes. Si tenían chalecos antibalas. Si habían recibido entrenamiento para la guerra.

Y además: Mahmud había comenzado a entender cómo se montaban estos eventos denominados de lujo. Habría un fiestón, algunos organizadores de eventos les conseguirían comida, cantineros, pistas de baile. Pondrían guapas a las mujeres. Niklas comparó con los planos de la casa. Sacaba sus propias conclusiones. Suponía: el lugar de la fiesta sería el salón grande que ocupaba uno de los extremos de la planta baja.

Todo seguía según lo previsto. Pero el árabe tardaría en conseguir armas. No podía fallar. ¿Niklas debería hacerse cargo? Al mismo tiempo: Mahmud había asegurado que sus contactos eran confiables. Y a Niklas no le gustaba hacer negocios con la chica de Black & White Inn.

Terminó con sus propios deberes enseguida. Encargó el equipo por internet. Ahora solamente quedaba esperar —como el calendario de navidad—, contar las horas, todos los días. En cuatro semanas, tocaba. El evento de Bolinder estaba previsto para nochevieja. La operación Magnum culminaría con un *crescendo*.

Unos copos de nieve habían caído por la noche, pero se derritieron enseguida. Niklas pensó en las lágrimas que caían sobre una mejilla dura como la piedra. Un rostro obligado a asumir la expresión de resistencia. Como el asfalto negro cuando brillaba en la oscuridad del invierno.

Niklas, de camino a casa, volviendo del chalet. La octava vez que lo había visitado. Ya conocía bien el terreno. Le resultaba tan familiar como los trozos de césped de Axelsberg, donde se había criado. Había identificado el camino idóneo para entrar. Harían falta entre cuatro y seis personas para el asalto, dependiendo de la cantidad de guardias. La cuestión era si Mahmud conseguiría reunir a tantos.

Pensó de nuevo en lo que había hecho en Suecia desde su vuelta. Todo el mundo estaba en guerra. Sólo hacía falta identificar los frentes. La gente de fuera pensaba que Suecia era tan apacible, feliz, perfecta. Peor aún; hasta en Suecia había gente que pensaba que era armoniosa. Una mierda. Si rascabas la superficie un poco, no había más que mierda de ratas.

Entró en la autopista en Handen. Pocos coches en la carretera. ¿Debería llamar a su madre después de todo? Imágenes en la cabeza. Claes Rantzell. Mats Strömberg. Roger Jonsson. A veces ganaba la resistencia.

La carretera de Nynäs. Bajando por Södra Länken. Hacia Årsta. Una especie de obra de arte bordeaba la entrada al túnel. Parecía mágico. Como una luz azul que iluminaba toda la parte superior del túnel. Entre las dos bocas del túnel: un montón de lucecitas, como estrellas, con una gran bola en medio. Pensó: otro agujero en la existencia.

Cayó en los pensamientos de siempre. Los pilares de la civilización eran sus cavidades. Resultaba extraño. La sociedad estaba edificada sobre sus túneles, tubos, vías de recogida de basura, cables, cavidades. Lo cual no hacía sino demostrar cómo era la realidad. No importaba lo bonita que pudiera parecer la superficie, la verdad se encontraba en los agujeros.

Niklas atravesó Årsta. Tomó la salida de Hägersten.

Enseguida llegaría a casa. Se sentía cansado. Pero al mismo tiempo, despierto. Los pensamientos le mantenían en forma. Como constantes disparos de adrenalina.

No encontró sitio para dejar el coche cerca de la casa, tuvo que estacionar a cuatro manzanas. Dejó el bolso con el equipo en el coche, podría quedarse allí hasta la próxima vez que fuera a Smådalarö.

Sería pronto.

Cerró la puerta del coche de golpe. Caminó hacia la casa. La luz de las farolas hizo que el asfalto brillase de nuevo. Su aliento formaba humo en el aire.

Tecleó el código de acceso. Abrió la puerta.

Entró. Dio al botón de luz.

Se encontraba ante las bocas de cuatro MP5.

Alguien gritó:

—¡Las manos sobre la cabeza, Brogren! ¡Estás detenido!

Cuatro policías de la unidad de asalto. Todo de color negro: la ropa, los chalecos, los cascos, las viseras, todo. Rifles automáticos del modelo policial pequeño, apuntándole. Por detrás entraban más policías, como una marea. Esposándolo. Empujándolo al suelo. Era demasiado tarde. Demasiado tarde para pensar. Estaba detenido.

Se preguntaba por qué motivo.

***

Interrogatorio con Niklas Brogren, n.º 2

7 de diciembre, 10.05-11.00
Presentes: el sospechoso, Niklas Brogren (NB); el interrogador Stig H. Ronander (I); el abogado de oficio, Jörn Burtig (JB).
Transcripción en forma de diálogo.

 I - Hola, Niklas. Quería empezar diciendo que esto lo grabamos como siempre, para que conste.

NB - Bien.

 I - Bien. Comenzamos. Empezaré leyéndote los cargos. Eres sospechoso de un asesinato, alternativamente cómplice necesario, el 3 de junio este año.

NB - No sé nada de eso. Soy inocente.

I - Bueno. ¿Entonces puedes contarme algo sobre lo que hiciste aquel día?

JB - Espere un poco. Hay que detallar los cargos para que mi cliente pueda posicionarse ante la acusación que se le hace.

I - ¿Qué quieres que detalle?

JB - No se pueden imputar los cargos sin más. Vamos a ver, ¿qué es lo que ha hecho Niklas, en su opinión?

I - ¿Acaso no lo he aclarado ya?

JB - No. ¿Cómo va a entender lo que usted dice que ha hecho?

I - Me parece que ha quedado bastante claro. Pero bueno, intentémoslo otra vez. Niklas Brogren, eres sospechoso del asesinato de Claes Rantzell, o cómplice necesario del mismo, durante la noche del 3 de junio este año, en un sótano de la calle Gösta Ekman, 10, de Estocolmo. ¿Ya se ha quedado contento el abogado Burtig?

JB - Hm... *(inaudible)*.

I - Entonces, Niklas, ¿cuál es tu postura al respecto?

NB - Sé quién es Claes Rantzell. Pero no lo he asesinado. Ni siquiera estaba en la calle Gösta Ekman esa noche.

I - ¿Entonces lo niegas?

NB - Lo niego.

I - Puedes decir lo que hiciste el 3 de junio.

NB - Sí, hm... *(inaudible)*.

I - Sé que fue hace mucho tiempo, pero algo recordarás. Acabas de decir que no estabas allí. Eso sí lo recordabas.

NB - Si se lo acabo de contar. Creo que estuve en una entrevista de trabajo. Acababa de llegar a Suecia, tras unos años en el extranjero. Luego estuve con un viejo amigo, por la noche. Se llama Benjamin Berg. Tengo su número de teléfono en el celular. También eso lo conté en el último interrogatorio. Han hablado con él, ¿no?

I - Claro.

NB - Bueno. ¿Quieres saber algo más o qué?

I - ¿Por qué no me cuentas un poco más sobre lo que hiciste por la noche? Con más detalle.

NB - Fue hace bastante tiempo, así que quizá no recuerde todos los detalles exactos. Pero vimos una película. Creo que fue *El Padrino*. Es bastante larga, así que también cenamos. Llegué sobre las siete y entonces fuimos a alquilar el DVD. Empezamos a verla poco después de llegar a casa, creo, vimos las primeras dos horas o así. Luego pedimos pizzas, que fui a recoger yo. Las cenamos y terminamos de ver la peli. Así fue.

I - ¿Y después de la película qué?

NB - Me quedé con Benjamin unas horas, tomamos unas cervezas y hablamos de viejos tiempos. Somos colegas del cole. Pero todo esto lo podéis comprobar con él. Ya lo habéis hecho, ¿no? Él puede confirmar todo. Así que ¿por qué estoy aquí?

JB - Sí, es una pregunta pertinente. Niklas evidentemente tiene coartada para la noche en cuestión.

I - Ya hemos hablado con Benjamin. Pero no voy a explicar el contenido de ese interrogatorio ahora. Existe secreto de sumario de esta investigación preliminar, el abogado Burtig seguramente podrá explicártelo.

JB - Sí, pero mi cliente debe tener la oportunidad de defenderse de esta sospecha. Vamos a ver, se trata de una acusación increíblemente grave. Si se le niega el acceso a las declaraciones de Benjamin Berg, se queda sin posibilidades. Tiene coartada.

I - Me parece que hoy ha tenido la oportunidad de hablarnos de la noche en cuestión. Así que no es por eso. Por otra parte, quería decirte que hemos interrogado a tu madre. ¿Tienes tú, Niklas, algo que comentar al respecto?

NB - No, ella también sabe quién era Claes Rantzell. Era su ex novio.

I - Eso es, ya nos lo ha contado. ¿Crees que ha podido contarnos más cosas, quiero decir, sobre aquella noche en verano?

NB - No, sobre esto no, ¿qué iba a contar?

I - Seré breve. Sus datos no coinciden con lo que me has contado hoy.

NB - ¿Por qué no? ¿En cuanto a qué?

I - No voy a entrar en eso ahora. Pero debes saber que el fiscal va a pedir prisión provisional. Creemos que hay pruebas suficientes contra ti.

NB - Entonces no tengo nada más que decir.

I - ¿Nada?

NB - Nada de nada. No voy a decir nada.

MAFIA BLANCA

PARTE 4
(TRES SEMANAS MÁS TARDE)

54

Habían pasado tres semanas desde el asalto en el garaje; aun así, el recuerdo volvía por lo menos cada hora. No es que le asustara tanto el asunto en sí —ya se había topado con gente más violenta en el pasado—, sino más bien el tamaño de la bola que él había creado, y que no parecía dejar de crecer.

Esto no se trataba sólo de una amenaza contra él, ni siquiera se trataba sólo del asesinato más conocido de Suecia; se trataba de una conspiración hodidamente grande en medio de su propia casa, la autoridad policial. Y no tenía ni puta idea de cómo pararlo.

Antes, aquella noche cuando había visto a alguien fuera de su casa, había conseguido apartar el miedo a algún rincón dentro de sí mismo. Hizo lo que siempre había hecho: dejó que las preocupaciones se fundieran en cinismo y negación.

Los objetivos eran más importantes. Su propia rabia lo empujaba. La idea de que reflexionar era lo mismo que rendirse. Y a partir del momento en que comenzó a entender las conexiones con el asesinato de Palme, también lo impulsaba un sentimiento extraño, algún tipo de deber hacia su viejo y hacia Suecia.

Pero ahora, tras la golpiza, y tras la llamada de Hägerström sobre Adamsson, ya no estaba tan seguro de que debiera dejarse empujar a ningún sitio. Adamsson había muerto en un accidente de tráfico en la autopista E18, a la altura de la salida Stäket. Según Hägerström, la investigación señalaba que el viejo había chocado contra la mediana, rebotando y entrando de nuevo en la calzada. Allí un tráiler de cuarenta toneladas aplastó al Land Rover de Adamsson. Tal vez fuera una coincidencia, tal vez fuera parte de algo más grande.

A él también le pasaría, sin lugar a dudas. Eso lo podía asimilar. Pero el pensamiento número dos era más difícil de asumir: le podría pasar a Åsa. El tercer pensamiento casi lo hundía: le podría pasar al niño que aún no tenían, Sander.

Aun así: Que sea lo que dios quiera.

A Thomas no se le ocurrían más alternativas. Tenía que seguir buscando. Habló con su hermano, Jan. En realidad, su relación era bastante regular. Dañada por demasiados años de silencio. Lo único que le hacía sentirse como un hermano era la irritación, no la hubiera sentido por un extraño. Al mismo tiempo, se querían, se mandaban postales de sus vacaciones, saludos navideños y felicitaciones en los cumpleaños. Thomas había conseguido que Åsa y él fueran invitados por Jan en nochebuena.

Al día siguiente, el día de navidad, se acercó a Åsa por la noche. La tele estaba encendida: algún documental sobre la extrema derecha de Rusia. Parecían todos gordos y desconectados de la realidad. Se preguntaba por qué transmitían esas basuras trágicas en un día así.

Ella estaba sentada en el sofá, con las piernas cruzadas. En la mesa tenía la carpeta que casi siempre la acompañaba, con las fotos de Sander.

La última visita del centro de adopciones hacía una semana había ido bien. Se habían quedado con la sensación de que a las mujeres que vinieron les parecía que Åsa y Thomas estaban bien preparados para recibir a un niño pequeño. Åsa había decorado el chalet para navidad con especial esmero este año. Tal vez de cara a las mujeres que venían de visita, tal vez como una preparación para el tipo de vida familiar que pronto iban a tener.

Ella levantó la mirada. De fondo, los rusos del documental estaban parloteando sobre la venta de las propiedades de la patria a otras nacionalidades. Åsa dijo:

—Ayer la pasé muy bien en casa de Jan.

Thomas respiró hondo:

—Åsa, vamos a tener que tomar una decisión muy difícil.

Ella respiraba con la boca abierta, hizo un gesto bastante tonto.

Thomas continuó:

—Sander vendrá enseguida. Será el mejor momento de nuestra vida.

Ella sonrió. Asintió con la cabeza. Seguía hojeando la carpeta; había perdido el interés por él de nuevo. Como si quisiera decir: estoy de acuerdo, ya puedes irte.

Thomas dijo:

—No quiero estropear ese momento. Y tampoco ponerlo en riesgo. Así que vamos a tener que hacer algunos cambios. Juntos.

La sonrisa de Åsa se desvaneció.

—Estoy en una situación complicada ahora mismo. Una situación peligrosa. Es una investigación que estoy haciendo. ¿Te acuerdas de ese investigador interno del que solía quejarme?

Åsa parecía no entender nada.

Thomas se sentía mal.

—Él y yo estamos metidos en algo que me supera, y que también supera a la autoridad policial. Hay personas que me quieren joder a nivel personal. Que han amenazado con hacerme daño y que ya me han asaltado.

—¿Por qué no dijiste nada?

—No quería que te preocuparas. Ahora que viene Sander y todo eso. Pero la cosa ha ido demasiado lejos. Y no puedo dejarlo. Tengo que seguir, llegar al fondo de este asunto. No hay nadie que pueda hacerse cargo.

—¿No pueden darnos protección personal?

—No sería protección suficiente. Éste es el precio que hay que pagar por ser policía. No sabes cuánto lo siento. Si sólo me hubiera afectado a mí no importaba, pero ahora te afecta a ti también. Puede afectar a Sander también, cuando venga.

—Pero tienen que darnos protección. Tiene que haber ayuda para policías metidos en investigaciones peligrosas. ¿No?

—Seguro que hay, pero no nos va a ayudar ahora.

—Pero si ahora es navidad.

—Eso nunca ha importado menos.

—¿Qué quieres decir?

—Lo que te he dicho, la policía no puede ayudarnos ahora. La navidad no detiene a nadie ahora. Nadie puede parar este asunto en el que estoy metido.

Se quedó callada. Thomas esperó a que dijera algo. En vez de eso, hojeó la carpeta.

Él dijo:

—Puedes quedarte con Jan unas semanas, hasta que pase todo. Y si dentro de dos meses todavía no ha terminado, no podemos traer a Sander. Sería demasiado peligroso.

No dijo nada.

—Åsa, lo siento tanto como tú. Pero no hay otra solución.

El polígono industrial de Liljeholmen. El coche de Hägerström, estacionado en dirección al agua. El coche de Thomas, estacionado junto a aquél, pero mirando hacia el otro lado. Ya estaba oscuro. Hägerström bajó la ventanilla primero.

—¿Qué tal la navidad?

—Fuimos a casa de mi hermano. Tienen una familia enorme. Montón de niños, perros, gatos, hasta un hámster. Primera vez que he pasado la navidad con él en más de quince años. ¿Y tú?

—En casa de mis padres, luego fui a Half Way Inn. ¿Has ido?

—Alguna vez, está cerca de la comisaría de Södermalm, ¿no? El sitio que está pegado al club de gays.

—Así es. Mi lugar de toda la vida. No el club de gays, eh.

—¿Quizá debería haberme acercado?

—El año que viene ya sabes dónde estoy.

—El año que viene tendré familia propia. Aunque sin hámsters, espero.

Hägerström parecía estar depre.

Dijo:

—¿Cuánto tiempo tenemos que seguir quedando en este plan? Trabajaríamos mejor si tuviéramos algún sitio para sentarnos en condiciones.

Thomas asintió con la cabeza.

—Åsa ya se marchó. Así que estoy mejor, más tranquilo.

—Demonios, ¿y qué?

—Nada, jodido. Pero creo que entendió. Podemos vernos en mi casa luego.

—Bien.

Thomas subió la temperatura del aire aún más. Había un centímetro de nieve sobre el capó.

—Bien, ¿qué tenemos en la agenda para hoy?

Hägerström sacó la cabeza por la ventanilla.

—Tengo muchas cosas que contar. Fui a la oficina y me enteré de algunas cosas en el pasillo. Han detenido a un sospechoso del asesinato de Rantzell.

Thomas dejó de respirar durante unos segundos.

—Se llama Niklas Brogren, un tipo al que tomé declaración hace unos meses. Entonces tenía una buena coartada. Pero comienza a derrumbarse. Dijo que había estado con un amigo toda la noche, hasta muy tarde. El amigo ha sido interrogado y confirma que Brogren estuvo allí, pero el investigador principal es escéptico. Parece que el tipo da una impresión incoherente y nerviosa. Pero lo más importante es que la madre ha comenzado a hacer declaraciones. Dice que Niklas Brogren llegó a casa relativamente pronto y que estaba borracho y de mal humor. Ya sabes qué pasa con las coartadas, o la tienes o, si no, estás bien jodido por haber intentado mentir.

—Hmm.

—Pareces escéptico.

—Ese Niklas no tiene nada que ver con lo que estamos haciendo.

—No, pero su madre tuvo una larga relación con Rantzell a finales de los ochenta y principios de los noventa. Así que hay conexiones y posibles móviles.

—¿Y cuál sería el móvil?

—Parece que Rantzell maltrataba a la madre.

—¿Cómo lo saben?

—Supongo que el investigador principal ha pedido el historial clínico y esas cosas, al menos yo lo hubiera hecho. Dicen que tuvo que ir al hospital varias veces, en ocasiones con fracturas.

—No jodas.

—Tú lo has dicho.

Thomas suspiró.

—Puede que esté demasiado obcecado con nuestra línea, pero no estoy seguro. Parece demasiado facil, el hijo de una señora maltratada que quiere vengarse de su padrastro. Como un patético *thriller*. El pasado visita al presente, ya sabes. Y eso nunca pasa en la realidad.

—Tengo la misma sensación que tú. Pero no sé. Hay muchas cosas que señalan a este Niklas Brogren. Pero SKL[120] no ha encontrado nada.

Thomas respiró hondo.

—En mi opinión no deberíamos dar carpetazo a nuestro proyecto.

—Estoy contigo. Pero ¿para qué? Adamsson está muerto,

---

[120] Acrónimo de Statens Kriminaltekniska Laboratorium, el laboratorio de investigación criminal forense del Estado sueco.

pero no hay indicios de cosas raras. Wisam Jibril está muerto y no podemos avanzar por ahí. Ballénius sigue sin aparecer. ¿Qué tenemos? Tú tienes montones de papeles en tu casa que no nos han dado nada sustancial. Has engañado y presionado a algunos viejos policías y te han dicho cosas que indican que pertenecen a la extrema derecha. ¿Y? No nos lleva a ninguna parte.

—Vamos, Martin. Tenemos muchas cosas. Lo único que, hasta ahora, nada que nos lleve al asesinato propiamente dicho. Pero no tardaremos en revisar todos los papeles del sótano de Rantzell, nunca lo hubiera conseguido sin tu ayuda, y hay muchas cosas extrañas ahí. Montón de nombres de personas por interrogar, empresas por investigar, movimientos de capital por rastrear.

Era cierto. Thomas y Hägerström se habían repartido los papeles.

Thomas ya había revisado una parte, pero todavía quedaba demasiado por esclarecer. Necesitaban sentarse juntos. Hägerström sabía de números y economía; explicaba lo que podía, pero no era suficiente. La cantidad de información parecía asfixiante. Todos los números, direcciones, nombres. Trabajaban de forma metódica. Thomas organizaba y estructuraba el material, Hägerström analizaba. Tenían su propio sistema de puntuación. Calificaban el grado de sospecha de la información que investigaban. Hacían listas de personas, números de teléfono, nombres de empresas. Establecieron un orden de prioridad: todo aquello que indicara conexiones entre las empresas de Rantzell y Bolinder, todo lo que indicara conexiones entre Skogsbacken AB y asuntos ilegales.

De momento, ningún rastro llevaba a Adamsson. Pero todavía quedaba tanto por aclarar.

Hägerström dijo:

—Nos va a llevar meses. Tal vez años. Åsa no puede estar tanto tiempo fuera, y si se enteran de que estoy metido en esto, me mandan a la calle enseguida. No funciona. Tenemos que dar con algo ya, si no, tendremos que abandonar y dejar que el fiscal

ponga entre rejas a ese Brogren. En cualquier caso, si me pregun-
taras a mí, te diría que no parece del todo improbable que lo haya
hecho él.

Thomas respiraba por la nariz. El frío invernal penetraba
hasta los pulmones. Lo llenaba a pesar de que todavía hacía calor
en el coche. No pensaba molestarse siquiera en comentar si Brogren era o no el asesino.

—Yo seguiré de todos modos. Creo en nuestra línea, aunque
ahora pueda parecer borrosa. Y tenemos que seguir un rastro muy
concreto. Tenemos que encontrar a Ballénius. Él sabe algo, estoy
convencido. Ese viejo perro no hubiera actuado como actuó en
Solvalla si no fuera por algo especial. Sabe algo.

La gente de Estocolmo iba corriendo de un lado a otro, cambiando y devolviendo regalos, compraba en las rebajas navideñas al
tiempo que intentaba relajarse y descansar. Thomas hablaba con
Åsa un millón de veces al día. Estaba en casa con todos los animales de Jan, aburrida. Tal vez iba a ir a casa de unos amigos en nochevieja, quería que la acompañara. Él no podía decirle que no a
todo. Gracias a dios: la mayor preocupación de Åsa era cómo
conseguir que nadie en la cena de nochevieja se enterase de que
vivía con su cuñado. Parecía la mayor nimiedad del siglo.

Thomas había empezado a trabajar menos en el club a la vez
que trataba de averiguar todo lo que pudiera sobre Bolinder. Hablaba con polis conocidos. Buscaba en internet. Pidió ayuda a
Jonas Nilsson de nuevo, preguntaría a sus antiguos colegas. Fue
a una biblioteca y consultó la base de datos de la hemeroteca. Preguntaba en el club.

—Bolinder —dijo Ratko—, ¿por qué estás todo el día preguntando sobre Bolinder?

Despues de eso, Thomas trató de no destacar en el club durante unos días.

Era domingo. Un cielo azul claro amplio, por una vez. El aire cortaba los pulmones. Thomas y Hägerström estaban en la entrada a Solvalla. La carrera del día se llamaba El Caballo de Plata. Era una final de V75[121] de primera, con el premio de un pedazo de caballo de plata para rematar. Estaría a tope de gente. Ballénius seguramente iría. Esta vez no lo perderían de vista.

La compañía de seguros de animales Agria seguía dominando los carteles publicitarios. El aire estaba tan cargado de tensión que se podía cortar con cuchillo, igual que la gente hacía con los perritos calientes que se servían en el bar. Pero había menos gente en la grada que la última vez que Thomas había estado allí; consecuencia directa de la temperatura, justo por debajo de cero.

Fueron pasando revista a las masas. Thomas estaba seguro de que Ballénius no iba estar en la grada, pero aun así, quería estar seguro.

Ballénius no estaba.

Entraron en el Bar Deportivo Ströget. Más o menos la misma gente que la otra vez, todos con la cazadora puesta, y definitivamente las mismas papas fritas con sabor a tocino en el bar. Ahí dominaban los jóvenes que devoraban hamburguesas y bebían cerveza. Ahí no iban a encontrar a Ballénius, eso era seguro.

Thomas echó un vistazo a Hägerström, parecía nervioso. O si no, simplemente estaba tenso. Sentimientos cruzados: Thomas estaba agradecido de que el ex de Asuntos Internos le acompañara. Al mismo tiempo estaba avergonzado, esperaba que ningún compañero de trabajo antiguo los viera juntos.

Continuaron hasta el Bistron. La entrada estaba repleta de gitanos finlandeses. Thomas se abrió paso. Entró en el bar. Reconoció al encargado danés con la barriga grande al que le había preguntado la otra vez. Parecía aún más hinchado. Consiguió

---

[121] Modalidad de carrera de trote.

atraer la atención del danés. Hizo sus preguntas. El danés negó con la cabeza; lo sentía, no sabía nada. Thomas preguntó por Sami Kiviniemi, el hombre que le había ayudado a llegar a la planta correcta la ocasión anterior. Pero el finlandés no estaba allí. Hasta el momento, el rastro de Solvalla estaba frío.

Thomas y Hägerström tomaron las escaleras mecánicas hacia el Kongressen. Los nombres de los distintos caballos ganadores de Elitloppet[122] estaban escritos en la pared. *Gum Ball, Remington Crown, Gidde Palema.* Hägerström miró a Thomas antes de entrar en el Kongressen.

—¿Llevas arma, Andrén?

Dio una palmadita al doblez de la cazadora. Notaba el Sig-Sauer a través de la tela.

—Aunque sólo sea un poli de tráfico, sigo siendo el mejor tirador de Söderort.

Hägerström se rio discretamente. Luego dijo:

—¿Será mejor que me quede en la entrada? Entra, tú lo reconoces. Si el tipo intenta lo mismo que la otra vez, le daré una bienvenida caliente por aquí.

Thomas asintió con la cabeza.

Hägerström continuó:

—Y llámame al celular nada más entrar. Será nuestro *walkietalkie* particular y no levantará sospechas.

Hägerström parecía competente. Thomas trató de relajarse, entró en el bar-restaurante Kongressen. Sujetaba el celular con la mano izquierda. Se colocó en la parte más alta. Trató de echar un vistazo a las filas de abajo. Miró a su alrededor. Todas las mesas parecían estar ocupadas. Informó a Hägerström:

—No lo veo. Pero el sitio es muy grande. Habrá cuatrocientas personas alrededor de las mesas.

Comenzó a caminar a lo largo de la fila superior. La cabeza, vuelta hacia las mesas de abajo. A la gente le encantaban las carre-

---

[122] Nombre de una prestigiosa carrera internacional de trote que tiene lugar anualmente en Solvalla.

ras, su concentración estaba puesta en la pista. La voz del comentarista en los altavoces: parecía que un tapado estaba a punto de ganar. A veinticinco metros de él estaba la mesa ciento dieciocho. El lugar preferido de Ballénius. El lugar donde Thomas lo había encontrado la última vez.

Había cuatro personas alrededor de la mesa. Podía ver sólo a dos de ellas de frente: una mujer con labios enormes que tenían que ser falsos y un hombre de unos treinta años que se estaba poniendo en pie de la emoción con lo que ocurría en la pista. Thomas sólo pudo ver las espaldas de los otros dos. Uno de ellos podía ser Ballénius. Alto, delgado.

Se acercó. Todo sería más fácil si el tipo no se daba la vuelta.

Más cerca. Quedaban diez metros. Pelo cano, desgastado; sí, podía ser él.

Más cerca.

Dijo a Hägerström: Estoy a siete metros de un hombre que puede ser él.

Thomas se acercó a la mesa. Miró al tipo de frente.

Recordaba a Mister Bean, pero con el pelo cano.

Definitivamente, no era Ballénius.

Capítulo
55

Mahmud tomaba la misión en serio por tres razones: Jorge era un buen tipo, Mahmud estaba seguro; el latino, con la misma actitud que él, la misma agenda. Encima: Mahmud tenía muchas ganas de joder a los putos yugoslavos, demostrarles que no podían jugar con un árabe de honor de cualquier manera. Hasta para los que estaban fuera de la ley había reglas. Finalmente: era emocionante, un puto asunto de comando que además podría forrarlo de plata.

Hoy había ido a ver a Erika Ewaldsson por última vez. Lo había llevado a su despacho, como siempre. El desorden, las persianas, las tazas de café, todo era igual. Salvo una cosa: hablaba más despacio de lo habitual. Y casi parecía que estaba de mal humor. No era muy común en ella; una Erika enfadada estaba quieta y callada. No como hoy: hablando sin parar, pero al mismo tiempo descontenta.

Luego pensó en otra cosa. Igual no estaba de mal humor. Igual estaba triste. Carajo, eso sonaba totalmente raro, pero igual le extrañaría. Cuanto más tiempo pasaba escuchando su parloteo, más evidente parecía. No le molaba que ésa fuera la última visita. Pero más raro aún: Mahmud tampoco se sentía muy bien, estaba como triste, o algo. Mierda, Erika no estaba mal después de todo. Apartó el pensamiento de su cabeza. Trató de imaginarse a Erika desnuda, sacar una risa interna. Siempre llevaba ropa amplia. No era delgada, pero ¿en realidad era gorda? Podía tener buenas tetas. El culo era ancho, pero podía tener unas formas redonditas. No hubo risas; al revés. No era para un gánster como él. Pero al final sonrió para sí. Entre las piernas: seguro que lo tenía bien poblado, puro pelaje de invierno. Taaaan vikinga.

La reunión acabó.

—Bueno, Mahmud, ya no nos volveremos a ver. ¿Te parece extraño?

Sí, era ella la que estaba triste por el asunto. A él le daba igual.

—No pasa nada. Seguramente me verás en la tele cuando sea millonario.

Erika sonrió.

—Pensé que ya eras millonario, es lo que sueles decir, ¿no?

—Sí, claro que soy millonario, hijo de los programas del millón. ¿Pensabas que funcionaría? ¿Meternos en un montón de bloques de cemento sin más?

Lo veía en los ojos de Erika otra vez: no estaba contenta.

—No sé, Mahmud, espero de verdad que te vaya bien. Pero cómo vas a ser millonario, si todavía no has conseguido ningún trabajo. —Tal vez sonreía un poco después de todo.

Mahmud dijo:

—De acuerdo, igual nos vemos en la oficina de empleo, o cómo se llame.

—Me encantaría.

—Sí.

—Sólo hay un sitio en el que no quiero volver a verte, Mahmud.

—¿Dónde?

—Aquí.

Se rieron juntos. Mahmud se levantó. Le estrechó la mano.

Ella también le estrechó la suya. Se miraron el uno al otro. Sin moverse. Luego se abrazaron.

Erika habló:

—Cuídate.

Mahmud no dijo nada. Trataba de resistir el impulso de abrazarla de nuevo.

Mahmud había ido al gimnasio. Afuera nevaba. Estocolmo seguía vestido de navidad. Los suecos lo habían celebrado en casa junto a sus familias hacía unos días. Mahmud fue a casa de su padre y Jivan. Jamila llegó por la noche. Había traído galletas de pan de genjibre y *baklawa*.[123] Cenaron, vieron una película que Mahmud había elegido: *Soy leyenda*. A su padre no le gustó la peli.

De alguna manera también ellos celebraron la Navidad, aunque Beshar ni quiso pronunciar la palabra *navidad* delante de Mahmud.

—Es un rollo de los suecos. No nuestro.

Mahmud había hecho sus tareas. Lo primero eran las armas. A través de Tom consiguió contactos. Unos pesos pesados de Södertälje. Redes selectas; asirios. Profesionales de furgones blindados. Veteranos de explosivos. Fetichistas de armas. Tom no los conocía bien, pero lo suficiente para poder comprar tres armas. Dos AK4 que seguramente habían sido robados de los depósitos del ejército y un Glock 17. Sensación poderosa: esconder tres cacharros bestiales en su departamento. Mahmud sacó los cerrojos, los envolvió en una sábana. Dejó el resto de las armas bajo la cama, detrás de unas bolsas con papeles que había sacado de aquel piso hacía unos meses. La sábana con los cerrojos la dejó sobre una viga. Hay que ser listo: si la poli lo atrapaba, al menos podría decir que las armas carecían de piezas importantes. Que no se podían utilizar.

El otro deber había sido más fácil aún: conseguir la cizalla. Primero pensó en robar una, pero luego cambió de idea. Era innecesario arriesgar. En vez de eso la compró en las ferreterías Jär-

---

[123] Pastel hecho de nueces trituradas.

nia en el centro de Skärholmen. El modelo más bestial que tenían. Aflojó en *cash*.

El último deber era el más difícil, conseguir hombres. No es que no conociera a un montón de gente. Pero ¿en quién podía confiar? ¿Quién nunca se echaba para atrás, seguía el rollo, aguantaría la presión? En realidad ya sabía a quién preguntar. Robert, Javier y Tom. Pero las preguntas permanecían: ¿podía confiar en sus *homies?*

Tom no iba a estar en casa en nochevieja; mierda. Niklas quería un total de diez *boots on the ground*,[124] como decía. En cualquier caso Mahmud tendría que verse con los otros tipos para planificar. Citó a Robert y Javier en su casa por la noche. Javier llevaba una camiseta tan ajustada que los pezones quedaban marcados como si fuera el puto Jordan. Robert seguía con su rollo de gueto al estilo de Fat Joe: pantalones de chándal amplios y sudadera XXL. Mahmud no pudo evitar la duda: ¿Estos tipos van a dar la talla en el ataque? Se veían a sí mismos como auténticos gánsteres y tal vez fueran tipos duros. Pero esto..., esto era distinto. No podía echarlo a perder. No la iba a joder nunca.

Compartieron un porro. Vieron *El ultimátum de Bourne*. Mahmud trató de cargarse de energía. Estaba a punto de presentar todo. No podía sonar raro. Debía hacerlo bien. Sacó el DVD del reproductor. Miró a los chicos.

—Tengo un asunto entre manos. Un asunto mayúsculo.

Robban estaba dando caladas al porro.

—¿Qué? ¿Un asunto de coca o qué?

—No, esto es algo personal. *Cash* rápido.

—Suena bien.

—Es como el asalto, Robert, el asalto al departamento ése. ¿Te acuerdas?

Robert echó una sonrisa socarrona.

---

[124] Literalmente: «botas en el suelo». Se refiere a soldados (el número dividido por dos).

—Claro. Menudo favor que te hicimos dándote todos los cacharros.

—Se los prometo, ahora me toca devolvérselos. Esto es como aquel asalto pero multiplicado por cien. Hay que asaltar un pedazo de chalet en Smådalarö.

—Smådalarö. ¿Dónde está? ¿En Norrland[125] o qué?

Se burlaron.

Mahmud comenzó a explicar. Cómo había estado con Jorge en el piso reggae. Cómo el latino estaba hipermotivado para vengarse de los yugoslavos. Viejos agravios, en ese plan, *maffiastyle*. Contó lo de Niklas, cómo había apaleado al ex novio de Jamila, cómo odiaba el negocio puteril más que cualquier lesbiana feminista. Explicó lo de los tipos estirados que tenían pensado ir a coger, pero que acabarían atacados por unos moros con clase. Podrían fiarse de Niklas. El mercenario realmente se la rifaba: la planificación, la vigilancia, los mapas, las fotos, todo.

Mahmud notó que estaban escuchando. Asentían. Hacían preguntas más o menos relevantes. Les latía. El punto sobre la i: las armas. Cuando se enteraron de lo que Mahmud había conseguido, no lo pensaron dos veces: querían apuntarse.

Mahmud, el moraco justiciero más justiciero de toda la guerra de Estocolmo. El único pero era que debería haber hablado con Niklas hacía tiempo, pero era imposible dar con el tipo. Mahmud no quiso llamar, ya que habían quedado en sólo mandar SMS codificados. En vez de eso, mandaba al menos diez mensajes al día. No le contestó. Igual no había entendido los códigos. Así que fue a la guarida de Niklas, llamó a la puerta, hasta dejó una nota en el buzón: «¡Tú, cadáver, llámame!».

Pero no ocurrió nada. Pasó un día, pasaron dos, tres. Nochevieja se acercaba. ¿Dónde carajo estaba?

---

[125] Región que ocupa el tercio norte de Suecia.

Además tenía que conseguir algún otro soldado. El asunto era que Niklas quería que fueran cinco en el ataque. Si al final se hacía.

Mahmud pensó en sus colegas. Dejan, Ali, un montón de tipos más.

No iban a dar la talla. Ni siquiera estaba seguro de que Robert y Javier la fueran a dar. Todo el rato, un pensamiento al acecho en su interior; Babak sería perfecto. ¿Pero cómo? Babak lo evitaba totalmente. Lo consideraba un puto traidor. Demasiado tarde se había dado cuenta de la verdad: los yugoslavos eran el enemigo. Todo el asunto le daba unos cargos de conciencia de la mierda.

Sacó un papel y una pluma. Hizo algo que jamás había hecho antes: apuntó lo que tenía que decir. Diez minutos más tarde, ya había terminado. Lo repasó. Hizo algunos cambios. Recordaba las clases del colegio: lo llamaban apuntes de apoyo.

Esperaba que ayudaran.

Sacó el celular. Llamó a Babak.

Capítulo
56

El aire de las celdas estaba cargado de humo y mal karma.
A pesar de que la prohibición de fumar que prevalecía en
el resto de Suecia ya había llegado hasta aquí. El suelo de linóleo
de los pasillos, las macizas puertas de las celdas pintadas de azul
estaban tan impregnadas que si las rascabas seguramente saldría
Marlboro.

Niklas se quedaba con todos los detalles. La ropa de los
funcionarios de prisiones: amplia, verde, desgastada hasta alcanzar la suave textura de una pijama. Las rejas pintadas de blanco
que cubrían las ventanas; en la cama, un colchón ignífugo de diez
centímetros de grosor, la silla de madera, el minúsculo escritorio,
el televisor de catorce pulgadas. Los tres juegos de la Play que los
inquilinos de la sección podían coger prestados valían su peso en
oro. Los polis no eran mala gente, sólo hacían su trabajo. Pero se
arrastraban por los pasillos en sus zapatillas de funcionario; sin
afeitar, lentos, depres. Aquí no existían razones para estresarse.
La vida se medía en los intervalos que transcurrían entre las visitas o, para los que tuvieran permiso, las conversaciones con los
allegados.

Se sentía perdido; al mismo tiempo, superior. Si la mayoría
de la gente del lugar eran manzanas podridas. La lógica de Niklas
era sencilla: precisamente por eso habían acabado aquí.

Se sentía como el robot de las películas de *Terminator*. Registraba los alrededores, las habitaciones, a la gente como una computadora. La ubicación de las celdas, el equipo de los funcionarios, su tono, su actitud. Posibilidades. Tenía restricciones, por lo que no podía hablar con nadie, hacer o recibir llamadas, enviar o recibir correo. Pensaban que podría tergiversar las pruebas si tuviera contacto con el mundo exterior. Era enfermizo.

Pensó en los interrogatorios que le habían hecho. Algunos de tan sólo quince minutos. Otros de varias horas. Los polis de la investigación repetían las cosas una y otra vez. ¿A qué hora había llegado a casa de Benjamin la noche en cuestión, dónde alquilaron el DVD, quién pagó el alquiler, sabía qué había hecho Benjamin por la tarde, qué opinaba sobre las declaraciones de su madre, a qué hora había salido de casa de Benjamin, qué estaba haciendo su madre cuando llegó a casa? Y ayer: empezaron a hacer preguntas sobre Mats Strömberg y Roger Jonsson.

Le estaban pisando los talones.

Estaban en una pequeña sala de interrogatorios en el mismo pasillo que la celda. En el eterno suelo de linóleo había una calcomanía que señalaba hacia la Kaaba de la Meca; al parecer habían dejado que alguien rezara ahí. En la mesa había un interfono, pero las llamadas salientes estaban bloqueadas. En la pared se podía leer un aviso: «N. B. Contacte con el personal del pasillo antes de dejar que el cliente salga». No podía quejarse de la vigilancia. La conclusión, en resumen: no era fácil fugarse de la prisión de Kronoberg.

Hoy, otro interrogatorio, aunque no había nada que decir. Él no tenía nada que ver con el asesinato de Claes, sin más. El abogado estuvo unos minutos con él antes del interrogatorio.

—¿Has pensado en algo desde la última vez? ¿Algo que quieras decirle al interrogador?

Niklas dijo lo que pensaba:

—No quiero hablar de cómo Claes nos trató a mi madre y a mí.

Burtig dijo:

—Entonces sugiero que cierres la boca y respires con la nariz. ¿Entiendes? La ley no te obliga a contestar preguntas sobre ello.

Niklas comprendió. Burtig era bueno, pero ¿sería suficiente?

El interrogador entró, Stig Ronander. Pelo cano y una telaraña de arrugas alrededor de los ojos. El viejo irradiaba experiencia y tranquilidad: estilo relajado, movimientos serenos. Sobre todo, un brillo en los ojos y un sentido de humor que provocaba alguna que otra risa de vez en cuando. Calculador, asquerosamente calculador.

La otra poli se llamaba Ingrid Johansson. Tenía la misma edad que Ronander, pero era más callada, observadora, expectante. Vino con una bandeja de café y bollos.

Niklas había pasado horas en la celda tratando de analizar su técnica de interrogación. Era notablemente más sutil que los métodos de Collin y él bajo el sol del desierto. Un intérprete, una culata de rifle, una bota: solía bastar para sacar la información necesaria. Ronander/Johansson empleaban la táctica opuesta: ataque de buen rollo. Comedidos y pensativos, trataban de establecer comunicación, crear confianza. Sonsacar más detalles mediante la repetición de las mismas preguntas una y otra vez. Poli bueno, poli malo; parecían pertenecer a otros tiempos. Los dos irradiaban buena voluntad, consideración. Pero Niklas lo sabía. La actitud era engañosa.

Después de diez minutos de cafés y conversación trivial, llegó la primera pregunta seria.

—Supongo que no te importará hablar de tu infancia. Tu madre ya nos ha hablado de ella.

—Sin comentarios.

—Por qué, vamos.

Ronander se rió.

—No tengo comentarios.

—Hala, Niklas, sé bueno. Si sólo estamos hablando. ¿Recuerdas muchas cosas de tu infancia?

Silencio.

—¿Te gustaba el deporte?

Silencio.

—¿Solías jugar en la calle?

Silencio.

—¿Leías libros?

Más silencio aún.

—Niklas, ya sé que es difícil hablar de todo esto. Pero puede merecer la pena, por tu propio bien.

—Ya dije que no tengo comentarios.

—Tu madre trabajaba como cajera en un súper mercado por aquel entonces, ¿no?

Niklas dibujó una raya en las migas que cubrían la mesa.

—Es privado.

—Pero ¿por qué? Si ella misma lo ha contado. Entonces no puede ser privado.

Silencio.

—¿Es verdad que ella trabajaba como cajera? —Miró de reojo hacia su derecha, hacia Ingrid Johansson. Niklas no contestó.

Así seguía. Repeticiones, preguntas bienintencionadas. El abogado no podía hacer gran cosa, tenían pleno derecho a preguntar. Pasaron dos horas. Más repeticiones. Una pérdida de tiempo. En realidad, su infancia era un tema importante, lo reconocía. Lo que no podían imaginarse era *el verdadero* alcance del tema. No tenían ni idea de lo que había que hacer para parar a gente como Claes Rantzell.

Él no era el culpable.

Sólo faltaban dos días para nochevieja. Niklas pensaba en Mahmud y en las preparaciones. Se preguntaba si un *haij* como él habría cumplido con sus obligaciones: las armas, los peones, la cizalla. El propio Niklas había terminado con lo suyo los días antes del arresto. Pero ahora: pasaba el tiempo. Esperaba que el árabe guardara los cacharros a la espera de otra ocasión.

Trataba de entrenarse en la celda. Flexiones, abdominales, ejercicios de tríceps, espalda, piernas, hombros. Reflexionaba, estructuraba, planificaba. Tenía que haber una solución. Una salida. Por la noche le llegaban otros pensamientos, más oscuros. La cara de la prostituta. Imágenes de las libertades que se tomaban, cómo la maltrataban y violaban. Recuerdos de su desamparo, llorando en una cama, pidiendo auxilio desesperadamente. ¿Dónde estaba la ayuda? ¿Dónde estaba la libertad? Y otras imágenes: Nina Glavmo Svensén en el idílico chalet. El bebé al hombro. Las puertas cerradas del chalet. No estaba seguro de si soñaba o fantaseaba.

En breve tocaba una nueva vista. Ya habían hecho dos, sin éxito. El abogado Burtig había explicado:

—Al principio no podían retenerte más de cuatro días antes de que el tribunal tomara la decisión de encarcelarte de forma provisional. Después tienen que realizar vistas cada dos semanas para obligarte a seguir aquí de esta manera. Pero la verdad es que creo que tenemos un caso bastante bueno. Tienes coartada. No hay testigos. No hay pruebas técnicas de momento, y no han pillado nada por el SKL. La pregunta es qué es lo que les está contando tu madre. Y lo que han podido encontrar en tu computadora acerca de los otros dos tipos.

Ya hacía tiempo que Niklas sabía qué contestar:

—Quiero una vista. Cuanto antes.

El abogado tomó apuntes.

Niklas tenía un plan.

***

Junta Policial Estatal

Grupo Palme de la Policía Criminal Estatal
Fecha: 29 de diciembre. APAL - 2478/07
Informe (Secreto de sumario con referencia al cap. 9, párr. 12 de la Ley de Protección de Datos)

Referente al asesinato de Claes Rantzell (anteriormente conocido como Claes Cederholm, n.º de registro 24.555)

La investigación referente al asesinato de Claes Rantzell

La investigación preliminar referente al asesinato de Claes Rantzell (antes Claes Cederholm) realizada por el comisario de la Brigada de Investigación Criminal Stig H. Ronander, de la comisaría de Söderort.
Ronander informa personalmente al grupo Palme.
Fredrik Särholm, investigador especial del grupo Palme desde el 12 de septiembre, ha redactado un informe referente a Rantzell (véase Anexo 1).
En informe anterior con fecha de 28 de octubre (APAL 2459-07), el grupo Palme ha informado sobre los avances en la investigación referente al asesinato de Rantzell.
En este informe se explican algunas circunstancias recientes, en resumen:

1. El sujeto conocido como Niklas Brogren ha sido arrestado como presunto autor del asesinato de Rantzell (véase informe de detención, Anexo 2). Niklas Brogren es hijo de Catharina Brogren, que a finales de los años ochenta y principios de los noventa mantuvo una relación de convivencia periódicamente interrumpida con Rantzell. Ha declarado que durante este periodo fue maltratada en varias ocasiones por Rantzell. Asimismo, varias personas con relación con Catharina Brogren han declarado que Rantzell la maltrató durante este tiempo (véase actas de interrogatorio adjuntas, Anexos 3-6). Por lo tanto, se confirma la existencia de un móvil para quitarle la vida a Rantzell.
2. En el registro de la casa de Niklas Brogren se encontró una computadora, cuadernos, cierto equipo de vigilancia, así como un buen número de armas blancas, etc. El disco duro ha sido investigado por la Brigada de Investigación Tecnológica de la policía.

Contiene datos que pueden vincular a Niklas Brogren a los asesinatos de dos hombres en Estocolmo los días 4 y 24 de noviembre de este año, respectivamente. Se ha iniciado una investigación preliminar (véase denuncias, etc., Anexo 7).

3. En el marco de la investigación preliminar ordinaria se han recogido datos de John Ballénius, 521203-0135, que según informaciones recibidas era amigo cercano de Rantzell. John Ballénius es conocido por la policía en calidad de testaferro de un gran número de empresas sospechosas de haber cometido delitos económicos. Durante los años ochenta y noventa se veía con frecuencia con Rantzell. Según informaciones recibidas, no quiso dejarse interrogar en el marco de la investigación preliminar. En consecuencia, cierta sospecha puede recaer sobre Ballénius, bien como implicado en el asesinato, bien por poseer cierto conocimiento de datos relevantes (véase interrogatorio, Anexo 8).

4. El piso de Rantzell ha sido registrado por los técnicos de la policía (Lokus), que han remitido muestras a SKL. De las muestras de ADN de SKL pueden destacarse las siguientes conclusiones, entre otras: el piso ha sido visitado por personas que no son ni Rantzell ni sus familiares cercanos. Existen muestras de ADN de al menos tres de estas personas.

No se puede descartar que estas personas hayan estado en el piso durante el tiempo transcurrido después del asesinato de Rantzell (véase informe de SKL, Anexo 9).

5. Por lo demás, los técnicos de la policía sospechan que una persona no identificada, pero que no es Rantzell, ha extraído objetos de un almacén que con toda probabilidad ha sido utilizado por Rantzell. Los objetos extraídos son, probablemente, bolsas de plástico con contenidos desconocidos.

Medidas propuestas

Por lo anteriormente dicho se proponen las siguientes medidas:

1. Que al grupo Palme se le ofrezca la posibilidad de tomar parte en los interrogatorios a Niklas Brogren.
2. Que el grupo Palme nombre a Fredrik Särholm para investigar todas las sospechas hacia Niklas Brogren paralelamente con la investigación preliminar ordinaria de la autoridad policial.
3. Que se ofrezca la posibilidad al grupo Palme de destinar recursos a la búsqueda de John Ballénius.

Recomendamos que se tome una decisión al respecto en la reunión convocada para el 30 de diciembre del presente año.

En Estocolmo, con fecha arriba indicada.
Comisario de la Brigada de Investigación Criminal Lars Stenås

Capítulo

57

Estaban en casa de Thomas, en la planta de abajo. Si Åsa hubiera estado allí, habría estado arriba viendo la tele. Thomas creía que en el fondo ella lo había entendido. Eso le daba ánimos. Pero el miedo que tenía a las personas que estaba buscando se los enfriaba.

En una de las ventanas colgaba una estrella de navidad. Aunque Åsa había decorado la casa más de lo habitual este año, no habían metido ni árbol de navidad ni candelabro de adviento.[126] Pero cuando llegara Sander colgaría tantas boberías navideñas que hasta la casa de *Las vacaciones de una chiflada familia americana* parecería poco navideña en comparación.

Hägerström estaba sentado en una butaca que Thomas había heredado de su padre. La estructura era de madera de cerezo. Tapizada de tela roja desgastada. Tal vez no fuera la más bonita del mundo, pero significaba mucho. Si uno se acercaba mucho, todavía se podía notar el olor a puros de su viejo.

Thomas pensó: debería tapizarla con otra tela. Algún día.

En la mesa de centro y en el suelo: papeles, informes, documentos esparcidos. Habían depurado la selección un poco, siguiendo los criterios de su sistema de puntuación. Para uno de

---

[126] Candelabro tradicional con huecos para cuatro velas, una para cada uno de los cuatro domingos del adviento.

fuera parecería un caos. Para el dúo de polis era cronología, orden, estructura.

La tarea: sacar información que les llevara a Ballénius. Habían sido ingenuos, pensando que con dar una vuelta por Solvalla encontrarían a Ballénius esperando, igual que la otra vez. Pero el tipo no era estúpido: se daba cuenta de que algo estaba pasando. Sabía que Rantzell estaba muerto.

El rastro de Wisam Jibril evidentemente llevaba hacia la criminalidad. Pero no conseguían terminar el puzzle, no veían cómo ese asunto podía encajar. Jibril había sido un maldito de atracador, un profesional del crimen, pero no había ningún indicio de que hubiera tenido contacto personal con Rantzell. En cuanto a la muerte de Adamsson, seguro que significaba algo, pero también podría ser una coincidencia. Hägerström había sondeado sus contactos. Thomas había parloteado con éstos y con aquéllos. Nadie creía que el viejo había fallecido a causa de un crimen. Todo indicaba que el accidente de tráfico había sido de lo más normal. Quedaban algunos miembros de la tropa. Quedaban todos los papeles, prestanombres, transacciones y actividades más o menos extrañas. Quedaba Ballénius, que sí sabía algo. Y quedaba la fiesta de Bolinder que los yugoslavos iban a montar en nochevieja. Thomas todavía no se lo había contado a Hägerström.

Thomas había sacado más información de Jasmine acerca de las fiestas de Bolinder. No escondían sus actividades ante Thomas. Pero esto, el hecho de que ahora fueran a montar un evento en casa de Bolinder, no era sólo de locos. Era de enfermos mentales en toda regla. Tenía que contarlo, a Hägerström tal vez se le ocurriera algo. Aun así, le daba muina. No quería que se conociera su trabajo extra. Hägerström era listo: ya había comprendido que Thomas estaba metido en algún asunto medio turbio, pero todavía no conocía su verdadero alcance. Podría esperar un poco más.

Hägerström había traído una tableta de chocolate que ahora estaba en la mesa. Rompió el chocolate a través del papel de estaño.

—El chocolate negro está bueno de verdad, ¿eh? Y saludable, según dicen. —Echó una sonrisa socarrona, con un velo marrón de chocolate cubriendo los dientes.

Thomas soltó una carcajada.

—No te voy a contar qué es lo que parece que te estás comiendo. —Se levantó. Fue a la cocina. Cogió dos cervezas. Pasó una a Hägerström—. Toma, algo un poco más de hombres.

Continuaron revisando los montones de papeles. Empresa por empresa. Año por año. Todo iba mucho mejor cuando estaba Hägerström. Habían checado todas las direcciones de empadronamiento de Ballénius. A lo largo de los años, catorce calles y apartados de correos en total. Otras personas en las empresas: normalmente estaba solo en la junta, a veces como suplente. A menudo, junto con Claes Rantzell. A veces, con alguien que se llamaba Lars Ove Nilsson. A veces con alguien que se llamaba Eva-Lena Holmstrand. En los documentos un poco más antiguos, a menudo estaba en las juntas con otros tipos que Thomas ya había investigado; todos habían fallecido.

Pidió extractos de registros de impagados: algunas sentencias por delitos de patrimonio y bastantes de conducción en estado de embriaguez.

Típicos prestanombres alcohólicos.

No fue imposible dar con Lars Ove Nilsson y Eva-Lena Holmstrand. Hägerström había hablado con el hombre. Thomas había interrogado a la mujer. No sabían nada. Uno de ellos estaba prejubilado y la otra vivía con ayuda social. Los dos estaban en proceso de refinanciación de deudas. Decían que reconocían los nombres —tanto Claes Rantzell como John Ballénius—, pero manifestaban que nunca los habían visto. Que habían accedido a figurar en las empresas por unos billetes de mil. Tal vez mentían, tal vez era verdad. Thomas los había presionado bastante. La mujer había llorado como una niña. Hägerström también había presionado; si hubieran sabido algo, habría salido.

Más asuntos: vieron a los asesores financieros de algunas de las empresas. Hägerström había hablado con ellos. En algunos casos, interrogatorios en toda regla. O tan cerca de serlo como fuera posible en una investigación que se realizaba más allá de la ley. Lo más importante: los acorraló lo suficiente. No querían saber nada de ilegalidades, echaban toda la culpa a los contables. Y los contables —todas las empresas pertenecían a la misma asesoría— habían quebrado. Los dos dueños, que también eran los únicos dos empleados, vivían en España. Thomas y Hägerström tal vez pudieran dar con ellos, en el futuro.

Más cosas: el departamento de la calle Tegnér había sido desalojado. Ballénius realmente se esforzaba en esconderse. Thomas contactó con dos viejos conocidos de Ballénius y Rantzell de los últimos tiempos. Decían no saber nada. Seguramente también ellos mentían, aunque al mismo tiempo nadie parecía tener una idea muy clara de lo que Rantzell había hecho en los últimos meses de su vida.

El día después del fiasco de Solvalla, Thomas y Hägerström fueron a visitar a la hija de Ballénius, Kristina Swegfors-Ballénius, en Huddinge. Era más joven de lo que Thomas se había imaginado al hablar con ella por teléfono. Kicki[127] se dio cuenta enseguida de que eran polis. Thomas pensó: ¿Cómo es que la gente siempre se da cuenta?

—¿Fuiste tú el que me llamó este verano? —dijo incluso antes de que se hubieran presentado.

La presionaron como locos, revisando sus registros minuciosamente. Trabajaba de forma ilegal como camarera de un restaurante en la ciudad. Aun así, reaccionó como los dos viejos testaferros. Thomas se lo dejó claro:

—Conseguiremos que pierdas tu trabajo y te denunciaremos a Hacienda si no nos dices dónde puedo encontrar a tu padre.

Pero ella se mantuvo firme en sus declaraciones:

---

[127] Diminutivo de Kristina.

—No sé dónde está, hace mucho que no sé nada de él.

Le dieron un día para decirles las señas para dar con él.

Podían revisar los sitios donde las empresas habían desarrollado sus actividades. Ver si había gente que conociera a Ballénius. Deberían hablar con los bancos, ver si alguna sucursal en concreto solía emitir pagos a su nombre. Quizá investigar a los clientes, averiguar si alguien alguna vez había estado con los que supuestamente llevaban las empresas con las que tenían negocios. Quedaba mucho por hacer y costaría tiempo. Thomas no podía dejar de pensar en ello: en nochevieja el viejo Bolinder armaría una fiesta organizada por Ratko y los otros yugoslavos. Debería aprovecharse de la circunstancia. Tenía que haber alguna manera.

Hägerström bebió cerveza y mordisqueó chocolate. Soltó chistes cínicos que hacían sonreír a Thomas. Aunque el tipo era un *quisling*,[128] tenía algunos puntos divertidos. Listo, un investigador de primera. Estaba inclinado sobre un montón de papeles cuando levantó la mirada.

—No creo que Kicki nos vaya a contactar.

—¿Por qué? —preguntó Thomas.

—Lo vi en su cara, sin más. Mi instinto infalible.

—¿Cómo que instinto infalible? Ningún poli lo tiene que yo sepa.

—Igual tienes razón. Pero dije a un colega que le interviniera el celular a Kicki Swegfors-Ballénius. Lleva intervenido desde que la vimos ayer. Ella llamó.

—¿En serio? Entonces tenemos un número.

—Tenemos un número, pero se lo cargó nada más colgar. Ya no existe. Y ella le dijo que alguien lo estaba buscando y que no le llamaría durante una temporada. Lo está protegiendo.

---

[128] «Traidor». El sustantivo deriva de Quisling, el apellido de un político noruego que colaboró con los nazis antes y durante la ocupación alemana del país en la Segunda Guerra Mundial.

Thomas estaba fastidiado; al mismo tiempo, desconcertado; ¿por qué Hägerström no se lo había contado antes? Dijo:

—Me cago en la puta. Menuda puta.

—Es una forma de expresarlo. En resumidas cuentas, no creo que el rastro de Kicki vaya a dar frutos. Por eso no te dije nada al principio. Pero tengo otra idea.

Thomas se inclinó hacia delante en el sofá.

—He echado un vistazo a las direcciones de Ballénius. Las direcciones de apartados de correos siguen cierta lógica. Para todas las empresas que todavía existen utiliza o ha utilizado hasta hace poco un buzón de Hallunda.

—¿Y qué?

—Y eso quiere decir que esa dirección todavía está activa. Quiero decir que todavía la utiliza para recoger su correo.

—Vamos para allá.

Llegaron al centro de Hallunda una hora más tarde. Thomas había conducido despacio. Pensaba en el caos de la ciudad: una gran tormenta de nieve envolvía Estocolmo como un aviso de que los ciudadanos necesitaban protección de cara a una catástrofe. En breve comenzaría un nuevo año; por una vez con nieve blanca de verdad. Sin tiempo para dejarse ensuciar hasta alcanzar el color habitual de la nieve en Estocolmo. Gris pardo, llena de grava, suciedad y esperanzas desvanecidas de las personas que viven en ella.

Bienvenidos al Hallunda Centrum. Habían diseñado un logotipo propio para el centro comercial que adornaba todas las señales: la H de color rojo, seguida de un punto. Thomas pensaba en cómo había sido cuando él se había criado —la primera mitad de los años ochenta, antes de la época de los centros comerciales—; él y los amigos solían ir a Södermalm, de tienda en tienda hasta patearse todo el camino a la plaza de Sergel. Discos, ropa, equipos de música, cómics y revistas porno. Tal vez hubiera una conexión:

era la época anterior a los centros comerciales, antes de que la chusma de la periferia invadiera la ciudad.

La empresa de los apartados de correos no tenía escaparates que dieran al propio centro comercial. En vez de eso, entraron por una puerta de cristal anónima, buscaron la empresa en una tablón de nombres, subieron en ascensor por encima de todas las tiendas. Ponía *Postboxhallen* en el mismo color rojo que las letras del centro de Hallunda. El subtítulo: «¿Necesitas un apartado de correos? ¿Eres nuevo en la ciudad y no consigues una vivienda propia?». Menuda mierda; todo el mundo sabía quiénes utilizaban los apartados de correos de esta manera.

Una puerta. Un timbre. Una cámara de vigilancia.

Thomas llamó al timbre.

—Postboxhallen, ¿cómo podemos ayudarte?

—Hola, somos de la policía, ¿podemos entrar?

La voz del otro lado se callaba. El altavoz crepitaba como si intentara hablar solo. Pasaron demasiados segundos. Luego se oyó un chasquido de la cerradura. Thomas y Hägerström entraron.

El local: a lo sumo veinte metros cuadrados. Buzones de color metálico con cerraduras de Assa Abloy revestían las paredes de dos tamaños distintos. A lo largo de uno de los anchos, un pequeño mostrador con plexiglás encima. Detrás del mostrador había un tipo obeso con un bigote velloso.

Thomas se acercó, sacó la placa. El tipo parecía estar cagado de miedo. Probablemente trataba de recordar febrilmente qué instrucciones le habían dado para cuando viniera la poli.

—¿Qué tal si sales de ahí dentro?

El tipo, en mal sueco:

—¿Es obligatorio?

—No es obligatorio, pero si no, tendremos que sacarte nosotros.

Thomas trató de sonreír, pero tuvo la sensación de que no le había salido una sonrisa muy agradable.

El tipo desapareció durante unos segundos. Se abrió una puerta al lado del mostrador.

—¿Qué quieren?

—Queremos que contactes a uno de tus clientes y que le digas que tiene que venir.

El tipo reflexionó.

—¿Es esto un registro domiciliario?

—Ya lo creo. Tenemos pleno derecho de obtener información sobre sus clientes. Eso lo sabes. Y si no lo sabes, me encargaré de que cada uno de estos buzones se revienten a cuenta tuya, será tu responsabilidad. Te lo advierto.

El tipo de los buzones comenzó a hurgar en una carpeta, entre los contratos de los clientes.

Después de unos minutos: el tipo dio con el contrato de Ballénius.

—¿Y ahora qué van a hacer?

Thomas comenzó a impacientarse.

—Llámale y dile que ha llegado un paquete que es demasiado grande para guardar y que tiene que recogerlo hoy, porque si no, lo tienes que devolver.

—¿Qué has dicho?

—Despierta. O haces lo que acabo de comentar o te haremos la vida jodidamente difícil. Thomas se acercó demostrativamente a la parte trasera del mostrador. Sacó carpetas. Comenzó a hojear. Encontró el contrato de Ballénius. De hecho: había un número de teléfono que no reconocía. Hägerström observaba la situación. El tipo de los buzones tenía una mirada inquisitiva. Thomas lo miró:

—¿Quieres algo o qué?

El tipo de los buzones no dijo nada.

Thomas salió del espacio tras el mostrador.

—Igual no has entendido lo que acabo de decir. —Se acercó a un buzón. Metió la mano en el bolsillo de la cazadora. Sacó la ganzúa eléctrica. Comenzó a trabajar la cerradura.

El tipo, cagado.

—Eso no lo puedes hacer, mierda, de verdad.

Thomas contestó:

—Llama a John Ballénius ahora mismo y dile que le ha llegado un paquete enorme. Grande como una bici o algo. Llama.

El tipoo de los buzones meneaba la cabeza. Aun así, cogió el teléfono. Marcó el número. Puso el auricular entre la barbilla y el hombro.

Thomas pudo escuchar su propia respiración.

Quince segundos después.

—Hola, soy Lahko Karavesan, de Postboxhallen, en Hallunda.

Thomas trató de captar la voz que venía del otro lado de la línea. No pudo.

—Tenemos un paquete demasiado grande para guardar aquí.

El del otro lado dijo algo.

—Es grande como una bici, pero no sé lo que es. El asunto es que si no vienes hoy a recogerlo, tenemos que devolver el paquete.

Silencio.

Thomas miró al tipo de los buzones. Él miró a Hägerström. Hägerström miró a Thomas.

El tipo colgó.

—Viene para acá enseguida.

Carajo, vaya suerte.

El timbre de la oficina de los buzones sonó. Mientras esperaban, cuatro clientes ya habían pasado por Postboxhallen. Saludando de forma discreta al pobre chico del mostrador, intercambiando algunas palabras, vaciando sus buzones. Continuando con su negocio de empresas anónimas, arreglos de prestanombres, escondites de porno que querían ocultar a sus esposas.

El chico de los buzones señaló con la mano. Pensaba que esta vez ya estaba entrando Ballénius.

Un chasquido en la puerta. Un hombre entró. La misma cara gris, triste. El mismo pelo ralo. El mismo cuerpo delgado, flacucho. Ballénius.

El viejo no tuvo tiempo para reaccionar. Hägerström estaba colocado al lado de la puerta y le cerró la salida por detrás. Thomas estaba delante, se puso cerca. Ballénius ni siquiera parecía sorprendido, parecía rendido.

Hägerström le puso las esposas.

Ballénius no forcejeó. No dijo nada. Sólo miraba a Thomas con ojos cansados. Se lo llevaron. El chico de los buzones soltó el aire, como si hubiera estado conteniendo la respiración durante todo ese tiempo que habían estado Thomas y Hägerström.

Hägerström se colocó en el asiento delantero. Thomas, atrás, al lado de John Ballénius. Afuera nevaba tanto que Thomas ni siquiera podía ver la señal de Hallunda Centrum. El aire caliente chorreaba de las salidas de ventilación del coche.

Ballénius estaba con las manos en el regazo, las esposas no demasiado apretadas. Esperando que le llevaran al interrogatorio.

Hägerström se dio la vuelta.

—Haremos el interrogatorio aquí, te lo advierto.

Ballénius preguntó:

—¿Por qué? —El tipo conocía la rutina. Sabía que los interrogatorios reglamentarios nunca se realizaban en coches.

Thomas contestó:

—Porque no tenemos tiempo para estupideces, John.

Ballénius gruñó. El aire que expulsó creó nubes de vapor. Todavía no hacía mucho calor en el coche.

—Ya sabes de qué va esto. Eres un viejo perro, John. Podemos hacer el teatro y fingir que somos cándidos. Reírnos de tus chistes para ser un poco agradables. Juguetear, tratando de sonsacarte las cosas.

Pausa retórica.

—O si no, al grano directamente. Ésta no es una investigación ordinaria. Eso también lo sabes. Se trata del puto asesinato de Palme.

Ballénius asintió.

—Has querido esconderte. Sabes algo y sabes que alguien quiere enterarse de qué se trata. Hägerström y yo somos algunos de los que queremos conocerlo. Pero también hay otros. ¿Lo entiendes?

Ballénius seguía asintiendo con la cabeza.

—Comprendo que no quieras hablar. Te puedes meter en líos. Pero déjame que te lo diga de otra manera: seguro que has leído en el periódico que han detenido a un hombre sospechoso del asesinato de Rantzell. ¿Pero sabes quién es? No lo ponen en los medios. Es el hijo de Catherina Brogren.

Thomas trató de ver cómo la noticia afectaba a Ballénius. El viejo miró al suelo. Quizá, quizá, fuera una reacción. Thomas explicó brevemente los cargos contra Niklas Brogren.

Hägerström tenía la mirada clavada en Ballénius. Pasaron cinco minutos.

—Sabes de sobra lo que significa esto. Niklas Brogren probablemente será declarado culpable del asesinato de Claes. Pero él no lo hizo, ¿verdad? Niklas Brogren es inocente. Y aquellos que en realidad están detrás de todo esto, los mismos que estaban detrás de lo de Palme, seguirán en libertad. Pero tú lo puedes cambiar, John. Es la oportunidad de tu vida. Y eso es así porque Hägerström y yo no formamos parte de una investigación preliminar reglamentaria. Esto es un asunto privado, una cosa extraoficial. Así que todo lo que nos puedas contar se queda entre nosotros, nunca se va a hacer oficial. Nunca.

Ballénius miró al suelo de nuevo. El silencio del coche era compacto. Ya hacía calor. Demasiado calor. Thomas todavía llevaba la cazadora puesta. Veía su propia cara en la ventanilla de enfrente. Se sentía cansado. Esto tenía que terminar ya.

Hägerström rompió el silencio.

—John, estamos tan jodidos como tú. Pregunta a cualquier poli y te darás cuenta. A Andrén lo han transferido debido a esta investigación y a mí me han desconectado. Somos gente non grata, estamos fuera del sistema. Y estamos metidos en esto en plan extraoficial. Si esto saliera a la luz, nuestras carreras se acabarían. ¿Entiendes lo que te digo? Puedes llamar a cualquier contacto que tengas en la policía y preguntar si quieres.

—No hace falta —dijo Ballénius—. Ya he oído hablar de ustedes.

Una vena del cuello de Ballénius se estaba hinchando.

—Puedo hablar. Con dos condiciones.

—¿Cuáles?

—Que me dejen libre en cuanto terminemos y que no pasen información sobre cómo han dado conmigo ni lo que saben de mí a nadie.

Thomas miró a Hägerström. Luego dijo:

—De acuerdo, siempre y cuando sea información relevante.

—Eso no es suficiente. Si es como dicen, no tienen ningún derecho de estar aquí interrogándome. Necesito algo de ustedes como garantía. Quiero sacar una foto de nosotros tres con mi celular. Si hubiera problemas, la dejaré a un inspector y que él saque sus propias conclusiones sobre ustedes.

Un chantaje peligroso. Un riesgo muy grande. Grande de verdad.

Thomas notó cómo Hägerström le miró de reojo de nuevo. La decisión estaba en sus manos. Él había sufrido las consecuencias personales más duras por este asunto. Él tenía más ganas. Trabajaba con más ímpetu.

Thomas dijo:

—Bien, tú mismo. Tú hablas, sacas la foto, luego te dejamos marchar.

Thomas apagó el aire caliente. El silencio parecía llenar el coche de gritos.

El viejo abrió la boca como si intentara decir algo. Luego la cerró de nuevo.

Thomas le miraba fijamente.

Ballénius se reclinó sobre el asiento.

—De acuerdo. Les diré lo que sé.

Thomas notó la tensión en los músculos.

—Claes y yo ya no teníamos una relación cercana. En los ochenta y los noventa pasábamos bastante tiempo juntos. Especialmente hacia la mitad y a finales de los ochenta, había un montón de movimiento en Oxen y todas las empresas en las que estábamos inscritos. Ganamos bastante plata juntos. Pero ni Classe ni yo hemos sido capaces de ahorrar nunca. Pregunten a mi hija, ya la conocen, por lo que me han dicho. Claes gastaba su dinero fundamentalmente en alcohol y pueden imaginar lo que hacía yo con el mío. Siempre me han encantado los caballos.

John Ballénius continuó con la descripción de la vida de Claes Rantzell y la suya hacía veinte años. Fiestas de hachís, ganancias de apuestas, tareas de prestanombres, problemas de alcohol, peleas y riñas. Chanchullos de empresas al principio de los años noventa, antes de que la policía se diera cuenta de la extensión de los fraudes empresariales. Los nombres pasaban volando, Thomas reconocía algunos de ellos de las historias de los polis más veteranos sobre los viejos tiempos. Se mencionaban lugares, sitios de putas, clubes ilegales, depósitos de droga. Era un repaso a la chusma del pasado.

—No he estado con Classe más que alguna vez en los últimos años. Él estaba cansado, yo estaba cansado. Como que no teníamos ganas. Pero este año en primavera oí rumores sobre él. Parece que se estaba pegando la gran vida, como si hubiera ganado una millonada en Solvalla. Y luego empezó a llamarme. Hablamos un par de veces, después nos vimos en un restaurante de Söder.

Thomas no pudo reprimirse más.

—¿Qué dijo?

—Normalmente no recuerdo las cosas muy bien, pero aquella noche la recuerdo perfectamente. Tenía una pinta de tipo nice que no podía con ella. Traje recién planchadito, reloj de oro en la muñeca, teléfono nuevo. Y estaba de muy buen humor, pedía botellas y más botellas para compartir. Le pregunté qué pasaba y entonces quiso ir a un sitio más privado. Fuimos a una mesa de un reservado. Recuerdo que Classe no paraba de mirar a los alrededores, como si todos los comensales del lugar fueran polis vestidos de civil. Era evidente que había ganado demasiada plata como para que todo fuera legal. Pero siempre habíamos vivido así. Luego me contó, de arriba abajo, cómo lo había planeado, la angustia, cómo había querido hacerlo, y cómo al final ellos habían pagado. Después de todos esos años, al final se había atrevido a exigir un poco más y entonces accedieron. Estaba hasta la madre de contento.

—¿Quiénes eran *ellos?*
Ballénius miró a Thomas.
—¿No lo saben ya?

Capítulo
58

Seguía sin saber nada de Niklas y faltaba un día para nochevieja. El ataque no se iba a producir. Mierda, qué triste. Mahmud no quería decepcionar a Jorge, perderse el *cash* prometido, dejar que los yugoslavos ganaran. Pero sin el mercenario no se podía hacer nada. ¿Dónde estaba el tipo? Mahmud había seguido —hoy también— mandando SMS como un loco. La nota que había metido en el buzón de Niklas no había dado resultado. Pero quería esperar unas horas más.

Por la mañana habían estado en su casa otra vez. Aprendiendo a manejar las armas. Intentando evitar las rayas y los porros. No eran expertos precisamente, aunque siempre hablaban de armas. Necesitaban concentración. Metían y sacaban los cartuchos de los cargadores. Los enganchaban en las armas. Toqueteaban los seguros, cambiaban entre modo automático y modo semiautomático.

Sobre todo: ayer había estado con Babak. Primero una breve llamada por teléfono. El ex colega estaba en plan indifirente.

—¿Qué quieres?

—Hey, *man.* Vamos, ¿por qué no volvemos al rollo de antes?

—¿Por qué?

—¿Por qué no nos vemos? Te lo voy a explicar, de verdad. *Walla.*[129]

Babak dijo que sí. Se vieron por la tarde en el centro de Alby.

Mahmud cogió el Mercedes, aunque sólo estaba a un kilómetro: quería mostrarlo a Babak. Ahora las cosas van bien.

Afuera estaba nevando como en el puto Norrland. Copos grandes, esponjosos, llevados por el viento. Mahmud recordó la primera vez que había visto nieve: con seis años, en el campamento de refugiados de Västerås. Había salido corriendo. Al principio sólo daba vueltas por la fina capa de nieve. Luego había pasado la mano por las mesas de fuera, recogiendo lo suficiente como para hacer una bola. Y al final, con una risita tonta, había atacado a Jamila. Beshar no se molestó aquella vez. Al revés, rio. Él mismo hizo una bola que tiró a Mahmud. No le dio. Mahmud ya sabía, a los seis años, que lo hacía adrede.

En el McDonald's del centro de Alby: Babak, sentado al fondo como siempre. No había agarrado ni comida. Según Babak, la reunión no iba a ser larga. El tipo estaba comiendo algo de un bote verde.

Mahmud saludó.

Babak se quedó sentado a la mesa. No se levantó. Ni le dio la mano, ni le abrazó.

—Carajo, Babak, cuánto tiempo.

Babak asintió con la cabeza.

—Sí, mucho.

Sacó unas bolitas verdes del bote.

Mahmud se sentó.

—¿Qué comes?

—Guisantes verdes con wasabi. —Babak miró al techo. Abrió la boca de par en par. Soltó los guisantes de uno en uno.

—¿Wasabi? ¿Como sushi o qué? ¿Te has vuelto gay?

Babak metió unos guisantes más en la boca. No dijo nada.

---

[129] «Lo prometo», en árabe.

Mahmud trató de sonreír. El chiste había rebotado como una bola de papel contra la pared. Dijo:

—Lo siento de verdad, *man*.

Babak continuó comiendo sus *snacks*.

—Me equivoqué. Tenías razón, *habibi*. Pero si me escuchas, lo comprenderás. Tengo un asunto mayúsculo entre manos. Un asunto de huevos. *Ahtaj musaa'ada lau simacht.*

Mahmud apartó el bote de los guisantes con wasabi. Se inclinó hacia delante. Mahmud comenzó a contar en voz baja. Cómo había empezado a estar cada vez más horas como vigilante de putas, luego la llamada de Jorge, la conversación con el vecino de su hermana, que era un mercenario nato. Le contó lo de la planificación, las fotos, los mapas, la cizalla. Y sobre todo le contó lo de las armas, dos rifles automáticos y un Glock. El arsenal más cabrón desde el robo del furgón blindado de Hallunda. Le costó unos veinte minutos. Mahmud no estaba acostumbrado a hablar tanto tiempo seguido. La última vez sería cuando contó a Babak cómo los maricones de los yugoslavos se habían cargado a Wisam Jibril. Aquella vez había sentido angustia. Esta vez sentía orgullo.

—¿Te das cuenta? Vamos a asaltar esa fiesta vikinga. Machacaremos a esos yugoslavos. Los joderemos vivos.

Por fin. Después de lo último: una sonrisa en los labios de Babak.

Mientras Mahmud volvía del centro de Alby, pensaba en su sueño de la noche anterior. Estaba con su madre de nuevo. En Bagdad. Estaban juntos bajo un árbol. El cielo era azul. Su madre le decía que se sabía que había llegado la primavera cuando el almendro estaba en flor. Se ponía de pie, recogía una pequeña flor de color rosa. Se lo mostraba a Mahmud. Decía algo en su suave árabe que Mahmud no terminaba de entender. «Cuando el alma está en paz, tiene el mismo color que los almendros.» Después parecía que las flores caían del árbol. Mahmud miraba hacia arriba. Veía el cielo. El árbol. Comprendía que no eran flores lo que caían. Era nieve.

Estaba de buen humor. *Homies* otra vez. Babak y él. Al colega le latía lo que Mahmud le había contado. Lo tomó de los hombros, mirándolo a los ojos. Se dieron un abrazo. Como dos hermanos que vuelven a verse después de varios años. Así era: Babak era su hermano, su *ach*. Era un pacto que no se podía romper.

Después de explicar el asunto, Mahmud le hizo por fin la pregunta: ¿Babak quería participar?

Babak estuvo un rato pensando, luego dijo:

—Me apunto. Pero no por el *cash*. Me apunto por el honor.

Ahora sólo había una cosa que parecía joderlo. Niklas no aparecía.

59

L a celda estaba a quince metros sobre el suelo, imposible. Si Niklas conseguía salir al pasillo, las puertas hechas de plexiglás armado ciertamente se las podría cargar en unos minutos, pero no sería suficiente. Aunque consiguiera pasarlas, necesitaría tomar el ascensor para bajar, y no bajaba más allá del sexto piso. Luego tenía que parar y después un tramo de esclusas que atravesaba unas cuantas puertas más vigiladas por cámaras, y cambio de ascensor. La salida del pasillo también jodida, pues. Más alternativas: conseguir un arma. Coger rehenes. El lío: el personal de la prisión sólo llevaba toletes. Los policías que subían a interrogar dejaban sus armas en algún sitio de abajo. Si no hubiera sido por las jodidas restricciones, alguien, tal vez Mahmud o Benjamin, podrían meter un arma de fuego. Aunque sería difícil: los detectores de metal captaban todo. Entre las otras posibilidades estaba la de desatornillar la rejilla de ventilación del techo. Salir arrastrándose de alguna manera. Pero él no era lo suficientemente delgado. Podría tratar de provocar un poco de humo. Largarse en un caos de llamas inventadas. Iniciar un motín. Fugarse cuando la prisión estuviera en estado de excepción. Rápidamente Niklas fue borrando las alternativas de su lista interior. No era posible fugarse de la prisión de Kronoberg. No sin sustanciales ayudas de afuera. Había otra manera mejor. El abogado Burtig había explicado el otro día que no podían mantenerle allí más de dos semanas sin resolución judicial. Hoy tocaba vista en el juzgado.

Niklas desayunó pronto. Hizo sus flexiones y abdominales. Cuando se puso de pie, tuvo la sensación de que la cabeza se le vaciaba de sangre. A las diez de la mañana llamó Markko, un funcionario grandulón, a la puerta. Niklas pidió que le dejaran cambiarse de camisa. No estaba muy sudado, pero quería sentirse limpio en el juzgado.

Markko le puso las esposas. Le llevó junto con otros dos custodios a lo largo del pasillo. No era mala gente, solamente hacían su trabajo. Niklas echó un vistazo al tablón de anuncios que colgaba de las puertas de las celdas. Alergias: frutos secos. Carne de cerdo no. Alergias: pescado. Carne de cerdo no. Le recordaba a las cárceles cutres de los americanos *allá abajo*, en *la arena*.

Entraron en una habitación con un detector de metales. Markko le quitó las esposas. Niklas pasó por debajo del arco detector: permanecían callados. A ponerse las esposas otra vez. Bajaron en ascensor. Ésta era una parte del edificio cuya existencia desconocía.

Markko se lo explicó.

—Vamos al conducto subterráneo que va por debajo del parque de Kronoberg. Suelen llamarlo el túnel de los suspiros.

Los funcionarios abrieron dos puertas dobles de metal. El camino al juzgado por debajo de la tierra. Como un búnker excavado por los muyahidines de Al Sadr. Los pasos rebotaban entre las paredes. Los tubos fluorescentes arrojaban una luz fría, el cemento se parecía a la arena de *allá abajo* después de la lluvia: lleno de pequeños agujeros. Markko trató de conversar, ser buena gente dentro de lo que podía. Niklas no pudo concentrarse.

Llegaron a otras dos puertas de metal. Le llevaron a la planta baja del juzgado. Pasillos de granito y puertas de madera reforzadas. Una pequeña sala de espera. Una mesa de madera. Dos sillas. Al otro lado de la mesa: el abogado Burtig estaba esperando.

—Qué pasa Niklas, ¿cómo estás?

—Bien. Ayer al menos me dejaron hacer una bola de nieve.

—¿Había nieve en el patio?

—Muchísima.

—Ya, será una cosa del cambio climático ése, nieva como nunca. ¿Estás preparado para lo que va a suceder hoy?

—Supongo que es la misma rutina que la otra vez.

—Más o menos. Han salido algunas nuevas circunstancias. Ya sabes que han revisado tu computadora.

—¿Qué han encontrado?

—Mira. —Burtig sacó un pequeño fajo de papeles. Niklas hojeó. Ya en la cuarta página (un atestado de objetos requisados) se dio cuenta de que habían encontrado sus grabaciones de vigilancia. No tenía ganas de leer más. Si la cosa estaba jodida, estaba jodida, ahora había otros asuntos más importantes. No podía esperar a que le sentenciaran.

—¿Estaremos en la misma sala que la otra vez? —La pregunta tal vez sonara rara.

Burtig ni se inmutó.

—No, estamos en la sala seis.

—¿Y dónde está?

—¿Qué quieres decir?

—Bah, quería saber sin más. Estoy un poco nervioso. ¿Está en la misma planta que la otra vez?

—La última vez estábamos en la cuarta, creo. Sí, es la misma planta.

Niklas asintió con la cabeza. Continuó hojeando el atestado de detención.

La policía no sólo había encontrado los archivos con las grabaciones que había guardado. Tenían la información que había apuntado, listas de rutinas, fotografías de los maltratadores, instrumentos de escucha. Tenían casi todo.

Hizo algunas preguntas sobre el tema a Burtig. Al mismo tiempo: tenía la atención puesta en otra cosa.

El juicio se anunció un rato después. Burtig se levantó. Los funcionarios entraron. Le pusieron las esposas. Lo llevaron por un pasillo.

Entraron en la sala de juicio. Era grande: ventanas altas con largas cortinas, la zona de los fiscales, el banquillo para el abogado y él, el banquillo de los testigos, el estrado, la barandilla.

Allí arriba estaba el juez y un chico moreno y delgado que llevaría el acta: el oficial del juzgado. El juez: el mismo viejo que en la vista anterior, de unos sesenta años. Mirada concentrada. Americana de *tweed*, camisa color azul claro, corbata verde con motivo de patos. Tal vez fuera la misma corbata que la otra vez. En la mesa había una computadora y delante del juez, un código de leyes.

Niklas se dio la vuelta. Miraba fijamente durante un rato. La sala llena de gente. Burtig ya le había avisado: periodistas, estudiantes de derecho, el público curioso en general. Estarán peleándose ahí fuera para entrar. En la fila del fondo vio a su madre.

Los funcionarios de prisiones se repartieron por la sala. Markko y uno de los otros se sentaron detrás de Niklas. El tercero se sentó cerca de la salida. Vigilaba.

Markko le quitó las esposas y dijo a Niklas que se sentara.

En el otro lado: los dos fiscales. Delante de ellos había montones de papeles, cuadernos de apuntes, bolígrafos y una computadora portátil. También eran los mismos que la otra vez: un hombre y una mujer. Al parecer, el hombre era el fiscal jefe.

Burtig había explicado:

—Lo tienes que entender, Niklas, no es cualquier juicio. El testigo clave del juicio de Palme ha sido asesinado. Y todos piensan que tú eres el asesino.

Niklas estaba de acuerdo: no era para nada cualquier juicio.

El juez se aclaró la garganta.

—Bien, el tribunal de primera instancia de Estocolmo inicia vista del juicio B 14568-08. Está presente el sospechoso, Niklas Brogren.

Burtig asintió con la cabeza. El juez continuó.

—Tenemos presente a su abogado de oficio, el abogado Jörn Burtig. Y por parte de la fiscalía están presentes el fiscal jefe Christer Patriksson y la fiscal de sala Ingela Borlander.

La pareja de fiscales dijo que sí. A Niklas le parecía que se estaban esforzando para sonar autoritarios.

El juez se reclinó en el asiento. Estuvo mirando a la sala durante unos breves momentos. Luego dijo:

—Adelante, fiscal, presente los cargos.

—Se pide que Niklas Brogren permanezca en prisión en calidad de presunto autor del asesinato de Claes Rantzell el 3 de junio en la calle Gösta Ekman de Estocolmo. También es presunto autor del asesinato de Mats Strömberg el 4 de noviembre del presente año, así como de Roger Jonsson más tarde. Por estos crímenes no se contemplan condenas de menos de dos años. Los motivos concretos para mantener la prisión provisional residen en el hecho de que existe riesgo de que Niklas Brogren, en caso de estar en libertad, pueda obstaculizar la investigación mediante la eliminación de pruebas, pueda continuar con sus actividades criminales y pueda tratar de sustraerse a la acción de la justicia. Por lo demás, se pide juicio a puerta cerrada en lo que resta de la presente vista.

El oficial apuntaba como un loco.

El juez se dirigió a Burtig.

—¿Y cómo lo ve Brogren?

Burtig balanceó el bolígrafo entre el pulgar y el dedo índice.

—Niklas Brogren refuta la solidez de los cargos presentados por la fiscalía y solicita ser puesto en libertad de forma inmediata. Niega la presunta autoría del asesinato de junio y niega la presunta autoría del asesinato del 4 de noviembre. Además, también refuta la solidez de las razones particulares presentadas para mantener la prisión provisional. En cambio, no hay objeciones a la solicitud de vista a puerta cerrada.

—Bueno —dijo el juez—. Entonces el tribunal de primera instancia decide cerrar la sala, por lo que todos los oyentes deben abandonar la sala.

Niklas no se dio la vuelta. El ruido de gente susurrando venía de atrás. En dos minutos se había vaciado la sala. Ahora podría empezar.

Christer Patriksson, el fiscal jefe, comenzó a recitar los detalles acerca del asesinato de Rantzell. Cómo se le había encontrado, las causas de la muerte, quién había sido. Después continuó: describió la relación entre Niklas y Rantzell. Lo que había salido acerca del maltrato de Rantzell a Catharina. Finalmente, los datos del interrogatorio de ella, en el que ella decía que la coartada de Niklas no era válida. ¿Por qué mierda había dicho eso? Niklas no comprendía. Los policías deberían de haberla engañado.

Esperó. Pensó en Claes. Aquellas noches en el sótano. Jugando con su juego de hockey, con la ropa vieja de su madre y con sus maletas. Aquellas noches cuando Rantzell le había golpeado. Oprimido. Humillado.

El abogado comenzó a hablar. Repitió lo que Niklas había hecho en la noche en cuestión, el video que habían visto en casa de Benjamin Berg, las pizzas que habían comprado en la pizzería del barrio.

Burtig argumentó, atacó las presuntas pruebas del fiscal. Todo el rato estaba moviendo su bolígrafo de metal de un lado a otro con los dedos. Enseguida le harían preguntas a él. Niklas no escuchaba.

Inhalaba por la nariz. Expulsaba el aire por la boca. Lentamente.

Se cargaba de oxígeno. Se concentraba en el bolígrafo de Burtig.

Sensación de Tanto Dori. El bolígrafo. Como si lo estuviera sosteniendo en su propia mano.

Pesándolo.

Respiraba.

Se relajaba.

Respiraba.

Se puso de pie. Le arrebató el bolígrafo a Burtig. Corrió hacia la barandilla. El juez se puso en pie. Gritó algo. Uno de los funcionarios de la prisión trató de agarrar a Niklas. No lo consiguió. Le siguió.

Niklas saltó al estrado. El oficial parecía estar muerto de miedo. El juez dio unos pasos hacia atrás. El funcionario agarró a Niklas. Era lo esperado.

Hiperventilaba. El bolígrafo en la mano. Los funcionarios no eran malos. Pero la misión de Niklas era más importante.

Hizo un movimiento derecho perfecto. Hacia fuera y para atrás.

El funcionario, con el bolígrafo clavado en la tripa como si fuera una flecha. Se dio cuenta de lo que había ocurrido. Comenzó a aullar. Caminaba hacia atrás. Niklas levantó la silla del juez. La tiró hacia las ventanas.

El ruido del cristal que se rompía le recordaba a las botellas de Claes que solía tirar directamente al contenedor de basura de la calle Gösta Ekman.

Niklas cogió el código de leyes. Lo pasó por los afilados fragmentos de cristal que todavía sobresalían del marco. Produjeron un ruido áspero. Le harían menos heridas.

Se subió al marco de la ventana. Markko se acercó corriendo, gritando algo. En realidad Niklas no quería hacerle daño. Pero esto era la guerra. Le dio una patada. Vio cómo Markko caía hacia atrás.

Ya había terminado.

Saltó por la ventana. Sólo tres metros. Aterrizó fácil en la profunda nieve.

Se abrió paso por la nieve.

La respiración, como vapor.

Llegó al paseo. Jadeaba. Notaba el frío contra los pies. Sólo llevaba calcetines. Las zapatillas de la prisión se habían quedado en la nieve.

Entornó los ojos. Sabía adónde iría.

Hacia la estación de metro.

El frío del aire, en los pulmones.

La concentración, puesta en el objetivo.

En los pasos.

Vio la boca del metro.

Todavía no había aparecido la policía.

Al día siguiente era nochevieja.

Capítulo
60

L a nieve seguía cayendo. La precipitación se amontonaba en
una capa de algodón de diez centímetros de grosor en los
alféizares. El efecto invernadero no era más que un chiste, los rumores sobre la muerte del invierno eran muy exagerados.

Estaban en casa de Thomas de nuevo. Los documentos,
amontonados por todas partes. Estaban buscando. Tratando de
encontrar señales, rastros, datos relacionados con lo que había
contado Ballénius. Pagos a Rantzell. Trabajaban febrilmente. Como si fuera una investigación preliminar. No podía perderse ningún detalle. Se estaban quedando sin tiempo. Habían dado con
Ballénius, pero el viejo podría delatarlos, el que había asaltado a
Thomas en el garaje podría darse cuenta de que estaban cerca, el
grupo Palme podría enterarse de su pequeña investigación para-
lela. Y esta noche iba a haber fiesta en casa de Bolinder. Thomas
todavía no se lo había dicho a Hägerström. En realidad: si no había razones para ir a esa fiesta, tampoco había razones para contarle nada. Y de momento Thomas consideraba que no merecía la
pena ir.

Pasaban las horas. A las seis, como muy tarde, Thomas tendría
que acompañar a Åsa a la cena de nochevieja de sus amigos. En

realidad le hubiera gustado seguir trabajando con Hägerström toda la noche, pero había límites.

Colocaron en el suelo todos los papeles que tuvieran la máxima puntuación de sospecha y que tuvieran que ver con cuestiones económicas. La cantidad había disminuido, pero todavía había más de quinientos documentos. Fueron gateando de aquí para allá como un par de niños. El problema: ¿cómo iban a identificar lo que realmente era sospechoso? Había justificantes de pagos a suministradores e ingresos de clientes, extractos de cuentas con transferencias desde cuentas de empresa a cuentas de ahorro y fondos, facturas, ofertas, declaraciones, balances, informes de cuentas. Buscaban importes elevados. Preferiblemente con fechas de la primavera. Hägerström puso un límite: más de cien mil, y resultaba interesante. Buscaban reintegros de metálico e importes destinados a cuentas desconocidas.

Dieron las cuatro. Revisaron unos treinta documentos más. Algunos, de más de tres millones de coronas pagadas de Revdraget i Upplands Väsby AB a una cuenta personal en Nordea.[130] Pero los números de la cuenta personal no coincidían con los de Rantzell. Aun así, los importes habían sido transferidos directamente desde la empresa a un particular. Podría ser en concepto de salario, pero no había nada en la contabilidad que lo indicara.

Muchos importes sólo estaban registrados como reintegros. Los extractos de cuentas de cuatro empresas distintas. Por ejemplo, Roaming GI AB, un millón de coronas. No había recibos, justificantes u otros documentos que indicaran el concepto del pago. Sospechoso. Pero no había nada que señalara que Rantzell fuera el beneficiario de los pagos. Ni nada que los vinculara a otra persona tampoco. Era Rantzell junto con otros prestanombres quienes formalmente dirigían las empresas.

---

[130] Importante banco sueco.

Aún más información: importes destinados a números de giros bancarios sin referencias al destinatario, importes que se pagaban en concepto de devolución de préstamos sin que existieran documentos que justificaran la existencia del préstamo en cuestión, repartos a accionistas desconocidos sin que constara en las actas de las juntas de socios. Había muchas cosas raras. Hägerström vio cosas que Thomas no comprendía ni después de la explicación de Hägerström.

El tiempo se les echaba encima. ¿Debería contarle lo de la fiesta de Bolinder? Hägerström tal vez pudiera aportar argumentos para ir que él no se había planteado. Pero no, demasiado alboroto. Tendrían que seguir mañana. Åsa no se pondría contenta. Pero iba a tener que ser así.

Thomas fue a la cocina para preparar el café. Cuando regresó, encontró a Hägerström sentado en el sofá de nuevo. Con la mirada perdida.

—¿Qué pasa, H, te estás cansando? Traigo un poco de café.

—Tendrás que marcharte en media hora.

—Pues sí. Y tú qué, ¿vas a Half Way Inn esta noche también?

—No lo descarto.

Thomas lo miró. La verdad es que resultaba un poco extraño. Eran las cinco y media de la tarde del día de nochevieja y hasta ahora ni habían hablado de lo que Hägerström iba a hacer por la noche.

Hägerström lo miró. Lentamente. Las comisuras de los labios se le curvaron hacia arriba, como a un personaje de cómic. Se quedó así unos segundos.

—¿Qué pasa?

—Acabo de ver un pago muy raro.

Thomas miró el papel que Hägerström sujetaba en la mano.

—¿Qué? ¿Dónde?

Hägerström se quedó sentado tranquilamente.

—Es un pago de una cuenta extranjera a Dolphin Leasing AB de más de dos millones de coronas con fecha de abril de este año. Y hasta aquí nada raro, pero he echado un vistazo al número IBAN de la cuenta desde la cual se había efectuado el pago.

Thomas lo interrumpió.

—¿Qué es i-ban?

Hägerström habló lentamente, como si quisiera mantener el suspenso.

—En realidad se llama International Bank Account Number, abreviado IBAN, es decir, número de cuenta bancaria internacional. Estos números se utilizan para identificar una cuenta bancaria en las transacciones entre distintos países.

Hägerström estaba toqueteando un papel que tenía en la mano.

—Y lo primero que vi fue que el número IBAN de este pago se refería a una cuenta de Isla de Man. ¿Qué sabes de Isla de Man?

—Poca cosa, estará por Inglaterra. ¿Qué es, uno de esos paraísos fisales?

—Sí, y más que sólo eso, es un paraíso de discreción también. Las empresas con cuentas en Isla de Man normalmente tienen cosas que ocultar. Es difícil averiguar a quién pertenecen porque la discreción bancaria es total.

—Claramente sospechoso.

Hägerström seguía con la sonrisa en los labios.

—Ya lo creo. Pero hasta aquí tampoco es que sea más sospechoso que otras muchas cosas que ya hemos visto. Pero luego resulta que Dolphin Leasing ha pagado una factura oficial a una empresa sueca a través de la compañía Intelligal AB de exactamente la misma cantidad que el pago realizado desde Isla de Man. El número de cuenta de esa factura es una cuenta del banco Skandia. Conozco ese tipo de cuentas. Es una cuenta bancaria personal.

Dejó que la última palabra permaneciera en el aire.

Thomas se excitó. Analizó, siguió la cadena en la cabeza: gran cantidad de dinero transferido desde una cuenta secreta extranjera a una empresa sueca, que a su vez paga una factura a otra empresa que en realidad lleva a una cuenta personal de un particular.

La gran pregunta de Thomas:

—¿De quién es la cuenta de Skandia?

—Adivina.

Dos horas más tarde. Thomas llamó a Åsa para pedir disculpas, llegaría muy tarde. Trató de explicar. Había salido una cosa importante en el trabajo. Ella entendía, pero a la vez no lo entendía. Se le notaba en la voz.

Hägerström y él habían revisado todos los documentos que podían. Tratando de encontrar información sobre la empresa o la persona a la que pertenecía la cuenta de Isla de Man. No encontraron nada. Tenían que asumirlo. La mierda no estaba ahí. Veían el pago, la conexión con Rantzell. Pero faltaba lo más importante: quién había pagado.

—En realidad, deberíamos realizar un registro domiciliario en casa de Bolinder —dijo Hägerström.

Thomas le echó una mirada inquisitiva.

—Todavía no tenemos razones de peso para pensar que ha podido cometer algún crimen, ¿no?

—No, pero uno de los contables a los que asusté un poco me dijo que Bolinder es un obseso del control. Por lo visto, guarda copias de todo en su casa. Y cuando decía todo, quería decir todo: cada documento oficial está guardado en los archivos privados de Bolinder. Ese viejo no deja nada al azar.

Thomas notó un cosquilleo en el estómago. Sabía qué tenía que hacer.

Esta misma noche.

***

Expressen, 30 de diciembre

Sospechoso de asesinato de testigo clave del caso Palme se fugó del tribunal de primera instancia.

La vista en el tribunal de primera instancia ha tenido que ser suspendida. N. B., de 29 años, se ha fugado hoy del tribunal de primera instancia de forma espectacular, saltando por una ventana. La policía advierte a la ciudadanía.

El hombre de 29 años ya estaba en prisión provisional como presunto autor del asesinato de Claes Rantzell, antes Cederholm, uno de los testigos clave del juicio contra Christer Pettersson por el caso Palme. Hoy, 30 de diciembre, el hombre de 29 años tenía que acudir a la vista en el tribunal de primera instancia de Estocolmo. Llevaba alrededor de cuatro semanas en prisión provisional y el tribunal iba a decidir si seguiría en prisión.

Sin esposas
Por alguna razón, al hombre de 29 años se le liberaba de las esposas en la sala de juicio. La negociación se llevaba a cabo en la planta baja.
Cuando los oyentes dejaban la sala, el hombre de 29 años se lanzó a una ventana, rompiéndola en el acto. Cuando los funcionarios de prisiones trataban de impedir que el hombre saliera, hirió a uno de los guardias con un bolígrafo de metal. Despareció en dirección al metro de la estación de Rådhuset.
El personal de la prisión se defiende diciendo que siempre se quitan las esposas a los sospechosos durante la vista y que no había ninguna razón para no hacerlo en el caso del hombre de 29 años. *Expressen* ha intentado hablar con el tribunal de primera instancia para aclarar por qué se decidía llevar a cabo la vista en la planta baja.

La policía avisa

La policía local lanza un aviso de peligro a la ciudadanía. El hombre de 29 años es también sopechoso de otros dos asesinatos. Según la policía, es un hombre con experiencia de armas y puede ser muy peligroso.

Ulf Moberg

ulf.moberg@expressen.se

Capítulo
61

P arecía que el departamento estaba a tope de gente. Pero en realidad sólo eran Mahmud, Robban, Javier, Babak y otros dos amigos de Javier. En el equipo de música: algún súper éxito de Akon. En la tele: MTV, pero sin volumen. Una botella de vino espumoso en una cubitera, una bolsa de plástico transparente llena de hierba, y papel para forjar en la mesa.

Mahmud debería haber estado muy de contento: los colegas, la música, la grifa, el champán. El ambiente. Esta nochevieja iba a ser *top of the line*.[131] Bajarían al centro después a meterse unas rayas, reventar la juerga, llevarse a unas chicas. El rollo piraña hasta el fondo. Comenzarían el nuevo año dando tanta batalla a las chicas que no se levantarían de la camilla hasta la noche de los monarcas o como se dijera.

Al mismo tiempo: le hubiera gustado dar el golpe a los yugoslavos y a los viejos puteros. La historia de Jorge le había prendido. La planificación de Niklas le había parecido seria, como en una guerra de verdad. Hubiera sido un ataque, un asalto guerrillero total. Una embestida tremenda: la periferia contra los vikingos jodidos, y en su propia casa: en una urbanización de los millonarios.

---

[131] «El no va más».

593

Pero Niklas había desaparecido. Mahmud, enojado. El mercenario podía irse a la mierda. Carajo.

Fue a la cocina. Por las copas de champán.

Babak le echó una sonrisa:

—Oh, te va bien, ¿eh? No bastaba con una cubitera, también te has hecho con unas copitas en condiciones.

Mahmud abrió una botella. Sólo eran las siete, pero la espuma no podía esperar más.

Robert soltó una carcajada.

—Parece que no te va mal, cabrón.

Mahmud asintió con la cabeza. Llenó las copas a sus colegas.

—Tengo dos trabajos. Pero eso está a punto de acabar.

—¿Y eso? Traficas, manejas a las putas. Suena como una combinación de puta madre, en plan MacMenú con papas panaderas.

—Déjalo, flacucho. Voy a dejar lo de las putas. Es una mierda. Sólo mierda jodida.

Babak dejó su vaso en la mesa. Lo miró.

—No entiendo nada, *habibi*. Puedes trabajar con rameras dispuestas a todo, todos los días. Puedes hacer lo que quieras con ellas. Sándwich, sándwich doble, *hat-trick*.

—No quiero escucharte. Lo de las putas es una cosa de pobres.

Babak meneó la cabeza incrédulo. Se dirigió a Robert para seguir con la conversación. Mahmud fingió que no les escuchaba. Trató de pensar en Gabrielle, la novia que había tenido en otoño, cuando la situación se había vuelto un poco embarazosa. Ahora olvidaría. Iría de juerga. Con un poco de suerte se acostaría con alguna que estuviera dispuesta.

La noche continuaba. Dieron las ocho. Babak, dando la nota. Parloteando sobre nuevos negocios de coca, ideas para robos de fur-

gones blindados, porteros que conocía en el centro, el nuevo supercoche Audi R8 que había probado antes de navidad.

Robert reía cada vez más alto. El champán comenzaba a hacer efecto. Javier y sus amigos estaban hablando entre sí, la mitad
del tiempo en español. Mahmud oyó un ruido que no iba con el
resto. No venía de la música. No venía de ningún teléfono móvil.
No venía de la calle. Entendió lo que era: llamaban a la puerta. Se
levantó.

Los altavoces, a tope con Timbaland en plena forma.

La voz de Babak ahogó la canción:

—¿Quién viene?

Mahmud se encogió de hombros.

—No tengo ni idea. Tal vez una de esas chicas de las que no
paras de hablar.

Miró por la mirilla. El rellano estaba oscuro. No se veía nada.

Eran las ocho, nochevieja. ¿Quién vendría sin encender la
luz de las escaleras? Recordó cómo había llegado Wisam Jibril al
piso de su viejo aquella mañana en verano.

Abrió la puerta.

Un tipo. Seguía oscuro. Mahmud trató de ver de quién se
trataba. La persona era bastante alta, la cabeza rapada.

Dijo:

—He vuelto. *Jalla,* vamos para allá, Mahmud.

Mahmud reconoció la voz.

—¿Qué pasa? ¿Dónde demonios te habías metido?

Niklas entró en el piso. No tenía la pinta de antes. Cabeza
rapada. Barba rala. Cejas más oscuras que la última vez que se habían visto.

Mahmud repitió la pregunta.

—¿Dónde has estado? Carajo, íbamos a hacerlo esta noche.
Idiota.

—No me hables con ese tono. —Niklas sonaba molesto.
Luego echó una sonrisa socarrona—. ¿No me has oído? He vuelto. Vamos. Ya. *Jalla.*

Media hora después. El ambiente, totalmente distinto de lo que había sido con el champán en la mesa y la música acelerando los ánimos. Serio, sosegado, centrado. Al mismo tiempo: excitado, crispado, cortante. Al principio Mahmud no se había enterado de lo que decía Niklas. Pero al enterarse se sintió bien, de puta madre. Llevarían a cabo el ataque. Siempre y cuando los colegas estuvieran dispuestos a participar; sería un reventón.

A los colegas de Javier los botaron a la calle. Se molestaron un poco, pero Mahmud les ofreció la bolsa de hierba. Seguían con cara de pocos amigos, pero aceptaron. Había otras muchas fiestas por la ciudad aquella noche.

Babak, Javier y Robert estaban sentados en el sofá. Niklas y Mahmud, cada uno en una silla. Mahmud todavía estaba medio borracho. Pero en unas horas tendría el coco despejado. Habían eliminado de la mesa el papel de liar, los móviles, el champán y las copas. En vez de eso: mapas, fotos aéreas de internet, planos, fotos de la casa. Y las armas. Los AK4, el Glock, más la pistola propia de Niklas, una Beretta. Un arsenal genial.

Niklas repasó el plan con los chicos. Mahmud trató de llenar los huecos por aquí y por allá, más que nada para aparentar un poco. Niklas era el que controlaba.

Babak levantó la mano, como el buen estudiante que nunca había sido.

—Estos yugoslavos, los que montan esta fiesta, ¿tienen armas?

Niklas miró a Mahmud.

—Mahmud, tú trabajas con esos cabrones.

Mahmud se aclaró la garganta. Una sensación extraña: estar aquí con sus *homies* planificando un golpe serio con un campeón mercenario medio loco a quien le parecía resbalar el dinero, a quien sólo le importaba castigar a gente. Como en una película o algo. Sólo que Mahmud no sabría decir cuál.

Intentó contestar a la pregunta de Babak.

—La verdad es que no estoy seguro. Pero nunca he visto cacharros calientes. Creo que quizá algunos de ellos los tengan, como Ratko. Pero ¿para qué? Con las putas que dan la nota basta con darles un golpe. Y a los puteros raras veces se les va la lengua. No es que estén esperando que los moracos SWAT de Alby vayan a reventarles la fiesta, ¿o no?

Los chicos se partieron. Babak sonrió, dijo:

—Mierda, los moracos SWAT, ésos somos nosotros.

La tensión bajó un poco. Robert dijo:

—Los yugoslavos están de capa caída, siempre te lo he dicho, ¿verdad? —Los tipos se relajaron. Hasta Niklas soltó una sonrisa.

Hacia las diez se levantaron. Metieron un bolso en el coche de Mahmud: las armas y la cizalla. Se repartieron en los coches. Niklas les dirigió a la calle Gösta Ekman, en Axelsberg. Se estacionó cerca del portal. No había nadie en la calle. Toda la gente que quería estar en algún sitio a las diez de la noche en nochevieja ya se había desplazado hasta el lugar en cuestión.

Niklas miró a Mahmud:

—Los chalecos protectores, la ropa y los demás cacharros están ahí dentro. Pero no puedo entrar. ¿Puedes ir a buscarlos tú y alguno de tus amigos?

—Si ésta es la casa de tu madre, ¿por qué no puedes entrar tú? ¿Qué hace tu madre esta noche? ¿Está en casa?

—Ni idea. Y no vamos a subir a preguntar. ¿No has leído los periódicos? ¿No te has enterado de mi situación?

Mahmud no leía ese tipo de prensa. Miró a Niklas. El tipo realmente había cambiado desde la última vez que le había visto. Más delgado, más duro. Una mirada aún más obsesiva. Y luego lo de la cabeza rapada y la barba. Dijo:

—No. ¿Qué pasa?

Niklas contestó:

—Ojos que no ven, corazón que no siente. Déjalo, ya te lo contaré en otro momento. Pero no puedo entrar. Tendrán que hacerlo ustedes.

Mahmud estuvo callado un par de segundos. Pensó: A ese tipo se le va la hebra. Pero al mismo tiempo es un buen tipo, de alguna manera. Es atrevido, devuelve los golpes. Hace tiempo que yo también debería haberlo hecho.

Mahmud salió del coche. Las llaves, en la mano. Babak salió de su coche. Llevaba un gorro bien enfundado en la cabeza. Andaba con la cabeza echada para atrás, tratando de parecer relajado.

Hacía frío.

Entraron en el portal. Hacia el sótano. En el buzón del depósito de basuras había una nota pegada: «Por favor, ayude a nuestros basureros. ¡Cierre la bolsa!».

Bajaron unas escaleras. Una puerta de acero. Una cerradura Assa Abloy. Mahmud la abrió. Encendió la luz. Ahí dentro: almacenes, uno tras otro. Buscó el número 12. Un minuto. Encontró el indicado. Abrió la puerta. Dos bolsas de basura negras, llenas de cosas blandas. Echó un vistazo. Eran los chalecos antibalas, la ropa, las demás cosas.

De vuelta en el coche. Mahmud encendió el motor. Javier, en el asiento del copiloto. Robert, ahí atrás. Niklas se había sentado en el coche de Babak.

Arrancó. Siguió al coche de Babak.

Robert metió la cabeza entre los asientos delanteros.

—Ahora en serio, ¿vamos a poder con esto?

Mahmud no sabía qué decir. Dijo:

—Echa un vistazo a ese mercenario. El tipo es más frío que un glaciar. Confío en él.

Robert estiró la mano. Una caja de cerillas. Una bolsita fina con cierre automático. Apartó la cara de la carretera y miró a Robert.

—¿Un poco de dinamita blanca?

Robert echó una sonrisa torcida.

—Creo que vamos a necesitar un poco de fuerza añadida esta noche.

Mahmud sacó un tubito del bolsillo interior. Lo metió en la bolsa. Inhaló por la nariz.

Afuera los copos caían como locos.

Como si hubiera vuelto la época glacial.

Capítulo
62

N iklas repitió para sí mismo: *Si vis pacem, para bellum.* Si quieres paz, prepárate para la guerra. Su mantra, su misión. Se había armado, planificado sus ataques, vigilado a los delincuentes, dado los golpes adecuados, hacia la gente adecuada, en el momento adecuado. Luego llegaron los acontecimientos de los últimos tiempos: la detención, la fuga y ahora… un grupo de payasos. BOG, Boots On the Ground: cinco personas. Pero en realidad deberían contar como tres. Mahmud daría la talla, podría equivaler a un soldado, pero los otros campeones valdrían como uno. Eran acontecimientos que él no había podido prevenir.

Y de alguna manera todo era culpa de su madre. Ella había reventado su coartada. La noche de DVD en casa de Benjamin a la mierda. No hubiera tenido ni media posibilidad en un juicio, a pesar de que el abogado parecía agudo.

La fuga de la vista casi había salido mejor de lo que hubiera podido esperar. Nada más entrar en el metro, se centró en un hombre. Era el día antes de nochevieja, así que había mucha gente. Aun así: en el andén, sobre todo, mujeres con permiso de maternidad y jubilados. El tipo pertenecía a la última categoría. Niklas le obligó a sentarse en el suelo, no tenía ni que golpearle, cogió sus zapatos y el abrigo. La gente alrededor ni se inmutaba. Nadie trató de detenerlo. Era sintomático: los perdedores no hacían más que mirar. Era parte del problema. La sociedad estaba llena de *bystan-*

ders.[132] Un tren entró. De momento no veía policías. Todo había ido muy rápido, unos segundos desde que había saltado por la ventana del juzgado. Los pensamientos habían asumido posición de combate. Deliberaciones estratégicas en *fast forward.*[133] No se subió al tren. Cuando salía de la parada, saltó a las vías y se marchó por el túnel en sentido opuesto. Era de esperar que los que lo habían visto pensaran que se había subido al vagón, desapareciendo en dirección a la siguiente parada.

Unos cientos de metros más adelante en la oscuridad. La luz de la próxima parada se veía como un punto blanco en la lejanía. En las paredes, luces de señal azules y gruesos cables. Iba corriendo. Los zapatos del viejo le quedaban más o menos bien. Sólo los necesitaba hasta que se hiciera con sus propios cacharros. De momento no venían trenes. Y de todas formas no suponían ningún impedimento. Había un margen de varios metros entre las vías y la pared. Lo que podría pararle: las ratas que iban corriendo de un lado a otro por la grava ahí abajo.

Ratas.

Unos segundos de silencio. La oscuridad le envolvía. El ruido de las mandíbulas de los animales.

Niklas se paró. Tenía que salir.

Las ratas se movieron por las vías.

Repitió para sí mismo: Tengo que salir.

Volvieron las imágenes. El camarote cuando era pequeño. Todos los roedores del *arenal.*

El pensamiento, tan claro como la luz del más allá del túnel: Si no salgo de aquí y termino la misión, pierdo mi razón de ser.

Me hundo. ME HUNDO.

Se negaba.

Se negaba a seguir siendo un espectador pasivo de su propio destino. Hasta el momento había dejado que las circunstancias lo

---

[132] «Espectadores».
[133] «A gran velocidad».

guiaran. Cierto, tomaba decisiones. Pero siempre a partir de la situación, basadas en lo que otras personas hacían, cómo se encontraba él, la opinión de su madre. Circunstancias externas, acontecimientos ajenos al verdadero fondo de su ser. Que no le ayudaban a trascender su propio yo. Que no lo dejaban que tomara su propio camino. Hoy cambiaría el rumbo. Él era una fuerza viva. Un contrapeso a todos los demás.

Veía más luces ahí delante.

Las vías temblaban. Un tren se acercaba por el túnel.

Se pegó a la pared. Trató de ver si las ratas seguían ahí.

Una leve onda expansiva en el túnel. Como si el aire fuera empujado por delante del tren.

El tren pasó como una flecha. Él se mantuvo quieto. Pegado, pegado.

Luego salió corriendo. Hacia la luz.

No oía a los animales. Sólo se movía.

Se subió al andén.

Eran las once. Una madre con una carreola lo estaba mirando.

Niklas subió corriendo por las escaleras mecánicas.

Lo había conseguido.

De vuelta en el presente. El coche, la nieve. El árabe con el que iba en el coche se llamaba Babak.

Niklas describió el chalet. Dio las instrucciones para llegar. Explicó el planteamiento una y otra vez. Babak asentía sin más. Agarraba el volante con fuerza, como si tuviera miedo de que se le fuera de las manos.

Cogieron el camino de Nynäs para llegar. Apenas había coches. Montones de nieve de color gris flanqueaban la carretera. Profundos surcos en la nieve.

Niklas estaba pensando en Mahmud y su hombres. Tenían energía. Tenían actitud. Pero no era suficente. Tipos así: no conocían el significado de palabras como estructura, orden, colaboración. Eran individualistas que rebotaban contra la vida como balas. No entendían la necesidad de organización. Esperaba que supieran manejar las armas. Según Mahmud, habían practicado. Tal vez serían capaces de manejarse en nieve espesa. Avanzar jadeando a través de una capa de cincuenta centímeros de grosor. ¿Pero darían la talla en el encontronazo posterior? Niklas no había tenido tiempo suficiente. Se sentía inseguro.

Llamó a Mahmud y le ordenó que avisara a todos que debían apagar sus móviles.

Babak tomó la salida a Smådalarö. La oscuridad al otro lado de las ventanillas era compacta. Había dejado de nevar.

Tenía que dejar de preocuparse. Entrar en calor. Pensar en *Battle rattle*.

Pararon los coches siete minutos más tarde. En realidad deberían haber robado o alquilado coches para la ocasión, pero había sido imposible, con las prisas. Se estacionaron al lado de un gran edificio blanco. Niklas sabía qué era: el edificio central del club de golf.

Niklas salió. Abrió el maletero. Sacó uno de los sacos de plástico negros. Menos mal que Mahmud había podido extraerlos del almacén de su madre. La poli seguramente tendría la casa vigilada, esperando atraparlo de nuevo. Los periódicos habían calentado todo el debate sobre la fuga.

Pasó con el saco al coche de Mahmud. El cielo estaba oscuro, había dejado de nevar. El árabe abrió la puerta. Niklas dijo:

—Toma, pónganse la ropa aquí en el coche. Mejor que hacerlo fuera. Si viene alguien, no queremos llamar la atención.

Mahmud recibió el saco. Niklas volvió al coche de Babak. Sacó la otra bolsa. La metió en el coche.

Comenzaron a ponerse la ropa.

Camisetas térmicas que Niklas había comprado en Stadium. Iban a tener que pasar tiempo en el frío. Por encima: el chaleco antibalas; con los paneles de protección bien metidos, ajustados al cuerpo. Estaban pensados para llevarse en conjunto, montados directamente: el sistema de sujeción se enganchaba en los paneles para repartir el peso adecuadamente por el cuerpo. No eran los mejores cacharros del mercado, pero valían. Los chalecos les parecerían más ligeros de lo que realmente eran. Protegerían el corazón, los pulmones, el hígado, los riñones, el bazo y la espina dorsal.

Se pusieron los pantalones cortavientos negros. Costaba vestirse con tanta gente en el coche. Se ató las botas. Altas, de catorce agujeros para los cordones, de cuero, forradas con más de cuatrocientos gramos de Thinsulate. Membranas impermeables y con ventilación para el frío invernal, misiones de vigilancia y ataques armados. Se puso los guantes: forrados, de cuero negro. Después, el anorak fino sobre el chaleco. El aire caliente del coche casi parecía húmedo.

Finalmente: el pasamontañas. Sin enfundar, listo para desenrollar sobre la cara.

Babak, en el asiento delantero: tratando de colocarse los pantalones.

Niklas dijo:

—Siento que no haya podido conseguirles calzado. No me dio tiempo.

Babak soltó una risita tonta.

—Tendré que hacerlo con mis zapatos de invierno normales.

Niklas miró hacia abajo. Babak llevaba un par de zapatillas blancas. Iba a pasar frío con los pies mojados. Esperaba que el tipo lo aguantara.

Salieron. El camino era oscuro. El aire parecía limpio en sus pulmones. Un poco más allá, detrás del campo de golf, se veían los árboles. Niklas sacó una mochila del maletero. La abrió. Se felicitó a sí mismo por haberlo planificado tan escrupulosamente. Sacó la Beretta. La metió en uno de los bolsillos delanteros del anorak, y los cartuchos en el otro.

Pasó al coche de Mahmud. El árabe bajó la ventanilla. Parecía que ya se habían puesto la ropa ahí dentro.

Niklas dijo:

—Bueno, chicos, enseguida empieza la acción. A partir de ahora prevalecerán reglas militares. ¿Entienden?

Mahmud asintió con la cabeza.

Niklas continuó:

—Voy a ser completamente sincero con ustedes. No hemos podido planificar todo lo que hubiéramos necesitado. Pero esto hay que hacerlo esta noche. Así que vamos a tener que improvisar algunas cosas sobre la marcha. Y para eso deben tener en cuenta una serie de cosas.

El viento aumentaba. Niklas tenía que levantar la voz para que lo escucharan.

—Hablamos en inglés entre nosotros. ¿Entendido?

Los tipos del coche y Babak asintieron con la cabeza.

—Y nunca llamamos a nadie de nosotros por el nombre. Diremos un número. Yo soy el número uno; Mahmud, dos; Babak tres; Robert, cuatro y Javier, cinco. ¿Repetimos? ¿Quién eres, Mahmud?

Repitieron los números que se les habían asignado, hasta que Niklas estuvo contento.

—Nunca toquen nada sin guantes. Y, por último, bajo ninguna circunstancia se quiten los pasamontañas. Ni aunque reciban heridas en la cara. Nunca. ¿Ha quedado claro?

Los chicos asintieron.

—Entonces quiero que tú, Javier, repitas lo que acabo de decir.

Javier abrió la puerta del coche. Repitió brevemente lo de los nombres, el idioma, los pasamontañas.

Niklas dijo:

—Te has saltado lo de los guantes. Nunca, bajo ninguna circunstancia, se quiten los guantes. ¿Queda claro?

Los chicos asintieron de nuevo. Niklas pidió a Robert que lo repitiera. Luego Babak. Asintieron después de cada repaso. Niklas esperaba que significara algo positivo.

Habían atravesado el bosque, por la nieve, hasta la valla. Abriéndose paso por la nieve. Ninguno de los chicos se quejaba de momento. Niklas se paró. Se quitó la mochila. Metió la mano. Sacó tres transmisores.

—Aquí tengo cuatro *walkie-talkies*. Son mucho mejores que los celulares. Nadie puede saber que los hemos utilizado aquí. Mahmud y yo vamos a llevar dos de ellos, para los que vamos a entrar en la casa. El tercer equipo lo llevas tú Robert, y Javier, el cuarto. Para los que se quedan fuera de la casa. —Señaló hacia la carretera—. Ahora vamos a revisar la verja de la entrada.

A cincuenta metros vieron la luz de la carretera. Un coche se acercaba lentamente. Se acercaron. Vieron la silueta de la verja a la luz de los faros. El coche se paró: un Range Rover extra largo. Niklas vio la verja. Dos hombres se acercaron al coche. Las ventanillas se bajaron. Uno de los hombres metió la cabeza. Después señaló que continuara.

La verja se abrió. El coche entró.

Eran las doce menos veinte.

La luna estaba llena y fría. Niklas llevó a los chicos pegados a la valla de nuevo. La nieve reflejaba la poca luz que penetraba los árboles desde la luna y la casa. Era suficiente, no hacía falta sacar las gafas de infrarrojos.

Ya estaba familiarizado con esta zona. Conocía la fachada de la casa, los ángulos, las distancias desde la valla. Conocía la trayectoria de la valla, dónde estaban las piedras más grandes y dónde los árboles crecían menos espesos.

Continuaron avanzando otros treinta metros. Callados. Tranquilos. Centrados.

Niklas se paró.

—Aquí, Robert, te quedas tú. Sabes lo que tienes que hacer. Siéntate en esta piedra y espera. Te contaré por la radio cuándo arrancamos. Será hacia las doce.

Robert parecía notar la gravedad de la situación. Asintió con rostro serio. Agarró el AK4 con las dos manos. Mahmud le cogió la mano.

—Nos vemos luego, *habibi*. Esto va a ser algo grande.

Continuaron caminando por la nieve.

Cien metros. Se vislumbraba la parte trasera de la casa a través de los árboles. De las ventanas salía una luz cálida.

Dio las mismas instrucciones a Javier. Se puso en guardia con el AK4 listo para usar. Preparado. La misión, asumida.

La verdad es que tenía buenas sensaciones. Hasta ahora.

Otros quince metros. Sólo quedaban Niklas, Mahmud y Babak. Vestidos de negro, oscuros como la noche del desierto. Niklas metió la mano en el bolsillo en busca de la Beretta. La sacó una última vez. Extrajo el cargador. Lo inspeccionó a la luz de la luna. Conocía esta pistola como la palma de su mano. Pensó en Mats Strömberg y Roger Jonsson. Cabrones que se habían encontrado con su verdugo. Pronto ajusticiaría a más gente. El nuevo año tendría un buen comienzo.

Se pararon a la altura del punto acordado de la valla. Era la distancia más corta entre la valla y la entrada trasera de la casa. Niklas se quitó la mochila. Sacó la cizalla. Se puso en cuclillas al lado de la valla. Comenzó desde abajo. Cortó el fino acero, ligero como papel.

Después de cinco minutos: un agujero de un metro de alto, cincuenta centímetros de ancho.

Se agacharon. Entraron. Tras la línea del enemigo.

Veinticinco metros. Lentamente. Niklas, delante. Perfil bajo, posición de combate.

Cinco metros más. La casa se acercaba.

Otros cinco metros. Niklas se paró. Miró hacia delante. No había nadie alrededor de la casa que él pudiera ver. Rebuscó en la mochila de nuevo. Al final tenía que sacar las gafas de infrarrojos. Mahmud y Babak se sentaron detrás de él. Repasó la fachada. Ventana por ventana. La luz que venía de dentro se hacía más intensa por el efecto de las gafas, le rayaba los ojos. Revisó la puerta: no había nadie allí. Todo parecía estar en orden.

Se quitó las gafas. Se dio la vuelta y miró a Mahmud. El árabe seguía sin desenrollar el pasamontañas. Niklas susurró:

—Empezamos en diez minutos.

Mahmud le echó una amplia sonrisa. Levantó el pulgar. Había algo raro. Mahmud tenía una pinta extraña. Niklas no apartó la mirada de él. Se acercó un paso más a Mahmud.

—¿Puedes enseñarme la boca otra vez?

Mahmud volvió a sonreír.

Tenía los dientes oscuros, casi azulados. Tal vez fuera la luz de la luna.

—¿Qué carajo has tomado?

Mahmud lanzó una sonrisa socarrona. Contestó en voz baja:

—Rohypnol, ¿qué va a ser? Con eso la boca se vuelve un poco azul. ¿No lo sabías? ¿Quieres un poco?

Niklas no sabía qué hacer. Por un breve momento le entraron ganas de pegarle un tiro en la cara a Mahmud. No le importaría que Bolinder encontrara un cadáver de moraco descongelado cuando llegara la primavera. Luego se le ocurrió otra cosa: debería interrumpir la misión. Levantarse y salir sigilosamente por el agujero por donde habían venido. Después, estos dos payasos podrían hacer lo que les saliera de los huevos. Aun así, se quedó clavado en la nieve. Agachado. Temblando de frío. Totalmente paralizado. No podía terminar de esta manera. Se lo había prometido a sí mismo. Yo llevo las riendas. Yo decido. Yo no me rindo. Yo influyo.

—¿Hace cuánto que te has tomado esa mierda?

—Justo antes de que ver al Range Rover. Quiero estar en forma. No pasa nada, Niklas. Lo prometo. Siempre me tomo un par de *ropis* antes de entrar en acción.

—Has cometido un error. Pero vamos a tener que dejarlo pasar por ahora. No vuelvas a tomar nada más. ¿Me entiendes?

La sonrisa de Mahmud desapareció. Miró al suelo. Tal vez comprendiera que la había jodido. Tal vez no tuviera ganas de discutir.

Pasaron cinco minutos. Estaban tumbados. La nieve les rozaba la barbilla. La casa: a quince metros. La entrada a la cocina se veía perfectamente. Una puerta de madera, con un noventa por ciento de probabilidad: cerrada con llave. Niklas podía escuchar música que venía de dentro. Ver personas que se movían detrás de las cortinas. Música, risas. Ruidos de putas.

Metió la mano en la mochila. Su propio IED: Improvised Explosive Device. Su granada casera. Parecía una lata de cerveza negra.

Mahmud y Babak estaban tumbados detrás de él, hacia un lado.

Niklas sujetaba la granada en la mano derecha. Miró a su reloj. Marcaba las doce menos cinco. Enseguida llegaría la hora de enseñar a los puteros cómo se prendía el cohete de nochevieja.

Capítulo
63

D el piso de arriba se escuchaba música. Golpes en el techo. El sonido del bajo. Risas. Thomas pensaba en un poema de Nils Ferlin, el poeta preferido de su padre, que hablaba del techo de uno que es el suelo de otro. Luego pensó: no hay lugar para poetas en la Suecia de hoy. Eran demasiado pocos los que siquiera entendían el sueco lo suficientemente bien como para leer esas cosas. Además, a los que dominan el sueco no les interesa la poesía. Lo extrañaba. No sólo a su padre. Extrañaba a la Suecia que ya no existía.

Delante de él: altas estanterías de metal de almacenaje. Seguramente, treinta metros de baldas. Archivadores negros de corte clásico y dorso tapizado que hacían clic cuando se cerraban. Agarrándose alrededor de los papeles. Alrededor de los datos de contabilidad, los justificantes, los documentos. Con un poco de suerte, las mismas cosas que Hägerström y Thomas acababan de repasar. Con un poco de suerte, algo más que eso. Pruebas.

La nochevieja continuaba. El tiempo se había calmado, justo antes de que él hubiera entrado. Åsa iba a tener vistas perfectas para ver los fuegos artificiales. Thomas estaba dentro, solo; solo contra el poder. Solo contra los que le estaban jodiendo. Ahora le tocaba a él demostrar quién llevaba los pantalones.

Al principio había parecido que Hägerström estaba asustado. «¿Así que haces horas extras en un club de streaptease?» Pero enseguida dejó la sorpresa a un lado. Este caso era más importante.

Aun así, desaconsejó todo. Insistía en que deberían esperar hasta el día siguiente, tratando de hablar con alguno de sus superiores o directamente con un fiscal. Sacar los papeles, informar de todo lo que tenían. Las conexiones entre Rantzell, el asesinato de Palme y el grupo empresarial de Bolinder. Tratar de hacerse con una orden formal de registro domiciliario.

A Thomas todo eso le irritó más que otra cosa.

—Sabes igual que yo que no vamos a ningún sitio con lo que tenemos. ¿Qué pruebas tenemos? El viejo Rantzell ha recibido pagos sospechosos. Tiene que ver con el arma, estoy seguro. Pero ¿de qué manera señala nuestra información que alguien tiene algo que ver con el asesinato, exactamente? En todo caso nada que tenga que ver con el asesinato de Olof Palme. Pero si sumamos lo que contó Ballénius sobre Rantzell a los detalles de los pagos que has encontrado, sabemos que estamos cerca.

Hägerström cerró los ojos con fuerza. Parecía sufrir. Seguramente sabía que Thomas tenía razón. Aun así, dijo:

—Vamos, Andrén. Ya llevamos demasiado tiempo haciendo esto por nuestra cuenta. Tenemos que volver a la vía formal. Hacer lo correcto de forma correcta. Si no, todo puede irse al hoyo. ¿O no?

Thomas lo miró durante un rato.

—Voy a ser sincero contigo. No aprecio demasiado a los policías que van en contra de otros policías. En mi opinión, esa clase de policías no son policías de verdad.

Hägerström le devolvía la mirada desafiante.

Thomas continuó:

—Además eres un sabelotodo que te admiras a ti mismo demasiado. Discutes cosas irrelevantes, no tienes ni idea de lo que es la solidaridad entre colegas y ni siquiera estoy seguro de que sepas manejar un Sig-Sauer.

Hägerström seguía mirándole en silencio.

—Pero, por otro lado —Thomas hizo una pausa retórica—, eres el policía más eficaz, más agudo, más rápido que he conocido en mi vida. Has sido leal a esta investigación preliminar nuestra. Me has sido leal a mí, a pesar de todo lo que ha pasado. Eres divertido, me río de cada chiste que sueltas. Eres considerado y valiente. No puedo evitarlo, me caes de puta madre.

Más silencio.

—Te comprendo —dijo Thomas—. Tienes mucho más que perder que yo. Yo ya estoy fuera del sistema. Yo tengo que cargar con las consecuencias de mis actos, tú puedes perder tu trabajo. Y en términos puramente prácticos hay otra cosa a tener en cuenta. Nunca te dejarían entrar allí, en esa fiesta. Pero a mí, quizá sí. Voy a terminar con este lío. Esta noche. Contigo o sin ti.

Hägerström se levantó. No dijo nada. Thomas trató de interpretar su expresión. Hägerström fue hacia la puerta de la entrada. Se dio la vuelta.

—Bueno, estaba pensando. Esta noche iré a casa, me cambiaré e iré a Half Way Inn y pasaré el resto de la noche allí. Tomaré mucha cerveza y tal vez algunas copas de champán. Hacia las dos estaré tan borracho que ya habré olvidado lo del nuevo año. ¿Qué tengo que perder? Una nochevieja así no es que vaya a ser demasiado memorable. Te acompaño. No haces nada sin mí.

Estaban sentados cada uno en su coche camino a Dalarö. Apenas había tráfico. Casi resultaba acogedor. El aire caliente y los hilos de calefacción del asiento. El ruido del motor, como un colchón de seguridad de fondo. La luz de los faros se reflejaba en la nieve que estaba amontonada a ambos lados de la carretera. Hägerström iba primero, había programado la dirección en su GPS. Thomas no creía que estuvieran pensando en lo mismo, cada uno en su coche.

Había llamado a Åsa otra vez, diciendo que tendría que trabajar toda la noche. Se puso más triste esta vez, empezó a llorar, cuestionaba cómo funcionaría todo cuando viniera Sander. ¿Thomas iba a tomarse su papel de padre en serio? ¿Sabía lo que suponía tener una familia? ¿Qué, exactamente, valoraba en esta vida? No tenía respuestas. No podría contarle nada en estos momentos.

De todas formas, ¿quién era él? La mentalidad de policía, mezclada con la necesidad de justificarse, estaban muy dentro de él. Al mismo tiempo, había cambiado a lo largo de los últimos meses. Había visto de cerca a la gente que normalmente se esforzaba por detener. Había sentido cierta amistad. En el lado oscuro de la sociedad también había lugar para una vida, una moral. Eran personas a las que se podía conocer íntimamente. Tomaban las decisiones correctas desde el punto de vista de su situación. Thomas había pasado la frontera. El paso que había dado, un pecado mortal. Pero allí, en el reino de la muerte, entre la gente a la que solía llamar la chusma, los despojos, encontraba a personas que podría llamar amigos. Y si ellos eran sus amigos y sus decisiones las correctas, entonces ¿quién era él, como policía?

Trató de apartar los pensamientos de su cabeza. Llegó a la conclusión: esta noche iba a ser diferente.

Cuarenta minutos después, el coche de Hägerström paró en un oscuro camino secundario de Smådalarö. Thomas se paró justo detrás. Se quedó en el coche, llamó a Hägerström. Decidieron que Hägerström estacionaría el coche en el camino. Thomas trataría de entrar. Se jugaban todo a una carta.

Condujo despacio a lo largo del camino hasta que vio la salida. La luna estaba llena. Una verja de metal negro. Paró el coche a diez metros de la señal. Esperó. Al lado de la verja había una cámara y un cartel grande: «Propiedad privada». Vigilado por G4S.

A los quince minutos llegó un coche. Y no cualquier coche: una limusina. Parecía fuera de lugar: un buga larguísimo en plan Las Vegas avanzando por un camino invernal en una costa helada. El coche llegó a la altura de la verja. Treinta segundos después, la verja se abrió. El coche entró.

Thomas pensó en el hombre tras la ventana del chalet y el tipo que lo había tumbado en el garaje. Tal vez fueran la misma persona. Pensó en Cederholm, alias Rantzell, Ballénius y la hija de Ballénius. Los polis que solía considerar sus amigos: Ljunggren y Hannu Lindberg. Visualizó: Adamsson, el forense Bengt Gantz, Jonas Nilsson. Había sido un viaje largo antes de llegar a la situación en la que ahora se encontraba. Aun así, casi tenía la sensación de que era una cosa predestinada.

Metió la primera. Se acercó lentamente a la verja. El tubo de escape echaba nubes como si fuera una pequeña central térmica. Se paró. Bajó la ventanilla. Miró hacia la cámara de vigilancia.

La voz de un altavoz:

—Buenas noches. ¿Cómo podemos ayudarte?

—Soy Thomas Andrén, déjame pasar, por favor.

Un leve zumbido al otro lado.

—Dile a Ratko o a Bogdan o a quien tengas por ahí que trabajo esta noche.

Un ruido crujiente en el micrófono, luego otra voz:

—Qué pasa, Thomas. No sabía que trabajabas hoy, nadie me ha dicho nada. —Sonaba como Bogdan, un tipo que solía ayudar en el club.

La verja se abrió.

Entró.

La iluminación exterior estaba escondida entre los arbustos, iluminaba la nieve de las ramas de los árboles. Unos cien metros, luego se abrió el bosque en un claro. Una casa enorme de tres plantas, ventanales, pilares bordeando la entrada. Al menos veinte coches aparcados en la explanada. La limusina estaba dando la vuelta. Se veía luz en algunas de las ventanas. Se oían ruidos leves.

Thomas aparcó al lado de un Audi Q7 negro. Se acercó a la casa. Pensó: ¿En qué puto lío me he metido?

No le dio tiempo a pulsar el timbre. La puerta se abrió. Un tipo que reconocía, pero cuyo nombre no recordaba, le abría. Megayugoslavo. Musculoso. Había bajado al club con Ratko alguna vez. Sonrió.

—Qué pasa, poli, no sabía que trabajabas esta noche. Ratko y Bogdan están por aquí. ¿Necesitas hablar con ellos?

Thomas contestó educadamente que iba a trabajar. No hacía falta hablar con Ratko o Bogdan. Ya sabía lo que tenía que hacer.

Entró. Un vestíbulo. Una alfombra persa en el suelo. Las paredes cargadas de metros y más metros de candelabros de pared, cuadros, tapices. El vestíbulo era más grande que toda la planta baja del chalet de Åsa y él en Tallkrogen. En el otro lado del vestíbulo: unos cuantos hombres; debían de haber venido en la limusina. Todos vestidos de esmoquin, ruidosos, con ganas de juerga. Delante de ellos, parecía un armario: abrigos colgados uno tras otro. Una chica del guardarropa estaba recibiendo sus abrigos. Thomas debería haber sospechado cómo sería esto, aun así se sorprendió. Mini, mini, minifalda, se veía la parte inferior de las nalgas. Medias que terminaban con un encaje pasado medio muslo, piel provocadora, corsé ajustado, zapatos negros de tacón alto. La parte de arriba no parecía una pieza barata, pero tenía escote suficiente para que la mirada de los clientes del guardarropa no se desviara de los pechos medio expuestos ni por un segundo. Como las stripers del club, pero más arreglada, de alguna manera.

Tenía que actuar deprisa. Sacó el móvil, mandó un SMS a Hägerström: «Ya estoy dentro». Después miró a su alrededor de nuevo. Tres puertas frente a él. Los hombres que se habían quitado los abrigos entraron por una de ellas. Thomas oyó que el ruido más alto venía de ahí dentro. No era la elección acertada para él.

Se dio la vuelta para mirar al guarura de nuevo.

—Por cierto, ¿dónde has dicho que estaba Ratko?

El fortachón rio, señalando a una de las puertas con la cabeza.

—Donde siempre suele estar en este tipo de eventos, en la cocina, claro. —Thomas era un puto genio. El método deductivo sería tan antiguo como el trabajo de estas chicas. Se acercó a la última puerta. La abrió. Le daba igual que al yugoslavo le pudiera parecer raro.

Ahí dentro estaba semioscuro. Una mesa de comedor de al menos siete metros de largo. Sillas rococó de color claro, araña de cristal, candelabros en la mesa, parqué en el suelo. Un comedor. Dos puertas. Las dos a medio abrir. De una de ellas salía luz, y se oía el ruido de hombres hablando. Tenía que ser la cocina. Entró por la otra puerta.

Otro tipo de habitación. Amueblada de forma espartana: un sofá estrecho pegado a una de las paredes. En las paredes: cuadros, cuadros y más cuadros. Focos colocados por todas partes creaban pequeñas islas de luz. No sabía nada de arte, pero esto no eran más que trazos de color pastel sobre un fondo borroso. Por otro lado: arte difícil parecía ser equivalente a arte caro.

Entró en la siguiente habitación. El ruido de la música y las risas aumentó. Si lo que estaba buscando se encontraba en la cocina, mal rollo. Miró a su alrededor. La habitación era pequeña. Más cuadros en la pared. Papel pintado de colores fuertes. Y otra cosa: una barandilla forrada de cuero, una escalera. Que llevaba al sótano. Demasiado bueno para ser verdad. ¿Dónde se guarda material de archivos? No en los salones. No en las habitaciones privadas. En el sótano. Deseaba que fuera verdad.

Bajó.

Las escaleras terminaban en una puerta. Probó la manilla. Cerrada con llave. Después de todo, Bolindre no podría ser tan estúpido. Pero tan estúpido tampoco era Thomas Andrén. Sacó la ganzúa eléctrica. Un auténtico policía como él: la herramienta más importante después del tolete. La metió en la cerradura. Pensó en la puerta del sótano de la calle Gösta Ekman. Cómo había encontrado a Rantzell hecho trizas. Se acercaba el final de la historia.

Los espacios de la planta del sótano: zona spa, sauna, piscina. Lavandería, una habitación llena de cuadros que evidentemente no habían querido colgar en las paredes de arriba, un pequeño
espacio con una bicicleta estática, cintas de correr y una máquina
de pesas.

Ventanas estrechas pegadas al techo. Al fondo estaba el archivo. Baldas de metal de almacenaje. Más de cien archivadores
con material. Bingo.

Echó un vistazo al reloj del teléfono: eran las once. Su móvil no tenía cobertura ahí abajo. Era hora de empezar a buscar.

Las campanadas de las doce a punto de sonar: no había encontrado una mierda. Aun así, estaba al tanto del material. Reconocía los nombres de las empresas, los nombres de los vocales de
las juntas, los bancos que proporcionaban las cuentas, las actividades. Sólo buscó en aquellos archivadores que tuvieran que ver
con Dolphin Leasing, Intelligal AB y Roaming GI AB.

No podía quedarse ahí eternamente. Tarde o temprano el
vigilante o uno de los otros se preguntaría dónde se había metido. Si iba a trabajar, entonces ¿por qué no trabajaba? Miró el
reloj de nuevo. Faltaban tres minutos para las doce. Tenía la sensación de que estaba punto de encontrar algo. Se tomó un pequeño respiro. Pensó: ¿había hecho lo correcto? Sacrificando a Åsa,
metiéndose en esto. Se negaba a pensarlo: tal vez no saldría de
ésta con vida.

El ruido que venía de arriba parecía disminuir. Luego llegaron las explosiones. Los tipos lo celebraron con gritos. Thomas
se puso en una silla y miró por la pequeña ventana. El cielo se iluminaba por el estallido de los fuegos artificales. La luna se veía
como un disco pálido junto a las explosiones de colores. Era bonito.

La gente gritó aún más. Thomas no vio a nadie fuera. Tal
vez hubieran salido, pero en tal caso estarían en algún lugar don-

de él no los podía ver. Tal vez siguieran dentro. Luego escuchó otra explosión. Definitivamente más cerca. Más potente. Sonó como algo que impactaba contra otra cosa. Estaba seguro: no era el ruido de fuegos artificiales.

Capítulo
64

Fue la explosión más ruidosa que Mahmud había oído en su vida. Niklas se había bajado el pasamontañas. A Mahmud le recordaba a las imágenes de milicianos de los periódicos iraquíes de su padre. Había avanzado agachado en la oscuridad. Había colocado la granada junto a la puerta trasera. Había regresado diez metros. Explotó. Un ruido bestial. La onda expansiva, como una patada en el pecho. Un alarido en su interior. Un pitido en los oídos. Niklas aulló:

—¡Vámonos!

La noche fue iluminada por los fuegos artificiales. Ruidos crepitantes desde el cielo. Parecía un sueño. Tal vez sólo era el efecto de los *ropis*.

Niklas echó a correr hacia delante. Como a cámara lenta. Mahmud tomó aire. Corrió tras él, hacia la casa. El Glock en la mano derecha. Mierda, qué frío. Casi no podía sentir sus pies: fríos, mojados, entumecidos. Había un agujero donde había estado la puerta trasera. Manchas de hollín en la pared. Fragmentos de madera, tejas, enlucido. La decoración de la cocina, iluminando el patio trasero. La noche pintada de verde, rojo, azul.

Niklas, delante del agujero. Luego él. Al último, Babak.

Voces indignadas. Repiqueteo de fondo. Robban y Javier debían de estar vaciando los AK4 del ejército sueco sobre la casa.

Ja, ja, ja. Los moracos devolvían el golpe. Jorge, el plan del campeón latino les rompería bien el culo.

Entraron por el agujero.

La cocina era gigantesca. Tenía un toque antiguo. Las puertas de los armarios, adornadas con volutas, encimeras de mármol, suelo de gres. Focos en el techo. Dos fregaderos, dos hornos, dos mesas, dos microondas. Jodidamente dos de todo. Hasta dos tipos con cara de shock. Se levantaron. Altos. Anchos. Yugoslavos enojados.

Uno de ellos era Ratko. Que había humillado a Mahmud. Además: Jorge había indicado que era uno de los hombres de Radovan. Parte de la misión era él.

Reventarlo.

Mahmud se paró. Miró a Niklas. El soldado sabía adónde iba, ya estaba desapareciendo por una puerta.

Gritó:

—*Knock that motherfucker out!*[134]

A Mahmud el inglés le sorprendió por un momento. Sensaciones cruzadas: estaba confuso; a la vez, excitado. Los tipos que tenía delante comenzaron a vociferar en serbio. Después reaccionó. El Glock en la mano. Apuntó a Ratko. El yugoslavo en jeans, camisa blanca, remangada. Mandíbulas de testosterona, raya a un lado en el pelo ralo teñido de rubio, mirada sorprendida. La imagen de Wisam Jibril apareció en la cabeza de Mahmud. Más imágenes en la cabeza: cómo habían cogido al libanés fuera del quemadero de carbón de Tumba. Cómo Stefanovic lo había llevado a cenar a Gondolen, explicándole la situación: machacamos a todos los que se quieren pasar de vivos. Cómo Ratko se había burlado de él cuando había querido dejar la droga. Notaba el efecto de los *ropis* bombeando en la sangre. Los yugoslavos se iban a joder hoy.

Mahmud levantó el fusco hacia la cabeza de Ratko. Se paró. Se calló. Babak detrás:

---

[134] «Tumba a ese hijo de puta».

—*Come on.*[135]

Niklas ya no estaba. La cara del yugoslavo, desencajada. De pánico. Pánico a morir.

Mahmud se acercó. Apretó el gatillo lentamente.

Ratko se dio cuenta de lo que estaba a punto de suceder. Las imágenes en la cabeza. Como el trueno de los fuegos artificales fuera. En el claro del bosque con el fusco de Gürhan metido en la boca. En el concesionario de Bentley, con el tipo de la tienda cagado de miedo delante de él. Finalmente: Beshar. Su padre. Su voz en árabe sosegado:

—¿Sabes lo que dice el profeta, que permanezca bendito y en paz, sobre la matanza de inocentes?

El Glock, sudado en su mano. El material blanco de la cocina cegándole los ojos. Puto cerdo.

Ratko no era un inocente.

Disparó.

Pum, pum, pum.

Por su padre.

---

[135] «Vamos».

Capítulo

65

Primer POC —Point Of Contact—[136] con el enemigo. Estaban dentro de la casa. Niklas registró la habitación con la mirada, blanco, blanco, blanco. Dos vigilantes de putas. Ordenó a Mahmud un SBF —Support by Fire—.[137] Pégale un tiro al cabrón. El abusón de mujeres, el maltratador, el combatiente.

Niklas se sentía a gusto con la situación. Gran descarga de adrenalina, más grande de lo que había sentido en mucho tiempo. Inhaló hondo por la nariz, expulsó el aire por la boca. Mentalmente preparado. Otra vez en la guerra. No sólo hombre a hombre, sino con soldados, un enfrentamiento, una batalla.

Continuó por la puerta hacia los espacios donde debía de estar el resto de los tíos. FEBA —Forward Edge of Battle Area—.[138] Un comedor. Error. Se acercó a otra puerta. La abrió, miró. Un vestíbulo. Giró la cabeza: vio cómo Babak envolvía en cinta aislante al guarda que quedaba en la cocina. Bien. Ordenó a él y a Mahmud que le siguieran.

Fuera: Javier y Robert habían dejado de disparar hacia la casa. Pero todos ahí dentro debían de haber entendido el mensaje: *Area controlled.*[139] En el caso de que alguien saliera, volverían a disparar como locos.

---

[136] «Punto de contacto».
[137] «Fuego de apoyo».
[138] «Flanco Frontal de un Área de Combate».
[139] «Zona controlada».

A todo lo que se moviera.

Atravesaron el vestíbulo. La Beretta, firme en la mano. Un tipo grandulón que parecía haberse dado cuenta de que pasaba algo. Probablemente el tipo que abría la puerta.

—¿Qué carajo estás haciendo? ¿Quién eres?

Niklas le pegó un tiro en la rodilla. Se desplomó como un muerto, aunque seguía aullando como un coyote.

Niklas ordenó a Mahmud:

—*Put some tape on that asshole.*[140]

Le pusieron cinta aislante alrededor de las muñecas y por la boca. Niklas continuó hacia delante. Solo.

Contactó con Robert por la radio. Algunos comentarios rápidos:

—Hemos eliminado a tres personas aquí dentro, la mayoría de los que pueden ser peligrosos, creo. Pero echen un vistazo al salón grande que les he señalado. Voy a entrar ahora.

Una habitación enorme. Papel pintado rojo. Arañas de cristal y focos en el techo. Ventanales en una de las paredes. Una barra de bar de cuatro metros en el otro extremo. Habría cincuenta personas en la sala: la mitad chicas, la mitad tipos. Pero no eran unos tipos cualesquiera. Los que Niklas había espiado en la pizzería eran gente de clase media, putos de los países del Este y tipos de países parecidos a los que él conocía de las guerras en las que había participado. Estos puteros: suecos acomodados vestidos de esmóquin. Habían venido por la juerga y por algo más. Mahmud antes ya le había contado lo que sus jefes sabían de ellos: no eran unos personajes cualesquiera; eran los líderes de la vida económica del país. Dueños de imperios industriales, hombres de finanzas, accionistas mayoritarios. Las cabezas de Suecia.

Aquí, para cogerse carne de hembra.

Los tipos y las mujeres estaban reunidos junto a los ventanales. Impresionados por la noche iluminada del nuevo año. Co-

---

[140] «Ponle cinta a ese cabrón».

pas de champán en las manos. El último estallido de pólvora y color se extendió por el cielo. Todavía no se habían dado cuenta de que estaban siendo atacados. No habían oído la explosión de su IED, o al menos no la habían distinguido de los ruidos de los fuegos artificiales. Todo había salido según el plan: nadie iba a poder cerrar el agujero de la parte trasera, nunca. Una vía de escape siempre abierta. *Assault tactics.*[141]

Dos segundos fueron suficientes. Captó el ambiente en la sala: como si fuera una fiesta de nochevieja normal, en la que unas chicas un poco más jovencitas habían aparecido sin más. Como si no pasara nada. Nada sucio. Nada humillante con todo el asunto. Pero Niklas lo sabía: la compra de mujeres implicaba maltrato. Y su vocación consistía en erradicar a los maltratadores.

La mayoría todavía estaban con las espaldas vueltas hacia él. Mirando hacia fuera o a otras personas. Con la excepción de dos tipos un poco más jóvenes que estaban en el bar. Uno de ellos reaccionó al ver a Niklas en la puerta: un hombre con pasamontañas llama la atención. Niklas dio unos pasos hacia delante.

Mahmud entró tras él. Babak había recibido órdenes de quedarse fuera, vigilar la entrada, *cover their backs.*[142]

El barman empezó a gritar algo. Niklas levantó la Beretta con las dos manos. Bien sujeta. Lo sabía: éste es el momento decisivo. Todo podía irse a la mierda. Un punto de inflexión. El cuello de botella de este ejercicio. Tomó ritmo. Corrió. La pistola en una de las manos. Un paso. Dos pasos. Volaba. Le recordaba a la fuga del juzgado.

Respiró una vez. Dos veces. Siete metros. Cinco metros. Ya había llegado a la altura del hombre. Levantó la pistola. Lo oyó decir:

—Qué mierda.

---

[141] «Tácticas de asalto».
[142] «Cubrir sus espaldas».

Golpe-golpe. La Beretta, impactando con dureza contra la frente del tipo. El hombre, desplomándose. Niklas se dio la vuelta. Se enfrentó a las miradas de los otros y las chicas, que también se habían dado la vuelta.

Era como si el tiempo se hubiera parado.

Todos habían visto el ataque.

Niklas y Mahmud, controlando. Niklas había avisado a Robert:

—Ya hemos encontrado la fiesta, ahora empezamos. Disparen a todo lo que se mueva fuera de la casa.

Los tipos, en fila a lo largo de la pared. Las chicas, al lado. Mahmud, apuntando su Glock al grupo. El barman y su colega, envueltos en cinta en el suelo. Podría haber más putos, padrotes, en la casa. O, mejor dicho, *debería* haber más: alguien habría estado manipulando los fuegos artificiales ahí fuera.

La ventaja de Niklas y sus soldados: lo que los tipos tenían entre manos les impedía llamar a la policía. Ellos mismos lo sabían. Aun así, había que actuar con prudencia. Tenía que sacar a los responsables.

Niklas dio un paso hacia delante. En inglés:

—¡Quiero a Bolinder!

No había movimientos entre los hombres.

—¿Quién es Bolinder?

Una voz del grupo, con marcado acento sueco:

—No hay ningún Bolinder aquí.

Niklas respondió a su manera. Disparó a una de las arañas de cristal. Oyó cómo la bala rebotaba ahí arriba. Se subió el pasamontañas hasta exponer la boca.

—Si me siguen jodiendo me cargaré a todos, uno por uno. Por última vez: ¿quién es Bolinder?

El silencio de la sala era más ruidoso que el propio disparo.

Un hombre salió de la fila. Con un hilo de voz:

—Yo soy Bolinder. ¿Qué quieres?

Era un poco obeso, con el pelo cano bien peinado, la camisa del esmoquin ligeramente desabrochada para exponer un poco de pelo gris en el pecho. Miró a Niklas.

Los ojos del tío eran de color gris.

Niklas le devolvió la mirada. No quería hablar. Éste era el tipo que organizaba todo.

Bolinder tuvo que ponerse en medio del parqué. La luz de algunos focos del techo caía sobre su cara. Niklas lo vio claramente: el viejo putero estaba acobardado.

Mahmud sacó la cinta aislante. Bolinder tuvo que poner los brazos detrás de la espalda. El árabe enrolló la cinta alrededor de ellos con esmero. Dejó al tío en el suelo. La cinta aislante brillaba apaciblemente.

Mahmud se acercó. Apuntaba con el arma al grupo de viejos. Movió el Glock desde la derecha hacia la izquierda y volvió a empezar. Si hubiera peligro, esperaba poder reventar a cinco o seis personas antes de que se le echaran encima. Ellos también lo sabían, instintivamente. Nadie quería jugársela.

Niklas gritó en inglés:

—Quiero a todo el mundo tumbado en el suelo. Ahora. Las manos sobre la cabeza. Al que se mueva… —Hizo dos movimientos de disparo con el arma. Lo entendieron.

Niklas metió la mano en su mochila. Era el momento que había esperado. Sacó la bolsa de plástico que ya llevaba meses preparando. Su propio proyecto paralelo a las sesiones de vigilancia a los maltratadores. Pesaba bastante, al menos seis kilos. Por fuera parecía inocente, una bolsa gris, con una cinta aislante negra alrededor y una masa compacta dentro. Por dentro era letal.

Todo había pasado tan rápido. Acababa de estar en una sala de juicio a punto de ser mandado de vuelta a la prisión. Y ahora: *the final battle*.[143] Pensó en su madre. Ella no entendía nada. Creía que la opresión formaba parte de la vida. Él se acordaba. Tendría

---

[143] «La batalla final».

unos ocho años, aunque entendía más de lo que se pensaban. Las bolsas que Claes traía a casa, el ambiente cuando él y Catharina habían empezado a beber de los vasos que rápidamente volvían a llenar con los contenidos de las botellas. Le dijeron que bajara al almacén a jugar un rato. Él tenía su propia vida ahí abajo, como un puto Emil de Lönneberga.[144]

No recordaba exactamente qué había sido, pero algo le asustó. Tal vez fuera un ruido, tal vez algo que hubiera visto. Era un niño por aquel entonces. Pensaba que el miedo de ahí abajo era lo peor. Cuando subió, vio cómo su madre era golpeada más que nunca. Tuvo que ir al hospital. Se quedó allí dos semanas.

Y después le había preguntado a su madre si era justo. ¿Debería Claes tener permiso para venir a su casa? ¿De verdad tenía que ser así? Su respuesta fue sencilla y clara:

—Lo he perdonado. Es mi hombre, no es culpa suya que se enfade a veces.

La misión de Niklas consistía en restablecer el equilibrio. Puso la bomba sobre el pecho de Bolinder. El viejo estaba temblando como una bandera en la brisa nocturna de los alrededores de Faluya. Niklas, por el contrario: las manos firmes.

---

[144] Conocido personaje de literatura infantil creado por la escritora sueca Astrid Lindgren. Se escapaba frecuentemente al cobertizo cuando se había portado mal.

Thomas subió por las escaleras. Algo no estaba bien. Primero la explosión junto con los fuegos artificiales. Podía haberse equivocado. Pero luego no: el repiqueteo que se mezclaba con el ruido de la fiesta de nochevieja. Hasta un policía normal como él, acostumbrado al pequeño Sig-Sauer de 9 mm, lo reconocía: era fuego de rifles automáticos. Por algo era un aficionado al tiro. Estaba claro: algo iba realmente mal.

En cuanto tuvo cobertura, llamó a Hägerström. Un tono pasó. Más tonos. ¿No iba a contestar? Thomas miró a su alrededor. La habitación de las paredes coloreadas estaba vacía.

Echó un vistazo por la ranura de la puerta entreabierta que daba a la habitación de los cuadros. Vacía. Trató de llamar a Hägerström otra vez. Pasaron cinco tonos. Después llegó la respuesta:

—Menos mal que estás vivo.

Thomas susurró:

—¿Qué carajo está pasando?

—No lo sé, pero he pedido refuerzos. Se ha oído un tiroteo de tres pares de huevos allí en la finca donde tú estás. Y un ruido como de una explosión.

—¿Cuándo llegan los refuerzos?

—Ya sabes, nochevieja, Smådalarö. No llegarán hasta dentro de veinte minutos como mínimo.

—Joder. ¿Pero qué hago? Hay una gran movida aquí dentro.

—Espera que lleguen los coches patrulla. No puedo pasar la verja solo.

—No, Hägerström, eso no funciona. Es nuestra oportunidad de encontrar pruebas vinculantes. Tengo que enterarme de lo que ha pasado. Puede estar relacionado con nuestro caso.

Hägerström estaba callado. Thomas notó una gota de sudor en la frente. Esperaba la respuesta de Hägerström. ¿Le apoyaría en esto o no?

Hägerström se aclaró la garganta.

—Vale, un vistazo rápido. Pero no te pases. Tú lo has dicho; esto podría ser la resolución de nuestro caso. Así que no la jodas.

Thomas metió el móvil en el bolsillo interior. Trataba de encontrar la pistola. La miró un segundo. Completamente cargada. Recién engrasada. Con el seguro puesto. Se sentía bien.

Thomas volvió a la sala donde colgaban todos los cuadros. Después, al vestíbulo. El primer hallazgo le sorprendió. El mega-yugoslavo, el portero, tumbado en el suelo. Alrededor de los pies, los antebrazos y la boca: cinta aislante en grandes cantidades. Charco de sangre en el suelo. La rodilla del tipo, una masa de carne picada mezclada con el tejido del pantalón. El portero miraba hacia delante con ojos lánguidos. Thomas se agachó. Zas. Quitó la cinta de la boca de un tirón.

Susurró:

—¿Qué ha pasado?

El portero parecía aturdido. Tal vez fuera la pérdida de sangre, tal vez el shock, tal vez estuviera a punto morirse. Thomas quitó la cinta que le cubría los brazos.

El portero: completamente callado. Thomas esuchó su respiración. Estaba allí. Ligera pero perfectamente audible. Utilizó la cinta que había eliminado para vendar la herida de la rodilla. Apretó. Trató de parar el flujo de sangre. Mejor que nada. Revisó la espalda del tipo, el estómago, la cabeza. No parecía tener más heridas. Thomas le puso en posición de decúbito lateral. El portero sobreviviría.

Thomas mandó un SMS a Hägerström: «Llam. amb. Pers. disparo rodilla».

Continuó atravesando la casa. Silencio. Ya no se oía ni el ruido de la fiesta ni la música ni las risas. La casa parecía una tumba, como el sótano donde había encontrado a Claes Rantzell. Thomas pensó en la respiración del portero: tan ligera. Como el aire de esta casa. Como toda esta investigación.

Ahora todo podría irse a la mierda: la extravagante fiesta de Bolinder, la implicación de los yugoslavos, los pagos a Rantzell, testigo clave en el juicio más importante de Suecia.

Todo estaba en el aire.

Thomas se paró.

Inhaló profundamente. ¿Pasaba algo con el aire en este lugar? Parecía que ya no le llegaba tanto oxígeno como antes. Como si tuviera que respirar más profundamente. Como si sus pulmones necesitaran más.

Levantó su pistola. Cerró los ojos. Veía una cara en su cabeza. Un niño. Una cara.

Sander.

Después abrió los ojos.

Era hora de moverse.

Atravesó algunas habitaciones. Vacías de gente. Paredes coloreadas, cuadros, alguna que otra escultura, iluminación perfecta, combinación de colores perfecta, diseño de muebles perfecto. Sofás, butacas, alfombras persas, ambiente armonioso. Thomas pensó: este tipo de tipos esconden su verdadero yo detrás de una fachada de arte sofisticado que ninguna persona normal entiende. Un clásico en el mundo del crimen: cuánto más importante el criminal, pintores más importantes en las paredes. Necesitaba relajarse un poco al abrigo de sus habituales pensamientos amargos.

Pasó por un pasillo. La iluminación venía del suelo.

Agarró la cerradura. Con cuidado. Lentamente. Empujó hacia abajo. La puerta se abría hacia fuera. Una rendija. Levantó el arma. Se arrodilló por si acaso. Miró hacia dentro.

Una sala grande. Lo primero que vio fueron las arañas de cristal del techo. La estancia parecía estar demasiado iluminada. Centelleaban. Justo después, descubrió a la gente. Al menos cincuenta personas. Hombres y mujeres. Tumbados boca abajo, con las manos sobre las cabezas. Las caras hacia el suelo. Thomas no pudo ver quiénes eran. Sólo podía adivinar.

Miró más de cerca. Delante de ellos había tres personas en el suelo. Atadas con cinta aislante, dobladas. Una de ellas parecía estar inconsciente. Otra miraba sin más. La tercera: enrollada en algo. Una bolsa de plástico que parecía pesada descansaba sobre la barriga. Un cable salía de la bolsa de plástico y terminaba en una cajita gris.

Había otras dos personas en la habitación. Dos hombres con las caras tapadas. Pasamontañas enfundados, ropa oscura, parecían llevar chalecos antibalas por debajo. Tal vez fueran profesionales. Uno de ellos, algo más delgado, con una Beretta en una mano y quizá algo en la otra también. A unos pasos de la gente. Firme, tranquilo, centrado en controlar. El otro estaba extremadamente fuerte. Se movió hacia el grupo del suelo y dijo en inglés macarrónico:

—Todos a sacar sus carteras y relojes. Ahora. —Thomas lo reconoció por el inglés: un acento que sólo podía venir de Rinkeby.[145] Estaba clarísimo: éste era un moraco sueco.

Echó otro vistazo. Éstos no eran profesionales de verdad. El tipo musculoso llevaba tenis de color claro.

Thomas reflexionó. Sopesó posibilidades. Evaluó distintas vías de acción. En realidad, debería retirarse. Informar a Hägerström sobre la localización de los asaltantes y de los rehenes. Esperar que llegara la unidad de asalto de la policía. Dejar que las cosas tomaran su propio rumbo.

---

[145] Nombre de un barrio en las afueras de Estocolmo con gran afluencia de inmigrantes. «Sueco de Rinkeby» se ha convertido en un nombre genérico para referirse al sueco hablado con acento de extranjero proveniente de América Latina y Oriente Medio, principalmente.

O si no, siempre podría esperar a ver qué pasaba. Tenía un papel relevante en esta investigación. Y ésta estaba completamente al margen de la ley. En caso de que saliera algo, estaría vetado de la policía para siempre. Hägerström también. Luego también le atraía la idea de resolver lo que se estaba desarrollando en la sala: convertirse en héroe, regresar a Söderort de forma triunfal, el policía que entró solo en vez de esperar a los refuerzos. Tonto como pocos. Obstinado como un niño de cuatro años. Intrépido como un idiota. Pero seguiría siendo un héroe.

Así se sentía. Y le daba exactamente igual. Se quedó. En cualquier caso, los refuerzos estaban a punto de llegar.

Los chicos de la sala se embolsaron las cosas que los hombres habían dejado en el suelo.

El tipo de la Beretta se lo tomaba con bastante más calma que el de los tenis claros. Se movía confiadamente sobre las cabezas de los hombres. El arma relajada, pero aun así con total control. Parecía que había hecho estas cosas antes.

Abrió la boca. Su inglés era considerablemente mejor que el del tipo musculoso.

—Quiero que todas las que sean putas se pongan de pie. — Nadie pareció entender. Repitió—: Quiero que todas las tías se pongan de pie. —Dirigió el arma hacia uno de los tipos—. ¡Ahora!

Capítulo
67

Mahmud no entendía qué estaba haciendo Niklas. De repente, el mercenario empezaba a ordenar que las putas se pusieran en pie.

En su inglés fluido:

—Todas señalen a los hombres que las hayan comprado.

No parecían entender lo que quería decir. Mahmud tampoco. Esto no formaba parte del plan.

La bolsa, llena de carteras y relojes. Cacharros finos, vio enseguida un Rolex Submariner de oro macizo. Mahmud había calculado, sólo el reloj de oro macizo: al menos doscientos billetes. El valor total: al menos quinientas mil sólo en Rolex, Cartier, IWC, Baume & Mercier y el resto de los relojes. Además: las tarjetas de crédito. Aunque bloquearan algunas cuentas, Tom Lehtimäki podría engañar a suficientes sistemas como para sacar otras quinientas o seiscientas mil coronas. Y además: la comisión que Jorge le había prometido. Se había cargado a Ratko, uno de los hombres de Radovan. Había vengado su propia humillación. Había cumplido la misión del latino: dañar a la mafia de los yugoslavos. Joder, qué bien.

Ya era hora de retirarse.

Aunque todavía no había sacado fotos de los tipos junto con las putas. La idea había sido de Jorge. El latino, con una sonrisa más amplia que el jodido Smiley mientras explicaba:

—Llévate una cámara en condiciones, *man*. Vas a poder utilizar las fotos durante años. Pagan. Te lo prometo. Lo sé. —Mahmud captó la indirecta. Chantaje maravilloso.

Se giró hacia Niklas. No quería hablar inglés.

—¿Qué mierda estás haciendo?

Niklas no contestó. Seguía vociferando.

—Todas las putas, de pie. Si no, volaré al viejo, forraré las paredes con sus sesos hasta que no quede ni gota del color original.

Algunas comenzaron a levantarse. Una por una. La mayoría tenían rasgos eslavos, unas diez mulatas o asiáticas, unas pocas suecas. Vestidas como las putas que eran, pero en plan más lujoso. Minifaldas, jeans ajustados, medias de rejilla, botas, tacones de aguja, tops escotados de telas finas. Mahmud reconocía a Natascha y Juliana y a unas cuantas más de las caravanas. Era evidente que se las había arreglado de manera especial para la ocasión. Chicas que él había llevado en coche por toda la ciudad.

Niklas les estaba gritando. Parecía que el mercenario había perdido los papeles. Las chicas no querían seguir sus órdenes. Pero seguía vociferando.

—Me da igual si no conocen a estos tipos. Colóquense al lado de cualquiera de ellos que las haya humillado alguna vez. ¡Colóquense, joder!

Mahmud intentó de nuevo.

—Déjalo. He terminado de recoger las cosas. Ya hemos hecho lo que teníamos que hacer.

Niklas le miró. Seguía en inglés:

—Ya te he dicho que no hables en sueco. ¿Eres retrasado o qué? ¡Idiota!

Capítulo

68

Niklas estaba cerca de conseguirlo. Las mujeres iban a señalar a los culpables. Repartiría la justicia que la sociedad estaba esperando. Que su madre llevaba toda la vida esperando. Era un tribunal andante.

Tenía el control remoto en una mano. La Beretta, en la otra. El ataque, en su fase final. Sentencia al alcance de la mano. Dentro de unos minutos llegaba el momento *to pull back the forces.*[146]

Pero primero tenía que callar al árabe que había empezado a molestar. Mahmud no se daba cuenta de que había órdenes de WILCO —Will Comply—. Cállate y obedece.

Niklas nunca desvió la mirada de los puteros.

El árabe seguía molestando.

—Venga, vámonos. Ya hemos terminado.

Trató de calmar a Mahmud. Tal vez fuera a necesitarlo para terminar con esto. Esto no podía convertirse en SAFU —Situation All Fucked Up—.[147] Una WO —Warning Order—:[148]

—Que te calles. Obedece, si no, vas a sufrir.

Mahmud elevó la voz.

[146] «Retirar las tropas».
[147] «Situación fuera de control».
[148] «Orden de aviso».

—Cálmate, Niklas, carajo. Vámonos de aquí. Si no, Babak y yo nos vamos sin ti.

Niklas no podía esperar. Levantó la Beretta hacia uno de los hombres. De uno en uno, en función de la gravedad de sus crímenes. El tipo levantó la cabeza. Tres prostitutas se habían colocado sobre él.

Capítulo
69

Había oído bien? Estaba claro que la situación en la sala había empezado a descontrolarse. La cosa podría terminar mal. Muy mal.

Los hombres de los pasamontañas discutieron entre sí. El moraco había empezado a hablar sueco. Por lo visto quería largarse. El profesional quería quedarse. Terminar algo que tenía que ver con la alineación de las putas. Thomas no tenía ni idea de qué se trataba.

Pero ¿había oído bien? El maleante había dicho el nombre del tipo que quería quedarse: Niklas. Había dicho Niklas.

Daba miedo. Un hombre con el nombre de Niklas estaba atacando a Bolinder. Un único Niklas en su cabeza. El tipo que se había fugado de la vista en el tribunal de primera instancia ayer. El chico sobre el cual él y Hägerström habían discutido cantidad de veces. Tal vez estuvieran mal encaminados. Thomas lo había descartado. Demasiadas circunstancias señalaban a Adamsson, Bolinder y los otros. Pero ahora: ¿qué significaba la conversación y el drama de los rehenes que estaba presenciando?

No podía ser casualidad. Tenía que ser Niklas Brogren el que estaba ahí en la sala. Dispuesto a cargarse a todos los puteros. Sobre todo: dispuesto a volar a Bolinder.

Había una conexión entre el hombre que era sospechoso del asesinato de Rantzell y Bolinder. De nuevo: no podía ser casualidad:

Niklas Brogren quería algo de Bolinder.

Significaba dos cosas. Por una parte: Thomas y Hägerström habían estado equivocados; el tipo no era inocente, tenía algo que ver con el asesinato. Por otra: Bolinder tampoco era inocente. Porque si no, ¿qué hacía una persona implicada en el asesinato aquí, en su casa?

No había tiempo para pensar. El moro se quedaba, a regañadientes.

Brogren había obligado a todas las chicas a colocarse sobre distintos tipos. No estaba claro si de verdad habían tenido relaciones sexuales con ellos o si se colocaban en cualquier parte debido al miedo y la confusión que las órdenes de Brogren habían provocado.

¿Qué iba a hacer? Era evidente que los refuerzos todavía no habían llegado. No era culpa suya. Lo que sucedía en la sala habría sucedido aunque él no hubiera subido de la planta del sótano. Ahora él era el único policía en el lugar. Su deber: parar lo que estaba a punto de suceder ahí dentro. ¿O no? Nadie sabía que Hägerström y él estaban allí. Tal vez debiera salir sigilosamente de esta puta casa. Dejar que el asaltante se hiciera cargo de los rehenes. Que un asesino asesinara a un instigador. Que Bolinder se encontrase con el destino que se merecía.

Sin embargo, no. Se había prometido a sí mismo llegar al fondo de todo esto. A pesar de los pensamientos durante el viaje de ida —que algunos de los que había conocido eran sus amigos—, él era policía. Un policía de lo más corriente; lo había pensado muchas veces: lejos de ser el poli más honrado del mundo. Pero a pesar de todo eso, aproximadamente tan honrado como se podría esperar de un madero como él. A fin de cuentas, todo se reducía a una misma idea: le gustaba ver cómo ganaba la ley. Le daban igual las tonterías de poca monta, un gramo por aquí, otro por allí. Pero le gustaba ver cómo la ley terminaba con la verdadera chusma. Porque en el fondo de su ser creía saber quiénes eran. Los hombres trajeados, ricos, extremistas como Sven Bolinder deberían estar pudriéndose en las mismas celdas de la cárcel que los conductores ebrios, los dealers y los maltratadores de mujeres. Esto era lo que quería. Aunque raras veces, quizá nunca, sucedía de esta manera. De hecho, no conocía si había ocurrido ni una sola vez siquiera. Pero eso se le resbalaba, era su objetivo. Era su oportunidad: cambiar. Ver cómo ganaba la ley. Se habían cargado a Palme. Un héroe para la clase obrera. Esto era su salida. Cambiar Suecia. Aunque sólo fuera una sola vez.

Analizó las alternativas lo más rápido que podía. Entrar corriendo, tratar de detener a los asaltantes. Esperar que al moro se le ocurriera largarse y sorprenderlo en la salida. Pegarles un tiro a distancia.

Entrar corriendo era demasiado peligroso. Había al menos siete, ocho metros. Niklas tendría tiempo para hacer estallar la bomba, tirotear a un puñado de gente antes de que él llegara. Esperar que el moro se largara; posiblemente no iba a ocurrir. No funcionaría.

¿Pegarles un tiro desde la distancia? Quizá sí. Era lo suyo. Después de todo, él era uno de los mejores tiradores del cuerpo de la policía.

Si hubiera tenido su Strayer Voigt Infinity, habría sido pan comido. Pero ahora: la pistola de servicio no era exactamente la más apropiada para este tipo de ejercicio.

Al mismo tiempo: debería conseguirlo a ocho metros. Primero Brogren, luego el moro.

Puso una rodilla en el suelo. Estiró la espalda. Alargó los brazos. Ojalá no le vieran por la rendija. Recordaba sus tiros de campeón en el campo de tiro del club de Järfälla la misma noche que Ljunggren le había contado que habían encontrado el piso de Rantzell. Sujetó la pistola con tanta firmeza como podía. Buscó el alza. Era bajo en el Sig-Sauer. Apuntó. Pequeñas vibraciones. Se relajó. La falta de buena luz le daba igual. Apuntó a una de las piernas de Niklas. No merecía la pena intentar un tiro en el pecho: el tipo llevaba chaleco antibalas. Thomas apretó el gatillo con lentitud. La regla básica: aprieta, masajea, acarícialo. Entornó un ojo. Se evadió de su consciencia. Más lento aún. Un único movimiento. El muslo de Niklas, lo único que veía. Lo único que existía en el mundo en este momento.

Disparó. La realidad entró en su consciente. El ruido golpeó sus oídos.

Niklas se tambaleó. Pero no cayó. Al revés. Aulló. Dio unos pasos hacia el tipo al que quería pegar un tiro.

No funcionaba. Tenía que hacer otra cosa.

Thomas levantó los brazos.

Apuntó a Niklas de nuevo.

La parte derecha del pecho esta vez. No le iba a hacer demasiado daño al loco. El tipo llevaba chaleco.

*F*uck. *Fuck. Fuck.* Algún hijo de puta seguía ahí. Algún maricón que Babak no había descubierto.

Niklas se tambaleó. Pero no cayó.

—¡Me han dado!

Mahmud no sabía qué hacer. Esto no formaba parte del plan. Vaya idiota. Podría ser la policía. La unidad de asalto en camino. *Fuck.*

Babak gritó desde la habitación contigua.

—¿Qué pasa, *habibi?*

Mahmud contestó:

—Tenemos que largarnos.

Babak entró en la sala donde estaban Mahmud y los demás. Niklas aullaba.

—Esperen, quiero terminar esto.

Babak se acercó. Mahmud se preguntaba por qué había entrado. Si iban a largarse.

Babak agarró a Niklas. Trató de arrastrarlo hacia la salida. Tomándolo del brazo. Como si quisiera arrancarlo. Gritó:

—Carajo, tenemos que largarnos.

Se oyó otro disparo.

Mahmud vio a Niklas. A cámara lenta. Se desplomó como un muñeco de trapo.

En la parte izquierda de la cabeza: el coco reventado.

Alguien le había vuelto a disparar.
Chara. CHARA.
Niklas, en el suelo. Tenían que salir.
—Vamos. ¿Puedes levantarte?
Niklas trató de decir algo.
Gorgoteaba.
Babak aullaba al fondo.
Mahmud echó a correr.

Capítulo
71

El segundo disparo le pegó mal.

A Niklas se le cayó la Beretta.

Pero el detonador seguía en su mano.

Firmemente sujeto.

Sintió la sangre sobre la mejilla y la barbilla. No sintió la sangre. No sintió nada.

Vio imágenes. Tantas personas, historias, caras.

Mamá en el sofá de la casa. Los hombres de la mezquita que habían quemado *allá abajo*.

Collin.

Las caras pasaron flotando como si las viera en un espejo.

Jamila. Benjamin. El policía que lo había interrogado.

Ya no veía nada.

Ningún putero, ningún tipo.

Vio una araña de cristal que se bamboleaba sobre él.

Bamboleándose.

Todos los hombres que habían maltratado.

Mats Strömberg, Roger Jonsson, Patric Ngono.

Claes. Lo recordaba. Todos los golpes.

Recordaba a Bolinder.

Niklas agarró.

Apretó.

La calma.

El detonador.
Había tanta calma.

Epílogo

Thomas estaba en el coche de patrulla con Ljunggren. Los dos miraban fijamente al nuevo sistema de transmisión. Llevaba el nombre de Rantzell. La central ya podía verificar dónde se encontraban todos los coches. Grandes desventajas, no podían soltar sus habituales excusas y maniobras de diversión. Tendrían que hacerse cargo de las tareas mierdosas que los aspirantes deberían llevar a cabo. Pero había una ventaja. Thomas y Ljunggren ya tenían un nuevo tema de conversación que duraría varios días: quejarse de la central, que ya no se fiaba de ellos. Y otra ventaja posiblemente más grande aún: no había tiempo muerto en el trabajo. Menos tiempo para pensar. Para comerse la cabeza. Para dar vueltas a las cosas. Para arrepentirse.

Habían pasado dos meses.

Al principio, a Thomas le habían dado de baja, para que descansara, como decían. En realidad iban a investigar otra vez. No tenía ni puta gana de aguantar más investigaciones. Pero le vino bien. Sander había llegado. Era la personita más fantástica que Thomas había conocido nunca. Ya quería al niño más que a otra cosa en el mundo. Era bonito y le hacía sentirse muy bien.

Niklas Brogren había hecho estallar la bomba que había colocado sobre Bolinder. Las paredes, las arañas de cristal, los puteros, las putas: embarrados todos de los restos del tipo. Thomas se había lanzado al interior de la sala para tratar de practicar los primeros auxilios al viejo. Pero era demasiado tarde. Lo que quedaba de Bolinder era insalvable.

Thomas se acercó a Niklas. El chico tenía los ojos abiertos, no había vida en la mirada. Respiraba con dificultad. Gorgoteaba. Se había llevado a Bolinder al otro lado.

Los moros. Habían desaparecido.

Los tipos y las putas, en estado de shock. Sollozaban, lloraban, gritaban.

Estaba acostumbrado a eso.

No había sido su intención darle en la cabeza a Niklas. Había apuntado al pecho. Pero cuando el otro moro había entrado por sorpresa en la sala, tirándole del brazo de Niklas, se fastidió todo. El cuerpo de Niklas fue arrastrado hacia abajo. Lo justo para un fatal desvío del tiro.

Quizá nunca debiera haber entrado en la sala para salvar a Bolinder.

Debería haberse largado, como los moros. Después de algún minuto, salió de la sala. Fue al vestíbulo. Vio luz de las sirenas. Oyó el ruido de policías en la casa.

Hägerström entró corriendo junto con una decena de hombres. Todo su caso parecía haberse esfumado como los fuegos artificiales.

Dos semanas después del incidente le llamó Stig H. Ronander, el comisario de la Brigada de Investigación Criminal que se había hecho cargo del caso Rantzell después de Hägerström.

El viejo tenía una voz nasal.

—Buenos días. Aquí el comisario Stig H. Ronander.

El primer pensamiento de Thomas: maldito pretencioso que me suelta el título. Si ya sé de sobra quién es.

—Quiero hablar contigo acerca del incidente de Smådalarö.

Había dado por hecho que alguien iba a llamarlo, pero Thomas no sabía qué podía esperar de Ronander en concreto. Él, en realidad, era el responsable de la otra investigación.

—Bueno, incidente, ¿es así como lo llamas?

Ronander se abstuvo de contestar.

—Tenemos que vernos.

Dos horas más tarde Thomas estaba frente a Ronander en el despacho del comisario. Observó: fotos enmarcadas de la mujer de Ronander y niños vestidos de ropa cursi. Tenían que ser nietos.

Thomas pensó en Sander. Tenía ganas de ir a casa.

—Bien, Andrén, seré breve.

Thomas, con los nervios a flor de piel, preparado para cualquier cosa.

—Lo que pasó por ahí fue un poco demasiado fuerte para nuestro pequeño país.

Thomas todavía mantenía la calma.

—Sobre todo fue demasiado para ti.

Uno de los nietos de las fotos se parecía a Sander.

—No vas a poder permanecer en el cuerpo, ni a tiempo parcial, si sale que estabas por ahí en el marco de alguna investigación privada, o si sale que fuiste tú el que mató a ese asaltante loco, Brogren. Y luego serás procesado por falta grave u otra cosa parecida.

Thomas seguía callado.

—Te irás a la puta calle. Y Hägerström también, a la puta calle. Y un montón de policías más también podrían tener que irse. Eso lo comprenderás.

Thomas se inclinó hacia delante en la silla.

—No hace falta que me cuentes cosas que ya sé. En todo caso, no hay nada que hacer, ¿verdad?

Ronander sonrió.

—Podría haber algo que hacer. Tengo una pequeña propuesta. ¿Por qué no nos olvidamos de que fuiste tú el que disparó? La mayoría de los tipos que estuvieron allí no querrán hablar mucho de lo sucedido, con toda la agitación que había, además, nadie te vio disparar, si he entendido bien la cosa. Además, había dos autores del delito sin identificar que consiguieron escapar. Así que se puede arreglar. Se han arreglado cosas parecidas en el pasado. Y el que más gana eres tú. No serás despedido de tu trabajo. Y no sólo eso, procuraremos que te vuelvan a destinar a Söderort, tu puesto habitual. Hägerström también se pondrá contento. Se queda con su puesto.

Thomas comprendió que había algo más.

—¿Dónde está el truco?

Ronander dibujó una sonrisa aún más amplia.

—¿El truco? Yo no lo llamaría así. Es más como un trato. La investigación principal referente al asesinato de Rantzell en realidad ya está terminada. La coartada de Niklas Brogren para la noche del asesinato es fraudulenta. Además, su madre ha hecho más declaraciones, diciendo que Brogren llegó borracho y que no paraba de parlotear sobre Claes Rantzell esa misma noche. Luego hemos analizado todas las grabaciones, fotografías y otros documentos que encontramos en su casa. Está fuera de toda duda que fue Brogren el que mató a los otros dos hombres en otoño. Mats Strömberg y Roger Jonsson. Eran padres de familia normales, gente honrada, que ese loco mató sin más. ¿Y sabes qué hacía en el pasado?

Thomas meneó la cabeza.

—Era mercenario. Contratado por una de esas empresas militares privadas estadounidenses. Pero eso tal vez no sea muy interesante. En cualquier caso, todo hace pensar que Niklas Brogren mató a Claes Rantzell. A eso le sumas los nombres de Mats Strömberg, Roger Jonsson y Sven Bolinder. Cuatro hombres suecos normales. En resumidas cuentas, la investigación preliminar dará lugar a un procesamiento, que a su vez hubiera llevado a una sentencia condenatoria. Otro asesino múltiple en Suecia. Así que en realidad no hay truco. No tienes por qué buscar más, no hace falta que continúes tu pequeña investigación privada. Se terminó este caso. *Case closed,* como dicen. Te devuelven el trabajo, te libras de sanciones, Hägerström se queda en su puesto. Dejas de hurgar, porque ya no hay materia para seguir hurgando.

Ahí llegó... el truco.

De vuelta en la patrulla. Trataba de encajar todo en la cabeza. Rantzell tenía que haber amenazado con revelar la verdad. Con decir que su testimonio en el caso Palme había sido una mentira. Y que había alguien detrás, alguien que había conseguido que él hiciera aquellas declaraciones sobre el arma homicida. Alguien que ahora, muchos años después, le había pagado por no decir nada. Pero Rantzell tal vez hubiera querido tener más, quizá hubiera armado otro tipo de chantaje. Tuvieron que quitárselo de encima. El vínculo estaba en el pago, y justo aquel documento él no lo tenía. Tal vez estuviera en casa de Bolinder. Pero Thomas estaba seguro; ahora ya no existía. Así que había aceptado. No enseguida, pero después de unos días, sí. No tanto por él como por Åsa y Hägerström. Necesitaba su trabajo para ser feliz, pero hubiera estado dispuesto a soltar eso también. No iba a decir nada a Hägerström; no tenía por qué enterarse nunca. Además, tenía algo de sentido lo que había dicho Ronander; todo parecía indicar que era ese Brogren el que había matado a Rantzell. La idea se consolidó tras unas semanas. Tal vez no hubiera ningún grupo detrás, ninguna conspiración.

Habría sido así.

Así era la lógica. Le parecía bien.

Thomas miró a Ljunggren. Todo estaba casi como siempre.

Abrió la puerta del chalet. Escuchó el balbuceo de Sander desde el salón. Sintió la felicidad. Había una carta en el tapete de la entrada. La recogió. La abrió con el dedo. Era una foto de Sander. Parecía que se había sacado a través de una de las ventanas del chalet. El niño estaba sobre una manta en el suelo. Con una sonrisa como un sol en la cara. Thomas dio la vuelta a la foto. Un breve mensaje en el revés: «Deja de fisgonear».

***

Beshar estaba de visita en el departamento de Mahmud por primera vez. Los rayos de sol jugueteaban sobre la mesa de la cocina. Beshar preparaba el café. Había traído la cazuela, no una vikinga, sino una de cobre. Metió el café y un montón de azúcar. Dio vueltas con la cuchara mientras lo hacía a hervir. Siempre hacia la derecha. Beshar siempre quería explicar cómo preparaba el café. Tal vez lo considerase como una especie de educación.

Echó el café en las minúsculas tazas.

—Espera, Mahmud. Siempre hay que esperar a que se asienten los posos.

En la pared colgaba una foto de su madre.

Mahmud pensó en el ataque. A Niklas se le había ido la hebra totalmente. Perdiendo los estribos por completo, poniendo a las putas en fila delante de esos cerdos. Después, el primer disparo. Ni le dio tiempo a enterarse de lo que había pasado. Babak comenzó a jalar a Niklas. Otro disparo. Niklas, desplomándose. Mahmud y Babak, corriendo. A través de la casa. Habitaciones extrañas. Cuadros y alfombras como en un puto museo. Agarraba el Glock con fuerza. Oyó la explosión. Esperaba que no fuera el tipo sobre el cual Niklas había colocado la bomba.

Habitación tras habitación. Cuadros con señoras gordas. Cuadros con ciudades. Cuadros con motivos que no se parecían a nada, con algunos trazos negros.

Llegaron a la cocina. El agujero de la pared, negro como la noche fuera. Sentían el frío que entraba desde fuera. Salieron. Niklas se había quedado dentro. Él se lo había buscado.

Mahmud jadeaba como un tonto. Parecía que se le estuvieran cayendo los tenis.

El chaleco pesaba cien toneladas.

Veía a Babak cuatro metros por delante de él. Lanzándose a la nieve. Volviendo sobre sus propios pasos.

El agujero de la valla. Pasaron al otro lado. Mahmud, con cuidado para no dejar pruebas en el alambre cortado.

A través de la nieve al otro lado de la valla.

Hacia la carretera.

Mahmud trató de encontrar el *walkie-talkie* en el bolsillo.

Lo sacó.

Continuó corriendo.

Casi grita a Robert y Javier:

—Tenemos que largarnos. Tenemos las cosas, pero todo se jodió.

Su padre lo estaba mirando.

—¿En qué estás pensando?

—Estoy pensando en cómo ayudar a Jamila a comprar el spa. He ganado algo de dinero últimamente.

—Espero que de forma legal.

—No han sufrido inocentes, papá. Te lo juro.

Beshar no dijo nada. Negaba con la cabeza sin más.

Tomaron *fika*,[149] como dirían los vikingos. A Mahmud le pareció que el café estaba demasiado dulce, pero no dijo nada, su padre se lo tomaría en plan personal.

Beshar dijo que estaba pensando en ir a Irak durante unas semanas para ver a la familia. Hablaron sobre el tema. Tal vez Mahmud pudiera acompañarle. Sólo unas semanas.

Mahmud se levantó.

—Tengo algo para ti, papá, espera aquí.

---

[149] La palabra *fika* hace referencia a un tentempié o aperitivo, tomado con café, té, zumo, etcétera.

Entró en su habitación. Se puso en cuclillas. Echó un vistazo por debajo de la cama. Estiró el brazo.

Apartó unas bolsas de plástico. Las volvió a mirar. Las reconocía. Eran las bolsas que se había llevado de aquel sótano cuando estaba buscando pistas para encontrar a Wisam Jibril. Sólo tenían un montón de papeles dentro. Parecían cosas de economía. Ni sabía por qué se las había quedado. No importaba. Algún día, cuando tuviera un poco más de ganas, recogería la casa. Tiraría toda la basura.

Se metió un poco más por debajo de la cama. Encontró lo que estaba buscando: la cajita verde que había encontrado en una página de subastas en internet.

En letras plateadas: Santos, Cartier.

Era un regalo para su padre.

El reloj parecería nuevo si venía en una cajita original.

Lo sostuvo en la mano durante unos segundos.

La idea de papá no era nada mala: desaparecer a su país de origen durante una temporada le vendría bien.

***

El Cementerio del Bosque era enorme. Catharina Brogren había llegado demasiado pronto, antes de que la capilla hubiera abierto sus puertas siquiera, así que fue a dar una vuelta.

Tantas tumbas. Nombres de personas y familias que habían vivido sus vidas. Algunas tal vez en condiciones caóticas, pero la mayoría en relativa calma. No cargaban con terribles secretos. No como Niklas. No como ella.

El cielo estaba gris, pero detrás de las nubes se vislumbraba el sol, como una mancha clara en una triste tela de sofá. No sabía si vendría alguien. Tal vez Viveca y Eva, del trabajo. Quizá los primos: Johan y Carl-Fredrik con sus mujeres. Tal vez algún otro familiar. Quizá el amigo del colegio de Niklas, Benjamin. Pero no había organizado nada para después. El dinero no daba para estas cosas.

Pensó en el tiempo que habían tenido juntos desde que él había regresado. Aunque el ambiente se había vuelto un poco raro hacía unos meses, estaba contenta de que no hubiera muerto abajo, en *la arena* como solía decir él.

¿Por qué la muerte era lo más temido en la vida de una persona? Los que hubieran estado en su situación sabían que no era así. Vivir, sobrevivir, era peor. Especialmente si uno consideraba que era por su propia culpa.

Seguían sin esclarecer cómo había ocurrido. Un policía, llamado Stig H. Ronander, había llegado a su casa. Trató de contarle que Niklas había cometido algún tipo de robo y que le habían tiroteado allí, probablemente habían sido sus propios compinches. El policía también explicó que Niklas seguramente hubiera sido sentenciado por el asesinato de Claes Rantzell. Le acompañó en el sentimiento, por más de una razón.

En el fondo ella siempre había sabido que todo acabaría con violencia.

Catharina se acercó a la capilla. Desde lejos podía ver a Viveca y Eva. Estaba agradecida de que hubieran venido después de todo. Se colocó mejor el abrigo. Hacía frío y tenía ganas de entrar.

Unos metros más allá de las amigas del trabajo había otras tres mujeres. Catharina no las reconocía. Se acercaba. ¿Serían unos familiares lejanos? No, no las reconocía para nada. Tal vez fueran amigas de Niklas.

Tenían una pinta extraña. No parecían suecas. Sólo estaban ahí. No se acercaron a ella, como Viveca y Eva habían empezado a hacer. Se habrían equivocado de lugar. ¿Porque no serían amigas de Niklas?

Casi ocurrió tal y como ella había pensado, a excepción de la presencia de las tres mujeres desconocidas y la ausencia de Benjamin.

Ella, Viveca y Eva, los primos con sus mujeres. Y el cura, por supuesto.

El cura hablaba de la vulnerabilidad del ser humano. Cómo todas las personas, de alguna manera, aportan algo al mundo. Catharina estuvo un rato pensando en lo último. Aportar algo al mundo. Contribuir. Ella no sabía con qué había contribuido Niklas, pero estaba segura de que había sido algo.

Sabía lo que ella misma había hecho. Lo raro era que la policía hubiera tardado varios meses en darse cuenta de que el hombre asesinado de ahí abajo era Claes. Nunca había entendido por qué. Él tenía que estar en sus registros. El policía Ronander había dicho algo extraño.

—Sentimos que se haya tardado tanto. Pero resultaba muy difícil identificar a Claes Rantzell, de hecho, no tenía ni dentadura ni huellas dactilares.

Las imágenes la perseguían. Cómo había bajado a la lavandería aquella noche. Cómo de repente él había aparecido en el portal junto al ascensor. Terriblemente afectado por algo. Mucho peor que el alcohol. Más bien como si estuviera enfermo. Cómo él le había pedido ayuda, diciendo que alguien lo había envenenado. Alguien que no quería que todo saliera. En realidad no estaba permitido lavar tan tarde, pero le daba igual. La casa estaba en silencio, a excepción de su lloriqueo. Hacía años que no se veían. ¿Qué demonios hacía él aquí? ¿Por qué venía a verla a ella? Después de todo lo que había hecho. Era el único refugio que tenía, dijo. El único lugar donde no lo encontrarían. Habían conseguido inyectarle algo. Él necesitaba su ayuda. Era demasiado. Ella lo empujó hacia la puerta. Él se tambaleó. Vomitó. Cayó por las escaleras que daban al sótano. Ella abrió la puerta. Trató de empujarlo hacia delante. Él no parecía entender lo que pasaba. La puerta se cerró tras ellos. El sótano donde Niklas solía jugar de pequeño. Todo volvió a brotar en su interior. Los recuerdos, el dolor, la humillación. Casi le asustaban sus propios sentimientos. Lo empujó otra vez.

¿Por qué no había tenido ni dentadura ni huellas dactilares? Ahora, echando la vista para atrás, pensó que «ellos», los que él había mencionado, tal vez le hubieran encontrado después de todo.

Se había tambaleado.

Ella le dio unas patadas en las piernas. Le dio puñetazos en el estómago.

Él se dobló.

Más patadas.

Puñetazos, patadas.

La secuencia se repetía una y otra vez en su cabeza.

La cara de él.

La ira de ella.

Esta obra se terminó de imprimir
en el mes de julio de 2010.
en Edamsa Impresiones S.A. de C.V. Av. Hidalgo
No. 111, Col. fracc. San Nicolás Tolentino
Del. Iztapalapa, México, D.F.